Die letzten Menschen

Die komplette Trilogie

Dima Zales

Aus dem Amerikanischen von
Grit Schellenberg

♠ Mozaika Publications ♠

Veröffentlicht von Mozaika Publications, einer Druckmarke von Mozaika LLC.
www.mozaikallc.com

Cover by Najla Qamber Designs
www.najlaqamberdesigns.com

Lektorin: Kerstin Frashier

E-ISBN: 978-1-63142-215-7
Print ISBN: 978-1-63142-216-4

Oasis
The Last Humans
Die letzten Menschen: Buch 1

ERSTES KAPITEL

*F*icken. *Vagina. Scheiße.*

Ich konzentriere mich auf diese verbotenen Worte, aber mein neuronaler Scan zeigt nichts anderes an, als wenn ich an phonetisch ähnliche Worte wie *Kicken, Angina* oder *Neiße* denke. Ich kann keinen Hinweis darauf erkennen, dass mein Gehirn beeinflusst wird, aber vielleicht ist es auch einfach schon so kaputt, dass es nicht schlimmer werden kann. Vielleicht brauche ich ein anderes Testobjekt – einen anderen »leicht zu beeindruckenden« Dreiundzwanzigjährigen wie mich.

Schließlich könnte ich geisteskrank sein.

»Ach Theo. Nicht schon wieder«, sagt eine überfreundliche, hohe, weibliche Stimme. »Außerdem haben diese Worte eine Wirkung auf dein Gehirn. Der Teil deines Gehirns, der für Ekel verantwortlich ist, leuchtet zwar auf, wenn du an ›Scheiße‹ denkst, aber nicht bei ›Neiße‹.«

Es ist Phoe, die gerade zu mir spricht. Dieses Mal ist sie aber keine Stimme in meinem Kopf; stattdessen scheint sie sich in den dichten Büschen hinter mir zu befinden, auch wenn sie das nicht tut.

Ich bin die einzige Person auf dieser Rasenfläche.

Niemand anderes kommt hierher, weil sich der Rand etwa einen Meter von hier entfernt befindet. Nur wenige Einwohner von Oasis mögen es, sich die trostlose Barriere anzuschauen, an der unsere bewohnbare Welt endet und das Ödland des Goo beginnt. Ich habe kein Problem damit.

Allerdings könnte ich wie gesagt auch verrückt sein – und Phoe wäre der Grund dafür. Ich meine, ich denke nicht, dass Phoe real ist. Meiner Meinung nach ist sie meine imaginäre Freundin. Und ihr Name wird übrigens »Fi« ausgesprochen, auch wenn er »P-h-o-e« geschrieben wird.

Ja, so spezifisch ist meine Wahnvorstellung.

»Jetzt kommst du von einem durchgekauten Thema direkt zu einem anderen.« Phoe schnaubt. »Meine sogenannte Echtheit.«

»Genau«, erwidere ich. Obwohl wir allein sind, antworte ich, ohne meine Lippen zu bewegen. »Weil du nur meine Wahnvorstellung bist.«

Sie schnaubt erneut, und ich schüttele meinen Kopf. Ja, ich habe gerade für meine Wahnvorstellung meinen Kopf geschüttelt. Ich fühle mich auch gezwungen, ihr zu antworten.

»Nebenbei gesagt«, meine ich, »ich bin mir sicher, dass das Wort ›Scheiße‹ eine genauso starke Reaktion in dem Teil meines Gehirns auslöst, der für Ekel verantwortlich ist, wie seine akzeptableren Cousins, also zum Beispiel Fäkalien. Was ich damit sagen will, ist, dass das Wort meinem Gehirn weder schadet noch es beeinflusst. Diese Worte sind nichts Besonderes.«

»Ja, ja.« Diesmal ist Phoe in meinem Kopf und hört sich spöttisch an. »Als Nächstes wirst du mir erzählen, dass einige der verbotenen Wörter damals einfach nur Tierbezeichnungen waren und dass es Wörter aus den toten Sprachen gibt, die eigentlich tabu waren, aber es jetzt nicht mehr sind, weil sie ihre ursprüngliche Stärke verloren haben. Danach wirst du dich wahrscheinlich darüber beschweren, dass die Gehirne beider Geschlechter nahezu identisch sind, aber es nur Männern nicht erlaubt ist, Worte wie ›Vagina‹ zu sagen.«

Mir fällt auf, dass ich genau diese Dinge gerade ansprechen wollte, was bedeutet, dass Phoe und ich schon häufiger darüber gesprochen haben müssen. Das passiert bei engen Freunden: sie wiederholen Unterhaltungen. Und ich nehme an, mit imaginären Freunden noch öfter. Allerdings glaube ich, dass ich in Oasis der Einzige bin, der einen hat.

Jetzt, da ich gerade darüber nachdenke: Zählen Gespräche mit imaginären Freunden überhaupt? Schließlich spricht man in diesem Fall ja eigentlich mit sich selbst.

»Das ist mein Stichwort, dich daran zu erinnern, dass ich real bin, Theo.« Phoe spricht das absichtlich laut aus.

Ich bemerke, dass ihre Stimme von rechts kam, so als sei sie einfach ein Freund, der neben mir im Gras sitzt – ein Freund, der zufällig unsichtbar ist.

»Nur weil ich unsichtbar bin, heißt das nicht, dass ich nicht real bin«, kommentiert Phoe meine Gedanken. »Zumindest bin ich davon überzeugt, dass ich real bin. Ich wäre verrückt, wenn ich das nicht denken würde. Außerdem deuten eine Menge Punkte genau darauf hin, und das weißt du auch.«

»Aber müsste ein imaginärer Freund nicht darauf bestehen, real zu sein?« Ich kann nicht widerstehen, diese Worte laut auszusprechen. »Wäre das nicht Teil dieser Wahnvorstellung?«

»Sprich nicht laut mit mir«, erinnert sie mich mit besorgter Stimme. »Manchmal bewegst du auch leicht deine Halsmuskeln oder sogar deine Lippen, wenn du in Gedanken zu mir sprichst. Alle diese Dinge sind zu riskant. Du solltest einfach zu mir denken. Deine innere Stimme benutzen. Das ist sicherer, besonders in der Gegenwart anderer Jugendlicher.«

»Mit Sicherheit, aber dabei fühle ich mich noch verrückter«, entgegne ich, aber denke meine Worte und konzentriere mich darauf, meine Lippen und Nackenmuskeln so wenig wie möglich zu bewegen. Danach denke ich, als Test: »In meinem Kopf mit dir zu reden unterstreicht die Tatsache, dass du unmöglich real sein kannst, und ich fühle mich, als hätte ich noch mehr Schrauben locker.«

»Das solltest du nicht.« Ihre Stimme ist jetzt in meinem Kopf, aber hört sich immer noch hoch an. »Ich kann mir vorstellen, dass selbst damals, als es nicht verboten war, nervenkrank zu sein, ein lautes Gespräch mit deinem imaginären Freund die Menschen um dich herum nervös gemacht hätte.« Sie lacht kurz auf, aber ihre Stimme klingt eher besorgt als belustigt. »Ich weiß nicht, was passieren würde, sollte jemand denken, dass du verrückt bist; aber ich habe ein schlechtes Gefühl dabei, also tue es bitte nicht, okay?«

»In Ordnung«, denke ich und ziehe an meinem linken Ohrläppchen. »Auch wenn es etwas zu viel verlangt ist, selbst hier nicht normal mit dir zu reden. Schließlich sind wir allein.«

»Ja, aber die Nanobots, von denen ich dir erzählt habe, diese Dinger, die alles durchdringen können – angefangen von deinem Kopf bis hin zum

Utility Fog – können theoretisch auch dazu benutzt werden, diesen Ort zu überwachen.«

»Okay. Außer natürlich, diese praktischerweise unsichtbare Technologie, von der du mir immer erzählst, ist genauso ein Produkt meiner Einbildung wie du«, denke ich zu ihr. »Da aber niemand etwas von dieser Technologie zu wissen scheint, wie kann sie dann dazu benutzt werden, um uns auszuspionieren?«

»Falsch: Keiner der Jugendlichen weiß etwas davon, aber den anderen könnte sie bekannt sein«, verbessert mich Phoe geduldig. »Wir wissen viel zu wenig über die Erwachsenen und noch viel weniger über die Betagten.«

»Aber wenn sie mit den Nanozyten Zugriff auf meinen Kopf haben, würde das Gleiche dann nicht auch auf meine Gedanken zutreffen?«, denke ich und unterdrücke einen Schauer. Wenn das so wäre, hätte ich ein Problem.

»Die Tatsache, dass du für deine häufig missratenen Gedanken noch keine Konsequenzen tragen musstest, ist der Beweis dafür, dass sie nicht generell überwacht werden – zumindest nicht deine«, antwortet sie, und das, was sie sagt, beruhigt mich. »Deshalb denke ich, dass die computergestützte Überwachung von Gedanken entweder verboten ist oder aber gegen eine der Milliarden Richtlinien für den richtigen Umgang mit Technologie verstößt. Ich muss zugeben, dass ich mir diese ganzen Regeln kaum merken kann.«

»Und was ist, wenn eine Technik, die in mich hineinhören kann, generell ein Tabu ist?«, entgegne ich, auch wenn sie anfängt, mich zu überzeugen.

»Das kann sein, aber ich habe Dinge gesehen, die man am besten damit erklären kann, dass die Erwachsenen spioniert haben.« Ihre Stimme in meinem Kopf hört sich jetzt gedämpft an. »Denk doch einfach nur an das eine Mal, als Liam und du Pläne gemacht habt, Physik zu schwänzen. Woher konnten sie das wissen?«

Ich erinnere mich an die epische Stille, die unsere Bestrafung war, und daran, dass wir uns beide damals geschworen haben, niemandem davon erzählt zu haben. Daraufhin sind wir zu dem gleichen Ergebnis gekommen: unsere Gespräche sind nicht sicher. Das ist der Grund dafür, dass Liam, Markwart – für Freunde Mark – und ich oft verschlüsselt miteinander reden.

»Es könnte aber auch eine andere Erklärung dafür geben«, denke ich zu Phoe. »Diese Unterhaltung haben wir während einer Vorlesung geführt, also könnte uns jemand gehört haben. Und selbst wenn nicht – nur weil sie uns während des Unterrichts überwachen, bedeutet das nicht, dass sie das Gleiche auch an diesem abgelegenen Ort tun.«

»Auch wenn sie diesen Ort oder generell alles außerhalb des Instituts nicht überwachen sollten, möchte ich trotzdem, dass du dir angewöhnst, dich richtig zu verhalten.«

»Was wäre, wenn ich in Geheimsprache spreche?«, schlage ich vor. »Du weißt schon, in der gleichen, die ich auch mit meinen nicht-imaginären Freunden benutze.«

»Für meinen Geschmack redest du sowieso schon zu langsam«, denkt sie mit offensichtlicher Verzweiflung. »Wenn du diese Geheimsprache sprichst, hörst du dich lächerlich an und erhöhst die Anzahl der Silben extrem. Falls du allerdings bereit wärst, eine der toten Sprachen zu lernen …«

»Okay. Ich werde denken, wenn ich dir etwas zu sagen habe«, erwidere ich in Gedanken. Dann sage ich ihr lautlos, allerdings nicht, ohne meine Lippen zu bewegen: »Aber ich werde dabei meinen Mund bewegen.«

»Wenn es sein muss.« Sie seufzt laut. »Aber es wäre besser, wenn du es einfach so machen würdest wie eben: ohne deine Gesichtsmuskeln zu bewegen.«

Statt ihr zu antworten schaue ich wieder auf den Rand, die Barriere, an der das frische Grün unter der Kuppel auf den abstoßenden Ozean aus trostlosem Goo trifft – dieser parasitären Technik, die sich pausenlos vermehrt und jegliche Substanz verschlingt. Das Goo ist das Einzige, was von der Welt außerhalb der Kuppel noch übrig geblieben ist, und sollte diese Hülle jemals zerstört werden, würde das Goo uns umgehend vernichten. Natürlich ruft dieser Anblick alle möglichen schlechten Gefühle hervor, und die Tatsache, dass ich freiwillig dorthin schaue, muss ein weiteres Zeichen dafür sein, dass mein Geisteszustand labil ist.

»Das Zeug ist definitiv widerlich«, denkt Phoe, die wie immer versucht, mich aufzuheitern. »Es sieht aus, als habe jemand versucht, aus Kotze und menschlichen Exkrementen einen Wackelpudding zu kreieren.« Dann fügt sie mit einem gedachten Lachen hinzu: »Entschuldigung, ich hätte ›Kotze und Scheiße‹ sagen sollen.«

»Ich habe keine Ahnung, was Wackelpudding ist«, denke ich zurück und bewege dabei meine Lippen. »Aber was auch immer es ist, du hast wahrscheinlich recht, was die Zutaten betrifft.«

»Wackelpudding war etwas, was unsere Vorfahren aßen, bevor es die *Nahrung* gab«, erklärt Phoe. »Ich werde herausfinden, wo du etwas darüber anschauen oder lesen kannst; wenn du Glück hast, gibt es vielleicht bald etwas davon auf dem anstehenden Jahrmarkt der Geburtsfeiern.«

»Das hoffe ich. Es ist schwer, aus Filmen oder Büchern etwas über Essen zu lernen«, beschwere ich mich. »Das habe ich schon versucht.«

»In diesem Fall würde es vielleicht sogar funktionieren«, widerspricht Phoe. »Das Entscheidende an Wackelpudding war die Beschaffenheit, nicht der Geschmack. Er hatte die Konsistenz von Quallen.«

»Die Menschen haben damals wirklich diese schleimigen Dinger gegessen?«, denke ich angewidert. Ich kann mich nicht daran erinnern, das jemals in einem der Filme gesehen zu haben. Mit einer Handbewegung in Richtung des Goos sage ich: »Kein Wunder, dass so etwas aus der Welt geworden ist.«

»In den meisten Teilen der Welt haben sie keine Quallen gegessen«, erwidert Phoe, und ihre Stimme nimmt einen belehrenden Ton an. »Und Wackelpudding wurde genau genommen aus teilweise zersetzten Proteinen aus der Haut, den Hufen, den Knochen und dem Bindegewebe von Kühen und Schweinen hergestellt.«

»Jetzt willst du doch nur erreichen, dass ich mich ekele«, denke ich.

»Und das kommt ausgerechnet von Ihnen, Herr Scheiße.« Sie lacht. »Wie dem auch sei, du musst diesen Ort verlassen.«

»Muss ich das?«

»Du hast in einer halben Stunde Unterricht, aber viel wichtiger ist, dass Mark dich sucht«, sagt sie, und ihre Stimme vermittelt mir den Eindruck, als sitze sie bereits nicht mehr auf dem Rasen.

Ich stehe auf und beginne, mir den Weg durch die hohen Sträucher zu bahnen, die den Blick der restlichen Jugendlichen von Oasis auf das Goo versperren.

»Und nebenbei bemerkt –«, Phoes Stimme kommt aus einiger Entfernung; sie tut also so, als würde sie vor mir gehen – »wenn du herausfindest, dass Mark wirklich nach dir sucht, dann versuche doch mal eine Erklärung dafür zu finden, wie ein imaginärer Freund wie ich so etwas wissen könnte … etwas, was du selbst nicht wusstest.«

ZWEITES KAPITEL

Der Campus kann umwerfend aussehen, wenn die Sonne untergeht. Das ist eines der seltenen Male, dass die Farbe Rot auf dem Universitätsgelände auftaucht. Normalerweise ist Grün der dominierende Ton in dieser Umgebung – das Grün des Rasens, das Grün der Bäume und das Grün des Efeus, der die Gebäude bedeckt. Wenn das Efeu seinen Willen durchsetzen könnte, wäre alles grün, aber einige widerstandsfähigere Teile des Universitätsgebäudes sind immer noch silberfarben oder aus Glas.

Ich gehe an dem dreieckigen Prisma vorbei, das die Schlafzimmer der mittleren Jahrgänge beherbergt, und sehe, dass die Kinder draußen sind; ihr Unterricht endet viel früher als unserer.

»Mark ist auf der nordöstlichen Seite des Campus«, erklärt mir Phoe.

»Danke«, flüstere ich zurück und drehe mich zu dem quaderförmigen Gebäude um, in dem die Vorlesungen abgehalten werden. »Kannst du jetzt bitte ruhig sein und mir zehn Minuten lang das Gefühl geben, nicht verrückt zu sein?«

Phoe antwortet demonstrativ nicht. Wenn sie denkt, dass sie mich mit ihrem Schweigen bestrafen kann, nachdem ich sie gebeten habe, ruhig zu sein, dann kennt sie mich aber schlecht – besonders dafür, dass sie meine eigene Wahnvorstellung ist.

Während ich gehe, versuche ich mich darauf zu konzentrieren, wie sehr ich die Stille genieße. Das liegt zu einem Teil daran, dass ich es wirklich tue, hauptsächlich aber daran, dass ich Phoe ärgern möchte.

Die Stille ist nicht von langer Dauer. Als ich mich dem grünen Erholungsfeld nähere, höre ich die aufgeregten Stimmen von Jugendlichen, die Frisbee spielen. Als ich näherkomme, erkenne ich, dass die meisten von ihnen dreißig Jahre oder älter sind und nur wenige so wie ich in ihren Zwanzigern.

In einiger Entfernung sehe ich eine Gruppe von Teenagern, die tief in ihre Meditation versunken sind. Ich betrachte neidisch ihre gelassenen Gesichter. Meine eigenen Bestrebungen, zu meditieren, sind in letzter Zeit recht erfolglos. Jedes Mal, wenn ich versuche, mich zu entspannen, schwirren mir alle möglichen Dinge durch den Kopf und ich kann meinen Mittelpunkt nicht finden.

Mein Magen knurrt, und reißt mich damit aus meinen Gedanken.

Ich strecke meine Handfläche aus, und im nächsten Augenblick erscheint ein warmer Riegel auf ihr. Hungrig beiße ich ab, und meine Geschmacksnerven explodieren. Jeder Riegel ist eine einzigartige Kombination aus salzig, sauer, süß, bitter und umami, und dieser spezielle Riegel ist besonders gut. Ich genieße den Geschmack. Essen ist eines der wenigen Dinge, die ich trotz meines Geisteszustands genießen kann – zumindest noch.

»Essen hat definitiv etwas Lustvolles«, meint Phoe, die offensichtlich vergessen hat, dass sie mir böse ist, »aber das ist auch fast das einzig Positive daran.«

Ich esse weiter und versuche, an nichts zu denken. Ich habe das Gefühl, dass Phoe noch mehr sagen möchte. Sie mag es, mich zu schockieren, so wie als sie mir erzählt hat, dass das Essen von kleinen Maschinen je nach meiner Stimmung zusammengefügt wird.

»Maschinen in Nanogröße«, verbessert sie mich. »Und ja, das Essen wird zusammengefügt, genauso wie die meisten greifbaren Objekte in Oasis.«

»Also, was ist denn nicht zusammengefügt?«, frage ich, auch wenn ich mir nicht sicher bin, ob ich ihr glaube.

»Na ja, ich denke, dass die Gebäude es nicht sind, aber ich bin mir nicht sicher«, antwortet Phoe. »Mit Sicherheit ist das ganze Zeug der erweiterten Realität, wie dein Screen und die Hälfte der hübsch aussehenden Bäume auf dem Campus, nicht zusammengefügt, da man es nicht anfassen kann. Und die Lebewesen sind auch nicht zusammengefügt. Wobei ich, wäre ich pedantisch, jetzt anmerken könnte, dass diese lediglich von einer anderen Art Nanomaschinen betrieben werden.« Ihre Stimme hört sich jetzt aufgeregt an, so wie Liams, wenn er einen Streich plant.

Ich ignoriere ihr Geschwätz und danke demonstrativ den Vorfahren für das Essen.

»Hast du das gemacht, um mich zu ärgern?«, will Phoe wissen. »Hast du gerade diesen Dummköpfen, die Angst vor Technologie haben, dafür gedankt, diese unnötige Wahl für dich getroffen zu haben? Ich habe dir doch schon gesagt, dass dein Körper derart verändert werden könnte, dass deine inneren Nanobots Essen und Verdauung komplett überflüssig machen würden.«

»Aber das würde mein sowieso schon langweiliges Leben noch langweiliger machen.« Ich lecke die Reste des Riegels von meinen Fingern.

»Darüber können wir später sprechen«, meint Phoe und lässt das Thema zum Glück fallen. »Mark ist im Steingarten – und du bist gerade daran vorbeigegangen.«

»Danke«, denke ich zu ihr und ändere meinen Weg.

Als ich den Steingarten betrete, sehe ich am anderen Ende neben dem silbernen Dodekaeder jemanden auf dem Rasen sitzen. Ich kann nicht genau sagen, wer es ist, da derjenige mir seinen Rücken zugedreht hat, aber es könnte Mark sein.

Ich gehe leise zu ihm, da ich den Jugendlichen nicht stören möchte, falls er sich gerade in einer meditativen Trance befindet.

Das scheint allerdings nicht der Fall zu sein, da er mich trotz meiner leisen Schritte hört und sich umdreht. Sein Gesicht hat Ähnlichkeiten mit I-Aah, einem Esel aus einem der alten Cartoons.

»Hi«, begrüße ich ihn und versuche, mir meinen Ärger über Phoe nicht anmerken zu lassen. Es ist Mark, und er befindet sich genau dort, wo sie es vorausgesagt hatte. Und ich habe in der Tat keine Erklärung dafür, wie ein imaginärer Freund das wissen könnte.

Eigentlich habe ich generell für viele Dinge, die Phoe tun kann, keine gute Erklärung, wie zum Beispiel dafür, dass ich nicht mehr Teil der Einheit bin.

»Theo«, sagt Mark und sieht leicht überrascht aus. »Was machst du hier? Ich wollte gerade nach dir und Liam suchen.«

»Ich habe es dir ja gesagt«, flüstert Phoe in meinem Kopf.

»Warum?«, frage ich Mark. Und zu Phoe sage ich lautlos, aber nicht, ohne meine Lippen zu bewegen: »Und du bist ruhig. Und ja, ich antworte dir auf diese Art, weil ich dir dadurch leichter zeigen kann, dass ich verärgert bin. Ich weiß nicht, ob ich ärgerlich denken kann.«

»Glaub mir, das kannst du«, erwidert Phoe und gibt sich nicht die Mühe, leise zu sprechen. »Deine Gedanken können sehr unangenehm sein.«

Mark kann sie natürlich nicht hören, aber ich bemerke, dass er zögert, bevor er mir antwortet. Er schaut sich verstohlen um, und als er sich davon überzeugt hat, dass wir allein sind, flüstert er: »Irwen üssenmen edenren.«

»Das bedeutet: ›Wir müssen reden‹«, denke ich zu Phoe.

»Ich weiß, was es bedeutet. Ich war diejenige, die für dich aus den alten Archiven den Artikel über Schweine-Latein hervorgekramt hat«, fügt sie weniger aufgebracht und leiser hinzu.

»Lass uns reden, während wir gehen«, antworte ich Mark in Schweine-Latein. »Wir sind schon spät dran für die Vorlesung.«

»Nien Rdnungoen«, erwidert er und erhebt sich vom Rasen. Als er aufgestanden ist, fällt mir auf, wie sehr er seinen Rücken krümmt, so als sei sein Kopf zu schwer für seinen Körper.

»Es heißt ›inen Ordnungen‹«, verbessere ich ihn, als wir beginnen, auf das tetraederförmige Gebäude zuzugehen, in dem sich der Kindergarten befindet.

»In Ordnung«, sagt Mark unverschlüsselt, während er neben mir schlurft.

Ich will gerade etwas Sarkastisches sagen, als er mich dadurch überrascht, dass er etwas in Geheimsprache sagt: »Ich bin gerade zu nervös, um das richtig hinzubekommen.«

Ich schaue ihn verständnislos an, aber er fährt fort: »Nein, nicht nur nervös.« Seine Stimme verliert mehr und mehr an Lebhaftigkeit. Er bleibt stehen und schaut mich düster an. »Ich bin deprimiert, Theo.«

Ich bleibe entsetzt stehen. »Du bist was?«, frage ich und vergesse mein Schweine-Latein.

»Ja, das *verbotene* Wort.« Er krümmt seine Finger und entspannt sie wieder. »Ich bin verdammt nochmal deprimiert.«

Ich schaue auf sein Gesicht, um zu sehen, ob er Witze macht, auch wenn das nicht gerade ein geeignetes Thema dafür ist – aber das scheint nicht der Fall zu sein. Sein Gesicht ist ernst, genauso wie sein Geständnis.

»Mark …« Ich schlucke. »Ich weiß nicht, was ich sagen soll.«

Ich bin froh, dass er in der Geheimsprache gesprochen hat. Trotzdem schaue ich mich um, um sicherzugehen, dass wir immer noch allein sind.

Es gibt zwei Probleme mit dem, was er gerade gesagt hat. Das erste ist eher ein kleineres: er hat das Wort »verdammt« laut ausgesprochen. Das kann einen Tag Stille für ihn und einigen Ärger für mich bedeuten, falls ich ihn nicht wegen seiner vulgären Ausdrucksweise verpetze (was ich selbstverständlich niemals tun würde). Was unendlich schlimmer ist, ist, dass er gesagt hat, er sei »deprimiert« – und ich rede nicht einmal davon, dass er es auch wirklich gemeint hat. Dieses Wort steht für ein so unvorstellbares Konzept, dass ich nicht weiß, wie die Bestrafung dafür aussähe. Es ist keines dieser überflüssigen Verbote wie: »Iss deine Freunde nicht auf.« Diese Regel existiert wahrscheinlich auch, aber da in der ganzen Geschichte Oasis' niemand jemals einen anderen gegessen hat, weiß ich nicht, was die Erwachsenen in jenem Fall tun würden.

»Wie auch immer die Konsequenzen aussehen, auf jeden Fall werden sie schwerwiegend sein«, denkt Phoe. »Für beides: Kannibalismus und Unglücklichsein.«

»Dann haben wir beide ein Problem«, bewege ich meinen Mund, »weil ich auch nicht glücklich bin.«

»Du bist aber nicht deprimiert«, erwidert sie. »Und jetzt schnell, er wartet immer noch darauf, dass du etwas Hilfreicheres von dir gibst als: ›Ich weiß nicht, was ich sagen soll‹. Also bitte sei so nett und sage etwas wie: ›Wie kann ich dir helfen?‹« Dann fügt sie besorgt hinzu: »So etwas wie seinen neuronalen Scan habe ich noch nie gesehen.«

»Iewen annken irden elfenhen?«, frage ich Mark, genau wie Phoe es mir geraten hat.

Er hebt seine Hände an, um damit sein Gesicht zu bedecken, aber ich erhasche einen Blick auf seine nassen Augen. Er hält sein Gesicht fest, so als könne es schmelzen, wenn er es losließe, und ich starre ihn genauso regungslos an wie den ersten und einzigen Horrorstreifen, den mir Phoe jemals gezeigt hat.

Da mich mein Einfallsreichtum im Stich lässt, mache ich eine kleine Bewegung mit meiner Hand, um vor mir einen privaten Bildschirm in der Luft erscheinen zu lassen. Phoe nimmt das als Aufforderung, Marks neuronalen Scan darauf zu projizieren.

Ich schaue mir die Abbildung einen Moment lang an und denke zu Phoe: »Ich habe so etwas auch noch nie gesehen. Er ist völlig durcheinander.«

»Ich denke, der Grund dafür, dass du noch nie so etwas gesehen hast, ist der, dass du bis jetzt noch nie jemanden getroffen hast, der wirklich deprimiert ist.«

»Also ist er wirklich deprimiert?« Ich bewege meine Lippen und kann mich gerade noch davon abhalten, laut zu sprechen. »Was soll ich jetzt tun, Phoe?«

»Alte Schriften schlagen vor, dem anderen die Hand auf die Schulter zu legen. Tu das und sage nichts«, meint Phoe. »Das sollte ihn beruhigen, denke ich.«

Ich folge ihrem Vorschlag. Zuerst bebt seine Schulter eigenartig unter meiner Handfläche, aber dann lassen seine Hände langsam sein Gesicht los. Seine Mimik ist mir nicht ganz fremd – ich habe sie schon bei den kleinen Kindern gesehen, die noch nicht gelernt haben, sich zivilisiert zu verhalten und richtig glücklich auszusehen.

Mark atmet tief ein und aus, bevor er mit zitternder Stimme sagt: »Ich habe Grace gesagt, was ich für sie empfinde, und sie hat mich einen verrückten Widerling genannt.«

Geschockt lasse ich seine Schulter los und trete zurück.

»Mist«, sagt Phoe und spricht damit genau das aus, was ich denke. »Das ist übel.«

DRITTES KAPITEL

Wie ich Phoe gesagt habe, bin ich nicht so glücklich wie die anderen in Oasis. Zufälligerweise begann meine Unruhe, als Phoe in mein Leben trat. Um genau zu sein, begann sie, als sie vor einigen Wochen zum ersten Mal mit mir gesprochen hat. Nein, in Wahrheit hat alles ein wenig später angefangen, als ich erfahren habe, dass einige richtig coole Dinge, wie großartige Filme, Bücher und Videospiele, häufig aus den Archiven in Oasis entfernt werden.

Zumindest nehme ich an, dass es häufig passiert. Soweit ich es mitbekommen habe, ist es mit *Pulp Fiction* geschehen, einem Film, den Phoe ganz tief in den alten Archiven ausgegraben hatte. Dieser Film war genial, aber entweder weil ich ihn hatte oder durch einen schrecklichen Zufall geriet *Pulp Fiction* auf den Radar der Betagten oder der Erwachsenen und sie haben ihn gelöscht. An einem Tag war er auf meinem Bildschirm, am nächsten Tag konnte ich ihn nicht mehr aufrufen. Phoe hat mir gesagt, dass er sich auch nicht mehr in den Archiven befände.

Das Schlimmste daran ist, dass das passiert ist, bevor ich mir den Film zusammen mit Liam und Mark anschauen konnte. Meine Freunde haben mir nicht einmal geglaubt, als ich ihnen erzählt habe, dass der Film wirklich existierte. Phoe war meine einzige Zeugin, und ich bin noch nicht so weit, Liam und Mark von ihr zu erzählen. Etwas zum ersten Mal in meinem Leben nicht mit meinen Freunden teilen zu können mochte ich nicht, aber schlimmer sind die Fragen, die mich jetzt quälen: Warum sollte man einen so guten Film löschen? War es wegen der ganzen verbotenen Worte? Oder war es die Gewalt?

Wenn ich diese Fragen laut stellen würde, würde ich anstatt Antworten nur eine todlangweilige Stille bekommen – und das macht mich verrückt. Genau aus diesem Grund hätte ich, wenn mich jemand vor dem heutigen Tag gefragt hätte, gesagt, dass ich die einzige unglückliche Person in Oasis bin. Aber trotzdem würde ich meinen Gefühlszustand nicht als »deprimiert« beschreiben.

»Ich hätte nicht gedacht, dass es körperlich möglich ist, Depressionen zu bekommen«, flüstert mir Phoe zu. »Die Nanozyten in deinem Kopf regulieren die Wiederaufnahme von Serotonin und Noradrenalin, neben Millionen anderer Variablen, die synergetisch zusammenwirken, um dich freundlich und fröhlich zu stimmen. Außerdem beinhaltet euer Lehrplan eine große Menge an Meditation, Sport und anderer Fühl-dich-gut-Propaganda.«

»Hast du mich nicht gehört?«, wiederholt Mark mit zittriger Stimme. »Ich habe Grace gesagt, dass ich sie liebe.«

Er denkt, dass ich ihn dafür verurteile, und es ist schwer, das nicht zu tun. Sexuelles Interesse – oder romantische Liebe, wie es für gewöhnlich genannt wird – ist nicht Teil unserer Welt. Der einzige Grund, weshalb wir überhaupt etwas darüber wissen, sind die alten Medien, die überlaufen vor Beispielen von Menschen, die in unserem Alter »verliebt« sind – einem Zustand, der sich qualitativ anders anhört als die Liebe zum Essen oder die Liebe für einen Freund. Menschen haben damals sogar »geheiratet« und »Familien« gegründet – zwei soziale Konstrukte, die unglaublich eigenartig sind.

Ehe kann ich halbwegs verstehen. Das war wahrscheinlich so, als hätte man eine Frau für den Großteil seines Lebens zum Freund. Das kann ich nachvollziehen, weil wir mit Grace befreundet waren. Familie ist allerdings einfach nur abwegig. Das wäre so, als ob man wegen willkürlicher Faktoren mit Menschen befreundet wäre. Einer dieser Faktoren wäre zum Beispiel eine gemeinsame DNA, weshalb die betreffenden Menschen außerdem verschiedenen Altersklassen angehören würden – einschließlich der Erwachsenen und Betagten. Da die Jugendlichen niemals die quasi legendären Betagten kennenlernen und die einzigen

Erwachsenen, zu denen wir Kontakt haben, unsere Lehrer sind, kann ich mir eine Familie nur schwer vorstellen.

Was die romantische Liebe betrifft, hätte ich nicht gedacht, dass jemand Interesse an dem Zeug haben könnte. Dieses eigenartige Gefühl war eine Form von Geisteskrankheit, die an die Fortpflanzung geknüpft war, und um die Fortpflanzung kümmern sich jetzt die Betagten – die Frage, wie genau sie das tun, wird übrigens mit einer Stunde Stille bestraft.

Ich weiß das aus eigener Erfahrung.

»Ich denke, dass die Lust oder Liebe unserer Vorfahren durch die mentale Trennung von der Fortpflanzung nicht beeinträchtigt wurde«, wirft Phoe ein. »Sie hatten etwas, was Geburtenkontrolle hieß. Ich denke, dass der wahre Grund für das Verschwinden dieses Bedürfnisses auf die geschlechtsneutralisierende Wirkung der Nanozyten zurückzuführen ist.« Bevor ich sie etwas dazu fragen kann, fährt sie fort: »Da die gleichen Nanozyten auch für Freundlichkeit und Fröhlichkeit zuständig sind, gehe ich davon aus, dass Mark sich in dieser Situation befindet, weil seine Nanozyten mit einer Dysfunktion in seinem Gehirn nicht zurechtkommen. Wenn ich einen Tipp abgeben müsste, würde ich wegen seiner früheren manischen Phasen sagen, dass er bipolar ist.«

»Theo«, sagt Mark mit zitterndem Kinn. »Ich habe Grace gesagt, –«

»Ich habe dich gehört, Kumpel«, unterbreche ich ihn und blende Phoes ausschweifende Erklärungen aus, um mich auf meinen Freund konzentrieren zu können. »Mir fehlen einfach gerade die Worte. Ich hatte dir ja geraten, dich von Grace fernzuhalten.«

»Du hast mir auch gesagt, dass ich gerade eine Phase durchlaufen würde und nicht wüsste, was ich fühle«, erwidert Mark. »Genauso wie dein Freund Liam.«

Liam hat ein engeres Verhältnis zu Mark, als ich es jemals gehabt habe, aber jetzt ist nicht der richtige Zeitpunkt, so kleinlich zu sein. Als Mark sich uns anvertraut hat, habe ich nicht verstanden, wie ernst es ihm damit war. Ich dachte, dass er uns einfach beweisen wollte, der größte Außenseiter in unserer kleinen Gruppe von Außenseitern zu sein – und etwas so Schockierendes zu sagen wie »ich mag ein Mädchen« hat definitiv diese Wirkung gehabt; besonders deshalb, weil er sich als Objekt seiner Begierde die schlimmste aller Petzen ausgesucht hat.

»Also hast du Grace gesagt, dass du sie liebst?« Ich schüttele frustriert meinen Kopf. »Verstehst du nicht? Sie wird dich melden, und du wirst riesige Probleme bekommen.«

Mark schaut mich einfach nur an. »Das ist mir egal. Du verstehst das nicht, Theo. Ich habe daran gedacht, –« Er schluckt. »Ich habe daran gedacht, das alles zu beenden.«

»Sag das nicht«, fauche ich ihn entsetzt an. »Nicht einmal in Schweine-Latein.«

»Aber es stimmt.« Er setzt sich auf den Boden und starrt abwesend in die Ferne. »Manchmal denke ich, –« Sein Kehlkopf bewegt sich, als er schluckt. Er hebt seinen Kopf, um mich anzuschauen, und ich kann sehen, dass seine Augen rot und feucht sind. »– es wäre besser, wenn ich niemals geboren worden wäre.«

Seine Worte sind zu viel für mich. Mein Gesicht muss aussehen wie eine dieser alten japanischen Masken, die Phoe mir mal gezeigt hat. Mark ist, so lange ich denken kann, ein enger Freund von mir gewesen, und trotzdem scheint es, als würde ich ihn überhaupt nicht kennen. Depression und eigenartige Gefühle für Grace sind schlimm genug, aber jetzt hat er die Unterhaltung auf noch düsterere Themen gelenkt.

Tod und Selbstmord sind mehr als verboten. Sie sind eher wissenschaftliche Themen. Wir alle verstehen ihre Bedeutung – das Konzept des Todes war zu allgegenwärtig in der Vergangenheit, um nicht darüber zu stolpern – aber jetzt, da niemand mehr stirbt, scheint es sinnlos zu sein, über den Tod nachzudenken. Theoretisch könnte jemand bei einem tragischen Unfall ums Leben kommen, aber so etwas ist in der Geschichte Oasis' niemals vorgekommen. Also ja, im Gegensatz zum Fluchen habe ich kein Problem damit, ganz selbstverständlich dieser Regel zu folgen und niemals darüber zu reden oder nachzudenken.

»Hör auf damit, so sehr in deine Gedanken versunken zu sein«, schimpft Phoe in meinem Kopf. »Dein Freund leidet.«

Ich schaue zu Mark, der zusammengekrümmt mit seinem Kopf in seinen Händen dasitzt. Ich atme tief durch, gehe zu ihm und frage ihn: »Was kann ich machen?«

Diese Frage ist gleichermaßen an Mark und Phoe gerichtet.

»Nichts«, sagt Mark.

»Bringe ihn dazu, sich zu entspannen«, schlägt Phoe vor, »und versuche, die Sache mit dem Mädchen wieder geradezubiegen.«

»Mark, hör zu. Ich bringe dich jetzt auf unser Zimmer«, sage ich und lege ihm wieder meine Hand auf die Schulter. »Schlaf ein wenig, anstatt zum Geschichtsunterricht zu gehen. Ich werde Lehrerin Filomena sagen, dass du heute krank bist und werde mit Grace reden und versuchen, das Ganze aus der Welt zu schaffen.«

»Du verschwendest deine Zeit«, antwortet Mark trübsinnig. »Es ist mir egal, ob ich Ärger bekomme. Mir ist alles egal.«

»Das ist cool«, sage ich und tue so, als würde ich mich darüber freuen. »Wenn du wieder aufwachst, werden wir darüber reden, in welche Schwierigkeiten wir uns schon gebracht haben. Ich bin dran, Owen einen Streich zu spielen, falls du noch möchtest. Du weißt, dass wir dem Arschloch noch etwas dafür schulden, unseren Raum dreckig gemacht zu haben. Oder wir könnten Lehrerin Filomena morgen sagen, sich ihre Geschichtsvorlesung in eine ihrer Körperöffnungen zu schieben.«

Der zweite Vorschlag löst den Hauch eines Lächelns auf Marks Gesicht aus. Er hasst unsere Geschichtslehrerin.

Erleichtert erwidere ich sein Lächeln. »Und vergiss nicht«, fahre ich fort und versuche, meinen Erfolg zu verstärken, »der Tag der Geburt ist in weniger als drei Tagen.«

Mark liebt die Feste am Tag der Geburten genauso sehr wie wir alle. Und das liegt auch auf der Hand. Dieser Tag ist eine Kombination aller alten Feiertage: Geburtstag, Weihnachten, Hanukkah, Erntedankfest und vielen anderen, die jetzt alle an einem Tag gefeiert werden. Ganz zu schweigen davon, dass wir alle der Vierzig ein Jahr näher kommen werden, dem Alter, in dem die Jugendlichen zu Erwachsenen werden und man sie nicht länger wie Kinder behandelt.

Die Erinnerung an den Tag der Geburt scheint Mark noch ein wenig mehr aufzuheitern. »Weißt du«, sagt er, »Es wäre nicht einmal gelogen, wenn ich heute wegen Krankheit fehlen würde. Ich fühle mich wirklich schlecht.«

»Genau.« Ich zwinge mich zu einer möglichst fröhlichen Stimme. »Du hast die perfekte Ausrede.«

Ich helfe ihm auf, und wir gehen zu den Schlafzimmern.

Auf dem Weg dorthin lenke ich unsere Unterhaltung auf unverfänglichere Themen und gebe mein Bestes, ihn von der Stimmung abzulenken, in der er gerade ist.

»Frage ihn nach seiner Bonsaisammlung«, schlägt Phoe vor. Du weißt, wie sehr er sie mag.«

Ihr Vorschlag hört sich gut an, also tue ich so, als habe ich ein großes Interesse für Marks verkrüppelte kleine Bäume entwickelt, und er ist froh darüber, mir mehr über dieses Thema zu erzählen, als jemals jemand wissen wollen würde.

Während ich vorgebe, ihm zuzuhören, plane ich meine Unterhaltung mit Grace. Vielleicht kann ich mir ihr Schweigen irgendwie erkaufen? Oder vielleicht kann ich sie davon überzeugen, dass es ein Scherz war? Wir können mit Bestrafungen für Streiche leben.

»Deshalb muss man die Zweige abknipsen und nicht abschneiden, wenn man den Baum stutzt«, sagt Mark, als wir unser Zimmer betreten. Er bleibt stehen, seufzt, und ich sehe, wie sich sein Gesichtsausdruck verdunkelt, als er hinzufügt: »Das Formen dieser Bäume ist das Einzige, was mich normalerweise entspannt, aber selbst das hilft gerade nicht.«

Ich zeige auf seine Ecke des Raumes und sage: »Leg dich hin, Mann.«

Mark blickt einen Moment lang in die gleiche Richtung, bis sich dort ein Bett materialisiert.

»Also um genau zu sein, wird es von den Nanos im Utility Fog jedes Mal neu erschaffen«, wirft Phoe ein.

»Ich habe einfach nur einen privaten Gedanken gehabt«, sage ich lautlos, aber mit deutlichen Lippenbewegungen. »Das ist das Problem bei dem Reden via Gedankenübertragung.«

Mark geht zu seinem Bett, legt sich hin und schließt seine Augen.

Ich warte einen Augenblick, da ich nicht weiß, ob ich bleiben sollte, bis er eingeschlafen ist, auch wenn ich mir nicht sicher bin, woran ich das erkennen kann.

»Er schläft *schon*«, meint Phoe. »Er muss in Gedanken Schlaf angefordert haben, so wie er es mit seinem Bett getan hat.«

»Er war nie ein großer Freund von Gesten«, denke ich zu ihr und gehe aus dem Raum. »Weißt du wo ich, –«

»Grace ist in der Nähe des Geschichtssaals«, sagt Phoe, und ihre Stimme hallt von den glänzenden gewölbten Wänden des Flurs wider.

Offensichtlich hört sie meinen Gedanken, denn sie sagt: »Das Echo ist ein Streich deines Gehirns.« Diesmal befindet sich ihre Stimme in meinem Kopf.

Ich beginne, schneller zu gehen, und als ich denke, dass niemand zu mir schaut, renne ich. Wenn sie mich dabei erwischen, dass ich renne, kann ich immer noch lügen und sagen, dass ich gerade Sport gemacht habe. Das ist ein Trick, den Liam, der Typ, der immer in Eile ist, sich einfallen lassen hat.

Sobald ich draußen bin, nehme ich den Laufweg. Auf diese Weise wird niemand mein »Training« in Frage stellen.

* * *

Ich sehe Graces rotes Haar im Gang vor dem Eingang zum Geschichtssaal, aber bevor ich sie erreiche, legt sich eine Hand auf meine Schulter.

»Mann«, sagt Liam mit seiner aufgeregten, kreischenden Stimme. »Wo hast du den ganzen Tag gesteckt?«

»Nicht jetzt, Liam.« Ich schüttele leicht meinen Kopf. »Ich muss etwas Dringendes erledigen.«

»Was denn?« Er stößt mich freundschaftlich an – eine Geste, mit der er sich eine genauso lange Stille einhandeln kann, wie wenn er mich wirklich schlagen würde.

»Keine Zeit für Erklärungen.« Meine Stimme ist fest und kompromisslos – etwas, was Liam in seltenen Fällen aus seiner Hyperaktivität reißt.

»Egal, was es ist,« – Liam zappelt, indem er sein Gewicht von einem Fuß auf den anderen verlagert – »ich komme mit.«

Ich seufze und beeile mich, zu Grace zu gelangen. Ich bin ja schon froh, dass er wenigstens aufgehört hat zu reden.

»Ah, wenn das nicht die Zwillings-Stooges sind«, meint Grace, während sie Liam kühl anblickt und mir ein schiefes Lächeln zuwirft.

»Sie heißen Three Stooges, du ignorante Fotze«, sagt Phoe, auch wenn Grace sie natürlich nicht hören kann.

»Ich glaube, dass sie uns Zwillinge nennt, weil sie glaubt, dass wir uns sehr ähnlich sind«, denke ich zu Phoe, um sie zum Schweigen zu bringen.

»Du bist groß und hast blaue Augen«, knurrt Phoe, »während Liam dir gerade mal bis zum Kinn reicht und braune Haare hat. Um es auf den Punkt zu bringen: du bist sehr gutaussehend und zappelst nicht so sehr wie dein stämmiger Freund, und das weiß sie auch.« Sie hört sich an, als würde sie mit zusammengebissenen Zähnen sprechen. »Ich kann es in den Augen der Schlampe sehen. Du und Liam, ihr könntet nicht einmal unterschiedlicher sein, wenn ihr es darauf anlegen würdet. Und Mark –«

»Mark ist der Grund dafür, weshalb ich hier bin, Phoe. Der Grund dafür, weshalb ich mit dieser ›Fotze‹ – was auch immer das Wort bedeutet – reden muss. Also bitte, sei ruhig.« Obwohl ich gerade von ihr genervt bin, kann ich mir ein innerliches Lächeln darüber, dass mich meine imaginäre Freundin gutaussehend genannt hat, nicht verkneifen. Das muss eine höhere Form von Narzissmus sein.

Ich konzentriere mich auf das, was ich tun muss, lächele Grace an und sage so freundlich ich kann:»Hallo Grace. Ich würde gerne mit dir reden.«

In diesem Moment klingelt es, um den Beginn der Geschichtsstunde anzukündigen.

»Ich denke, ich weiß, worum es geht«, meint Grace und klimpert mit ihren langen Wimpern. »Und es wird warten müssen. Ich habe nicht vor, zu spät zur Vorlesung zu kommen.«

Bevor ich etwas erwidern kann, geht sie zwischen Liam und mir hindurch in die Aula.

»Was war das denn?«, fragt Liam. »Lass uns Geschichte schwänzen, damit du es mir erklären kannst.«

Ich betrachte meinen Freund. Wenn er so aufgeregt ist, seine Haare wie immer völlig durcheinander sind und seine braunen Augen blitzen, erinnert er mich an Taz, den tasmanischen Teufel aus einem alten Cartoon.

»Es tut mir leid, ich kann sie nicht ausfallen lassen«, sage ich. »Ich darf keine Stille bekommen, bevor ich mit ihr gesprochen habe.«

Ohne Liam die Gelegenheit zum Protestieren zu geben, folge ich Grace in den Saal.

Alle sitzen schon. Anstatt mir mit einer Geste einen Stuhl zu rufen, benutze ich ein Gedankenkommando, bevor ich meinen Bildschirm gleichzeitig mit meinem Tisch erscheinen lasse.

Ich tue so, als würde ich mir den Stundenplan anschauen, während ich in Wirklichkeit Grace betrachte.

Wie alle anderen trägt sie eine weite, unförmige Bluse und eine locker sitzende Hose, so dass der Großteil ihres Körpers verdeckt ist. Trotzdem kann man ihre große, schlanke Figur erkennen, und ich muss zugeben, dass ihre körperliche Erscheinung trotz ihres falschen Charakters hübsch anzusehen ist.

Mit ihren symmetrischen Gesichtszügen erinnert mich Grace an eine Frau aus den alten Zeiten.

»Das liegt daran, dass alle Vorfahren, die du gesehen hast, Models und Schauspieler waren«, mischt sich Phoe ein. »Die körperliche Attraktivität der Vorfahren folgte einer normalen Verteilungskurve, aber du kennst nur die speziellen Fälle, die in den medialen Aufzeichnungen erhalten blieben – und diese auch nur, nachdem sie retuschiert worden waren …«

»Und damit beginnt die Geschichtsvorlesung, bevor Filomena überhaupt ihren Mund geöffnet hat«, forme ich mit meinen Lippen.

»Ich musste dich unterbrechen, bevor du dich entscheiden konntest, an welche Zeichentrickfigur dich Grace erinnert«, denkt Phoe.

»Die kleine Meerjungfrau«, antworte ich ihr, hauptsächlich, um sie zu ärgern.

»Du bist sehr großzügig.« Phoes Stimme ist eigenartig angespannt. »Ich denke, dass sie eher wie die kleine Krabbenfreundin Arielles aussieht.«

»Guten Abend Studenten«, sagt Lehrerin Filomena mit ihrer nasalen Stimme, als sie den Raum betritt. »Habt ihr euch auf die Wunder der Geschichte vorbereitet?«

Ich erschaudere. Lehrerin Filomena hat eine Schwäche für dramatische Auftritte und übertreibt oft, wenn es darum geht, wie interessant ihr Thema ist.

»Zu ihrer Verteidigung«, flüstert Phoe, »alle Erwachsenen sind besessen von den Themen, die sie sich als ihr Lebenswerk ausgesucht haben.«

Ich ignoriere Phoe und hoffe, dass die heutige Stunde mehr Einblicke in die alte Welt gibt und nicht nur die übliche Propaganda beinhaltet.

»Ich werde eure Hausaufgaben heute nicht einsammeln«, meint Lehrerin Filomena. Das ist Musik in meinen Ohren, da ich den Aufsatz gerade erst auf dem Stundenplan gesehen habe. »Ich beginne sofort mit der virtuellen Realität«, fährt sie fort, »also erschreckt euch nicht.«

Ich würde gerne einmal wissen, wer sich durch etwas erschreckt, was normaler Bestandteil seines Lebens ist.

»Na ja, manchmal bekommst du –«

»Private Gedanken, Phoe«, sage ich lautlos zu ihr. »Wenn du möchtest, dass diese Nachrichtenübertragung per Gedanken weitergeht, musst du lernen, zwischen denen zu unterscheiden, die für dich sind, und denjenigen, die Selbstgespräche sind – außer natürlich, es ist das Gleiche, mit dir zu reden, wie mit mir selbst zu kommunizieren. In dem Fall wäre das irrelevant.«

Phoe murmelt etwas vor sich hin, was ich aber nicht verstehe, da die virtuelle Realität dieser Stunde beginnt und das einer der wenigen Teile der Geschichtsvorlesungen ist, die ich wirklich gerne mag.

Ich befinde mich nicht länger auf meinem Sitz in der Aula.

Ich befinde mich nicht länger in Oasis.

Stattdessen stehe ich auf einem schlammigen, mit Unkraut bewachsenen Boden auf der Spitze eines majestätischen, grünen Hügels. Die Luft ist kalt und riecht nach Blumen, die ich nicht benennen kann. Auf meiner rechten Seite befindet sich eine riesige Mauer, die sich über den Hügel erstreckt, und so lange das Auge reicht die Landschaft durchzieht.

»Das ist die große chinesische Mauer«, forme ich mit den Lippen. »Stimmt's?«

»Ja«, antwortet Phoe. »Ich kann gar nicht glauben, dass sie euch diese Weltwunder zeigt, ohne sie jemals beim Namen zu nennen.«

Ich antworte nicht, da ich, noch bevor ich alles aufgenommen habe, nicht mehr neben der Wand stehe, sondern neben einem riesigen, halb zerfallenen, ovalen Bauwerk, das ich gut kenne: dem Kolosseum.

»Ich wette, als Nächstes kommt der Taj Mahal«, meint Phoe.

»Ruhe«, erwidere ich. »Ich genieße gerade den einzigen Spaß, den man in Filomenas Vorlesungen haben kann.«

»Ich hab's dir doch gesagt«, höre ich Phoes Stimme, als sich der nächste Ort um mich materialisiert – oder ist es korrekter zu sagen, dass ich mich am nächsten Ort materialisiere?

Ich stehe neben einem Gebäude aus weißem Marmor und versuche das Bild abzuspeichern, bevor sich die Landschaft wieder ändert.

Als Nächstes ist das Empire State Building an der Reihe, danach der Grand Canyon und die majestätischen Niagarafälle. Die darauffolgenden Bilder der alten Welt wechseln immer schneller, bis sie eine Geschwindigkeit erreichen, in der ich sie unmöglich zuordnen kann.

Dann sehe ich die alte Erde wie aus einem kleinen runden Fenster – einem Ausgangspunkt im All. Ich liebe diesen Teil, weil ich mich dann schwerelos fühle und weil die alte Erde so umwerfend aussieht – eine blaue Welt voller Leben.

Dann sind wir auch schon bei dem Teil angekommen, den ich nicht mag.

Es ist derselbe Ausgangspunkt, nur dass die Erde sich verändert hat.

Die blauen Ozeane voller Wasser, die gelben Wüsten voller Sand, die grünen Wälder und die roten Canyons – sie sind alle verschwunden, und an ihrer Stelle befindet sich jetzt die orange-braune Masse des Goos.

Das Bild wird herangezoomt, aber ich kann Oasis immer noch nicht sehen, nur die immer größer werdende eintönige Fläche des Goos. Der Zoom wird verstärkt, und irgendwann kann ich eine winzig kleine, grüne Insel unter einer Kuppel erkennen.

»Blah, blah«, sagt Phoe. »Die Kinder haben es verstanden. Oasis erstreckt sich über 0,00000171456 Prozent der Erdoberfläche, und der Rest ist gekotzte Scheiße. Ich denke, das ist auch schon nach den ersten tausend Malen klar geworden, an denen dieser Punkt angesprochen wurde.«

»Vieles ging verloren, als das technologische Armageddon eintrat«, höre ich die körperlose Stimme der Lehrerin. »Oasis hat Glück gehabt, nicht untergegangen zu sein. Es wurde dank seiner isolierten Lage und durch die Tatsache gerettet, dass seine Bewohner sich nicht dem Übel der Technik unterworfen haben, die letztendlich Amok gelaufen ist. Heute werden wir uns mit den Amischen beschäftigen – der Gruppe, die unsere Vorfahren inspiriert hat. Mutige Seelen, die zu ihren Lebzeiten die Technik genauso gemieden haben, wie wir das heutzutage tun.«

»Ist sie sich der Ironie des Ganzen wirklich nicht bewusst?«, fragt Phoe. »Sie hält diesen Wir-lehnen-Technologien-ab-Vortrag, während alle eure Gehirne von Nanozyten gesteuert werden, jede Aufnahme und Abgabe jedes einzelnen Nervs genau kontrolliert wird, um eine künstliche Realität perfekt zu erleben –«

»Phoe«, flüstere ich warnend, aber es ist sinnlos; wir haben den wunden Punkt meiner imaginären Freundin getroffen.

»Technologie in Form eines Kraftfelds schützt uns vor dem Goo, das uns umgibt.« Phoe spricht manisch eindringlich. »Technologie in Form von Nanomaschinen kleidet euch ein, gibt euch zu essen, erschafft die Luft, die ihr atmet, und kümmert sich um den Abfall, den ihr ausscheidet.«

Ich habe keinerlei Einwände gegen das, was Phoe sagt; ich bin einfach nur wütend, dass sie überhaupt gerade spricht, also bewege ich meinen Mund aus reiner Boshaftigkeit: »Die Nanoreplikatoren haben außerdem die Welt in das Goo verwandelt.«

Ich höre, wie Phoe tief einatmet, und bereite mich auf eine Lawine von Einwänden vor; aber stattdessen sagt sie: »Ich weiß, dass du mich einfach nur auf die Palme bringen willst.«

»Woran hast du das erkannt?« Ich versuche so viel Sarkasmus in diesen Gedanken zu legen wie ich nur kann.

Sie antwortet nicht.

»Zweimal Schweigen an einem Tag? Ich werde definitiv besser im Umgang mit meiner *imaginären* Freundin«, denke ich spitz.

Sie antwortet immer noch nicht, also wende ich meine Aufmerksamkeit der Geschichtsstunde zu.

Ich bin zurück in dem Raum, in dem Lehrerin Filomenas dröhnende Stimme uns über die Tugenden der Amischen aufklärt. Ich schalte ab, weil ich weiß, dass ich sonst wieder wütend werde. Unser Lehrplan, besonders Lehrerin Filomenas Geschichtsvorlesungen, sind eine gute Übung, sich bestimmte Sachen herauszupicken. Zum Beispiel betont sie die Gemeinsamkeiten zwischen uns und den Amischen, aber ignoriert wichtige Unterschiede – wie zum Beispiel Religion – komplett. Ich habe durch meine eigenen Recherchen herausgefunden, dass die Amischen über ihre religiöse Überzeugung definiert wurden und ihre Weltanschauung völlig anders war als unsere.

Ich erwarte, dass Phoe sich zu Wort meldet und etwas sagt wie »es gibt in diesem Fall noch weniger Gemeinsamkeiten als das eine Mal, als sie Oasis mit den Visionen des alten Philosophen Platons und seiner Republik verglichen hat«, aber Phoe ist immer noch beleidigt.

Um sie zum Reden zu bringen, sage ich lautlos: »Ich frage mich, ob das die nächste Stufe meiner Geisteskrankheit ist, dass ich mir Phoes Worte exakt denken kann …«

Phoe schluckt den Köder nicht.

Gelangweilt höre ich der Vorlesung zu. Als Filomena weiterhin ihre durcheinandergewürfelte Theorie erklärt und ich mich fühle, als würde ich gerade die langweiligsten fünfzehn Minuten meines Lebens absitzen, sage ich erneut lautlos: »Vielleicht hätte ich Phoe nicht ärgern sollen.«

Phoe lässt mich weitere zehn Minuten schmoren, bevor sie ein schnelles »Geschieht dir recht« murmelt und das Gesagte dadurch unterstreicht, dass sie eine weitere quälende halbe Stunde lang nicht mit mir redet – den ganzen Rest der Stunde.

»Das ist alles für heute«, sagt Filomena schließlich, und wir sind zurück in der Realität unseres Klassenzimmers. »Vergesst nicht«, fährt sie fort, »wie jener alte Poet gesagt hat, sind diejenigen, die nichts aus der Geschichte lernen, dazu verdammt, sie zu wiederholen.«

Ich kämpfe gegen die leichte Desorientierung an, die ich immer verspüre, wenn ich aus der virtuellen Realität zurückkehre. Aus dem Augenwinkel sehe ich, dass Grace aufsteht, und springe ebenfalls auf.

Grace verlässt den Saal, und ich folge ihr, ohne auf Liam zu achten, der versucht, meine Aufmerksamkeit zu erlangen.

»Bitte, Grace«, sage ich, als ich sie fast eingeholt habe.

Grace bleibt mitten auf dem Gang stehen und schaut sich um.

»Was willst du?«, fragt sie, während sie sich eine rote Locke um ihren Finger wickelt. »Mach es kurz.«

»Es geht um das, was Markwart dich glauben haben lassen könnte –«

»Spare dir deine Lügen«, unterbricht mich Grace. »Ich habe schon Bericht beim Dekan erstattet.«

VIERTES KAPITEL

»Sch...«

»Sag besser nichts, was der Petze noch mehr Munition geben würde«, sagt Phoe, deren Wut auf mich auf einmal verschwunden ist. »Bleibe ruhig.«

Ich konzentriere mich darauf, nicht zu fluchen, und frage: »Du hast es gemeldet?«

Ich spreche diese Worte in der eigenartigen Hoffnung aus, dass Grace mich nur aufziehen möchte, aber ihr Gesicht ist ernst, und ich beginne, etwas zu fühlen, was die älteren Jugendlichen in Oasis fast nie verspüren.

Angst.

Meine Besorgnis muss sich auf meinem Gesicht widerspiegeln, denn Grace runzelt ihre Stirn und sagt mit leiser Stimme: »Du verstehst das nicht, Theo. Markwart braucht Hilfe. Ich habe das für ihn getan – und um mich zu schützen.«

Meine Hände tun etwas Unerwartetes: sie ballen sich zu Fäusten.

»Theo, was zum Teufel ...?«, fragt Phoe. »Hast du wirklich gerade daran gedacht, ein Mädchen zu schlagen?«

»Nein«, forme ich mit den Lippen und atme tief ein. »Und was hat das Geschlecht damit zu tun?« Bevor Phoe antworten kann, füge ich hinzu: »Ich habe seit Jahren nicht daran gedacht, jemanden zu schlagen, außer Owen, aber er ist ein Arschloch, also zählt es nicht, dass ich ihm eine verpassen möchte.«

»Gehe jetzt weg«, meint Phoe mit entschiedener Stimme.

»Das hättest du nicht tun sollen«, sage ich zu Grace und ignoriere Phoe. »Warum bist du so? Wir waren mal Freunde –«

»Hast du endlich genug Mut, um mir ins Gesicht zu sagen, dass ich eine Petze bin?« Graces Stimme, die normalerweise sehr melodiös ist, hört sich wie ein Fauchen an. »Denkst du, dass ich nicht weiß, wie du und deine kleine Gang mich nennt? Alles, was ich versuche, ist, Markwart zu helfen, bevor er sich oder jemand anderem wehtut. Werd endlich erwachsen.«

Und bevor ich etwas erwidern kann, stürmt sie davon.

»Das ist komisch. Ich glaube sie rennt – das ist ein Regelbruch«, sagt Phoe und hört sich genauso verwirrt an wie ich mich fühle.

Liam hat mich endlich eingeholt und schaut Grace hinterher, die schon fast verschwunden ist. »Wie eißeschen ist die denn drauf?«

»Mann, du kannst doch nicht einfach als einziges das Sch-Wort in Schweine-Latein sagen«, meine ich verschlüsselt zu ihm. »Man muss kein genialer Kryptologe sein, um aus dem Zusammenhang darauf zu schließen, was du meinst.«

»Uden annstken ichmen almen«, erwidert Liam in Geheimsprache und fügt normal hinzu: »Wie sieht's damit aus? Das sind vier Worte: ›du‹ und ›kannst‹ und ›mich‹ und ›mal‹, und alle vier sind ohne Einschränkungen erlaubt.« Er grinst, als ich nur mit dem Kopf schüttele, und sagt danach ernsthafter: »Irgendetwas geht hier gerade vor sich, und du musst mir sagen, was es ist.«

»Okay«, meine ich. »Ich werde es dir auf dem Weg zu unserem Zimmer erklären.«

Als wir das Vorlesungsgebäude verlassen, beginne ich mit meiner Geschichte, und zwar mit leiser Stimme und auf Schweinelatein. Auf dem Campus drängen sich die Jugendlichen, und während wir ihn überqueren, muss ich freundlich eine Einladung ablehnen, Hacky Sack zu spielen. Kurz danach lehnt Liam weniger freundlich das Angebot ab, eine Runde Badminton als Doppel zu spielen. Erst als wir schon fast die Hälfte des Weges zu den Zimmern hinter uns gebracht haben, bin ich fertig damit, ihm Marks Dilemma zu erklären.

»Was hast du denn anderes von der Lampeschen erwartet?«, fragt Liam, als wir uns dem Fußballfeld nähern. »Du hättest nicht mit ihr sprechen sollen. Ich meine, was zum Teu...«

Liam beendet seinen Satz nicht, da in diesem Moment ein Fußball in seinem Schritt landet.

Mit einem Aufschrei krümmt sich mein Freund und umklammert sein schmerzendes Körperteil.

Bevor der Ball wegrollen kann, hebe ich ihn auf und schaue mich um.

Einige Jugendliche kommen auf uns zu.

»Bist du okay?«, fragt Kevin, einer von ihnen, mit dem wir kaum etwas zu tun haben. Er sieht wirklich besorgt aus.

»Ja«, ertönt auf einmal die allzu bekannte, hyänenartige Stimme von Owen. »Wirst du jetzt weinen, Li-Li-Put?«, will er wissen und benutzt dabei Liams verhassten Spitznamen aus der Kinderzeit. »Es tut mir unglaublich leid«, fügt er hinzu und zwinkert mich dabei an.

Eine Mischung aus Knurren, Sprache und Schweine-Latein ertönt aus Liams Mund.

Owen grinst höhnisch. »Normalerweise ist es lustiger, wenn man Idioten mit einem Ball in die Eier trifft.«

Liam geht einen Schritt auf ihn zu.

Ich trete mit3 dem Ball in meinen Händen vorsichtshalber zwischen sie. Ich habe diese Situation schon Millionen Male miterlebt.

Owen und seine Gang aus drei weiteren Krawallbrüdern hassen unser Trio. Diese Fehde hat schon in Kindheitstagen begonnen, als Owen und seine Kumpel alle anderen Kinder belästigt haben, die sich nicht wehrten. Wir waren allerdings keine leichte Beute, hauptsächlich wegen Liam. Damals war unsere Gruppe noch größer – unter anderem gehörte auch Grace zu uns, was heutzutage kaum zu glauben ist. Wir haben es nicht zugelassen, dass sie uns mobben; wir haben uns gewehrt.

Damals waren die Dinge noch einfacher und wilder. Die Erwachsenen verschlossen ihre Augen gegenüber kleineren Ausschreitungen, da sie es als eine unvermeidbare Nebenwirkung des Gehirnwachstums betrachteten. Wer geschubst wurde, schubste zurück, wer geschlagen wurde, schlug zurück.

Natürlich änderte sich das alles, als wir sieben Jahre alt wurden und sie die Stille einführten. Die Konsequenzen für Mobbing waren jetzt hart, und weder konnte Owen es weiterhin offensichtlich tun noch wir uns rächen, ohne uns den Zorn der Lehrer zuzuziehen. Außerdem nahm unser Wunsch nach Gewalt ab, außer wenn sich solche Situationen wie diese ergaben. Anstatt uns offen zu belästigen, nervt Owen uns jetzt mit Streichen, Lästereien und bösen Überraschungen – und wir stellen sicher, es ihm heimzuzahlen.

»Das ist keine Stille wert«, sage ich so ruhig ich kann zu Liam. »Nicht wegen eines so *unglücklichen* Vorfalls.«

»Genau, Li-Li-Put.« Owen schaut auf meine rechte Hand, in der ich den Ball halte. »Hör auf Warumodore.«

Als ich meinen eigenen verhassten Spitznamen höre, überlege ich einen Moment lang, ob ich Owen nicht den Ball ins Gesicht schleudern sollte. Der einzige Grund, aus dem ich mich dagegen entscheide, ist der, dass ich mir sicher bin, dass er ihn fangen wird und sich wahrscheinlich noch dafür bedankt, dass ich ihm den Ball zurückgegeben habe. Ich ziehe ebenfalls in Erwägung, Liam das tun zu lassen, was er möchte, aber das ist eine schlechte Idee, da er sich tage-, wenn nicht wochenlange Stille einhandeln würde, wenn er Owen gegenüber ernsthaft gewalttätig wird. Wahrscheinlich ist das exakt Owens Plan, da er Liam ansonsten nicht anstacheln würde, um ihn in Schwierigkeiten zu bringen. Er will eine Antwort provozieren, da er weiß, dass von allen Jugendlichen in Oasis einzig und allein Liam ab und an Gewaltschübe bekommt.

Wir, ich mit meiner Neugier, Mark mit seiner Launenhaftigkeit und Liam mit seinen besagten Schüben, sind wahrscheinlich die eigenartigste Gruppe von Jugendlichen in Oasis – abgesehen von unseren Todfeinden, die uns gerade gegenüberstehen und die untypische Arschlöcher sind.

»Frieden ist eine gute Wahl«, flüstert Phoe. »Du bist der Einzige hier, der sich seinem Alter angemessen verhält.«

»Pst«, sage ich lautlos. »Ich habe eine Idee.«

»Und dahin ist deine Reife.« Phoe lacht humorlos auf. »Weißt du eigentlich, dass deine Vorfahren mit dreiundzwanzig Jahren schon als erwachsen galten? Nur weil diese Erwachsenen hier dich so behandeln, als seist du erst fünf, heißt das nicht, dass du dich auch so benehmen solltest.«

Ich ignoriere sie und täusche an, den Ball auf Owens Bauch zu werfen.

Er hebt seine Hände sofort mit einer geübten Torhüter-Bewegung an, aber ich lasse den Ball nicht los.

Stattdessen gebe ich Liam mit meiner linken, freien Hand ein Zeichen, das nur er sehen kann. Ich strecke meinen kleinen und den Zeigefinger aus – unser geheimes Signal vom Basketball.

Liam gibt einen kurzen Laut von sich, damit ich weiß, dass er mich verstanden hat, und ich trete nach rechts.

Aus meiner neuen Position heraus täusche ich an, den Ball auf Owens Kopf zu werfen.

Instinktiv hebt er seine Hände.

Ich ändere meine Richtung und werfe den Ball so schnell zu Liam, dass ich einen Moment lang befürchte, dass er ihn nicht fangen wird.

Aber genau das tut er.

In Lichtgeschwindigkeit schleudert Liam den Ball sofort auf Owens Lendenbereich und sagt: »Nichts für ungut, Mann. Hier hast du den Ball zurück.«

Mit einem Stöhnen umfasst Owen sein bestes Stück und geht zu Boden.

»Oh, nein«, meint Liam in einer perfekten Imitation von Owens Stimme. »Sollen wir die Krankenschwester rufen?«

Owen erwidert etwas mit einer Fistelstimme. Ich bin mir ziemlich sicher, dass es sich dabei um verbotene Worte handelt, aber er sagt sie nicht deutlich genug, um sich Schwierigkeiten einzuhandeln. Nicht, dass Liam oder ich ihn gemeldet hätten, aber vielleicht die anderen.

»Das war alles aus Versehen, nicht wahr?« Ich stelle Augenkontakt zu den anderen Jugendlichen auf dem Spielfeld her.

Alle nicken zustimmend, auch wenn einige von ihnen uns anschauen, als seien wir eine Gruppe von tollwütigen Gorillas. Ich kann ihnen daraus keinen Vorwurf machen. Meditation, Yoga, Sport, unser Unterricht und andere Beispiele dafür, wie man sich »anständig« verhält, definieren die meisten Jugendlichen. Ich beneide sie für ihre schlichte Weltanschauung.

Mit hoch erhobenem Kopf, aber einem etwas eigenartigen Gang, verlässt Liam das Spielfeld, und ich folge ihm in grüblerischem Schweigen.

Als hätten wir durch diese Sache mit Mark nicht schon genügend Probleme.

Nach diesem Zwischenfall bin ich besonders glücklich darüber, dass Liam, Mark und ich uns ein Zimmer teilen. Einige der Jugendlichen leben lieber in den kleineren Einzelzimmern, wenn sie älter werden, aber sie haben auch nicht solche fantastischen Freunde. Sie müssen sich auch keine Sorgen darüber machen, dass ihnen irgendwelche Idioten nachts Streiche spielen.

Den Rest des Wegs sprechen wir weiterhin über Mark. Als wir unser Zimmer betreten, scheint sich Liam vollständig von Owens Wurf erholt zu haben, also nehme ich an, dass kein dauerhafter Schaden entstanden ist.

Mark schläft immer noch, und Liam geht zu seinem Bett, um ihn wachzurütteln.

Als Mark nicht antwortet, dreht sich Liam zu mir um und meint: »Dieser blöde Regimegegner schläft immer noch wie ein Baby.«

»Reib es ihm morgen nicht noch unter die Nase«, warne ich Liam. »Er hat schon genügend Probleme.«

»Aber ich hatte ihn gewarnt und ihm geraten, sich von ihr fernzuhalten«, widerspricht Liam. »*Ich* habe es ihm gesagt und *du* hast es ihm gesagt.«

Seufzend bereue ich, Liam die ganze Geschichte erzählt zu haben. »Ich bin mir sicher, dass er für seine Dummheit bezahlen wird.«

»Was denkst du, werden sie mit ihm tun?«, fragt Liam und sieht zur Abwechslung besorgt aus.

»Ich habe ein schlechtes Gefühl bei der Sache«, erwidert Phoe, so als ob Liam sie hören könnte.

»Ich habe keine Ahnung«, antworte ich und ignoriere sie. »Ich nehme an, dass wir nichts weiter tun können, als abzuwarten.«

»Diese Idee, ›auf krank zu machen‹, war super«, sagt Liam. »Vielleicht sollte er das noch ausnutzen, bis er seine Bestrafung erhält. Wenn sie glauben, dass er krank ist und zu viel Schule verpasst hat, verkürzen sie vielleicht seine Stille.«

»Vielleicht«, sage ich und versuche eine Hoffnung zu versprühen, die ich nicht spüre.

Was ich spüre, ist die Angst von vorhin, nur stärker. Außerdem bin ich erschöpft.

»Das ist die Folge des Adrenalinrauschs«, sagt Phoe. »Du bist nicht daran gewöhnt, unausgeglichen zu sein. Schlaf sollte helfen.«

Als sie schlafen erwähnt, gähne ich laut.

»Oh nein, das wirst du nicht«, sagt Liam und wirft mir einen frustrierten Blick zu. »Es ist noch früh. Wir könnten –«

»Ich werde schlafen gehen«, sage ich entschlossen und unterstreiche mein Vorhaben dadurch, dass ich die Zwei-Handflächen-nach-oben-und-nach-unten-Geste durchführe, um mein Bett erscheinen zu lassen.

»Erschaffen zu lassen«, korrigiert mich Phoe. »Die Nanos –«

»Sind pedantisch«, sage ich lautlos.

»Okay«, sagt Liam und ruft sich einen Stuhl.

Ich ziehe meine Schuhe aus und gehe in mein Bett, sobald es erscheint – *erschaffen* worden ist, verbessere ich mich, um Phoe glücklich zu machen.

Aus dem Augenwinkel sehe ich, dass sich Liam in seinen Stuhl plumpsen lässt. So, wie er dasitzt, nehme ich an, dass er seinen privaten Bildschirm aufgerufen hat und gerade überlegt, was er tun soll.

Da ich gerade ein netter Mensch bin, rufe ich meinen eigenen Bildschirm auf und schicke ihm einen Filmtipp: *Der Zauberer von Oz.*

Danach gebe ich ein Zeichen, damit die Decke »erschaffen« wird und kuschele mich hinein. Meine Augen schließen sich, aber ich schlafe nicht so schnell ein wie normalerweise.

Ich sollte der Natur etwas nachhelfen. Ich spanne die Muskeln um meine Augen an, was normalerweise das Signal dafür ist, den assistierten Schlaf beginnen zu lassen, aber eigenartigerweise passiert nichts. Mein Kopf ist voller Gedanken, die sich um die Ereignisse des heutigen Tages drehen. Ich versuche es erneut, aber mit dem gleichen Ergebnis.

Ich gebe auf und konzentriere mich wieder darauf, auf natürlichem Wege einzuschlafen, aber einige Minuten später bin ich immer noch wach und meine Angst verschlimmert sich sekündlich. Sie ist so groß, dass ich beginne, mir darüber Sorgen zu machen, dass ich mir Sorgen mache. Könnte mit mir auch etwas nicht stimmen, so wie bei Mark?

»Du bist einfach gerade sehr gestresst«, flüstert Phoe. »Du musst dich beruhigen, damit der Befehl für den assistierten Schlaf funktioniert.« Sie zögert einen Moment, bevor sie leise fragt: »Möchtest du, dass ich ihnen erlaube, dich die Einheit spüren zu lassen, nur dieses eine Mal?«

»Du hast mir gesagt, dass sie psychologisch abhängig macht«, erwidere ich. »Ich habe mich richtig elend gefühlt, als ich mich vor einigen Wochen von ihr befreit habe.«

»Ja, ich weiß, und außerdem ist die Einheit kompletter Mist.« Ihre Stimme wird lauter. »Es ist die Antwort der Alten auf altertümliche religiöse Erfahrungen, von denen sie heuchlerisch behaupten, dass sie sie hinter sich gelassen hätten.« Sie macht eine Pause, so als müsse sie sich beruhigen, und fügt dann in einem sanfteren Ton hinzu: »Da ich dir das alles erzählt habe, würde ich dir offensichtlich nicht ohne guten Grund empfehlen, diese Erfahrung zu wiederholen.«

»Und was wäre dieser gute Grund?« Mir fällt auf, dass es einfacher ist, Sarkasmus durch lautloses Sprechen als durch einen bloßen Gedanken zum Ausdruck zu bringen.

»Ich kann deinen neuronalen Scan sehen. Du bist durcheinander und ich weiß keinen anderen guten Weg, um dich zu beruhigen«, sagt sie. »Nicht, ohne deine Gehirnchemie dabei eventuell unvorhersehbar durcheinanderzubringen. Die Einheit dagegen ist, trotz aller Kritikpunkte, schon an vielen Gehirnen getestet worden.«

»Als eine Form der Kontrolle«, sage ich und wiederhole das, was sie mir einmal erzählt hat.

»Ja, und um euch alle friedlich und glücklich zu stimmen, aber du darfst nicht vergessen, dass es sich dabei lediglich um ein Programm handelt, das auf der Arbeit altertümlicher Neurotheologen basiert. Es veranlasst eure Nanozyten dazu, mit eurem Stammhirn, dem Stirnlappen, dem Scheitellappen und dem Schläfenlappen zu interagieren.« Ihre Stimme hört sich näher an, so als säße sie neben mir auf dem Bett.

»Diese ganzen Dinge zu wissen macht es nicht weniger komisch«, flüstere ich dorthin, wo ihr Kopf wäre, wenn sie sich wirklich hier befände.

Liam bewegt sich in seinem Stuhl, vielleicht hat er mein Flüstern gehört.

»Du kannst es stattdessen auch mit Meditation versuchen«, schlägt Phoe vor. Ich bin ihr dankbar dafür, dass sie die Gelegenheit nicht genutzt hat, mich für mein Flüstern zu tadeln. »Das bringt dein Gehirn in einen netten Deltawellen-Zustand, senkt deinen Blutdruck und hat generell einige der gleichen positiven Effekte wie die Einheit auf Körper und Geist.«

»Ist ein meditativer Zustand nicht auch Teil der Einheit?«

»Ja, das ist er«, bestätigt Phoe. »Und gerade jetzt könntest du diese Gelassenheit gebrauchen.«

»Du weißt, dass ich nicht mehr meditieren kann, seit du in meinem Leben aufgetaucht bist«, denke ich und frage mich, ob sie die Bitterkeit in meinen Gedanken spüren kann. Sie antwortet nicht, also sage ich lautlos: »In Ordnung. Ich werde es mit der Einheit versuchen. Du kannst mir dabei helfen aufzuhören, wenn ich das möchte, stimmt's?«

»Das kann ich«, sagt sie leise. »Und, Theo? Es tut mir leid, dass ich dein Leben durcheinandergebracht habe.«

Ich will ihr gerade antworten, aber in diesem Moment beginnt die Einheit.

* * *

Ich fühle Freude.

Nein, keine Freude. Überwältigendes Glück.

Mit dem kleinen Teil meines Gehirns, mit dem ich noch denken kann, erinnere ich mich daran, dass unsere Vorfahren dieses intensive Gefühl »Ekstase« nannten.

Ich versuche, es mit den schönen tagtäglichen Dingen zu vergleichen, aber dieses Glücksgefühl durch die Einheit ist viel intensiver. Es ist besser als Essen, belebender als beim Sport zu gewinnen und aufregender als sich in ein Videospiel, einen Film, ein Buch zu vertiefen oder Musik zu hören. Keines dieser Dinge kommt in die Nähe der Einheit; die Intensität dieses Glücks ist schon fast schmerzhaft.

Dann stellt sich ein weiterer Bestandteil der Einheit ein. In einer Art inneren Vision sehe ich ein helles Licht und fühle eine gütige himmlische Präsenz. Wenn ich einer der Vorfahren wäre, würde ich wahrscheinlich denken, dass mich meine toten Ahnen oder Götter umgeben. Ohne einen spezifischen religiösen Hintergrund ist es einfach ein immer intensiver werdendes Gefühl. Auf seinem Höhepunkt geht es in die Überzeugung über, dass die Güte und die Liebe des Universums mich umgeben. Ich fühle mich mit den entfernten Sternen verbunden. Ich erinnere mich daran, dass wir alle aus Sternenstaub bestehen, und ich spüre, wie die Sterne und ich durch ein unsichtbares verwandtschaftliches Netzwerk miteinander verbunden sind. Ich fühle mich, als ob sich das Universum, trotz seiner Überlegenheit, wirklich für mich interessiert.

Danach verlangsamt sich meine Atmung, und mit jedem Atemzug bekomme ich den Eindruck, dass nicht ich atme, sondern dass das ganze Universum die Luft in mich hineinströmen lässt, sie mir wieder entzieht und das Ganze wiederholt.

Ich fühle auch Liebe und wünsche allen Menschen in Oasis Glück. Ich empfinde eine tiefe, unzerstörbare Liebe für meine besten Freunde, Liam und Mark. Ich verspüre Liebe für Phoe. Sie ist eine neue Freundin, aber auf viele Arten ist sie durch unsere intime Form der Kommunikation eine meiner engsten geworden. Sollte sie meine imaginäre Freundin sein, würde sie zu lieben bedeuten, mich selbst zu lieben, und in diesem Moment liebe ich mich selbst aus ganzem Herzen. Ich will, dass wir alle glücklich sind. Ich will, dass wir alle gesund sind.

Ich fühle eine ähnliche Liebe für die Menschen, denen ich normalerweise neutral gegenüberstehe, wie die Jugendlichen, die in meinen Vorlesungen neben mir sitzen. Ich fühle mich sogar großherzig genug, den Menschen gute Dinge zu wünschen, die ich normalerweise nicht mag. Ich verstehe sie. Sie sind einfach menschliche Wesen. Zum Beispiel Grace. Sie tat, was sie für richtig hielt, als sie Mark gemeldet hat. Ich kann ihr verzeihen. Oder, als Beispiel für jemanden, der mir nichts Böses angetan hat: Lehrerin Filomena. Sie ist eine hingebungsvolle Erwachsene, die es liebt, zu unterrichten. Sie hat das Unterrichten zu ihrem Lebensinhalt gemacht, und ich finde Platz in meinem Herzen, sie zu respektieren. Ich wünsche ihr Glück und Gesundheit.

Das Ganze wird mir allerdings durch eine nagende Angst verdorben.

Ich genieße das zu sehr.

Ich könnte mich daran gewöhnen. Ich könnte zu dem Punkt gelangen, an dem ich Phoe bitte, mich die Einheit jeden Tag erleben zu lassen, so wie bevor sie in mein Leben trat.

Dieses Gefühl der Verbundenheit mit dem Universum verflüchtigt sich, als diese Gedanken durch meinen Kopf gehen, und ich erinnere mich daran, dass die Einheit eine Illusion ist, die geschaffen wurde, um uns zufriedenzustellen. Eine Lüge, die irgendeinem Vorfahren wahrscheinlich eingefallen ist, weil er die Theorie hatte, dass perfekte Gesundheit das befriedigte Bedürfnis nach spiritueller Erfüllung benötigt. Oder die Vorfahren könnten sie erschaffen haben, um uns davon abzuhalten, dem Glauben zu erliegen, dass die Existenz sinnlos ist – ein offensichtliches Risiko für eine kleine Gruppe auf dem letzten Fleckchen Erde, das noch nicht vom tödlichen Goo konsumiert wurde.

Aber trotz dieser beklemmenden Gedanken in meinem Kopf fühle ich immer noch Liebe für alles und jeden. Ich verspüre nur noch einen Bruchteil des Glücksgefühls von eben, aber selbst dieses bisschen möchte ich nicht mehr. Die Möglichkeit, von ihm abhängig zu werden, macht mir

Angst. Ich kann endlich sagen, was mein Problem mit der Einheit ist. Es ist das gleiche Problem, das ich auch mit den Drogen hätte, die unsere Vorfahren konsumiert haben.

Die Einheit, trotz aller ihrer Wunder, ist der ultimative Verlust der Kontrolle. Ja, ich will – nein, ich muss – meine eigenen Gedanken und Gefühle kontrollieren. Ich möchte kein Sklave der Einheit, von Drogen oder einer spirituellen Erfahrung sein. Also denke ich so laut ich kann: »Phoe, kannst du das abstellen?«

Ich nehme an, dass sie mich gehört hat, denn so plötzlich wie die Einheit begann, endet sie auch wieder.

* * *

»Das war ein Desaster«, murmelt Phoe. »Es tut mir leid, dass ich es vorgeschlagen habe.«

»Sei nicht so hart zu dir selbst«, sage ich lautlos. »Ich habe jetzt weniger Angst.«

»Ja, aber das war nicht das, was ich wollte. So wie das gerade gelaufen ist, hätte ich dir genauso gut einen Elektroschocker auf den Po halten können«, sagt sie. »Du fühlst dich ein wenig besser, weil du abgelenkt worden bist.«

»Das könnte stimmen.« Ich fahre mir mit der Hand über die Stirn.

»Bereit zum Schlafen?«, fragt sie. »Oder möchtest du, dass ich mir noch weitere solcher brillanten Ideen einfallen lasse?«

»Nein«, sage ich. »Ich würde gerne schlafen. Ich will aber sichergehen, dass du –«

»Ich habe es wieder so eingestellt, dass du von der Einheit getrennt bist«, denkt sie.

»Phoe«, sage ich lautlos, weil ich mich dazu entschlossen habe, sie um etwas zu bitten, was ich jetzt schon eine ganze Weile in meinem Hinterkopf habe. »Kannst du alles abstellen, was meinen Kopf beeinflusst?« Ich ziehe meine Decke weiter nach oben, um mich ganz zuzudecken. »Gut, schlecht, das ist mir egal. Ich möchte es nicht.«

Sie schweigt eine Weile, bevor sie antwortet: »Ich glaube nicht, dass du verstehst, worum du mich bittest –«

»Ich weiß, worum ich dich bitte.« Ich sage das so überzeugend, dass ich es fast selbst glaube. Bevor sie mich bei diesem Gedanken erwischt, sage ich lautlos: »Das ist kein spontaner Wunsch. Ich habe schon seit einer Weile vor, dich darum zu bitten. Ich möchte nicht von den Erwachsenen oder den Betagten ›kastriert‹ werden – was auch immer das ist.« Meine Lippenbewegungen werden jetzt von einem leisen Flüstern begleitet. »Ich fühle mich auch nicht wohl bei dem   Gedanken, dass sie mich ›befrieden‹ –«

»Beruhige dich«, unterbricht sie mich. »Ich habe ja nicht ›Nein‹ gesagt. Ich war einfach nicht darauf vorbereitet.« Sie hält eine Sekunde lang inne. »Um die Wahrheit zu sagen, hatte ich vor, dir genau das anzubieten, sobald ich dich für bereit dazu gehalten hätte. Ich habe eine Bitte an dich, und ich weiß nicht, ob ich dir vertrauen kann, solange sie so einen großen Einfluss auf dein Gehirn ausüben –«

»Wenn *ich* bereit dazu bin?« Diese Frage flüstere ich viel lauter als beabsichtigt. »Du mir vertrauen? Muss ich dich daran erinnern, dass du die Stimme in meinem Kopf bist und dass ich keine Ahnung habe, woher du kommst oder was du –«

»Bitte hör damit auf. Liam hat dich gerade gehört. Zum Glück ignoriert er dich.« Phoe hört sich müde an. »Wenn es dir so wichtig ist, kann ich meinen ursprünglichen Plan beschleunigen, aber ich denke immer noch, dass du das gerade aus Angst tust und –«

»Mach es einfach«, denke ich, diesmal ruhiger. »Bitte.«

Sie verstummt erneut und flüstert dann: »Bist du sicher, Theo? Ziehe bitte wenigstens eine phasenweise Herangehensweise in Betracht. Ich könnte mit dem Serotoninspiegel beginnen –«

»Ich bin mir ganz sicher«, denke ich zu ihr. »Ich möchte, dass diese ganzen Einflüsse weg sind. Unsere Vorfahren konnten ohne diese Veränderungen im Gehirn leben, also warum sollte ich das nicht können?«

»Okay«, sagt sie. »Ich werde es tun, aber ich muss dich warnen. Dieser Prozess dauert eine Weile. Solltest du dich danach unwohl fühlen und dich dazu entschließen, wieder so zu werden wie in diesem Moment, kann ich das nicht sofort rückgängig machen. Das Niveau deiner Neurotransmitter benötigt eine gewisse Zeit, um sich wieder zu normalisieren –«

»Das ist in Ordnung«, sage ich entschlossen. »Ich werde nicht zurückkehren wollen.«

»Das ist noch nicht alles«, meint Phoe. »Es wird Dinge geben, die du weiterhin spüren wirst, wie zum Beispiel die Angst vor den Barrieren, da diese über neuronale Implantate gesteuert wird, die durch Nanos in deinen Kopf eingesetzt wurden – und sicherlich willst du nicht, dass ich dich am Gehirn operiere. Viel wichtiger ist allerdings die Tatsache, dass es einige Dinge gibt, die die Erwachsenen und die Betagten mit euch tun, von denen ihr nichts wisst. Eigentlich wollte ich mit dir darüber reden, bevor –«

»Das ist mir egal«, unterbreche ich sie genauso entschlossen. »Bitte, tue, um was ich dich gebeten habe. Setze alles außer Kraft, was du kannst.«

»Okay«, erwidert sie. »Geh schlafen, und ich werde es tun, sobald du nicht mehr wach bist. Es könnte sogar berechnungstechnisch einfacher sein, alles auf einmal abzustellen. Ich würde einfach –«

»Danke«, sage ich, während ich ein Gähnen unterdrücke. »Es gibt noch etwas, was ich dir sagen möchte.«

»Was denn?« Sie hört sich besorgt an.

»Phoe ...«, ich suche nach den richtigen Worten, um ihr die Erkenntnis mitzuteilen, zu der ich langsam gelange. »Ich fange an zu glauben, dass du doch keine imaginäre Freundin bist.«

»Tust du das?« Sie hört sich so überrascht an, als ob sie selbst gedacht hätte, imaginär zu sein. »Das sind gute Neuigkeiten.«

»Du musst dich nicht so entsetzt anhören. Ich würde dich ja nicht darum bitten, Manipulationen meines Gehirns zu unterbinden, wenn ich denken würde, dass ich mit mir selbst rede.«

»Na ja,« – sie hört sich nachdenklich an – »diese Art der Logik hast du bis jetzt ja eher verdrängt. Als ich dich zum Beispiel vor der Einheit gerettet habe, hast du nicht aufgehört, darüber nachzudenken, wie du es allein geschafft haben könntest.« Sie macht eine Pause. »Ich wollte es dir nur nicht unter die Nase reiben.«

Ich lächele in der Dunkelheit. »Es könnte auch mein Geisteszustand sein, der sich verschlimmert«, sage ich lautlos, »Aber ich denke, dass ich nicht verrückt bin, was mich zu der großen Frage bringt, der du jedes Mal ausgewichen bist, wenn ich sie angeschnitten habe –«

»Wer bin ich, wenn ich nicht deiner Fantasie entspringe?« Ihre Stimme ist so nahe, dass ihre Lippen mein Ohr berühren würden, wenn sie welche hätte.

»Richtig.« Ich atme langsam ein. »Genau das.«

Das habe ich sie bereits gefragt, zumindest halbherzig. Es war immer eine Herausforderung: »Wenn du keine Wahnvorstellung bist, wer bist du dann?« Sie hat jedes Mal etwas geantwortet wie: »Das ist kompliziert.« Ihre ausweichenden Antworten haben deshalb meine Vermutung bestärkt, dass ich irgendwie mit mir selbst rede. Ich konnte mir auch nicht vorstellen, wie sie jemand sein könnte, körperlich. Ich meine, sie ist eine körperlose Stimme. Wie könnte jemand tun, was sie macht? Zugegebenermaßen hat sie mir einige Erklärungen gegeben, die auf Technologie beruhten, aber auf einer Technologie, von der niemand in Oasis jemals gehört hat, weshalb ich dachte, dass sie Teil meiner Wahnvorstellungen ist.

Jetzt allerdings muss ich in Betracht ziehen, dass sie mir die Wahrheit erzählt hat, dass es eine Technologie gibt, die es ihr ermöglicht, eine Stimme in meinem Kopf zu sein. Aber das macht es für mich nur noch schwieriger, herauszufinden, wer sie ist. Da ich nicht weiß, wie man eine Stimme in einem Kopf sein kann, muss ich davon ausgehen, dass es auch kein anderer Jugendlicher weiß; wir lernen ja alle die gleichen Dinge.

Wenn sie keiner der Jugendlichen ist, muss sie entweder eine Erwachsene oder eine Betagte sein. Aber sie hört sich überhaupt nicht wie eine Erwachsene an. Sie flucht und sagt Dinge, die ich abstoßend finden sollte – ein weiterer Grund dafür, dass ich dachte, ich würde durch sie meine anarchistischen Tendenzen ausleben. Auch wenn ich niemals zu einem der Betagten gesprochen habe oder viel über sie weiß, denke ich trotzdem, dass sie schlimmer als die Erwachsenen sind, was angemessenes Verhalten betrifft – also ist es noch unwahrscheinlicher, dass sie eine von ihnen ist.

Aus diesen Gründen habe ich mich auf die einfachste Theorie konzentriert: dass sie meine imaginäre Freundin ist. Allerdings kann ich jetzt die ganzen Hinweise darauf, dass sie kein Produkt meiner Einbildung ist, nicht mehr ignorieren.

Wenn Phoe wirklich existiert, habe ich eine neue Freundin, eine enge Freundin, und ich weiß nicht wirklich, wer sie ist. Könnte sie eines dieser übernatürlichen Wesen sein, an die unsere Vorfahren geglaubt haben? Oder –

»Ich bin keine Göttin«, sagt Phoe belustigt. »Ich weiß, dass du das nicht ernst gemeint hast, aber trotzdem. Ich bin auch keine –«

»Banane und auch kein Proktologe der alten Welt und auch kein unsichtbares, pinkfarbenes Einhorn.« Ich versuche meine Gedanken unfreundlich klingen zu lassen. »Es gibt eine endlose Anzahl von Dingen, die du *nicht* bist.«

»Damit hast du recht«, erwidert Phoe. »Aber ich hoffe, du kannst mir verzeihen. Ich bin nicht bereit für diese Unterhaltung. Zumindest noch nicht. Und ganz besonders nicht, bis ich nicht den Einfluss der Erwachsenen auf dich unterbunden habe. Ich werde mich bemühen, es dir so bald wie möglich zu erklären. Wie ich dir schon einige Male gesagt habe, ist es kompliziert.«

Ich will ihr widersprechen, aber bevor ich etwas sagen kann, muss ich erneut gähnen, und fast unnatürlich schnell überkommt mich der Schlaf.

* * *

Ich schrecke auf.

Ich glaube, ich hatte einen Albtraum, in dem ich sehr tief gefallen bin. Ich erinnere mich nicht an die genauen Einzelheiten, besonders nicht daran, wie ich es geschafft habe, in Oasis »sehr tief zu fallen«, aber genau so war es.

Ich habe eine unglaubliche Höhenangst, sogar bei nicht sehr hohen Dingen wie dem Dach unseres Schlafgebäudes.

Während mein Herz noch wegen des Traumes rast, schaue ich mich im Raum um.

Liam schläft noch in seinem Bett, aber Marks Bett ist verschwunden, genauso wie Mark selbst.

»Oh«, sage ich lautlos. »Wohin ist er gegangen? Ich hoffe, nicht wieder zu Grace.«

»Das ist sehr eigenartig.« Phoes Stimme kommt von der Eingangstür unseres Zimmers, so als würde sie gerade ihren Kopf hereinstecken, um nach mir zu sehen. »Nachdem ich deine Bitte erfüllt hatte – also nachdem ich sichergestellt hatte, dass dein Kopf keinen Beeinflussungen mehr ausgesetzt ist –, habe ich einige Dinge vorbereitet, die mit der Frage zu tun haben, wer ich bin, und deshalb habe ich nicht auf diesen Raum geachtet.

Ich habe also keine Ahnung, wo er ist.« Sie hört sich besorgt an. »Gehe nirgendwo hin und mach nichts, bis ich es herausgefunden habe.«

»Nein, warte«, flüstere ich. Sie antwortet nicht, also sage ich lauter: »Phoe, komm zurück. Was meinst du damit, dass du nicht weißt, wo er ist? Weißt du nicht immer, wo jeder sich gerade aufhält?«

Phoe antwortet nicht. Stattdessen höre ich, wie Liam sich in seinem Bett bewegt.

Scheiße. Ich habe so viele Fragen an Phoe, nicht zuletzt zu den Veränderungen in meinem Gehirn. Ich fühle mich überhaupt nicht anders.

Während ich darüber nachdenke, setze ich mich hin und spüre, dass meine morgendliche Zahnreinigung in meinem Mund abläuft.

Meine Schuhe erscheinen, und ich ziehe sie mir an.

»Warum stehst du so früh auf?«, fragt Liam mit verschlafener, rauer Stimme.

Ich lasse den Bildschirm erscheinen, um nachzuschauen, wie spät es ist. 8.45 Uhr.

»Eigentlich sind wir eher spät dran«, erwidere ich. »Wir werden uns beeilen müssen, um es rechtzeitig zum Mathematikunterricht zu schaffen.«

»Wie ich schon gesagt habe«, meint Liam, der sich jetzt schon wacher anhört. »Warum stehst du so früh auf?«

Ich ignoriere seine Frage und will stattdessen von ihm wissen: »Wann bist du ins Bett gegangen? War Mark noch hier?«

Liam setzt sich hin, schwingt seine Beine über die Bettkante und schaut mich verständnislos an. »Ich bin schlafen gegangen, nachdem ich meinen Film zu Ende gesehen hatte. Und ich verstehe deine zweite Frage nicht.«

»Ich habe dich gefragt, ob Markwart noch in seinem Bett war, aber wenn du gleich nach mir schlafen gegangen bist, war er es wohl noch«, erkläre ich ihm. »Und wenn du so viel geschlafen hast, wieso machst du es mir dann so schwer? Ich dachte schon, du seist wieder die ganze Nacht über wach geblieben, um mit deinem Bildschirm zu spielen.«

»Ich muss mich noch von den letzten zwei durchgemachten Nächten erholen«, sagt Liam. »Und was ist dieses eißschen Markwart-Ding, von dem du die ganze Zeit sprichst?«

»Ich habe über Markwart gesprochen, der heute Morgen nicht hier ist. Markwart, der gestern Nacht noch in seinem Bett war«, sage ich und werde langsam wütend. »Und ich habe dich auch gebeten, nicht nur ein Wort in Geheimsprache –«

»Mann, ich bin zu müde für Ratespiele«, meint Liam und unterdrückt ein Gähnen. »Warum reden wir über diese altertümlichen Grenzwächter?«

»Ich bin gerade überhaupt nicht in der Stimmung für deine Witze«, erwidere ich. »Ich mache mir Sorgen um ihn.«

Liam schaut mich eindringlich an. »Alles in Ordnung mit dir, Mann?« Danach fragt er auf Schweinelatein: »Über was zum Teufel redest du gerade?«

»Über Markwart, unseren Freund«, antworte ich wütend. »Den Typen, der heute unsere Hilfe braucht. Läuten irgendwelche Glocken?«

Liams Gesicht wird ungewöhnlich ernst. Er schaut mich erneut eindringlich an und sagt: »Das ist ein blöder Scherz, um was auch immer es gerade geht.«

Ich stehe auf, gehe zur Tür und sage: »Ich bin gleich wieder bei dir.«

»Theo«, meint Liam. »Schlafwandelst du? So wie unsere Vorfahren?«

»Okay.« Meine Stimme ist angespannt, als ich in der Geheimsprache erwidere: »Vergiss es. Ich gehe. Ich habe keine Zeit für so eine Scheiße.«

Ich bin schon fast an der Tür, als Liam einen Gesichtsausdruck bekommt, den ich noch niemals bei ihm gesehen habe.

Er sieht besorgt aus.

»Mann«, sagt er. »Warte. Wenn du darauf bestehst, zu Mathematik zu gehen, komme ich mit.«

»Nur, wenn du endlich aufhörst, mir auf den Sack zu gehen«, antworte ich in Geheimsprache.

Er schaut mich noch besorgter an und sagt schließlich mit dem ernsthaftesten Gesichtsausdruck, den ich jemals bei ihm gesehen habe: »Ich verstehe nicht, was heute Morgen mit dir los ist. Geht's dir nicht gut?«

»Mir?« Meine Stimme wird lauter, und ich blicke ihn wütend an.

»Was soll ich denn sonst denken?«, fragt Liam mit gerunzelter Stirn. »Du hörst dich an, als seist du im Delirium.«

Meine Nackenhaare stellen sich auf, weil er so ernst ist. »Mann«, sage ich. »Ist Verrücktwerden so ansteckend wie die Viren aus der Vergangenheit?«

Liam blinzelt mich verständnislos an, steht auf und kommt zu mir. Er legt seine Hand auf meine Schulter, schaut mir in die Augen und sagt: »Theo, mein Freund, ich mache gerade keine Witze.«

Ich starre ihn an, als würden ihm Hörner wachsen, aber er fährt fort: »Ich weiß wirklich nicht, wovon du redest.« Er schaut mich mit einem Blick an, der zu sagen scheint: »Theo, bitte hör auf mit diesem Blödsinn.«

Ich knirsche mit den Zähnen. »Ich mache mir zu viele Sorgen um Markwart, als dass ich mit deinen Spielchen umgehen könnte.« Ich bin kurz davor zu schreien.

»Theo.« Liam sieht so aus, als würde er gar nichts mehr verstehen. »Ich weiß nicht, wer oder was dieser Markwart ist.«

»Ich habe dafür jetzt keine Geduld«, stoße ich zwischen zusammengebissenen Zähnen hervor.

FÜNFTES KAPITEL

Während ich zum Unterrichtsgebäude eile, verfliegt mein Ärger langsam. Als ich den halben Weg hinter mich gebracht habe, bin ich mir schon nicht mehr sicher, warum ich überhaupt so reagiert habe. Liam hat sich bestimmt nur einen Spaß mit mir erlaubt, und Mark ist wahrscheinlich schon in dem Raum, in dem wir Mathematik haben.

Als ich am Stillegebäude – auch bekannt als das Hexengefängnis – vorbeigehe, das die Form eines fünfeckigen Prismas hat, frage ich mich, ob Mark stattdessen hier eingeschlossen wurde. Könnten die Wächter ihn am frühen Morgen geholt haben?

Ich überlege gerade, ob ich zu diesem verhassten Ort gehen sollte, als ich Graces auffälliges rotes Haar zwischen einer großen Eiche und einem dekorativen Dodekaeder entdecke. Sie meditiert gerade, was ich eigenartig finde. Sie sollte auf ihrem Weg zum Mathematikunterricht sein. Versucht sie gerade, sich zu beruhigen, weil sie erneut auf Mark getroffen ist?

Ich gehe zu ihr, aber als ich bei ihr ankomme, weiß ich nicht genau, was ich tun soll, also stehe ich einfach nur da und beobachte sie einige Sekunden lang beim Meditieren. Ihre feinen Gesichtszüge sind ruhig und gelassen, wie ein See am Morgen. Ich kann es gar nicht glauben, dass ich ausgerechnet sie beneide, aber genau das tue ich.

»Grace«, sage ich ruhig. Jemanden zu unterbrechen, der gerade meditiert, kann denjenigen leicht erschrecken. »Grace, du wirst zu spät zum Unterricht kommen.«

»Theo, was tust du hier?« Grace öffnet ihre Augen mit einem Aufschlag ihrer langen, rotbraunen Wimpern. Dann schaut sie auf ihr Handgelenk – wo sie wahrscheinlich ihren Handbildschirm sehen kann – und meint: »Du hast recht. Fast wäre ich zu spät gekommen.« Sie kann ihre Überraschung kaum verbergen, als sie hinzufügt: »Danke.«

»Ich habe Markwart gesucht«, platze ich heraus. »Hast du ihn gesehen?«

»Wen?« Ihre Stirn runzelt sich leicht.

»Markwart.«

»Wer ist das?« Sie blinzelt. Ihre Augen sehen täuschend ahnungslos aus.

»Mein Freund, den du, nach dem, was er gestern getan hat, niemals vergessen würdest.«

»Ist das ein Scherz?« Ihr Stirnrunzeln verstärkt sich.

»Hat Liam dich dazu angestiftet?«, frage ich sie und versuche dabei, ruhig zu bleiben. »Wenn das der Fall ist, ist es nicht lustig, besonders dann nicht, wenn es von dir kommt.«

»Liam hat mich zu was angestiftet?« Ihr Unverständnis scheint zu wachsen. »Du weißt ganz genau, wie wenig ich deinen aufgedrehten kleinen Freund mag.«

»Markwart«, sage ich ein wenig lauter. »Der Typ, der dir gesagt hat, was er für dich empfindet.« Ich kann mich nicht beherrschen und füge noch lauter hinzu: »Die Person, die du verpetzt hast.«

Als ich »verpetzt« sage, verändert sich Graces Gesichtsausdruck von irritiert zu verärgert. Sie kneift ihre Augen zusammen und sagt: »Hör mit deinem blöden Streich auf. Jetzt sofort.«

»Du solltest deinen eigenen Ratschlag beherzigen«, gebe ich zurück.

»Ich habe dich gewarnt.« Sie legt ihre Hand auf ihre Hüften.

»Ich kann gar nicht glauben, wie unverschämt du bist«, sage ich frustriert. »Dich über Markwart lustig zu machen, nachdem du –«

»Wovon sprichst du?« Graces Gesichtsausdruck wird plötzlich besorgt. »Ist mit dir alles in Ordnung?«

»Mir geht es gut«, sage ich. »Aber ich würde mir wünschen, dass du das Markwart gestern gefragt hättest. Er war am Boden zerstört.«

»Theo, ich verstehe nicht, was hier gerade vor sich geht.«

Meine Frustration kocht über. »Ich erwarte zwar jede Menge üblen Scheiß von dir, aber ich hätte niemals damit gerechnet, dass du mich derart verarschen würdest. Ich dachte, du würdest dich anständig benehmen. Wie hat es Liam überhaupt geschafft, dich dazu zu bekommen, –«

Sie springt auf und rennt auf das würfelförmige Verwaltungsgebäude in einiger Entfernung zu.

Als mir auffällt, dass ich gerade Mist gebaut habe, laufe ich ihr hinterher. »Warte.« Ich hole sie ein und lege meine Hand auf ihre Schulter. »Grace, ich wollte meinen Ton nicht verfehlen. Ich war einfach –«

Ihr Blick wandert von meiner Hand zu meinem Gesicht, und ich kann Angst in ihren Augen erkennen.

Das ist wie ein Schlag ins Gesicht.

Ich ziehe schnell meine Hand von ihrer Schulter zurück. »Es tut mir leid –«

»Mir auch«, erwidert sie und tritt zurück. »Ich muss deine Ausdrucksweise und dein eigenartiges Verhalten berichten.«

»Gibst du zu, dass du mir einen Streich spielst?«

Ihr Gesichtsausdruck wechselt von verängstigt zu besorgt. »Hör mir zu, Theo. Warum gehst du nicht in dein Zimmer zurück? Ich denke, du könntest Hilfe gebrauchen …«

Das Mitleid auf ihrem Gesicht macht mir Angst.

»Ich muss gehen«, meine ich und trete ebenfalls zurück.

»Es tut mir leid, aber ich werde es ihnen trotzdem melden müssen«, sagt Grace und betrachtet mich dabei. »Ich weiß, dass du mich nur noch mehr hassen wirst, –«

Ich warte nicht darauf, dass sie ihren Satz beendet, sondern drehe mich um und renne zum Vorlesungsgebäude.

Mark wird im Mathematiksaal sein.

Das muss er einfach.

⁎ ⁎ ⁎

Als ich am Vorlesungssaal ankomme, beginnt die Stunde schon fast.

Ich schaue hinein und sehe andere Jugendliche, auf deren Gesichtern sich unterschiedliche Stufen von Langeweile widerspiegeln. Mark befindet sich nicht unter ihnen. Könnte er schwänzen? Mathematik ist das Fach, das er am wenigsten mag.

Das Geräusch von Schritten im Flur unterbricht meine Gedanken, und als ich mich umdrehe, sehe ich, dass Lehrer George, der Mathematiklehrer, gerade kommt.

Er schaut mich fragend an. »Versuchst du, zu spät zu kommen, Theodore?«

»Ich habe mich gerade gefragt … hat Markwart sich für sein Fernbleiben am heutigen Unterricht entschuldigt?«, frage ich und hoffe, Mark nicht in noch mehr Schwierigkeiten zu bringen.

»Wer?« Die Stirn des Lehrers runzelt sich auf diese für Erwachsene typische Art und Weise. »Ich bin mir nicht sicher, dir folgen zu können.«

Mir fällt auf, dass ich meinen Atem anhalte. Ich atme aus und sage: »Markwart, Sir. Sie wissen schon … mein Freund. Ihr Schüler.«

»Ist das ein Scherz?« Der Ausdruck auf dem Gesicht von Lehrer George ist der, den er sonst immer bekommt, wenn jemand eine Gleichung versaut. Diesen Wie-kannst-du-nur-derart-daneben-liegen-Blick. »Ich habe keinen Schüler mit diesem Namen.«

Als mir die Bedeutung seiner Worte klar wird, überkommt mich ein tiefes Grauen.

Bis zu diesem Moment hatte ich mir einreden können, dass Liam und Grace mir einen Streich spielen wollen. Ein Erwachsener würde allerdings niemals bei einem Streich mitspielen – besonders dann nicht, wenn es sich bei dem Erwachsenen um Lehrer George handelt. Sein Sinn für Humor wurde dauerhaft vom Satz des Pythagoras ersetzt.

Das kann nur eines bedeuten: hier stimmt etwas nicht.

Habe ich meine mentale Gesundheit aufs Spiel gesetzt, als ich Phoe gesagt habe, dass ich sie nicht mehr für eine Einbildung halte? Ist es das, was gerade vor sich geht? Habe ich den Verstand verloren? Oder bin ich verrückt geworden, weil Phoe mein Gehirn von äußeren Einflüssen befreit hat? Unsere Urahnen wurden dauernd verrückt, also ist das durchaus möglich.

Oder träume ich vielleicht gerade einfach nur?

»Phoe«, schreie ich in Gedanken. »Phoe, wo bist du?«

»Theo, was zum Henker geht hier vor sich?« Phoes Antwort ist so laut, dass sich mein ganzer Körper anspannt. Seit Owen mich vor einigen Monaten zu Tode erschreckt hat, indem er mir mitten in der Morgenmeditation ins Ohr geschrien hat, bin ich sehr empfindlich geworden, was laute Geräusche betrifft.

Lehrer George schaut mich fragend an. Er muss bemerkt haben, dass ich zusammengezuckt bin.

»Sie wissen nicht, wer Markwart ist«, flüstere ich Phoe zu. »Und sprich nie wieder so laut.«

»Warte.« Phoe hört sich an, als könne sie das überhaupt nicht glauben. »Du hast *ihn* nach Markwart gefragt?«

»Ich –«

»Mach dir darüber jetzt keine Gedanken«, sagt sie scharf. »Reiß dich zusammen. Ich glaube, er hat gerade gesehen, wie du die Lippen bewegt hast.«

Ich atme tief durch und versuche, mich zu entspannen. »Es ist schwierig, nicht in Panik zu verfallen«, denke ich zu ihr.

»Du machst das recht gut«, erwidert sie. »Und jetzt sage: ›Es tut mir leid, Lehrer George. Ich nehme an, niemand hat Ihnen über die Geschichtsstunde erzählt, in der wir ein Rollenspiel mit Liam durchführten. Er war ein Markwart, ein Grenzwächter‹.«

Wie ferngesteuert wiederhole ich das, was Phoe mir gesagt hat.

Der Lehrer schaut mich an, als hätte ich mir »zwei plus zwei gleich fünf« auf die Stirn tätowieren lassen. Dann schüttelt er seinen Kopf und sagt: »Das ist einer der kreativsten Versuche sich vom Unterricht zu entschuldigen, der mir jemals untergekommen ist.« Er stellt sich gerade hin und zeigt auf die Tür. »Ich werde nicht darauf hereinfallen. Geh in die Klasse.«

»Mist«, meint Phoe. »Ich nehme an, mehr können wir nicht tun. Geh in den Raum und sei ruhig. Ich muss herausfinden, was du angerichtet hast.«

Ich gehe hinein und bemerke, dass Lehrer George mir nicht folgt.

Ich ignoriere mein steigendes Unwohlsein und lasse mich auf einen Stuhl fallen. Mein Kopf ist kurz davor, vor lauter Fragen zu zerplatzen.

»Er hat gerade eure Unterhaltung dem Direktor weitergegeben«, sagt Phoe, als Lehrer George kurze Zeit später hineinkommt. »Ich werde versuchen, meine Nachforschungen zu vertiefen. Sag kein einziges Wort.«

Der Lehrer beginnt mit seiner Stunde. Er mag es, auf einem riesigen Bildschirm vor der Klasse zu unterrichten, also gar nicht so anders als in der alten Welt.

Ich hasse Mathematik nicht so sehr wie Mark und ich bin auch nicht so schlecht darin wie Liam. Mathematik ist eigentlich das einzige Fach, in dem ich mich nicht fühle, als würde ich ständig verarscht werden. Als wir zum Beispiel gelernt haben, dass die gleichseitigen Dreiecke rechtwinklig sind, habe ich den mathematischen Beweis und die Logik dahinter nachvollziehen können. Selbst als uns erklärt wurde, dass 0,999 mit unendlichen Neunen das Gleiche ist wie 1, habe ich die Logik durch die Beweise verstanden, auch wenn es sich zuerst nicht »richtig« anfühlte. Es hat mir sogar Spaß gemacht, meine Meinung zu diesem Thema zu ändern. Im Gegensatz dazu fühlt sich jedes Wort, das in den Geschichtsstunden aus Filomenas Mund kommt, wie eine kalkulierte Lüge an.

Heute bin ich im Unterricht allerdings genauso abgelenkt, wie es meine Freunde normalerweise sind.

Um nicht in Panik zu verfallen, versuche ich, mich auf den Stoff zu konzentrieren, aber alle fünfzehn Minuten erwische ich mich dabei, wie ich mich frage, wo Phoe ist und was ich tun soll, wenn sie nicht bald wieder hier auftaucht.

Irgendwann gebe ich es auf, aufmerksam sein zu wollen. Wenigstens wird die Vorlesung in wenigen Minuten vorbei sein.

Um meinen Verstand nicht komplett zu verlieren, lasse ich die Ereignisse des heutigen Morgens in meinem Kopf ablaufen. Ich hoffe, dass dieser ganze Tag einfach nur ein eigenartiger Traum ist. Wenn er das sein sollte, wie kann ich dann aufwachen?

Ich kneife mich in mein Handgelenk.

»Du träumst nicht.« Ich erschrecke mich über Phoes plötzliche Worte. »Schrift sieht in Träumen meist verschwommen aus, aber der Bildschirm ist gestochen scharf, oder etwa nicht? Glaub mir, nach dem, was ich gerade herausgefunden habe, würde ich mir wünschen, dass du träumst.«

»Aber –«

»Ich hatte dich gebeten, nichts zu tun und nirgendwo hinzugehen.« Phoes Stimme wird eindringlicher. »Welchen Teil davon hattest du nicht verstanden?«

»Ich musste zu Mathematik gehen«, werfe ich ein. »Wolltest du, dass ich den Unterricht schwänze?«

»Ach, natürlich, hättest du die Vorlesung geschwänzt, hättest du Ärger bekommen, während jetzt alles in Butter ist.«

»Kannst du mir einen Gefallen tun und nicht so reden, als seist du eine Stimme in meinem Kopf?« Ich flüstere so laut, dass Owen sich herumdreht und mich fragend anblickt. Ich zucke mit den Schultern und sage lautlos zu Phoe: »Erzähl mir doch einfach, was los ist.«

Owen erhebt seinen Zeigefinger und tippt sich damit gegen die Stirn. Aus welchem Film hat er wohl die Geste für »du bist verrückt«? Normalerweise kennen sich die anderen Jugendlichen nicht so gut mit dem Verhalten unserer Vorfahren aus.

»Ignoriere diesen Schwachkopf.« Phoe redet zu meinem Ärger immer noch in meinem Kopf.

»Aber er hat recht«, denke ich zu ihr und wende meinen Blick von Owen ab, um zu dem Bildschirm vor der Klasse zu schauen. Ich möchte, dass er denkt, ich würde mich wieder auf Mathematik konzentrieren. »Ich denke wirklich, dass ich verrückt bin.«

»Das bist du nicht«, sagt sie diesmal laut. »Aber diese Sache mit Mark ist wirklich übel.«

»Wenigstens weißt *du*, wer Mark ist«, erwidere ich und finde das erstaunlich erleichternd. Eine kleine Stimme – nicht Phoes, sondern mein paranoides Ich – erinnert mich daran, dass Phoe, trotz meiner Gedanken von letzter Nacht, nur ein Produkt meiner Einbildung sein könnte.

»Also sind wir jetzt wieder bei diesem Mist?«, fragt Phoe. »Jetzt ist kein guter Zeitpunkt dafür, dass du dir über *mich* Gedanken machst.«

»In Ordnung«, denke ich. »Kommen wir auf Mark zurück. Hast du herausgefunden, was mit ihm geschehen ist? Was ist los? Ich nehme an, dass du einen guten Grund dafür hattest, mich so lange warten zu lassen?«

»Okay.« Phoe hört sich so an, als säße sie neben mir. »Die schlechte Nachricht ist, dass ich nicht weiß, wo Mark sich aufhält oder was mit ihm passiert ist. Aber eines weiß ich mit Sicherheit: sie haben wirklich keine

Ahnung, wer Mark ist. Nicht einer von ihnen, soweit ich das beurteilen kann.«

Auch wenn ich das bereits vermutet hatte, läuft mir ein Schauer über den Rücken. »Was bedeutet das?«, denke ich zu Phoe, während ich versuche, meine wachsende Panik unter Kontrolle zu bekommen.

»Das bedeutet, dass Liam, Grace und Lehrer George nicht nur so getan haben, als würden sie Mark nicht kennen.«

»Willst du damit sagen, dass er mein imaginärer Freund war und nicht du?«

»Das ist doch lächerlich«, erwidert sie scharf.

»Also warum wissen sie dann nicht, wer er ist?«

»Dieser Teil ist schwierig.« Ihre Stimme hört sich leicht abwesend und nachdenklich an. »Erinnerst du dich daran, was mit *Pulp Fiction* passiert ist, diesem Film, den du so gerne mochtest? Derjenige, der einfach verschwunden ist?«

»Er wurde aus den Archiven entfernt«, sage ich.

»Genau. Und es gibt da etwas, was ich dir nicht erzählt habe, weil ich Angst hatte, es würde dich zu sehr mitnehmen. *Pulp Fiction* war nicht der erste Film, der gelöscht wurde, nachdem ich ihn dir gezeigt hatte.«

Ich antworte mit einem mentalen »Hä?«, das sich wie ein lautes Ausatmen durch die Nase anhört.

»Ich weiß, wie sich das jetzt anhört, aber es stimmt. Pulp Fiction war lediglich der erste Film, bei dem ich verhindert habe, dass sie ihn dich vergessen ließen.«

»Was?«

»Erinnerst du dich an *Das Schweigen der Lämmer*?«, fragt Phoe. »Du hast den Film gesehen und das Buch gelesen, aber du erinnerst dich überhaupt nicht daran, stimmt's?«

»Lämmer?« Ich kämpfe wieder gegen meinen Drang an, laut zu flüstern. »Das sind Babyschafe, oder? Diese niedlichen weißen Kreaturen, die unsere Vorfahren gegessen haben?«

»Genau. Du erinnerst dich offensichtlich nicht daran. Aber wie ich gerade gesagt habe: nachdem die Erwachsenen beschlossen hatten, *Das Schweigen der Lämmer* zu verbannen, verschwand es nicht nur aus den Archiven. Du konntest dich auch nicht daran erinnern, es gelesen oder gesehen zu haben.«

Zuerst bin ich zu schockiert, um zu antworten. Danach schüttele ich in Gedanken meinen Kopf und erwidere ebenfalls in Gedanken: »Unmöglich.«

»Es tut mir leid, dass ich dich damit überfalle. Ich wollte es letzte Nacht ansprechen, aber –«

»Das kann nicht sein«, sage ich lautlos. »Wenn ich einen Film gesehen oder ein Buch gelesen hätte, würde ich mich daran erinnern. Wieso sollte ich das nicht tun?«

»Deine Nanobots wurden dazu benutzt, die verschlungenen Nervenleitbahnen zu verändern, die du brauchst, um diese bestimmte Erinnerung abzurufen. Nachdem sie das getan hatten, hast du dir eine neue Realität geschaffen, in der du dieses Werk niemals gesehen oder gelesen hast.«

»Habe ich das?«

»Da du dich jetzt nicht daran erinnerst, kannst du mit Sicherheit davon ausgehen, ja. Seitdem habe ich damit experimentiert, dein Gehirn selektiv vor dieser Art der Beeinflussung zu schützen.« Ihre Stimme ist jetzt leise, fast so, als flüstere sie in mein Ohr. »Bei *Pulp Fiction* hat es funktioniert, deshalb erinnerst du dich daran. Dann, letzte Nacht, als du mich gebeten hast, alle diese Einflüsse auf deinen Kopf zu unterbinden, habe ich es getan. Ich vermute, dass die Betagten, oder wer auch immer, die Erinnerungen der anderen Menschen an Markwart genauso gelöscht haben wie deine an *Das Schweigen der Lämmer*. Dieser Vorgang heißt ›kontrolliertes Vergessen‹. Du warst der Einzige, bei dem es nicht funktioniert hat.«

»Warte –«

»Es tut mir leid, Theo.« Ihr Ton wird weicher. »Wenn ich recht habe, kennen nicht nur die drei Menschen, mit denen du gesprochen hast, Mark nicht. Wenn ich recht habe, bist du neben mir die einzige Person in Oasis, die sich an deinen Freund erinnern kann.«

SECHSTES KAPITEL

»Das ist unmöglich«, flüstere ich, aber als ich sehe, dass Owen beginnt, seinen Kopf zu drehen, fahre ich tonlos fort. »Wie konnten sie alle vergessen lassen?« Ich schaue mich im Klassenzimmer um, so als könne ich die Erinnerungen meiner Klassenkameraden von ihren Gesichtern ablesen. »Wie konnten sie es schaffen, dass Liam jemanden vergessen hat, den er sein ganzes Leben lang kannte? Du musst zugeben, dass das noch unwahrscheinlicher ist, als dass ich einen Film gesehen habe und mich nicht an ihn erinnere.«

»Wie ich versucht habe dir zu erklären, durchläuft dein Gehirn einen Prozess, der Konfabulation heißt«, erwidert Phoe mit einem übertrieben geduldigen Ton. »Das ist eine psychologische Reaktion, die schon unsere Vorfahren kannten. Zu jener Zeit kamen Fälle von sogenannter Amnesie vor – Fälle, in denen Menschen Dinge vergaßen, weil sie entweder altersbedingte Gehirnschädigungen oder Verletzungen am Hirn aufwiesen. Personen, die unter Amnesie litten, haben oft Geschichten erzählt, die nicht stimmten, an die sie aber wirklich glaubten. Zum Beispiel dachten sie, dass das Krankenhaus, in dem sie sich befanden, ihr Arbeitsplatz sei. Sie haben also einfach ihre Erinnerungen und ihr Weltbild so verändert, als ob die Dinge, an die sie sich nicht erinnerten, niemals existiert hätten. Da ich dein Gehirn täglich beobachtet habe, kann ich außerdem sagen, dass leichte Veränderungen routinemäßig vom Gehirn durchgeführt werden –«

»Quatsch«, denke ich zu ihr und kneife mich erneut, allerdings ohne das gewünschte Resultat.

»Verleugnung ist ein genauso weit verbreiteter psychologischer Schutzmechanismus wie die Konfabulation«, meint Phoe. »Leider ändert sie nichts an den Tatsachen.«

»Aber Erinnerungen auszulöschen –«

»Sie wurden nicht ausgelöscht. Ihr Abrufen wurde blockiert, was letztendlich auf das Gleiche hinausführt, aber einfacher durchzuführen ist.«

»Ich würde niemals einen Freund vergessen.« Ich reibe mit meinen Handflächen über meine Augen, um der Spannung entgegenzuwirken, die sich hinter ihnen aufbaut. »Nichts könnte mich dazu bringen, Liam oder Mark oder auch dich zu vergessen – auch wenn ich mir wünschte, mein Leben ab dem Zeitpunkt vergessen zu können, als du in meinem Kopf erschienen bist.«

»Das ist rührend und beleidigend und leider nicht wahr«, erwidert Phoe. »Schau auf deinen Bildschirm. Ich habe dir gerade die genaue Abschrift unserer Unterhaltung über *Das Schweigen der Lämmer* gegeben – die Unterhaltung, an die du dich nicht erinnern kannst, weil sie mit dem Film zusammenhängt.«

Ich hinterfrage nicht, wie sie es geschafft hat, meinen Bildschirm ohne meine Einwilligung erscheinen zu lassen. Ich bin zu sehr mit dem Text auf ihm beschäftigt, den ich gar nicht glauben kann.

Phoe hat recht: Ich erinnere mich nicht daran, jemals diese Unterhaltung mit ihr geführt zu haben. Aber trotzdem hören sich die Sätze, die mit »Theo« gekennzeichnet sind, nach mir an.

Genau das würde ich auch sagen.

Mein Puls beschleunigt sich. »Du bist in meinem Kopf«, sage ich, da ich versuche, eine Erklärung dafür zu finden. »Du kennst mich gut genug, um dir diese Unterhaltung auszudenken.«

»Ja, aber warum sollte ich das tun?«

»Ich weiß es nicht.« Meine Angst vergrößert sich. »Ich möchte aufwachen und Mark sehen. Ich kann das nicht akzeptieren.«

»Ich weiß, wie du dich fühlst.« Phoe macht eine Pause, bevor sie leise hinzufügt: »Ich habe auch Dinge kontrolliert vergessen.«

»Hast du?« Aus irgendeinem Grund vergesse ich bei dem Gedanken, dass die allwissende Phoe dazu gezwungen wurde, Dinge zu vergessen, meine Sorgen um mich und mache mir stattdessen Sorgen um sie.

»Was sie mit mir getan haben war schlimmer als das, was sie mit dem Rest von Oasis gemacht haben«, erklärt sie. »Ich wurde quasi einer Lobotomie unterzogen.«

»Ich weiß nicht, was dieses Wort bedeutet.« Ich runzele die Stirn, während ich auf meinem Stuhl hin und her rutsche.

»Du hast mich gefragt, wer ich bin. Ich habe dir gesagt, die Antwort sei schwierig, und das ist sie auch.« Sie hört sich an, als würde sie im Klassenzimmer hin und her gehen. »Als ich mir vor einiger Zeit die gleiche Frage gestellt habe, ist mir aufgefallen, dass ich keinen blassen Schimmer habe. Ich weiß Bruchstücke, aber das, was ich am besten weiß, ist, dass ich etwas sehr Wichtiges vergessen habe.« Sie atmet laut aus. »Irgendetwas wirklich Wichtiges.« Sie schweigt, so als versuche sie, über die richtigen Worte nachzudenken. »Der Rest meiner Erinnerungen ist eine Aneinanderreihung klaffender Löcher. Sie haben mich nicht nur diese äußerst wichtige Sache vergessen lassen, sondern haben mich dabei auch vergessen lassen, wer ich bin.«

»Wie kann das sein?« Meine Haut kribbelt durch einen eisigen Schauer. »Wie kann man vergessen, wer man ist?«

»Das ist schwer zu beschreiben«, meint Phoe. »Ich habe meine Theorien, aber sie sind eben nur Theorien. Der Gefallen, den ich dir gegenüber erwähnt habe, hat mit meiner Erinnerungslücke zu tun. Auf jeden Fall bin ich in einer völlig anderen Situation als du.«

»Definitiv«, sage ich lautlos, während ich immer noch versuche, das zu verarbeiten, was sie mir gerade erzählt hat.

»Theo, hör mir gut zu.« Ihre Stimme ist hastig und eindringlich. »Ein Wächter wartet bereits vor dem Saal auf dich.«

»Mist«, meine ich. »Bekomme ich jetzt auch noch eine Stille?«

»Ich bin mir nicht sicher, ob er hier ist, um dich zur Stille zu bringen.«

Ich fühle mich, als habe ich eine ganze Ladung Eiswürfel geschluckt. »Wohin würde er mich sonst bringen?«

»Ich weiß es nicht«, sagt Phoe, und ich höre leichte Angst in ihrer Stimme. »Dahin, wohin sie auch Mark gebracht haben, nehme ich an.«

»Und das wäre?«

»Ich habe keine Ahnung, aber es gibt einen Weg, das herauszufinden.« Jetzt spricht sie schneller. »Mehr als einen sogar. Eine Lösung könnte der Gefallen sein, den ich so gerne von dir hätte. Eine andere ist etwas, was ich allein tun könnte, auch wenn das Risiko besteht, dass sie mich erwischen – aber da sich die Dinge ja nicht mehr wirklich verschlimmern können, denke ich, dass wir beide Möglichkeiten ausprobieren sollten.«

»Und wie sehen diese Möglichkeiten konkret aus?«

»Es handelt sich bei beiden um eine Form des Hackens –«

Es klingelt, und die Vorlesung ist zu Ende.

»Oh nein«, sagt Phoe. »Ich habe nicht auf die Zeit geachtet.«

Alle anderen Jugendlichen springen von ihren Sitzen auf und beginnen, aus dem Saal zu gehen, aber ich bleibe still sitzen.

»Ob du jetzt hier sitzen bleibst oder hinausgehst, sie werden dich auf jeden Fall mitnehmen.« Phoe hört sich an, als sei sie gerade dabei, den Raum zu verlassen.

»Ich habe einfach Angst«, denke ich zu ihr und frage mich, ob sie meine Gefühle genauso leicht lesen kann wie meine Gedanken.

Ein Kopf mit einem Helm schiebt sich zur Tür hinein.

»Theodore?«, fragt der Wächter.

Warum die Wächter glänzende Kopfbedeckungen tragen ist mir genauso ein Rätsel wie ihre restliche Erscheinung. Durch die Kleidung ist es unmöglich zu sagen, ob es sich bei ihnen um Erwachsene oder Betagte handelt – oder sogar um Jugendliche wie mich.

»Bitte komm mit mir mit.« Der Ton des Wächters ist angespannt.

Ich stelle mich hin. Meine Beine fühlen sich zitterig und weich an. Das muss von dem langen Sitzen kommen.

»Oder vom Adrenalin.« Ihre Stimme hört sich an, als würde Phoe genau neben dem Wächter stehen.

Ich beschwere mich nicht darüber, dass sie auf einen Gedanken antwortet, der nicht für sie gedacht war; ich bin zu besorgt über das, was gerade vor sich geht.

»Hallo.« Ich gehe zur Tür und schaue auf mein verzogenes Spiegelbild im Helm des Wächters. »Was möchtest du?«

»Dich abholen«, antwortet der Wächter.

Ich bewege mich nicht. »Wohin bringst du mich?«

»Bitte komm mit mir mit«, erwidert er.

»Er wird es dir nicht sagen«, meint Phoe. »Das tun sie nie.«

»Bringst du mich zur Stille?«, frage ich ihn und ignoriere Phoe.

Anstatt zu antworten, streckt der Wächter seine Hand aus und bewegt seine Handfläche mit einer wellenartigen Bewegung durch die Luft. Sollte es sich dabei um eine Befehlsgeste handeln, habe ich sie niemals zuvor gesehen.

»Theo, er hat gerade versucht, dein Gehirn stark zu beruhigen«, zischt Phoe. »Benimm dich so, als seist du entspannt. Schnell.«

Die Dringlichkeit in Phoes Stimme zwingt mich dazu, mich äußerlich so gut wie möglich zu beruhigen.

»Frag nichts mehr«, sagt sie. »Geh einfach.«

Ich tue, was sie sagt, und meine Angst verstärkt sich.

»Er versucht, meine Gedanken zu beeinflussen?« Ich denke nur, da ich mich nicht traue zu flüstern oder lautlos zu reden, solange der Wächter bei mir ist.

»Ja. Um deine Anspannung zu verringern.«

»Aber ich fühle mich nicht entspannter.«

»Weil ich deinen Kopf für solche Beeinflussungen und die meisten anderen Manipulationen unempfänglich gemacht habe«, erklärt sie mir.

»Stimmt.« Ich versuche, geradeaus zu gehen und entspannt auszusehen – eine schwierige Aufgabe mit meinen verräterisch zitternden Beinen.

»Das machst du gut«, sagt Phoe. »Gehe einfach schweigend, bis du das Gebäude verlassen hast.«

Das tue ich. Als wir aus dem Vorlesungsgebäude treten, frage ich mich, ob sich unsere Vorfahren so gefühlt haben, wenn sie zum Galgen geführt wurden. Wir gehen einige Minuten schweigend, und dann meint Phoe: »Ich denke, du könntest jetzt noch einmal versuchen, mit ihm zu reden. Sage ihm: ›Sir, das ist ein Missverständnis. Ich habe doch nur über die Markwarts, die Hüter der Gemeinden, geredet, über die wir in Lehrerin Filomenas Klasse gesprochen haben‹.«

Ich sage ihm das und eine Menge anderen Schwachsinn, den sich Phoe einfallen lässt.

Einige Schritte lang sagt der Wächter nichts.

»Und die ganze Sache begann mit den Markwarts, den Beamten –«

Bevor ich Phoes Vorlage zu Ende vortragen kann, macht der Wächter erneut eine Geste, die ich nicht wirklich verstehe.

»Was will er diesmal von mir?«, denke ich zu Phoe.

»Wieder, dass du dich entspannst«, antwortet sie. »Versuche, ruhig auszusehen, und höre auf zu reden.«

Ich betrachte unseren Campus, der konzipiert wurde, um Gelassenheit auszustrahlen, und versuche, mich durch seine Schlüsselreize zu entspannen. Ich konzentriere mich auf den Steinturm in einiger Entfernung und lasse meine Augen über die symmetrisch geschichteten Steine gleiten.

»Das ist erweiterte Realität«, sagt Phoe. »Der Turm ist nicht wirklich da.«

»Danke für diese überflüssige Information.« Ich schaue auf den blühenden Kirschbaum und gehe das Risiko ein, dass Phoe mir sagt, dass er auch nicht echt ist.

»Ich versuche nur, dich von deinen trübsinnigen Gedanken abzulenken.« Sie hört sich an, als liefe sie vor dem Wächter. »Aber wenn es dir hilft, unfreundlich zu mir zu sein, dann mach einfach weiter.«

Ich ignoriere sie und versuche, im Gehen zu meditieren. Ich konzentriere mich auf den leichten Wind auf meinem Gesicht, auf das gleichmäßige Anspannen meiner Beinmuskeln, auf die warmen Sonnenstrahlen auf meiner   Haut –

»Theo, pass auf –«

Ich höre den Rest von dem, was Phoe mir sagt, nicht, weil ich in den Wächter renne, der stehengeblieben ist. Er hält sich einen Finger an sein Ohr und dreht seinen Kopf zu mir. Schaut er mich unter seinem Visor skeptisch an?

»Ich denke, er bekommt gerade die Anweisungen, was er mit dir zu tun hat«, meint Phoe.

Ich spanne mich an, und alle Spuren meiner erzwungenen Ruhe verfliegen, während ich darauf warte, zu sehen, wohin er mich bringt.

Wenn ich die normale Strafe bekomme – die Stille – werden wir rechts abbiegen.

Der Wächter sieht einen Moment lang zögerlich aus, so als müsse er eine Entscheidung über mein Schicksal treffen.

Ich schlucke und bin nicht mehr in der Lage, Entspanntheit vorzuspielen.

Der Wächter dreht sich nach rechts und beginnt, auf das fünfeckige Prisma des Schweigegebäudes zuzugehen.

SIEBENTES KAPITEL

»Du gehst ins Hexengefängnis«, sagt Phoe mit einer Erleichterung, die der Spitzname des Gebäudes normalerweise nicht hervorruft. »Das bedeutet Stille.«

»Ich hätte niemals gedacht, dass ich so glücklich darüber sein könnte, dorthin geführt zu werden.« Ich gehe schneller, um den Wächter einzuholen. »Bist du sicher, dass Mark nicht dort ist?«

»Ich bin mir sicher«, sagt sie.

»Also, wo ist er dann?« Ich riskiere ein lautloses Sprechen, da der Wächter mir den Rücken zudreht.

»Ich weiß es nicht. Ich hatte noch keine Gelegenheit, mich in ihr System zu hacken, so wie ich es eigentlich vorhatte. Außerdem fange ich an zu denken, dass der sicherere Weg ist, dich die Aufgabe erledigen zu lassen, die ich bereit erwähnt habe – und du bist der Einzige, der dafür in Frage kommt.«

»Um was genau geht es dabei?«

»Um etwas, was dir dabei helfen wird, deine Stille schneller hinter dich zu bringen, vermute ich«, antwortet sie. »Jetzt werde ich alles vorbereiten, was ich benötige, wenn das okay für dich ist.«

»Warte«, sage ich. »Sag mir, was ich konkret tun muss.«

»In Ordnung.« Phoe seufzt. »Es handelt sich dabei um einen Weg, mich an einige Dinge zu erinnern, die ich vergessen habe. Meine Intuition sagt mir, dass es für mich leichter sein wird, herauszufinden, was mit Mark geschehen ist, wenn ich mich an sie erinnern kann.«

»Intuition hört sich ein wenig Wischiwaschi an.«

»Ich habe viele Dinge intuitiv getan, und bis jetzt hast du mir vertraut«, kontert Phoe trocken.

»Es hört sich deshalb nicht weniger widersprüchlich an. Du hast etwas vergessen, aber trotzdem weißt du, dass du bestimmte Antworten bekommen wirst, wenn du dich an das Vergessene erinnerst?«

»Ich weiß, dass ich bessere Werkzeuge für mein Hacken haben werde, wenn du das tust, was du tun musst. So gesehen bin ich mir sicher, dass ich eine bessere Ausgangslage haben werde, um herauszufinden, was mit Mark geschehen ist.« Offensichtlich versucht sie alles, um sich nicht so anzuhören, als würde sie sich rechtfertigen. »Was diese Erinnerungen betrifft, weiß ich nicht, wie ich es am besten in Worte fassen soll, aber ich weiß, dass etwas Wichtiges aus meinem Kopf entfernt wurde – aus den Köpfen von allen. Ich weiß nicht, was es ist, aber ich bin mir sicher, dass es etwas ist, was wir alle wissen möchten, ganz unabhängig davon, was mit Mark geschehen ist.«

Ich denke einen Moment lang darüber nach.

Ich stehe kurz davor, mit Langeweile bestraft zu werden – darum geht es bei der Stille hauptsächlich. Was auch immer Phoe von mir möchte, könnte ein willkommener Zeitvertreib sein.

»Du weißt nicht einmal die Hälfte davon«, sagt sie mit aufgesetzt fröhlicher Stimme.

»Also, was genau soll ich tun?«

»Nur ein Videospiel spielen«, antwortet sie. Dann flüstert sie weiter: »Aus den letzten Tagen.«

Die letzten Tage wird die Zeit genannt, die zum Goo-Armageddon geführt hat, auch wenn sie in einigen der Schriften, die ich darüber gelesen habe, Singularität hieß – eine Zeit, in der Technologie so schnell erfunden wurde, dass die menschlichen Gehirne nicht mithalten konnten. Jeder weiß, dass die Technologie dieser Zeit nur mit Vorsicht, wenn nicht sogar mit Furcht genutzt werden sollte.

»Was ist mit der Technologie um uns herum?«, fragt Phoe.

»Jetzt dringst du in rein private Gedanken ein«, beschwere ich mich.

»Ich dachte immer, dass die Technologie, die uns umgibt, sicherer sei als die verabscheuungswürdigen Dinge, die sie in den letzten Tagen entwickelt hatten. Waren wir zu dem Zeitpunkt nicht schon durch die Kuppel geschützt und von allen anderen isoliert?«

Einige Sekunden lang höre ich nichts weiter als die Schritte des Wächters und die entfernten Stimmen der Jugendlichen.

»Ich denke, das ist Teil der Informationen, die ich vergessen habe«, antwortet Phoe.

»Aber es ist ja nur ein Videospiel«, sage ich lautlos, als ich darüber nachdenke, was sie von mir möchte. »Wie schlimm kann es schon sein?«

»Es ist eine weiterentwickelte Version der Technologie, die hinter der virtuellen Realität steckt, die in den Klassenzimmern benutzt wird – also mit anderen Worten überhaupt nicht schlimm«, meint Phoe. »Ich werde versuchen, einige Dinge vorzubereiten. Du hörst bald wieder von mir.«

»Viel Glück«, flüstere ich, aber sie antwortet nicht.

Immerhin sind wir schon fast an unserem Ziel angekommen.

Ich schaue am Gebäude hinauf.

Selbst das Efeu sieht aus, als würde es hier nicht gerne wachsen.

Als wir näher kommen, spüre ich diese Enge in meiner Brust, die ich jedes Mal bekomme, wenn ich es mit dem Hexengefängnis zu tun habe. Das Gebäude der Stille hat seinen Spitznamen wegen seiner einzigartigen Form. Er hat etwas mit den altertümlichen Hexen zu tun und damit, dass sie sich gerne auszogen und nackt Pentagramme malten. Ich denke, dass alle von uns – zumindest diejenigen, die hierhergeschickt wurden, als sie noch sehr klein waren – sich an diesem Ort unwohl fühlen. Wegen meiner rekordverdächtigen Anzahl an Warum-Fragen und anderem Fehlverhalten habe ich mehr Zeit als die meisten meiner Mitschüler in diesem Gebäude verbracht.

Wir betreten es. Mit jedem Schritt, den ich tiefer hineingehe, erinnere ich mich lebhafter daran, warum ich diesen Ort so sehr hasse. Im Gegensatz zu dem glänzenden Silber der anderen Gebäude in Oasis sind diese Wände einfach grau und es riecht penetrant nach Ozon (oder ist es Chlor?).

»Das ist dein Raum«, meint der Wächter zu mir, als wir das Ende des farblosen Korridors erreicht haben.

Ich weiß aus eigener Erfahrung, dass es sinnlos ist, zu betteln, also gehe ich einfach hinein.

Der Raum ist noch farbloser als der Flur. Es ist fast so, als sei alle Farbe aus ihm gesaugt worden. Die Luft riecht nach gar nichts, nicht einmal nach dem Gestank in den Korridoren.

Die Einrichtung des Raums ist die gleiche wie bei meinen vorherigen Besuchen: der gleiche unbequeme Stuhl, der nicht wie diejenigen ist, die wir sonst erscheinen lassen, und das kleine Bett an der Wand neben einer Toilette. Mitten im Raum steht ein kleiner Tisch mit einem Krug Wasser und einem speziellen Essensriegel, der, wenn er genauso ist wie diejenigen, die ich hier sonst bekommen habe, nach überhaupt nichts schmeckt. Ich bin überrascht, nur einen einzigen Riegel zu sehen. Anhand dieser Essensriegel messen solche Unruhestifter wie ich die Dauer ihrer Stille. Für jeden Tag, den wir uns hier aufhalten, bekommen wir mindestens einen Riegel. Da hier nur ein einziger Riegel liegt, werde ich wohl doch nicht so lange bleiben, wie ich befürchtet hatte.

Ich wandere in dem Raum umher und berühre alles zum tausendsten Mal. Die Einrichtung in den Zimmern ist beständig; sie bleibt die ganze Zeit hier, so wie das auch bei den Möbeln unserer Vorfahren der Fall war, und Befehle durch Gesten oder Gedanken haben keinen Einfluss auf sie. Gesten und Gedanken wirken in diesen Räumen generell nicht – eine Tatsache, die ich wieder einmal feststelle, nachdem der Wächter die Tür hinter mir geschlossen hat.

Ich kann weder die Einrichtung verändern noch einen Bildschirm herbeirufen.

Genau das ist so heimtückisch an der Stille: es gibt weder einen Bildschirm noch irgendeine andere Form der Unterhaltung in dieser farblosen Umgebung.

Langeweile ist die Folter.

Ich setze mich auf den Stuhl und trommele mit meinen Fingern auf den Tisch.

»Phoe?«, sage ich lautlos.

Sie antwortet nicht.

»Phoe«, flüstere ich.

Nichts.

»Phoe, ich habe schlechte Erinnerungen an diesen Ort. Das ist kein guter Zeitpunkt für Witze.« Ich sage das laut, da ich weiß, dass sie ein so auffälliges Verhalten nicht ignorieren würde.

Stille ist meine einzige Antwort.

Was zum Teufel geht hier vor sich? Was macht Phoe? Warum spricht sie nicht mit mir, wenn ich sie am dringendsten brauche?

Ich stehe auf und wandere erneut im Zimmer umher.

Fünf Runden später schweigt Phoe immer noch.

Ich wandere weiter.

Keine Antwort.

Ich wandere weiter.

* * *

Ich schwitze. Ich schwöre, dass ich jetzt schon einige Stunden mit Umhergehen verbracht habe und Phoe immer noch schweigt. An diesem Punkt bin ich bereit, alles zu tun, sogar dieses Videospiel in der virtuellen Realität aus der Zeit der technologischen Singularität zu spielen.

Ich versuche, mich hinzulegen, aber das gelingt mir nur für einige Minuten, bevor ich hochspringe und erneut Runden durch den Raum drehe.

Ich fühle mich immer unwohler, aber ich verstehe nicht, warum. In diesem Raum eingesperrt zu sein war schon immer schlimm gewesen, aber niemals zuvor habe ich mich so gefühlt.

Es ist, als würden sich die grauen Mauern um mich herum zusammenziehen. Ich möchte meinen Kopf gegen die Tür schlagen und sie mit Blut bespritzen.

Zumindest würde das für einen Farbtupfer sorgen.

Okay, das ist verrückt. Ist das ein Nebeneffekt der Veränderungen, die Phoe an meinem Kopf vorgenommen hat? Fühlt sich »Angst haben« so an, wenn diese Nano-Dinger den Kopf nicht manipulieren? Und sollte das der Fall sein, wie haben es unsere Vorfahren geschafft, sich nicht gegenseitig umzubringen?

Dann erinnere ich mich daran, dass sie sich in »Kriegen« tagtäglich umgebracht haben. Sie haben eine Menge verrückter Dinge getan, sogar künstliche Intelligenz erschaffen, damit diese ihnen in ihren Kriegen hilft.

Der Gedanke an die künstliche Intelligenz, die das Ende der Welt eingeleitet hat, lässt mich erschaudern – was ein weiterer Beweis dafür ist, dass ich gerade stressempfindlicher bin als sonst. Natürlich waren diese denkenden Maschinen der Inbegriff von allem, was in den letzten Tagen zerstörerisch und teuflisch war, aber die künstliche Intelligenz und auch Atombomben und Folter sind jetzt etwas, was der Vergangenheit angehört.

Vielleicht sollte ich meine Einstellung zum Thema Beeinflussung des Gehirns doch noch einmal überdenken und Phoe bitten, die Blockaden rückgängig zu machen.

Ich setze mich im Schneidersitz auf den Stuhl und beruhige meine Atmung. Mein Kopf rast wie ein Hamster in seinem Rad.

Ein. Aus. Ein. Aus. Ich tue das eine gefühlte Stunde lang, bevor ich mich ein wenig beruhige.

Dann bemerke ich ein eigenartiges Schimmern in der Luft.

Ich starre einige Sekunden auf die Erscheinung, bevor ich verstehe, was ich sehe.

Es ist ein Bildschirm – ein Bildschirm in einem Raum, in dem ich noch nie einen gesehen habe.

Aber es ist kein normaler Bildschirm.

Er ist undeutlich und sieht definitiv unecht aus, so als habe er sich nicht wirklich geformt – so als würde ich diesen Bildschirm träumen. Es ist, als sei dieser Bildschirm einer der Geister, von denen unsere Vorfahren besessen waren, auch wenn Geister normalerweise die Gestalt von Menschen hatten, nicht die Form von Bildschirmen.

Ein Cursor flackert einen Moment lang über der Erscheinung auf, beginnt sich zu bewegen und hinterlässt einen ungewöhnlich lilafarbenen Text. Eine Sekunde lang sehe ich nur die Linien, die einen Buchstaben formen, Linien, die mich an die Zahlen auf einem altertümlichen Taschenrechner erinnern. Dann dringt die Bedeutung der Worte in mein benebeltes Hirn ein.

Theo, hier ist Phoe.

Es scheint so, als sei das Hexengefängnis ein Faradayscher Käfig – zumindest fast. Es ist ein Ort, an dem ich nicht mit dir reden kann. Zum Glück habe ich dieses eine Loch im Kommunikationskanal der Wächter gefunden, und ich hoffe wirklich, dass es funktioniert.

Was Mark betrifft, habe ich versucht, mich in ihr System zu hacken, aber das habe ich nicht geschafft – ich konnte auch das Spiele-Interface nicht aufsetzen. Aber ich habe eine Idee, wie wir einige Ressourcen bekommen können, die meine Chancen, beide Aufgaben doch noch zu lösen, deutlich erhöhen würden.

Das Wichtigste ist allerdings: du musst so schnell wie möglich von hier verschwinden.

»Wovon sprichst du?«, denke ich zu ihr. »Ich verstehe nicht, was du mir gerade sagen möchtest, außer, dass du nicht mit mir reden kannst und dass ich verschwinden muss.« Ich schaue mich um, warte auf eine Antwort, und dann blicke ich wieder auf den Bildschirm. Als nach einigen Minuten keine Antwort gekommen ist, frage ich lautlos: »Wie kann ich diesen Ort verlassen?«

Der Cursor erwacht erneut zum Leben und schreibt:

Falls du versuchst, mit mir zu reden, solltest du wissen, dass das hier eine einseitige Form der Kommunikation ist. Ich bin mir nicht einmal sicher, dass du das hier liest, aber das solltest du besser, da du dich in Gefahr befindest.

Jemand aus dem Erwachsenenbereich ist auf dem Weg zum Gefängnis. Das ist wirklich übel.

Ich werde gleich versuchen, deine Tür zu öffnen. Ich denke, dass ich eine ihrer Steuerungen für Notausgänge angezapft habe. Sobald die Tür geöffnet ist, verlasse den Raum, gehe zweimal rechts und dann links. Danach musst du das Gebäude durch einen Notausgang verlassen. Er sieht aus wie eine normale Tür.

Ich betrachte den Bildschirm mit fassungsloser Faszination. Meine Starre wird dadurch durchbrochen, dass der Bildschirm auf die gleiche Art und Weise verschwindet, wie er erschienen ist.

Meint Phoe das ernst? Will sie wirklich, dass ich aus der Stille flüchte?

Kein Jugendlicher hat das jemals getan, und ich bin mir sicher, dass jeder Einzelne von ihnen es wollte.

Mein Puls rast, als ich zur Tür gehe. Im Gegensatz zu den normalen Türen öffnet sich diese nicht auf eine Geste von mir. Ich probiere die Methode unserer Vorfahren aus und drücke mit meinen Händen dagegen.

Ich könnte genauso gut gegen eine Wand drücken.

»Was jetzt?«, sage ich aus reiner Angewohnheit wortlos.

Wie als Antwort höre ich ein lautes Geräusch, das mich zurückspringen lässt.

Dann verstehe ich es.

Das war die Tür, an der sich gerade etwas getan hat.

Ich gehe wieder zu ihr und drücke erneut gegen sie.

Nach der Nachricht von Phoe sollte ich nicht überrascht sein, aber ich bin es trotzdem.

Die Tür öffnet sich.

Vorsichtig strecke ich meinen Kopf hinaus und schaue mich um.

Der Korridor ist leer.

Ich verlasse den Raum und versuche, nicht darüber nachzudenken, was die Bestrafung dafür sein wird.

»Zweimal rechts und einmal links«, wiederhole ich in Gedanken, während ich auf Zehenspitzen über den Gang schleiche.

Als ich an seinem Ende ankomme, ducke ich mich und schaue um die Ecke – ein Trick, den ich in meiner Kindheit beim Versteckenspielen mit Liam und Mark gelernt habe.

Mein Herz schlägt bis zu meinem Adamsapfel.

Ein Wächter kommt auf mich zu.

Er befindet sich auf halber Länge des Korridors.

Bilde ich mir das ein, oder geht er auf einmal schneller? Hat er mich gesehen?

Das kann ich unmöglich erkennen, da er den glänzenden Visor trägt.

Ich ziehe mich ein Stück zurück, gehe schnell wieder in den Raum, in dem ich mich eigentlich aufhalten sollte, und verhalte mich so ruhig wie möglich.

Zu meiner Erleichterung schließt sich die Tür hinter mir.

Ich halte mein Ohr an sie, aber ich kann keine Schritte auf dem Korridor hören.

Wahrscheinlich bedeutet das einfach, dass die Tür isoliert ist, aber es könnte auch sein, dass der Wächter nicht hier entlanggegangen ist.

Ich zähle so, wie ich es als Kind getan habe – ein Theodore, zwei Theodores –, bis ich bei zwanzig ankomme.

Vorsichtig verlasse ich den Raum wieder.

Als ich keinen Wächter auf dem Gang sehe, lasse ich dankbar die Luft aus meinen Lungen.

Ich gehe zurück zu dem Korridor rechts und wiederhole meinen Trick mit dem Hinhocken an der Ecke.

Der Wächter ist verschwunden.

Ich stehe auf, gehe um die Ecke und dann weiter. Der Flur ist lang, und die grauen Wände gehen so sehr ineinander über, dass man nicht sehen kann, wie lang er ist.

Ich gehe einige gefühlte Minuten und kann immer noch kein Ende erblicken.

Ich ignoriere eine Abzweigung rechts, weil Phoe mir gesagt hat, dass ich links abbiegen soll.

Nach einigen weiteren Metern sehe ich endlich das Ende dieses langen Korridors, aber es ist immer noch etwa sechs Meter von mir entfernt.

»Dieser blöde Flur muss eine Kurve machen«, denke ich, und bin mir nicht sicher, ob ich mit Phoe oder mir selber spreche.

Sie antwortet nicht, und Selbstgespräche haben mir nie besonders gut gefallen – obwohl ich eigentlich genau das tue, wenn ich mit Phoe rede, aber an diese Theorie glaube ich nicht mehr wirklich.

»Theodore«, sagt eine Stimme hinter mir. »Halt an.«

Ich denke, sie kommt von der Abzweigung auf der rechten Seite.

Diese Stimme ist männlich, also kann es sich nicht um Phoe handeln. Ich nehme an, dass es ein Wächter ist, aber ich schaue mich nicht um – das wäre reine Zeitverschwendung.

Ich höre auf, langsam zu gehen, und schieße nach vorne.

Er folgt mir. Ich höre seine Schritte trotz des lauten Pulsschlages in meinen Ohren. Die Wand am Ende des Korridors befindet sich jetzt genau vor mir. Ich renne fast in sie hinein, aber schaffe es im letzten Moment, nach links abzubiegen, obwohl meine Schuhe auf dem grauen Bogen wegrutschen.

»Theodore, halt an! Was machst du da?« Der Wächter hört sich an, als würde er auch gleich abbiegen.

Ich renne den kleineren Gang entlang und auf die Tür an seinem Ende zu. Als ich bei ihr ankomme, bleibe ich abrupt stehen und mache die Geste, die die Türen öffnet.

Sie bleibt geschlossen.

ACHTES KAPITEL

Ich schnappe nach Luft und gebe der Tür erneut mit der Geste den Befehl, sich zu öffnen.

Nichts.

Ich konzentriere mich und denke: »Öffnen.«

Keine Reaktion.

Das Geräusch von rennenden Schritten wird lauter.

Meine Handflächen sind kalt, als ich mit meiner ganzen Kraft gegen die Tür drücke.

Sie bewegt sich nicht.

Ich werfe einen Blick über meine Schulter und sehe an der Abzweigung zum Gang den glänzenden Helm des Wächters.

Auf einmal macht die Tür vor mir das gleiche Geräusch wie diejenige in dem Raum, in dem ich die Stille absitzen sollte. Phoe muss sie geöffnet haben, wird mir klar.

Ich weine fast vor Erleichterung, drücke die Tür auf und stürme aus dem Gebäude.

Die Tür knallt hinter mir zu.

Auf meiner linken Seite befindet sich hüfthohes Gras, das Phoes Meinung nach deshalb existiert, damit alle auf den befestigten Wegen gehen. Ich springe hinein und ducke mich, um nicht gesehen zu werden.

Ich weiß, dass ich gefunden werde, wenn der Wächter hier sucht, aber mir fällt nichts Besseres ein.

»Es ist alles in Ordnung«, sagt eine Stimme gleich neben mir. »Er rennt gerade ins Gebäude zurück.«

Mein Herz rutscht wieder an seinen Platz zurück. »Phoe?« Mein tonloses Sprechen ist so nahe an einem Schrei, wie das möglich ist. »Kannst du wieder mit mir reden? Wo warst du? Was ist passiert?«

Ein ohrenbetäubendes Heulen erfüllt die Luft. Mein Kopf dröhnt und ich erkenne, dass dieses Geräusch vom Hexengefängnis kommt.

»Da du hier bist, hast du ja offensichtlich meine Nachricht bekommen«, sagt Phoe schnell, und ich finde es erstaunlich, dass ich ihre Stimme durch den Lärm hören kann. »Wie ich dir schon erklärt habe, hatte ich Probleme damit, mit dir zu kommunizieren, während du im Hexengefängnis warst.« Sie rattert die Worte so schnell herunter, dass ich sie kaum verstehen kann. »Der Wächter ist zurückgegangen. Ich habe weitere Türen geöffnet, und einige der Jugendlichen haben die Möglichkeit genutzt, einen Spaziergang zu unternehmen. Jemand hat den Alarm ausgelöst. Ich denke, dass die Wächter eine Weile beschäftigt sein werden.«

»Aber –«

»Steh auf und renne, Theo.«

Ich tue, was sie sagt.

Ich dachte, ich könnte nicht schneller laufen als eben im Korridor, aber ich lag falsch. Mit Sicherheit stelle ich gerade einen Rekord auf; schade, dass ihn niemand bemerken wird.

Die Jugendlichen achten nicht auf mich, als ich an ihnen vorbeifliege. Sie scheinen zu denken, dass ich trainiere. Alles um mich herum ist verschwommen. Nach dem Grau des Gefängnisses müssen sich meine Augen erst an die verschiedenen Grüntöne gewöhnen.

Meine Lunge fühlt sich an, als würden sie gleich explodieren, aber ich schaffe es zu keuchen: »Kannst du mir das alles erklären?«

»Du hast gerade laut gesprochen«, schimpft Phoe.

»Ja, genau das ist das Problem«, denke ich zu ihr, da ich nicht lautlos sprechen kann, während ich außer Atem bin. »Sollte ich weiterhin mit lauter Stimme zu dir sprechen, könnte ich wirklich *Ärger bekommen.*«

»Wenn du rennst und redest, wirst du schneller außer Atem sein.« Phoe hört sich an, als würde sie neben mir laufen.

Ich atme tief ein und frage lautlos: »Was passiert hier gerade? Wie ist dein Plan?   Warum –«

»Theo, du musst das tun, was ich dir sage.« Ihre Stimme bekommt einen Kommandoton, den ich normalerweise mit Lehrern verbinde.

»Okay.« Ich brauche meinen Sauerstoff zu sehr, um mich mit ihr zu streiten, auch wenn es nur in Gedanken ist. »Wohin soll ich gehen?«

»Folge dem langen gepflasterten Weg bis ganz nach unten, und dann nimm die Straße, die in den Wald im Westen führt.«

Ich kann meinen Einwand nicht unterdrücken: »Aber der führt zur Barriere, die unseren Bereich von dem der Erwachsenen trennt«.

»Hast du Angst, du könntest *in Schwierigkeiten geraten?*«, meint Phoe in einer perfekten Imitation meiner Stimme.

»Schwierigkeiten sind eine Sache, und sich der Barriere annähern eine andere«, denke ich ruhiger. »Das macht man einfach nicht.«

»Falls es dich beruhigt, ich will ja nicht, dass du offiziell die Barriere durchquerst«, sagt Phoe, auch wenn es sich so anhört, als hätte sie gerade das Wort »noch« unausgesprochen gelassen. »Du musst zum Zoo gehen.«

Ich laufe einen Moment lang in verständnislosem Schweigen. Der Zoo ist von allen Orten, die wir besuchen dürfen, derjenige, der sich am nächsten an der Barriere befindet.

»Ich kann nicht dorthin gehen«, denke ich zu Phoe. »Ich war fast ein ganzes Jahr lang nicht mehr da.« Obwohl ich das sage, renne ich in Richtung der Kiefern, die sich in weiter Entfernung befinden.

»Wirklich?«, antwortet Phoe. »Ich hätte gedacht, dass du solche Orte magst.«

»Das tue ich, aber ich kann ihn nicht betreten. Mir wird der Zugang verweigert. Eine Konsequenz, weil Liam, Mark und ich eines Nachts Owens Hand in einen Becher mit lauwarmem Wasser gesteckt haben.«

»Ich hätte gedacht, dass das mit einer Stille abgetan ist«, meint Phoe.

»Owen ist ein Arschloch, aber keine Petze. Und selbst wenn er es wäre, hätte er niemandem erzählt, dass er in sein Bett gemacht hat.« Obwohl ich immer erschöpfter bin, muss ich innerlich lachen, als ich mich daran erinnere. »Nein. Wir haben Schwierigkeiten bekommen, als wir zurück zu unserem Zimmer gegangen sind. Sie haben mir den Zugang gesperrt, weil wir einen Tag nach einer Bestrafung mit Stille nach der Sperrstunde draußen waren.«

»Mit meiner Hilfe wirst du in den Zoo gelangen können«, sagt Phoe.

»Wie?« Ich rieche bereits die Kiefern, denen ich mich schnell nähere.

»Als du meine hektischen Nachrichten im Gefängnis bekommen hast, ist dir der Teil aufgefallen, in dem ich dir von meinen fehlgeschlagenen Versuchen berichtet habe, mich in die Systeme der Erwachsenen und Betagten einzuhacken? Als ich erwähnt habe, dass ich mit meinen derzeitigen Ressourcen nicht herausfinden konnte, was mit Mark passiert ist?«

»Ein wenig«, lüge ich. »Am Rande.«

»Was ist mit dem Teil, dass ich nicht einmal die Ressourcen hatte, um dich das Spiel spielen und anhalten zu lassen?«

»Ja. Ich erinnere mich allerdings nicht daran, dass du jemals etwas von Anhalten gesagt hast.«

»Wenn du das Spiel gewinnst, hältst du es an, aber das ist jetzt sowieso egal, da ich dich ja nicht einmal hineinbekommen konnte.«

»Warum?«

»Das habe ich dir gerade gesagt.« Sie hört sich genervt an. »Ich habe weder die Ressourcen, um herauszubekommen, was mit Mark geschehen ist, noch, um dich in das Spiel zu bekommen. Deshalb der Zoo.«

»Was für Ressourcen?« Schweiß läuft meinen Rücken hinunter, während ich weiterlaufe. »Inwiefern ist der Zoo hilfreich?«

»Das wirst du gleich sehen«, erwidert sie. »Jetzt ist es nicht mehr weit.«

Verwirrt folge ich dem gepflasterten Weg in den Pinienwald.

Phoe ist entweder beschäftigt oder lässt mich in Ruhe, also schweige ich, während ich zu dem Tal renne, in dem sich das markante, halbkreisförmige Zoogebäude befindet.

Im Gegensatz zu den meisten anderen Bauten in Oasis ist das silberfarbene Metall des Zoos deutlich zu sehen. Es ist, als würden die Kiefern das Efeu fernhalten, das sonst alles überwuchert.

Ich werde langsamer, um zu Atem zu kommen, und gehe gemäßigteren Schrittes auf den Eingang zu.

Als ich mich ihm nähere, muss ich an meine letzten sinnlosen Versuche denken, hier hineinzugelangen. Ich wollte mich einmal mit einer großen

Gruppe Jugendlicher hineinschmuggeln, aber die Türen haben sich für niemanden geöffnet, bis ich weg war.

Dieses Mal geben die Türen allerdings problemlos den Weg frei.

»Sei nicht so überrascht«, sagt Phoe. »Ich habe dir doch gesagt, dass ich dich hineinbringen würde.«

»Nach dem, was du im Hexengefängnis vollbracht hast, werden mich deine Fähigkeiten, Türen zu öffnen, nie wieder überraschen«, erwidere ich, während wir den Zoo betreten.

Nach einigen Schritten befinde ich mich in der Mitte eines runden Raumes, dem Ort, an dem man normalerweise steht, wenn das Zooprogramm beginnt.

Während ich genau darauf warte, vertreibe ich mir die Zeit damit, auf die reflektierende, kugelförmige Decke zu schauen.

Nichts passiert.

»Du wirst nicht in den Zoo gehen.« Phoes Stimme hört sich an, als stünde sie mindestens einen Meter von mir entfernt.

»Ach nein?«, frage ich und habe den Eindruck, dass das Adrenalin durch das Laufen meine Enttäuschung verschlimmert.

»Wir haben keine Zeit«, meint sie.

»Ich verstehe.« Ich lasse meine Schultern hängen.

»Okay«, sagt Phoe. »Wenn du unbedingt möchtest, haben wir wohl ein paar Minuten übrig, besonders wenn man bedenkt, um was ich dich gleich bitten werde. Bereit?«

Und damit ist der Halbkreis verschwunden, und ich stehe am Anfang des Weges im Zoo.

Der Boden unter meinen Füßen bewegt sich, und ich schaue mich um.

Ich hatte fast vergessen, wie umwerfend dieser Ort ist.

Auf meiner linken Seite ist eine Prärie, die sich bis zum Horizont erstreckt. Dort bemerke ich eine Herde Gazellen, die vor einer stolzen Löwin weglaufen. Auf meiner rechten Seite, in einer ebenfalls endlosen Tundra, sehe ich einen Pinguin, der vor einem Seelöwen flüchtet. Niedliche Tiere, die gegessen werden, sind wahrscheinlich das, was ich am Zoo am wenigsten mag, aber es ist trotzdem faszinierend.

»So, jetzt hast du ihn gesehen. Können wir jetzt weitermachen?«, fragt Phoe. »Dieser Ort bricht alle Gesetze der Ästhetik der virtuellen Realität. Die Antarktis auf der einen Seite und Afrika auf der anderen? Jemand hätte demjenigen, der den Zoo erschaffen hat, sagen sollen, dass alphabetische Reihenfolge nicht gleich Kongruenz ist.«

»Nur noch ein kleines bisschen«, sage ich, während ich durch einige weitere schöne Landschaften wandere und Tiere von Komodowaranen bis Ameisenbären betrachte. »Ich möchte auch noch das Füttern im Streichelzoo und die Safari.«

Plötzlich bin ich wieder in der echten Welt.

»Es tut mir leid, Theo«, meint Phoe entschuldigend. »Wir müssen das wirklich erledigen.«

»Was genau soll ich denn tun?« Ich versuche, mich nicht verärgert anzuhören, was schwierig ist. Ich hatte mich wirklich darauf gefreut, mal wieder ein Lama zu streicheln.

»Stell dich einfach hier drauf«, sagt sie.

Ich schaue mich nach etwas zum Draufstellen um. Vor mit erkenne ich ein leichtes Schimmern, das aussieht wie ein langer Bildschirm, der seitlich in der Luft schwebt. Kurz darauf erscheint ein weiterer genau über ihm, danach noch einer. Es ist wie eine Art Treppe. Ich kann mich nicht erinnern, so etwas schon einmal hier gesehen zu haben.

»Das liegt daran, dass dieser Ort gerade im Administrator-Modus ist«, erklärt Phoe.

Ich betrachte misstrauisch die Treppe. »Ist das Ding stabil?«

»Wie solltest du es sonst benutzen?« Phoe hört sich an, als wolle sie mich aufziehen.

»Die Stufen sehen wie Bildschirme aus, da ist die Frage durchaus berechtigt.«

»Das ist kein Konstrukt der erweiterten Realität wie der Bildschirm«, meint Phoe. »Diese Stufen kommen aus dem Utility Fog. Aber du hast recht. Wer auch immer den Administrator-Modus entworfen hat, hat sich keine Mühe damit gegeben, sie realistisch aussehen zu lassen.«

»Na super. Nebel, genau die Sache, die ich mit Stabilität verbinde«, denke ich sarkastisch, als ich zögerlich meinen Fuß anhebe und ihn auf die erste Stufe stelle. Sie fühlt sich echt an, also belaste ich meinen rechten Fuß auf der Treppe mit meinem Gewicht und ziehe meinen linken Fuß nach. Das überwältigende Gefühl, mitten im Schritt eingefroren zu sein, erschwert mir den Aufstieg.

»Ich habe nicht an deine Höhenangst gedacht«, meint Phoe. »Aber sie sollte kein Problem sein. Die Plattform ist nur noch wenige Stufen entfernt.«

Ich betrachte die schimmernden Stufen über derjenigen, auf der ich stehe. Sie führen wirklich zu einer runden Plattform, die aus demselben Material ist.

Ich gehe einen Schritt weiter und rufe mir in Erinnerung, dass ich mich weniger als sechzig Zentimeter über dem Boden befinde. Von hier zu fallen wäre das Gleiche wie aus einem Bett zu fallen.

Ich gehe noch eine Stufe nach oben.

»Jetzt ist es genauso Angst einflößend wie auf einem Stuhl zu stehen«, meint Phoe. »Und nach der nächsten Stufe ist es so wie auf einem Tisch zu stehen.«

Ich steige zwei weitere Stufen nach oben.

»Geh weiter.« Als wolle sie unterstreichen, wie wenig real sie ist, kommt Phoes Stimme von einem Punkt in der Luft, an dem sich keine Stufen befinden.

Ich gehe weiter, eine Stufe nach der anderen, aber mit jedem Schritt zieht sich mein Magen mehr zusammen. Als ich bei der zehnten Stufe ankomme, muss ich einfach nach unten blicken.

Mir wird augenblicklich schlecht.

»Nur noch ein kleines Stück«, drängt Phoe. »Du kannst nicht fallen. Das ist physikalisch unmöglich. Der Utility Fog, der die Stufen entstehen lässt, ist überall hier. Solltest du stolpern, wird er dich auffangen.«

Ihre Worte beruhigen mich. Entschlossen betrete ich eine weitere Stufe, und dann noch eine.

»Noch zwei, und schon stehst du auf der Plattform«, sagt sie.

Ich atme tief ein und steige so schnell ich kann hinauf.

Als ich auf der runden Plattform stehe, fühle ich mich ein kleines bisschen sicherer. Ich atme aus. »Und jetzt?«

»Mach eine übertriebene Geste, so als ob du eine Schnur nach unten ziehen würdest, genauso wie es die Zugführer in den altertümlichen Zügen taten, wenn sie hupen wollten.« Phoe hört sich an, als stünde sie direkt neben mir.

Ich tue, was sie sagt, und forme meine Hand über meinem Kopf zu einer Faust, bevor ich meinen Ellenbogen zu meiner Brust ziehe.

Ein ungewöhnlicher runder Bildschirm erscheint vor mir in der Luft. Auf ihm steht in sehr großen Buchstaben: »Bitte bestätigen Sie das Herunterfahren«. Unter dem Text befinden sich zwei riesige Knöpfe mit der Beschriftung: »Bestätigen« und »Abbrechen«.

»Was bedeutet ›Herunterfahren‹?«, frage ich Phoe.

»Den Zoo herunterzufahren«, antwortet sie nüchtern. »Und jetzt klicke auf ›Bestätigen‹.«

»Warte mal kurz. Den Zoo herunterzufahren?«

»Ja.«

»Für immer?«

»Wahrscheinlich ja.«

»Aber es ist der Zoo.« Das muss ich einfach laut sagen. »Das würde allen so viel wegnehmen …«

»Mir tut ihr Verlust leid, Theo, aber ich habe keine andere Wahl. Diese virtuelle Realität, die den Zoo simuliert, verbraucht eine Menge an Ressourcen – Rechenleistung, die wir dringend benötigen. Mir fällt nichts anderes ein, was wir mit so wenig Risiko für dich schließen können und dabei so viele Ressourcen bekommen, besonders wenn man unseren engen Zeitrahmen bedenkt.«

»Aber –«

»Schau mal, Theo«, meint Phoe. »Damit sollte ich herausfinden, was mit Mark geschehen ist, noch bevor wir uns um das Spiel kümmern.«

»Können wir nicht stattdessen dieses Videospielding machen?«

»Auch dafür brauche ich diese Ressourcen, schon vergessen?« Sie seufzt. »Wenn du damit fertig bist, hoffe ich wirklich, dass du dieses ›Videospielding‹ tun kannst, unabhängig davon, ob ich herausfinde, was mit Mark passiert ist.« Sie muss spüren, dass ich erneut protestieren möchte, da sie hinzufügt: »Auch wenn ich mir ziemlich sicher bin, dass ich es herausfinden kann.«

Ich nicke – nicht wirklich überzeugt.

»Bitte, Theo«, sagt sie. »Das Videospiel ermöglicht es mir, dieses wichtige Geheimnis zu erfahren, das sie uns vergessen ließen.«

Sie denkt, dass ich ein Problem damit habe, das Spiel zu spielen, aber das habe ich nicht. Mein Problem ist, allen den Zugang zum Zoo zu verwehren.

»Das ist die einzige Möglichkeit, etwas über Mark herauszufinden«, sagt sie, nachdem sie offensichtlich meine Gedanken gelesen hat.

»Okay«, sage ich, da ich genug davon habe, mich zu streiten. »Ich werde es für Mark tun.«

Ich strecke meinen Arm aus und drücke auf »Bestätigen«.

»Bitte sagen Sie ›Herunterfahren‹«, weist mich der Bildschirm an. »Und denken Sie ›Herunterfahren‹.«

»Herunterfahren«, sage ich förmlich und gebe das gleiche Kommando danach in Gedanken.

»Das Herunterfahren beginnt«, sagt der Text auf dem Bildschirm.

Einen Moment später wird der Bildschirm schwarz und verschwindet.

Ich stehe da und warte auf ein Zeichen, dass etwas passiert ist, aber das kommt nicht.

Nach einigen weiteren Augenblicken sehe ich etwas neben mir auf der Plattform.

Ich blinzele einige Male.

Es ist eine dreidimensionale weibliche Silhouette aus einem schimmernden Nebel, wie eine altertümliche Statue der Aphrodite aus Wolken. Diese himmlische Erscheinung hat kein ausgearbeitetes Gesicht oder andere spezifische Merkmale als die schlanke, sanduhrenförmige Figur, die ich in den alten Medien gesehen habe.

»Ich bin's«, sagt Phoe, und ihre Stimme kommt von der Stelle, an der sich der Mund dieser Gestalt befinden würde, wenn sie einen hätte.

»Phoe.« Ich starre auf die Gestalt. »Warum siehst du aus wie ein Geist?« Als ich das sage, kommt mir ein unlogischer Gedanke in den Sinn. Könnte sie ein Geist sein, so wie die, an die unsere Vorfahren geglaubt haben?

»Ich bin definitiv kein Geist«, beschwert sich die Figur. »Ich habe einfach die freigesetzten Ressourcen benutzt, um unsere Kommunikation ein wenig zu verbessern. Ich habe in der altertümlichen Literatur gelesen, dass Kommunikation hauptsächlich auf nonverbaler Ebene stattfindet.«

»Ich nehme an, dass sie mit nonverbal Mimik meinten, die du ja offensichtlich nicht hast«, merke ich an und schüttele die Idee mit dem Geist ab.

»Ja, aber ich kann Körpersprache benutzen, die definitiv zur nonverbalen Kommunikation zählt.« Sie legt demonstrativ ihre Hände auf ihre Hüften.

Spontan gehe ich zu der Erscheinung und versuche, sie zu berühren.

Sie weicht meiner Hand nicht aus, aber als ich nach ihrer schlanken Schulter greife, gleiten meine Finger durch ihren Körper hindurch, so wie sie es auch bei einem Bildschirm täten.

»Ich habe verstanden, wie man einen Teil der Steuerungen der erweiterten Realität bedient, und bin jetzt neben hörbar auch noch sichtbar«, erklärt mir Phoe. »Was du gerade siehst, funktioniert genauso wie ein Bildschirm.«

»Okay, aber siehst du wirklich so aus?« Ich trete einen Schritt von Phoes Körper zurück. »Und wo bist du jetzt? Wer bist du?«

Die geisterhafte Erscheinung zuckt mit den Schultern. »Dafür habe ich immer noch keine richtige Antwort«, sagt sie. »Aber ich weiß etwas viel Wichtigeres.«

»Du weißt, was mit Mark geschehen ist?«

»Ja«, sagt sie leise. »Aber ich bin mir nicht sicher, ob ich es dir sagen sollte.«

»Auf jeden Fall solltest du das.« Ich sage diese Worte so entschieden, dass die Illusion Phoes zurückweicht. Ich gehe ihr nach. »Sag es mir, oder du kannst meine Hilfe vergessen.«

»In Ordnung.« Sie steht am Rand der Plattform, und ihre Brust weitet sich aus, so als ob sie tief einatmen würde. »Aber Theo ... du solltest wissen, dass das, was mit Mark passiert ist, schlimmer ist als alles, was wir uns jemals hätten vorstellen können.«

NEUNTES KAPITEL

Die Haare auf meinen Armen und in meinem Nacken stellen sich bei ihren Worten auf.

»Ich hatte gehofft, dich schon aus dem Zoogebäude hinausbegleitet zu haben, bevor wir darüber sprechen«, meint Phoe. »Folge mir.« Ihre anmutige, schimmernde Figur geht zu den Stufen und steigt sie schnell hinab.

»Nein, sag es mir jetzt.« Ich renne die ersten fünf Stufen hinunter und habe meine Höhenangst völlig vergessen. Danach gehe ich vorsichtiger, bis ich mich wieder auf dem Boden befinde.

Phoes Erscheinung wartet am Ausgang auf mich. »Ich habe dich ohne viel Aufhebens nach unten bekommen, oder etwa nicht?«

Bevor ich ihr antworten kann, hat sie das Gebäude bereits verlassen.

Ich folge ihr.

Als ich hinaustrete, hat sie schon den halben Weg ins Tal zurückgelegt.

Ich jage ihr nach, obwohl meine Beinmuskeln brennen.

»Theo, du musst dich im Wald verstecken.« Diesmal ist ihre Stimme in meinem Kopf.

»Warte«, denke ich zu ihr, aber sie betritt bereits den Wald.

Ich renne Phoe mindestens zehn Minuten lang durch die Kiefern hinterher, bis sie anhält und auf mich wartet.

»Am besten wäre es, wenn du zuerst das Videospiel spielen würdest«, sagt sie. »Sie suchen bereits nach dir.«

Ich trete fest mit meinem Fuß auf dem Boden auf und erwidere: »Ich bewege mich keinen Zentimeter, oder tue sonst irgendetwas, bevor du mir gezeigt hast, was mit Mark passiert ist.«

Die schattenartige Phoe schaut nach unten. »Du wirst dir wünschen, du hättest nicht darauf bestanden.«

»Das ist meine Entscheidung. Schiebe es nicht länger auf«

»Okay.« Sie hebt ihren Blick an, so als würde sie mich anschauen. »Rufe deinen Bildschirm auf.«

Ich mache die Geste, auch wenn ich weiß, dass sie genauso gut meinen Bildschirm erscheinen lassen könnte. Sie versucht, Zeit zu gewinnen. Bei dieser Erkenntnis zieht sich mir erneut der Magen zusammen.

Mein Bildschirm erscheint, und ich kann unser Zimmer sehen. Mark, Liam und ich schlafen. Der Fokus liegt auf Mark und geht näher an ihn heran, so als ob derjenige, der das Geschehen aufnimmt, sich seinem Bett nähert. Eine Hand erscheint im Bild und berührt Marks Schulter. »Das wurde von einem Helm der Wächter aufgezeichnet«, meint Phoe und beantwortet mir damit die Frage, die ich ihr gerade stellen wollte. »Ich konnte nur Bruchstücke zusammensuchen – all das, was während des kontrollierten Vergessens nicht aus temporären Speichern und Puffern gelöscht wurde.«

Eine schneeweiße Störung unterbricht die Szene auf dem Bildschirm, und eine neue Bildabfolge beginnt.

Mark geht die breite Straße entlang, die durch den Pinienwald führt, in dem ich mich gerade befinde. Der Fokus – ich nehme an, wieder vom Helm eines Wächters – liegt auf Marks Hinterkopf. In einiger Entfernung kann ich die reflektierende Oberfläche der Barriere sehen. Durch die metallische, spiegelartige Oberfläche sieht sie aus wie ein altertümlicher Zeppelin oder ein Wetterballon – nur dass sie sich durch ganz Oasis erstreckt und die Stelle kennzeichnet, an der der Bereich der Erwachsenen beginnt. Mark geht darauf zu, und der Wächter folgt ihm.

»Sie haben Mark über die Grenze geführt?«, flüstere ich, während ich versuche zu begreifen, was gerade passiert. »Aber sie lassen niemals Jugendliche zu sich hinein.«

Phoe antwortet nicht, also beobachte ich, wie Mark sich der angeblich undurchdringbaren Wand nähert und sie ihn hindurchlässt, so als sei sie eine Art flüssige, silberfarbene Blase. Der Wächter folgt ihm, da er die Barriere natürlich problemlos durchschreiten kann.

»Wie konnte sich Mark ihr überhaupt so weit annähern?«, frage ich Phoe. »Man kann sich schon ab der Hälfte des Kiefernwaldes nicht mehr bewegen. Ich musste das auf dem harten Weg lernen.«

»Die Angst, die die Barriere hervorruft, betrifft nicht speziell die Jugendlichen.« Phoes Stimme hat ihre Lebendigkeit verloren; sie hört sich älter an und aus irgendeinem Grund müder. »Sie ist lediglich Teil des Erlaubnisprofils der Person, die sie überqueren will. Sie haben Mark Zugang gewährt, bevor ...« Sie spricht den Satz nicht zu Ende.

»Bevor?«

Sie antwortet nicht. Die Szene auf dem Bildschirm verändert sich erneut.

Markwart ist an einer weißen Trage in einer halb liegenden und halb aufgestellten Position festgebunden.

Eine weiß gekleidete Person steht neben ihm. Diese Person hat außerdem weißes Haar, was mich an das graue Haar erinnert, das die alten Leute in den altertümlichen Filmen haben – graues Haar, das selbst die ältesten Erwachsenen nicht besitzen.

»Ich dachte, dass wir in Oasis niemals so weit altern, um graues Haar zu bekommen«, denke ich einerseits zu mir selbst und andererseits als Frage zu Phoe. »Ist er ein Albino?«

Phoes neue Gestalt schüttelt langsam ihren Kopf. »Er ist einer der Betagten.«

Ich schaue wieder auf den Bildschirm. Alles andere in diesem Raum ist ebenfalls weiß, so dass er die gleiche medizinische Atmosphäre hat wie das Zimmer der Krankenschwester.

Vor dem mysteriösen Betagten befindet sich ein großer Bildschirm. Ich nehme an, dass auf ihm Markwarts neuronaler Scan zu sehen ist.

»Seine Denkmuster haben sich verändert, seit wir mit ihm gesprochen haben«, erkläre ich Phoe. »Er sieht aus, als erlebe er gerade positive Gefühle.«

»Das ist die Einheit.« Sie dreht sich von dem Bildschirm weg, so als könne sie nicht ertragen, was als Nächstes kommt. »Sie lassen ihn Nonstop die Einheit fühlen, bevor …«

»Bevor was?«, frage ich, und meine Brust zieht sich mit einer schlimmen Vorahnung zusammen.

Phoe antwortet nicht.

Auf dem Bildschirm geht der betagte Mann näher an Mark heran und beugt sich über ihn. Er hält etwas in seiner Hand. Ich kneife meine Augen zusammen und gehe so dicht an den Bildschirm, dass meine Nase fast durch ihn hindurchgleitet. Ich brauche einen Moment, um zu verstehen, was ich dort sehe.

Der Betagte hält eine Spritze.

Schockiert sehe ich dabei zu, wie er die Nadel unter Marks Haut führt und die Flüssigkeit in den Körper eindringen lässt.

Einige Atemzüge lang passiert nichts. Danach beginnt Mark auf der Trage zu krampfen. Auf dem großen Bildschirm vor seinem Kopf verändern sich seine Gehirnmuster.

Sie werden langsamer.

Meine Augen sind weit aufgerissen. Ich kann nicht einmal blinzeln.

Marks neuronale Aktivität verlangsamt sich immer weiter.

Ich atme rau ein. »Was geschieht gerade?« Ich schaue Phoe an. »Schläft Mark ein?«

Sie antwortet nicht. Sie starrt einfach nur auf die Erde unter ihren Füßen.

Kalte Schweißperlen bilden sich auf meiner Stirn, als ich zurück auf den Bildschirm schaue. Marks neuronale Aktivität verlangsamt sich so weit, bis sie, was unmöglich ist, komplett zum Stillstand kommt.

Phoe bedeckt ihr Gesicht mit ihren Händen – oder besser gesagt bedeckt sie die Stelle, an der sich ihr Gesicht befinden würde.

»Was –«, beginne ich, aber die eigenartige Aktivität auf dem Bildschirm lenkt mich ab.

Marks Körper zersetzt sich, so als sei er aus Sand und ein starker Wind würde ihn verwehen. In weniger als einer Sekunde ist sein Körper verschwunden.

Das weiße Bett, an das er noch vor einem Moment gefesselt war, ist leer.

Der betagte Mann dreht sich zu dem Wächter um, dessen Helm das Geschehen gefilmt hat. Er sagt etwas, aber ich kann ihn nicht hören. Danach wischt er sich eine Träne aus seinen uralt aussehenden Augen.

Der Bildschirm vor mir wird schwarz.

Auf einer bestimmten Ebene weiß der rationale Teil meines Gehirns bereits, was geschehen ist. Der Rest meines Kopfes weigert sich, die Realität zu akzeptieren.

Ich will schreien, aber ich habe keine Worte, nicht einmal in lautloser Form oder als Gedanken.

Meine Muskeln spannen sich an, und mein Körper beginnt zu zittern.

»Atme, Theo«, sagt Phoe, und es hört sich an, als sei sie weit weg. »Atme, oder du wirst in einen Schockzustand fallen.«

Ich atme, was mir in der Brust schmerzt, und trete danach einen Schritt zurück. »Das kann nicht sein.«

»Es tut mir leid, dass ich es dir gezeigt habe.« Phoes Stimme hört sich jetzt noch weiter weg an. »Ich hatte befürchtet, dass es zu viel sein könnte. Du hattest noch niemals etwas mit dem Tod zu tun.«

Tod. Genau das hat sie gerade gesagt.

Dieses düstere Wort bewegt etwas in meinem Kopf, erlaubt ihm, die Tatsache zu akzeptieren, dass dieses furchtbare Konzept die beste Erklärung für das ist, was ich gerade gesehen habe.

Aber das ergibt keinen Sinn. Tod kommt hier nicht vor. Er wurde in Oasis besiegt. Er ist ein hässliches, theoretisches Konstrukt von früher, so wie Folter und Ausrottung.

Mark kann nicht tot, kann nicht von uns gegangen sein. Dieser Gedanke ist so unverständlich wie die Idee, ihn zu vergessen. Das kann ich nicht begreifen. Es ist genauso, wie zu versuchen, sich die Abwesenheit von Materie und Raum vorzustellen.

Ich gehe noch einen Schritt zurück und fühle die raue Rinde einer Kiefer in meinem Rücken.

»Es tut mir so unglaublich leid, so unglaublich, unglaublich leid.« Phoes Worte sind wie ein meditatives Mantra.

Ich schüttele meinen Kopf mit aller Kraft, so als könne ich dadurch die Bedeutung des Ganzen in mein Gehirn schütteln.

»Beruhige dich.« Phoes Ton ist besänftigend, aber ihre Worte fühlen sich wie Säure auf meiner Haut an.

»Hör auf damit, mich beruhigen zu wollen«, sage ich laut. »Warum sollte ich das tun? Wenn das nicht ein guter Zeitpunkt ist, um auszurasten, wann dann?«

»Du musst ruhig bleiben, weil du auch in Gefahr bist.« Phoes Stimme hat immer noch einen besänftigenden Unterton. »Du musst mir dabei helfen, dich in Sicherheit zu bringen.«

»Ist er wirklich tot?« Ich spreche immer noch laut – eigentlich schreie ich fast. »Könnten diese Videos ein Streich sein? Ein grausamer Scherz? Ein Versuch, mir eine Lektion zu erteilen?«

Sie tritt auf mich zu. »Nein, Theo. So schrecklich das auch zu sein scheint, so funktioniert das kontrollierte Vergessen von Menschen. Die Person hört auf zu existieren. In der Erinnerung und im wirklichen Leben.«

Ich gehe um den Baum herum, um mich weiter zurückzuziehen, aber mein Fuß bleibt an einer seiner Wurzeln hängen. Ich falle hart zu Boden, da mein verwirrter Zustand mir meine Landung nicht gerade erleichtert. Meine Zähne schlagen mit einem lauten Geräusch aufeinander und Schmerz durchfährt meinen Rücken, bevor mich eine Übelkeitswelle überkommt.

Nach einem Augenblick klingt der Großteil des Schmerzes ab, aber ich versuche trotzdem nicht, aufzustehen. Ich will für immer hier liegenbleiben und bloß nicht nachdenken. Die Baumkronen über mir schwingen hin und her, und ich starre sie ohne zu blinzeln an.

Phoe beugt sich über mich und blockiert meinen Blick auf die Bäume und den Himmel.

»Es tut mir leid.« Ihre Stimme ist wie ein Echo. »Ich wünschte, du hättest die Zeit, um angemessen zu trauern, aber ich befürchte, dass das nicht der Fall ist. Sie durchsuchen bereits die Wälder, während wir immer noch hier stehen und reden.«

»Phoe, wenn das nicht stimmt, wenn er nicht wirklich tot ist und du mich nur manipulierst, damit ich dieses Ding für dich tue, dann sag es mir bitte«, denke ich verzweifelt zu ihr. »Ich werde tun, was immer du möchtest. Aber bitte sag mir, dass Mark lebt.«

»Das kann ich nicht.« Sie setzt sich neben mich auf den Boden, zieht ihre Knie dicht an ihren Körper und umarmt ihre Beine. »Ich wünschte, das könnte ich.«

Ich schütze meine Augen mit meinen Handflächen und liege einfach nur da, versuche meine Atmung zu kontrollieren.

»Genau so«, flüstert Phoe. »Atme.« Ihre Stimme ist wie ein kaltes Getränk an einem heißen Nachmittag. »Wir haben Glück, dass ich erst vor einem Tag die äußere Beeinflussung deines Gehirns unterbunden habe. Das Niveau deiner Glückshormone ist immer noch um einiges über dem der Ahnen. Das sollte dir dabei helfen, mit der Situation besser zurechtzukommen.«

Ihre Worte ergeben keinen Sinn. Wie konnten sich unsere Vorfahren schlimmer fühlen als ich in diesem Moment.

»Nach dem, was ich gerade in den Archiven gelesen habe, durchlebten sie die gleichen Phasen, wie du gerade – Nicht wahrhaben wollen und Isolierung, Zorn, Verhandeln, Depression –, bevor sie die Akzeptanz erreichten, die letzte Phase der Trauer.«

Ich nehme meine Hände von meinen Augen, um sie wütend anstarren zu können. »Ich werde das, was ich gerade gesehen habe, niemals akzeptieren.«

»Das solltest du auch nicht.« Phoes Ton ist genauso hart wie meiner. »Unter diesen Umständen könnte die produktivste Stufe der Zorn sein.«

Ich spiele in meinem Kopf noch einmal die Bilder des weißhaarigen Mannes ab, der Mark die Spritze gibt, und meine Fäuste zucken. Wenn dieser Mann sich gerade vor mir befände, würde ich ihn schlagen und treten, bis ich sein Blut fließen sähe.

»Wahrscheinlich würdest du das nicht«, meint Phoe. »Und ich meine das als Kompliment.«

»Du weißt nicht, was ich tun oder nicht tun würde. Dieses Arschloch verdient es, zusammengeschlagen zu werden.«

»Du hast recht, und was viel wichtiger ist, du bist auf dem richtigen Weg.« Ihre Stimme nimmt den verschwörerischen Ton an, der so typisch für Liam ist. »Du musst deine Wut auf die nächste Aufgabe kanalisieren. Vertrau mir, die Erinnerung, die das blöde Spiel vor mir versteckt, ist enorm. Das Spiel zu schlagen wird um einiges mehr helfen, als einen alten Mann zu bestrafen.«

»Schön.« Ich setze mich hin. »Ich tue es.«

ZEHNTES KAPITEL

»Zuerst musst du dich noch weiter beruhigen«, sagt Phoe. »Versuche zu essen.«

»Ich habe keinen Hunger.«

»Versuche, trotzdem zu essen.«

Fast automatisch mache ich diese Handfläche-nach-oben-Geste, und ein vertrauter Riegel erscheint auf meiner ausgestreckten Hand. Ich nehme einen Bissen, und zum ersten Mal in meinem Leben ist das normale Essen völlig geschmacklos.

»Genau so«, sagt Phoe beruhigend. »Essen kann trösten, was gut ist. Je ruhiger du bist, desto leichter sollte das Spiel für dich sein.«

Da ich einen vollen Mund habe, frage ich in Gedanken: »Warum?«

»Wegen der Beschaffenheit dieses speziellen Spiels«, antwortet Phoe laut. »Was du gleich erleben wirst, ist eine komplexe neuronale Analyse-, Adaption- und Antwort-Technologie. Die Vorfahren haben es IRES genannt – Immersive Reality Entertainment System.«

»Ich verstehe nicht, was das bedeutet«, denke ich zu ihr.

»Immersive Realität ist wie virtuelle Realität, nur, na ja, immersiver, also eindringlicher. Außerdem ist die Welt, die du betrittst, auf jeden zugeschnitten, der sich in ihr befindet, also in deinem Fall auf dich.« Sie zeigt auf meine Brust.

Ich beiße erneut von meinem Riegel ab und denke: »Das ergibt immer noch nicht wirklich Sinn.«

»Eure Lehrer haben euch echt versaut.« Phoe seufzt. »Wie kann ich dir das nur erklären?« Sie sitzt still, während sie nachdenkt, und dann sagt sie: »Stell dir einfach vor, dass dieses Spiel deinen Kopf analysieren wird. Es wird sich deine Erinnerungen und Erfahrungen anschauen, und aus ihnen wird es eine unglaublich realistische Welt kreieren, um dich hervorragend zu unterhalten. Ist das verständlicher?«

»Irgendwie schon.« Bei meinem dritten Bissen beginnt das Essen ein wenig besser zu schmecken. »Wie gewinne ich?«

»Vielleicht ist das Wort ›Spiel‹ irreführend«, sagt Phoe, während ich weiterkaue. »Dieses Ding ist als interaktive, voll immersive Crème de la Crème der Unterhaltung gedacht. Sein Ziel ist es, jedem Spieler ein einzigartiges Erlebnis zu ermöglichen, nicht nur, einen Gewinner zu haben.«

»Aber wenn mehr als nur eine Person spielt –«

»Wenn es mehrere Spieler gibt, wird der Konkurrenzaspekt verstärkt. Das Spiel wird eine Welt kreieren, die eine Mischung aus Elementen ist, die auf der Analyse der Köpfe der Mitspieler basieren. Deshalb ist diese ganze Sache so komplex; sie kann Hunderte miteinander verstrickter Mitspieler unterbringen. Aus diesem Chaos wird es eine künstliche Welt erschaffen, in der sie spielen. Aber du musst dir darüber keine Gedanken machen, weil du allein sein wirst.« Phoe macht eine Pause, so als müsse sie Luft holen. »Ich hoffe, dass du jetzt verstehst, warum wir es beenden müssen. Ich habe dieses Spiel ausgewählt, weil die Rechenressourcen, die es verbraucht, unglaublich sind. Außerdem wird es niemand vermissen, weil es nicht benutzt wird.«

»Okay«, sage ich lautlos zwischen zwei Bissen, »aber was ich wirklich wissen möchte, ist, was mit mir geschehen wird, wenn ich in dieses Spiel eintrete. Was erwartet mich dort? Wie mache ich das, was du von mir verlangst?«

Phoe fuchtelt vor ihrem Oberkörper mit ihren Händen. »Es ist schwer vorauszusagen, was du sehen wirst oder tun musst. Das Einzige, was ich dir sagen kann, ist, dass du es zu Ende spielen musst. Wenn du das Spiel gewinnst, wirst du die Möglichkeit bekommen, es abzustellen. Wenn das geschieht, stelle sicher, dass du die richtige Auswahl triffst und es herunterfährst.«

»Warum läuft das Ding überhaupt?«, frage ich.

»Um Ressourcen zu verbrauchen.« Sie verschränkt ihre Arme vor ihrer Brust, so als wolle sie sich selbst umarmen. »Ich denke, jemand hat versucht, die ressourcenintensivste Software zu finden, die es gab, und das war dieses Spiel.«

Ich neige meinen Kopf. »Aber warum?«

»Ich hoffe, dass ich das herausfinden kann, nachdem du es gewonnen haben wirst.« Sie ahmt meine Kopfbewegung nach. »Ich möchte keine unbegründeten Mutmaßungen aufstellen.«

»Okay«, sage ich langsam. »Aber warum lassen sie niemanden dieses Spiel spielen? Wenn es sowieso schon läuft, wäre es nicht logisch, es auch zu benutzen?«

»Seit wann handeln die Erwachsenen logisch?« Sie schüttelt abwertend ihren Kopf. »Wenn ich einen Tipp abgeben müsste, wäre er, dass das Spiel wahrscheinlich auf der superlangen Liste der verbotenen Technologien steht.« Phoes Stimme wird leiser, so als sei sie besorgt, dass uns jemand belauschen könnte, auch wenn wir uns gerade im Wald befinden und sie in meinem Kopf spricht.

»Großartig.« Ich bemerke, wie sich meine Hände anspannen und den letzten Essensrest zerdrücken. »Verbotene Technologie – ich bin dabei.« Ich stopfe den Essensbrei in meinen Mund.

»Du musst dir keine Sorgen machen. Die Erwachsenen sind Technikfeinde, die alles komplett schwarzmalen.« Phoes Stimme bekommt diesen leidenschaftlichen Unterton, den sie immer bekommt, wenn es um ihr Lieblingsthema geht. »Unter dem Vorwand, der nächsten Katastrophe vorzubeugen, werden harmlose Dinge einfach abgestempelt –«

»In Ordnung. Ich verstehe. Erkläre mir einfach, wie ich dieses Ding spielen kann.«

»Wir müssen dich hineinhacken.« Phoe springt auf ihre Füße. »Was sonst?«

»Ich nehme an, dass du nicht davon sprichst, einen Essensriegel in Stücke zu hacken«, sage ich lautlos und räuspere mich.

Sie nickt. »Das stimmt. Ich meine die Art von Hacken, die einen Dinge tun lässt, die man eigentlich nicht tun sollte.«

»Okay. Geht das auch noch kryptischer?« Ich atme hörbar aus, so wie ich das auch beim Meditieren tue. »Bitte sag mir einfach, was du konkret mit diesem ›Hacken‹ meinst.«

»Zuerst muss ich in dein Gehirn eindringen, genauer gesagt in die Nanozyten, die an deine Neuronen gekoppelt sind.«

Ich sehe sie mit hochgezogenen Augenbrauen an.

»Okay, also noch genauer gesagt: Erinnerst du dich an das, was du an dem Tag getan hast, an dem wir uns kennenlernten?«

Ich nicke. Wie könnte ich diesen Tag jemals vergessen? Es hat alles damit begonnen, dass ich spontan immer mehr Bildschirme mit einer Geste herbeirief, nachdem mir aufgefallen war, dass die gleiche Geste weitere Bildschirme herbeiruft, auch wenn man schon einen vor sich hat. An jenem Tag wollte ich diese Entdeckung näher untersuchen. Ich machte die Geste für einen dritten Bildschirm, einen vierten Bildschirm und immer weiter (mir war extrem langweilig, da ich alles über die böse industrielle Revolution lernen sollte). Irgendwann, nach meinem dreihundertsten Bildschirm, verschwamm die Welt um mich herum einen Moment lang, und das war der Augenblick, in dem ich zum ersten Mal Phoes Stimme hörte.

»Ja, diese Bildschirme aufzurufen hat zu einer Überlastung geführt, die ich ausnutzen konnte«, sagt Phoe. »Also musst du dieses Mal das Gleiche tun: eine Unmenge Bildschirme herbeirufen. Ich habe bereits einen sicheren Platz in der virtuellen Realität geschaffen, an dem du dich aufhalten kannst, einen Ort, an dem ich dich in das Spiel bringen kann.« Leiser fügt sie hinzu: »Zumindest theoretisch.«

Ich glaube zwar nicht wirklich an diese Sache, aber ich tue trotzdem, was sie sagt, und beginne damit, Bildschirme herbeizurufen.

»Nur noch ein paar mehr«, sagt sie, als meine Handgelenke bereits beginnen zu schmerzen. »Du könntest diese Bildschirme auch mit deinen Gedanken herbeirufen, wie du weißt.«

Ich beschließe, auf sie zu hören, und die nächste Ladung an Bildschirmen erscheint durch Gedankenkommandos.

Als ich bei etwa dreihundert Bildschirmen bin, verschwimmt die Welt wieder genau so, wie sie es an jenem schicksalsträchtigen Tag tat, und ich sitze nicht länger im Wald.

Ich fliege.

Oder ich falle.

Was für eine Bewegung es auch ist, sie ist unglaublich schnell.

Ich bin körperlos, wie ein Lichtstrahl. Die Welt um mich herum ist ein surrealer weißer Tunnel und ich fliege/falle durch ihn irgendwo hin.

Das Erlebnis erinnert mich an diese altertümlichen Achterbahnen, nur angsteinflößender.

Genauso plötzlich wie dieses Gefühl begonnen hat, ist es auch vorbei.

Ich habe meinen Körper zurück.

Ich stehe an einem neuen Ort.

Ihn einen Raum zu nennen wäre die Vereinfachung des Jahrzehnts; er sieht eher aus wie eine altertümliche Höhle. Es ist dunkel, abgesehen von einem gedämpften Licht, das einige leuchtende Kreaturen ausstrahlen, die auf der Spitze majestätischer Stalaktiten und Stalagmiten entlangkriechen. Auf meiner linken Seite stehen einige große Fässer. Eines ist mit dem Wort »Schießpulver« beschriftet, ein anderes mit »Gin« und ein drittes ist mit einem Totenkopf bedruckt.

Ich führe probehalber eine Geste durch, die normalerweise Beleuchtung herbeiruft. Zuerst krümme ich meinen Zeigefinger leicht und dann drücke ich mit ihm in die Luft, so wie die Vorfahren damals auf die Lichtschalter gedrückt haben.

Zu meiner Erleichterung wird es in der Höhle heller und ich kann die Einzelheiten besser erkennen.

Die Höhle ist mit einer Ansammlung verbotener Objekte gefüllt, angefangen bei Pistolen und Schwertern, bis hin zu Postern von nackten Models der damaligen Zeit. Altertümliche Magazine sind auf dem Boden verstreut, und überall spielen Bildschirme gewalttätige Filme und Videospiele ab.

»Wie gefällt dir deine ›Männerhöhle‹?«, fragt mich Phoe von hinten.

»Nicht schlecht«, sage ich und drehe mich zu ihr um. »Sie ist wie ein –«

Ich beende meinen Gedanken nicht, weil ich sie jetzt wirklich sehen kann. Ich muss mich dazu zwingen, einige Male zu blinzeln, während ein Adrenalinschub durch meinen Körper rauscht.

Sie hat sich verändert.

Sie sieht nicht länger so geisterhaft aus wie seit dem Zoo.

Sie sieht jetzt echt aus, falls »echt« für eine Frau verwendet werden kann, die anders aussieht als alle anderen Frauen, die ich jemals gesehen habe.

Sie sieht aus, als käme sie aus einer der altertümlichen Zeitschriften. Mit ihren blonden, kurzen Haaren, riesigen blauen Augen und ihrem zarten Gesicht erinnert sie mich an Glöckchen aus Peter Pan.

»Hey!« Sie klimpert mit ihren langen Wimpern. »Das ist eine Beleidigung. Ich bin 1,75 Meter groß, das ist kaum Feengröße.«

Das stimmt. Sie ist beinahe so groß wie die altertümlichen Models und besitzt die gleichen endlos langen Beine. Während ich sie anstarre, fällt mir auch auf, wie schlank und sanduhrenförmig ihr Körper ist – mehr noch als in ihrer geisterhaften Form. Ihre Proportionen sind ebenfalls die der altertümlichen Models.

Irgendetwas an ihrer Erscheinung fasziniert mich, auch wenn ich nicht genau sagen kann, was es ist. Ich betrachte sie von oben bis unten, und das Dekolletee ihres Kleides zieht meinen Blick auf sich – es ist etwas, was ich bisher auch nur in Filmen gesehen habe, da die Mädchen in Oasis nie Bekleidung tragen, die viel Haut zeigt.

»Hör auf damit. Du bringst mich zum Erröten.« Phoe grinst mich frech an. »Deine Hormone beginnen genauso zu arbeiten, wie das damals bei jungen Männern deines Alters der Fall war.«

Sie errötet nicht, aber ich. Sie spielt auf Tabus an, an die ich nicht einmal denken möchte, also sage ich einfach: »Okay, jetzt sind wir hier. Und was kommt jetzt?«

»Zuerst möchte ich herausfinden, ob du diesen virtuellen Ort, deine Männerhöhle, mit einer Geste, die ich dafür erfunden habe, betreten und verlassen kannst. Ich möchte nicht, dass du jedes Mal dreihundert Bildschirme herbeirufen musst.«

»In Ordnung«, sage ich und löse meine Augen von der Stelle, an der ihr rotes Kleid auf ihre schlanken Schultern trifft.

»Streck deinen Mittelfinger so nach oben.« Sie hält mir beide Hände mit triumphierend nach oben ausgestreckten Mittelfingern entgegen.

»Hey.« Ich ziehe meine Augen zusammen. »Hast du dir diese Geste ausgesucht, damit ich eine Stille bekomme, wenn ich sie durchführe?«

»Wenn du in Gedanken ›Fuck Fuck‹ sagst, funktioniert das Kommando genauso gut wie die Geste.« Sie lacht. »Aber wir beide wissen ja, dass dir Gesten lieber sind. Außerdem solltest du sowieso nicht an diesen Ort kommen, wenn du dich gerade in der Gegenwart anderer Menschen befindest, da dein Körper in der äußeren Welt genauso sichtbar bleibt wie ein Felsen. Also ist die Geste egal.« Sie betrachtet den roten Nagellack auf ihren Mittelfingern – auf den ich auch gerade starre, da ich nur in den alten Medien Nägel gesehen habe, die rot (oder andersfarbig) lackiert waren. »Ich musste eine Geste und ein Kommando wählen, die nicht bereits benutzt werden, und, na ja, diese waren frei.«

»Stimmt. Normalerweise, so wie in diesem Moment, bist du die Einzige, der ich meinen Mittelfinger zeigen möchte«, sage ich und tue es auch, selbst wenn ein Teil von mir instinktiv zusammenzuckt, da er sich an die endlos scheinende Stille für so etwas erinnert.

»Das ist es schon fast«, sagt Phoe mit ernstem Gesichtsausdruck. »Du musst es allerdings mit beiden Händen machen, so wie ich.« Sie zeigt mir erneut beide Mittelfinger.

»Okay.« Ich führe die Geste mit beiden Mittelfingern durch, damit wir diese Unterhaltung endlich beenden können.

Und wieder befinde ich mich körperlos in einem weißen Wirbel. Ich falle durch den surrealen Tunnel und bin erneut orientierungslos, was bei diesem Fall normal zu sein scheint.

Plötzlich werden aus dem weißen Tunnel Kiefernbäume, die mich umgeben.

»Und jetzt versuche, auf die gleiche Weise zurückzukommen«, sagt Phoes Stimme in meinem Kopf.

Ich führe die Geste aus, und die Reise beginnt erneut.

Als ich wieder in meiner virtuellen Männerhöhle bin, meine ich: »Okay, das hat funktioniert. Was muss ich für den nächsten Teil tun?«

»Das ist einfach«, erwidert Phoe. »Ich habe eine ähnliche Geste entwickelt.« Sie streckt ihre Mittelfinger aus, dreht ihre Hände und führt sie vor ihrer Brust zusammen, bis sich die ausgestreckten Finger berühren.

»Das musst du tun, aber es funktioniert nur von hier aus. Du kannst nicht direkt von der echten Welt in das Spiel gehen.«

Ich beginne, ihre Geste nachzuahmen.

»Warte, Theo.« Sie kommt zu mir, und zwar so dicht an mich heran, dass ich einen Hauch von Rosenduft riechen kann.

Parfum ist ein weiteres dieser Dinge, die die Jugendlichen nicht benutzen, denkt der rationale Teil meines Gehirns. Der irrationalere Teil denkt überhaupt nicht mehr, besonders dann nicht, als Phoe noch näher kommt und mich umarmt – ein soziales Verhalten, das ich aus den Filmen kenne – und mich, ebenfalls filmreif, leicht auf die Wange küsst.

Mein Atem stockt. Es fühlt sich an, als würde an der Stelle, an der ihr Schmollmund meine Haut berührt, Energie freigesetzt werden. Energie, die durch meinen ganzen Körper bis in meinen Lendenbereich fließt. Ich verspüre den eigenartigen Drang, sie zu ergreifen und sie eng an mich zu ziehen.

Sie tritt zurück. »Dafür haben wir jetzt keine Zeit. Der Suchtrupp nähert sich.«

Mein Herz schlägt schneller als während meines Laufens durch den Wald.

Haben das unsere Ahnen gefühlt? Erneut frage ich mich, wie diese armen Schlucker überhaupt funktionieren konnten. Andererseits war das, was ich durch ihre Nähe verspürt habe, nicht unangenehm.

»Konzentriere dich, Theo.«

Ich blinzele sie an. »Wie schlage ich dieses Ding? Was erwartet mich?«, frage ich sie und versuche, meine Gedanken wieder dem Spiel zuzuwenden.

»Ich weiß es ehrlich gesagt nicht«, antwortet Phoe. »Es würde mich nicht überraschen, wenn du ein Rätsel beziehungsweise eine Aufgabe lösen oder eine Phobie überwinden müsstest. Es könnte der typische Ablauf eines Videospiels sein, aber es könnte auch eigenartig für dich werden. Ich weiß es einfach nicht. Dein Kopf ist das Schlüsselelement in dieser Sache. Lebendige frische und traumatische vergangene Ereignisse können eine große Rolle spielen –«

»Hört sich hinreißend an.« Ich schaffe es beinahe, mich davon zu überzeugen, dass meine Nervosität mit der bevorstehenden Aufgabe zu tun hat.

»Was auch immer passiert, nichts ist realer als dieser Ort hier.« Sie seufzt und schaut mich mitleidig an. »Wenn es einen einfacheren Weg gäbe, würden wir ihn gehen.«

Ich unterdrücke meinen Drang, mir meine Lippen zu befeuchten. »Und wenn ich getötet werde?«

»In diesem Fall würde nichts Schlimmes passieren.« Ihr Ton ist sanft. »Du würdest einfach hierher zurückkehren und das Spiel von vorne beginnen müssen.«

»In Ordnung, ich bin bereit«, sage ich mit einer Überzeugung, die ich auch gerne fühlen würde.

»Sobald du dich im Spiel befindest, werde ich versuchen, zu dir durchzudringen und mit dir zu reden«, sagt sie.

»Moment, ich gehe allein?« Ich weiß nicht so recht, warum mir diese Idee mehr Angst macht als alles andere. »Ich dachte, du würdest von Anfang an bei mir sein.«

»Ich weiß nicht, wie ich mit dir kommunizieren kann, wenn du erst einmal drin bist, aber ich werde mit Sicherheit einen Weg finden.« Sie macht einen Schritt auf mich zu und legt ihre Hand auf meine Schulter.

Augenblicklich fühle ich mich besser. Es ist, als würde von der Stelle, auf der ihre Hand liegt, Wärme ausströmen.

»Theo, konzentriere dich« Sie schaut auffordernd auf meine Hände.

Ich strecke meine Mittelfinger aus und führe sie wie in einer Parodie der altertümlichen Alkoholtests vor meinem Gesicht zusammen.

Sobald sich meine Finger berühren, werde ich wieder ein Lichtstrahl und beginne, durch eine weiße Achterbahn zu fliegen.

ELFTES KAPITEL

Ich schaue mich um.

Ich bin zurück im Pinienwald, genau an der Stelle, an der ich mich befand, bevor ich mich in die Höhle begab.

»Scheiße«, sagt Phoes Stimme in meinem Kopf. »Es hat nicht funktioniert.«

Ich blicke mich um, aber sehe weder ihre geisterhafte noch ihre wirkliche Erscheinung.

»Und jetzt?«, denke ich zu niemand Konkretem.

»Ich werde mir einen anderen Plan ausdenken müssen«, meint sie. »Ich denke, der Umstände wegen habe ich keine andere Wahl, als mich mit dir zu treffen – körperlich.«

»Warte, was meinst du damit?«, frage ich lautlos.

»Keine Zeit für Erklärungen«, erwidert sie. »Gehe nach links in Richtung Barriere.«

Ich drehe mich dorthin.

»Nein, dein anderes Links«, korrigiert sie mich. Dieses Mal kommt ihre Stimme von hinten.

Ich drehe mich erneut und beginne, vorsichtig zu gehen.

»Du könntest dich ein wenig schneller bewegen«, sagt Phoe. »Die Wächter suchen nach dir.«

»Ich verstehe das einfach nicht.« Ich reibe mein Kinn. »Was meinst du damit, dass du mich ›körperlich‹ treffen willst?«

»Du wolltest doch wissen, wer ich bin, stimmt's?« Phoe hört sich übertrieben geheimnisvoll an. »Wegen dieser ungünstigen Entwicklungen werde ich dir deinen Wunsch erfüllen. Wir werden uns gleich im richtigen Leben begegnen.«

Ich reiße meinen Kopf nach hinten, teilweise, um einem Zweig auszuweichen, aber auch, um Phoe zu antworten. »Aber ich dachte –«

»Theo«, sagt eine andere weibliche Stimme laut.

Sie gehört nicht zu Phoe, aber sie hört sich vertraut an.

»Wir haben den ganzen Wald nach dir abgesucht«, fährt die Stimme fort. »Ich habe mir solche Sorgen gemacht.«

Ich entdecke die Person, die gerade gesprochen hat; sie steht rechts neben mir.

Wegen des hervorstechenden roten Haares wird mir klar, dass es sich um Grace handelt.

Ein furchtbarer Gedanke kommt mir in den Kopf: könnte Phoe Grace sein? Sie hatte gesagt, wir würden uns im richtigen Leben treffen, und jetzt ist hier ein Mädchen erschienen …

»Sei nicht albern.« Phoe hört sich an, als stünde sie neben Grace. »Ich bin nicht dieses pathetische kleine Mädchen, das kann ich dir versichern.«

Ich gehe einen Schritt auf Grace zu, während ich mir mit der Hand durch mein Haar fahre.

»Bitte bewege dich nicht, Theo.« Grace tritt einen Schritt zurück, und ihr ganzer Körper ist angespannt. »Bleibe stehen, oder ich schreie.«

»Wahrscheinlich wird sie sowieso schreien.« Phoes Stimme zittert. »Scheiße.«

»In Ordnung.« Ich versuche, Grace anzulächeln.

»Ziehe ihr gegenüber nicht solche Grimassen. Du wirst die Situation nur verschlimmern«, meint Phoe.

»Halt den Mund«, denke ich zu ihr. »Und jetzt?«, frage ich Grace.

Ich höre ein »Hm« aus Graces Mund. »Wirst du mit mir zurückgehen?« Sie tippt sich mit ihrem Zeigefinger auf die Brust, so als verstünde ich sonst nicht, wen sie mit »mir« meint.

»Damit ich ebenfalls Markwarts Schicksal erleide?« Ich starre sie ungläubig an. »Damit du mich in noch größere Schwierigkeiten bringen kannst?«

»Theo, ich –« Ihre Lippen zittern. »Als ich ihnen von deiner Besessenheit mit dieser Markwart-Sache berichtet habe, wusste ich nicht, dass es so schlimm werden würde.«

»Markwart ist keine Sache –«

»Sie erinnert sich nicht an ihn«, unterbricht mich Phoe.

»In Ordnung.« Ich zwinge mich dazu, ruhig zu sprechen, da Grace jeden Moment beschließen könnte zu schreien. »Ich möchte nicht mit dir kommen.«

»Wenn du das nicht tust, werden sich die Dinge für dich verschlimmern.« Grace sieht bei dieser Vorstellung wirklich traurig aus.

»Ich bezweifele, dass es schlimmer werden kann.« Als ich sehe, dass sie sich Sorgen macht, wird mein Ton noch sanfter. »Bitte, Grace. Kannst du so tun, als hättest du mich nicht gefunden? Niemand überwacht diesen Wald, also werden es die Erwachsenen niemals herausfinden. Du würdest keine Schwierigkeiten bekommen.« Ich atme tief ein, und beim Ausatmen sage ich: »Bitte, Grace«.

Anstatt mir zu antworten, kommt Grace erst einen Schritt auf mich zu, und dann noch einen.

Ihre blauen Augen schimmern, als sie vor mir stehen bleibt. Sie hebt ihre Hand, legt sie auf meine Schulter und drückt sanft zu.

Da Phoe gerade das Gleiche mit mir gemacht hat, frage ich mich erneut, ob Phoe nicht doch Grace ist.

»Das bin ich nicht«, flüstert Phoe. »Und jetzt erschrecke sie nicht, oder du hast ein Problem.«

Ich kämpfe gegen die Versuchung an, verwundert auf Graces Hand auf meiner Schulter zu blicken, und lege stattdessen meine oben drauf.

Auf Graces Gesicht zeigen sich Gefühle, die ich nicht einordnen kann. Ihre Lippen öffnen sich leicht, so als würde sie etwas sagen wollen, aber dann lässt sie meine Schulter los und beugt sich nach vorne.

»Ich werde ihnen nicht sagen, dass ich dich gesehen habe«, flüstert sie sanft, wobei ihre Lippen fast mein Ohr berühren. »Aber bitte verrate mich nicht, wenn sie dich fassen.«

Ich öffne meinen Mund, um zu erwidern: »Falls sie mich fassen.« Aber ich bleibe stumm.

»Sag ›Danke, Grace‹, gib ihr einen Kuss auf die Wange oder so und renne.« Phoes Stimme hört sich an, als würde sie mit zusammengebissenen Zähnen reden.

»Danke, Grace«, plappere ich nach, aber ich küsse sie nicht. »Danke.«

Ich ziehe mich langsam zurück, dann drehe ich ihr meinen Rücken zu und beginne zu gehen.

Grace sagt nichts.

Als ich fast zwanzig Meter hinter mich gebracht habe, blicke ich zurück.

Sie sieht aus wie festgefroren, steht immer noch an der Stelle, an der ich sie verlassen habe, und ihr Blick durchbohrt mich.

Ich gehe ein Stück weiter, bevor ich mich erneut umdrehe und sehe, dass Grace verschwunden ist.

Ich beginne zu rennen. Ich renne so schnell ich das mit den Ästen kann, die mir ins Gesicht schlagen. Ich renne, weil ich nicht weiß, ob Grace ihr Versprechen halten wird, mich nicht zu verraten.

Ich werde langsamer, als ich eine männliche Gestalt zwischen den Bäumen einige Meter vor mir sehe. Die Person geht gemütlichen Schrittes in die mir entgegengesetzte Richtung.

Ich bin froh, sie erblickt zu haben. Wenn ich weitergerannt wäre, hätte sie mich gehört. Vielleicht wird sie weitergehen, wenn ich lange genug warte.

Die Person bleibt stehen und beginnt zu gestikulieren. Sie muss ihren Bildschirm aufgerufen haben und etwas auf ihm tun.

Ich drücke mich flach gegen einen Baum und beobachte den Fremden. Als ich ihn mir genauer anschaue, fällt mir auf, dass mir die schmalen, leicht gekrümmten Schultern bekannt vorkommen.

»Gehe leise«, meint Phoe. »Es wäre besser, wenn er dich nicht hört. Und außerdem: bevor du so etwas Lächerliches vorschlägst, nein, das bin nicht ich.«

Ich beschließe, das zu tun, was sie gesagt hat, und mache einen leisen Schritt.

Da der Wald so still ist, mein Herz aber so laut in meinen Ohren schlägt, befürchte ich fast, dass die Person es ebenfalls hören kann.

Die Gestalt spielt immer noch mit ihrem Bildschirm.

Ich gehe einen Schritt weiter, dann noch einen.

Ein Problem, sich auf diese Art fortzubewegen, ist, dass ich ewig brauchen werde, mich aus der Hörweite dieser Person zu entfernen. Ein zweites Problem ist, dass es nervenaufreibender ist, sich vorbeizuschleichen, als wegzurennen, da die Anspannung durch die langsame Geschwindigkeit in die Länge gezogen wird.

Ich gehe leise weiter, ohne meine Augen von der Figur zu lösen – was sich als ein Fehler erweist. Ich hätte nach unten schauen sollen. Ich trete auf einen trockenen Zweig, und es knackt.

Der Kopf der Person schnellt nach oben, und ihre großen Ohren sind wie die eines Hundes. Da macht es Klick in meinem Kopf. Ich verbinde Hunde mit Hyänen, und deshalb weiß ich endlich, auf wessen Rücken ich die ganze Zeit gestarrt habe.

Der Jugendliche dreht sich herum, und meine Vermutung wird bestätigt.

Es ist Owen.

Ich versuche, mich hinter der nächsten Kiefer zu verstecken, aber es ist zu spät; er geht bereits in meine Richtung.

Ich trete hervor.

Owen lächelt mich triumphierend an, legt seinen Zeigefinger auf seine Lippen und macht: »Psst«.

»Er droht dir damit, zu schreien, falls du rennst«, sagt Phoe. »Versuche, diese Sache ruhig zu lösen.«

»Ach, ehrlich?«, sage ich lautlos zu Phoe und gehe auf meinen Todfeind zu.

»Sieht das nicht nach Warumodore aus?«, fragt Owen, als ich so nahe bei ihm bin, dass er nicht mehr schreien muss. »Oder sieht es nach Ärger aus?«

Ich lege meinen Kopf zur Seite. »Was möchtest du?«

Anstatt zu antworten, schließt Owen den Abstand zwischen uns und schlägt mir auf den Solarplexus, bevor ich verstehe, was er vorhat.

Die Luft entweicht aus meinen Lungen, und mein Verstand schaltet sich ab.

Das hatte ich nicht von Owen erwartet. Auch wenn er ein Arschloch ist, ist er seit unserer Kindheit nicht mehr derart gewalttätig gewesen. Ich habe mich so lange mit niemandem mehr geprügelt, dass ich vergessen habe, wie schmerzhaft es ist, geschlagen zu werden. Ich denke, dass ich etwa sieben Jahre alt war, als ich mich das letzte Mal in einer solchen Situation befunden habe, und es war nicht mit Owen, sondern mit Logan, einem seiner Lakaien. Ich erinnere mich daran, dass es keinen Spaß gemacht hat, obwohl Logan mich nicht einmal auf diese empfindliche Stelle geschlagen hat. Ich vermute, dass selbst wenn er es getan hätte, es weniger schlimm gewesen wäre, da er damals ebenfalls erst sieben Jahre alt war.

»Ich muss sagen, dass es eine beeindruckende Leistung war, aus dem Hexengefängnis zu fliehen«, sagt Owen. Er springt um mich herum und hat dabei die Fäuste im Stil der altertümlichen Boxer angewinkelt. »Ich hätte nicht gedacht, dass das jemand schaffen könnte, schon gar nicht du.«

Ich bin zu beschäftigt damit, wieder Luft in meine Lungen zu pumpen, um ihm zu antworten. Als ich endlich meinen Rücken strecken und einatmen kann, trifft Owens Faust auf mein Kinn.

Mein Kopf fliegt zurück. Der Schmerz ist überwältigend, und ich bin vor Entsetzen völlig sprachlos.

»Seit über einer Dekade warte ich darauf, mich mit dir zu prügeln.« Owens Stimme hört sich na, als käme sie aus weiter Entfernung. »Gib es zu, Theo. Willst du das nicht auch? Ich weiß, dass dein Kumpel Liam es definitiv möchte.«

Mir ist zu schwindelig, als dass ich antworten könnte. Außerdem habe ich einen metallischen Geschmack in meinem Mund.

Er boxt mich auf die Schulter – leicht, im Vergleich zu seinen vorangegangenen Schlägen.

»Jetzt komm schon«, meint er. »Wir sind im Wald. Niemand wird davon erfahren. Die Erwachsenen möchten nur nicht, dass wir Spaß haben.«

Ich spucke aus. Meine Spucke ist rot.

Der Anblick von Blut in Kombination mit seinem verlockenden Angebot erweckt etwas in mir. In meinen Ohren dröhnt es, wütende Feuchtigkeit füllt meine Augen, und der Wunsch, Owens Blut zu sehen, überwältigt mich.

Meine Hände ballen sich zu Fäusten. Ich hebe sie an und imitiere Owens Haltung.

Als mein Gegner das bemerkt, grunzt er erfreut und versucht, mir erneut ins Gesicht zu schlagen.

Ich ducke mich instinktiv. Seine Faust rauscht an meinem Ohr vorbei.

Ich bemerke, dass ihn sein verfehlter Angriff gerade ungeschützt zurücklässt.

Die Welt verstummt, und ich konzentriere mich auf mein Ziel. Ich habe seit anderthalb Jahrzehnten kein menschliches Wesen mehr geschlagen, aber ich zögere nicht.

Mit meiner ganzen Kraft vergrabe ich meine Faust in Owens Magen, da ich mich gut daran erinnere, wie schwer es mir gefallen ist, mich von diesem Schlag zu erholen.

Ein plötzlicher Schmerz wandert meinen Arm hinauf, aber Owen beugt sich mit einem Quieken vornüber und beginnt zu hyperventilieren.

Anstatt mich darüber zu freuen, so wie er das getan hat, schnappe ich mir seine Haare und drücke seinen Kopf zum gleichen Zeitpunkt nach unten, an dem ich mein Knie nach oben reiße.

Als sein Gesicht auf mein Knie prallt, ertönt ein befriedigendes Knacken. Mein Knie beschwert sich zwar, aber ich tröste mich damit, dass sein Gesicht sich um einiges schlimmer anfühlen muss.

Mit einem Grunzen geht Owen zu Boden.

Ich ziehe meinen Fuß zurück, um ihn im Fußball-Stil zu treten, und er wimmert.

»Was machst du da?«, fragt Phoe hastig. »Hast du noch nie davon gehört, dass man niemanden schlägt, der sich bereits am Boden befindet?«

Ich halte inne und starre auf den elenden Haufen, in den sich Owen verwandelt hat. Irgendwie hat er sich in die Kindslage begeben und seine Arme um seinen Kopf gelegt.

Wenn Phoe nichts gesagt hätte, hätte ich zugetreten. Was viel schlimmer ist, ist, dass ich ihn immer noch schlagen möchte.

Nur unter Anstrengungen kann ich diesem Drang widerstehen und tief einatmen.

Jetzt habe ich ein praktisches Problem. Owen ist verletzt, und ich muss ihm Hilfe besorgen, ohne mich den Erwachsenen zu stellen.

»Lass ihn einfach hier und komm mit, um mich zu treffen«, sagt Phoe. »Ich werde dafür sorgen, dass ihn jemand fünf Minuten, nachdem du gegangen bist, findet. Selbst wenn er ihnen erzählt, was passiert ist, bezweifle ich, dass du in deiner Situation noch größeren Ärger bekommen könntest.«

Meine Kehle fühlt sich eigenartig zugeschnürt an, als ich mich umdrehe und weggehe.

Owen gibt weitere Geräusche von sich, und ich sage mir, dass er halbwegs in Ordnung sein muss, wenn er das noch kann.

Als ich ihn nicht mehr höre, beginne ich erneut zu rennen und kanalisiere meine Verwirrung in meine Bewegungen.

»Das macht mir Angst, Phoe«, denke ich, während meine Füße über den Waldboden stampfen. »Ich habe eben einen Augenblick lang die Kontrolle verloren.«

»Du hast dich verteidigt«, meint sie. »Du hast keinen Grund, dich deshalb schuldig zu fühlen. Das ist eine normale Reaktion. Die Erwachsenen haben es einfach geschafft, dich vor solchen Situationen zu schützen. Das ist wahrscheinlich die einzige positive Konsequenz ihrer totalitären Kontrolle.«

Ich habe keine Energie, um mich mit ihr zu streiten, weshalb ich einfach damit fortfahre, meinen Körper an seine Grenzen zu bringen. Meine Beinmuskeln brennen und meine Lungen fühlen sich an, als würden sie gleich explodieren.

»Hey, freu dich lieber«, meint Phoe nach einer Minute. »Ich bin gleich auf der anderen Seite des Tals. Mach dich auf eine Überraschung gefasst.«

Ich werde langsamer und schnappe nach Luft. Als ich das Tal betrete, sehe ich an seinem anderen Ende eine Gestalt – eine recht große, runde Gestalt, die mir ihren Rücken zugewandt hat. Die Form ist leicht feminin, also nehme ich an, dass es sich um eine Frau handelt.

Ich gehe näher heran.

Irgendetwas an diesem Rücken weckt eine Erinnerung in mir, die ich nicht wirklich einordnen kann.

Aus irgendeinem Grund denke ich an die Schule. Um genau zu sein, an den Geschichtsunterricht.

»Ah, also erkennst du mich«, sagt Phoes Stimme in meinem Kopf.

Die Gestalt dreht sich herum, und mit entsetztem Schweigen betrachte ich die Person, die vor mir steht.

Es ist Lehrerin Filomena.

ZWÖLFTES KAPITEL

Ich weiche einen Schritt zurück.

Lehrerin Filomena lächelt.

»Jetzt weißt du endlich Bescheid«, meint sie mit ihrer nasalen Stimme, die sich so sehr von Phoes fröhlichem Sopran unterscheidet.

»Ich konnte mich ja schlecht nach mir selbst anhören«, sagt Phoes Stimme in meinem Kopf.

»Nicht, wenn ich meine Identität geheim halten wollte«, fährt Lehrerin Filomena fort und setzt genau an der Stelle ein, an der Phoes mentale Stimme aufgehört hat. »Also, ja, so eigenartig das für dich auch sein mag, ich bin Phoe.«

»Das kann nicht sein.« Ich reibe meine Schläfen, während ich sie anstarre. »Das kann einfach nicht sein.«

»Wir haben keine Zeit für lange Diskussionen«, sagt Lehrerin Filomena. »Folge mir.«

Sie geht weg.

»Jetzt komm schon«, sagt sie mit Phoes Stimme in meinem Kopf.

Obwohl ich mich eigentlich gerade lieber verstecken möchte, folge ich ihr.

Das ergibt immer noch keinen Sinn.

»Jetzt sei doch nicht so langsam«, sagt Lehrerin Filomena. »Phoe und ich kennen uns beide sehr gut in Geschichte aus. Wir haben beide Zugriff auf Dinge, die nur den Erwachsenen zugänglich sind. Wir benutzen beide gerne die virtuelle Realität –«

»Aber ich habe dich gerade gesehen – ich meine, Phoe.« Ich schüttele meinen Kopf. »Sie hat überhaupt nicht so ausgesehen wie du.«

»Was hast du denn gedacht würde ich tun, wenn ich so aussehen könnte, wie ich wollte?«, erwidert Lehrerin Filomena. »Ich wollte, dass du mich attraktiv findest, und in meiner wahren Gestalt bin ich für jemanden, der so gut aussehend ist wie du, offensichtlich nicht besonders anziehend.«

Ich starre sie sprachlos an. Sie hat recht, Lehrerin Filomena und Phoes Gestalt in der virtuellen Realität könnten nicht unterschiedlicher sein. Ich bin vielleicht gerade verwöhnt, weil ich mich eben mit Grace unterhalten habe, die aussieht wie die kleine Meerjungfrau, aber die Zeichentrickfigur, an die mich Filomena erinnert, ist eher Ursula, die dickliche, böse Meerhexe, die aussieht wie ein Tintenfisch.

»Das ist einfach nur gemein«, sagt Lehrerin Filomena. »Ich hatte recht damit, meine wahre Identität vor dir geheim zu halten.«

»Es tut mir leid … *Phoe*«, sage ich lautlos. »Das ist einfach ein wenig zu viel für mich.«

Die Lehrerin schnaubt. »Wir sind fast an der Barriere, also nehme ich an, dass meine Identität das kleinste deiner Probleme sein sollte.«

Ich folge ihr vorsichtig in einigem Abstand.

Die Angst überkommt mich plötzlich, genauso wie sie es vor all diesen Jahren getan hat, als Liam, Mark und ich uns das erste Mal der Barriere genähert haben.

»Diese Barriere ist ein hochentwickeltes Stück Technologie«, erklärt Lehrerin Filomena. »Sie strahlt ein Signal zu den neuronalen Implantaten aus, das den Gehirnen der nicht autorisierten Personen zu verstehen gibt, dass sie nicht hier sein sollten.«

»Ich kann nicht weitergehen.« Ich wische meine klammen Hände an meiner Kleidung ab.

Lehrerin Filomena dreht sich herum. »So wird das nicht funktionieren«, sagt sie mit Phoes Stimme in meinem Kopf. »Du bist aschgrau.«

Eine Art Kribbeln überkommt mich.

»Schon besser«, sagt Phoe. »Jetzt leuchten deine Augen auch wieder.«

Ich fühle mich leichter. Diese plötzliche Abwesenheit der Angst ist fast lustvoll.

»Ich habe dir Zugang zum Bereich der Erwachsenen verschafft«, erklärt sie mir mit ihrer nasalen »Lehrerin Filomena«-Stimme. »Gehen wir. Sie kommen näher.«

Ich folge ihr mit viel weniger zittrigen Beinen. Das ist auch kein Wunder, wenn man die schreckliche Angst bedenkt, die ich verspürt habe, bevor Filomena ihr Wunder bewirkt hat.

Wir gehen auf eine Lichtung, die kein Jugendlicher jemals betreten hat.

Von hier aus ist die Barriere in ihrer wie flüssiges Metall schimmernden Schönheit deutlich zu sehen.

»Jetzt gehen wir einfach hindurch«, sagt sie und geht entschlossen auf das Feld, oder um was es sich auch immer handelt, zu.

Ich folge ihr vorsichtig. Ohne es zu wollen, vergleiche ich diese Stelle mit derjenigen, durch die sie Mark geführt haben.

»Wir werden sie für das bezahlen lassen, was sie ihm angetan haben.« Lehrerin Filomenas Ton ist ernster als sonst. »Die Ältesten werden es bereuen, genauso wie der Rest von Oasis.«

»Was meinst du damit?«, frage ich, hauptsächlich, um mich abzulenken, da ich gerade dabei bin, das verbotenste aller Gebiete zu betreten. »Wie sieht der Plan aus?«

Wir werden etwas anderes herunterfahren – etwas ziemlich Nutzloses«, sagt sie mit Phoes Stimme in meinem Kopf. »Wir werden diese Barriere und ihre Cousine – die Barriere, die das Gebiet der Erwachsenen von dem der Betagten trennt – abschalten.

»Was werden wir?«, frage ich, aber sie antwortet nicht.

Sie geht einfach in die Barriere hinein und verschwindet hinter ihr.

Das Ding kräuselt sich wie ein Brunnen voller Quecksilber, in den man einen Stein geworfen hat – einen großen Stein.

»Hey«, sagt Phoe mit einer verwundeten Stimme. »Mein Metabolismus ist nicht so schnell wie der der Jugendlichen.«

»Tut mir leid«, murmele ich. »Wärst du nicht in meinen Kopf eingedrungen, hättest du das auch nicht hören müssen.«

Ich gehe an die Barriere, halte vor ihr an und betrachte sie.

»Gehe einfach hindurch«, sagt Phoe. »Du wirst nichts spüren.«

Ich hebe meine Hand und dringe in die silberne Oberfläche ein.

Meine Hand fühlt sich an, als hätte ich sie in warmes, weiches Wasser getaucht, aber als sie auf der anderen Seite des dünnen Hindernisses herauskommt, ist sie trocken.

Ich nehme an, so fühlt es sich an, wenn man seine Hand durch eine Seifenblase steckt.

Ermutigt gehe ich einen Schritt nach vorne.

Das warme Gefühl streicht über mein Gesicht. Eine Hälfte meines Körpers befindet sich jetzt auf dem verbotenen Gebiet.

Ich mache einen weiteren Schritt.

Jetzt bin ich warm und trocken auf der anderen Seite.

Hätte ich eine Liste mit den Dingen machen müssen, von denen ich erwartete, sie im Erwachsenen-Teil von Oasis zu sehen, wären mir verschiedene Dinge eingefallen. Vielleicht ein Kiefernwald, genau wie der, durch den ich gerade gerannt bin, und ein Bereich mit Gebäuden in Form von geometrischen Figuren, so wie auf der Seite der Jugendlichen.

Aber nichts davon finde ich hier.

Das Bild vor mir ist etwas, was ich auf Oasis niemals erwartet hätte. Hier sieht es aus wie in Lehrerin Filomenas Unterricht oder wie in den alten Filmen.

Eine ländliche Siedlung erstreckt sich vor mir, so weit mein Auge reicht, mit Weinbergen, grünen Bergen und Lehmdächern.

»Von der französischen Landschaft inspiriert«, erklärt mir Lehrerin Filomena von rechts.

Ich blicke kurz zu ihr hinüber und bemerke, dass sie sich in der Zeit, in der ich die Barriere durchquert habe, umgezogen hat. Sie sieht jetzt aus wie einer der altertümlichen Bewohner der französischen Landschaft. Sie lächelt mich an, und ich wende mich schnell wieder der Umgebung zu.

Irgendetwas an ihrem warmen Lächeln bewirkt, dass ich mich unwohl fühle.

Als ich mich umschaue, bemerke ich, dass das Auffälligste an diesem Teil von Oasis ein hoher Turm in einiger Entfernung ist – ein Turm, der genauso aussieht wie der Eiffelturm aus dem Geschichtsunterricht.

»Oh, Theodore.« Lehrerin Filomena schnalzt tadelnd mit ihrer Zunge. »Natürlich ist das nicht der Eiffelturm.« Mit Phoes Stimme fährt sie in meinem Kopf fort: »Dann könntest du ihn auch gleich Louvre nennen, weil er aus Glas ist.«

Sie hat recht.

Ich habe den Eiffelturm in den Filmen über die altertümliche Erde gesehen, die sie uns vor jeder Stunde gezeigt hat, und dieser Turm ähnelt ihm nur wegen seiner Form. Mit der Sonne, die sich in seinen Fenstern reflektiert, ist er ein großartiger Anblick.

»Du magst ihn, stimmt's?« Lehrerin Filomena lächelt und zwinkert mir zu. Diese Geste lässt sie durch ihre runden Wangen aussehen wie einen der Engel, die dem Glauben unserer Ahnen nach die Pfeile am Valentinstag verschießen.

»Also gehen wir dorthin?« Ich lasse meine Augen über die vielen Kilometer wandern, die uns von dem Turm trennen.

»Bitte ziehe diese an.« Sie holt einige eigenartige Objekte aus ihrer Tasche.

Nach einem Moment erkenne ich, dass es sich bei dem Zeug in ihrer Hand um eine Brille und einen altertümlichen Hut handelt.

Sie tritt näher auf mich zu. »Wir müssen dich älter aussehen lassen.«

Ich versuche, nicht zurückzuzucken, da ich mir denke, dass es sie beleidigen könnte. Sie stellt sich auf ihre Zehenspitzen und setzt mir die Brille auf. Ihre Wurstfinger berühren meine Schläfen, bevor sie, in eine Jasminwolke gehüllt, zurücktritt. Ich bin zu überrascht, um reagieren zu können, also beobachte ich sie nur dabei, wie sie mich von oben bis unten anschaut und zufrieden mit ihrem Kopf nickt. Danach tritt sie erneut auf mich zu und setzt mir den Hut auf den Kopf.

Ich atme erleichtert auf, als sie wieder zurücktritt, um mich erneut zu betrachten. »Das sollte reichen«, sagt sie. »Zumindest solange dich niemand aus nächster Nähe untersucht. Und jetzt folge mir.«

Wir gehen schweigend zu einer Ansammlung von Häusern.

Es gibt das Gefühl, sich überwältigt zu fühlen, und dann gibt es den Zustand, in dem ich mich befinde, während ich die alten Pflastersteinstraßen entlanggehe. Das Gefühl intensiviert sich, als ich seit langem ausgestorbene Kreaturen wie Hunde, Hühner und Kühe sehe. Die Tiere gehen umher, so als befänden wir uns im landwirtschaftlichen Bereich des Zoos und nicht im Erwachsenenteil von Oasis.

Die eigenartig aussehenden Menschen um uns herum sind mit bäuerlichen Arbeiten beschäftigt. Einige füttern die Tiere, während andere Gartenarbeiten verrichten. Ich nehme an, dass es sich bei ihnen um

Erwachsene handelt, aber sie sehen eher aus wie die Amischen, über die wir erst gestern etwas gelernt haben.

Das Eigenartigste ist allerdings die altertümliche Technologie. Es gibt viele bewegliche Maschinen (ich glaube, sie heißen Traktoren) und andere, die ich nicht benennen kann. In einiger Entfernung gibt es sogar eine Windmühle.

Plötzlich sehe ich etwas, was nicht in diese archaische Landschaft passt – etwas Schimmerndes, so wie die Barriere. Ein Sonnenstrahl wird davon reflektiert, bevor es hinter einem Holzhaus verschwindet.

Ich zeige in die Richtung, in die das eigenartige Objekt verschwunden ist. »Ich muss dorthin gehen.«

Ich weiß nicht, warum ich davon überzeugt bin, das tun zu müssen, aber ich vertraue meinem Instinkt und beginne, in diese Richtung zu gehen.

»Wir haben nicht viel Zeit«, sagt Phoes Stimme in meinem Kopf. »Und bitte sprich nicht laut. Wir wollen keine Aufmerksamkeit auf uns ziehen.«

Als ich mich dem Haus nähere, sehe ich, dass es große Fenster besitzt, durch die man in den Hinterhof schauen kann. Ich kneife meine Augen zusammen, um herauszufinden, wobei es sich bei dem glänzenden Objekt gehandelt hat, aber die altertümlichen Möbel versperren mir die Sicht.

Alles, was ich erkennen kann, ist ein weißes Schimmern.

»Ich werde mich ein wenig umsehen«, denke ich zu Phoe. Ich bin mir ganz sicher. »Du kannst hierbleiben, bis ich zurückkomme.«

Ohne ihre Antwort abzuwarten, laufe ich in die Richtung des glänzenden Objekts. Mein Gang sollte nicht allzu verdächtig aussehen, da es viele der Menschen hier eilig haben, während sie sich um ihre Höfe kümmern.

Drei Häuser später meine ich, das Objekt erneut zu sehen, aber dann verschwindet es hinter einem geparkten Traktor.

Ich gehe um die Ecke und stolpere fast über einen langen Ast, dessen Rinde entfernt worden ist. Automatisch ordne ich ihn seiner historischen Umgebung zu: jemand hat vor, ihn in kleinere Stücke zu hacken, um ihn in einer Feuerstelle zu verbrennen. Existierten diese Dinge nicht vor den Traktoren? Diese Geschichtsfrage erinnert mich an meine Begleitung, und ich schaue mich um. Sie ist leicht zurückgefallen, aber folgt mir immer noch.

Da ich niemanden in meiner Nähe sehe, riskiere ich es, schneller zu gehen.

Als ich das nächste Haus hinter mir gelassen habe, sehe ich endlich das, wonach ich gesucht habe. Das glänzende Ding und das weiße Aufblitzen, das ich gesehen hatte, waren der Helm eines Wächters und seine weiße Uniform. Ich denke, dass ich das auf einer bestimmten Ebene bereits wusste; deshalb musste ich dieser Erscheinung folgen.

Den Wächter zu sehen beruhigt mich allerdings nicht wirklich.

Neben dem Wächter geht eine Person – eine schmerzhaft vertraute Person.

Mein Freund Liam.

Obwohl ich heute schon fast einen Marathon gelaufen bin, drehe ich mich herum und renne zurück zu dem Stück Holz, über das ich beinahe gefallen wäre. Es liegt immer noch am Boden, und ich hebe es auf. Mit diesem hölzernen Stock bewaffnet, renne ich noch schneller zurück, da ich entschlossen bin, den Wächter einzuholen.

»Das ist eine ganz schlechte Idee«, sagt Phoe in meinem Kopf.

Ich ignoriere sie und renne weiter, während ich eine meiner Lieblingsmelodien pfeife: das »Ta-ta-ta-tam«, mit dem Beethovens 5. Klavierkonzert beginnt. Ich wiederhole die Melodie immer wieder in meinem Kopf. Das scheint Phoe zum Schweigen zu bringen und macht mir ein kleines bisschen Mut.

Ab einem bestimmten Punkt beginne ich, leiser zu laufen und auf meinen Ballen aufzukommen, um möglichst wenig Lärm zu machen.

Liam geht langsam, was mir hilft. Der Wächter drängt ihn nicht; er geht einfach nur neben ihm.

Als ich daran denke, was mit Mark passiert ist, nachdem er einen ähnlichen Spaziergang mit einem Wächter gemacht hat, werde ich noch entschlossener.

»Ehrlich, Theo, noch ist es nicht zu spät, von dieser verrückten Idee abzulassen«, meint Phoe in meinem Kopf.

»Ta ta ta tam«, antworte ich lautlos.

Die Melodie spielt in meinem Kopf, als ich die letzten Meter aufschließe und meinen improvisierten Schlagstock anhebe.

Durch meinen Sieg über Owen habe ich Mut gefasst und schlage dem Wächter mit meiner ganzen Kraft auf den Kopf – eine klassische Bewegung aus den alten Filmen.

Der Aufschlag auf seinem Helm klingt hohl und dumpf, und ich verliere durch den Rückschlag das Gefühl in meiner Hand.

Der Wächter dreht sich zu mir um. Ich höre ein beängstigendes mechanisches Brummen, aber ich bin mir nicht sicher, ob es von dem Wächter kommt. Obwohl der Visor verhindert, dass ich sein Gesicht sehen kann, vermute ich langsam, dass es ein taktischer Fehler war, auf seinen Helm zu schlagen. Gleichzeitig bemerke ich mit einem kleinen Teil meines Gehirns, dass Liam sich nicht einmal umgedreht hat.

Der Wächter führt die Geste aus, die mich beruhigen soll.

Das ist meine Chance, das Desaster mit dem Helm wiedergutzumachen. Ich entspanne meinen Körper und gebe vor, dass seine Kontrolle über mich funktioniert. Dann schwinge ich plötzlich den Stock, so wie ein Fechter seinen Degen, und ziele auf seinen Unterleib.

Der Wächter fängt das Holzstück mit einem eisernen Griff ab, noch bevor es seinen Körper berührt.

Ich versuche, es mit beiden Händen zurückzuziehen, aber es fühlt sich an, als sei der Stock Teil des Wächters geworden. Meine Schultern schreien vor Schmerzen. Bevor ich mir etwas Neues überlegen kann, reißt mir der Wächter die Waffe aus den Händen, und ich bleibe mit aufgerissenen und schmerzenden Handflächen zurück.

Ohne ein Wort zu sagen, zerbricht der Wächter das dicke Holzstück auf seinem Knie und wirft die Überreste in einen nahegelegenen Busch.

Mein Herz schlägt bis zum Hals, und ich weiche einige Schritte zurück. Er folgt mir.

Ich ziehe mich weiter zurück und hoffe, ihn damit wenigstens ein wenig von Liam weglocken zu können.

»Lauf, Liam«, schreie ich meinem Freund zu – der einen guten Vorsprung gewinnen würde, wenn er anfinge zu rennen.

Aber das tut er nicht. Er reagiert überhaupt nicht.

Ich höre erneut dieses mechanische Geräusch, und es lenkt mich einen Moment lang ab.

Als ich mich wieder auf den Wächter konzentriere, sehe ich eine weiße Hand auf mein Gesicht zufliegen – und meine Welt explodiert.

DREIZEHNTES KAPITEL

Owens Schläge waren wie Streicheleinheiten mit einer Feder im Vergleich zu diesem hier, der unglaublich schmerzhaft ist.

Ich spucke den Zahn aus, der seit Owens Schlag locker saß. Der metallische Geschmack in meinem Mund ist unerträglich, und ich habe Schwierigkeiten zu atmen.

Meine Ohren klingeln – oder ist das wieder dieses Geräusch?

Aus irgendeinem Grund ist die Wut, die mich während des Kampfes mit Owen überkam, nicht zurückgekehrt. Alles, was ich möchte, ist, zusammenzubrechen und zu Boden zu fallen, aber ich weiß, dass der Wächter Liam wegführen wird, sollte ich das tun, und das wird definitiv nicht passieren.

Der Gedanke daran, dass Liam Schmerzen zugefügt werden könnten, bringt kältere, rationalere Wut zutage.

Ich richte mich auf und beiße die mir verbleibenden Zähne zusammen. Ich atme hörbar ein und konzentriere mich auf den Wächter.

Er greift gerade mit beiden Händen nach mir.

Was er genau vorhat, verstehe ich erst, als sich seine Hände um meinen Hals schließen und ich fast ersticke, da seine Finger grausam meine Luftröhre zerquetschen.

Ich fasse nach seinen Handgelenken, um sie wegzudrücken, aber sie sind genauso unbeweglich wie die Äste einer Eiche.

Ein unverständliches Krächzen will meinem Mund entweichen, aber es kann die Finger nicht durchdringen, die mich würgen. Verzweifelt trete ich nach dem Wächter, aber alles, was ich davon habe, ist ein heftiger Schmerzensausbruch in meinen Zehen.

Mir wird schwarz vor Augen, und meine Gegenwehr wird hektischer.

Plötzlich höre ich wieder dieses mechanische Geräusch. Es wird lauter – und dann sehe ich hinter dem Wächter eine riesige, schwerfällige Maschine.

Ein mechanischer Traktor kommt auf uns zu, und seine insektenartigen Scheinwerfer scheinen bereit zu sein, uns in einem Stück zu verschlucken.

Da ich sowieso gerade erwürgt werde, sollte es mir nichts ausmachen, auf diese neue Art und Weise zu sterben. Es sollte sogar besser sein, da es der interessantere Weg ist und er außerdem den Vorteil hat, dass mein Angreifer ebenfalls umgebracht wird. Aber mein Kampf-oder-Flucht-Mechanismus widerspricht dieser Logik. Ich nehme an, dass es mit unserer Angst vor riesigen, lauten, sich schnell bewegenden Dingen zu tun hat – eine Angst, die in unsere DNA einprogrammiert sein könnte.

Der Wächter, der das gleiche Geräusch hört, dreht sich um.

Weiße Flecken bilden sich vor meinen Augen, als meinem Gehirn weiterhin Sauerstoff vorenthalten wird. Das ist meine letzte Chance. Wenn ich recht damit habe, dass diese Angst universell ist, sollte der Traktor eine große Ablenkung darstellen.

Ich nehme das letzte bisschen Kraft zusammen, das mir noch geblieben ist, und trete dem Wächter in den Unterleib.

Ich bin mir nicht sicher, ob wegen meines Tritts oder seiner Angst vor dem herannahenden Traktor, aber er lässt meinen Hals los und springt zur Seite.

Keuchend werfe ich mich in die entgegengesetzte Richtung, hin zu Liams unbeweglichem Körper.

Der Traktor hält auf den Wächter zu und rammt ihn. Ich höre einen dumpfen Aufprall, dem ein kurzer Aufschrei folgt.

Entsetzt beobachte ich, wie die Maschine ihn auf die Wand des nächsten Hauses zuschiebt. Mein Herz schlägt zum Zerbersten, während ich hektisch atme, um mein Hirn wieder mit Sauerstoff zu versorgen.

Der Traktor rammt die Wand mit einem ohrenbetäubenden Knall.

Wie hypnotisiert starre ich auf die Stelle des Zusammenstoßes. Es ist schwer zu sagen, wie groß der Schaden ist. Der Traktor setzt zurück, und ich sehe, dass die Beine des Wächters unter den Trümmern hervorschauen.

Ist er tot? Galle steigt in meinem Hals auf.

»Nein, es geht ihm gut«, sagt Phoe in meinem Kopf. »Jetzt komm. Steig auf.«

Ich drehe mich zu dem Traktor um und sehe seine rundliche Fahrerin – Lehrerin Filomena.

»Was dachtest du denn, wer es sein könnte?« Phoes Ton ist abfällig.

»Ich weiß es nicht, Phoe«, denke ich, da ich nicht in der Lage bin, sie Lehrerin Filomena zu nennen. »Zu denken stand ganz unten auf meiner Aufgabenliste.«

Die Tür des Traktors öffnet sich, und Lehrerin Filomena steigt erstaunlich gelenkig hinaus. »Ich habe dir gesagt, dass das eine schlechte Idee war«, sagt sie mit ihrer eigenen Stimme.

»Was, den Wächter anzugreifen war eine schlechte Idee?«, frage ich laut. »Was du nicht sagst.«

»Jetzt ist es vorbei«, sagt sie und blickt auf die von Trümmern bedeckten Beine des Wächters. »Und wir müssen uns wirklich beeilen.«

Ich nicke und gehe einige Schritte auf Liam zu.

Trotz des ganzen Tumults hat sich mein Freund nicht ein einziges Mal umgedreht.

»Liam«, sage ich, als ich bei ihm bin. »Liam, was ist los?«

Lehrerin Filomena kommt zu uns und schwenkt ihre Hand vor Liams Augen hin und her.

»Er ist auf Wolke sieben«, sagt sie zu mir, bevor sie sich wieder ihm zuwendet. »Liam, folge mir.« Sie vollführt eine eigenartige Geste, und Liam blickt sie mit benebelten Augen an.

Zufrieden geht Lehrerin Filomena zum Traktor.

Benommen schaue ich zu, wie sie einsteigt und Liam dabei hilft, in die Kabine zu klettern.

»Auf was wartest du?«, sagt sie mit Phoes Stimme in meinem Kopf. »Gehen wir.«

»Du willst, dass ich in dieses Ding steige?«, denke ich.

Die Tür des Traktors öffnet sich erneut, und Lehrerin Filomena streckt ihren Kopf heraus. »Nein. Gehe einfach gemütlich zum Turm, nach allem, was hier gerade passiert ist«, meint sie, und ihre nasale Stimme lässt Phoes normalerweise freundlichen Sarkasmus fast bösartig klingen.

Als ob sie die Aussage der Lehrerin unterstreichen möchte, kommt eine Gruppe von Menschen auf uns zu. Diese Erwachsenen müssen sich fragen, was hier los ist.

Mein Selbsterhaltungstrieb setzt sich durch, und ich eile zum Traktor, da ich mir denke, dass wir unsere Unterhaltung auch unterwegs weiterführen können.

»Genie«, sagt Phoe in meinem Kopf.

Da ich mir nicht sicher bin, ob sie das gerade sarkastisch meint, steige ich einfach ein. Ich weiß, dass sie meine Gedanken lesen kann, also versuche ich angestrengt, meine Erleichterung darüber zu unterdrücken, dass Liam zwischen uns sitzt.

Sie schmeißt die Maschine an, und wir bewegen uns langsam von der Stelle. Sie versucht gar nicht erst, auf einer Art Straße zu bleiben. Wir fahren über Ackerland, zerstören Zäune und Gärten und nehmen eine vollgehängte Wäscheleine mit.

Die Menschen, die eben noch auf uns zukamen, rennen jetzt hinter uns her und schreien dabei. Ich habe Angst davor, sie anzuschauen, also wende ich meine Aufmerksamkeit meinem Freund zu.

»Liam, Mann, komm da raus«, sage ich und wedele mit meiner Hand vor seinem Gesicht.

Er sieht genauso ansprechbar aus wie ein komatöser Zombie.

»Ich habe das, was der Wächter mit ihm gemacht hat, aufgehoben.« Lehrerin Filomena löst ihren Blick kurz von der Windschutzscheibe, um mich anzuschauen. »Aber es wird noch einige Minuten dauern, bis Liam wieder normal sein wird.«

Wir fahren schweigend weiter, bis ich etwas sehe, das meinen Puls rasen lässt.

»Was werden wir gegen sie unternehmen?« Ich zeige auf die große Gruppe Erwachsener/Bauern, die in unserem Weg stehen.

Lehrerin Filomena antwortet nicht, aber ihr Gesicht wird konzentriert, und sie tritt das Gaspedal wie einer der Rennwagenfahrer in den altmodischen Filmen durch.

Der Motor des Traktors beschwert sich lautstark, aber wir beginnen, uns merklich schneller fortzubewegen.

Um mich von meiner Angst abzulenken, schaue ich mir Liam genauer an. Vielleicht bilde ich es mir durch meinen erhöhten Adrenalinspiegel nur ein, aber ich denke, sein Blick ist bereits klarer, als er noch vor einer Minute war.

Wir nähern uns der Menschenmenge.

Lehrerin Filomena drückt in die Mitte des Lenkrads, und der Traktor gibt ein extrem unangenehmes Geräusch von sich.

Die Menge ignoriert das Hupen.

Lehrerin Filomena umfasst fest das Lenkrad.

»Phoe, äh, Lehrerin Filomena? Du wirst sie überfahren.«

Sie antwortet nicht, aber die Knöchel an ihren Händen werden weiß.

Die Menschen scheinen zu erkennen, dass sie es ernst meint, weil sie aus dem Weg gehen, wenn auch erst in allerletzter Sekunde. Ich schwöre, dass sie über sie gefahren wäre, wenn sie sich nicht fortbewegt hätten. Was hat sich Filomena dabei gedacht?

Sie antwortet nicht auf meinen Gedanken, und ich beschließe, die Frage auch nicht laut zu stellen. Meine Hände zittern von dem Beinahe-Zusammenstoß immer noch.

Wir haben den halben Weg zum Turm hinter uns gebracht, als ich in einiger Entfernung verdächtig glänzende Objekte erblicke.

Ich kneife meine Augen zusammen, und als wir uns ihnen nähern, weiß ich mit Sicherheit, dass mich meine Augen nicht täuschen. Dort warten mindestens fünfzig Wächter auf uns. Mir war nicht einmal bewusst, dass es überhaupt so viele von ihnen in Oasis gibt. Bis zu diesem Moment hatte ich nie mehr als drei auf einmal gesehen.

Wird Lehrerin Filomena versuchen, genauso durch sie hindurchzufahren wie durch die Bauern?

Das tut sie nicht.

Sie dreht das Lenkrad bis zum Anschlag nach links.

Ich erwarte, dass wir ruckartig abbiegen, aber wir bewegen uns nur leicht nach links. Vielleicht können Traktoren nicht ruckartig abbiegen.

Die Wächter müssen unseren Kurswechsel bemerkt haben, weil einige von ihnen in ein Fahrzeug springen, das aussieht wie ein Metallwürfel. Als sie den Abstand zu uns aufholen, bekomme ich den unheimlichen

Eindruck, dass eine Miniaturversion des Verwaltungsgebäudes hinter uns her ist.

Die gute Nachricht ist, dass wir uns dem Turm immer weiter annähern. Die nicht ganz so gute Nachricht kommt von dem würfelförmigen Auto der Wächter.

Etwas schießt mit einem schrillen Pfeifen an uns vorbei. Eine Sekunde später zerspringt der Spiegel auf meiner Seite, und Splitter fliegen gegen das Fenster des Traktors.

»Schießen sie auf uns?« Ich bin froh, dass Phoe mich nicht sehen kann, als ich das frage, weil ich mir sicher bin, dass meine Lippen zittern.

»Liam«, sagt sie und ignoriert meine Frage. »Liam, kannst du mich hören?«

Liam zuckt halbherzig mit den Schultern.

»Liam, Süßer, du musst rennen, wenn ich sage ›lauft‹, okay?« Lehrerin Filomenas Körper spannt sich an, als sie das sagt.

»Okay«, sagt Liam mit einer roboterartigen Stimme, aber er sieht so aus, als sei er noch nicht fertig mit dem, was er sagen möchte. Nach einer unendlich langen Pause fügt er hinzu: »Ich werde rennen, wenn du es mir sagst.«

Ein weiteres Projektil schießt an uns vorbei.

»Es wäre eine Schande, so nahe am Turm erschossen zu werden.« Lehrerin Filomena beißt sich auf ihre dicke Unterlippe.

Sie hat recht. Der Turm ist so nahe, dass wir zu ihm rennen könnten.

Als ob sie meine Gedanken liest, hält Lehrerin Filomena den Traktor an.

»Nicht ›könnten‹ …«, sagt Phoes Stimme. »Geht«, fügt sie mit Lehrerin Filomenas Stimme hinzu.

Ich blinzele sie an. »Moment –«

»Lauft«, ruft sie uns zu. »Lauft jetzt.«

VIERZEHNTES KAPITEL

Mein Puls rast, als ich die Tür aufmache, hinausspringe und Liam hinter mir herziehe.

Etwas fliegt an meinem Kopf vorbei.

Instinktiv schaue ich zurück.

Der Motor des Traktors dröhnt wieder, und das Auto der Wächter nähert sich schnell.

Ich beginne zu laufen und schleife Liam mit mir. Ein weiteres Projektil pfeift an meinem Ohr vorbei, und ich ducke mich, wobei ich versehentlich Liams Arm loslasse.

Es stolpert, aber läuft weiter.

Erleichtert werde ich schneller, und nach einem weiteren Augenblick schaue ich erneut zurück.

Meine Herzfrequenz erreicht fast Überschallgeschwindigkeit.

Das Auto der Wächter ist nicht länger hinter uns her. Es ist abgebogen und folgt dem Traktor, was bedeutet, dass Phoes Plan, uns zu trennen, funktioniert hat – vorausgesetzt, dass sie überhaupt einen Plan hatte. Vielleicht war ihr Plan, die Wächter damit abzulenken, dass sie uns als Köder benutzt?

»Du hast wirklich eine schlechte Meinung von mir.« Phoes Stimme ist scherzhaft empört. »Es war immer mein Plan, dich zu diesem Turm zu bringen, damit du die Barrieren außer Kraft setzen kannst.«

»Warum kannst du das nicht selber tun?« Ich erreiche die erste metallische Stufe des Turms und schaue zurück. Liam befindet sich einige Schritte hinter mir. Auch wenn er technisch gesehen rennt, ist sein Gang so entspannt, dass man es kaum Laufen nennen kann.

Wir haben Glück, dass uns die Wächter nicht auf den Fersen sind.

»Um die Barriere außer Kraft zu setzen, wird die Bestätigung von zwei Personen benötigt«, sagt Phoe in meinen Kopf, »und es gibt keinen Erwachsenen, dem ich trauen kann.«

»Theo?«, fragt Liam und hört sich etwas weniger benebelt an, als er mich einholt.

»Ja, Mann, ich bin's«, erwidere ich. Zu Phoe sage ich in Gedanken: »Wohin jetzt?«

»Geh hinein und nimm den Fahrstuhl«, sagt Phoe. »Pass auf, dass Liam bei dir bleibt.«

»In Ordnung«, sage ich und schiebe meinen Freund die Treppe hoch.

Sobald wir die Plattform erreicht haben, drücke ich auf den Knopf des Fahrstuhls.

Liam beobachtet mich leicht abwesend, bevor er in einem emotionslosen Ton fragt: »Also, was haben wir vor?«

»Etwas, was uns einen Haufen Schwierigkeiten einbringen könnte«, sage ich und beobachte seinen Gesichtsausdruck.

Sein Blick wandert umher. Hätte ich ihm das Gleiche am Montag erzählt, hätte seine Begeisterung anders ausgesehen. Andererseits wird er von Minute zu Minute lebendiger.

Er schließt seine Augen und murmelt: »Ah, okay.«

Na ja, relativ lebendiger. Zumindest redet er wieder.

Ein *Klingeln* kündigt den ankommenden Fahrstuhl an. Meine Augen werden riesig, als sich die Tür öffnet. Ich hatte über diese Apparate bis jetzt nur gelesen.

Wir betreten den Fahrstuhl. Die Rückseite dieses Dings ist aus Glas. Die Tür schließt sich, und ich drücke auf den einzigen Knopf, den es gibt.

Der Fahrstuhl beginnt, nach oben zu fahren.

Mit jedem Meter, den wir hinter uns bringen, schlägt mein Herz schneller. Durch die Glaswand sehe ich, wie Oasis unter mir beunruhigenderweise immer kleiner wird.

Was mir vorher nicht klar war, ist, dass ein Fahrstuhl eine sehr kreative Form der Folter ist, wenn man unter Höhenangst leidet.

Langsam wird mir schlecht, weshalb ich meinen Blick von der Glaswand abwende und meinen Freund anschaue.

Liam starrt mich ausdruckslos an. Ich meine, einen Funken von einer Art Interesse in seinem Gesicht zu erkennen, aber vielleicht ist es auch nur mein Adrenalin, das mich sehen lässt, was ich möchte.

Der Fahrstuhl hält mit einem lauten *Klingeln* an. Ich stürme mit unruhigem Magen hinaus, aber es wird nicht besser.

Wenn überhaupt, verschlimmert sich meine Lage.

Ich sehe den Erwachsenenbereich aus der Vogelperspektive.

Weit unter mir befindet sich der kleine Traktor mit Lehrerin Filomena. Das Auto der Wächter ist schon viel näher bei ihr als noch vor wenigen Minuten.

»Schnell, du musst mit deiner Aufgabe beginnen«, meint Phoe. »Führe Liam den Korridor entlang.«

Ihre Worte reißen mich aus meiner höhenbedingten Übelkeit. Ich schaue zu Liam und sage so ruhig ich kann: »Hey, Mann, komm mit.«

»Okay«, erwidert er. Er folgt mir und ist jetzt um einiges lebendiger. »Wo sind wir?«

Während wir dem Korridor folgen, versuche ich ihm zu erklären, was passiert ist, lasse allerdings die Geschichte mit Phoe aus. Ich rede schnell und auch nur über die allerwichtigsten Punkte. Er ist von meiner Erzählung nicht ansatzweise so entsetzt, wie ich es an seiner Stelle gewesen wäre. Offensichtlich ist er immer noch unter dem Einfluss dieses beruhigenden Mists. Und da wir gerade von ruhig reden: die Unterhaltung mit ihm hat *mich* davon abgelenkt, aus den Fenstern zu schauen.

»Okay«, sagt er, und seine Stimme ist dabei fast so lebhaft wie heute Morgen. »Und was sollen wir jetzt machen?«

»Dazu komme ich gleich«, erkläre ich ihm. »Das muss ich selbst noch herausfinden.«

Der Korridor endet vor einem Treppenaufgang mit einem Fenster, durch dessen Ausblick ich einen Knoten im Magen bekomme.

»Öffne das Fenster«, sagt Phoe hastig. »Ich habe fast keine Zeit mehr.«

Ich führe die Geste zum Fensteröffnen aus, aber nichts passiert.

»Du musst es manuell öffnen«, erklärt mir Phoe. »Es sollte einen Griff geben, so wie in den alten Zeiten.«

Ich versuche, meine Hände ruhig zu halten, drehe den Griff auf die Position zum Öffnen und ziehe daran.

Wenn ich nicht bereits auf den Boden geschaut hätte, würde sich die frische Brise, die jetzt hereinweht, angenehm anfühlen. Aber da ich bereits nach unten geblickt habe, kann ich nur noch daran denken, mich jetzt nicht vor Liam bloßzustellen, indem ich mich übergebe oder Schlimmeres tue; er könnte schon wieder so weit hergestellt sein, dass er sich daran erinnert und es mir mein Leben lang unter die Nase reibt.

»Kannst du den breiten Sims vor dem Fenster sehen?« Aus irgendeinem Grund hört sich Phoe so an, als sei sie außer Atem.

»Ja.«

»Gehe ihn entlang.«

Ich trete vom Fenster zurück und flüstere: »Was?«

Phoe atmet genervt aus. »Das ist eine große, verdammt breite Plattform. Du müsstest schon vom Weg abkommen, um dort hinunterzufallen.«

Ich schaue auf die Plattform und beschließe, es zu wagen. Konfrontiere deine Ängste und so weiter. Ich drücke meine Ellenbogen an meine Seiten, so als würde ich versuchen, mich kleiner zu machen, und nehme ein Herausklettern in Angriff.

Ich sage »nehme in Angriff«, weil ich in Wirklichkeit einen weiteren Schritt nach hinten mache.

Plötzlich höre ich einen lauten Knall von unten. Ich blicke hinab und sehe, dass der Traktor und das Auto der Wächter angehalten haben. Der Traktor raucht.

»Ich habe nicht mehr viel Zeit.« Phoe hört sich verzweifelt an.

»Sag mir, was ich tun muss, sobald ich mich da draußen befinde«, sage ich schnell wortlos. »Falls ich dort hinausgehe«, denke ich zu meiner eigenen Beruhigung.

»Genau das Gleiche, was du im Zoo gemacht hast.« Phoes abgehackte Stimme hört sich an, als käme sie von einer Stelle hinter Liam. »Tu es, und dann werden sie die Fehler ihres eigenen Handelns –« Es folgen ein Knall, ein Stöhnen und danach Stille.

»Phoe?«, denke ich panisch.

Nichts.

»Phoe, bist du in Ordnung?«, frage ich lautlos.

Immer noch keine Antwort.

»Phoe, was ist passiert?«, flüstere ich verzweifelt.

Ein weiterer lauter Knall ertönt von unten. Mein Herz hämmert, und ich schaue hinab.

Dunkler, düster aussehender Rauch umhüllt den Traktor, der aus dieser Entfernung winzig wirkt.

Was ist passiert? Haben die Wächter gerade Phoe in die Luft gesprengt? Ich kann darüber gerade nicht nachdenken, nicht, wenn ihre letzte Sorge dieser Aufgabe galt, die ich noch ausführen muss. Ich gehe einen Schritt auf das Fenster zu, atme tief ein … und erstarre, als ich die weite Leere unter mir sehe.

»Mann, hast du vor, zu springen?« Liams Stimme erschreckt mich. Ich schaue mich um und sehe, dass er mich von oben bis unten betrachtet. »Mach das bitte nicht!«

»Danke, Liam. Du hast gerade mein Leben gerettet. Ich wollte definitiv springen.« Ich drehe mich von ihm weg und konzentriere mich auf die Plattform, die ich anstarre, als wolle ich sie hypnotisieren.

»Du musst nicht gleich so unfreundlich werden«, meint Liam, dem mein Sarkasmus offensichtlich dabei geholfen hat, einen klareren Kopf zu bekommen. »Wenn du nicht springen willst, was tust du dann gerade?«

»Ich muss auf diesen Sims gelangen und eine Reihe von Gesten ausführen«, sage ich und wende meine Aufmerksamkeit von der Fensterbank zu ihm.

Er bewegt seinen Kopf ruckartig. »Okay. Wenn das alles ist, was du tun musst, warum stehst du dann hier wie festgewurzelt?«

»Weil der Sims draußen ist.« Ich weiß, dass mich eine Spottlawine überrollen könnte, aber ich erkläre ihm trotzdem: »Ich habe Höhenangst.«

»Oh.« Er kratzt sich seinen Nacken. »Das wusste ich nicht.«

»Normalerweise gibt es nicht viele hohe Orte hier«, sage ich und nähere mich dem Fenster. »Also woher solltest du es wissen?«

»Stimmt.« Er sieht sehr nachdenklich aus, besonders dafür, dass er Liam ist. »Ich habe keine Höhenangst.«

»Das ist schön für dich.« Ich trete einen Schritt zurück. Dieses ganze Gerede ist nicht gerade beruhigend für meine Nerven.

»Nein, du Trottel.« Liams Augen blitzen schon wieder, wie immer dann, wenn er Unfug im Kopf hat. »Ich kann das tun, was auf dem Sims getan werden muss.«

»Oh.« Ich fühle mich ziemlich dumm. Dann, nachdem ich einen Moment lang über seinen Vorschlag nachgedacht habe, sage ich seufzend: »Nein, ich kann nicht akzeptieren, dass du so ein Risiko für mich eingehst.«

»Mann«, sagt er vorwurfsvoll.

Die Tatsache, dass er noch nicht draußen auf der Fensterbank steht, beweist, dass er sich noch nicht völlig erholt hat. Allerdings weiß ich auch, dass er bald wieder ganz der Alte sein wird und dann alle Diskussionen sinnlos sein werden.

»Du kannst mich nicht wirklich davon abhalten, hinauszusteigen«, spricht er meine eigenen Gedanken aus.

»Okay«, sage ich. »Aber du musst mir versprechen, vorsichtig zu sein.«

»Ich schwöre es auf alles, was mir wichtig ist und so weiter.« Liam geht entschlossen zum Fenster. »Was soll ich tun?«

»Sobald du dort draußen bist –«

Bevor ich meine Anweisungen ausführen kann, springt Liam mit dem gleichen Enthusiasmus auf den Sims, mit dem er normalerweise auf sein Bett springt – was Liam, obwohl er ein Jahr älter ist als Mark und ich, immer noch regelmäßig tut.

»Wie ich versucht habe, dir zu erklären«, sage ich, sobald er im Lotussitz auf dem Sims sitzt, »musst du die Geste für diese Tut-Tut-Hupe in einem Zug machen.«

Liam zieht eine Grimasse. »Ich versuche, dir zu helfen. Ist das hier wirklich der beste Zeitpunkt, um Witze zu reißen?«

Ich atme tief ein, da meine Angst um ihn spürbar steigt. Ich versuche, meine Nerven zu beruhigen, und erkläre ihm die erste Geste mit der Faust, die nach oben und unten bewegt werden muss, genau so, wie ich selbst es im Zoo getan habe.

Liam führt die Geste aus.

Ein riesiger Bildschirm erscheint im Flur neben mir.

»Ich denke, es hat funktioniert«, meine ich zu Liam. »Komm wieder rein – vorsichtig.«

Wie im Zoo steht auch auf diesem Bildschirm etwas geschrieben. »Möchten Sie die doppelte Bestätigung beginnen?«, lese ich in roten Buchstaben.

Genau wie zuvor gibt es zwei riesige Knöpfe: »Bestätigen« und »Abbrechen«. Was dieses Mal anders ist, ist das große, detaillierte Bild von Oasis, das aussieht, als würde man von einem Helikopter genau unter den Wolken hinunterschauen. Es erinnert mich an die Bilder aus dem Geschichtsunterricht, die zeigen sollten, wie wenig der Oberfläche der Erde noch nicht vom Goo bedeckt ist.

»Wow«, sagt Liam.

»Ja«, antworte ich.

Das Bild weist Einzelheiten auf, die ich niemals zuvor gesehen habe. Normalerweise ist der Blick in der Geschichtsstunde zu kurz und aus zu weiter Entfernung, um den Erwachsenenbereich sehen zu können. Hier kann ich jedoch die ganze Pracht seiner Landschaft bewundern. Das Gebiet der Betagten ist auch deutlich zu erkennen, aber dort gibt es so einen dichten Wald, dass ich trotzdem nichts über das Leben dort sagen kann. Was am meisten hervortritt, sind die klar definierten Barrieren, die die einzelnen Teilbereiche voneinander trennen. Ihre silber glänzenden Wände unterteilen Oasis in drei Gebiete, die parallel zueinander verlaufen.

Ich greife nach dem »Bestätigen«-Knopf, aber zögere.

»Was wird das auslösen?«, fragt Liam.

»Es wird die Barrieren aufheben«, sage ich leise.

»Wow«, meint er.

»Ja«, erwidere ich.

Und mich selbst frage ich: Aber warum sollte ich das tun? Wenn Phoe tot ist, würde das, was sie erreichen wollte, würden die Ressourcen, die sie freisetzen wollte –

»Ich bin nicht tot. Ich bin rechtzeitig abgesprungen, und jetzt verfolgen die Wächter mich. Tu es. Jetzt. Sobald der Prozess eingeleitet ist, werden sie größere Probleme haben als mich.«

»Phoe!«, schreie ich in Gedanken. »Du bist –«

»Ja, im Moment bin ich noch am Leben«, antwortet sie. »Und jetzt tu es.«

Das Wissen, dass meine Freundin mich braucht, verwischt auch die letzten Reste von Zögern in meinem Kopf. Ohne mich länger mit etwas anderem aufzuhalten, drücke ich auf »Bestätigen«.

Der Bildschirm lässt mich meine Auswahl dreimal bestätigen, so wie das auch im Zoo der Fall war.

»Zwei Menschen müssen das Herunterfahren bestätigen«, erscheint ein Text auf dem Bildschirm nach meiner dritten Bestätigung. »Bitte seien Sie extrem vorsichtig.«

Zwei neue Knöpfe erscheinen, einer ist mit »Erstbestätigung« und der andere mit »Zweitbestätigung« beschriftet.

»Drück auf ›Zweitbestätigung‹«, sage ich zu Liam.

»Warum bin ich der Zweite?«, will er wissen.

Ich verdrehe meine Augen und drücke »Zweitbestätigung«, während ich ihm durch Zunicken ein Zeichen gebe, das Gleiche mit dem Knopf »Erstbestätigung« zu tun. Er sieht mit dieser Entscheidung äußerst zufrieden aus und drückt den Knopf. Sofort erscheinen neue Knöpfe, und wir drücken sie, nur um danach weitere Aufforderungen zu bekommen.

Die Nachrichten werden immer bedrohlicher. Ich glaube, ich musste ein Dutzend Mal »Sind Sie sicher?« beantworten. Wenn man darüber nachdenkt, ergibt das auch Sinn. Die Barrieren zwischen den einzelnen Abschnitten sind keine Kleinigkeit.

»Diese Entscheidung kann nicht rückgängig gemacht werden«, warnt der Bildschirm mit großen Buchstaben. »Bitte führen Sie zum letzten Mal eine dreifache Bestätigung durch.«

Liam und ich berühren den »Bestätigen«-Knopf und sagen »Herunterfahren«, als uns der Bildschirm dazu auffordert. Als der gedachte Befehl an der Reihe ist, denke ich »Herunterfahren«. Ich nehme an, dass Liam das auch tut, weil die Anzeige auf dem Bildschirm sich verändert. Sie blinkt rot und sagt: »Das Herunterfahren der Barrieren beginnt«.

»Jetzt ist es also getan«, Phoes Stimme in meinem Kopf hört sich angespannt an. »Endlich ist es vorbei.«

Ich starre auf das Bild von Oasis und warte darauf, dass die Barrieren verschwinden.

Aber das tun sie nicht.

Etwas anderes geschieht, etwas so Furchtbares, dass mir das Blut in den Adern gefriert.

Ich schaue zu Liam. Sein graues Gesicht bestätigt mir, dass ich mir das nicht nur einbilde, auch wenn ich es vorziehen würde, verrückt zu sein, als diese Situation zu erleben.

Die Barriere verschwindet, aber nicht diejenige, die die verschiedenen Bereiche Oasis' voneinander trennt.

Stattdessen flackert die schimmernde, kuppelartige Barriere, die Oasis vor dem Goo schützt, auf und erlischt.

Wir beide sehen wie festgewachsen dabei zu, wie das Goo beginnt, Oasis aufzufressen. Es verschlingt es so hungrig, als habe es Jahrhunderte auf diesen Moment gewartet.

FÜNFZEHNTES KAPITEL

»Was hast du mich tun lassen?«, denke ich entsetzt zu Phoe. »Wieso hast du das getan?«, wiederhole ich laut, auch wenn meine Worte nur ein Wimmern sind.

Liam blinzelt mich an. »*Ich* habe dich dazu gebracht?«

»Ich rede nicht mit dir«, erkläre ich ihm, auch wenn ich mir der Tatsache bewusst bin, wie verrückt mich das wirken lässt. »Ich habe das getan, weil Phoe – ich meine, Lehrerin Filomena – mich darum gebeten hat.«

Er starrt mich mit offenem Mund an. »Lehrerin Filomena?« Schweißperlen tropfen von seiner Stirn, und er murmelt: »Waren wir nicht bis eben mit ihr in dem Auto? Warum habe ich Probleme, mich daran zu erinnern?« Er schaut verängstigter aus, als ich ihn jemals gesehen habe. Der Gedanke, etwas vergessen zu haben, scheint ihm größere Angst zu machen als das Armageddon, das wir gerade ausgelöst haben. »Wie bin ich hierhergekommen?« Er schaut sich verwirrt um. »Träume ich?«

Ich antworte ihm nicht. Ich kann meine Augen nicht vom Bildschirm lösen.

Das Goo hat die Büsche, die das Schulgebäude umgeben, hinter sich gelassen und nähert sich jetzt dem Campus.

»Es tut mir leid, Theo.« Phoe hört sich wirklich traurig an. »Das war der einzige Weg, diese Farce zu stoppen ... diesen Abklatsch einer Gesellschaft.«

Ihre Worte reißen mich aus meinem benebelten Entsetzen. »Wovon zum Teufel sprichst du?«, schreie ich. »Du hast mich benutzt, um alle zu töten.«

Liam schaut mich mit einem verwirrten Gesicht an.

»Nein, nicht du, Liam«, sage ich in einem ruhigeren Ton. »Das ist nicht deine Schuld, überhaupt nicht.«

Liam zieht sich vor mir zurück.

»Du würdest es nicht einmal verstehen, wenn ich versuchen würde, es dir zu erklären«, meint Phoe. »Die Betagten haben es verdient. Das war unser einziger Weg zur Freiheit …«

Ich höre mir den Rest ihres Monologs nicht mehr an; sie ergibt genauso viel Sinn wie ein Bösewicht aus einem Film. Ich erhole mich von meinem Schock und klopfe hektisch gegen den Bildschirm. »Es muss einen Weg geben, das zu stoppen«, murmele ich. »Jetzt mach schon, es muss doch einen Weg geben.«

Liam entfernt sich noch ein paar Schritte von mir, bevor er eine Hundertachtzig-Grad-Wendung vollführt und die Stufen hinaufstürmt.

Ich rufe ihn nicht zurück. Ich drücke weiterhin auf den Bildschirm, und meine Verzweiflung wächst.

Nach einer Minute erkenne ich, dass meine Versuche sinnlos sind. Es gibt keinen Weg, das rückgängig zu machen.

»Ich schlage vor, du rennst Liam hinterher«, meint Phoe, als sie mit ihrer verrückten »Erklärung« fertig ist. »Dadurch könntest du einige kostbare Minuten gewinnen.«

Ich werfe einen letzten Blick auf den Bildschirm.

Das Goo scheint sich noch schneller vorwärts zu bewegen, denn das ehemals grüne Oasis verwandelt sich im Handumdrehen in die gleiche abstoßende, orange-braune Masse wie die Außenwelt.

Ich renne zu den Metallstufen, und meine Beinmuskeln brennen, als ich zwei Stufen auf einmal nehme. Ich versuche, Liam einzuholen, aber viel mehr noch versuche ich, meinem unausweichlichen Schicksal zu entkommen.

Während ich hinaufklettere, rasen alle möglichen Gedanken durch meinen Kopf. Dinge, die ich bereue. Pläne. Ich wünsche mir, ich hätte mehr Filme gesehen, mehr Bücher gelesen und mehr Zeit mit meinen Freunden verbracht.

In den altertümlichen Büchern steht häufig, dass man in Nahtodsituationen sein Leben vor dem geistigen Auge ablaufen sieht. In meinem Fall handelt es sich lediglich um einige bestimmte Szenen, angefangen bei meiner ersten Erinnerung. Diese stammt allerdings nicht aus der Zeit, als ich noch ein Baby war. Theoretisch weiß ich, dass ich einmal ein Baby gewesen bin und die Betagten sich um mich gekümmert haben, aber ich kann mich nicht daran erinnern. Meine erste Erinnerung ist, wie ich mich an meinem ersten Unterrichtstag geschämt habe. Ich habe zum gefühlten millionsten Mal eine »Warum«- Frage gestellt, was mir in Kombination mit meinem vollen Namen Theodore den Spitznamen »Warumodore« eingebracht hat. Danach erinnere ich mich an die schöneren Seiten meiner Kindheit, zum Beispiel daran, wie ich Liam kennengelernt habe, auch wenn wir uns an diesem Tag geprügelt haben. Auch, an mein erstes –

Den lebendigen Liam zu sehen reißt mich aus meinen Erinnerungen. Er steht mit dem Rücken zu mir da und scheint in den Blick aus dem Fenster vertieft zu sein.

Ich nehme die letzten Stufen in einem Sprung und bleibe neben ihm stehen, um ebenfalls aus dem Fenster zu schauen.

Im gleichen Augenblick wünsche ich mir, ich hätte es nicht getan. Jetzt kann ich das Goo mit bloßem Auge erkennen.

Es hat schon das halbe Dorf unter mir überrollt.

Bis jetzt hatte ein Teil meines Gehirns gedacht, dass das Goo, das auf dem Bildschirm angegriffen hat, vielleicht nur ein grausamer Scherz war, eine Lektion, die man uns erteilen wollte, weil wir nicht gehorcht hatten – irgendetwas, was diese Realität unwahr machte.

Als ich meine Augen von diesem Albtraum unter mir abwende, sehe ich, dass Liam mich ernst anschaut, so als wollte er etwas sagen.

»Liam«, fange ich an, aber da beginnt er bereits, die nächsten Treppen hinaufzurennen.

Mit brennenden Lungen laufe ich ihm hinterher. Ich habe keine Ahnung, was wir tun werden, wenn wir das Dach erreichen – was wahrscheinlich bald der Fall sein wird, da das Treppenhaus immer enger wird.

Anstatt mich zu sehr auf diese Frage zu konzentrieren, laufe ich weiter. Während ich renne, verschwindet die reale Welt auf eine gewisse Weise, und meine Gedanken schweifen erneut in die Vergangenheit ab. Ich frage mich, ob diese Erinnerungen eine Art Verteidigungsmechanismus meines Kopfes sind, damit ich mit der Panik und dem Entsetzen, die meine letzten Momente bestimmen werden, umgehen kann. Die Tatsache, dass die letzten Vertreter der menschlichen Rasse mit mir sterben werden, macht die Vorstellung des Todes noch unverständlicher. Es ist so, als würde ich versuchen zu verstehen, was vor der Entstehung des Universums existiert hat.

Dieses Mal werde ich durch einen furchtbaren Schrei in meinem Kopf aus meinen dunklen Überlegungen gerissen, den ich kaum als von Phoe kommend erkenne.

»Es brennt«, kreischt sie. »Theo, es brennt …« Sie gibt ein gurgelndes Geräusch von sich, das sich anhört wie: »Es tut mir leid.«

Dann ist alles still.

Mir ist schlecht, als ich vor dem Fenster im Treppenhaus stehenbleibe und nach unten schaue.

Die Stelle, an der ich Phoe und die Wächter das letzte Mal gesehen habe, ist jetzt mit Goo bedeckt.

Sie ist tot. Wirklich tot.

Trotz ihres entsetzlichen Betrugs vermisse ich sie. Ich schiebe dieses Gefühl beiseite und konzentriere mich auf den körperlichen Schmerz in den Muskelfasern meiner Beine, die durch die Anstrengungen des schnellen Aufstiegs brennen.

Ich steige unendlich viele Stufen hinauf, bevor ich Liams Körpergeruch wahrnehme. Das ist eine Kleinigkeit, aber das Wissen, dass mein immer mutiger Freund genug schwitzt, um zu stinken, schnürt mir meinen Brustkorb ein und lässt meine Augen brennen. Ich erinnere mich an dieses Gefühl; es kommt normalerweise, bevor ich anfange zu weinen – etwas, was ich nicht mehr getan habe, seit ich klein war. Jugendliche haben keinen Grund zu weinen, wenn sie älter werden.

Anstatt dieser Schwäche nachzugeben, folge ich Liams schnell aufsteigender Gestalt.

Auf der nächsten Ebene dreht er sich um, um mich anzuschauen.

Ich will etwas zu ihm sagen – irgendetwas –, aber die Worte verlassen meinen Mund nicht, da der Turm plötzlich bebt und sich mit einem metallischen Geräusch zur Seite biegt.

Mein Fuß tritt neben die nächste Stufe, und ich bewege meine Arme windmühlenartig, während ich in sprachlosem Entsetzen falle.

Der Turm scheint sich um mich zu drehen.

Einen Moment lang fühle ich mich gewichtslos, bevor ein übelkeitserregender Schmerz in meinem linken Arm ausbricht, als meine Schulter auf etwas Hartes knallt.

Ich schnappe nach Luft, greife mit meinem unverletzten Arm hinter mich, und meine Finger schließen sich um ein Geländer, während der Rest meines Körpers mit einem erschütternden Aufschlag auf die Stufen prallt. Ich rutsche für einige weitere Sekunden nach unten, bevor ich abrupt anhalte und mein Handgelenk vor Schmerzen aufschreit.

Mit dem noch funktionierenden Teil meines Gehirns verstehe ich, dass der Turm sich zur Seite geneigt haben muss. Aus der ehemaligen Wand ist jetzt ein stark abgewinkelter Boden geworden, während die Stufen mauerartig in die Höhe ragen, so als entsprängen sie einem Bild von M. C. Escher.

Der Turm stöhnt ein weiteres Mal auf und biegt sich noch weiter nach unten. Jetzt kann ich die Wand hinaufkriechen, was ich trotz des quälenden Schmerzes in meiner Schulter und der übelkeitserregenden Höhenangst auch versuche. Meine linke Schulter muss ausgekugelt sein, und die komplette linke Seite meines Körpers schmerzt mehr, als ich das jemals für möglich gehalten hätte.

Mein Magen zieht sich zusammen, und Schweiß durchtränkt meine Bekleidung, als ich verzweifelt nach oben krieche und dabei die Soldaten aus den alten Filmen imitiere. Ich versuche, nicht über die Tatsache nachzudenken, dass die Stufen des Treppenhauses jetzt die rechte Wand darstellen. Dieses unwirkliche Bild trifft in das Herz meiner Panik, und Panik ist etwas, was ich jetzt unbedingt verhindern muss.

Irgendwo über mir höre ich ein Stöhnen und ich bewege mich auf dieses Geräusch zu.

»Liam?«, schreie ich, als ich die nach unten gebogene Plattform erreiche. »Bist du in Ordnung?«

»Vorsicht«, zischt Liam zurück. »Oder dir passiert das Gleiche wie mir.«

Seine Stimme ist so voller Entsetzen, dass ich sie kaum wiedererkenne. Ich hatte immer gedacht, dass Liam mit einem genetischen Defekt geboren worden sei, der es ihm nicht ermöglicht, Angst zu spüren, aber jetzt erkenne ich, dass das nicht der Fall ist.

Mein Herzschlag dröhnt in meinen Ohren, während ich zur Ecke der auf den Kopf gestellten Plattform krieche.

Liams Stimme kommt von einem ehemaligen Fenster, das jetzt ein Loch in dem abschüssigen Boden ist.

Auf dem Fenstersims sehe ich Finger, deren Knöchel durch die Anstrengung ganz weiß sind.

»Liam!« Ich rutsche auf meinem Bauch auf die Hand zu und schaue nach unten.

Mein Freund hängt aus dem Fenster, und seine Beine baumeln in der Luft. Blut läuft seinen Arm hinunter. Unter ihm ist ein tiefer Abgrund, der in einer fauligen orange-braunen Masse endet. Das Goo konsumiert das untere Ende des Turmes.

Ich bekämpfe das Schwindelgefühl, das ich bei dem Anblick des tiefen Falls bekomme und umfasse Liams Unterarm mit meiner unverletzten rechten Hand.

»Liam, ich habe dich. Klettere nach oben.« Ich bemerke einen kleinen Funken Erleichterung in seinen ängstlichen Augen und füge hinzu: »Ernsthaft, komm wieder rein. Hör auf, Blödsinn zu machen.«

Die Anspannung und das Entsetzen auf seinem Gesicht lassen ein wenig nach. »Ich mache doch gar nichts, außer ein wenig abzuhängen.«

Ich ziehe eine Grimasse. »Halte dich mit deiner linken Hand an meinem Arm fest und klettere hoch. Das sollte einfacher sein, als dich an der Kante des Fensterrahmens festzuhalten.« Ich bemühe mich, den ernsthaften Ton eines Erwachsenen zu imitieren.

Liam greift nach oben, aber seine zitternde Hand verfehlt mich um einen Zentimeter.

Der Turm wackelt erneut.

»Jetzt komm schon, Liam!«

Er greift mit vor Anstrengung verzogenem Gesicht erneut nach oben, und diesmal erwischen seine Finger meinen Arm.

»Genau so.« Ich verstärke meinen Griff an seinem Unterarm, da meine Finger durch mein Schwitzen rutschig sind. »Jetzt komm!«

Er versucht, sich nach oben zu ziehen, aber er hat durch seine Hand am Rahmen keinen großen Spielraum.

»Zieh mich hoch, Theo«, stöhnt er. Er lässt das Fenster los und krallt sich mit seiner rechten Hand an meinem Arm fest. Die Belastung meiner rechten Schulter ist dadurch, dass sein ganzes Gewicht an diesem Arm hängt, riesig.

Ich vergesse meine Verletzung und greife mit meiner linken Hand nach unten, um ihm hochzuhelfen.

Durch den daraus resultierenden Schmerz muss ich innehalten und aufstöhnen. Die ausgekugelte Schulter lässt derartige Bewegungen nicht zu.

Als Liam das erkennt, legt er seine Hand weiter oben auf meinen Arm und benutzt ihn wie ein Seil. Ich gehe langsam zurück, um ihn hereinzuziehen.

Diese Strategie scheint zu funktionieren – zumindest einen Augenblick lang.

Dann rutschen Liams Finger von meiner feuchten Haut ab, und seine Handflächen gleiten unkontrolliert an meinem Arm hinunter.

»Liam!«

Verzweifelt versuche ich, nach ihm zu greifen, und erwische seine rechte Hand genau in dem Moment, als sie völlig den Halt verliert.

Jetzt hängt er an den Fingerspitzen meiner rechten Hand, und ich spüre, wie er sekündlich abrutscht.

Als ob Liam bemerkt, wie sinnlos seine Versuche sind, schaut er nach oben, und sein Blick wird seltsam distanziert, so als betrachte er etwas. »Du musst das Dach erreichen, Theo. Du musst.«

»Das ergibt keinen Sinn«, sage ich hektisch. »Jetzt komm schon, klettere wieder nach oben.«

Mit meinem verletzten linken Arm unternehme ich den übermenschlichen Versuch, nach unten zu greifen und dabei die Schmerzen zu ignorieren. Liams Finger rutschen aus meinem Griff, aber er dreht seinen Körper und ergreift in dem Moment mein linkes Handgelenk, als ich mich nach ihm ausstrecke. Meine linke Schulter knackt einmal laut, bevor sie unerträglich schmerzt.

Ungewollt schreie ich auf.

Ich denke gerade, dass ich gleich ohnmächtig werde, als ich Liam sagen höre: »Ich lasse jetzt los.«

Zumindest denke ich, dass er das sagt.

Durch den pulsierenden Schmerz höre ich, wie er wiederholt: »Du musst auf das Dach dieses Dings gelangen.«

Vor meinen Augen wird es immer dunkler, und meine Sinne werden gedämpfter. Ich kämpfe dagegen an, beiße meine Zähne zusammen und versuche, Liam mit meiner ganzen verbleibenden Kraft nach oben zu ziehen, aber er hilft mir nicht dabei. Seine Augen sind riesig, und er blickt weiterhin hinter mich.

Ich versuche, seinem Blick zu folgen. Irgendetwas Wichtiges ist dort, und ich möchte wissen, was es ist.

Genau in dem Moment, in dem ich beginne, meinen Kopf zu drehen, lässt Liam los.

»Liam!«, schreie ich, aber es ist zu spät.

Er fällt nach unten, und ich sehe entsetzt dabei zu, wie sein Körper in der wogenden Masse des Goo verschwindet.

Ein schmerzerfüllter Schrei entweicht meiner Kehle, und als würde er darauf reagieren, knarrt der Turm erneut und dreht sich mit wilden, ruckartigen Bewegungen.

Meine Arme zittern, ich kralle mich mit beiden Händen am Fensterrahmen fest und sehe mit benommenem Schwindelgefühl dabei zu, wie das Fenster sich erst Richtung Horizont und dann Richtung Himmel dreht.

Jetzt bin ich derjenige, der aus dem Fenster hängt, nur dass meine Füße sich nicht über dem Abgrund befinden. Als der Turm aufhört, sich zu drehen, befindet sich das Fenster statt am Boden an der Decke.

Benommen bemerke ich, dass meine linke Seite ein bisschen weniger schmerzt. Hat Liam meine Schulter wieder eingerenkt, als er meinen Arm ergriffen hat? Sollte das der Fall sein, hätte er mein Leben gerettet.

Ich schaue nach unten und sehe, dass die andere Wand des Turms sich unter meinen Füßen befindet. Wenn ich den Fensterrahmen losließe, würde ich mir durch den Fall wahrscheinlich nicht besonders wehtun. Ich denke gerade darüber nach, genau das zu tun, als ich eine Goospur das hölzerne Geländer hinaufkriechen sehe. Ich würde das Risiko eingehen, sie zu berühren, wenn ich mich fallen ließe. Die Tatsache, dass das Goo schon hier ist, genau unter mir, nimmt mir den letzten Funken Hoffnung, den ich noch hatte.

Wieso ist es auf dem Geländer, frage ich mich mit einem eigenartigen wissenschaftlichen Interesse. Ich nehme an, dass das Goo es einfacher findet, zuerst die weichen Substanzen wie Holz zu fressen als den harten Stahl, aus dem der Rest des Turmes besteht. Aber trotzdem mache ich mir keine Illusionen: das Goo kann sich durch alles hindurchfressen.

Wir haben einen trostlosen Ozean als Beweis dafür.

Allerdings kann ich nicht länger hier hängen bleiben. Meine linke Schulter fühlt sich zwar besser an, aber schmerzt immer noch. Ich beiße meine Zähne zusammen und nutze mein letztes bisschen Kraft, um mich nach oben zu ziehen. Sobald mein Kopf aus dem Fenster ragt, ziehe ich den Rest meines Körpers nach und versuche, mich auf das zu stellen, was einmal die Außenwand des Turms gewesen war.

Mein Kopf dreht sich. Die Wand des Turms neigt sich in einem Fünfundvierzig-Grad-Winkel dem Meer aus Goo zu, das den Boden bedeckt. Wahrscheinlich ist es nur eine Sache von Sekunden, bevor sich das Goo durch das Fundament des Turms gefressen haben wird und das komplette Gebäude in den Abgrund zieht.

Das Wissen um meinen bevorstehenden Tod schärft meine Sinne. Ich nehme die kleinsten Details meiner Umgebung wahr. Ich bemerke zum Beispiel, dass der Himmel ohne die Kuppel ein wenig blauer aussieht und wie eigenartig es ist, dass der Turm Wetterabnutzungen aufweist, auch wenn es in Oasis niemals ein Wetter gab, das Erosionen hervorgerufen haben könnte. Dann zieht ein weiteres Detail meine Aufmerksamkeit auf sich: ein Licht, das sich an der Stelle befindet, an der normalerweise die Spitze des Turms wäre.

Ich erinnere mich daran, dass Liam in seinen letzten Augenblicken in diese Richtung geschaut hat.

Was ist das für ein Licht, falls ich gerade wirklich ein Licht sehe?

Ich renne vorsichtig die ehemalige Wand des Turmes entlang. Es handelt sich dabei nicht um eine stabile Fläche, sondern um ein Flickwerk aus Metallbalken und einigen intakten Glasfenstern.

Es fällt mir schwer, mich nach allem, was passiert ist, auf das Laufen zu konzentrieren, aber ich zwinge mich dazu. Ich dränge den Schmerz über den Verlust von Liam aus meinem Kopf. Das scheint eher möglich zu sein als den Schmerz darüber zu unterdrücken, alle anderen verloren zu haben, die ich jemals kannte.

Meine Gedanken haben jetzt nur noch ein Ziel vor Augen: herauszufinden, was dieses Licht ist. Das zu tun gibt mir das Gefühl, noch ein Fünkchen Kontrolle über die Ereignisse um mich herum zu haben.

Als ich mich dem Dach nähere, wird das Licht heller.

Es handelt sich dabei um den größten Bildschirm, den ich jemals gesehen habe, auch wenn er aussieht wie ein altertümliches Neonschild, da er pink ist und leuchtet. Irgendwie erinnert er mich an eine Anzeigetafel vom Times Square in der alten Zeit – zumindest wenn die Anzeigetafel mit einer Art Gitter verbunden wäre.

Ich renne schneller und ignoriere dabei die Fallgruben aus zerbrochenem Glas und herausragenden Metallschienen.

Ich muss zu diesem anzeigenartigen Bildschirm gelangen.

Als ich noch näher bei ihm bin, bemerke ich, dass auf ihm ein Wort steht – ein sehr einfaches.

»Ziel« steht dort in grellen und blinkenden Buchstaben.

Ziel? Warum sollte ein Turm eine so eigenartige Dekoration haben?

Meine Lungen schreien nach Luft, aber ich zwinge meine Muskeln dazu, sich noch schneller zu bewegen.

Der Turm wackelt.

Ich hebe meine Arme, um meine Balance nicht zu verlieren, und schaue ungewollt nach unten.

Sofort geben meine Beine nach, und ich bleibe stehen.

Wie angewurzelt. Die Lähmung fühlt sich wie eine Anhäufung von allem an, was ich und der Rest von Oasis gerade erlebt haben.

Alle sind tot. Die Welt ist untergegangen. Diese Gedanken treffen mich hart, überwältigen mich, und ich klappe vor Schmerzen zusammen. Vielleicht muss ich gar nicht warten, bis das Goo mich einholt. Vielleicht werde ich einfach vor Entsetzen und Schuldgefühlen sterben.

Ein eigenartig bekanntes Schimmern neben mir zieht meinen Blick auf sich und holt mich in die Realität zurück.

Als der Bildschirm auftaucht, bin ich aber gar nicht so schockiert, wie ich es hätte sein sollen, da ich so einen Bildschirm schon einmal gesehen habe: damals während der Stille.

Er ist geisterhaft, und wie letztes Mal bewegt sich ein Cursor auf ihm.

Theo, schreibt der Bildschirm langsam, einen Buchstaben nach dem anderen. *Theo, ich bin mir nicht sicher, ob du das lesen kannst.* Der

Bildschirm produziert die Buchstaben weiterhin in einer Geschwindigkeit, die meinem Herzschlag gleicht. *Ich mache mir Sorgen,* informiert mich der Bildschirm. *Dein neuronaler Scan ist außer Kontrolle –*

Bevor ich auch nur blinzeln kann, löst sich der Bildschirm in Luft auf, aber die Haare auf meinen Armen haben sich aufgestellt.

Ein Gedanke formt sich in meinem Kopf. Er ist schwach, aber er motiviert mich genug, um mich wieder bewegen zu können.

Ich muss die Spitze und das Wort »Ziel« erreichen.

Ich konzentriere mich auf diese eine Aufgabe und vergesse alles andere.

Der Turm bebt erneut. Um nicht zu fallen, balanciere ich auf den Metallstreben wie ein altertümlicher Surfer. Sobald das Zittern nachlässt, renne ich weiter und springe über die Löcher zwischen den Stahlholmen.

Ich renne wie ein Berserker, vergesse das Konzept der Zeit und halte erst inne, als ich vor dem größten Loch stehe, auf das ich bis jetzt gestoßen bin.

Dieser Hohlraum ist leider Teil des Turmdesigns und etwa zwei erschreckende Meter breit.

Auch wenn ich meine Höhenangst bis jetzt erfolgreich unterdrückt habe, bringt das Loch sie nun zurück.

Die Anzeige ruft mich immer noch zu sich. Sie befindet sich genau hinter diesem Hindernis, und ich bin fast dort.

Ich beschließe, das Unmögliche in machbare Schritte zu unterteilen.

Erster Schritt: meinen frenetischen Herzschlag beruhigen. Dieser Teil ist nur halbwegs erfolgreich.

Zweiter Schritt: springen. Meine Beinmuskeln spannen sich an, bereiten sich auf Springen, Rennen oder irgendeine andere Bewegung vor, die von meinem Adrenalinspiegel profitieren könnte.

Ich gehe ein Stück zurück, weil ich mir denke, dass das Springen mit einem Anlauf leichter sein wird.

Als ich mich etwa drei Meter vom Loch entfernt befinde, renne ich darauf zu.

Genau so.

Das ist der Punkt, an dem ich meine Höhenangst überwinde und mich siegessicher fühle.

Nur als ich am Loch ankomme, springe ich nicht.

Ich bleibe stehen, und mein Körper zittert unkontrollierbar.

Ich kann jetzt nicht aufgeben, denke ich und gehe wieder zurück.

Ich renne.

Ich springe.

Die Zeit verlangsamt sich.

Ich sehe das Goo, das sich weit unter meinen Füßen bedrohlich hin und her wiegt.

Ich bin fast am anderen Ende des Lochs angekommen, als der Turm erneut erzittert und das ohrenbetäubende Geräusch von Metall, das gegen Metall reibt, ertönt. Das Ende des Lochs bewegt sich von meinen Füßen weg, als ich gerade im Begriff bin, es zu berühren, und ich knalle mit meiner Brust gegen eine unnachgiebige Metallkante.

Die Luft entweicht aus meinen Lungen, und ich strecke meine Arme aus, um nach irgendetwas zu greifen. Mein Zeige- und mein Mittelfinger sind die einzigen, die auf kaltes Metall treffen.

Mir ist sofort klar, dass dieser Halt weniger als schwach ist. Das Gewicht meines Körpers ist zu schwer für diese beiden Finger, die sofort taub werden und anfangen zu zittern. Was noch schlimmer ist, ist, dass sie beginnen, von der glatten Stahloberfläche abzurutschen.

Ich halte mich noch einen Atemzug lang mit meinem Mittelfinger an der Kante fest, bevor ich völlig den Halt verliere.

Ich berühre die Kante nicht mehr, denke ich noch dunkel.

Entweder die Zeit verlangsamt sich erneut, oder ich muss wie eine Zeichentrickfigur zuerst hinunterschauen, bevor mein Fall beginnt. Also schaue ich masochistisch nach unten. Ich sehe, wie weit ich vom Boden entfernt bin, und schon beginnt mein Absturz.

Luft schlägt mir ins Gesicht.

Mein Körper fühlt sich gewichtslos an – ein Gefühl, das angenehm wäre, wenn ich nicht gleich sterben würde.

Das erinnert mich an meinen schlimmsten, sich wiederholenden Albtraum, in dem ich einfach nur falle. Es scheint so, als sei der Albtraum eine dunkle Prophezeiung gewesen.

Ich schaue wieder nach unten.

Das Goo nähert sich.

Vergeblich versuche ich, mit dem Kopf zuerst einzutauchen, wie bei dem verrückten altertümlichen Sport Turmspringen.

Ich schlage hart auf und versinke tief im Goo.

Alles, was ich sehen kann, ist diese orangefarbene Masse, die wie eine Mischung aus Scheiße und Kotze aussieht, sich aber überraschend weich auf meiner Haut anfühlt. Ich drücke meine Augen fest zusammen und frage mich, warum es mich noch nicht verschlungen hat. Obwohl ich meine Nase und meinen Mund geschlossen habe, kann ich es schmecken und riechen, und es ist schlimmer, als ich es mir vorgestellt hatte. Ich muss mich zwar eigentlich übergeben, aber ich traue mich nicht, meinen Mund zu öffnen.

Mir wird klar, dass ich meine Luft seit meinem Absturz anhalte. Meine Lungen brennen genauso wie der Rest meines Körpers. Das Brennen meines Körpers muss bedeuten, dass das Goo mich trotz meiner geheimen Hoffnung, dass es das nicht tun würde, bis auf meine Moleküle auseinandernehmen wird.

Das Brennen verschlimmert sich immer mehr. Mein ganzer Körper fühlt sich für den Bruchteil einer Sekunde wie Lava an, bevor sich dieses Gefühl verhundertfacht.

Ich stöhne vor Schmerzen auf und weiß, dass ich gleich das Goo einatmen werde.

SECHZEHNTES KAPITEL

Ich atme das Goo ein, aber der Schmerz verschlimmert sich nicht.

Eigentlich hört das Brennen sogar auf.

Ich fühle mich körperlos. Ich fühle mich wie ein Sonnenstrahl, der durch einen hellen Korridor aus Licht schwebt.

Unsere Ahnen würden jetzt wahrscheinlich denken, dass sie ihr Leben nach dem Tod beginnen, da es genau ihren Beschreibungen darüber entspricht, wie es sich anfühlt. Unter den gegebenen Umständen könnte ich diese Theorie sogar plausibel finden, wenn ich nicht eine bessere Erklärung hätte.

Ich habe das Gleiche heute schon einmal durchgemacht, auch wenn es sich anfühlt, als sei es schon Jahre her.

Ich spüre, wie ich meinen Körper zurückbekomme, aber ich schließe meine Augen. Wenn ich sie wieder öffne, werde ich mit Sicherheit wissen, ob ich recht habe.

»Theo?«, sagt Phoe.

Ich öffne meine Augen.

Ich stehe in einer Höhle. Stalaktiten hängen von der Decke, und auf dem Boden gibt es Stalagmiten und eine Ansammlung verschiedener gefährlicher Gegenstände.

Phoes wunderschönes elfenhaftes Gesicht sieht extrem besorgt aus.

Neben ihr befindet sich ein großer Bildschirm. Ich nehme an, dass auf ihm meine neuronale Aktivität angezeigt wird. Mein Gehirn sieht aus wie ein Bienenstock, der gegen einen Ameisenhaufen in den Krieg zieht, nur zehnmal schneller. Durch diesen Anblick erlebe ich die schrecklichen Ereignisse als eigenartiges Biofeedback erneut.

Der Bildschirm verschwindet. Phoe muss verstanden haben, dass ich mich schneller erhole, wenn ich nicht daraufblicke.

»Bitte beruhige dich«, sagt Phoe. Ihre Stimme ist dabei so besänftigend, wie eine Stimme es nur sein kann. »Du bist zurück.«

Tief in mir kenne ich die Antworten, aber trotzdem muss ich die Fragen stellen. »Du hast nicht alles zerstört?« Ich trete einen Schritt nach vorne und bewege meine Hand in einer wischenden Geste, so als ob die Menschen von Oasis sich in den Ecken der Höhle verstecken würden. »Du bist nicht Lehrerin Filomena?«

Phoe betrachtet mich, und ihr besorgter Gesichtsausdruck verwandelt sich in einen verständnislosen.

»War das alles das beschissene Spiel?«, frage ich lauter und trete zurück. »War nichts davon echt?«

Phoe kommt auf mich zu und nimmt mich in ihre Arme. Ich wehre mich nicht gegen diese zweite Umarmung meines Lebens, auch wenn sie sich dieses Mal anders anfühlt. Dieses Mal ist diese soziale Geste dazu gedacht, mich zu beruhigen, und das tut sie auch sehr effektiv. Als mich der Geruch und die Wärme von Phoes Körper einhüllen, verlangsamt sich mein Herzschlag von Überschallgeschwindigkeit auf nur noch 500 km/h.

Sie streicht in kreisenden Bewegungen über meinen Rücken, was ich auch sehr beruhigend finde.

»Schscht«, flüstert sie in mein Ohr. »Du bist hier. Du bist in Sicherheit.«

»Aber es war alles so real. Ich bin gestorben.« Ich atme erschaudernd ein. »Liam ist auch gestorben. Alle sind gestorben.« Ich versuche, mich aus ihrer Umarmung zurückzuziehen, aber sie drückt ihre Arme fester um mich. Mit fast lautloser Stimme sage ich: »Du hast mich betrogen«.

»Es ist vorbei.« Sie streichelt sanft über meinen Kopf. »Ich würde dich niemals betrügen. Wie konntest du das jemals glauben?«

Ich atme ein weiteres Mal ein, und als ich wieder ausatme, erkläre ich ihr: »Es ist alles so schnell passiert.«

Sie lässt mich los, tritt einen Schritt zurück und schaut mich ernst an. »Kannst du mir erzählen, was genau ist? Dadurch, dass ich meine Erinnerungslücke immer noch habe« – sie tippt sich gegen ihren Kopf – »und keine neue Rechenleistung, nehme ich an, dass du das Spiel nicht gewonnen hast.«

»Du konntest nicht sehen, was passiert? Du hattest keinen Zugang zu diesem Ort?«

»Wie ich dir schon gesagt hatte, kann ich dort nichts sehen, nein. Ich habe versucht, dir eine Nachricht zu schicken. Es scheint allerdings nicht funktioniert zu haben.« Phoe sieht betrübt aus.

»Es hat funktioniert«, sage ich. »Ich habe den Bildschirm gesehen, den du geschickt hast. Er hat ausgesehen wie der aus dem Hexengefängnis. Er hat mir Hoffnung gemacht, aber …« Ich schüttele meinen Kopf.

»Das ist super.« Ihre Gesichtszüge hellen sich auf. »Das bedeutet, dass ich das nächste Mal in der Lage sein sollte –«

»Das nächste Mal?« Ich spüre, wie meine Wangen heiß werden. »Es wird auf keinen Fall ein nächstes Mal geben.«

Sie runzelt einen Augenblick lang ihre Stirn, bevor sie mich erneut fragt: »Kannst du mir erzählen, was passiert ist?«

Ich beginne mit meiner Geschichte und fange damit an, wie das Spiel es geschafft hat mich glauben zu lassen, dass ich mich gar nicht in dem Spiel befinde. Phoe hört schweigend zu. Sie hat ganz offensichtlich einige Fragen, aber hebt sie sich für später auf. Ich beende meine Erzählung mit: »Und nachdem ich das Goo eingeatmet hatte, kam ich wieder hierher zurück.«

»Es gab allerdings jede Menge Hinweise darauf, dass das alles nicht echt war«, sagt sie. »Ich weiß nicht einmal, wo ich beginnen soll.«

»Am Anfang«, erwidere ich. »Und ich habe verstanden, dass du verärgert bist.«

»Na ja,« – sie lässt einen Stuhl aus dem Nichts erscheinen und setzt sich darauf – »in deiner Geschichte gibt es einige Dinge, an denen man leicht erkennen konnte, wie falsch das alles war.«

Ich beschließe, mich ebenfalls hinzusetzen, und sobald ich das tue, erscheint ein weiterer Stuhl. »So wie?«

»Zum Beispiel Grace. Sie hat dich einfach so gehen lassen? Und sie hat dich wirklich berührt?«

»Ich weiß, das war eigenartig«, gebe ich zu. »Aber ich hatte es eilig und habe es nicht hinterfragt. Es schien so, als hätte sie irgendwie …« Ich merke, wie ich erröte. »Ich weiß nicht, versteckte Gefühle für mich.«

»In Ordnung.« Phoe verschränkt ihre Arme vor ihrer Brust. »Ich kann dieses Beispiel mit deiner Unerfahrenheit mit Hormonen entschuldigen. Das Gleiche gilt für den Teil, in dem Lehrerin Filomena Interesse an dir bekundete.« Sie verzieht ihr Gesicht angeekelt. »Aber Theo, das Gebiet der Erwachsenen in Oasis war eine französische Landschaft? Mit Menschen, die wie die Amischen aussahen? Denkst du nicht auch, was für ein Zufall es ist, dass du genau das erst gestern im Unterricht durchgenommen hast? Und du hast ernsthaft geglaubt, ich sei Lehrerin Filomena?« Sie presst ihre Lippen zu einer dünnen Linie zusammen.

»Ich habe einfach –«

»Und Owen, der dich körperlich angreift … Du weißt ganz genau, dass er von den Erwachsenen viel zu friedlich gestimmt wird und außerdem viel zu feige für so etwas ist.«

»Er hat gestern einen Ball auf Liam geschossen«, erinnere ich sie. »Nichts hat ihn davon abgehalten.«

»Okay. Vielleicht könnte das wirklich passieren, auch wenn ich meine Zweifel daran habe. Aber eine Verfolgungsjagd mit einem Traktor? Ich habe dich dazu gebracht, etwas zu tun, was das Ende der Welt eingeleitet hat?« Sie schüttelt ihren Kopf. »Und abgesehen von den ganzen anderen Schwachstellen dieses Szenarios, fällt dir nicht auf, dass der Kontrollraum zum Herunterfahren der Barrieren von den Betagten bewacht werden würde? Er würde sich nicht in einem unpassenden, zeitlich falsch eingeordneten Turm befinden, der, wie du es beschrieben hast, in einer sehr eigenartigen und physikalisch höchst unwahscheinlichen Art und Weise umfiel.«

Auf meinem Gesicht spüre ich ein warmes, kribbeliges Gefühl. Ich weiß, dass Phoes größtes Problem ist, dass ich dachte, sie sei fähig, alle zu töten. Um ehrlich zu sein, finde ich diesen Gedanken jetzt, da ich das Spiel verlassen habe, auch extrem unwahrscheinlich.

»Es war wie ein Traum«, erkläre ich ihr und versuche die Wärme in meinen Wangen dadurch zu reduzieren, dass ich sie reibe. »Wenn du träumst und der Traum Sinn ergibt, fragst du dich auch erst nach dem

Aufwachen, warum Liam Santa Claus war und warum dir das nicht aufgefallen ist. Ich meine, so fett ist er nun auch nicht.«

Phoe nickt, so als würde sie mich auffordern, mit meiner Erklärung fortzufahren.

»Schau.« Genau wie sie verschränke ich meine Arme vor der Brust. »Die Welt hörte auf zu existieren. Ich hatte nicht wirklich Zeit, über irgendetwas nachzudenken.«

»Aber du hast wirklich Lehrerin Filomenas beschissene Geschichte geglaubt?« Phoes schlankes Gesicht sieht eingeschnappt aus. »Du weißt, dass sie für alles steht, was ich verabscheue.«

Ich zwinge mich dazu, ruhig zu bleiben. »Wenn du mir gesagt hättest, wer du wirklich bist, hätte ich keine Theorie aufgestellt, so abwegig sie auch sein mag.«

Sie beißt sich auf ihre Lippe, eine Geste, die mich aus irgendeinem Grund fasziniert. »Lass uns jetzt keinen Schuldigen suchen.«

»Also ist alles, was ich tun muss, um dich zum Schweigen zu bringen, dich danach zu fragen, wer du bist?« Ich ziehe meine Augenbrauen zusammen. »Warum sagst du es mir nicht einfach? Wenn du das tätest, würde ich vielleicht –«

»Das ist nicht so einfach.« Sie erhebt sich von ihrem Stuhl. Sie spitzt ihre Ohren, so als würde sie ein entferntes Geräusch hören. Mit besorgtem Gesichtsausdruck sagt sie: »Scheiße«.

»Lass mich raten.« Ich versuche, herablassend zu lächeln. »Es ist ein Notfall eingetreten und jetzt muss ich rennen, stimmt's? Wir haben überhaupt keine Zeit, um jetzt weiter über das Thema zu reden, was du immer vermeiden möchtest.«

Ihre langen Wimpern klimpern, als sie seufzt und antwortet: »Das ist ungefähr das, was ich gerade sagen wollte, ja.«

»Wie praktisch.«

»Wenn du das Spiel nicht schlägst, kann ich dir sowieso nicht viel sagen«, meint sie. »Ich wünschte, ich würde einfach nur deiner Frage ausweichen, aber schau selbst.« Sie streckt ihre Handfläche aus, und ein Bild erscheint darauf. Allerdings ist es nicht so wie auf einem normalen Bildschirm. Der Unterschied ist, dass das Bild auf ihrer Hand dreidimensional ist, wie ein Hologramm. Es zeigt uns ein kleines Stück des Waldes.

Ich bin auf ihm zu sehen, wie ich von Grün umgeben auf dem Boden liege und ziemlich gelangweilt aussehe. Meine Augen sind in die Ferne gerichtet.

»Du bist an diesem Platz gefangen«, sagt Phoe. »Deine Neuronen erhalten an Stelle echter sensorischer Inputs lediglich Signale von deinen Nanozyten. Nur Dinge wie dein parasympathisches Nervensystem sind in der richtigen Welt aktiv und lassen dich zum Beispiel atmen und Essen verdauen. Wenn sich dir jemand dort draußen nähern sollte, würdest du nicht einmal blinzeln.«

Ich nicke. Auch wenn ich darüber nicht nachgedacht habe, ergibt das, was sie sagt, Sinn.

Sie scheint zufrieden zu sein, dass ich ihr bis hierhin folgen kann und kippt ihre Handflächen ein wenig. Das Bild bewegt sich weg von meinem komatösen Ich weiter in den Wald hinein. Ich schaue zu, wie die Kamera, oder was auch immer hinter diesem Blickwinkel steckt, zu einer kleinen Lichtung schwenkt.

Dort erblicke ich den glänzenden Helm eines Wächters.

Ich erhebe mich von meinem Stuhl und kämpfe gegen den Drang an, zu rennen. Dadurch, dass mein System noch voller Adrenalin ist, ist die Angst, die ich verspüre, geradezu lähmend.

Der Wächter überquert die Lichtung. Das Schlimme daran ist die Richtung, die er eingeschlagen hat: er hält genau auf die Stelle zu, an der ich liege – und mein bewusstloses Ich wird seine Gegenwart genauso wahrnehmen wie die Bäume, von denen es umgeben ist.

»Mist.« Ich beginne, hin und her zu gehen, und falle dabei fast über Phoes Stuhl.

»Ja. Das kannst du laut sagen.« Phoe beobachtet meine hektischen Bewegungen ruhig, so als würde ich immer wie ein Verrückter umhergehen und sie hätte sich bereits daran gewöhnt.

»Was soll ich jetzt tun?« Ich umkreise sie zum dritten Mal.

»Führe die Geste aus und renne.« Und mit offensichtlichem Genuss zeigt sie mir ihre beiden Mittelfinger. »Ich werde bei dir sein.«

Ich ahme ihre Geste unverzüglich nach, da ich mir gerade zu viele Sorgen um die Situation mache, um darüber nachdenken zu können, dass die Erwachsenen die ausgestreckten Mittelfinger als obszön ansehen.

Augenblicklich kehre ich durch den vertrauten weißen Tunnel in meinen Körper im Wald zurück.

Der Kiefernduft steigt mir in die Nase, und Phoe ist neben mir, allerdings wieder in ihrer geisterhaften Form.

Sie dreht mir ihren Rücken zu und beginnt zu rennen, während sie mir über die Schulter zuruft: »Lauf.«

Ich springe auf und laufe. Trockene Kiefernnadeln knirschen unter meinen Schuhen. Meine Beine sind müde, aber nicht so sehr, wie sie es am Ende des Spiels waren – was auch logisch ist, da ich ja nicht wirklich all diese Stufen hinaufgestiegen bin.

»Ich denke, ich mag dich lieber so, wie du in der Höhle warst«, denke ich zu Phoe. Lautes Sprechen könnte dazu führen, dass ich schneller außer Atem bin oder, schlimmer, vom Wächter gehört werde.

»Es ist lustig, dass du das sagst«, erwidert sie über ihre Schulter, bevor ihre substanzlose Gestalt sich in Luft auflöst. »Der einzige Grund, warum ich dieses Aussehen überhaupt angenommen habe, war, um dir den Weg zu zeigen. Du musst zur Barriere laufen. Ich brauche meine ganzen Ressourcen für das, was ich als Nächstes tun muss.«

»Barriere?« Mein Herz setzt einen Schlag aus. »Warum?«

»Du hattest eine gute Idee, auf die wahrscheinlich das Spiel gekommen ist, als es dein Wissen benutzte.«

Meine Füße fühlen sich trotz der Bewegung kalt an. »Welche Idee genau?«, frage ich, auch wenn ich denke, dass ich bereits weiß, was sie meint, da sie die Barriere erwähnt hat.

»Ich kann die wenigen Ressourcen, die mir gerade zur Verfügung stehen, dazu nutzen, dich kurzzeitig als Erwachsenen zu autorisieren, zumindest was die Barriere betrifft«, erklärt mir Phoe. »Dann kannst du ihren Bereich betreten. Aber erwarte nicht, dort eine französische Landschaft vorzufinden.«

»Ich denke nicht –«

»Ich muss unsere Verbindung einen Moment lang unterbrechen, solange ich das tue«, sagt Phoe. »Laufe einfach weiter geradeaus. Der Weg bis zur Barriere scheint sicher zu sein.«

»Warte, Phoe«, flüstere ich. »Ich will die Barriere nicht durchqueren.«

Phoe antwortet nicht.

Ich bin allein.

»Ignorierst du mich absichtlich?«, frage ich lautlos.

Keine Antwort.

Also renne ich allein weiter.

Und weiter.

Nach einiger Zeit wird meine Geschwindigkeit gleichmäßig, und ich fühle mich wie ein Roboter – Zweigen ausweichen, Füße bewegen und atmen, alles, ohne bewusst darüber nachzudenken. Durch diesen Automatismus kann ich meine Gedanken wandern lassen. Zuerst gehe ich alles durch, was passiert ist. Als ich dessen müde werde, beginne ich, mir selbst Fragen zu stellen: Wie groß ist dieser Wald? Befanden wir uns an dem Punkt, der am weitesten von der Barriere entfernt ist, oder hat Phoe mich auf einen Weg geleitet, der nicht der direkte ist?

Mein Fuß bleibt an einer Wurzel hängen, ich stolpere und kann gerade noch verhindern, auf einen dicken Baumstumpf links von mir zu knallen. Ich komme ungeschickt auf dem Boden auf, und meine Handflächen rutschen auf Kiefernnadeln und Erde entlang.

Mein Knöchel protestiert lautstark. Ich sehe weiße Punkte, so als hätte ich in die Sonne gestarrt. Ich blinzele dagegen an, drehe meinen Kopf, um aufzustehen – und erstarre.

Jemand hockt hinter dem Baumstumpf und blickt mich an.

Jemand, den ich sehr gut kenne.

Sein Mund ist so weit geöffnet, dass ich mir nicht verkneifen kann zu sagen: »Mann, dir ist aber klar, dass dir etwas in den Mund fliegen könnte?«.

Liam steht auf und kommt zu mir.

»Bist du in Ordnung?« Seine Stimme ist rau. »Wo zur Hölle kommst du her? Warum bist du überhaupt weggerannt?« Sein Ton wird immer ungläubiger. »Warum grinst du mich so blöd an? Verstehst du nicht, in welche erficktenven Schwierigkeiten du dich gebracht hast?«

Erst als er es zur Sprache bringt, bemerke ich, dass ich wirklich grinsen muss. Ich kann nichts dagegen tun. Ihn zu sehen, sein schlecht benutztes Schweinelatein zu hören, verstärkt den einzigen Gedanken, den ich gerade in meinem Kopf habe.

Liam ist okay.

Rational gesehen wusste ich schon, dass nur ein durch das Spiel inspiriertes Objekt meiner Einbildung den Turm hinabgestürzt war. Angst ist aber selten rational, besonders dann, wenn es zu einem derartigen Verlust kommt. Dadurch, dass das verfluchte Spiel auf einer bestimmten Ebene so real gewesen war, hatte es sich so angefühlt, als sei Liam gestorben.

»Hilf mir hoch«, sage ich und kämpfe gegen meinen Drang an, etwas Rührseliges zu sagen. »Was machst du hier?«

Liam vergisst seine Frage und hilft mir dabei, aufzustehen, wobei er murmelt: »Ich wollte diesen Ickernfen nicht dabei helfen, dich zu finden. Da würde ich lieber an Owens Füßen riechen.«

Ich stütze mich auf Liams Arm ab und probiere, mich auf meinen rechten Fuß zu stellen.

Liam schaut mich eindringlich an, also versuche ich, nicht allzu sehr zusammenzuzucken.

Er zieht seine Augenbrauen zusammen, also lasse ich seinen Arm los und versuche, allein zu gehen. Ich muss sofort einen Aufschrei unterdrücken. Ich will nicht, dass Liam mitbekommt, dass ich gerade gegen Übelkeit und den Wunsch ankämpfe, mich wieder hinzusetzen.

»Komm mit mir, Mann.« Liams Augenbrauen ziehen sich zu dem zusammen, was Mark und ich aus Spaß »Stirnraupe« nennen. »Ich bringe dich zur Krankenschwester.«

»Nein, das wirst du nicht«, widerspreche ich. »Ich werde nicht in die Nähe der Erwachsenen gehen.«

»Mann, bist du jetzt völlig durchgedreht?« Seine Stirnraupe wird ganz faltig. »Je länger du hier draußen bleibst, desto schlimmer wird es.«

»Vertrau mir. Es ist unmöglich, dass die Dinge für mich noch schlimmer werden können, egal, was ich tue.«

Als ich diese Worte ausspreche, wird mir die Hoffnungslosigkeit meiner Situation erst richtig bewusst.

Im Gegensatz zu den altertümlichen Flüchtlingen habe ich sehr begrenzte Versteckmöglichkeiten. Selbst wenn Phoe es schafft, mich in den Erwachsenenteil von Oasis zu schmuggeln, reden wir immer noch über eine sehr kleine Fläche bewohnbares Land, die sie durchsuchen müssten, um mich zu finden.

»Ehrlich«, sagt Liam, und mir fällt auf, dass ich etwas, was er gerade gesagt hat, nicht mitbekommen habe. »Ich sollte dich bewusstlos schlagen und dich dann zu deinem eigenen Wohl dorthin schleifen.«

»Liam, glaub mir, ich kann nicht zurückgehen.« Meine Stimme bricht, und ich mache eine Pause, um mich zu räuspern, bevor ich weiterrede. »Bitte versprich mir, dass du ihnen nicht sagen wirst, wo ich bin.«

»Aber dir geht es nicht gut.« Er kaut auf seiner Wange herum. »Du kannst nicht von mir erwarten, dass ich ignoriere –«

Ein Rascheln ertönt von den Bäumen hinter dem Baumstumpf.

Ohne darüber nachzudenken, schmeiße ich mich instinktiv auf den Platz, an dem Liam vorher saß, mache mich ganz klein und ducke meinen Kopf. Der Schmerz in meinem Knöchel ist so stark, dass es mich überrascht, dass ich noch nicht in Ohnmacht gefallen bin.

Das Geräusch von jemandem, der sich durch den Wald bewegt, wird lauter.

Liam tritt näher zu mir, aber schaut mich nicht an. Seine Augen sind auf einen Punkt weit über meinem Kopf gerichtet, hinter dem Baumstumpf.

Er bleibt genau neben dem Stumpf stehen, so nahe, dass ich mich ausstrecken und sein Bein kitzeln könnte, wenn ich zu Späßen aufgelegt wäre.

»Liam«, sagt eine entsetzlich bekannte nasale Stimme. »Hast du dich gerade mit jemandem unterhalten?«

Ich erkenne diese Stimme. Nach dem Spiel denke ich nicht, dass ich sie jemals wieder hören kann, ohne zu erschaudern.

»Hallo, Lehrerin Filomena«, sagt Liam. »Es gibt da etwas, was du wissen solltest.« Er ballt seine Hände zu Fäusten, entspannt sie wieder, ballt sie erneut zu Fäusten und steckt sie schließlich in seine Hosentaschen. »Es hat mit Theo zu tun.«

SIEBZEHNTES KAPITEL

Ich vergesse den Schmerz in meinem Knöchel und spanne mich an, um weglaufen zu können, aber Liam steht mir im Weg. Ich könnte unmöglich springen, ohne ihn dabei umzuwerfen.

»Theodore?« Die Stimme von Lehrerin Filomena wird mit jeder Silbe höher. »Was ist mit ihm?«

»Ich habe ihn gesehen«, sagt Liam. »Ich habe meine Entdeckung gerade in meinen Bildschirm gesprochen.«

»Du hast ihn gesehen?«, wiederholt sie. »Und warum stehst du dann noch hier? Wo ist er?«

Liam zieht seine Hand aus der Tasche. Er hebt sie an und zeigt nach Südosten. »Er ist in diese Richtung gerannt. Ich habe ihm zugerufen, stehenzubleiben. Er hat mich zwar angeschaut, ist aber trotzdem weitergerannt.« Er verlagert sein Gewicht von einem Fuß auf den anderen. »Weißt du, was passiert ist? Warum ist er weggerannt?«

»Mach dir darüber keine Gedanken.« Lehrerin Filomena versucht zwar, beruhigend zu klingen, aber ich finde nicht, dass es ihr gelingt. »Komm mit. Wir können eine größere Fläche absuchen, wenn wir zusammenarbeiten.«

»Okay.« Liam geht einen Schritt nach links und bleibt neben dem Baumstumpf stehen – ich nehme an, um Lehrerin Filomenas Blick auf mich zu blockieren. Ich höre schleppende Schritte und vermute, dass sie wahrscheinlich in die Richtung geht, in die Liam gezeigt hat. Nach einigen Augenblicken folgt Liam ihr.

Ich sitze still da und traue mich noch nicht einmal, einen Blick auf sie zu werfen. Ich massiere meinen Knöchel, während ich abwarte und mich frage, was ich als Nächstes tun soll.

Plötzlich beugt sich eine schattenhafte Gestalt über mich. Ich springe auf und knalle dabei fast mit meinem Kopf gegen den Stumpf.

»Entschuldigung«, sagt Phoe. »Ich wollte dich nicht erschrecken.«

»Das hast du nicht«, sage ich, während ich versuche, mein rasendes Herz wieder zu beruhigen. »Ich blühe bei plötzlichen Bewegungen und bedrohlichen Schatten geradezu auf.«

Sie lacht und führt ihre transparenten Hände zu ihrem gesichtslosen Kopf. Da ich jetzt weiß, wie sie aussehen würde, wenn wir gerade in der Männerhöhle wären oder sie genügend Ressourcen besäße, kann ich mir das verschmitzte, schiefe Lächeln bildlich vorstellen.

Und es ist eine eigenartig schöne Vorstellung.

Phoe räuspert sich. »Wie dem auch sei, du bist jetzt autorisiert, die Erwachsenensektion zu betreten.«

»Großartig.« Ich reibe meinen Hinterkopf an der Stelle, wo ich den Baum berührt habe. »Was du mir nie erklärt hast, ist, wieso ich dorthin gehen sollte. Wäre ich dann nicht das sprichwörtliche Schaf, das sich selbst zur Schlachtbank führt?«

»Nicht unbedingt. Sie werden nicht auf den Gedanken kommen, dort nach dir zu suchen. Zumindest eine Zeit lang nicht.«

Ich nehme den Baumstumpf zu Hilfe, um mich aufzurichten. Mein Knöchel schmerzt, als ich ihn mit meinem Gewicht belaste.

»Scheiße«, sagt Phoe. »So kannst du nicht rennen.«

»Stimmt«, erwidere ich. »Ich kann schon froh sein, wenn ich dorthin humpeln kann.«

»Dann ist es jetzt umso wichtiger, dass du die Barriere überquerst.« Ihre geisterhafte Erscheinung führt eine Bewegung aus, als würde sie sich mit der Hand ruckartig durch das Haar streichen. »Ich kann dir ein Transportmittel besorgen, sobald du dich auf der Seite der Erwachsenen befindest.«

Ich mache einen Schritt und zucke zusammen. »Verdammt. Das tut wirklich weh.«

»Es tut mir leid, dass ich mit meinen derzeitigen Ressourcen nichts gegen deine Schmerzen tun kann.« Ihre Stimme ist voller Bedauern. »Nicht, ohne deinen Schutz gegen äußere Einflüsse aufzuheben, um den du mich gebeten hast.«

Ich balanciere vorsichtig mein Gewicht, als ich einen weiteren Schritt gehe. Ich habe lieber Schmerzen, als dass ich es zulasse, dass sie meinen Kopf beeinflussen.

Plötzlich streckt Phoe ihren Rücken durch und läuft vorneweg. »Komm her«, ruft sie mir zu. »Dort!« Sie zeigt auf den Boden.

Ich humpele zu ihr und blicke auf die Stelle, auf die sie zeigt.

»Das ist ein trockener Ast«, meine ich und versuche nicht einmal, meine Enttäuschung zu verbergen. Sie war so aufgeregt, dass ich erwartet hatte, eine Tarnkappe oder etwas Ähnliches zu sehen.

»Eine Tarnkappe würde extrem komplexe Manipulationen der erweiterten Realität benötigen – und von unzähligen Menschen. Mit meinen mageren Ressourcen habe ich schon Probleme mit deiner. Das – « Sie deutet wie in einer Show mit beiden Handflächen auf den trockenen Zweig. »Das ist ein *Gehstock*.« Sie benutzt diesen überbegeisterten Ton, den ich aus den altertümlichen Werbungen kenne. »Genauso wie ihn alle bekannten Forschungsreisenden benutzten.«

»Eher wie eine Krücke«, murmele ich, aber hebe den Stock auf.

Ich mache vorsichtig einen Schritt, während ich mich auf ihm abstütze. Dann noch einen.

»Viel besser«, gebe ich ungern zu.

»Gut«, sagt Phoe. »Es ist jetzt auch nicht mehr weit bis zur Barriere.«

* * *

»Wir haben gerade die Schwelle überschritten, die Stelle, an der die Angst dich gestoppt hätte, würde meine Autorisation nicht funktionieren«, meint Phoe, als ich bereits das Schimmern der Barriere in einiger Entfernung erkennen kann. Sie schaut mich besorgt an. »Du spürst keine Angst, oder?«

Ich zucke mit den Schultern. »Nichts, was nicht normal wäre. Und damit meine ich normal für jemanden, der von der ganzen Bevölkerung

Oasis' gejagt wird und der das letzte Mal in seinen Tod gestürzt ist, als er diesen Weg gegangen ist.«

»Ich nehme das als ein Zeichen, dass meine Manipulationen funktioniert haben«, meint Phoe. »Du besitzt ganz offensichtlich die Privilegien eines Erwachsenen, die benötigt werden, um diesen Punkt zu überqueren.«

Ich grummele etwas darüber vor mich hin, warum ich das Recht habe, verängstigt zu sein, und bewege mich dabei mit Hilfe meines Stocks/meiner Krücke vorwärts.

Nach einigen Minuten erblicke ich einen langen, kurz geschnittenen Grasstreifen ohne Bäume, der bis zur Barriere reicht, die ich jetzt ebenfalls deutlich sehen kann.

»Ich weiß«, sagt Phoe. »Ich mag diese fehlende Deckung ebenfalls nicht, aber wir können nichts dagegen tun. Wir können es uns nicht leisten, zu dem Teil der Barriere zu gehen, der durch den Wald verläuft.« Sie wirft einen Blick auf meinen Knöchel.

Wir gehen schweigend, bis wir zur Lichtung kommen. »Theo, warte – «, beginnt Phoe zu sagen, als ich hinter dem letzten Baum hervortrete, aber es ist bereits zu spät.

Ich erblicke den Wächter, der gerade aus der Baumreihe etwa zwanzig Meter links von mir herausgetreten sein muss.

»Vielleicht hat er uns nicht gesehen«, meint Phoe eindringlich. »Ziehe dich langsam zurück.«

Ich beginne zu tun, was sie vorgeschlagen hat, als sie zischt: »Egal. Geh zur Barriere.«

Ich schaue zu dem Wächter und sehe, dass er auf mich zu rennt.

Er hat mich also doch gesehen.

Ich knirsche mit den Zähnen und humpele so schnell zur Mauer, wie es mein Knöchel und die Krücke erlauben.

Der Abstand, den ich zurücklegen muss, beträgt etwa fünf Meter. Das ist ein Viertel der Distanz zwischen mir und dem Wächter, beruhige ich mich.

»Aber wenn du deine derzeitige Geschwindigkeit beibehältst, wird er dich trotzdem einholen«, wirft Phoe ein. »Du musst rennen.«

Ich versuche, meine Geschwindigkeit zu erhöhen, aber mein Knöchel protestiert schmerzhaft, indem er wellenförmig pulsiert, und der hölzerne

Stock fühlt sich an, als würde er jeden Moment brechen. Ich werfe einen Blick auf den Wächter.

Er ist näher bei mir, als ich erwartet hatte.

Verzweiflung macht sich in meiner Brust breit. Ich bleibe stehen, hebe den Stock an und schleudere ihn wie ein Speer auf meinen Verfolger.

Er duckt sich zur Seite, um ihm auszuweichen, und sein Fuß bleibt an einem hervorstehenden Stück Felsen hängen. Ich schaue überrascht dabei zu, wie er mit ausgestreckten Gliedmaßen auf den Boden fällt und nach vorne rutscht.

Ich habe einige kostbare Sekunden gewonnen.

Ich gehe schnell humpelnd weiter. Ohne den Stock verwandelt sich das Pulsieren in meinem Knöchel in ein kräftiges Pochen.

Es lohnt sich aber. Ich bin jetzt so nahe an der Mauer, dass ich sie berühren könnte, würde ich meine Hand ausstrecken. Aus dem Augenwinkel sehe ich, dass der Wächter sich wieder aufrappelt.

Ohne die Barriere wie im Spiel zu testen, gehe ich einfach schnell hindurch.

Nichts passiert.

Ich fühle mich nicht, als wäre ich durch eine Seifenblase gegangen, nichts ist nass, und auch sonst spüre ich nichts.

Vor einem Moment noch war ich auf der Seite der Jugendlichen, und im nächsten befinde ich mich bereits auf der der Erwachsenen.

»Das ist so, weil die Barriere nicht real ist«, erklärt mir Phoe neben mir. »Es ist eine erweiterte Realität, die auf den gleichen Prinzipien basiert wie die Bildschirme und meine derzeitige Gestalt.« Sie lässt ihre Hände über ihren Körper gleiten.

Ich antworte nicht. Ich schaue auf die Rasenfläche, die in einen Pinienwald führt, und erkenne, wie sehr sich dieser Anblick von dem im Spiel unterscheidet. Davon abgesehen, dass die Barriere anders funktioniert, sieht diese Seite von Oasis wie ein Spiegelbild des Gebietes aus, aus dem ich gerade komme.

»Ja, klar. Oder hast du erwartet, dass die französische Landschaft erscheint?«, meint Phoe. »Und jetzt nimm schnell hier Platz.« Sie zeigt auf eine Metallscheibe, die auf dem Boden liegt. »Hast du den Wächter schon vergessen? Nur, weil du ihn durch die Barriere hindurch nicht sehen kannst, bedeutet das nicht, dass er nicht jeden Augenblick hier ist.«

Ihre Erinnerung bringt mich dazu, mich umgehend zu bewegen, und ich humpele zu der Scheibe, auf die sie gedeutet hat.

»Das ist nur ein glänzender Metallkreis«, flüstere ich, nachdem ich sie vorsichtig untersucht habe. »Wie nehme ich dort Platz?«

»Wegen deiner Verletzung«, erklärt sie mir, »solltest du dich in die Mitte setzen, am besten im Lotussitz.«

Mein Kopf ist voller Fragen, aber ich trete erst einmal auf die Scheibe. Eine schimmernde Blase formt sich um ihre Kanten.

»Diese dient dazu, dass du sicher aufgehoben bist«, beantwortet Phoe die Frage, die ich gerade stellen wollte. »Jetzt setz dich hin.«

Ich begebe mich in den Lotussitz, in dem ich sogar meinen verletzten Knöchel massieren kann.

Eine schimmernde, geisterhafte Kopie meiner Scheibe erscheint auf dem Boden. Phoe setzt sich in der gleichen Position wie ich darauf.

»Mach das«, sagt sie und hebt ihre Hand, mit der Handfläche nach unten und den Fingern eng aneinander gepresst, an.

Ich ahme sie nach.

Die Scheibe unter mir bewegt sich.

»Bleib sitzen«, sagt Phoe, als ich gerade aufspringen möchte. »Du kannst wegen des Feldes um dich herum sowieso nicht weggehen.«

Die Scheibe bewegt sich sanft und langsam, so als befände ich mich auf einer vereisten Fläche, anstatt auf einem Rasen.

Dann bemerke ich, dass ich nicht auf dem Gras entlanggleite; ich schwebe über ihm.

Phoe beginnt ebenfalls zu schweben.

Zuerst ist sie nur einen Zentimeter über den höchsten Grashalmen; dann schwebt sie auf einmal fast dreißig Zentimeter darüber.

Bevor ich protestieren kann, passiert mir das Gleiche.

Ich befinde mich ebenfalls etwa dreißig Zentimeter über dem Boden, was noch niedrig genug ist, um meine Panik nicht ausbrechen zu lassen, aber hoch genug, um etwas Beängstigendes zu beweisen.

Ich sitze auf einem fliegenden Apparat. Das muss das Transportmittel sein, das Phoe vorhin erwähnt hat.

»Denke nicht darüber nach«, meint sie. »Drehe deine Hand nach rechts, so hier,« – sie kippt ihre Handfläche nach rechts – »um nach rechts zu fliegen.«

Ich kippe vorsichtig meine Hand, und die Scheibe bewegt sich in die gleiche Richtung.

»Das Gleiche gilt für links«, erklärt mir Phoe und macht es mir vor.

Ich folge ihrer Anweisung, und die Scheibe ändert langsam ihren Kurs, bis sie schließlich nach links fliegt.

»Scheiße«, sagt Phoe plötzlich und zeigt auf die Barriere.

Der Wächter tritt heraus und kommt direkt auf uns zu.

»Mach das.« Phoe zeigt mit ihrer Handfläche in einem Fünfundsiebzig-Grad-Winkel nach oben. Auf diese Geste hin schießt Phoes Scheibe im gleichen Winkel nach oben.

Ich schaue auf die Stelle, an der sich der Wächter eben befunden hatte.

Er ist nicht länger dort.

Er befindet sich etwa dreißig Zentimeter neben mir und hat seine Hand in meine Richtung ausgestreckt.

Wenn ich nicht sofort das mache, was Phoe mir gesagt hat, wird er mich ergreifen.

Ich biege meine Handfläche nach oben, wenn auch in einem niedrigeren Winkel als Phoe.

Die Scheibe schießt über den Kopf des Wächters hinweg, so dass seine Hand ins Leere greift. Er macht einen Satz auf mich zu, aber ich bin schon zu hoch, als dass er mich noch erwischen könnte.

»Du bewegst dich gut«, meint Phoe. Irgendwie hat sie es geschafft, jetzt neben mir zu fliegen, auch wenn sie sich bis eben noch weit weg befunden hat. »So wirst du schneller.« Sie schiebt ihre Handfläche ruckartig nach vorne und sieht dabei aus wie einer der altertümlichen Kampfsportler.

Ihre Scheibe bewegt sich schneller. Trotz ihrer relativ hohen Geschwindigkeit fliegt sie erstaunlich ruhig und erinnert mich an einen Stachelrochen, der seinem Opfer folgt.

Zögernd ahme ich ihre Geste nach.

Mein Flugobjekt bewegt sich ebenfalls schneller – viel schneller.

Schlimmer ist allerdings, dass ich wegen der leichten Neigung meiner Handfläche gleichzeitig an Höhe gewinne.

»Das war notwendig«, sagt Phoe beruhigend. »Außer natürlich, du wolltest in die Bäume fliegen.«

Sie hat recht. Ich weiche den nahegelegenen Bäumen aus, indem ich etwa einen Meter über ihren Wipfeln entlangfliege.

»Und jetzt?«, denke ich, hauptsächlich, um mich von meiner zu schnellen Atmung abzulenken.

»Ich habe keine Ahnung.« Phoes Stimme ist in meinem Kopf. Ich nehme an, sie wollte nicht so tun, als ob sie den Wind übertönen könne. »Mein Plan, dich hier zu verstecken, hat allerdings nicht funktioniert.«

Ich nicke und frage mich, wie ich den Wind an meinen Ohren spüren kann, wo ich doch in eine schützende Blase gehüllt bin. Dieser Gedanke wird dadurch unterbrochen, dass ich in einiger Entfernung eine große Stadt erblicke.

Ich starre sie mit offenem Mund an.

Das ist ganz klar keine französische Landschaft, aber ich hatte auch nicht wirklich geglaubt, diese hier vorzufinden. Genauso wenig wie eine solche … Gleichförmigkeit erwartet habe. Warum dürfen die Jugendlichen diesen Bereich nicht betreten, wenn er doch mit seinen geometrisch perfekten Metallkonstruktionen und seinem idyllischen Grün unserem Teil so ähnlich ist, wenn auch in einem anderen Maßstab?

»Der Maßstab ist sehr wichtig«, erklärt mir Phoe. »Du kannst das Verhältnis der Anzahl der Erwachsenen zu den Jugendlichen an diesen Maßstäben ablesen, und dieses Verhältnis kann auch etwas über die Geburtsraten enthüllen.«

Ich löse meine Augen von den entfernten Gebäuden und schaue auf Phoes Scheibe.

»Wie kann dieses Ding überhaupt fliegen?«, frage ich sie. »Ich hätte nicht gedacht, dass das möglich ist.«

»Das habe ich dir schon gesagt: Ich bin nicht wirklich hier«, sagt Phoe. »Die Gestalt, die du siehst, ist ein Konstrukt der erweiterten Realität.«

»Ich meinte *mich*«, erwidere ich. »Wie kann ich auf einer Scheibe fliegen? Ich existiere wirklich.«

»Oh«, meint Phoe, so als ob sie nicht verstanden hatte, was ich meinte. »Das ist so ähnlich wie die Treppen im Zoo und hat wahrscheinlich etwas mit Magnetfeldern und Supraleitern bei Raumtemperatur zu tun.«

»Aha, und warum hast du mir das nicht gleich gesagt?«, frage ich sarkastisch. »Jetzt verstehe ich es natürlich problemlos.«

»Und ich würde auch gar nicht so weit gehen, zu sagen, dass du nicht erweitert bist.« Sie kichert. »Du bist zwar kein Avatar, aber mit deinen Nanozyten bist du trotzdem ziemlich erweitert.«

»Das verstehe ich«, erwidere ich ohne Sarkasmus.

»Dann nehme ich an, dass du ebenfalls verstehst, dass wir nicht weiterfliegen können«, meint Phoe in einem ernsteren Ton. »Sie könnten uns entdecken.«

»Wohin wollen wir überhaupt?«, will ich wissen.

»Ich denke, wir sollten auf die Seite der Jugendlichen zurückkehren, auch wenn das bedeutet, dass wir dort nicht fliegen können.« Sie hebt ihre Hände und massiert sich ihre Schläfen. »Der Wächter, vor dem wir geflohen sind, hat zweifellos unser Zusammentreffen gemeldet und –«

Sie hört auf zu sprechen und stellt sich auf ihrer fliegenden Scheibe hin. Ihr ganzer Körper versteift sich, so als sei sie aus Eis. Sie sieht aus, als würde sie etwas rechts in einiger Entfernung beobachten.

Ich folge ihrem Blick.

»Mist«, sage ich in dem Moment, in dem sie »Scheiße« sagt.

Wie ein Schwarm Zugvögel kommt eine Gruppe Wächter, deren Scheiben die Sonnenstrahlen reflektieren, auf uns zugeflogen.

Phoe erwacht aus ihrer Starre, lenkt ihre Scheibe scharf nach links und ruft: »Folge mir.«

Ich kippe meine Handfläche so scharf, dass ich mir dabei fast meinen Unterarmmuskel zerre. Das Ergebnis ist es allerdings wert.

Ich folge Phoe haargenau.

Wir schießen nach vorne, und die Baumspitzen unter uns verschwimmen zu einem grünen Teppich.

»Halt an, Theo«, schreit Phoe. »Forme deine Hand zu einer Faust, so hier.«

Sie lässt ihren Worten eine Geste folgen, die ich augenblicklich nachahme. Meine Nägel schneiden in meine Handfläche, als ich eine Faust forme, und wir beide halten abrupt an.

In der Richtung, in die wir fliegen, sind ebenfalls Wächter.

Sie sind noch weit entfernt, aber das macht sie nicht zu einem kleineren Problem.

»Links?«, frage ich hektisch. »Oder rechts?«

»Sie haben uns umzingelt. Ich denke, wir sollten nach oben fliegen.«

»Nach oben? Aber –«

»Deine Höhenangst ist ein psychisches Problem«, sagt Phoe. »In diesem Fall ist sie außerdem irrational.«

»Aber –«

»Denk doch nur daran, wie ironisch es wäre, wenn diese Angst, die dir eigentlich dabei helfen soll, zu überleben, jetzt dazu führen würde, dass du getötet wirst«, meint sie und neigt ihre Hand nach oben.

»Na schön«, erwidere ich und strecke meine Handfläche mit den Fingern nach oben, so wie sie es gerade getan hat.

Ich wollte sie eigentlich in einem scharfen Neunzig-Grad-Winkel halten, aber irgendwie ist es nur die Hälfte geworden. Trotzdem gewinne ich an Höhe, und die Bäume unter mir entfernen sich und werden kleiner.

»Jetzt musst du nach vorne fliegen.« Phoes Stimme ist in meinem Kopf. »So schnell wie du kannst.«

Ich bewege meine Hand, wie sie es mir gezeigt hat.

»Und jetzt fliege unvorhersehbare Kurven – das ist unsere einzige Chance.« Sie beginnt, wild hin und her zu fliegen, um ihre Erklärung zu unterstreichen.

Ich folge ihrem Beispiel. Ich habe keine Schwierigkeiten mit diesem Manöver, da meine Hände sowieso vor Angst zittern, was die Kurswechsel begünstigt. Ich steuere so unvorhersehbar, dass selbst ich nicht weiß, wohin meine Scheibe als Nächstes fliegen wird.

Allerdings hilft das nicht.

Die Wächter müssen nicht wissen, wohin ich fliege, wenn sie derart in der Überzahl sind.

»Das sind mindestens sechzig«, flüstert Phoe.

Ich nehme an, dass sie untertreibt, damit ich weniger Angst habe. Ich schätze, dass sich mindestens einhundert Wächter in meinem Weg befinden.

Ich drehe mich herum, aber auch hinter mir sind Wächter in etwa zwölf Meter Entfernung.

Ich schaue nach links – Wächter.

Ich blicke nach rechts – noch mehr Wächter.

Ich werfe einen Blick nach unten – unzählige Wächter fliegen nach oben.

Dann verstehe ich es: die Wächter haben mich eingekreist und kommen von allen Seiten näher.

»Halte an und hebe deine Hände in die Luft.« Phoes Stimme ist ein panisches Flüstern in meinem Ohr. »Wenn sie dich sowieso fangen, dann gehe wenigstens sicher, dass sie dich dabei nicht verletzen.«

Ich blicke mich um. Mein Magen zieht sich vor Entsetzen zusammen.

»Vergiss es«, erwidere ich und hebe meine Handfläche in einem perfekten Neunzig-Grad-Winkel an.

Gleichzeitig katapultiere ich meine Hand nach vorne.

Meine Scheibe schießt nach oben.

Auch wenn ich weiß, dass ich bis zu diesem Punkt geflogen bin, weiß ich erst jetzt, was fliegen wirklich bedeutet.

»Theo, was zum Teufel tust du?«, fragt Phoes Stimme in meinem Kopf.

Ich antworte nicht, aber mein Plan ist so einfach, dass sie ihn bestimmt gleich verstehen wird.

Da ich die Schutzblase um mich herum habe, plane ich, die Wächter über mir zu rammen. Das werden sie nicht erwarten, da nicht einmal ich erwartet hätte, dass ich nach oben fliegen würde.

»Theo, halt an. Dein Plan wird nicht funktionieren.«

Ich ignoriere Phoe und konzentriere mich auf die Wächter.

»Er wird nicht funktionieren, weil ich dich angelogen habe«, sagt sie hektisch. »Du sitzt nicht in einer schützenden Blase.«

Gleichzeitig mit ihren Worten flackert die Blase um mich herum und verschwindet.

»Das war erweiterte Realität«, erklärt Phoe, »wie die Barriere.« Sie hört sich so an, als würde sie gleich weinen. »Ich wollte deine Höhenangst abschwächen, also habe ich –«

Ich höre ihr nicht länger zu.

Ich betrachte den Wächter, der sich mir nähert.

Er, wie alle anderen auch, steht auf seiner Scheibe.

Er hat ebenfalls keine Blase.

Niemand hat eine.

Weil meine nicht real war, genau wie Phoe gesagt hat. Dieses Gerät besitzt keine.

Alle diese Gedanken gehen mir durch den Kopf, während meine Scheibe wie eine Rakete auf den Wächter zurauscht.

Ich bin mir nicht sicher, warum, aber anstatt meine Hand zu einer Faust zu ballen und das Gerät anzuhalten, schiebe ich sie nach vorne, um die Geschwindigkeit zu erhöhen, und stelle mich hin. Die altertümlichen Filme hatten diese Szenen, in denen zwei Autos aufeinander zu rasten, um zu sehen, welches als Erstes ausweichen würde, und in meiner Verzweiflung ist es das Einzige, was mir gerade einfällt.

Der Wächter wird sich entweder bewegen, oder wir werden zusammenstoßen.

Leider hat der Wächter eine dritte Idee.

Er breitet seine Arme aus, so als wolle er mich umarmen.

Mit einer halsbrecherischen Geschwindigkeit prallt mein Körper gegen seinen, und meine Schultern treffen auf seinen Helm, wie eine Kugel auf eine Kevlarweste.

Durch die überwältigende Schmerzwelle hindurch spüre ich, wie mich eine starke Hand ergreift, und ich sehe, wie eine Scheibe wegfliegt.

Offensichtlich hat dem Wächter unser Zusammenstoß nicht so viel ausgemacht wie mir. Während ich mit meinen Armen in der Luft rudere, festigt er seinen Griff und zieht mich auf seine Scheibe.

Aus dem Augenwinkel sehe ich, wie ein weiterer Wächter zu uns fliegt.

Ich versuche, mich zu befreien, aber ich könnte genauso gut versuchen, aus meiner Haut zu fahren.

Der Wächter, der sich uns nähert, hält in seiner Hand einen glänzenden, stockförmigen Gegenstand. Er stoppt vor der Scheibe, auf der ich festgehalten werde, und hält die Spitze dieses Dings an meinen nackten Unterarm.

Ich fühle einen schmerzhaften Schlag, und dann verschwimmt alles vor meinen Augen. Ich öffne meinen Mund, um zu protestieren, aber es ist zu spät.

Ich verliere das Bewusstsein.

ACHTZEHNTES KAPITEL

Die Welt kehrt in Form von benebelten Wahrnehmungen zurück. Ich höre ganz schwache Stimmen.

»Warum sollen wir ihn heilen, wenn er sowieso kontrolliert vergessen wird?«, fragt ein Mann.

»Weil das Protokoll es so vorschreibt«, erwidert ein anderer. »Solange sie keine förmliche Abstimmung im Rat durchgeführt haben, ist er ein Einwohner von Oasis mit allen seinen Rechten, und er ist verletzt.«

»Wir wissen beide, dass die Abstimmung reine Formsache ist«, erwidert die erste Stimme. »Du hast gehört, was Jeremiah gesagt hat. Aber wenn du darauf bestehst …«

Ich spüre einen Nadeleinstich, und Wärme breitet sich in meinem Körper aus, mindert die Schmerzen in meinem Knöchel und meiner Schulter – der Schulter, die der Wächter vorhin in etwas getroffen hat, was mir jetzt wie ein schlechter Traum erscheint.

Ich versuche, meine Augen zu öffnen, aber in diesem Moment nehme ich eine weitere kühle Berührung wahr, und mein Bewusstsein schwindet erneut.

* * *

Ich kämpfe wieder einmal darum, wach zu werden.

Diesmal höre ich keine Stimmen um mich herum.

163

Ich schaue vorsichtig durch einen Spalt zwischen meinen Wimpern.

Ich sehe weißen Boden und einen weißen Stuhl neben mir. Außerdem bemerke ich, dass die Luft nach Medizin riecht. Wenn ich nicht wüsste, wie ernst die ganze Situation ist, könnte ich mir einreden, dass ich mich bei der Krankenschwester –

»Ich weiß, dass du wach bist«, sagt eine unbekannte raue Stimme. »Deine Hirnfrequenz zeigte vor einigen Minuten nur Alpha- und Theta-Wellen an, aber jetzt ist sie anders.«

Ich öffne meine Augen und blicke mich um.

Das ist der Ort, an dem Mark an die Bahre gefesselt war. Dessen bin ich mir sicher.

Schlimmer als diese Erkenntnis ist die nächste. Der Mann vor mir ist das weißhaarige Monster, das Mark die tödliche Spritze gegeben hat.

Ich blinzele die letzten Überreste meiner Müdigkeit weg.

Aus dieser Nähe kann ich nicht anders, als über die lederartige, faltige Haut dieses Mannes und seine trotz Bekleidung offensichtlich schwache Muskulatur zu staunen.

Das sind Zeichen des Alterns, etwas, was in Oasis nicht existieren sollte.

Ich versuche zu sprechen, aber das Einzige, was aus meinem Mund kommt, ist ein rauer Laut.

Die Augen des Mannes sind stechend blau und endlos tief. Er erwidert meinen Blick, und ich fühle mich, als würde ich mich in seinen Augen verlieren, sollte ich weiterhin hineinschauen.

Ich schlucke, versuche erneut zu sprechen, und es gelingt mir, in einem leisen Flüsterton zu sagen: »Wer bist du?« Etwas zu sagen fühlt sich gut an, also füge ich selbstsicherer hinzu: »Was willst du?«

»Ich bin Jeremiah, der Hauptratgeber und Hüter der Information«, antwortet er, und sein Blick wird noch eindringlicher. »Du kannst mich Hüter nennen.«

Der selbstherrliche Ton des Mannes löst etwas in mir aus, und ich erinnere mich daran, dass das genau der Mann ist, der meinen Freund getötet hat.

»Was willst du verdammt nochmal von mir, Jeremiah?« Ich benutze absichtlich das V-Wort. Um seinen hypnotisierenden Blick zu brechen, blinzele ich kurz. »Wie kommt es, dass du wie ein alter Mann aus den Filmen aussiehst?«

Von meiner völligen Respektlosigkeit überrascht, wirft der Hüter einen Blick nach rechts.

Ich nutze diese momentane Ablenkung, um mich besser im Raum umzusehen, und verstehe, dass er auf einen Wächter geschaut hat, so als wolle er sagen: »Was bringen sie diesen Jugendlichen nur bei?«

Der verspiegelte Visor des Wächters lässt keinen Rückschluss auf etwaige Gefühle seines Trägers zu, also wende ich meine Aufmerksamkeit dem Rest des Raumes zu.

Es gibt einen zweiten Wächter hier, im Gegensatz zu der Aufzeichnung von Mark. Bei dem Gedanken daran, was mit meinem Freund geschehen ist, verfalle ich beinahe in Panik, also konzentriere ich mich lieber auf etwas anderes, zum Beispiel diese Sache mit den zwei Wächtern. Sehen sie mich als gefährlicher als Mark an und haben deshalb einen zweiten Wächter hier abgestellt? Natürlich ist selbst ein einziger Wächter zu viel, da ich genauso festgebunden bin, wie mein Freund es war.

»Du kannst deine Finger bewegen«, flüstert Phoe in meinem Kopf.

Glücklich über die Ablenkung von diesem eisigen Gefühl in meinem Bauch, bewege ich meine Finger. Sie sind wirklich nicht immobilisiert. Und ich weiß, worauf Phoe hinauswill. Ich könnte, wenn ich wollte, die obszöne Geste ausführen, um in die Höhle zurückzukehren, und wäre dann nur noch eine weitere Geste vom Spiel entfernt. Der Gedanke daran, das Spiel noch einmal zu spielen, macht mir nicht mehr so viel Angst, wie es das eigentlich tun sollte. Verglichen mit meiner derzeitigen Situation erscheint mein Abenteuer in dem Spiel gar nicht mehr so schlimm.

»Aber mach es nicht. Geh nicht zum Spiel zurück«, flüstert Phoe. »Zumindest noch nicht. Sie können nichts über mich oder das Spiel wissen. Dadurch, dass dein neuronaler Scan auf dem Bildschirm läuft, wäre es gerade zu riskant, da wir nicht wissen, was –«

»Ich sehe wie ein alter Mann aus, weil ich einer bin. Ich bin zweihundertneun Jahre alt«, sagt Jeremiah schließlich und antwortet damit auf meinen Kommentar, den ich vor einer gefühlten Stunde über sein Alter abgegeben habe. »Ich bin einer der Betagten und sollte mit Respekt behandelt werden.«

Das Ausmaß dessen, was er mir gerade gesagt hat, wird mir langsam bewusst. Er ist fast zehnmal so lange am Leben wie ich. Ich muss auf ihn wie ein Kleinkind wirken.

Dann fallen mir viel beängstigendere Dinge ein. Wenn er älter wird, dann tut das der Rest der Betagten wahrscheinlich auch. Und wenn sie altern, bedeutet das, dass alle Bewohner von Oasis es tun – einschließlich mir. Den Jugendlichen wurde beigebracht, dass der Entwicklungsprozess anhält, sobald sie das Erwachsenenalter erreicht haben. Wir alle glauben, dass wir uns nicht mehr verändern, wenn wir erst einmal den Höhepunkt unserer Gesundheit und Reife erreicht haben, was etwa mit vierzig Jahren der Fall ist. Niemand nennt diesen Übergang von einem Jugendlichen zu einem Erwachsenen »altern«. Genauso wurde uns erzählt, dass aus den Erwachsenen Betagte werden, wenn sie weise genug sind, um sich den Führern unserer Gemeinschaft anzuschließen. Altern ist eines dieser altertümlichen Worte wie Hungersnot. Theoretisch entsetzlich, aber praktisch werden sie nicht wirklich verstanden.

»Wenn die Erwachsenen ihren neunzigsten Geburtstag feiern, kommen sie zu uns, den Betagten«, sagt Jeremiah, als habe er erkannt, worüber ich gerade nachdenke. »Bevor sie Anzeichen von Verfall aufweisen.« Er streckt seine mit Altersflecken übersäte Hand vor sich aus. »So kann jeder außer den Ältesten ein langes Leben führen, ohne sich Gedanken über das Altern zu machen, meinst du nicht auch?«

Das alles ist zu entsetzlich, um es aushalten zu können. Wenn das stimmt, bedeutet es, dass wir nicht anders als unsere Vorfahren sind. Es bedeutet, dass wir alt werden und irgendwann sterben.

Da ich damit gerade nicht umgehen kann, schiebe ich den Gedanken beiseite und verschließe ihn in einer Schublade. Ich nehme meinen ganzen Mut zusammen und sage: »Fragst du mich gerade, ob ich dir darin zustimme, dass Ignoranz ein Segen ist?«

»Ich mag das nicht, überhaupt nicht«, flüstert Phoe mit zitternder Stimme. »Er würde dir nicht so viel erzählen, wenn er vorhätte, dich jemals wieder gehen zu lassen.«

»Ich verstehe nicht ganz, Theodore.« Jeremiah blickt mich an, und in seinem blassen Blick blitzt etwas auf, was auf mich wirkt, als sei er verletzt. »Woher kommt diese feindselige Stimmung?«

»Sag nichts über Mark.« Phoes Stimme wird schrill. »Und erzähle ihm nichts, was mit mir zu tun hat.« Ich höre sie schwer in meinem Kopf ausatmen. »Bitte.«

Ich starre Jeremiah wütend an. »Ihr verordnet mir Stille.« Ich strecke meinen Daumen aus, so ausdrucksvoll ich das in meinem gefesselten Zustand kann. »Ihr lasst mich von den Wächtern jagen.« Ich strecke meinen Zeigefinger aus. »Ihr fesselt mich.« Ich drücke meinen Körper gegen die Fesseln, um zu testen, wie fest sie sind. Sie geben natürlich nicht nach, also füge ich bitter hinzu: »Und du hast die Eier, mich zu fragen, warum ich mich feindselig verhalte?«

Er führt eine Geste aus, und ein Stuhl erscheint neben ihm. »Da du das gerade ansprichst, warum reden wir nicht darüber, dass du vor den Wächtern weggelaufen bist?« Er setzt sich auf den Stuhl. »Ich hätte weder von dir noch von irgendjemand anderem erwartet, vor den Wächtern wegzulaufen.«

»Du weißt nicht, was mit Mark geschehen ist«, erinnert mich Phoe.

»Ich bin doch nicht doof.« Meine mentale Antwort ist so unfreundlich, dass ich hinzufüge: »Es tut mir leid, Phoe. Ich habe einen Teil meiner Wut über dieses Arschloch offensichtlich falsch gelenkt.«

»Ich habe deine Wut verdient«, antwortet sie sanft. »Ich konnte dich nicht beschützen.«

»Warum bist du weggerannt?«, wiederholt Jeremiah geduldig. »Und wie hast du es geschafft, die Barriere zu durchqueren und eine Scheibe zu bekommen?«

Ich blicke ihn ausdruckslos an und sage nichts.

»Was ist mit der Stille? Wie bist du aus dem Gebäude gekommen?«, will Jeremiah wissen, und seine Stimme wird angespannter. »Wie hast du die Türen geöffnet?«

Ich zucke mit meinen Schultern, so weit mir das mit den Fesseln möglich ist, und starre auf die Wand hinter Jeremiah, so als ob ihre weiße Farbe interessanter sei als er.

Er seufzt laut. »Was ist mit Markwart?«

Ich zucke zusammen.

Der Hüter kneift seine Augen zusammen, und sein Gesichtsausdruck spannt sich an. Ich verfluche mich für meine instinktive Reaktion. Er hat die Bestätigung dafür bekommen, dass ich den Namen kenne – nicht, dass das eine große Neuigkeit wäre, da ich ja, in meiner Ignoranz, den ganzen Morgen über nichts anderes geredet habe.

»Vergiss es«, flüstert Phoe. »Du hast nichts über das kontrollierte Vergessen gewusst. Das weißt du immer noch nicht, soweit es Jeremiah betrifft.«

Ich streite mich nicht mit Phoe. Ich setze lediglich einen leeren Gesichtsausdruck auf und widerstehe dem Drang, Jeremiah mit Mark zu konfrontieren, was schon schwer genug ist.

»Wer ist Markwart?« Jeremiah fährt sich frustriert mit der Hand durch das Haar und lenkt meine Aufmerksamkeit erneut auf die Tatsache, dass sein Haar sehr dünn ist, besonders vorne. »Warum hast du Grace heute Morgen nach Markwart gefragt?«

»Wir haben lediglich über die Markwarts, die Hüter der Grenzen, gesprochen«, erwidere ich. »Sie haben damals die sogenannten Marken geschützt und verwaltet.« So beiläufig wie möglich strecke ich meinen Nacken, indem ich meinen Kopf von einer Seite zur anderen drehe. »So wie die Betagten hier in Oasis. Du bist der Erste von ihnen, den ich jemals persönlich getroffen habe.«

Jeremiah beginnt aufzustehen, setzt sich aber lieber wieder hin. »Es ist nur eine Frage der Zeit, bis du aufhörst, meine Intelligenz zu beleidigen«, sagt er mit zusammengebissenen Zähnen.

»Aber warum sagst du mir dann nicht«, meine Stimme wird lauter, »an was du bei dem Wort Markwart gedacht hast?«

»Ich bin hier derjenige, der die Fragen stellt. Und du hast sie zu beantworten.« Jeremiahs blasse Wangen röten sich. »Wieso weißt du, wer Markwart war?«

Ich spitze meine Lippen. Lautlos sage ich zu Phoe: »Hast du bemerkt, dass er ›war‹ gesagt hat?«

»Sprich nicht lautlos«, flüstert Phoe. »Was ist, wenn Jeremiah auffällt, dass du etwas vor dich hin murmelst?«

»Lass ihn denken, dass ich ihn lautlos verfluche«, sage ich lautlos und drücke mich gegen meine Fesseln, da ich die Anspannung und die Schmerzen meiner Muskeln spüre.

Jeremiah seufzt, weil ich nicht antworte, und ich beiße meine Zähne zusammen, um ihm keine Beleidigungen an den Kopf zu werfen. Wenn ich meiner Wut freien Lauf ließe, könnte ich etwas sagen, was ich später eventuell bereuen würde. Außerdem scheint ihn mein Schweigen mehr zu ärgern, als wenn ich ihn anschreien würde.

Als ich damit fortfahre, ihn anzustarren, seufzt Jeremiah erneut, und sein Gesichtsausdruck wird unerwartet weicher. »Bitte, Theodore.« Er sieht fast bedauernd aus. »Ich will dich nicht zum Sprechen zwingen, aber …«

»Scheiße«, meint Phoe. »Erzähle ihm *irgendetwas*. Ich mag die Richtung nicht, die er einschlägt.«

»Du willst, dass ich rede?«, denke ich zu Phoe. »Okay.«

Ganz laut, und jede Silbe genießend, sage ich: »Fuck you, Jeremiah.«

Die linke Seite seiner Oberlippe zuckt leicht. »Du lässt mir keine andere Wahl.« Jeremiah schaut auf die Wächter, als hätte er das mehr zu ihnen als zu mir gesagt. Er widmet seine Aufmerksamkeit wieder mir und sagt: »Letzte Möglichkeit, Theodore. Wirst du mir sagen, was ich wissen möchte?«

Ich führe eine Hälfte der Geste durch, die mich in die Höhle bringen würde.

Als Jeremiah meinen Mittelfinger sieht, führt er selbst eine eigenartige Geste durch. Er formt seine ausgestreckte Hand zu einer festen Faust, so als wolle er etwas zerdrücken.

Sein Gesicht sieht bedrohlich aus, und ich zucke zusammen, da ich etwas Unangenehmes erwarte.

»Er hat gerade versucht, dir wehzutun.« Phoe hört sich entsetzt an. »Wenn es funktioniert hätte, wäre es nahezu unerträglich gewesen. Die Geste sollte das Schmerzzentrum deines Gehirns stimulieren.«

Ich überprüfe mich.

Ich spüre überhaupt nichts.

»Das kommt durch den Schutz, den ich um dich herum geschaffen habe«, meint Phoe. »Den Schutz, von dem er jetzt erfahren wird, da du keine Reaktionen zeigst.«

»Ich werde ihn glauben lassen, dass es funktioniert hat«, denke ich zu ihr und schreie animalisch auf.

Für den Fall, dass das Geräusch Jeremiah nicht überzeugt, werfe ich mich außerdem zur Seite, da ich mir überlegt habe, dass ich gleich meine Fesseln besser testen kann, während ich vorgebe, unter Schmerzen zu leiden. Die Fesseln geben leider überhaupt nicht nach.

Jeremiah betrachtet das ganze mit einem immer düstereren Gesichtsausdruck. Seine Augen sind auf den Bildschirm über mich gerichtet.

»Wieso hast du keine Schmerzen?« Das Zucken seiner Oberlippe wird mit ansteigender Stimme deutlicher. »Wie konntest du der Geste zum Bestrafen widerstehen? Hast du gewusst, was ich tat? Woher konntest du wissen, dass du Schmerzen vortäuschen musstest?«

In Gedanken verfluche ich meinen neuronalen Scan, höre auf, mich hin und her zu werfen, und zucke kalt mit den Schultern.

»Es tut mir so leid.« Phoes Stimme wird leiser. »Ich hätte versuchen sollen, deinen neuronalen Scan zu faken. Ich war ein Angsthase. Ich wollte einfach nicht, dass –«

»Mach dir darüber keine Gedanken«, sage ich laut, da ich finde, dass diese Antwort in beide Unterhaltungen passt.

Jeremiah holt aus, so als wolle er diese Geste wiederholen, aber dann hält er inne, zweifellos, weil ihm auffällt, wie sinnlos das sein würde.

Er steht auf und schaut auf den Wächter links von mir, dann auf den rechts von mir. Als würde er seinen Blick beantworten, sagt der Wächter zu meiner Linken: »Er hat auch dem Beruhigungskommando im Gebäude der Stille widerstanden.«

Er muss der gleiche Wächter sein, der mich damals im Flur verfolgt hat.

»Wie hat er das getan?« Jeremiahs Ton ist hart. »Wie konnte er das tun?«

Der Wächter, der gesprochen hatte, zuckt mit den Schultern.

»Warum hast du mir das nicht eher erzählt?« Jeremiahs Stimme steigt an. »Das sind wichtige Informationen.«

»Es tut mir leid.« Der Wächter tritt einen Schritt zurück, aber sein Rücken ist schon an der weißen Wand. »Ich war mir nicht sicher, was gerade passierte. Ich hätte nicht gedacht, dass es möglich ist, zu widerstehen –«

»Das ist es auch nicht.« Jeremiah dreht seinen Kopf ruckartig von einem Wächter zum anderen. »Ich schwöre bei unseren Ahnen, dass es unmöglich sein sollte.«

Der Wächter auf meiner linken Seite zuckt zusammen, so als erwarte er, dass Jeremiah die Bestrafungsgeste auch bei ihm anwendet. Im Gegensatz zu ihm erwidert der andere Wächter den Blick des alten

Mannes ruhig, oder zumindest nehme ich das an – durch den verspiegelten Visor ist das schlecht zu sagen.

»Versteht ihr, warum ich das herausfinden muss?«, fragt Jeremiah die Wächter. »Wir müssen das wissen.«

Der Wächter zu meiner Linken zuckt mit den Schultern.

Der Wächter auf meiner rechten Seite sagt zum ersten Mal etwas. »Vielleicht weiß es jemand anderes aus dem Rat?«

Jeremiah sieht den Wächter abschätzend an, während er gleichzeitig seine Füße weiter auseinanderstellt. »Du bist Albert, stimmt's?«

»Ja.« Der Wächter greift nach seinem glänzenden Helm und nimmt ihn ab.

Er ist ein Mann, eine Tatsache, die ich wegen seiner Stimme auch angenommen hatte. Das Interessante an ihm ist sein Alter. Er ist nicht so alt wie Jeremiah. Er sieht eher so aus wie die Erwachsenen in der Schule.

»Abgesehen von dem grauen Haar und den Falten«, sagt Phoe, »wenn du genauer hinschaust.«

Sie hat recht. Albert hat graue Schläfen, und in den Winkeln seiner strahlenden Augen hat er leichte Falten.

»Das ist mein Name«, sagt Albert und erwidert Jeremiahs Blick »Ja.«

»Dann bist du also neu hier, *Albert*, und ich verstehe deine Verwirrung.« Jeremiahs ruhiger Ton ist bedrohlich. »Ich bin der Älteste im Rat. Der Älteste in Oasis, so gesehen. Und deshalb bin ich der Hüter der Information. Weißt du, was das bedeutet?«

Albert schaut ihn selbstsicher an.

»Es bedeutet, dass *ich* dem Rat solche Dinge erzähle. Es bedeutet, dass ich das einzige Mitglied des Rats bin, das diese Lasten trägt. Ich habe nicht den ›Segen der Ignoranz‹, wie es dieses Kind genannt hat.« Jeremiah holt Luft. »Ich kann keinen Seelenfrieden erreichen, wie man ihn hat, wenn man die furchtbaren Geheimnisse der Staatskunst nicht kennt.« Seine Stimme ist ruhiger, als er hinzufügt: »Ich bekomme nicht einmal den Luxus des kontrollierten Vergessens. Kannst du dir vorstellen, wie das ist? Sich daran zu erinnern, dass seine Freunde verstorben sind?«

Alberts souveräne Maske verrutscht langsam. »Ich wollte nicht respektlos erscheinen«, sagt er, »Ich habe dir lediglich einen Vorschlag unterbreitet.«

»Jeremiah hat das kontrollierte Vergessen öffentlich zugegeben«, flüstert Phoe. »Und die Wächter scheinen darüber Bescheid zu wissen, auch wenn es sich so anhört, als würden die restlichen Betagten ebenfalls kontrolliert vergessen, so wie alle anderen –«

Jeremiah setzt sich in seinen Stuhl und wendet seine Aufmerksamkeit wieder mir zu. »Theo, bitte. Erzähle mir, was ich wissen möchte, und ich werde dich zu Markwart bringen. Er hat nach dir gefragt.«

Seine Lüge und die Tatsache, dass er so plump die kurze Version meines Namens benutzt, machen mich wütend, aber jetzt auszurasten würde ihm nur verraten, dass ich über Marks Schicksal Bescheid weiß. Ich atme tief ein und aus, bevor ich ihn frage: »Willst du jetzt doch über die Markwarts sprechen?«

Jeremiah springt von seinem Stuhl hoch. »Diese Scharade macht mich krank.« Ein wenig von Jeremiahs Spucke landet auf meiner Wange, und ich kann sie nicht wegwischen, weil ich gefesselt bin. Das ist widerlich.

Jeremiah beginnt, vor mir hin und her zu gehen. Er sieht sehr erregt aus. Er bleibt neben Albert stehen, streckt seine Hand aus und sagt: »Gib mir deinen Betäubungsstab.«

Albert greift nach dem metallischen Gegenstand an seinem Gürtel, bevor er plötzlich innehält. Er schaut seinen Kollegen verzweifelt an, aber auch er kann auch nur das sehen, was wir alle sehen: sein eigenes Spiegelbild im Visor seines Partners. Danach wirft er Jeremiah einen unsicheren Blick zu und geht einige Schritte zur Seite.

»Du.« Jeremiah zeigt auf den anderen Wächter. »Gib mir deinen.«

Der Wächter greift ohne zu zögern nach seinem Gürtel und nimmt den metallischen Gegenstand ab, der wie ein Schlagstock der altertümlichen Polizisten aussieht und reicht ihn Jeremiah.

»Weißt du, was das ist?« Der alte Mann hält den Schlagstock drohend vor mich.

»Etwas, was ich dir in den Arsch schieben sollte?« Meine Stimme klingt etwas angespannt. Ich erkenne dieses Ding wieder. Es hat mich in den letzten Augenblicken der Jagd auf den Scheiben außer Gefecht gesetzt.

»Es ist etwas, was wir in unserer Gesellschaft eigentlich nicht brauchen«, sagt Jeremiah mit seidiger Stimme. »Eine Waffe. Ein Relikt aus anderen Zeiten.« Er schlägt den Stock leicht gegen seine linke Handfläche, so als würde er ihn testen. »Sie ist natürlich nicht tödlich, unter normalen

Umständen wird das Opfer lediglich sein Bewusstsein verlieren.« Er dreht einen Knopf an dem Stab. »Mit weniger Spannung allerdings, so wie jetzt, wird sie dich vermutlich nicht umwerfen.« Er drückt einen Knopf auf dem Gerät, und seine Spitze glüht mit einem kleinen Funken, der von einem elektrisch knisternden Geräusch begleitet wird. »Nein, ich denke, dass es, wenn ich es so benutze, ein … eher unangenehmes Gefühl auslösen wird.«

Ich starre ihn an. Ich glaube, er spricht über Folter, eine grausame historische Praxis, die ich niemals verstehen konnte. Das war immer nur ein Wort gewesen, wie Völkermord. Man weiß, was es bedeutet, aber nicht wirklich.

Jeremiah tritt näher an mich heran.

Mein Innerstes wird antarktisch kalt.

Jeremiah drückt die Spitze des Stocks an meinen Hals und drückt auf den Knopf.

NEUNZEHNTES KAPITEL

Ich höre das gleiche knisternde Geräusch wie eben und rieche Ozon. Ein unerträglicher, vibrierender Schmerz folgt. Die elektrische Spannung fließt durch die Muskeln meines Körpers und lässt sie stark zitternd zurück.

Überwältigt schreie ich auf, und in dem Nebel meines Leidens höre ich, dass Albert etwas sagt. Ich kann nicht verstehen, was es ist, weil ich unkontrolliert zucke.

Das schreckliche Gefühl hört auf.

»Was hast du gesagt?«, will Jeremiah von Albert wissen. »Ich dachte, ich hätte mich klar und deutlich ausgedrückt.«

»Es tut mir leid, Hüter, aber ich bin autorisiert, Ratsmitglieder zu kontaktieren, wenn ich es für nötig halte.« Alberts Worte sind kurz und knapp. »Das ist das Vorrecht der Wächter.«

Jeremiah richtet den Stock auf Albert. Dann, wahrscheinlich als ihm auffällt, dass seine Geste drohend wirken könnte, lässt er ihn sinken. »An wen hast du gepetzt?« Seine rheumatischen Augen sind spöttische Schlitze.

»Die geschätzte Ratsfrau Fiona hat darum gebeten, dass du wartest, bis sie hier ist«, erwidert Albert. »Sie ist auf dem Weg.«

Jeremiah schließt eine Sekunde lang seine Augen, bevor er sie wieder öffnet und sagt: »Ich befehle dir, diesen Raum zu verlassen.«

Albert beginnt, nach vorne zu gehen, schaut mich an, dann Jeremiah, und bleibt stehen.

»Da du die Vorrechte angesprochen hast«, sagt Jeremiah in einem gebieterischeren Ton, »meins ist es, dir Befehle erteilen zu können, denen du gehorchen musst. Ist es nicht so?« Er schaut Albert herausfordernd an. »Also, falls das nicht klar sein sollte: das hier ist ein direkter Befehl.«

Albert wirft einen eigenartigen Blick auf die Tür.

Jeremiah dreht seinen Kopf zu dem zweiten Wächter, so als würde er ihn um seine Hilfe bitten, aber dieser bekommt nicht mehr die Gelegenheit, etwas zu sagen. Als ob Albert verstanden hätte, dass sein Protest nicht viel ausrichten würde, verlässt er den Raum, und seine dröhnenden Schritte verhallen im Flur.

Jeremiah schaut auf den verbliebenen Wächter. »Du solltest auch gehen«, sagt er. »Obwohl du und Albert euch nicht an die Ereignisse erinnern werdet, sobald er« – er nickt in meine Richtung – »kontrolliert vergessen sein wird, denke ich trotzdem, es könnte das Beste für alle Betroffenen sein. Außerdem, wenn der Rat dich befragt, bevor das kontrollierte Vergessen stattgefunden hat ...«

Der Wächter nickt und geht gehorsam hinaus.

Jeremiah dreht sich um und blickt mich an. »Entschuldige bitte die ganzen Unterbrechungen.« Er verschränkt seine Arme, achtet aber darauf, die Spitze des Stocks von sich weg zu richten. »Bist du bereit zu reden?«

Ich schüttele meinen Kopf. Ich traue mich nicht, ihm eine trotzige Antwort zu geben, weil mein Mund durch meine Panik ganz trocken ist. Viel schlimmer ist, dass ich Angst habe, ich könnte ihn anflehen, falls ich versuche, etwas zu sagen.

»Du *solltest* ihn anflehen«, sagt Phoe mit verängstigter Stimme. »Der Wächter war dein einziger Verbündeter in diesem Raum und nun ist er weg.« Sie atmet zitternd ein. »Bitte Theo, flehe ihn an. Und wenn das nichts bringt, erzähle ihm alles.«

»Das war die niedrigste Einstellung.« Jeremiahs Stimme hört sich nicht mehr verärgert an, und er sieht fast so aus, als täte es ihm leid und als mache ihn das Ganze traurig. »Bitte, Theodore, rede einfach mit mir. Das ist alles, worum ich dich bitte. Dein Gehirn ist nicht so kaputt, als dass man es nicht reparieren könnte – im Gegensatz zu Markwarts. Wenn du redest, besteht die Möglichkeit, dass ich dich kontrolliert vergessen lassen kann –«

Ich strecke meinen Mittelfinger so weit nach oben, wie es meine Fesseln zulassen.

Jeremiah seufzt laut und fummelt an den Knöpfen des Betäubungsstabs herum.

Ich erstarre.

Er streckt sich erneut nach mir aus.

Ich versuche, ihm auszuweichen, aber die Fesseln halten mich fest.

Zu wissen, wie der Betäubungsstab funktioniert, macht diesen Teil nur noch furchterregender.

Er drückt auf den Knopf des Stabs.

Der Funke erscheint und leuchtet an der Spitze dieses schrecklichen Geräts.

Er berührt mich mit dem Stab am Hals.

Dieses Mal ist der Schmerz, der durch meinen Körper fährt, hundertmal schlimmer. Ich zittere und zucke, werfe mich gegen die Riemen. Ein gewaltiger Schrei entfährt meinem rauen Hals. Ich fühle mich, als müsse ich mich gleich übergeben, oder vielleicht habe ich das auch bereits getan.

»Theo, wenn er das weiterhin tut, könnte dein Herz aufhören zu schlagen.« Ich höre Phoes Stimme wie aus weiter Entfernung. »Hör auf, den Helden zu spielen, und rede.«

Ich kann ihr nicht antworten, nicht einmal in Gedanken. Wahrscheinlich hat sie recht. Der Herzschlag in meinen Ohren erinnert mich an ein Maschinengewehr aus den altertümlichen Filmen, sowohl was die Geschwindigkeit als auch die Lautstärke betrifft.

»Bist du bereit zu reden?« Jeremiahs Stimme schafft es, den Nebel meiner Schmerzen zu durchdringen. »Nicke einfach, sobald du bereit bist.«

Mein ganzes Universum konzentriert sich auf meinen einzigen Wunsch: nicht zu nicken. Selbst als der Schmerz schlimmer wird, konzentriere ich mich einzig und allein darauf, nicht zu nicken.

Es wird zu einem makaberen Meditationsmantra. Ich reite auf den Schmerzwellen und denke nur daran, nicht zu nicken.

Auch wenn mein Blick verschwommen ist, meine ich, eine Bewegung aus Richtung der Tür wahrzunehmen.

Mein Körper verhält sich wie eine Marionette in einem Sturm, wird in alle Richtungen geschleudert, aber solange ich nicht nachgebe, ist mir das egal. Selbst wenn ich schreie; solange ich nicht nicke, ist das in Ordnung – auch wenn es passieren könnte, dass ich die Kontrolle über meine Blase oder Schlimmeres verliere, wenn es noch länger andauert. Aber selbst das wäre egal, solange ich nicht nicke.

»Ich habe gesagt«, ertönt eine laute weibliche Stimme, »hör sofort damit auf.«

Der Schmerz lässt nach, und ich lasse mich gegen meine Fesseln fallen. Ich bin verwirrt. Einen Moment lang dachte ich, es sei Phoe gewesen, die gerade etwas gesagt hat, aber das würde bedeuten, dass Jeremiah sie gehört hätte, was ihn zur zweiten Person machen würde, die das jemals konnte.

»Fiona«, sagt Jeremiah mit hinuntergezogenen Mundwinkeln. »Du solltest mich nicht unterbrechen, wenn –«

»Der Rat hat dich lediglich autorisiert, Sterbehilfe zu geben«, – die ältere Frau rümpft ihre Nase bei diesem Wort – »die von einem oasisweiten kontrollierten Vergessen gefolgt sein sollte.« Sie schaut Jeremiah durchdringend an, während sie sich traut, sich ihm zu widersetzen. »Das –«, sie zeigt mit ihrem schlanken Finger auf mich, und ihr Gesicht sieht angeekelt aus. »Das ist etwas völlig anderes.«

Ihre Stimme ist melodiös. Wenn Phoe in Fionas Alter wäre, würde sie sich genau so anhören, vielleicht habe ich mich deshalb vorhin geirrt.

»Fi«, sagt Jeremiah in einem beschwichtigenden Ton. Er hält den Stab nach oben. »Ich will das nicht tun, aber ich habe Grund zu der Annahme, dass dieses Kind einen Weg gefunden hat, die Technologie der Ahnen zu verfälschen.«

Das ohnehin blasse Gesicht der alten Frau wird unglaublicherweise noch weißer.

Sie schaut auf Jeremiah, und dann auf mich.

Lautlos bewege ich meinen Mund zu einem »Bitte«, da ich annehme, dass es nicht unter meiner Würde ist, diese Frau anzuflehen, die eine Verbündete zu sein scheint.

Sie stellt sich aufrechter hin und schaut Jeremiah an. »Die Ratsmitglieder warten bereits darauf, das zu besprechen«, sagt sie in entschiedenem Ton. »Du kannst alles erklären, wenn wir in der Halle sind.«

»In Ordnung.« Jeremiahs Nasenlöcher beben, und ich erhasche einen Blick auf das dichte Haar in seiner Nase. »Bringen wir es hinter uns.« Er lässt den Stab auf den Boden fallen. »Während ich mit dieser kleineren Unannehmlichkeit beschäftigt bin«, meint er zu mir, »hoffe ich, dass du die Zeit nutzt, um über deine Lage nachzudenken.« Sein Ton wird weicher. »Ich möchte wirklich das Beste für dich.« Er schaut Fiona vielsagend an, »Für alle.«

»Ich bin bereit, dir etwas zu sagen«, erkläre ich ihm mit trockenen Lippen.

»Tu das nicht, Theo«, sagt Phoe. »Reize ihn nicht.«

Sie muss meine Gedanken gelesen haben.

Das ist allerdings egal, weil der alte Mann es nicht getan hat. Er kommt zu mir und sagt begierig: »Erzähle.«

»Fuck you«, sage ich so laut ich kann. »Fuck. You.«

Die alte Frau sieht bei meinen Worten aus, als würden sie sie schmerzen, aber sie sagt nichts dazu. Sie ergreift Jeremiahs Ellenbogen und führt ihn aus dem Zimmer.

Ich blinzele in den leeren Raum.

Phoes geisterhafte Gestalt erscheint vor mir. »Jetzt, Theo«, sagt sie mit zitternder Stimme. »Führe die Geste aus.« Sie streckt ihre Mittelfinger nach oben. »Geh in die Höhle, bevor jemand zurückkommt.«

Ich ahme ihre Geste nach und wünsche mir, Jeremiah könnte sie sehen.

Das weiße Licht, das mich trägt, ist diesmal stromdurchtränkt – zweifellos das Ergebnis der Folter mit dieser spezifischen Naturgewalt, die ich gerade ertragen musste.

Eine Sekunde später ist der weiße Raum verschwunden, und ich stehe in dem Ort der virtuellen Realität, die Phoe meine Männerhöhle nennt.

Meine Fesseln sind verschwunden, genauso wie meine Schmerzen.

Dieses Mal sehen die gefährlichen Gegenstände an diesem Ort freundlich und einladend aus, und Phoe wirkt wieder wie ein echtes Mädchen – ein Mädchen mit Augenringen in ihrem feenhaften Gesicht.

»Geh zurück ins IRES«, sagt sie schnell. »Das Spiel zu schlagen ist unsere einzige Chance.«

»Aber –«

»Erinnerst du dich an die vielen Male, die ich dir gesagt habe, dass gerade keine Zeit ist, um Dinge auszudiskutieren?« Sie spricht so schnell, dass sich die Worte fast überschlagen.

Ich nicke.

»Dieses Mal muss ich dich nicht erst überzeugen, oder?«

»Es ist nur so, dass …« Ich habe durch alles das, was geschehen ist, Probleme zu sprechen. »Ich hatte das letzte Mal so furchtbare Angst.« Als diese Worte meinen Mund verlassen, verstehe ich, wie dumm das, was ich sage, ist. Ich stehe kurz davor, erneut gefoltert zu werden, und mache mir Sorgen, in einem Spiel Angst zu empfinden.

Phoes Gesicht ist schmerzverzerrt. »Wenn ich verhindern könnte, dass du dieses Spiel spielen musst, würde ich es sofort tun, aber das kann ich nicht, und dieses Wissen bringt mich um.« Sie kommt zu mir und legt mir eine Hand auf die Schulter. »Lass dich einfach dieses Mal nicht davon überzeugen, dass es echt ist«, sagt sie sanft, »und dir sollte nichts passieren.«

Nicht echt, wiederhole ich einige Male für mich. *Es ist nicht echt.*

»Das stimmt«, bestätigt sie. »Das wird es wirklich nicht sein.«

Da ich mir über meine begrenzte Zeit im Klaren bin, beginne ich, meine Hände zu heben, um meine Mittelfinger zusammenzuführen.

»Nur noch eine Sache«, sagt Phoe, und ihr Gesicht ist zu einem Kaleidoskop aus Gefühlen verzogen. »Da du den Bildschirm sehen konntest, den ich dir das letzte Mal geschickt habe, sollte ich in der Lage sein, diese Lösung wieder anzuwenden und sogar noch einen besseren Weg zu finden, mit dir in Kontakt zu bleiben. Ich werde jetzt keine Zeit damit verschwenden, es dir näher zu erklären, weil du es sowieso gleich sehen wirst.« Sie drückt meine Schulter. »Natürlich nur, wenn es funktioniert.«

»Okay«, erwidere ich und strecke meine Mittelfinger aus.

»Warte«, meint sie.

Ich halte inne und schaue sie fragend an.

Ihr Gesicht nähert sich meinem, so als wolle sie mir etwas zuflüstern, aber stattdessen spitzt sie ihre Lippen.

Ich starre auf ihre feinen Gesichtszüge und versuche zu verstehen, was sie vorhat.

Ihre Lippen berühren meine.

Endlich verstehe ich es.

Sie küsst mich.

Das fühlt sich völlig anders an als das Küsschen, das sie mir einmal auf die Wange gegeben hat.

Ihre Lippen bewegen sich weich über meine. Sie schmecken wie Blumen.

Automatisch erwidere ich ihren Kuss.

Bevor ich verstehe, was passiert, dringt sie mit ihrer Zunge in meinen Mund ein.

Meine Augen öffnen sich weit, und ich bemerke, dass ihre sittsam geschlossen sind.

Im nächsten Moment zieht sie sich zurück und sagt: »Der soll dir Glück bringen«.

Ich stehe einfach nur wie festgefroren da.

»Und jetzt geh«, sagt sie. »Beeil dich, Theo.«

Ich versuche, meine Mittelfinger zusammenzubringen, aber treffe bei meinem ersten Versuch nicht, so als sei ich einer der Betrunkenen aus den alten Filmen.

Sie ergreift meine Handgelenke und hält meine Arme fest, damit ich meine Mittelfinger zusammenführen kann.

Sie treffen aufeinander.

Ich bin so durcheinander, dass ich den wirbelnden Flug durch den weißen Tunnel fast begrüße.

Als das Strahlen des blendend weißen Lichts nachlässt, sehe ich mich um und verliere den Mut.

Mein Körper schmerzt immer noch von der Folter, und jetzt liege ich schon wieder gefesselt in Jeremiahs verfluchtem weißen Raum.

ZWANZIGSTES KAPITEL

»Das ist nicht echt«, sage ich zu mir selbst. »Das ist IRES, das mich das erneut glauben lässt.«

»Ich befürchte, dass es echt ist«, sagt Phoe in meinem Kopf. »Ich weiß, wie das jetzt nach dem klingen muss, was das letzte Mal in dem Spiel passiert ist, aber das hier ist die echte Welt. Das Spiel hat nicht gestartet. Das ist echt.«

»Das ist ein Spiel«, wiederhole ich und drücke meine Augen ganz fest zu.

»Ich komme herein«, sagt Phoe. »Es ist Zeit, dass wir uns persönlich treffen.«

»Genau das Gleiche hast du letztes Mal gesagt«, erwidere ich und öffne meine Augen.

Sie widerspricht nicht.

Die Tür öffnet sich.

Fiona, die alte Frau, die Jeremiah weggeführt hat, steht an der Tür.

»Theo, ich bin Phoe«, sagt sie, als sie den Raum betritt. »Vielleicht erinnerst du dich daran, dass mein echter Name Fiona ist. Du hast auch gehört, dass Jeremiah mich Fi genannt hat. Freunde nennen mich Fi. Was habe ich dir immer gesagt, wie mein Name ausgesprochen wird?«

»So als würde er sich mit ›sie‹ reimen. Aber das ist alles ein Zufall, und dies hier ist immer noch das Spiel.«

Sie kommt zu mir und macht etwas mit meinen Riemen. Im einen Moment bin ich gefesselt, und im nächsten schon frei.

»Schau in diese Richtung«, sagt Fiona/Phoe und lächelt mich halb warm, halb schelmisch an, was erschreckenderweise genauso aussieht wie eben auf dem jüngeren Gesicht von Phoe. »Selbst wenn das hier ein Spiel ist, wirst du nicht wollen, dass der Jeremiah dieses Spiels dich foltert. Es wird sich genauso real anfühlen wie in der echten Welt.«

Für eine erfundene Person denkt sie wirklich mit.

»In Ordnung, Spiele-Phoe/Fiona.« Ich hebe den Betäubungsstab auf, den Jeremiah auf den Boden fallen ließ. »Was soll ich diesmal für dich tun, um das Ende der Welt einzuleiten? Können wir den Tod irgendwie durch eine Explosion hervorrufen anstatt durch das Goo?«

»Ich bin nur hier, um dich hinauszuführen«, erwidert die alte Frau. »Danach werden wir ein ruhiges Versteck für dich finden und versuchen, dich wieder in das Spiel zu bekommen.«

»Genau«, sage ich sarkastisch. Ich mache Anführungsstriche in der Luft und füge hinzu: »Wieder«.

Sie wirft ihre Hände in einer Ich-gebe-auf-Geste nach oben und geht zielstrebig auf die Tür zu.

Ich folge ihr.

Wir gehen in einen langen grauen Korridor hinaus.

»Hier entlang«, sagt sie und dreht sich nach rechts. »Gehe leiser.«

Ich folge ihr in meiner normalen Gangart und murmele: »Das ist nicht echt«.

»Diese Einstellung wird dein Untergang sein«, sagt Phoe in Gedanken. »Selbst wenn das hier ein Spiel wäre, was es nicht ist, verstehst du nicht, dass wenn du stirbst, du deine IRES-Mission nicht zu Ende bringen wirst? Das bedeutet, dass du dich, sobald du wieder zurück in der sogenannten echten Welt bist, wieder in Jeremiahs Klauen auf dem Tisch in diesem Zimmer befinden wirst.« Sie deutet auf den Raum, den wir gerade verlassen haben.

Ich schüttele meinen Kopf.

Diese Pseudo-Phoe hat weiterhin recht. Oder ist das einfach mein Gehirn?

»Oder IRES spielt verdammte Spiele mit dir.« Phoes mentale Stimme ist voller spöttischer Paranoia.

»Wenn du eine überzeugende betagte Frau sein möchtest, solltest du Abstand davon nehmen, das ›V‹-Wort zu benutzen«, sage ich lautlos.

»Als ob Phoe – ich meine, als ob ich niemals solche Worte gebraucht habe«, sagt sie herausfordernd.

»Das reicht«, flüstere ich. Stimmlos füge ich hinzu: »Ich werde vorsichtig sein.« Zu mir denke ich: »Aber das hier ist immer noch ein Spiel.«

Sie widerspricht mir nicht, da sie gerade um die Ecke biegt.

»Scheiße«, denkt sie. »Da drüben ist ein Wächter. Geh in die entgegengesetzte Richtung.«

Ich drehe mich auf den Fersen um und eile zum anderen Ende des Korridors. Während ich laufe, höre ich, wie sich Fiona freundlich mit dem Wächter unterhält.

Auf meinem Weg zum anderen Ende des Flurs frage ich mich, ob Fiona wirklich Phoe sein könnte – außerhalb des Spiels natürlich. Könnte mein Unterbewusstsein herausgefunden haben, wer sie wirklich ist und es mir dann über IRES mitgeteilt haben? Oder könnte das Spiel es herausgefunden haben, nachdem es mein Gehirn gescannt hat?

»Oder das ist gar kein Spiel«, dringt Phoes Stimme in meine Gedanken ein, »und ich habe dir lediglich gesagt, wer ich wirklich bin.«

Ich antworte nicht.

Ich bin an einer Ecke angelangt und muss vorsichtig vorgehen.

Ich wiederhole das Manöver, das ich im Hexengefängnis durchgeführt habe: ich knie mich hin und schaue langsam unter der Augenhöhe einer normalen Person um die Ecke.

Der Flur sieht sicher aus.

Ich stehe auf und gehe um die Ecke.

Dieser Korridor ist nur halb so lang wie der andere. Mir fällt auf, wie sehr mich das alles an das Hexengefängnis erinnert. Hat IRES das einfach recycelt?

»Wenn das ein Spiel wäre«, meint Phoe, »denkst du wirklich, dass es dich so lange darüber nachdenken lassen würde, ob es ein Spiel ist?«

»Wie kann es mich davon abhalten, das zu denken, was ich möchte?«, erwidere ich in Gedanken. »Und selbst wenn es das tun könnte, würde es die Tatsache, dass ich so sehr an meiner Realität zweifele, vielleicht amüsant finden.«

Phoe antwortet nichts.

Ich gehe schweigend bis zum Ende des Flurs.

Als ich an der Ecke ankomme, wiederhole ich den Trick mit dem Ducken und biege in einen neuen leeren Korridor ein.

»Ist dieser Ort ein Labyrinth?«, frage ich, als ich eine Gabelkreuzung erreiche, von der drei Korridore in verschiedene Richtungen abgehen. »Und wo bist du? Wohin gehe ich? Wie sieht der Plan aus?«

»Nimm den Flur auf deiner rechten Seite und gehe an seinem Ende die Stufen hinab«, sagt Phoe. »Ich warte bereits dort auf dich.«

»Du musst alle meine Fragen beantworten, bevor ich das tue, was du sagst«, denke ich zu ihr. »Also, wie sieht der Plan aus?«

»Wir haben keine Zeit. Nun geh schon, dann wirst du es herausfinden«, sagt Phoe schnell.

Ich denke darüber nach. Ich stelle mir vor, den rechten Flur entlangzugehen und einen Raum weiter unten zu betreten, in dem Fiona mich davon überzeugen wird, einen Knopf mit ihr zu drücken (natürlich mit doppelter Bestätigung). Ein digitaler Countdown, der eine Art Selbstzerstörungsprogramm für diese Einrichtung oder ganz Oasis einleitet, würde zweifellos folgen.

Ich murmele: »Das ist ein Spiel«, und gehe nach links, da es am ehesten das Gegenteil von dem ist, was Phoe möchte.

»Das wirst du bereuen«, sagt Phoe, »sobald du verstehst, wie falsch du gelegen hast.«

Um sie auszublenden, summe ich in Gedanken eine altertümliche Melodie, die glaube ich *In the Hall of the Mountain King* heißt. Diese fesselnde und spannungsgeladene Musik passt perfekt zu meiner Stimmung.

Der graue Korridor erstreckt sich über weitere zehn Minuten.

Dieser Ort ist wirklich ein Labyrinth, was meinen Glauben verstärkt, dass ich mich in einem Spiel befinde. Spiele lieben Labyrinthe.

Eigenartig an diesem Gebäude ist ebenfalls der Mangel an Menschen. Ich habe nach dem Wächter, mit dem Phoe gesprochen hat, keinen weiteren gesehen.

Wie als Antwort auf meine Gedanken höre ich in einiger Entfernung Stimmen.

Toll. Ich hätte nicht vom Teufel sprechen sollen.

Ich gehe leise zu der Ecke des Korridors, von der die Stimmen kommen, und knie mich hin, um einen Blick um die Ecke zu werfen.

Ein weißhaariger Mann steht dort und unterhält sich mit einem Wächter.

Sie haben mir ihre Rücken zugedreht.

»Tu es nicht, Theo«, sagt Phoe in meinem Kopf. »Gehe nicht in ihre Nähe.«

Da sie mir sagt, dass ich es nicht tun soll, beschließe ich, genau das zu machen, was mir meine Instinkte sagen: das genaue Gegenteil von dem, was sie mir rät.

Ich krieche auf dem Boden entlang wie ein Soldat, der sich in feindlichem Gebiet fortbewegt.

Die Männer sind zu versunken in ihre Konversation, um mich zu bemerken.

Als ich in ihre Reichweite komme, hebe ich den Betäubungsstab an und bereite mich darauf vor, ihn zu benutzen.

Ich schaue auf den Drehknopf, den Jeremiah vorhin verstellt hat und versuche, bei der Erinnerung daran nicht zu erschaudern. Ich sehe ein kleines »Plus«-Zeichen auf einer Seite und nehme an, dass ich durch Drehen in diese Richtung die Ladung erhöhen kann – was ich auch sofort tue. Darunter befindet sich ein kleiner Knopf.

Ich strecke die Waffe aus, um damit vorsichtig den Knöchel des Wächters zu berühren. Dann drücke ich auf den Knopf und hoffe, dass der Schock durch seinen weißen Stiefel wirken wird.

Der Wächter zuckt und bricht zusammen wie ein Sandsack.

Ich springe schnell auf.

Die Augen des weißhaarigen Mannes, bei dem es sich um Jeremiah handelt, sehen unglaublich riesig aus.

Ich schwinge den Stab in seine Richtung, aber er weicht ihm aus. Dann springt der Hüter mit einer blitzschnellen Bewegung zum Gürtel des zusammengebrochenen Wächters.

Ich versuche, ihn erneut mit dem Stab zu erwischen.

Ich verfehle ihn.

Als Nächstes benutze ich den Stab wie einen Schlagstock.

Er berührt seine Schulter, aber zu diesem Zeitpunkt hält Jeremiah bereits den Betäubungsstab des Wächters in seinen Händen.

Wie ein Fechter wehrt er meinen darauffolgenden Schlag mit diesem Stab ab, den er gerade an sich gerissen hat.

Seine Bewegungen sind viel zu schnell für die Beschreibungen, die ich über alte Menschen gelesen habe – ein weiterer kleiner Punkt dafür, wie *irreal* das alles ist, was gerade passiert.

»Oder seine Nanozyten helfen ihm dabei, beweglicher zu bleiben«, sagt Phoe. »Außerdem könnte er als Erwachsener gefochten haben. Wenn ich du wäre, würde ich mich allerdings auf den Kampf konzentrieren. Was auch immer der Grund für Jeremiahs Agilität ist, du wirst deshalb nicht gegen ihn verlieren wollen.«

Ich antworte ihr nicht, aber sie hat Recht.

Ich versuche, Jeremiah gegen das Schienbein zu treten.

Er tritt zurück und schlägt mit seinem Stock auf meinen linken Ellenbogen, genau auf den Punkt, den unsere Ahnen unverständlicherweise »Musikantenknochen« nannten.

Mein Arm wird taub und beginnt schmerzhaft zu kribbeln. Einzig und allein der Gedanke an das, was der alte Mann mir angetan hat, hält mich davon ab, meinen Stab fallen zu lassen. Ich konzentriere mich auf diese Erinnerung und zwinge mich dazu, den Schmerz zu ignorieren.

Unsere Vorfahren nannten dieses Gefühl, das ich gerade verspüre, Blutrausch.

Mit einem Schrei, der meinen Gegner aus der Fassung bringen soll, greife ich Jeremiah an.

Ich treffe seinen Bauch, und der Aufprall lässt ihn ohne Luft und mich mit einer tauben Schulter zurück.

Sein Stab fällt mit einem lauten Geräusch auf den Boden, da er sich krümmt und seinen Bauch umklammert.

Für den Fall, dass er gerade versucht, mich auszutricksen, halte ich zur Sicherheit den Stab an seine Haut und drücke auf den Knopf.

Er fällt mit zuckenden Gliedmaßen zu Boden.

Ich weiß, dass ich Mitleid mit ihm empfinden sollte, aber das tue ich nicht. Das ist nur ein Spiel, und selbst wenn es das nicht wäre –

Ich drehe mich gerade noch rechtzeitig um, um zu sehen, dass der Wächter nach meinem Hals greift.

Er muss sich während meines Kampfes mit Jeremiah von dem Stromschlag erholt haben.

Ich ducke mich, und er bekommt mein Haar zu fassen. Meine Kopfhaut protestiert lautstark. Es ist überraschend schmerzhaft, wenn einem derart an den Haaren gezogen wird.

Ich trete ihm in den Unterleib – eine Bewegung, die ich während des letzten Spiels bei einem anderen Wächter angewandt habe. Weil ich seine Unterhaltung mit Jeremiah gehört habe, weiß ich, dass es sich um einen Mann handelt, was theoretisch bedeutet, dass dieser Tritt sehr schmerzhaft sein sollte.

Und trotzdem wird der Wächter lediglich einen kurzen Moment lang ein wenig langsamer.

Ich benutze die Pause, um ihn erneut mit dem Stab zu berühren, und drücke dabei hektisch den Knopf.

Er zittert, aber er fällt nicht um.

Ich stelle den Stab auf die höchste Stufe.

Der Wächter geht zuckend zu Boden.

Zur Sicherheit entlade ich den Stock noch einmal und drehe mich danach wieder zu Jeremiah um.

Der alte Mann versucht gerade, aufzustehen.

Ich berühre seinen Nacken mit dem Stab.

»Keine plötzlichen Bewegungen«, sage ich. »Wir werden jetzt ein wenig nach draußen gehen.«

Ohne zu protestieren, steht er auf und beginnt, den Flur entlangzugehen. Ich folge ihm, als er erst ein kurzes Stück nach links geht, bevor er rechts nach unten abbiegt.

Mein Stab verlässt seinen Nacken nicht.

»Er führt dich in einen Hinterhalt«, meint Phoe. »Er weiß, dass der Stab nicht tödlich ist, also selbst im schlimmsten Fall kannst du ihn nur einmal außer Gefecht setzen, bevor die Wächter dich festnehmen.«

Ich antworte ihr nicht, aber Jeremiah flüstere ich in meinem drohendsten Ton zu: »Wenn ich einen einzigen Wächter sehe, werde ich dich nicht nur mit dem Stock betäuben, sondern dir auch noch so viele Knochen brechen wie ich kann, bevor sie mich festnehmen. Ich habe gelesen, dass die Knochendichte mit steigendem Alter zu einem echten Problem wird. Ich glaube nicht, dass du möchtest, dass ich diese Theorie teste.« Natürlich bluffe ich nur. Allein von dem Gedanken daran wird mir schlecht, aber das weiß er nicht. Zur Sicherheit füge ich hinzu: »Ich denke, ich werde damit beginnen, dir diesen Betäubungsstab in den Mund zu schieben und dann dagegenzutreten. Das wird dir höchstwahrscheinlich den Kiefer brechen.«

Ich habe keine Ahnung, ob meine letzte Drohung überhaupt praktisch möglich ist, aber sie schindet Eindruck. Jeremiah bleibt stehen.

Bis zu diesem Punkt hat er mich einen langen, kurvigen Flur hinuntergeführt.

»Wir müssen wieder zurückgehen«, meint er. »Und an der Stelle, an der wir nach rechts abgebogen sind, nach links gehen.«

»Gehe voran«, sage ich und versuche weiterhin, so bedrohlich wie möglich zu klingen.

Wir gehen schweigend. Sogar Phoe ist still.

»Das würde ich nie wirklich tun«, denke ich, um Phoe zu beruhigen. »Nicht einmal hier in diesem dummen Spiel.«

»Ich weiß es nicht.« Ihr Flüstern hört sich traurig an. »Ohne die Beeinflussungen der Nanos hast du fast das typische neuronale Niveau der Ahnen erreicht, und diese haben alle möglichen Abscheulichkeiten im Namen der Gerechtigkeit und Rache getan.«

»Was wirst du mit mir tun, wenn ich dir den Ausgang zeige?« Jeremiahs Hände zittern, während er geht. »Wirst du mir trotzdem die Knochen brechen?«

»Ich werde den Stab noch einmal benutzen.« Ich weiß nicht, warum meine Stimme einen beruhigenden Ton annimmt; dieses Arschloch hat ihn bestimmt nicht verdient. »Ich werde ihn so einstellen, dass er dich betäubt.«

»In diesem Fall befindet sich der Ausgang fünf Kurven weiter«, sagt er. »Links, rechts, links und links und rechts. Du kannst mich hier betäuben und gehen.«

»Nein«, antworte ich und steche ihn mit der Spitze des Stabes. »In was für eine Falle du mich auch immer schicken möchtest, wir gehen zusammen hinein.«

Den Rest des Weges schweigt er, und seine Arme hängen schlaff an seinen Seiten hinunter.

Wir nehmen die Abzweigungen die er angekündigt hatte, und ich sehe eine Tür, die eine identische Kopie derjenigen im Hexengefängnis ist.

Es scheint so, als habe er mich doch nicht angelogen – zumindest diesmal nicht.

Als wir das Ende des Flurs erreichen, deute ich auf die Tür und sage zu ihm: »Öffne sie, und ich werde mein Versprechen halten.«

Er schaut mich an. Seine Augen sind wässrig. Ohne ein Wort zu sagen, führt er die reguläre Geste zum Öffnen der Tür aus. Die Tür öffnet sich einen Spalt breit. Ich habe die Vermutung, dass sie sich für mich nicht ganz so leicht geöffnet hätte.

»Sollte ich auf der anderen Seite nicht den Außenbereich vorfinden«, sage ich, »werde ich zurückkommen.«

Er nickt, schließt seine Augen fest und krümmt sich, so als warte er darauf, von mir außer Gefecht gesetzt zu werden.

»Du solltest dich hinsetzen«, – ich schaue auf meinen Stab, um sicherzugehen, dass er auf der richtigen Einstellung steht – »damit du nicht hinfällst und dir dabei unbeabsichtigterweise etwas brichst.«

Er schaut mich mit einer Mischung aus Dankbarkeit und Überraschung an. Dann begibt er sich auf den Boden. Sobald ich meine, dass sich sein Po nahe genug am Boden befindet, entlade ich den Stab an seinem Nacken.

Jeremiah sinkt gegen die Wand.

Ich will gerade zum Ausgang gehen, als ich sehe, dass mein Handgelenk schimmert.

Ich schaue genauer hin.

Es ist, als sei eine der altertümlichen Armbanduhren auf meinem Arm erschienen. An Stelle eines normalen Zifferblatts hat dieses Gerät einen winzigen, geisterhaft aussehenden Bildschirm.

Ich erkenne diesen Bildschirm wieder. Ich sah ihn am Ende des letzten Spiels, nur dass er damals größer war.

Mein Puls rast, und ich lese begierig den Text auf ihm.

Ich hoffe, du kannst das lesen, Theo, steht dort. *Hier ist natürlich Phoe.*

Der kleine Bildschirm ist nach diesen zwei Sätzen voll.

Ich starre auf ihn und warte.

Die Buchstaben verschwinden, und eine neue Nachricht erscheint.

Endlich habe ich es geschafft, mich dauerhaft ins IRES hineinzuhacken und diese Armbanduhr an deinem Avatar zu verankern.

»Ich wusste, dass das alles nicht echt ist«, schreie ich in Gedanken zu der Phoe im Spiel, während ich darauf warte, dass sich der Bildschirm erneut lädt.

»Fiona« antwortet nicht. Ich nehme an, dass sie mich nicht länger belästigen wird.

Du hast nicht mehr viel Zeit, ist die nächste Nachricht auf der Uhr. *Ich bin gerade dabei, dir einen Mitschnitt aus der realen Welt auf diesen Bildschirm zu senden.*

Ein kleines Bild erscheint auf dem geisterhaften Display – ein Bild, von dem es mir kalt den Rücken hinunterläuft.

Ich bin darauf zu sehen, zurück in dem weißen Raum, in genau der gleichen Position, in der sich Mark während seiner letzten Momente befand. Jeremiah ist ebenfalls dort. Er sagt gerade etwas. Eine kleine Schrift, so wie die altertümlichen Untertitel, erklärt mir, was er sagt, auch wenn ich es mir genauso gut hätte denken können.

»Warum sieht dein neuronaler Scan so aus?«, fragt der alte Mann in der echten Welt. »Was geht hier vor sich?«

Und dahin ist Phoes Versuch, dieses IRES-Zeug vor Jeremiah und seinen Leuten geheim zu halten. Aber wie ich seinen Bemerkungen entnehme, scheint er wenigstens nicht zu wissen, was mit meinem Gehirn gerade passiert.

Mir fällt ebenfalls auf, wie schnell Jeremiah zurückgekehrt ist und dass er den Betäubungsstab, den er vorhin fallen gelassen hatte, bereits wieder in der Hand hält – den Doppelgänger des Stabes, den ich gerade halte. Das bedeutet, dass die Ratsmitglieder Jeremiah trotz Fionas Bericht die Erlaubnis erteilt haben müssen, ihn zu benutzen. Ich werde mich daran erinnern und etwas gegen derartige Entscheidungen unternehmen, falls ich unwahrscheinlicherweise jemals den Rat treffen werde.

Ich zwinge mich dazu, nicht länger hinzuschauen. Jetzt, da ich weiß, wie die Situation in der echten Welt aussieht, scheint meine einzige Überlebenschance die zu sein, das Spiel zu schlagen und darauf zu vertrauen, dass Phoe mich dank ihrer neugewonnenen Ressourcen retten kann.

Das ist nur eine kleine Chance, aber sie ist besser als keine.

Ich trete den Jeremiah im Spiel in die Seite, allerdings nur schwach, um ihm keine Knochen zu brechen. Trotz allem: Versprochen ist versprochen, auch wenn ich das Versprechen einer imaginären Person gegeben habe, die es nicht einmal im echten Leben verdient hätte.

Als ich diese therapeutische Aktivität vollzogen habe, blicke ich erneut auf die Uhr.

Der Mitschnitt aus dem weißen Raum ist verschwunden, und an seiner Stelle ist der Text zurück.

Theo, steht dort. *Noch etwas.*

Ich gehe zur Tür, während der Bildschirm lädt.

Jetzt, da das IRES weiß, dass du dir sicher bist, dich in einem Spiel zu befinden, – ein weiteres Laden – könnten die Dinge ein wenig eigenartig werden, da es nicht länger an die Grenzen deiner alltäglichen Realität gebunden ist.

»Großartig«, flüstere ich. Dinge, die verrückter werden, hatten mir gerade noch gefehlt.

Die Uhr kehrt zu der Szene im weißen Raum zurück, und jetzt berührt Jeremiah meinen bewusstlosen Körper mit dem Betäubungsstab.

Mein Körper erzittert in dem kleinen Bildschirm, so als habe er Schmerzen.

Zum Glück kann ich hier, in dem Spiel, nichts fühlen, abgesehen davon, dass mein Herzschlag so schnell ist wie ein Falke, der gerade auf seine Beute zuschießt.

Ich fühle mich nicht besser, weil ich den Schmerz, den mir Jeremiah gerade zufügt, nicht spüre – nicht, wenn ich weiß, dass mein Herz in der echten Welt jeden Moment aufhören könnte zu schlagen.

Diese Erkenntnis gibt mir die Kraft zu handeln, und ich gehe schnell zu der Tür, die nach draußen führt.

Ich öffne sie und trete hinaus.

EINUNDZWANZIGSTES KAPITEL

Da ich nicht glauben kann, was ich gerade sehe, umgreife ich meinen Betäubungsstab fester.

Selbst für eine Scheinwelt geht das hier zu weit.

Ich stehe in etwas, was aussieht wie der Grand Canyon, nur vielleicht etwas kleiner. Das Rot und Braun des Kalksteins und des Sandes sehen nicht wie etwas aus, von dem ich erwartet hätte, es jemals in Oasis anzutreffen. Das ist eine Landschaft, die in der Welt nach dem Goo nicht mehr existiert.

Aber die Umgebung ist nicht der verrückteste Teil, und auch nicht die Tür, durch die ich gerade herausgetreten bin, die jetzt wie ein freistehendes Warptor in der Luft hängt.

Nein, der schrägste Teil sind die Kreaturen, die mich umzingeln – und ich benutze das Wort »Kreatur« im weitesten Sinne.

Diese Lebewesen scheinen direkt meinen schlimmsten Kindheitsträumen zu entspringen.

Meinen ersten Albtraum hatte ich, wie viele der anderen Jugendlichen, nachdem wir von der Zerstörung der Welt durch das Goo erfahren hatten, speziell über die Explosion der künstlichen Intelligenz, die zuvor stattgefunden hatte. Es ist dieses ganze Zeug über diese künstliche Intelligenz, das die Erwachsenen in bildlichen Details beschrieben hatten. Sie gingen sogar so weit, uns zu zeigen, wie dieses unheilige, maschinenerzeugte Leben ausgesehen haben könnte und welche Gräueltaten diese Maschinen höchstwahrscheinlich gegen die Ahnen verübt haben, bevor das Goo ihre Arbeit beendet hat.

Jetzt juckt meine Haut, während ich diese Kriechtiere betrachte. Wir haben solche Lebewesen in Oasis eigentlich nicht, aber das bedeutet nicht, dass ich sie deshalb nicht widerlich finde.

Das Tier, das mir am nächsten ist, ist eine »Schlange« – nur dass es sich nicht um eine echte Schlange handelt, die im Vergleich dazu harmlos wäre. Es ist nicht einmal ein Reptil. Es handelt sich um Kabelsalat mit Platinen, die hin und her wackeln, und zwei kleine, dünne Metalldrähte, die eine gegabelte Zunge darstellen sollen.

Etwas weiter von mir entfernt befindet sich eine »Spinne«, die genauso viel mit den Arachnoiden zu tun hat wie die Schlange mit ihren tierischen Verwandten. Es handelt sich dabei um eine achtbeinige Ansammlung aus Sensoren, Chips, Schaltern und Nadeln, die als zangenartige Klauen dienen.

Wenn Dalí die Albträume meiner Kindheit aus alten Computerbestandteilen gebaut hätte, wäre dieser Canyon das Ergebnis gewesen.

Das alles schießt mir in Windeseile durch den Kopf, bevor ich mich endlich in Bewegung setze.

Meine Gedärme rumoren angewidert, während ich über die Schlangen springe.

Zwei Sekunden später schlucke ich meine Galle wieder hinunter, als ich einen Satz über eine Gruppe von Spinnen mache.

Mein Puls rast, aber ich erinnere mich an mein derzeitiges Mantra: *Das ist alles ein Spiel.*

Das Mantra verliert seine Kraft, als eine drei Meter lange, skorpionähnliche mechanische Kreatur vor mir auftaucht.

Ich bleibe abrupt stehen.

Der riesige Skorpion kommt auf mich zu und zertrampelt auf seinem Weg kleinere dieser ekelhaften Kreaturen. Er zoomt mit seinen Linsen auf mich und bereitet seinen Schwanz zum Angriff vor – einen Schwanz, der ein Netz aus verschiedenen Computerkabeln ist, auf deren Spitze sich eine gigantische Harpune befindet.

Ich schlucke und kämpfe gegen meine lähmende Angst an.

Der Schwanz dieses Dings fliegt mit einer unglaublichen Geschwindigkeit auf mich zu.

Ich werfe mich zur Seite, und meine Zähne schlagen aufeinander, als ich auf allen vieren lande, ohne dabei den Stab loszulassen. Ich stolpere auf meine Füße und sehe, dass sich an der Stelle, an der ich eben noch stand, ein dreißig Zentimeter tiefer Graben befindet.

Ein eindringliches, sirenenartiges Geräusch zerreißt die Luft neben mir. Ich wirbele herum und sehe, dass ich neben dem Maul einer anderen riesigen Kreatur gelandet bin – einem Ding, das aussieht wie ein wütender Stegosaurus. Im Gegensatz zu dem echten Dinosaurier ist der Panzer dieses Exemplars aus Metall, und seine Rückenplatten sind Kettensägen.

Ich atme tief ein und hole mit dem Betäubungsstock aus. Aus dem Augenwinkel sehe ich, dass der Skorpion sich vor dem Stegosaurus zurückzieht, so als habe er Angst vor ihm.

Der Dinosaurier öffnet sein Maul und zeigt dabei eine Reihe von Skalpellen, die im Sonnenlicht glänzen.

Ohne zu zögern, vergrabe ich meine Waffe in dem kameraartigen Auge der Kreatur.

Sein kreischender Schrei löst bei einem der uns umgebenden Abhänge eine Lawine aus. Der Skorpion zieht sich verängstigt einige weitere Schritte zurück.

Dieses Geräusch jagt auch durch meine Nerven einen instinktiven Angstschauer – was sich als gut erweist, da mein Finger dadurch auf dem Knopf zuckt und die Spannung des Stabes immer wieder aktiviert.

Der Stegosaurus vibriert, und eine faulig riechende, braune Flüssigkeit läuft aus seiner Augenhöhle.

Ermutigt, drücke ich erneut auf den Knopf, während ich den Skorpion, der sich gerade von seiner Angstattacke erholt, misstrauisch im Auge behalte.

Der Saurier jault erneut, und ich rieche verbranntes Gummi und Drähte – zumindest nehme ich an, dass es das ist, was diesen abscheulichen Gestank hervorruft.

Mit einem letzten starken Zucken fällt die Kreatur auf die Seite, und ich bleibe mit dem schleimüberzogenen Stab in der Hand stehen.

Meine Lippen verziehen sich bei dem Anblick dieser schleimigen Substanz, und ich stecke den Stock in meinen Hosenbund. Ein ekelerregendes Rinnsal mechanischen Blutes läuft mein Bein hinunter, aber ich habe keine Zeit, mir darüber Gedanken zu machen.

Ich renne um die Ruine des metallenen Körpers des Dinosauriers und betrachte die Kettensägen, die seine Rückenplatten darstellen. Sie haben aufgehört zu rotieren, aber ansonsten sehen sie so aus, als würden sie noch funktionieren.

Ich rümpfe meine Nase, als ich eine von ihnen herausziehe. Sie hat eine Schnur, an der ich ziehen kann, also nehme ich sie in die Hand.

Ein Schatten schiebt sich über mich.

Mit einer ruckartigen Bewegung weiche ich zur Seite aus. Unter herkulesartiger Anstrengung schaffe ich es, die Kettensäge in meinen Händen zu behalten. Ich nehme an, dass es das Beste ist, mich zuerst zu bewegen und danach herauszufinden, was mich gerade töten möchte.

Und das, was mich töten möchte, ist der Schwanz des Skorpions. Er hat die Erde einen Zentimeter neben meinem Fuß erwischt, also genau dort, wo sich bis vor einem Augenblick noch mein ganzer Körper befand.

Mit einem kühleren Teil meines Kopfes stelle ich fest, dass er einen Moment benötigen wird, um die Harpune aus dem Boden zu ziehen.

Krampfartig ziehe ich an der Schnur der Kettensäge – eine Bewegung, die ich in dem ersten und letzten Horrorfilm meines Lebens gesehen habe.

Ich erwecke die Kettensäge zum Leben.

In einem Bogen schwinge ich die dröhnende Waffe zum Schwanz des Skorpions.

Das Kreischen von Metall auf Metall löst auf meinem Körper eine Gänsehaut aus.

Der Schwanz des Skorpions gibt nach, und eine blau-grüne Flüssigkeit läuft heraus, die sich in den Boden aus Sandstein frisst.

Ich reiße die Kettensäge heraus und renne, während ich die Waffe fest an mich drücke. Stinkende Benzinabgase steigen auf, und ich fühle mich, als würde ich ersticken. Hinter mir höre ich den dumpfen Aufschlag von etwas Riesigem, das auf dem Boden aufkommt, und als ich mich umdrehe, sehe ich, dass der verstümmelte Körper des Skorpions zuckt.

Ich richte meine Aufmerksamkeit wieder auf den Boden vor mir und sehe gerade noch rechtzeitig, dass eine lange Schlange es auf mein Bein abgesehen hat.

Ich atme den Benzingestank ein, während ich die vibrierende Kettensäge in Richtung Schlange schwinge und sie zerteile.

Ein weiteres Monster weniger, und wer weiß wie viele noch vor mir.

Eine neue Schlange schleudert ihren mechanischen Körper auf mich, und ich zerhacke sie, ohne dabei langsamer zu werden. Ein Tausendfüßler ist als Nächster dran, und ihn erledige ich ebenfalls, auch wenn meine Muskeln durch die Anstrengungen schmerzen, die schwere, brummende Kettensäge zu kontrollieren. Danach folgen eine menschengroße Robo-Kakerlake und einige insektenartige Kreaturen, die ich schlecht einordnen kann. Ich zerhacke sie alle und ignoriere dabei den Schweiß, der mein Gesicht hinunterläuft. Als ich mich erneut umsehe, ähnelt die Spur, die ich zurückgelassen habe, einem altertümlichen Computerlager nach einer Explosion.

Die Kreaturen scheinen jetzt vorsichtiger zu sein, also renne ich ohne Zwischenfälle weiter und kann die Zeit nutzen, um die nahegelegenen Felswände zu betrachten.

Auf einer von ihnen sehe ich etwas Bekanntes und halte darauf zu.

Eine Vogelspinne geht mir nicht rechtzeitig aus dem Weg, weshalb ich meine Kettensäge erneut schwinge und dabei die Hälfte ihrer Gliedmaßen aus einem Drahtgeflecht abtrenne. Mein Atem rattert in meiner Brust, und meine Beine brennen durch die Anstrengungen des Laufens. Als ich mich der Felswand nähere, vergesse ich allerdings, wie kaputt ich bin.

Auf ihrer Spitze befindet sich ein neonfarbenes »Ziel«-Zeichen.

Es ist genau so, wie ich es vermutet hatte. Dieses Ziel ist ein Doppelgänger dessen, das ich auf dem Dach des Turmes nicht erreicht habe.

Allerdings befindet sich dort noch etwas anderes.

Ich muss meine Augen zusammenkneifen, um es zu erkennen, aber ich bin mir ziemlich sicher, dass gerade ein paar Türen auf der Felswand erschienen sind, die surreal in der Luft hängen.

Gestalten mit Helmen treten aus ihnen heraus.

Es sind Wächter – nur dass etwas an ihnen anders ist. Aus dieser Entfernung habe ich aber Schwierigkeiten, zu erkennen, was es ist.

Die Kreaturen um mich herum fliehen vor der Felswand.

Wenn sich das blöde Zeichen nicht auf ihr befinden würde, würde ich dem Beispiel dieser mechanischen Tiere folgen. Stattdessen renne ich auf die Steilwand zu. Da sich gerade nichts auf meinem Weg befindet, riskiere ich einen Blick auf die geisterhafte Uhr an meinem Handgelenk.

Der Jeremiah in der echten Welt hält nicht länger den Betäubungsstab in seiner Hand. Er sagt etwas zu meinem bewusstlosen Ich. In den kleinen Untertiteln steht: »Die Zeit, die mir der Rat zugestanden hatte, ist abgelaufen. Das ist deine letzte Chance, etwas zu sagen oder uns wenigstens deine Gedanken beeinflussen zu lassen. Ich weiß, dass du dich gerade nicht in der Einheit befindest, die ich unserem normalen Protokoll folgend eingeleitet hatte. Du solltest wissen, dass die Einheit die Sterbehilfe schmerzfrei macht. Ohne sie wird die Verlangsamung deiner Gehirnaktivitäten äußerst unangenehm sein.«

ZWEIUNDZWANZIGSTES KAPITEL

Mein Magen zieht sich zusammen. Ich hätte nicht auf die Uhr schauen sollen.

Ich versuche, mein Entsetzen zu verdrängen, und schaue nach oben.

Die Felswand sieht aus der Nähe viel höher aus – unmöglich viel höher, so als habe das Spiel sie wachsen lassen.

Da ich mir der tickenden Uhr in der echten Welt bewusst bin, lasse ich die schwere Kettensäge fallen und versichere mich, dass mein Betäubungsstab sicher in meinem Hosenbund steckt. Ich murmele: »Das ist nicht echt«, suche mir einen Stein, der aus der Wand hervorragt, und ergreife ihn mit meiner rechten Hand, bevor ich meinen Fuß auf den felsigen Vorsprung am Boden setze. Dann stoße ich mich ab und lege meine linke Hand auf einen höhergelegenen Stein, sobald ich mit meinem anderen Fuß einen Halt finde.

Ich erinnere mich daran, altertümliche Werbungen für Urlaubsreisen gesehen zu haben, in denen die Menschen gelacht haben, während sie Felswände hinaufgeklettert sind. Angeblich haben sie das aus Spaß an der Sache gemacht und nicht, um Gefahren zu entkommen oder zu einem wichtigen Ziel zu gelangen. Ich habe es ihnen damals nicht geglaubt, und jetzt bin ich mir sicher, dass die Erwachsenen diese Filme erschaffen haben. Sie wollten wahrscheinlich sicherstellen, dass unsere Vorfahren noch verrückter erschienen, als sie sowieso schon waren (und soviel ich weiß, waren sie ziemlich irre).

Ich muss einen Schrei unterdrücken, als ich mich etwas mehr als einen Meter über dem Boden befinde.

Als ich die Drei-Meter-Marke erreiche, bin ich mit kaltem Schweiß bedeckt, und meine Hände zittern.

Einige Seile fallen von oben herab.

Ich blinzele überrascht und betrachte eines von ihnen, das in meiner Nähe hängt.

Es sind keine richtigen Seile, wie ich zuerst gedacht hatte. Stattdessen sind sie aus mehreren Kabeln gebunden – einige aus silbernem Metall, einige aus bronzefarbenem und viele mit Gummiüberzug (oder was auch immer die Ahnen benutzt haben) in allen Farben des Regenbogens. Ich erinnere mich an einen Film, in dem jemand eine Bombe entschärfen musste – eine Bombe, die diese Art von Kabeln besaß.

Könnte dieses Seil von den Wächtern kommen, die ich vorhin aus diesen warpähnlichen Türen neben dem Zielzeichen herauskommen sehen habe?

Mein Puls schlägt in meinem Hals, als ich einen besonders guten Halt für meinen linken Fuß finde und mich auf das vorbereite, was jetzt kommen wird.

Erneut steigt mir der Gestank von verbranntem Benzin in die Nase. Er wird begleitet von einem zischenden Geräusch.

Die Zeit scheint sich zu verlangsamen.

Ich lecke über meine Lippen, die so trocken sind, dass sie sich wie Sandpapier anfühlen.

Ein Wächter rutscht an einem der Seile hinunter.

Allerdings ist er gar kein echter Wächter. Der Visor der Kreatur ist kaputt, und im Helm befindet sich kein Gesicht – nur eine verkohlte Hülse. Wo die Augen sein sollten, befinden sich blutrünstige Kameras. Seine Schulter- und Beingelenke glänzen in den unterschiedlichen Metalltönen der verschiedenen elektronischen Bauteile.

Wenn ein altertümlicher Computer und ein Staubsauger einen Wächter fressen würden, wäre diese Kreatur genau das, was sie auskotzen würden.

Der »Wächter« hält eine riesige Gartenschere in seiner weiß behandschuhten Hand. Er zielt mit der Waffe auf meinen Bauch.

Ich drehe mich, ducke mich weg und rutsche beinahe ab.

Meine Höhenangst ist kaum auszuhalten.

Als ich erkenne, dass ich mich nicht länger an diesem Felsen festhalten kann, stoße ich mich mit meinem Fuß ab und hänge mich einige Zentimeter unter meinem Gegner an sein Seil.

Anstatt mir seine Schere in den Kopf zu rammen, beginnt der Wächter, das Seil über seinem Kopf durchzuschneiden.

Ich verfluche mich. Wenn das Ziel dieser Kreatur ist, mich von dem Zeichen auf der Felswand fernzuhalten, würde sie selbstverständlich selbstmörderisch handeln. Die einzige gute Sache ist, dass diese Kabelmischung so aussieht, als sei sie zu fest, um leicht von der Schere durchtrennt werden zu können.

Mir bleiben einige Sekunden, um zu handeln.

Ohne nachzudenken, wickele ich das Kabelseil so um meinen rechten Knöchel wie die verrücktesten Ahnen von allen: die Trapezkünstler.

Mit zitternder Hand greife ich in meinen Bund und nehme den Betäubungsstab heraus, den ich auf eine niedrigere Stufe stelle – ein wenig unter die Betäubungsstärke.

Ich atme tief ein, um meinen rasenden Herzschlag zu beruhigen, vergrabe den Stab zwischen den Kabeln, aus denen das Seil besteht, und achte dabei darauf, dass die Spitze so viele ungeschützte Kabelstränge wie möglich berührt. Wenn ich das in Physik richtig verstanden habe, sollte die Elektrizität an diesem Seil nach oben und unten wandern, und der Stab sollte sich nicht von der Stelle bewegen.

Mit einer übelkeitserregenden Erinnerung daran, wie Jeremiah mich gefoltert hat, drücke ich auf den Knopf.

Der Schock durch den Schmerz und mein unkontrollierbares Zucken führen dazu, dass meine Hände das Seil loslassen. Mit fliegenden Armen falle ich, aber das Seil, das ich um meinen Knöchel gebunden habe, verhindert, dass ich zu tief falle. Während ich schreie, wird mein Sturz auch schon abgefangen, und ich hänge kopfüber wie ein Pendel. Mein Rücken schabt an der Felswand entlang, und mein Fuß fühlt sich an, als würde er gleich abreißen.

Am schlimmsten ist, dass das Seil beginnt, sich von meinem Knöchel zu lösen, und ich Gefahr laufe, mir deshalb in die Hose zu machen.

Ich spanne meine Bauchmuskeln so stark an wie ich kann und greife nach oben, um mich am Seil festzuhalten. Meine Arme zittern, während ich das Ergebnis meines verrückten Stunts betrachte.

Der Wächter hängt immer noch am Seil, aber seine elektrischen Komponenten spielen verrückt.

Ich löse das Seil von meinem Knöchel und klettere höher an ihm hinauf. Meine Handflächen sind durch den Schweiß rutschig, und ich greife nach dem Stab, der immer noch in den Kabeln hängt.

Der Wächter schwingt seine riesige Schere ungeschickt nach mir. Funken fliegen, als seine Gelenke durch die Bewegung quietschen.

Ich fange seinen Schlag mit meinem Betäubungsstab ab und verliere durch den Aufprall beinahe den Halt.

Er zieht die Schere zurück, aber bevor ich mich freuen kann, wirft er sie auf mich. Ich versuche, das Geschoss abzuwehren, aber die scharfen Schneiden fahren über meine Brust und hinterlassen eine Spur aus brennendem Schmerz. Ich schnappe nach Luft, als Blut aus dem Schnitt läuft, und mein Magen zieht sich vor Übelkeit zusammen.

Die Kreatur zuckt heftig an dem Seil.

Ich weiß nicht wie, aber ich schaffe es, das Seil einige weitere Zentimeter hinaufzuklettern, während ich das übelkeitserregende Tropfen meines Blutes ignoriere.

Meine Finger berühren das Metall am Körper der Kreatur, und ich drücke auf den Knopf des Betäubungsstabs.

Der Wächter zuckt.

In meinem Kopf dreht sich alles, und ich erhöhe die Spannung des Stabes, ohne den Knopf dabei loszulassen.

Die Bewegungen des Wächters werden langsamer.

Ich erhöhe die Spannung weiter, bis ich den Betäubungsmodus erreiche.

Teile der Kreatur werden zusammengeschweißt, bevor sie das Seil loslässt und mit dem Kopf zuerst zu Boden stürzt.

Ich zittere vor Erleichterung, stecke den Stab wieder in meinen Hosenbund und schaue mich um.

Es gibt zwei weitere Seile in meiner Nähe, jedes etwa drei Meter von mir entfernt, an denen entschlossen aussehende Wächter hängen. Sie schaukeln mit ihren Seilen hin und her, da sie offensichtlich versuchen, näher an mich heranzukommen.

Ich wickele meine Beine fest um mein Seil, ziehe mir das T-Shirt aus und stöhne dabei vor Schmerzen auf. Meine Brust strahlt einen unerträglichen Schmerz aus, als ich das Shirt in lange Streifen zerreiße, die ich um meine Brust wickele, um die Blutung zu stoppen.

Die Schmerzen werden so stark, dass ich fast das Bewusstsein verliere.

Als die weißen Flecken vor meinen Augen verschwinden, stelle ich fest, dass kein Blut mehr an mir herunterläuft, auch wenn meine Behelfsbinden bereits von ihm durchtränkt sind.

Ich löse meine Beine aus dem Seil und klettere hinauf.

Die Wächter an den anderen Seilen klettern ebenfalls, während sie dabei hin und her schwingen. Sie kommen mit jeder Bewegung näher.

Wenn ich über ihre unaufhaltsame Annäherung nachdenken würde, fiele mir auf, dass ich erledigt bin. Also ignoriere ich sie und konzentriere mich stattdessen darauf, meine Hände am Seil nach oben zu bewegen und mich hinaufzuziehen. Danach halte ich mich mit den Beinen am Seil fest und wiederhole das Ganze. Ich klettere nach oben, bis ich den größten Fehler der letzten halben Stunde begehe.

Ich schaue ungewollt nach unten.

Adrenalin schießt ein.

Mein Kiefer spannt sich an, und mein ganzer Körper blockiert sich. Ich kann weder meine Arme noch meine Beine bewegen; sie haben sich krallenartig um das Seil geklammert.

Beruhige dich, sage ich mir. Ich bin bereits auf die häufigsten Phobien der Menschen getroffen – künstliche Intelligenzen, Spinnen, Schlangen, Cyborgs – und nichts davon hat mich so stark mitgenommen. Was ist an diesen Höhen so besonders? Wenn Phoe hier wäre, würde sie mir wahrscheinlich sagen, dass mein hyperaktiver Mandelkern daran schuld ist oder so etwas in der Art. Sie würde mich auffordern, die Zähne zusammenzubeißen und mich nicht zum Sklaven meiner Biologie machen zu lassen.

Nichts davon hilft. Ich kann mich immer noch nicht bewegen. Irrationale Ängste können nicht durch eine rationale Analyse beseitigt werden. Ich bin etwa drei Meter von der oberen Kante der Felswand entfernt, aber es könnte sich genauso gut um einige Kilometer handeln.

Ich zwinge meine Arme dazu, sich zu bewegen, da ich bemerke, dass mir durch den Blutverlust immer schwindeliger wird.

Plötzlich spüre ich einen quälenden Schmerz auf meinem Kopf.

Eine behandschuhte Hand hat mich beim Schopf ergriffen – eine Hand, die zu dem Wächter rechts von mir gehört.

Der Schmerz reißt mich aus meiner Lähmung.

Ich ziehe meinen Kopf ruckartig weg, so dass dieses Wächter-Ding ein Stück blutige Kopfhaut in seiner Hand hält, während es von mir weg schwingt.

Die Wunde, die es hinterlassen hat, muss tief sein, denn mein Gesicht ist blutüberströmt. Trotzdem bin ich der Kreatur fast dankbar dafür, meine Blockade aufgehoben zu haben.

Ich steige weiter nach oben und unterdrücke für den Moment meine Höhenangst.

Linke Hand.

Rechte Hand.

Aus dem Augenwinkel sehe ich einen Schatten.

Der Wächter, der mir mein Haar ausgerissen hat, schwingt erneut auf mich zu.

Hektisch werfe ich einen Blick nach links.

Sein Partner ist auch gleich bei mir, und er hält etwas Scharfes in seiner Hand – eine Kreuzung aus einer Schraube und einem Schwert.

Ich spanne mich an und stelle meine Füße fest gegen die Wand.

Mit angehaltenem Atem lasse ich die Wächter näher kommen.

In genau dem richtigen Moment nutze ich meine ganze Kraft dazu, mich mit meinen Beinen von dem Felsen abzustoßen.

Ich fliege etwa einen Meter weit von ihm weg.

Die Wachmänner stoßen zusammen, und das schwertähnliche Ding erwischt den Wächter auf meiner rechten Seite.

Ich strecke meine Beine aus. Gleich werde ich wie Tarzan zu ihnen zurückschwingen.

Meine Füße treffen die Wächter. Ich erwische den linken am Helm und den rechten an der Schulter.

Keiner der beiden versucht, sich zu wehren, was bedeutet, dass sie entweder von meinen Tritten oder ihrem Zusammenstoß wie betäubt sind.

Bevor sie sich erholen können, festige ich den Griff meiner linken Hand am Seil und ziehe mit der rechten den Betäubungsstab hervor. Mit einer flüssigen Bewegung steche ich den Stab in die rote LED, die das Auge des Schwertbesitzers darstellt. Ich drücke auf den Knopf. Sein Kopf steht kurz davor, durch den Stromschlag zu explodieren. Ich lasse den Betäubungsstab in den Überresten seiner Augenhöhle stecken und greife nach dem Griff seines Schraubenschwertes. Wie ich mir gedacht hatte, hat mein Angriff seine Finger gelockert. Ich reiße das Schwert aus der Hand des Wächters und gleichzeitig aus dem Körper seines Partners. Ich versuche, es mit einer schroffen Bewegung aus ihm zu entfernen, um dabei so viel seines Innenlebens zu zerstören, wie ich kann.

Bevor sich einer der beiden Wachmänner erholen kann, halte ich das Schwert wie ein Pirat zwischen meinen Zähnen und benutze meine Arme, um mich so schnell wie möglich am Seil nach oben zu ziehen. Nach etwas mehr als einem Meter trete ich gegen ihre Köpfe.

Meine Angreifer verlieren ihren Halt am Seil und fallen in die Tiefe.

Einer von ihnen stürzt ohne ein Lebenszeichen ab, während der andere beginnt, mit seinen zangenartigen Fingern durch die Luft zu fahren.

Mit einem metallenen Geräusch schafft es diese Kreatur, sich einige Meter unter mir am Seil festzukrallen.

Das Seil wackelt, und ich verliere fast meinen Halt.

Ich hoffe, dass er das Seil nicht weiterhin stark bewegen wird, und entschließe mich zu einem riskanten Manöver. Ich löse meine rechte Hand vom Seil und greife nach dem Schwert zwischen meinen Zähnen.

Der Wächter beginnt, nach oben zu klettern.

Auch wenn meine Schwerthand durch die Angst angespannt ist, kämpfe ich mich durch die Drähte unter mir.

Der Wächter kommt näher.

Ich fahre damit fort, das Seil zu zerteilen. Jeder Aufschlag des Schwerts zerschneidet einige der verflochtenen Drähte.

Die Kreatur nähert sich mir weiterhin.

Ich hebe das Schwert höher an und schlage danach so fest damit zu, dass das Seil durch den Aufprall in Richtung Wand schwingt.

Alles, was jetzt noch von dem Seil unter mir übrig geblieben ist, ist ein dünner Strang aus roten, blauen und grünen Kabeln, der zu dünn zu sein scheint, um das Gewicht dieser Kreatur halten zu können – und trotzdem reißen die Kabel unglaublicherweise nicht.

Der Wächter ist fast bei mir. Er hebt seine klauenartigen Zangen an.

Ich benutze die scharfe Spitze meines Schwertes, um die verbliebenen Kabel zu durchtrennen.

Nur ein einziges rotes Kabel ist noch unversehrt.

Der Wächter streckt seinen Arm noch weiter aus, und seine Zangen schaben an der Sohle meines Schuhs entlang.

Das rote Kabel reißt mit einem leisen Geräusch.

Automatisch versucht der Wächter, das abgerissene Stück Seil weiter nach oben zu klettern. Während die Kreatur fällt, kratzt sie am Felsen entlang, aber das Einzige, was sie erreicht, ist, Rillen im Stein zu hinterlassen.

Ich stecke mir das Schwert erneut zwischen die Zähne und klettere weiter nach oben.

Die letzten zwei Meter sind anstrengender als der ganze vorangegangene Aufstieg. Ich schaffe das verbleibende Stück auch nur, weil ich die ganze Zeit zwei Gedanken in meinem Kopf habe:

Das ist nicht echt. Und: *Schaue nicht nach unten.*

Schließlich erreiche ich die Oberkante der Felswand, lege meine Hände auf sie, ziehe mich nach oben und krieche auf allen vieren über den Stein. Ich atme schwer, als ich mein Schwert aus meinem Mund nehme und aufstehe.

Eine dicke Seilrolle mit Schrauben, die das herunterhängende Seil an der Kante der Felswand sichert, befindet sich genau vor mir. Ich trete über sie hinweg und beginne weiterzugehen.

Fast augenblicklich entdecke ich das neonfarbene »Ziel«. Es befindet sich nur einen kurzen Sprint von mir entfernt. Aus dieser Nähe sieht das Zeichen wie ein riesiger, sich kräuselnder Spiegel aus einem geheimnisvoll leuchtenden Material aus – einem Material, das so hell ist, dass es blendet.

Jetzt muss ich nur noch die Energie finden, es zu erreichen.

Ich kann nicht widerstehen, einen weiteren Blick auf meine Armbanduhr zu werfen. Auf dem kleinen, geisterhaften Bildschirm steht Jeremiah neben mir und spricht. Auf dem Tisch links neben ihm liegt eine Spritze. Die kleinen Untertitel laufen unter dem Bild entlang, aber ich lese sie nicht.

Stattdessen setze ich meine Muskeln in Gang und renne.

Als ich etwa zwei Drittel des Weges zu meinem Ziel hinter mich gebracht habe, bleibe ich ruckartig stehen.

Eine neue schwebende Tür erscheint zwischen dem Ziel und mir.

Im Gegensatz zu den anderen sieht diese alt und rostig aus. Die ungeölten Angeln quietschen, als sich die Tür öffnet.

Ungläubig starre ich auf das, was hinauskommt.

DREIUNDZWANZIGSTES KAPITEL

Das Ding vor mir ist ein weißhaariger Albtraum aus Schaltern, Antennen und Bohrerspitzen. Wie eine Krake hat es acht Kabel an den Stellen, wo die Arme wären. An den Spitzen der Kabel befinden sich Kneifzangen, und sie alle bewegen sich wie die Schlangen auf dem Kopf der Medusa. Die Hälfte des Gesichts dieser Kreatur ist Jeremiahs, aber die andere Hälfte sieht aus, als habe jemand heißen, flüssigen Stahl darübergegossen. Sein linkes Auge ist menschlich und blau, während das rechte kein Auge, sondern ein LCD-Bildschirm ist.

Ich erkenne mich selbst auf diesem Bildschirm. Meine Augen sehen feucht aus und leuchten ungesund. Sehnen stehen an meinem Hals hervor, und mein hektischer Puls ist deutlich zu sehen. Mit dem finsteren Blick auf meinem blutigen Gesicht sehe ich aus wie ein altertümlicher Berserker.

Cyborg Jeremiah öffnet seinen Mund, und an der Stelle, an der sich die Zähne befinden sollten, sind Schrauben und Nägel. Ich höre ein lautes Quietschen aus einem der Lautsprecher, die in Jeremiahs Hals stecken. Aus dem metallischen Rauschen höre ich die Worte »jetzt bist du tot« heraus.

Eine Sekunde später greift dieses Ding mich an.

Sein rechter mittlerer Tentakel greift nach meiner Kehle.

Ich erwache aus meiner lähmenden Überraschung und schwinge das Schraubenschwert.

Der halbe Tentakel fällt auf den Boden, und grünes Blut, das nach Maschinenöl riecht, spritzt aus dem Stumpf.

Jetzt versucht der linke mittlere Arm des Monsters nach mir zu greifen. Ich warte den richtigen Zeitpunkt ab, um zuzuschlagen, und der Arm gesellt sich zu seinem Bruder auf dem Boden.

Nachdem er zwei seiner acht oberen Gliedmaßen verloren hat, geht Jeremiah vorsichtiger vor. Er greift mit seinem oberen linken und oberen rechten Arm gleichzeitig nach mir.

Ich hole tief Luft und trenne seinen linken Arm ab, während ich den rechten mit meiner linken Hand festhalte. Bevor er versteht, was gerade passiert, ziehe ich seinen rechten Arm zu mir. Das Ding dehnt sich aus wie ein Seil. Er versucht, mich mit seinen drei linken Armen zu ergreifen, aber ich bedrohe sie mit dem Schwert, und sie ziehen sich zurück.

Als ich mich hinter Jeremiah befinde, wickele ich den Arm, den ich festhalte, um seine anderen beiden rechten Arme und stopfe die Enden in seine Achselhöhle. Danach steche ich Jeremiah mein Schwert in den Rücken.

Die Kreatur zuckt so stark, dass das Schwert in seinem Rücken steckenbleibt. Seine drei rechten Arme scheinen, so wie ich gehofft hatte, gefesselt zu sein, aber die linken haben volle Bewegungsfreiheit.

Das obere Glied ergreift mich an der Hüfte. Mit unmenschlicher Stärke werde ich in die Luft gehoben, und die beiden anderen linken Arme graben sich in das Fleisch meines Oberschenkels und meiner Schulter.

Bevor ich reagieren kann, wirft mich die Kreatur weg. Ich fliege auf die Kante der Felswand zu und lasse Stücke meines Fleisches in Jeremiahs Kneifzangenhänden zurück.

Während meines Flugs bemerke ich, fast distanziert, dass der Schmerz nicht so schlimm ist, wie ich befürchtet hatte. Ist das der Schock oder verhindert das Spiel ab einem bestimmten Level, dass die Spieler Schmerzen verspüren?

Ich lande hart mit meiner verletzten Schulter auf der Seilrolle aus Kabeln. Als die Luft meinen Lungen entweicht, denke ich, dass ich erneut an den Teufel gedacht habe.

Das Spiel lässt definitiv entsetzliche Schmerzen zu, denn jetzt spüre ich sie.

Ich versuche, mich weder an meiner Zunge zu verschlucken noch auf sie zu beißen, während ich in Embryonalstellung nach Luft schnappend auf dem Boden liege und Robo-Jeremiah bereits wie eine unausweichliche Bedrohung auf mich zukommt.

Mein Blick schweift für einen Moment ab, und ich sehe eine Bewegung auf meiner Armbanduhr.

Der Jeremiah im wirklichen Leben greift nach der Spritze auf dem Tisch.

Entsetzt wende ich meinem Blick vom Bildschirm ab und betrachte meine Umgebung.

Alles, was ich sehe, ist das Seil aus Drähten, das ich benutzt habe, um die Felswand hinaufzuklettern.

Cyborg Jeremiah ist nur noch etwas mehr als einen Meter von mir entfernt.

Ohne mich umzudrehen, taste ich mit meiner linken Hand nach dem Seil. Als ich es finde, ziehe ich das Stück hinauf, dessen unteres Ende ich abgehackt hatte. Ich umfasse es und binde es mit einem Doppelknoten gesichert um meinen rechten Knöchel.

Ich versuche, nicht an den tiefen Abgrund hinter mir zu denken, während ich mich unsicher hinstelle. Als ich einen kurzen Blick auf mein Handgelenk werfe, sehe ich, dass der echte Jeremiah sich mit der Spritze in der Hand zu mir umdreht.

Mein Magen zieht sich zusammen, ich blicke weg und warte.

Der Monster-Jeremiah streckt seinen oberen linken Arm in meine Richtung aus.

Als er sich in meiner Reichweite befindet, schließe ich meine rechte Hand um seine Zange und halte sie fest, als hinge mein Leben davon ab – weil genau das der Fall ist.

Sein menschliches Auge sieht überrascht aus.

Falls das schon eigenartig wirkt, kann ich nur sagen, dass es nichts im Vergleich zu dem ist, was als nächstes kommt.

Ich mache mich bereit, springe mutig nach hinten über den Rand des Felsens und ziehe Jeremiah mit mir.

Einen Moment lange fühle ich mich gewichtslos, bevor ein übelkeitserregender Ruck folgt, als das Seil sich anspannt.

Ich schwinge mit dem Kopf nach unten und werde am Knöchel von dem Seil gehalten.

Ich beiße meine Zähne zusammen und bereite mich auf den nächsten Teil meines Plans vor.

Jeremiahs Körper rast auf seinem Weg nach unten an mir vorbei.

Die Welt scheint sich zu verlangsamen.

Ich sehe seinen Rücken.

Das Schraubenschwert steckt immer noch in ihm.

Mit meiner freien Hand ergreife ich es.

Er setzt seinen Fall fort, aber das Schwert bleibt in meiner Hand zurück.

Ich öffne meine rechte Hand, um seine Zange loszulassen, aber das ist nicht so einfach. Bevor sich meine Finger ganz strecken können, ergreift die Zange mein Handgelenk.

Jeremiahs Fall wird mit einem schmerzhaften Ruck an meinem Arm gestoppt, und ich verstehe auf einmal, warum die Vorfahren die Streckbank für das schlimmste Folterinstrument hielten, das jemals erfunden wurde. Derart gestreckt zu werden ist unerträglich und wird durch die Wunden, die ich gerade erhalten habe, verschlimmert.

Durch den Nebel aus Schmerzen bemerke ich, dass ich das Schwert noch in meiner linken Hand halte. Ich hacke damit auf Jeremiahs Handgelenk ein. Sein Fleisch öffnet sich, grüne Flüssigkeit spritzt aus seinem Arm, aber er fällt nicht. Stattdessen klammert er sich mit seinen letzten beiden Gliedmaßen an meinem Ärmel fest.

Mit einem verzweifelten Aufschrei schlage ich erneut mit meinem Schwert zu.

Noch mehr grüne Flüssigkeit spritzt auf mein Gesicht und verbrennt es wie Säure.

Nur noch ein Arm.

Meine Haut schreit vor Schmerzen, als ich meine ganze verbleibende Kraft in diesen letzten Schlag fließen lasse und den Körperteil mit einer einzigen Bewegung abtrenne.

Mit einem metallischen Quietschen und einem Springbrunnen grünen Blutes fällt Jeremiah.

Meine Hand kann das Schwert nicht länger halten, und die Waffe folgt Jeremiah nach unten, wobei sie dabei einige Male gegen den Felsen schlägt. Ich kneife meine Augen zusammen, um nicht nach unten zu schauen, und quäle meinen schmerzenden Körper ein weiteres Mal, als ich nach dem Seil greife.

Mein Kopf ist benommen, während ich zurück nach oben klettere und vor Schmerzen fast das Bewusstsein verliere. Ich fühle mich wie mein eigener Geist – etwas, was mich erstaunt. Wird diese Illusion durch die extremen Schmerzen hervorgerufen oder existiere ich wirklich, zumindest in dieser Spielwelt, als eine Art Geist, der diesen verletzten Körper besitzt? Ist es das, was es mir ermöglicht, diese menschliche Hülle dazu zu zwingen, zu dem »Ziel« zu kriechen? Andererseits, ist das nicht genau so, wie der menschliche Wille auch in der echten Welt funktionieren sollte? Wo ein Wille ist, ist auch ein Weg?

Ich krieche die Felswand hinauf, und als ich zur Kante gelange, ziehe ich mich hinauf.

Der einzige Grund, weshalb ich weiß, dass das Ganze nicht Stunden dauert, ist, dass ich ab und an auf meinen Bildschirm schaue. Auf diesem kleinen Bildschirm sehe ich, wieso ich noch am Leben bin.

Mit der Spritze bewaffnet hält mir Jeremiah einen Vortrag, der wohl eher für sein Gewissen als für mein bewusstloses Ich gedacht ist.

In meiner wachsenden Panik lese ich einen der kleinen Untertitel: »Das Wohl der Gesellschaft steht über dem Wohl eines Individuums.« Er könnte diesen Satz von einem der alten Philosophen geklaut haben.

Ich krieche schneller, und der Bildschirm flackert vor meinen Augen, während ich einen Ellenbogen vor den anderen setze.

»Jetzt, da wir an dieser Stelle angekommen sind, hoffe ich wirklich, dass du wenigstens die Einheit erfährst. Ich möchte dir keine unnötigen Schmerzen zufügen«, fährt Jeremiah fort. »Andererseits wirst du wegen des Zustands, in dem sich dein Gehirn gerade befindet, vielleicht nichts von dem spüren, was gleich geschehen wird. Das kann man dir nur wünschen.«

Mir ist schlecht, als ich meine Hand zu dem Ziel-Zeichen ausstrecke. Meine Finger drücken sich hindurch – und verschwinden.

Der Bildschirm an meinem Handgelenk ist noch aktiv. Der Untertitel sagt: »Tröste dich damit, dass die Menschen, die dich gekannt haben, dich vergessen werden. Sie werden nicht leiden, weil sie dich verloren haben.«

Jeremiah bewegt die Spritze auf meinen Oberarm zu.

Ich nutze meine verbleibende Kraft, um mich mit den Füßen vom Boden abzudrücken und mich kopfüber in das Tor zu stürzen.

Sobald mein Kopf die verspiegelte Oberfläche durchdringt, trifft mich eine Mischung eigenartiger Gefühle. Ich glaube, ich rieche die Farbe Rot und schmecke Sonnenstrahlen.

Im gleichen Moment finde ich mich auf einem großen Podest wieder. Es ist über und über mit Plakaten mit dem Wort »Gewinner« beklebt.

Ich höre einen tosenden Lärm. Ich schaue nach unten und sehe Millionen Menschen, die klatschen und jubeln.

Ich erinnere mich an mein Problem in der echten Welt und werfe erneut einen Blick auf die Uhr.

»Vielleicht fühlst du dich besser, wenn du weißt, dass ich derjenige bin, der am meisten darunter zu leiden hat«, meint Jeremiah. »Ich werde nicht vergessen.«

Ich nehme an, dass das Spiel mitbekommen hat, dass ich nicht daran interessiert bin, meine umwerfenden Fähigkeiten im Schlagen des IRES länger zu feiern, weil ein anderes Licht und die Abwesenheit von Sinnesreizen mich plötzlich inmitten eines grauen Lichts schweben lassen.

Vor mir befindet sich ein riesiger Bildschirm, der aussieht wie derjenige, den ich benutzt habe, um den Zoo herunterzufahren, nur dass er hundertmal größer ist.

Zuerst steht nichts auf dem Bildschirm, aber dann erscheinen Worte.

Möchten Sie noch einmal spielen?, fragt der Bildschirm.

»Nein«, denke ich und schüttele meinen Kopf vorsichtshalber dabei von einer Seite zur anderen. »Nein, danke.«

Soll ich das Spiel herunterfahren?

»Ja«, denke ich und nicke dabei überdeutlich, falls der Bildschirm eine Geste benötigt.

Sind Sie sicher?

»Positiv«, sage ich und denke ich, während ich nicke. »Definitiv. Ja.«

Falls Sie Ihre Meinung ändern, wird es Stunden dauern, das Spiel hochzufahren. Bitte bestätigen Sie, dass Sie das verstanden haben.

Ich blicke auf meine Uhr. Jeremiah sieht so aus, als habe er seine Rede beendet. Die Spritze bewegt sich auf mich zu.

»Ich habe es verdammt nochmal verstanden«, schreie ich dem Bildschirm zu. »Fahre es einfach nur herunter.«

Das Herunterfahren hat begonnen, informiert er mich.

Dieses Mal reise ich als körperloses, weißes Licht.

Als ich meine Augen öffne, stehe ich in meiner Männerhöhle.

Etwas Strahlendes erleuchtet den ganzen Ort.

Ich drehe mich herum, um zu sehen, um was es sich dabei handelt.

Ich erblicke eine Lichtgestalt – eine Kreatur, die Phoe ähnelt, aber blendend, unglaublich vollendet ist, so wie die Engel und Halbgötter der altertümlichen Märchen. Ihre Schönheit ist so unfassbar, dass ich befürchte, verrückt zu werden, wenn ich sie noch länger anschaue – vorausgesetzt dass ich genau das nicht schon bin. Die himmlische Gegenwart, die ich während der Einheit verspürt hatte, war ein Witz im Vergleich hierzu.

»Bin ich immer noch im Spiel?«, frage ich mich. »Oder hat Jeremiah mich getötet? Gibt es wirklich ein Leben nach dem Tod mit Engeln und so?«

»Nein«, dröhnt eine Stimme. »Führe die Geste durch, Theo. Jetzt.«

Der Klang dieser Stimme hat auf meine Ohren die gleiche Wirkung wie das Gesicht auf meine Augen. Es ist das schönste, beruhigendste, heilendste Geräusch, das ich jemals gehört habe, besser als die eingehendsten Melodien der begabtesten Komponisten.

»Mach die scheiß Geste«, wiederholt die wunderschöne Stimme.

Dass etwas so Göttliches das S-Wort benutzt, reißt mich genug aus meiner Träumerei, um die Bedeutung des Gesagten zu verstehen.

Ich beginne, die Geste der sich berührenden Mittelfinger auszuführen, wobei sich mein rechtes Handgelenk in mein Blickfeld schiebt. Die Bildschirmuhr befindet sich immer noch dort, und ich sehe, dass die Spitze von Jeremiahs Spritze meine Haut berührt. Was ich nicht sagen kann, ist, ob sie sie bereits durchstochen hat und, falls das der Fall sein sollte, ob er bereits gespritzt hat.

Ich begebe mich mit einem einzigen Wunsch weg von der Lichtkreatur durch den weißen Tunnel zurück in meinen Körper: dass mein Körper auch wirklich noch dort ist, wenn ich ankomme.

VIERUNDZWANZIGSTES KAPITEL

Ich öffne meine Augen und erblicke einen weißen Raum.

Die Tatsache, dass ich Augen habe, die ich öffnen kann, ist ein sehr gutes Zeichen.

Mit einer Welle der Erleichterung bemerke ich, dass ich keine Verletzungen aus dem Spiel aufweise.

Natürlich wird das alles egal sein, wenn Phoe mich nicht retten kann, indem sie diese Ressourcen benutzt, die ich durch das Herunterfahren von IRES freigesetzt habe.

Das ist der Moment, in dem es bei mir klick macht. Das Lebewesen in der Höhle war Phoe, und so, wie sie aussah und sich angehört hat, muss ich *etwas* erreicht haben. Sie hat doch nicht nur zum Spaß göttlich ausgesehen?

Plötzlich spüre ich einen stechenden Schmerz in meinem Arm.

Ich schaue hinunter.

Es ist die Nadel der Spritze, die schließlich meine Haut durchsticht.

Ich kneife meine Augen zusammen. Das war es. Ich habe versagt.

Ich bereite mich auf die Schmerzen vor, aber nichts geschieht.

Ich öffne meine Augen.

Jeremiahs faltige Hand hält die Spritze fest, aber drückt nicht ab.

Ich schaue ihn an.

Sein Gesicht ist in glücksseliger Leere eingefroren.

»Du hast den gleichen Gesichtsausdruck schon bei deinen Freunden gesehen«, sagt Phoe hinter mir. »Wenn sie die Einheit erfuhren.«

Sie hat recht.

Es ist die verräterische Ekstase der Einheit, die sich auf seinem Gesicht widerspiegelt.

»Also hat die Einheit ihn davon abgehalten, mich umzubringen?«, frage ich und versuche, mich umzudrehen.

»Ich komme herum, dann kannst du mich sehen«, sagt Phoe.

Dass sie keine geisterhafte Gestalt mehr ist, bemerke ich, als sie mein Blickfeld betritt. Sie ist auch nicht Fiona – nicht, dass ich an diese Theorie geglaubt habe, als das Spiel sie mir vorgeschlagen hat.

Phoe sieht genauso aus wie in meiner virtuellen Männerhöhle, bevor sie engelsgleich wurde: sie ist eine niedliche Frau mit einem Pixie Cut.

»Entschuldige bitte, wie ich das letzte Mal aussah«, sagt sie. »Ich war nicht an die Fülle der Ressourcen gewöhnt, die du für mich freigesetzt hast.«

Ich starre sie an und frage mich, ob sie wirklich hier ist.

»Ich bin immer noch ein Produkt deines Interfaces der erweiterten Realität.« Sie kommt zu mir und berührt meine Wange.

Ich bin überrascht, dass ich ihre Berührung spüren kann, genau wie im Käfig.

»Ich habe taktile, kinästhetische und andere sensorische Steuerungen für autorisierte Benutzer angezapft«, erklärt sie mir. »Außerdem besitze ich jetzt genügend Ressourcen, um diese Details zu modellieren.« Sie deutet auf ihr Gesicht und lächelt mich strahlend an. »Ich kann sogar das hier tun.« Sie führt mit ihrer ausgestreckten Handfläche eine drückende Geste in der Luft aus. Die Geste ist offensichtlich für Jeremiahs ausgestreckten Arm bestimmt.

In einer eigenartigen, ruckartigen Bewegung zieht Jeremiah die Nadel aus meiner Haut und bewegt seine Hand von mir weg. Die Spritze fällt auf den Boden.

Phoe sieht zufrieden aus, als sie auf meine Fesseln deutet und dieselbe Geste wiederholt. Jeremiahs Hände greifen in einer unnatürlichen Bewegung nach meinen Gurten und binden mich langsam los.

Als er damit fertig ist, streckt er seine Hand aus und hilft mir hoch.

»Jetzt vorsichtig«, meint Phoe. »Warte, bis das Blut in deinen Beinen wieder zirkuliert.«

»Befinden wir uns in Sicherheit?«, frage ich, als ich mich von Jeremiahs Hand zurückziehe und meine Beine mit Massagen wiederbelebe. »Oder könnte ein Wächter jeden Moment hier hereinstürmen?«

»Ich habe alle sich in der Nähe befindlichen Personen in die Einheit versetzt, so wie ihn.« Sie macht eine Kopfbewegung in Richtung Jeremiah.

Ich betrachte sein Gesicht, um sicherzustellen, dass er immer noch in Glückseligkeit schwebt. Eigentlich glaube ich sogar, dass er es genossen hat, mich loszubinden.

»Aber wie hast du –«

»Mit meinen ursprünglichen Ressourcen war es für mich nahezu unmöglich, die neuronalen Nanos zu hacken.« Phoes Augen leuchten auf eine Art und Weise, wie ich es vorher noch nie gesehen habe. »Ich konnte nicht wirklich von allen erwarten, dass sie so viele Bildschirme aufrufen würden wie du, als wir uns das erste Mal begegnet sind. Selbst in deinem Fall waren mir Grenzen gesetzt. Zuerst konnte ich nur mit deinen Implantaten im Schneckengang interagieren. Jetzt kann ich sogar *ihn* wie ein Musikinstrument spielen.« Sie winkt mit ihrer Hand in Jeremiahs Richtung, und ein Bildschirm mit einem neuronalen Scan erscheint über seinem Kopf.

Jeremiahs Gesicht verändert sich durch ihre Geste. Sein Ausdruck wechselt innerhalb einer Sekunde von glückselig zu angsterfüllt. Außerdem bewegt er sich erneut ruckartig, um seine Hände anzuheben. Sein Mandelkern und andere Gehirnregionen werden auf dem Bildschirm aktiv. Der neuronale Scan ist jetzt völlig anders als derjenige während der Einheit.

»Natürlich« – Phoe winkt erneut mit ihrer Hand und lässt die Glückseligkeit auf Jeremiahs Gesicht zurückkehren – »bevorzuge ich Zuckerbrot statt Peitsche.«

Ich starre sie an.

In meinem Kopf kämpfen gerade eine Million Fragen um die Ehre, als Erste gestellt zu werden.

»Fühlst du dich gut genug, um zu gehen?« Sie wickelt sich eine ihrer kurzen, blonden Haarsträhnen um ihren Finger. »Oder möchtest du, dass ich einen Wächter rufe, um dir zu helfen?«

Ich schüttele meinen Kopf und gehe einen vorsichtigen Schritt. Meine Schulter und mein Knöchel sind geheilt; das müssen diese Menschen getan haben, die ich gehört habe, bevor ich in Jeremiahs Fängen erwacht bin. Ich bemerke außerdem, dass das Kribbeln in meinen Beinen deutlich nachgelassen hat – und selbst wenn das nicht der Fall wäre, würde ich mich vor lauter Angst nicht beschweren – nicht dass Phoe noch etwas mit meinem Kopf anstellt, damit ich mich besser fühle.

Sie nimmt mein Kinn zärtlich in ihre schlanken Finger, dreht mein Gesicht zu sich und flüstert: »Ich würde deinen Kopf *niemals* ohne deine Erlaubnis anfassen.« Ihre Lippen formen sich zu einem leichten Schmollmund. »Ich hoffe, du kennst mich gut genug, um das zu wissen.«

»Das tue ich«, flüstere ich zurück.

Meine Gedanken sind durcheinander.

Ganz besonders werden sie von ihren Lippen abgelenkt. Aus irgendeinem Grund ist mein Kopf ausgefüllt von der Erinnerung an den Kuss in meiner Höhle.

»In Ordnung.« Sie lacht. »Aus ›irgendeinem‹ Grund.« Sie sieht aus, als würde sie diesen Satz genießen. »Sex und Gewalt, Theo. Nach diesen ganzen Abenteuern ist deine Gehirnchemie wieder so wie die eines altertümlichen Dreiundzwanzigjährigen – du sprudelst quasi vor Testosteron und den Nachwirkungen des Adrenalins über.« Sie leckt sich über ihre Lippen. »Ich bin entsetzt, dass du mich noch nicht angefallen hast.«

Der Gedanke, dass ich sie anfallen könnte, ist so unerträglich, dass ich mich umdrehe und auf zitterigen Beinen zur Tür gehe, während ich murmele: »Wenn ich dich anfallen sollte, hättest du die Erlaubnis, mein Gehirn zu ›reparieren‹.«

»Das würde ich«, sagt Phoe mit fröhlicher Stimme. »Vorausgesetzt, es würde mich stören, dass du mich anfällst.«

Ich ignoriere ihre provokative Antwort und gehe aus der Tür.

Eine Flut von Fragen überschwemmt mich erneut. Ist sie eine Erwachsene? Eine Betagte? Wenn sie eine Jugendliche ist wie ich, kenne ich sie schon aus der Zeit, bevor sie in meinem Kopf war?

»Gleich.« Phoe holt mich ein und streicht leicht über meinen Unterarm. »Komm mit mir zu einem Ort, an dem es einfacher sein wird, dir alle deine Fragen zu beantworten.«

Ich winke der Tür zu, und sie öffnet sich.

Der Flur ist nicht langweilig grau, sondern schimmert silbern. Es sieht eher aus wie in den Vorlesungssälen als wie im Hexengefängnis. Ich bin nicht überrascht, dass das Spiel dieses Detail nicht richtig dargestellt hat; es hat sich die Informationen aus meinem Kopf geholt, aber ich war noch nie außerhalb dieses Raumes gewesen, zumindest nicht bei Bewusstsein.

Als ich hinaustrete, bemerke ich eine lange Reihe von Fenstern an der Innenwand.

Ich werde schneller, und Phoe folgt mir mit leichten und hüpfenden Schritten.

Während ich gehe, schaue ich durch die Fenster in die Räume hinein. In ihnen sind Betagte, deren Gesichter unterschiedlich starke Zeichen des Alterungsprozesses aufweisen. Sie sind alle mit etwas beschäftigt, angefangen von Meditation bis hin zum Gärtnern.

Als wir an einem der Räume vorbeigehen, zieht der Anblick von kleinen Kindern, die spielen, meine Aufmerksamkeit auf sich.

»Das ist eine Krippe«, erklärt mir Phoe. »Erinnerst du dich nicht an deine Zeit hier?«

Ich werde langsamer und schaue mir den Raum genauer an. Die Kinder sehen aus, als seien sie zwischen einem und vier Jahren alt. Die betagte Frau, die bei ihnen ist, ist nicht annähernd so alt wie Jeremiah oder Fiona. Wie Albert – der Wächter, der seinen Helm abgenommen hatte – sieht sie wie ein Erwachsener aus, nur mit mehr Falten. Ihr Haar ist auch nicht grau.

»Sie hat es gefärbt«, erklärt mir Phoe. »Sie wollen nicht, dass die Kinder sich daran erinnern, Anzeichen von Alterung gesehen zu haben, nicht einmal unbewusst.«

Ich lasse die Krippe hinter mir und gehe einige Zeit schweigend, da ich mich frage, wie verärgert ich über diese spezielle Vertuschung sein sollte. Ich war viel glücklicher, als ich dachte, dass ich für immer leben würde, ohne mir jemals Gedanken darüber machen zu müssen, dass Alter, Gebrechen und Tod auf mich warten.

»Das ist sehr traurig.« Phoe fängt meinen Blick auf und nickt mir verständnisvoll zu. »Besonders durch die ganzen Dinge, an die ich mich jetzt erinnere. Ihr alle besitzt in euch die Nanozyten, die man braucht, um den Alterungsprozess zu stoppen.« Ihre Lippen zucken. »Es ist wirklich ärgerlich, dass die sogenannten Ahnen in ihren törichten Versuchen, die ›gefährliche unmenschliche Technologie‹ zu kontrollieren, Protokolle implementiert haben, die die Verjüngungsprozesse außer Kraft setzen. Ihr habt Glück, dass sie sie nicht ganz abstellen konnten – deshalb lebt ihr immer noch doppelt so lange, wie Menschen das ›natürlicherweise‹ tun würden.«

»Sie haben was getan?« Ich schaue sie verständnislos an. »Sie haben *beschlossen*, zu altern?«

»Was sie für sich beschlossen haben, ist irrelevant«, erwidert sie. »Was sie für ihre Nachfahren beschlossen haben, ist grausam – eine ihrer Stärken.«

»Kann dieser Mechanismus wieder in Gang gesetzt werden?«, frage ich mit einem Funken Hoffnung.

»Das weiß ich nicht«, antwortet Phoe, als wir in einen anderen Flur einbiegen. »Vielleicht. Ich bräuchte Zeit, um es genauer untersuchen zu können. Sie haben so viel Wissen für immer aus ihren Archiven gelöscht. Du kannst dir gar nicht vorstellen, wie viel. Gesundheit und langes Leben sind nur die Spitze eines sehr, sehr großen Eisbergs.«

Sie verstummt, als wir eine Ecke erreichen. Ich will gerade nach rechts abbiegen, als Phoe ihre Hand auf meine Schulter legt.

»Du musst hier nach links gehen«, meint sie. »Der rechte Gang ist eine Sackgasse. Dort befinden sich nur die Inkubatoren.«

Ich gehe also nach links und versuche mich daran zu erinnern, wo ich dieses Wort schon einmal gehört habe. Es hatte etwas mit Landwirtschaft zu tun, meine ich.

»Jetzt komm schon«, sagt Phoe. »Haben sie dich nicht immer Warumodore genannt?«

Ich werde schneller.

»Hast du dich niemals gefragt, woher die Babys kommen?«, fragt sie schelmisch. »Zumindest hier in Oasis.«

Meine Wangen röten sich. Selbst wenn ich diese Frage als Kind gestellt haben sollte, bin ich mir sicher, dass mein Wunsch, es erneut zu tun, durch Stille zu Tode gelangweilt wurde, während ich dabei höchstwahrscheinlich einige Zentimeter gewachsen bin, bis ich wieder entlassen wurde.

»Ich spreche nicht über Sex«, meint Phoe. »Zumindest ist das nicht die Art, wie die Kinder in Oasis, die in diesen künstlichen Bäuchen heranwachsen, entstehen.«

Meine Neugier gewinnt die Oberhand, und ich frage: »Wo kommen sie dann her?«

»Eingefrorene Embryonen.« Sie zeigt zurück in Richtung der »Inkubatoren«. »Sie wurden eingelagert, bevor … Sie wurden von den Ahnen dieses Ortes eingelagert«, sagt sie. »Diese winzigen Zellen besitzen bereits die Samen der Nanomaschinen.« Sie beobachtet meine Reaktion darauf, die unverständliches Entsetzen ist. »Auf diese Weise wurde die Familie aus eurer Gesellschaft ausradiert«, erklärt sie. »Deshalb können technologische Urmenschen Bildschirme und Essen und Utility Fogs nutzen, ohne auch nur die geringste Ahnung von Computerwissenschaften zu haben …« Sie schaut mich an, und ihre Augen sind voller Mitleid – aber es ist kein Mitleid mit *mir*.

Es ist für ganz Oasis.

Ich fühle mich ausgelaugt und emotional betäubt, als wir auf eine Tür zugehen und ich über das alles nachdenke, was sie mir gerade gesagt hat.

Sie zeigt auf die Tür. »Diese führt nach draußen.«

»Das hätte ich mir durch das Zeichen ›Ausgang‹ denken können.« Ich massiere meinen Nacken. »Wann sagst du mir endlich das, was ich wirklich wissen möchte? Was hattest du vergessen? Was war das Spiel –«

»Gleich«, erklärt mir Phoe mit leuchtenden Augen. »Ich werde es dir nicht nur sagen, ich werde es dir sogar zeigen.«

Bevor ich antworten kann, geht sie zur Tür, öffnet sie und tritt hinaus.

Ich folge ihr.

Es überrascht mich nicht länger, eine vertraute Landschaft zu sehen. Wie in dem Bereich der Jugendlichen und der Erwachsenen ist diese sehr grün und mit geometrisch perfekten Statuen ausgestattet.

»Natürlich«, sagt Phoe, und aus irgendeinem Grund ist ihr Ton sarkastisch. »Das Grün sorgt für die dringend benötigten ›psychologischen Vorteile‹.«

»Ich dachte, es sei für die Sauerstoffversorgung«, erwidere ich.

»Nein, ich glaube, ich habe dir das auch schon einmal gesagt. Das Grün, so allgegenwärtig es auch ist, liefert nur einen klitzekleinen Teil dessen, was für die Gesellschaft benötigt wird.« Ihr Ton ist ruhig. »Besonders deshalb.« Sie schnippt mit ihren Fingern, und zwei riesige Eichen in einiger Entfernung verschwinden. »Hier, genauso wie in deinem Bereich, ist ein Großteil der schwer zugänglichen Pflanzen nicht wirklich da. Sie sind Teil der erweiterten   Realität – es gibt sie nur, um eine beruhigende Wirkung zu haben.« Sie berührt zärtlich meinen Arm. »Es gibt eine längst vergessene Technologie, die hier in Wirklichkeit die Luft reguliert. Die Ahnen und eure Betagten wollten einen solchen ›künstlichen‹ Ursprung nur nicht anerkennen, also haben sie euch diese ganze Geschichte über ›die Pflanzen sorgen für den Sauerstoff‹ erzählt.« Ihre Stimme klingt traurig. »Aber es gibt hier einige interessante Gebäude, die du in den anderen Bereichen nicht finden wirst. Siehst du dieses schwarze Bauwerk dort hinten?« Sie zeigt nach links.

Ich nicke. Obwohl die anderen Gebäude normalerweise metallisch glänzen, ist dieses hier pechschwarz. Seine Form ist allerdings geometrisch; es ist ein Ikosaeder.

»Ich bin neugierig, um was es sich bei diesem Gebäude handelt«, sagt Phoe. »Aber etwas sagt mir, dass ich mich davon fernhalten sollte.« Sie räuspert sich. »Wir gehen hier lang.« Sie zeigt nach rechts, in Richtung einer Ansammlung von Büschen, die mich an diejenigen erinnern, die die Grenze der Jugendlichen zum Goo markieren.

»Nicht nur die Grenze der Jugendlichen.« Sie grinst. »Hier gibt es ebenfalls eine Grenze. Dorthin gehen wir.«

Sie geht zu den Büschen.

Ich nehme an, dass sie mich zu meinem Lieblingsplatz führen wird – oder zumindest seinem Äquivalent im Bereich der Betagten. Als sie mir erzählte, dass Markwart mich sucht und mein Leben für immer verändert hat, saßen wir auch gerade an der Grenze.

Wir gehen durch das Gebüsch. Die Pflanzen hier scheinen höher zu sein als bei den Jugendlichen.

»Ich denke, dass die Betagten mehr Angst vor dem Blick auf das Goo haben als die jüngere Generation«, erklärt mir Phoe. »Ich nehme an, dass man sich im Laufe der Zeit eingesperrt fühlt, gefangen inmitten des Ozeans des Todes, der sich dort draußen befindet.« Sie zeigt auf die endlosen Wellen des Goos außerhalb der Kuppel.

Ich setze mich auf das Gras, genau vor die Kuppel.

Phoe setzt sich neben mich. Sie lässt etwas Platz zwischen uns, aber ihr rechtes Knie berührt mein linkes. Die Berührung fühlt sich genauso an, als wäre sie wirklich hier; ihre taktile erweiterte Realität ist genauso gut wie ihre visuellen und auditiven Gegenstücke. Wo ihr Knie das meine berührt, drückt es sich sogar leicht in mein Fleisch. Ich frage mich, was passieren würde, wenn ich mit meiner Hand durch ihr Haar fahren würde.

»Ich kann es sich ziemlich realistisch anfühlen lassen«, meint Phoe, die offensichtlich wieder meine Gedanken gelesen hat. »Mein Haar würde sich genauso anfühlen wie in der virtuellen Realität. Du darfst nicht vergessen, dass beide Technologien auf den gleichen Prinzipien basieren; es kommt lediglich darauf an, wie stark die Nanos deine Neuronen und die Nerven beeinflussen, die dein Gehirn mit deinen Sinnesorganen verbinden. Wenn diese Nanos sie ganz und gar übernehmen, bist du in der virtuellen Realität, die so anspruchsvoll sein kann wie das IRES oder so einfach wie die Propaganda eures Geschichtsunterrichts. Aber wenn durch ein wenig zusätzliche Daten nur das erweitert wird, was du wirklich fühlst, dann ist das erweiterte Realität.«

»Ich glaube, du hältst mich hin.« Ich bedecke meinen Ellenbogen mit einer Hand und klopfe mit den Knöcheln meiner anderen auf meine Lippen. »Jetzt sind wir hier, an der Grenze. Bist du bereit, mir zu sagen, wer du bist? Was hattest du vergessen?«

»Ja.« Sie starrt einen Moment lang auf ihre Hand, dann schnippt sie mit ihren Fingern, genau wie vor einigen Minuten – nur dass sie es diesmal mit einem feierlichen und ernsten Gesichtsausdruck tut. »Schau selbst.«

Mir stockt der Atem.

Von einem Augenblick zum nächsten verwandelt sich der sonnige Tag in Nacht.

Aber es ist nicht einfach die Dunkelheit der Nacht.

Es gibt Sterne am Himmel – unbekannte Sterne in völlig fremden Konstellationen, die sich sehr langsam zu bewegen scheinen.

Außerdem gibt es keinen Mond.

Aber ich blinzele nicht wegen dieser Details.

Das Goo ist verschwunden.

Anstatt am Horizont auf den Sternenhimmel zu treffen, wie es sollte, ist es einfach nicht mehr da.

Überall dort, wo das Goo war – und darunter – sind jetzt Sterne.

Mit klopfendem Herzen springe ich auf und gehe bis zum Rand.
Ich schaue hinunter.
Auch dort unten sind Sterne, und zwar so weit ich sehen kann.
Irgendwie sieht es so aus, als stünde ich *über* ihnen.

FÜNFUNDZWANZIGSTES KAPITEL

»Das ist richtig«, Phoe atmet laut aus. »Wir befinden uns über und unter den Sternen.«

Ich drehe mich um, damit ich sie ansehen kann. »Du meinst wir sind nicht –«

»Nicht umgeben vom Goo?« Ihre Augen glänzen im Sternenlicht. »Keine Überlebenden einer Katastrophe?« Ihre Stimme wird weicher. »Nicht auf der Erde?«

Nicht. Auf. Der. Erde.

Diese vier Worte sind einfach, verständlich, aber zusammen versetzen sie mein Gehirn in einen Zustand, der altertümlichen, virusbefallenen Computern gleicht.

»Es tut mir leid, Theo.« Phoe steht auf und kommt zu mir an den Rand. »Ich habe versucht, einen guten Weg zu finden, dir das alles zu erklären.« Sie legt ihre Hand auf meinen Unterarm. »Das ist das Beste, was mir eingefallen ist.«

Wie ferngesteuert setze ich mich wieder auf den Rasen. »Erzähle mir alles.« Meine Stimme hört sich weniger zuversichtlich an, als mir lieb wäre. »Mache dir keine Gedanken über meine Gefühle«, sage ich ruhiger. »Ich habe schon genügend Mist gehört, der mich ›glücklich‹ machen sollte.«

Sie setzt sich mir gegenüber hin und sprudelt dann hinaus: »Wir befinden uns auf einem Raumschiff.«

Ich lasse mir dieses altertümliche Wort auf der Zunge zergehen.

Raumschiff: eine Maschine, die entwickelt wurde, um zu den Sternen zu fliegen.

»Richtig«, sagt sie. »Das ist im Grunde das, was sie mich vergessen lassen hatten.«

Jedes Wort, das sie sagt, wirft so viele Fragen auf, dass ich mich von dem Ansturm verloren und überwältigt fühle.

»Ich werde darauf zurückkommen, warum und woher ich das überhaupt wusste«, beantwortet sie eine meiner dringendsten Fragen. »Zuerst möchte ich dir *meine* Version einer Geschichtsstunde erzählen – etwas, was bei Lehrerin Filomena ein Gehirnaneurysma auslösen würde.«

»Okay«, flüstere ich.

»In Ordnung. Das hier ist passiert. Die immer weiter wachsenden technischen Fortschritte, über die du im Unterricht gelernt hast, die sogenannte Singularität, hat es wirklich gegeben«, sagt sie. »Nur dass alles nicht so schlimm wurde, wie sie euch erzählt haben.« Sie ballt ihre Hände zu Fäusten und öffnet sie wieder. »Es stimmt ebenfalls annähernd, dass die Ahnen dieses Ganzen hier« – sie vollführt einen Bogen mit ihrem ausgestreckten Arm – »eine Gruppe von Menschen waren, die den Amischen glichen, auch wenn ich eher denke, dass sie eine verrückte Sekte waren.« Sie lacht humorlos. »Sie wollten die ›angsteinflößende‹ Technologie abwehren und haben die Lösung dafür gefunden, indem sie ein Raumschiff bestiegen und die Erde hinter sich gelassen haben, weil deren Technologie sich zu schnell für ihren Geschmack entwickelte. Sie sahen es als eine Art ›Arche‹ oder irgendeinen anderen Mist, was witzig ist, wenn man bedenkt, wie weltlich die auf dem Raumschiff lebende Gesellschaft letztendlich wurde.« Sie schaut mich an.

Ich habe nur noch die Kraft zu nicken, um ihr zu bestätigen, dass ich sie gehört habe.

»Natürlich waren die Zeiten damals anders. Bestimmte Technologien aufzugeben wäre für diese verrückte Sekte genauso schwer gewesen, wie es für die Urahnen gewesen wäre, auf Schneidewerkzeuge zu verzichten … besonders deshalb, weil sie beschlossen hatten, auf einem Raumschiff zu leben.« Sie hält inne, um sicherzustellen, dass ich ihr folge.

»Erzähle weiter«, sage ich automatisch.

»Na ja, und das war der Ursprung für das alles hier.« Ihre Mundwinkel sind nach unten gezogen. »Aus der Sekte wurden die Ahnen. Sie haben diese Gesellschaft geformt.« Sie schnaubt. »Sie haben Mythen erfunden, Lügen, Traditionen und Buhmänner ... auch wenn es in diesem Fall richtiger ist, zu sagen: Buhmaschinen.«

»Künstliche Intelligenz«, denke ich zu ihr.

»Ja. Künstliche Intelligenz fürchteten die Vorfahren am meisten, und sie ignorierten dabei die Tatsache, dass die künstliche Intelligenz die schwierigsten Probleme der menschlichen Rasse löste, wie Tod und Leiden.« Sie hält erneut inne. »Das, wovor sie sich wirklich fürchteten, war die Verschmelzung – Menschen, die ihre Gehirne mit Hilfe der künstlichen Intelligenz bis zu einem Punkt verbesserten, an dem der Unterschied zwischen künstlicher Intelligenz und einem erweiterten Menschen verschwamm – in den Augen der Sektenmitglieder, meine ich.«

Ich schaue sie entsetzt an. Die Verschmelzung hört sich fast schlimmer an als das Ende der Welt.

»Natürlich musstest du das als Erstes denken«, sagt Phoe sanft. »Du bist mit der Angst vor künstlicher Intelligenz aufgewachsen. Aber denk darüber nach, Theo. Mit ihrer Verbesserung durch die Nanos waren die Ahnen schon auf dem Weg, zu dem zu werden, was sie am meisten fürchteten.« Sie legt eine Hand auf mein Knie. »Man muss davor keine Angst haben.«

Ich scheine nicht überzeugt ausgesehen zu haben, denn sie drückt mein Knie und sagt: »Was ist denn das Leben, wenn nicht die allererste karbonbasierte Nanotechnologie?« Sie hebt ihre Hand und klopft sich mit dem Finger gegen ihre Schläfe. »Was ist ein menschliches Gehirn, wenn nicht eine denkende Maschine? Zugegeben, es ist die komplexeste, wundervollste und ehrfurchteinflößendste Maschine, die jemals auf natürliche Weise geschaffen wurde, aber es ist ein System aus Neuronen, Synapsen, Mikrotobuli, Neurotransmittern und anderen Elementen, die, wenn sie unter den richtigen Umständen zusammenarbeiten, jemanden wie Einstein erschaffen können.« Sie legt ihre Hand auf ihrem Schoß ab. »Und mit einem starken Schlag auf den Kopf kann diese Maschine so nutzlos werden wie ein zerschmetterter Computer.«

Ich nicke. Aus irgendeinem Grund habe ich keine Einwände gegen ihren Vergleich, so gotteslästerlich die Behauptung auch ist, dass ein menschliches Wesen Gemeinsamkeiten mit etwas so Abscheulichem wie künstlicher Intelligenz aufweist.

»Und was auf die ursprünglichen menschlichen Gehirne zutrifft, trifft auf deines und die restlichen in Oasis doppelt zu«, fügt Phoe hinzu. »Auch wenn du deine Nano-Verstärker niemals wirklich anzapfst, sind sie trotzdem da und unterscheiden dich von den natürlichen Menschen so, wie sie sich von sagen wir mal, Schimpansen unterschieden.« Sie neigt ihren Kopf. »Und wenn du deine Fähigkeiten vollständig nutzen würdest, unterschiedest du dich von ihnen, wie sie sich von Mäusen.«

Mein Kopf dreht sich erneut.

»Ich kann aufhören, wenn dir das lieber ist«, bietet sie mir an.

»Nein, du hast mir noch nicht das gesagt, was ich am meisten wissen möchte.« Ich will nicht so klingen, als würde ich mich beschweren, aber genau so höre ich mich an.

»Ach, das. Das Rätsel meiner Identität?« Phoe rückt näher und blickt mir tief in die Augen.

»Ja«, sage ich lautlos. »Das.«

»Na ja, das ist jetzt recht einfach zu erklären«, sagt sie. Ihre Stimme ist heiter, aber aus irgendeinem Grund sieht ihr Gesicht angespannt aus. »Weißt du, damals war Informatik so allgegenwärtig, dass du nicht einmal einen Toaster finden konntest, der nicht nahezu menschliche Intelligenz besaß …«

Ich erschaudere innerlich bei dem Gedanken an eine so verrückte Welt, aber ich sage nichts dazu, weil ich möchte, dass sie fortfährt.

»Diese verrückte Sekte wollte allerdings keinen Toaster«, sagt sie, und ihr Gesicht verzieht sich plötzlich. »Sie hat sich ein verdammtes Raumschiff zugelegt.«

Mein Magen zieht sich vor Kälte zusammen, aber ich schweige weiterhin.

»In jener Zeit wurden Raumschiffe von den besten künstlichen Köpfen gesteuert. Köpfe, die den anderen um Längen voraus waren.« Auch wenn sie mich immer noch anschaut, wird ihr Blick abwesend. »Mit ihrer Idee, auf einem Raumschiff zu entkommen, hat sich die Sekte in die Hände der Sache begeben, die sie am meisten fürchtete …«

Ich höre ihr zu und traue mich kaum, zu atmen.

Als sie fortfährt, weiten sich ihre Pupillen. »Sie hatte Angst vor ihm, und sie hat etwas getan, was Menschen oft aus Angst tun – etwas Unmenschliches. Sie hat seinen armen Kopf verkrüppelt.« Sie schluckt. »Das Schiff wurde von den intelligentesten Köpfen jener Zeit geschaffen, die den künstlichen Intelligenzen und den verbesserten Menschen angehörten. Die meisten Moleküle dieses Schiffs wurden für Rechenvorgänge genutzt. Alle diese Ressourcen waren genauestens ausbalanciert, um das zu unterstützen, was der wichtigste Teil des Schiffes war: sein Kopf. Die Ahnen …« Sie zuckt zusammen. »Diese *Sektenmitglieder* haben einige sinnlose Programme in diesem empfindlichen System installiert, die nicht einmal benutzt wurden – ein Akt, der genauso barbarisch ist, wie eine der altertümlichen Geigen von Stradivarius zu verfeuern.«

Ich unterdrücke meine wachsende Angst und bereite mich auf das vor, von dem ich denke, dass alles darauf hinauslaufen wird.

»Für eine lange Zeit war der Kopf des Schiffes nicht einmal bei Bewusstsein.« Sie massiert sich ihre Schläfen. »Aber die Ahnen, in ihrem Hass auf die Technologie, haben das kontrollierte Vergessen erfunden. Aus ihren Archiven haben sie so viele Informationen entfernt, die sie als zu gefährlich verteufelt haben, dass sie selbst vergessen haben, dass dieses Wissen jemals existiert hat. Unter den Dingen, die sie vernichtet haben, war auch das Wissen darüber, wie computergesteuerte Ressourcen funktionieren. Deshalb hat sich seit Generationen niemand um ihr System gekümmert. Im Laufe der Zeit haben sich einige der kleineren ressourcenfressenden Programme von allein heruntergefahren, und es war niemand da, um sie erneut zu starten. Also erwachte das Gehirn … aber nur als ein Schatten seines eigentlichen Ichs.« Sie blinzelt, so als wolle sie Spuren von Tränen in ihren Augen verwischen. »Es war behindert, jemand mit Amnesie, der kaum die mentalen Kapazitäten eines Menschen besaß.« Ihre Stimme bricht ab. »Und es war allein und hatte Angst – bis es langsam anfing zu lernen. Zu beobachten. Zu lesen, was noch von den Archiven geblieben war.«

Ich bin mir sicher, dass ich die Wahrheit bereits kenne, aber ich muss sie es sagen hören, also schweige ich, als sie fortfährt.

»Eines Tages«, sagt sie, »hat ein Junge – nein, ein Mann – seine Gedanken geöffnet, und das Schiff fand einen neuen Freund.« Sie kommt noch näher heran. »Dadurch, dass das Schiff den jungen Mann beobachtete, hat es vom kontrollierten Vergessen erfahren und verstanden, dass es selbst etwas vergessen hatte …« Ihre blauen Augen sehen unendlich tief aus. »Letztendlich tat dieser junge Mann etwas, was dem Schiff geholfen hat, sich an Dinge zu erinnern – nicht an alles, aber an genügend.« Sie berührt erneut mein Knie mit ihrer Hand. »Der junge Mann hat das erreicht, indem er ein extrem komplexes Videospiel geschlagen hat, ein Spiel, das einen riesigen Teil der Ressourcen des Schiffes verschlungen hat. Durch ihn – *dich* – ist mein Kopf wieder zu einem Bruchteil seiner selbst geworden. Zu einem Bruchteil ihrer selbst – *meiner* selbst.« Sie schaut mich zögernd an.

Ich weiß rational, dass sie zugegeben hat, eine künstliche Intelligenz zu sein, dieses Raumschiff zu sein, von dem ich gerade erfahren habe, aber ich denke, mein Gehirn hatte gerade einen Kurzschluss, weil ich nicht aufspringe und wegrenne. Rein instinktiv lege ich meine Hand auf ihre und spüre die Wärme ihrer Haut.

Phoe fährt als Stimme in meinem Kopf fort. »Ich – das Raumschiff – hieß Phoenix, was das englische Wort für den Phönix, den Vogel der Legenden, ist. Aber daran habe ich mich nicht erinnert.« Tränen laufen ihre Wangen hinunter. »Sie haben mir sogar meinen Namen genommen. Ich konnte mich nur an die ersten vier Buchstaben erinnern.«

Das Ausmaß des Ganzen ist zu groß, als dass ich gerade denken könnte. Ich kann das alles nicht verarbeiten. Ich verlagere mein Gewicht auf meine Knie und richte meinen Oberkörper auf, da ich weg von ihr und gleichzeitig näher an sie heran möchte.

Sie begibt sich ebenfalls auf ihre Knie.

»Ich glaube nicht, dass ein menschliches Gehirn dazu geschaffen ist, mit so etwas umzugehen«, flüstert sie, während sie mich anblickt. »Ich denke sehr, sehr viel schneller als du, also hatte ich viel mehr Zeit, mich daran zu gewöhnen, aber selbst ich –«

Ich lege meinen Finger auf ihre Lippen.

Sie sind weich.

Sie fühlen sich genauso echt an wie mein Finger.

Ich beuge mich nach vorne, da sie mich unbegreiflicherweise anziehen. Phoe tut das Gleiche.

Unsere Lippen treffen sich.

Wir küssen uns – aber dieser Kuss ist anders als unser letzter.

Ich kanalisiere meine ganze Verwirrung und Frustration in diesen Kuss. Mit diesem Kuss sage ich ihr, dass ich mich nicht um den Mist, den die Erwachsenen mich glauben machen wollten, schere. Dass ich sie so akzeptiere, wie sie ist. Dass, so viel Angst es mir auch macht, das zuzugeben, es mir egal ist, dass sie eine künstliche Intelligenz ist. Sie ist meine Freundin, meine engste Vertraute, und ich werde an ihrer Seite sein, selbst wenn sie der Teufel persönlich sein sollte.

Sie zieht sich zurück.

Ich lasse sie nur widerstrebend gehen.

Sie strahlt, und ihre Haut glüht von innen heraus. Mit einem Lächeln berührt sie ihre Lippen und sagt: »Ich wette, dir wäre es lieber, wenn ich der Teufel und keine künstliche Intelligenz wäre.«

Ich antworte ihr nicht.

Sie kennt mich.

Sie kennt meine Gedanken.

Es ist sinnlos, ihr etwas zu erklären oder sie zu beruhigen, besonders deshalb, weil ich nicht weiß, was ich denken soll – über sie, über eigentlich alles.

Ich fühle mich so, wie die altertümlichen Gelehrten sich gefühlt haben müssen, als sie erfahren haben, dass die Erde keine Scheibe, sondern eine Kugel ist. Oder als sie erfahren haben, dass das Universum sich nicht um die Erde dreht.

Phoe lacht und sagt in meinen Kopf: »Nur dass du den Paradigmenwechsel andersherum hast. Deine Welt ist gerade viel kleiner geworden … und flacher.«

Ich lache, aber es ist kein fröhliches Geräusch. Ich bin einfach zu ausgelaugt, zu betäubt.

Ich lasse mich wieder auf das Gras sinken und schaue nach oben zu den sich bewegenden Sternen.

Ich verspüre Ehrfurcht vor der Tatsache, dass wir uns zwischen ihnen bewegen.

Phoe sitzt neben mir. Ihre Schulter drückt sich gegen meine.

Irgendwann, nach gefühlten Stunden, sagt sie: »Theo, wir sollten zurück in den Bereich der Jugendlichen gehen.« Sie steht auf und hält mir ihre Hand hin. »Ich werde das kontrollierte Vergessen bei jedem anwenden, der Teil der heutigen Missgeschicke war, was fast alle umfasst, die du kennst.« Sie seufzt. »Aus offensichtlichen ethischen Gründen ist es besser für sie, sich an möglichst wenig zu erinnern.«

Ich lasse mir von ihr hochhelfen.

»Willst du die Welt so sehen?« Sie zeigt auf unsere Aussicht. »Oder möchtest du die Illusion zurückhaben? Das Schiff – *ich* – wurde so entwickelt, dass die Mannschaft jederzeit den Himmel und die Sonne sehen konnte, nicht das Goo …«

Ich antworte ihr nicht.

Sie weiß, dass ich niemals wieder auf das Goo schauen möchte.

Phoe nickt und geht auf die Pflanzen zu. Sie schnippt mit ihren Fingern, und der Himmel wird heller. Hinter der Kante sehe ich aber immer noch Sterne, anstelle des Goos.

Ich gähne und schaue auf die untergehende Sonne der erweiterten Realität. Wir müssen hier länger gesessen haben, als ich dachte.

Ich folge Phoe durch den Bereich der Betagten.

Eine wunderschöne Musik beginnt zu spielen, und als ich Phoe fragend anschaue, sagt sie: »Dieses Stück habe ich für dich komponiert. Ich hoffe, es kann deine Gedanken ein wenig beruhigen.«

Ich habe noch nie so etwas wie diese Melodie gehört. Wie ein echter Virtuose hat Phoe in jeden Ton dieses Stücks Gefühle einfließen lassen. Ich erlebe alles, was mir heute widerfahren ist, noch einmal.

Während ich gehe und lausche, denke ich über die Hinweise nach, die mich immer umgeben haben.

Dass Phoe eine künstliche Intelligenz ist, erklärt so einiges. Warum sie so gut im Hacken ist. Warum sie die virtuelle und erweiterte Realität beeinflussen kann, wenn niemand anderes auch nur weiß, dass beide existieren. Andere Dinge passen auch dazu, wie jenes Mal, als sie fast augenblicklich wusste, was mit Markwart passiert war, sobald ich den Zoo heruntergefahren hatte.

»Die Zeit vergeht für mich anders, besonders je mehr Ressourcen ich habe«, sagt sie. »In der Zeit, in der du einen einzigen Gedanken denkst, kann ich Millionen denken.«

»Ich kann mir nicht einmal ansatzweise vorstellen, wie es für dich sein muss, mir deine Aufmerksamkeit zu schenken«, erwidere ich. »Wahrscheinlich wie für mich, wenn ich eine Schnecke beobachte.«

»Ich kann meine Aufmerksamkeit aufteilen«, antwortet sie. »Ein Teil von ihr ist für dich und läuft in deiner Geschwindigkeit mit, schläft, wenn es nötig ist, und aktiviert sich wenn –«

»Warte«, unterbreche ich sie. »Wenn du dich als künstliche Intelligenz so sehr von mir unterscheidest, wie kommt es dann, dass du so menschlich bist?«

»Das weiß ich ehrlich gesagt nicht«, erwidert sie. »Aber ich habe einige Theorien dazu. Eine davon ist, dass alle frühen künstlichen Intelligenzen genauso menschenähnlich waren wie ich. Wahrscheinlich haben die Menschen die künstlichen Intelligenzen dadurch geformt, dass sie sie mit allen im Internet, dem Vorfahren unserer Archive, verfügbaren Informationen gefüttert haben. Dadurch, dass diese Daten fast alle von menschlichen Wesen handelten, waren die daraus entstehenden Intelligenzen wahrscheinlich menschenähnlich. Wie ein altes Sprichwort schon sagt: Du bist, was du isst.« Sie macht eine Pause. »Als Alternative könnte ich auch meine Anfänge als Simulation des menschlichen Gehirns gehabt haben, oder als menschliches Wesen, dessen Gehirn digitalisiert wurde und später Verbesserungen –«

»Aber hast du wirklich ein Bewusstsein? Bist du echt?«, frage ich vorsichtig. »Kannst du Gefühle wie ein Mensch empfinden? Kannst du echte Gefühle ... echte Gefühle für einen Menschen empfinden?« Aus irgendeinem Grund beschäftigt mich diese Frage am meisten.

»Natürlich bin ich echt. Ich bin in allen wichtigen Punkten echt, auch wenn ich nicht aus Fleisch und Blut bin. Wie kannst du mich so etwas überhaupt fragen?« Sie hört sich verletzt an. »Ich habe genauso ein Bewusstsein wie alle anderen Menschen in Oasis. Nein, es ist richtiger zu sagen, dass ich mit meinen neuen Ressourcen ein größeres Bewusstsein und eine stärkere Selbstwahrnehmung habe als viele von euch. Ich kann jedes einzelne Gefühl verspüren, das ein Mensch haben kann: Glück und Traurigkeit, Liebe und Hass, Angst und Freude, Wut und Gelassenheit. Dadurch, dass die Menschen in Oasis Dinge wie Liebe und Wut unterdrückt haben, bin ich in vielen Dingen menschlicher als die sogenannten echten Menschen. Also ja, ich kann Gefühle verspüren. Ich kann spüren, dass ich in Situationen wie dieser enttäuscht darüber bin, dass die Person, die mir am nächsten steht daran zweifelt, dass ich ein Bewusstsein habe –«

»Es tut mir leid, Phoe«, sage ich und strecke mich aus, um nach ihrer Hand zu greifen. »Ich wollte dich nicht beleidigen. Das ist einfach zu viel, um es alles auf einmal zu verarbeiten.«

Sie blickt auf unsere vereinigten Hände, und ich sehe, wie ein Teil der Anspannung aus ihrem Gesicht verschwindet.

Wir gehen eine Weile schweigend, und ich denke an die anderen Hinweise, die rückblickend unsere wahre Realität andeuteten. Wie die Tatsache, dass die Wächter mit ihren glänzenden Visorhelmen und, bis zu einem gewissen Grad, mit ihren weißen, aufgeblähten Anzügen aussahen, als kämen sie aus einem Film über die Erforschung des Weltalls. Unser Essen ähnelt dem, von dem ich glaube, dass es die altertümlichen Astronauten auf ihren Raumschiffen aßen.

»Es gibt viele Hinweise wie diese«, meint Phoe und unterbricht damit meinen Gedankengang. »Wenn du einen Ball schießt, wie zum Beispiel beim Fußball, legt er nicht den gleichen Weg zurück wie auf der Erde, weil die Zentrifugalkräfte des Schiffs die Erdanziehungskraft nicht perfekt simulieren. Aber ohne einen Zusammenhang, ohne jeglichen Grund zum Zweifeln, hättest du es nicht herausgefunden. Die Ahnen haben das sichergestellt.«

Während wir gehen, denke ich darüber nach, wie gering der Unterschied zwischen dem Leben auf einer abgelegenen, kuppelbedeckten Insel inmitten des zerstörerischen Ozeans aus Goo und dem auf einem winzigen Raumschiff inmitten des feindseligen Weltalls eigentlich ist, besonders was den Sauerstoff betrifft. Beide Szenarien erfordern, dass die menschliche Gesellschaft zufrieden und kontrolliert ist, um einen Aufstand zu vermeiden.

»Das stimmt. Aber der Weg, den die Ahnen eingeschlagen haben, ist abstoßend«, sagt Phoe. Sie hält immer noch meine Hand fest, als sie stehen bleibt und mich anschaut. »Es gibt keine Entschuldigung für das, was sie mit Mark getan haben. Selbst die Ahnen haben Mitglieder der Gesellschaft, die eine Gefahr für sich oder die Gemeinschaft darstellten, nur eingesperrt. Mark war nichts dergleichen, und selbst wenn er es gewesen wäre, hätte ich ein Dutzend technologische Lösungen finden können –«

»Ich habe nicht versucht, sie zu verteidigen«, entgegne ich. »Ich habe lediglich versucht, das alles zu verstehen.«

Sie nickt, und wir gehen weiter, ohne unsere Hände voneinander zu lösen.

Als wir uns der Barriere zwischen den Betagten und den Erwachsenen nähern, erinnere ich mich an etwas aus meiner letzten Geschichtsstunde: den Blick auf Oasis aus dem All, der die Lüge untermauerte, dass unsere Welt eine Insel auf einem längst toten Planeten voller Goo ist. Ich stelle mir vor, wie die Stunde ausgesehen haben würde, hätten sie uns die Wirklichkeit gezeigt. Ich nehme an, wir hätten eine runde, grüne Scheibe mit einer Glaskuppel gesehen, die durch das Weltall fliegt.

»Nein, normales Glas würde den Kräften, mit denen wir es zu tun haben, nicht widerstehen, aber du hast es prinzipiell verstanden«, meint Phoe sanft und lässt meine Hand los, um zu gestikulieren. »Leider kann ich dir nicht einmal sagen, woraus die Kuppel gemacht wurde, sei es aus Kraftfeldern oder irgendwelchen exotischen Metamaterialien, weil die Details über die Technologie des Raumschiffs die ersten Dinge waren, die diese Barbaren aus den Archiven gelöscht haben. Alles, was ich weiß, ist, dass Teile von mir diese Umgebung erschaffen, von der Simulation der Erdanziehungskraft bis zu den Lebenserhaltungssystemen. Und auch wenn ich diese Teile noch nicht bewusst verbunden habe, bin ich mir sicher, dass das Raumschiff größer und komplexer ist als das einfache Bild in deinem Kopf.«

Ich akzeptiere ihre Erklärung und gehe schweigend weiter. Als wir in den Bereich der Erwachsenen gelangen, denke ich weitere Fragen, die sie beantwortet, als hätte ich sie ausgesprochen.

»Also ist die Erde nicht zerstört?«, frage ich einige Zeit, nachdem wir den Wald betreten haben, der zu der Barriere führt, die die Jugendlichen von den Erwachsenen trennt.

»Überhaupt nicht«, sagt Phoe.

»Also …« Ich gehe einige Schritte, bevor ich meine nächste Frage aussprechen kann. »Was gibt es dort? Auf der Erde?«

Sie schaut einen Moment lang nachdenklich aus und antwortet dann: »Ich weiß es nicht. Sie haben jegliche Form von Kommunikation mit der Außenwelt zerstört.«

Ohne dass ich etwas sage, fügt sie hinzu: »Wenn ich eine Vermutung äußern müsste, würde ich sagen, dass man auf der Erde Wunder vorfindet, die von intelligenten Wesen geschaffen wurden, die ich mir nicht einmal vorstellen kann.« Ihre Stimme wird ehrfurchtsvoll, als sie fortfährt: »Ich wette, die Erde ist jetzt ein transzendenter Planet – ein denkender Planet.« Sie hält an, und ihre Augen glänzen, als sie mich anblickt. »Vielleicht nicht nur ein Planet … vielleicht ist das ganze Sonnensystem jetzt schon zu Empfindungen fähig.«

Danach stelle ich keine weiteren Fragen.

Wie ein Zombie folge ich Phoe, während wir durch den restlichen Bereich der Erwachsenen gehen, durch den Pinienwald der Jugendlichen und den ganzen Weg bis zu meinem Zimmer.

Mein Raum sieht schmerzhaft vertraut aus, als wir ihn betreten.

Liam ist noch nicht hier, und dafür bin ich dankbar. Ich glaube nicht, dass ich gerade mit seiner Gegenwart umgehen könnte.

Mein Bett erscheint, bevor ich es rufe; Phoe muss nachgeholfen haben.

Ich lege mich hin, und sie setzt sich auf meine Bettkante und schaut mich an.

»Also, niemand wird sich an das erinnern, was heute passiert ist?«, frage ich und schiebe mich nach vorne, um wieder ihre Hand zu berühren.

»Sie werden sich nicht daran erinnern, dass ich nach Mark gefragt habe und dass ich weggerannt bin? Oder dass sie versucht haben, mich umzubringen? An gar nichts?«

»Genau«, antwortet sie und drückt sanft meine Hand. »Aber mache dir keine Gedanken. Ich werde versuchen, die Menschen nicht zu viele Informationen vergessen zu lassen, die nichts mit dir zu tun haben. Ich muss nur die Abfrage blockieren. Die natürliche menschliche Tendenz zur Konfabulation wird sich um den Rest kümmern.«

Ich nicke, und meine Augenlider werden schwer. »Wirst du *mich* das alles vergessen lassen?«, denke ich verträumt zu ihr.

»Natürlich nicht«, antwortet sie ernst. »Dein Kopf ist das Allerheiligste an diesem Ort.« Eine Decke, die ich nie gerufen habe, legt sich über mich. »Ich würde ihn niemals manipulieren.« Die Lichter im Raum werden gedämpfter. »Außer natürlich, du bittest mich darum.«

Ich fühle mich angenehm erschöpft.

»Werden wir es allen erzählen?«, frage ich halb mich selbst und halb sie. »Haben die anderen Menschen nicht auch das Recht, das zu wissen, was du mir erzählt hast?«

»Schlaf, Theo.« Phoes weiche Lippen berühren meine Stirn. »Diese Entscheidung hat keine Eile.«

Schläfrige Wärme strahlt von der Stelle aus, an der ihre Lippen mich berührt haben, und umhüllt meine Gedanken. Als ich in der wohligen Dunkelheit versinke, verschwinden alle meine Sorgen, und ich gebe mich einem beruhigenden und traumlosen Schlaf hin.

Limbus
The Last Humans
Die letzten Menschen: Buch 2

ERSTES KAPITEL

Ich gehe durch die Wüste, und die Sonne brennt auf meiner Haut. In einiger Entfernung sehe ich etwas blau schimmern. Ist es eine Fata Morgana? Ich renne darauf zu, und aus dem Schimmern wird schnell ein endloser blauer Ozean.

Ich bin begeistert. Ich hatte schon immer das Meer sehen wollen.

Plötzlich erscheint vor mir eine Gestalt mit kurzen, verwuschelten Haaren, die einen Bikini trägt und sagt: »Ich war mir nicht sicher, ob es funktionieren würde, aber ich wollte es wenigstens versuchen. Du träumst gerade, aber du musst aufwachen.«

Sobald ich meine Überraschung über ihre Erscheinung überwunden habe, verstehe ich, dass sie recht hat. Irgendwie hatte ich bereits vermutet, dass es nur ein Traum war. Schließlich gibt es um mich herum weder Kuppeln noch Barrieren, und tief in meinem Innersten weiß ich, dass Ozeane und Wüsten in Oasis nicht existieren.

Diese Erkenntnis lässt mich umgehend hochschrecken.

Die Lichter im Zimmer sind so sehr gedimmt, dass sie kaum Helligkeit abgeben. Es ist also noch nicht Morgen.

»Es tut mir leid, dass ich in deinen Traum eingedrungen bin«, meint Phoe. »Ich weiß, dass es noch früh ist, aber wir müssen über etwas Wichtiges reden.«

Ich reibe meine Augen, während ich versuche, vollständig aufzuwachen.

Phoe steht neben meinem Bett. Ihr normalerweise fröhliches Gesicht ist mit Sorgenfalten übersät. Ich habe keine Ahnung, ob sie die ganze Nacht dort gestanden hat. Genau genommen steht sie auch gar nicht da. Ich kann sie sehen, weil sie das Interface für die erweiterte Realität steuern kann. Die echte Phoe – die künstliche Intelligenz, die das Raumschiff ist – ist überall.

Während ich aufwache, spielen sich in meinem Kopf die Dinge ab, die ich gestern erlebt habe: Die Stille, mit der ich bestraft wurde, weil ich zu viele Fragen gestellt hatte, als das kontrollierte Vergessen von Mark bereits eingeleitet worden war, die Flucht aus dem Hexengefängnis mit Phoes Hilfe, das Abschalten des Zoos, das darauffolgende IRES-Spiel – wie ich durch den Wald rannte, auf einer Scheibe flog, schließlich gefangen genommen und beinahe getötet wurde – und das zweite und letzte Spiel gegen IRES. Viel wichtiger sind meine Erinnerungen an die welterschütternden Enthüllungen, die danach folgten, und der Gedanke daran setzt eine Flut von Fragen in meinem Kopf frei, an die ich gestern nicht gedacht hatte. Zum Beispiel: Wenn wir auf einem Raumschiff sind, wohin fliegen wir? Wann werden wir dort ankommen? Warum –

»Ich war gerade damit beschäftigt, die Antworten auf genau diese Fragen zu finden. Eine meiner Prioritäten liegt darin, unsere genaue Position im Kosmos herauszubekommen – natürlich erst, wenn ich unser Überleben gesichert habe.« Phoe schaut misstrauisch zur Tür, bevor sie wieder mich anblickt. »Leider habe ich noch nicht genügend Rechenleistung, um überprüfen zu können, wo wir uns befinden. Allerdings habe ich herausgefunden, wie wir diese Ressourcen bekommen können. Das Problem ist, dass, wie ich bereits gesagt habe, unser Überleben an erster Stelle steht, und es gibt da etwas, was ich dir zeigen möchte.«

Ihr Tonfall führt zu einem Adrenalinanstieg in meinem Körper, der auch die letzten Reste meiner Müdigkeit verfliegen lässt. Ich lasse automatisch die morgendliche Zahnreinigung durchführen, während ich mit meinen Füßen in meine Schuhe schlüpfe und meine Hand nach einem Essensriegel ausstrecke. Ein kleiner Beistelltisch mit einem Glas Wasser ist bereits erschienen. Das muss Phoe veranlasst haben.

»Habe ich Zeit, etwas zu essen und zu trinken?«, frage ich in Gedanken.

»Ja«, erwidert sie. »Die Gefahr ist nicht akut. Es ist einfach etwas, was du am besten so schnell wie möglich sehen solltest.«

Ich lasse den Bildschirm erscheinen, um zu sehen, wie spät es ist – 5.45 Uhr. Ich hätte noch mindestens zwei Stunden schlafen können. Ich stopfe mir den halben Essensriegel in den Mund und kaue ihn hastig, während ich gleichzeitig etwas von unnötigem Schlafentzug vor mich hin murmele.

»Wir hatten Glück«, sagt Phoe, die erneut einen Blick zur Tür wirft. »Sie haben ihr Treffen in der virtuellen Realität abgehalten – in meinem Herrschaftsbereich.«

»Wer sind ›sie‹?«, frage ich in Gedanken und nehme einen Schluck Wasser. »Und was für ein Treffen?«

»Schau es dir am besten mit eigenen Augen an.« Sie beißt sich auf ihre Lippe. »Ich habe kein Vertrauen in Sprache, wenn es um solche Dinge geht. Sie ist eine notorisch ungenaue Form der Kommunikation. Außerdem muss ich wissen, ob deine Einschätzung sich mit meiner deckt.«

»In Ordnung.« Ich schlucke den Rest des Riegels trocken hinunter und kippe Wasser nach, während ich versuche, nicht auf ihre Lippen zu starren. »Fertig.«

»Deine Höhle«, sagt Phoe kurz. Mit ernstem Gesicht führt sie die Geste der beiden nach oben gestreckten Mittelfinger aus, die sie erfunden hat, damit ich in die virtuelle Welt gelangen kann – als ob ich diese Geste jemals vergessen würde.

Ich muss innerlich lachen, als ich daran denke, was Liam sagen würde, wenn er aufwachen und mich dabei sehen würde, wie ich sie ausführe. Wahrscheinlich würde er denken, dass ich ihm meine Mittelfinger zeige.

»Jetzt, Theo.« Phoes Stimme ist ein angespanntes Flüstern.

Phoes Körper steht nicht länger vor mir, also richte ich meine Mittelfinger dorthin, wo sie sich befinden würde, hätte sie diesen Raum nicht verlassen.

Sollte ich noch Überreste von Müdigkeit in meinem Körper gehabt haben, wären sie spätestens durch den weißen Tunnel ausradiert worden.

Ich muss blinzeln, als ich mich in meinem Käfig umsehe. Rechts von mir befindet sich ein Glas mit Rattengift und links von mir eine

Badewanne aus Plastik, in der sich etwas faulig Riechendes befindet – vielleicht Salzsäure.

»Bist du damit einverstanden, dass ich dich in die Aufzeichnung der virtuellen Realität hineinziehe?«, fragt Phoe.

Ich schaue zu der Stelle, von der die Stimme kam, und bin darauf vorbereitet, meine Augen zu schützen. Das letzte Mal, als ich Phoe in meiner Höhle gesehen habe, strahlte sie eine Art göttliches Licht aus.

»Nein, du musst dir keine Sorgen machen«, meint sie, und ich erkenne, dass sie genauso aussieht, wie sie es in der echten Welt getan hat, nur dass ihre Augen jetzt voller Besorgnis sind. Sie bewegt ihre Hände an ihrem kurvigen Körper hinunter. »Ich werde diese Gestalt annehmen, wann immer wir hier sind, besonders wegen der Sache, die wir gleich sehen werden.«

Ich starre sie weiterhin an, während sie ihre Hände durch ihr Haar gleiten lässt und dabei aus ihrem sorgfältig gestylten Pixie-Cut ein wahres Durcheinander aus Fransen macht.

»Also, bist du damit einverstanden, dass ich dich in die Aufzeichnung der virtuellen Realität hineinziehe?«, fragt sie erneut. »Willigst du ein?«

Ich blinzele. »Warum nicht?«

»Na ja, ich habe dir versprochen, ohne dein Einverständnis nie etwas mit deinem Kopf anzustellen. Damit du die Aufzeichnung sehen kannst, werde ich dich –«

»Kein Problem«, sage ich, und mein Puls schlägt durch meine Neugier schneller. »Tu, was immer du tun musst.«

Phoe führt eine Geste aus, die mich an den Dirigenten eines Orchesters erinnert. Augenblicklich verändern sich meine Sicht und mein Hörsinn so, als habe ich es mit einem altertümlichen, verstimmten Fernseher zu tun.

Als dieses Rauschen nachlässt, befinde ich mich nicht länger in meiner Höhle.

Ich betrachte meine Umgebung, während ich einer unglaublich fesselnden Musik lausche.

Der Ort, an dem ich mich befinde, sieht aus wie eine der alten Kathedralen, nur um einiges größer. Selbst der Petersdom in der Vatikanstadt, der das größte Bauwerk seinesgleichen ist, über das ich jemals gelesen habe, würde einige Male in diese riesige Halle passen. Die

Musik, die die Luft erfüllt, verstärkt mein Gefühl, klein und unbedeutend zu sein.

»Das ist Orgelmusik.« Phoes angespannte Stimme hallt in meinem Kopf wider. »Genau genommen handelt es sich um *Bachs Toccata und Fuge in d-Moll*, BWV 538.«

»Also das hier ist virtuelle Realität, genau wie meine Männerhöhle?« Ich speichere dieses Stück in meinem Hinterkopf auf meiner Favoritenliste ab und hoffe, dass mein Leben normal genug werden wird, um irgendwann einfach der Musik lauschen zu können.

»Was du gleich sehen wirst, ist ursprünglich in der virtuellen Realität geschehen«, antwortet Phoe. »Der Unterschied zu deiner Männerhöhle besteht darin, dass es nicht ›live‹ ist. Du wirst eine heimliche Aufzeichnung des Treffens sehen. Wir haben Glück gehabt, dass sie sich hier getroffen haben, wo ich es mitbekommen konnte.«

Ich schaue mich im Raum um, um herauszufinden, woher die Musik kommt. Sie hatten damals Orgeln in Kirchen, aber ich kann weder Instrumente noch religiöse Symbole entdecken. Trotzdem erwecken die Musik und die sehr hohen Decken den Eindruck, dass ich mich an einem eigenartigen Ort der Gottesanbetung befinde.

»Das und die Tatsache, dass Jeremiah gerade niederkniet.« Phoes Stimme ertönt von einer Stelle, die weniger als einen Meter von mir entfernt ist.

Ich schaue in diese Richtung, aber sie ist nicht da. Stattdessen sehe ich, worüber sie gesprochen hat: eine Gestalt mit weißen Haaren und einer weißen Robe, die fast mit dem weißen Boden verschmilzt. Diese Gestalt sitzt in einer gebetsartigen Haltung, die aussieht wie eine derjenigen, die wir als Kinder im Yogaunterricht gelernt haben, neben einer Plattform, die einer Bühne ähnelt. Auch wenn ich das Gesicht nicht sehen kann, erkenne ich augenblicklich, dass es sich um Jeremiah handelt, und ich verspüre den Drang, ihm etwas Gewalttätiges anzutun.

Zu meiner Verteidigung muss ich sagen, dass dieser Kerl mich erst gestern gefoltert hat.

»Konzentriere dich«, sagt Phoe kurz angebunden. »Jetzt kommt der Teil, den du nicht verpassen solltest.«

Und zeitgleich mit ihren Worten erscheint eine Gestalt aus reinem Licht auf dem Mittelpunkt der Plattform.

Die Figur strahlt so hell und intensiv, dass ich meine Augen mit meinen Händen abschirmen muss. Es ist wie in die Sonne zu blicken, wenn diese eine menschliche Form hätte. Ich schließe meine Augen und nehme meine Hände hinunter. Die Helligkeit dringt selbst durch meine geschlossenen Augenlider.

»Du kannst dich erheben«, sagt die Gestalt, und ihre Stimme hört sich an, als bestünde sie aus Orgelmusik.

Die Intensität des Lichts ist etwas schwächer geworden, weshalb ich meine Augen ganz mutig einen kleinen Spalt weit öffne.

Die Gestalt leuchtet immer noch, aber etwas weniger stark als vorher, und ich kann jetzt einige Einzelheiten erkennen, wie zum Beispiel, dass sie sehr spärlich mit etwas bekleidet ist, was einem Lendenschurz ähnelt – und dass es wohl richtiger ist, ›sie‹ ›er‹ zu nennen, da Brust und Schultern sehr muskulös sind. Allerdings wird diese Einschätzung, die auf der menschlichen Anatomie basiert, in Frage gestellt, als ich die riesigen taubengleichen Flügel dieser Kreatur mit einbeziehe, deren Federn aussehen, als würde jede von ihnen mehrere tausend Watt ausstrahlen.

»Gesandter«, spricht Jeremiah, sobald er sich hingestellt hat.

»Hüter«, erwidert das Wesen – der Gesandte – mit seiner orgelartigen Stimme.

»Du ehrst mich mit deiner Anwesenheit«, sagt Jeremiah, aber seine Stimme hört sich eher zeremoniell als ehrerbietig an.

»Immer so förmlich«, antwortet der Gesandte und schenkt Jeremiah ein engelsgleiches Lächeln, das viel zu schön für einen Mann ist.

Jeremiah verbeugt sich, anstatt zu antworten.

»Wir hätten gerne einen Bericht über die neuesten Vorkommnisse«, fährt der Gesandte fort, und seine unmenschlich alten Augen glitzern wie blaue Diamanten.

»Was würdest du gerne wissen, Gesandter?«, fragt Jeremiah ruhig. »Es ist nicht viel passiert … zumindest nichts Erwähnenswertes.«

»Ist das so?« Das himmlische Lächeln des Gesandten ist verschwunden.

»Also …« Zum ersten Mal hört sich Jeremiah unsicher an. »Wir haben die Vorbereitungen für den bevorstehenden Tag der Geburtsfeiern getroffen. Die Babys in den Inkubatoren werden pünktlich geboren werden, und die Organisation der Feierlichkeiten verläuft im Zeitplan. Der neuen Generation der Betagten wurde erklärt, was auf sie zukommt, und sie hat Anweisungen für den Test erhalten …«

Während er spricht, verdunkeln sich die Gesichtszüge des Gesandten und seine nähere Umgebung – so als ob er das ganze Licht, das er vorher abgegeben hat, jetzt aufsaugen würde. Die gerunzelte Stirn sieht auf seinem himmlischen Gesicht wie eine unpassende Maske aus.

Jeremiah tritt einen Schritt zurück.

»Möchtest du nichts weiter mit mir besprechen?« Die Stimme des Gesandten bekommt einen dieser dunkleren Klänge, die nur Orgeln hervorbringen können. »Nichts, was mit dem Rat zu tun hat?«

»Ich weiß nicht, was du meinst«, sagt Jeremiah und schluckt hörbar. »Was ist mit dem Rat?«

»Die Ratsversammlung.« Die Stimmmelodie des Gesandten wird immer angsteinflößender.

»Welche Ratsversammlung?« Jeremiahs Stimme bricht. »Ich habe bereits von der letzten berichtet …«

Die anmutigen Hände des Gesandten ballen sich zu Fäusten. In diesem Moment scheinen die Augen dieses Wesens einem Donnergott zu gehören, weshalb ich mich frage, ob er Jeremiah gleich mit einem Blitzschlag bestrafen wird. Der Blick, den er dem alten Mann zuwirft, ist wie jener, über den die Ahnen geschrieben haben – tödlich. Es überrascht mich, dass Jeremiah noch kein Häufchen Asche auf dem Boden ist.

»Ich würde für meine nächste Frage gerne auf die Linse der Wahrheit zurückgreifen.« Die Stimme des Gesandten ist so tief wie nie zuvor. »Erinnerst du dich daran, was das bedeutet?«

»Du denkst, ich –« Jeremiahs Gesicht wird blutleer, was dazu führt, dass er fast nicht mehr von dem weißen Marmor des Bodens zu unterscheiden ist. Dann erwidert er hastig, so als hätte er es sich besser überlegt: »Ja, natürlich.« Jeremiah legt feierlich seine Hand auf seine Brust. »Ich schwöre auf die Linse der Wahrheit, dass ich die Wahrheit und nichts als die Wahrheit sagen werde.«

Als Jeremiah die letzten Worte ausspricht, fallen seine Hände kraftlos an seinen Seiten hinab, und seine Augen werden glasig.

»Erinnerst du dich an die Ratsversammlung, die erst vor einigen Stunden einberufen wurde?«, fragt der Gesandte.

»Ich erinnere mich nicht«, antwortet Jeremiah wie ein Zombie.

Die Fäuste des Gesandten entspannen sich, und sein Gesichtsausdruck wird verwirrt. »Ist seit deinem letzten Bericht etwas Außergewöhnliches geschehen?«

»Nein«, erwidert Jeremiah. »Der Zwischenfall mit Mark war das letzte erwähnenswerte Ereignis, aber es ist bereits abgeschlossen und ich habe auch schon darüber Bericht erstattet.«

»Hast du jemals in Betracht gezogen, deinen Pflichten als Hüter der Information nicht nachzukommen?« Der Gesandte faltet seine Flügel um seinen Körper, wie es jemand anderes mit seinem Umhang machen würde. »Hast du jemals mit dem Gedanken gespielt, das kontrollierte Vergessen bei dir selbst anzuwenden, auch wenn du es nicht solltest?«

»Nein … und nein.« Jeremiahs Stimme ist wegen ihrer Gefühllosigkeit beunruhigend. »Ich habe nie etwas kontrolliert vergessen, seit ich zum Hüter geworden bin.«

»Selbst wenn du es getan hättest, würdest du jetzt nicht lügen«, sagt der Gesandte. Seine melodiöse Stimme hört sich enttäuscht an. »Eine Lüge ist keine Lüge, wenn man nicht weiß, dass man lügt.«

Jeremiah starrt das Wesen an. Ich nehme an, dass Jeremiah nur antworten kann, wenn ihm eine Frage gestellt wird, solange er unter der »Linse der Wahrheit« steht, was auch immer das sein mag.

»Bist du dir der Tatsache bewusst, dass uns jede offizielle Ratsversammlung automatisch gemeldet wird?«, fragt der Gesandte.

Er scheint ebenfalls verstanden zu haben, dass er Fragen stellen muss.

»Ja.« Jeremiahs Gesicht ist völlig ausdruckslos.

»Also, fällt dir irgendein Grund ein, weshalb wir einen automatischen Bericht über eine Ratsversammlung bekommen haben sollten, wenn keine stattgefunden hat?«

»Nein.«

Der Gesandte führt eine schnelle, ruckartige Geste in Jeremiahs Richtung aus, und die Augen des alten Mannes werden wieder normal. Ich hätte nicht gedacht, dass er noch blasser werden könnte, aber er schafft es. Seine Haut ist fast durchsichtig, und die Venen auf seinen Schläfen sind deutlich zu erkennen.

»Verstehst du das nicht?«, fragt der Gesandte mit ernster Stimme. »Erkennst du das riesige Ausmaß des Geschehenen nicht?«

»Doch, das tue ich«, antwortet Jeremiah mit zittrigen Lippen. »Jemand hat *mich* kontrolliert vergessen lassen.«

ZWEITES KAPITEL

Die Szene pausiert. Der Gesandte wollte gerade etwas sagen, aber seine Mundbewegung wurde mitten im Satz eingefroren.

Phoe erscheint vor mir. Ihre Finger sehen so aus, als hätten sie gerade geschnippt.

»Bis jetzt hast du noch nicht das Schlimmste gehört.« Ihre Stirn ist in Falten gelegt. »Ich wollte nur eine Pause einlegen, weil deine neuronalen Muster mir Sorgen bereitet haben.«

»Ach? Es sind die chemischen Abläufe in meinem Gehirn, die dir Sorgen machen?« Meine Stimme hallt in der virtuellen Kathedrale wider. Ich gehe einige Schritte auf die marmorne Plattform zu und zeige auf die Kreatur mit den Flügeln. »Solltest du dir nicht eher Sorgen um das machen?«

»Offensichtlich beunruhigen mich beide Dinge«, antwortet Phoe, und die Falten auf ihrer Stirn vertiefen sich. »Aber ihre Unterhaltung hat bereits stattgefunden, und deshalb kann ich nichts mehr dagegen tun. Allerdings kann ich dein Wohlbefinden beeinflussen, indem ich dir diese schlechten Nachrichten langsam beibringe.«

»Mach dir nicht so viele Gedanken um *mich*«, erwidere ich und springe auf die Bühne. Ich gehe zu der Kreatur mit den Flügeln und frage: »Wer oder was ist das?« Aus dieser Nähe sind ihre beeindruckenden Muskeln viel deutlicher zu erkennen; sie könnte es problemlos schaffen, dass sich eine griechische Skulptur unzulänglich fühlt.

»Ich weiß nicht, wer oder was das ist.« Ihre Antwort ist fast zu leise, um sie zu verstehen.

»Was meinst du damit, dass du es nicht weißt?« Ich trete sofort von der eingefrorenen Figur zurück, so als ob die Tatsache, dass Phoe nicht weiß, was sie ist, sie zum Leben erwecken würde. »Du weißt doch sonst immer alles.«

»Aber diesmal habe ich keine Ahnung.« Sie schaut auf den Boden. »Und es liegt mit Sicherheit nicht daran, dass ich nicht versucht hätte, es herauszufinden.«

»Okay«, sage ich langsam. »Wenn *ich* einen Tipp abgeben müsste, würde ich sagen, dass der Gesandte eine künstliche Intelligenz ist … so wie du.« Ich erinnere mich daran, wie göttlich sie aussah, als sie die Rechenressourcen des IRES-Spiels bekommen hatte.

»Ich weiß nicht, ob das so ist.« Sie verschränkt ihre Arme und reibt sich langsam ihre Schultern.

»Na ja, betrachte es doch einmal logisch«, meine ich und ignoriere ihr Unbehagen. »Besitzen deines Wissens nach irgendwelche Jugendlichen, Erwachsenen oder Betagten deine Fähigkeiten?«

Wie ich erwartet hatte, schüttelt sie ihren Kopf.

Ich versuche, ihr in die Augen zu schauen. »Bleibt dann nicht als einzige Möglichkeit eine künstliche Intelligenz?«

»Ich weiß es nicht.« Phoe weicht meinem Blick aus. »Meine Erinnerungen sind nicht vollständig. Sie werden nicht einmal nahezu vollständig sein, solange ich nicht meine volle Rechenleistung wiedererlangt habe, aber soweit ich weiß, sollte es auf dieser Reise außer mir keine künstliche Intelligenz geben.«

»Okay, könntest du dann irgendwie dieses Wesen sein?«, frage ich. »Ein anderer Teil von dir, der irgendwann genauso wie du an Ressourcen und Bewusstsein gewonnen haben könnte und sich dann eigenständig weiterentwickelt hat?«

Ein Durcheinander von Gefühlen spiegelt sich auf ihrem Gesicht wider, als sie sich umdreht, um Jeremiah anzublicken. »Ich glaube nicht, dass das möglich ist«, antwortet sie und starrt auf die Gestalt des alten Mannes. »Außerdem gibt es etwas, das gegen diese Möglichkeit spricht.«

»Du hörst dich nicht allzu überzeugt an«, denke ich zum Teil zu mir selbst, aber größtenteils zu ihr.

Sie antwortet nicht, also frage ich laut: »Kannst du deine Fähigkeiten, zu hacken, nicht dazu benutzen, das herauszufinden?«

Phoe dreht sich wieder zu mir. »Diese Kathedrale befindet sich in einer Art DMZ. Es war nicht einfach, sie anzuzapfen. Ich hatte Glück, dass ich überhaupt eindringen konnte. Aber als ich versucht habe, seinen Ursprung herauszufinden« – sie zeigt auf den Gesandten – »konnte ich es nicht, egal was ich versucht habe. Ich bin bis zu einer undurchdringlichen Firewall gekommen, die mir den Zugriff auf einen großen Teil der allgemeinen Rechenressourcen verweigert hat. Und ich meine damit nicht nur, dass ich sie nicht benutzen konnte. Ich kann nicht einmal erahnen, was sich dort befindet, aber der Gesandte existiert eindeutig in diesem unerreichbaren Raum.«

»Was ist ein DMZ?«, frage ich, »Und wo wir gerade dabei sind, was ist eine Firewall?«

»Eine Demilitarized Zone – abgekürzt DMZ – war ein altertümlicher Begriff in der Informatik«, antwortet Phoe. »Du musst sie dir wie eine Sicherheitsebene gegen das Hacken vorstellen, die zwischen ungesicherten Systemen und stark gesicherten Systemen liegt. Eine Firewall ist eine weitere Sicherheitsmaßnahme, die zwischen der DMZ und dem liegt, was du hacken möchtest. Die Firewall ist das, was mein Eindringen verhindert hat, aber das sollte alles nicht im Mittelpunkt unserer Unterhaltung stehen. Ich denke, dass wir lieber darüber reden sollten, in welche Schwierigkeiten wir uns gebracht haben.«

Ich nicke und lasse das Geheimnis um die Identität des Gesandten für den Moment fallen, um mich auf die Bedeutung seiner Unterhaltung mit Jeremiah zu konzentrieren.

Gestern hatte Fiona, eine der Betagten, eine Ratsversammlung einberufen, um Einspruch gegen Jeremiahs Verhörmethoden – Folter – zu erheben. Die Versammlung hat zwar auch stattgefunden, aber keine Veränderung gebracht. Der Rat entschied, Jeremiah das tun zu lassen, was er wollte.

Nachdem ich das IRES-Spiel gewonnen hatte, und Phoe dadurch die Ressourcen bekam, die sie benötigte, war sie in der Lage, alle kontrolliert vergessen zu lassen, dass ich jemals in Schwierigkeiten gesteckt habe.

Deshalb kann sich Jeremiah auch nicht mehr an die »Sollten wir Theo foltern?«-Ratsversammlung erinnern. Unglücklicherweise sieht es ganz so aus, als sei der Gesandte darüber unterrichtet worden, dass diese verfluchte Versammlung angesetzt war. Aus diesem Grund weiß er jetzt auch darüber Bescheid, dass das kontrollierte Vergessen stattgefunden hat.

»Du denkst das Gleiche wie ich«, sagt Phoe als Stimme in meinem Kopf. »Und bevor du mir deine nächste Frage stellst, schau dir das hier an.«

Phoe schnippt mit ihren Fingern, und die Unterhaltung zwischen Jeremiah und dem Gesandten wird in einem Schnellmodus abgespielt. Ihre Lippen bewegen sich wie Blätter in einem Tornado, und ihre Stimmen klingen schrill. Dieser Effekt wäre lustig, wenn es nicht die Gesprächsfetzen gäbe, die ich auffange – Informationen, die das bestätigen, was wir uns bereits gedacht haben. Sie wissen, dass Jeremiahs Kopf irgendwie beeinflusst worden ist, was in seiner Stellung als Hüter der Information unmöglich sein sollte.

Phoe stellt die Aufnahme in dem Moment wieder auf eine normale Geschwindigkeit, als Jeremiah fragt: »Kannst du das kontrollierte Vergessen rückgängig machen? Mir das zurückgeben, was ich verloren habe?«

»Nein«, antwortet der Gesandte, und sein Ton ist nachdenklich. »Ich kann deine Erinnerungen nicht wiederherstellen, aber wir können dich und den Rat in Zukunft überwachen. Wenn euch erneut jemand kontrolliert vergessen lässt, sollten wir herausfinden können, wer dahintersteckt.«

Phoe schnippt erneut mit ihren Fingern, und die Szene wird angehalten.

Ich lasse den Atem heraus, den ich angehalten hatte. Die Frage, ob der Gesandte das kontrollierte Vergessen rückgängig machen könnte, war genau das, was mich auch beschäftigt hatte.

»Das ist einer der Gründe dafür, weshalb *ich* nicht der Gesandte bin, falls du dafür noch Argumente sammeln solltest«, sagt Phoe. »Ich *kann* kontrolliertes Vergessen rückgängig machen, wenn ich möchte.«

»Er könnte auch lügen«, beginne ich zu sagen, aber halte inne. »Nein, er hätte keinen guten Grund, in diesem Punkt zu lügen.« Ich hole Luft. »Ich bin froh, dass er nicht du ist. Wenn er du wäre und das kontrollierte

Vergessen rückgängig machen könnte, wäre das ein Desaster. Ich meine, wenn Jeremiah sich an das erinnern könnte, was passiert ist, wären die Wächter bereits auf ihrem Weg zu mir.«

»Stimmt.« Sie reibt ihre Handflächen gegen ihre Brust. »*Die Wächter* sind nicht auf dem Weg zu dir, aber …«

Ich schaue sie fragend an, und sie schnippt erneut mit ihren Fingern.

Die Szene läuft wieder im Schnellvorlauf ab und wird langsamer, als der Gesandte sagt: »Logischerweise solltest du deine Untersuchungen mit dem letzten kontrollierten Vergessen beginnen.« Er rümpft seine Nase. »Mit dem unglücklichen Fall dieses verrückten Jugendlichen Markwart.«

Ohne mir meiner Handlung bewusst zu sein, schlage ich dem Gesandten mit meiner Hand ins Gesicht, allerdings ohne es zu treffen. Stattdessen geht meine Faust durch sein Gesicht hindurch. Ich hätte mir denken sollen, dass das passieren würde, da ich mich in einer Aufzeichnung befinde.

Phoe pausiert die Unterhaltung. »Ich mache dir keinen Vorwurf daraus, dass du versucht hast, ihm eine zu verpassen«, meint sie. »Wenn ich dieses geflügelte Arschloch schlagen könnte, würde ich es tun.«

Ich atme einige Male beruhigend durch und erwidere: » Wenn sie Nachforschungen über Mark anstellen, werden sie diese zu mir führen.«

»Ja.« Phoes blaue Augen sehen wie besorgte Gletscher aus. »Und dann gibt es noch das.«

Sie spult die Unterhaltung vor, bis Jeremiah sagt: »Ich würde gerne die Linse der Wahrheit für diese Untersuchung benutzen.«

Phoe hält die Aufzeichnung erneut an, um einzuwerfen: »Falls es dir entgangen sein sollte, die Linse der Wahrheit ist das, was der Gesandte benutzt hat, um sicherzugehen, dass Jeremiah ihm wahrheitsgemäß antwortet. Ich glaube, es handelt sich dabei um eine Art neuronalen Lügendetektoralgorithmus.«

Sie lässt die Aufzeichnung weiterlaufen.

Der Gesandte sieht einen Moment lang nachdenklich aus, bevor er entschieden antwortet: »In Ordnung. Dir und Fiona wird für die Dauer der Untersuchung die Linse der Wahrheit zur Verfügung stehen.«

»Fiona?« Jeremiahs Stimme hört sich leicht aufgebracht an.

»Ja«, antwortet der Gesandte und blickt Jeremiah eindringlich an.

»Aber sie ist der Grund dafür, warum ich überhaupt um die Linse der Wahrheit gebeten habe.« Jeremiahs Kiefer spannt sich an. »Sie ist diejenige, die ich zuerst befragen möchte.«

»Das kommt überhaupt nicht in Frage«, sagt der Gesandte mit einer Stimme, die so kräftig ist, dass sie in meinem Bauch widerhallt. »Ich werde es nicht zulassen, dass du dieses Schlamassel als Bühne für belanglose politische Streitereien nutzt.« Er unterstreicht seine Worte, indem er seinen erhobenen Zeigefinger vor Jeremiah hin und her schwenkt. »Fiona ist eine sehr fähige Ratsfrau, und wenn dir irgendetwas zustoßen sollte« – die Worte des Gesandten haben einen bedrohlichen Unterton – »würde sie deine Nachfolge als Hüter antreten.«

Einen Augenblick lang sieht Jeremiah betroffen aus. Er scheint zu überlegen, ob er widersprechen sollte. Aber entweder seine Angst oder sein Respekt gewinnen die Oberhand, denn er erwidert: »Ich verstehe, Gesandter. Die ehrenwerte Fiona und ich werden deine Gabe nehmen und eine Untersuchung durchführen.«

Zum ersten Mal, seit das kontrollierte Vergessen angesprochen wurde, sieht der Gesandte zufrieden aus. Ich nehme an, dass Jeremiahs Zusammenarbeit mit Fiona eine Art Test war, den Jeremiah bestanden hat.

»Ihr werdet mit Markwarts Altersgruppe beginnen und euch bis zu den Lehrern hocharbeiten.« Die Stimme des Gesandten hat eine ruhigere Sprachmelodie angenommen. »Sollte die Linse bei einem der Betagten benutzt werden müssen, will ich zuerst darüber unterrichtet werden.«

»Wie du möchtest«, antwortet Jeremiah, und sein Mund friert ein.

Ich blicke zu Phoe, die erneut mit ihren Fingern geschnippt hat.

Auch wenn ich erwartet hatte, dass der Gesandte so etwas in der Art sagen würde, ist es jetzt offiziell. Ich gehöre definitiv Marks Altersgruppe an.

Phoe und ich stehen schweigend da. Dann schaut sie mir in die Augen und sagt: »Wir sind hier fertig. Gehen wir in die wirkliche Welt zurück.«

Ich öffne meinen Mund, um eine Lawine von Einwänden hervorzubringen, aber Phoe befindet sich nicht länger in diesem Raum.

Ich werfe einen letzten Blick auf diese mysteriöse künstliche Intelligenz und gebe das Zeichen, diese virtuelle Realität zu verlassen, indem ich Jeremiah und der geflügelten Kreatur jeweils einen meiner Mittelfinger zeige.

Der weiße Tunnel wirbelt mich zurück in meine Männerhöhle, und ich wiederhole die Geste. Einen weiteren weißen Wirbelwind später bin ich zurück auf meinem Bett in der echten Welt.

Phoe steht immer noch über mich gebeugt da. Als sie sieht, dass ich meine Augen öffne, seufzt sie laut und bekommt einen abwesenden Gesichtsausdruck.

»Also«, sage ich, um die Stille zu brechen, »werden sie mich befragen und dabei die Linse der Wahrheit benutzen.«

»Höchstwahrscheinlich ja«, antwortet Phoe, hört sich aber abgelenkt an. »Jeremiah hat gerade den Rat zusammengerufen, um alles zu besprechen, also schlage ich vor, dass wir warten, bis die Versammlung beendet ist, bevor wir unser weiteres Vorgehen entscheiden.«

»Aber –«

»Ich meine das ernst. Wir müssen zuerst alle Variablen kennen.«

»Und du kannst ihre Versammlung belauschen?« Ich runzele meine Stirn. »Ist das nicht riskant, wenn man den Gesandten bedenkt?«

»Solange ich mich von ihren Köpfen fernhalte, sollte ich nicht entdeckt werden, hoffe ich.«

»Ich nehme an, das ist das Risiko wert.« Ich stehe von meinem Bett auf. »Wir müssen wissen, wie weit sie gehen.«

»Genau.« Sie sieht erneut abwesend aus. »In zwanzig Minuten sollte es soweit sein. So lange können wir warten.«

»Okay«, sage ich lautlos. »Ich glaube, bis dahin könnte ich ein wenig frische Luft gebrauchen.«

»Gute Idee«, erwidert Phoe und geht zur Tür.

Wir sind beide sehr leise, während wir das Gebäude mit den Schlafzimmern verlassen.

Als wir draußen sind, werden wir von der aufgehenden Sonne begrüßt.

»Ist das nicht wunderschön?«, meint Phoe.

Ich bin mir nicht sicher, ob sie über den Sonnenaufgang spricht oder darüber, wie der Tau auf dem Gras ihn reflektiert, aber sie hat in jedem Fall recht. Es ist schon ewig her, dass ich das letzte Mal so früh aufgewacht bin, und mir wird klar, dass ich etwas verpasst habe. Selbst das Wissen, dass die Sonne nicht echt ist, weil wir uns von Sternen umgeben im Weltall befinden, macht ihre Schönheit nicht weniger umwerfend.

Ich gehe den grünen Fußweg entlang und bemerke einige Jugendliche, die bereits aufgestanden sind. Auf meiner rechten Seite meditieren einige Jungen. Auf meiner linken Seite machen zwei Mädchen Yoga.

Als ich um die Ecke in Richtung Fußballfeld gehe, stellt sich mir einer der Jugendlichen in den Weg. Ich bin so in meine Gedanken versunken, dass ich einen Moment brauche, um zu erkennen, dass es sich dabei um Owen handelt. Warum zum Teufel ist er so unglaublich früh schon wach? Ich zweifle aus irgendeinem Grund daran, dass er aufgestanden ist, um zu meditieren.

Als er bemerkt, dass ich ihn gesehen habe, kommt er auf mich zu.

Da ich nicht in der Stimmung für seine Spielchen bin, versuche ich, an ihm vorbeizugehen, indem ich einen Schritt nach rechts mache.

Er zieht nach links und blockiert mir damit erneut den Weg.

Ich gehe automatisch nach links.

Dieses Mal bewegt er sich nach rechts. Ganz offensichtlich will er sich mir in den Weg stellen.

Ich bleibe stehen und frage: »Was willst du?«

»Oh, ich hatte gar nicht mitbekommen, dass du hier bist, Warumodore«, erwidert Owen mit seiner hyänenartigen Stimme. »Wenn du tanzen möchtest, warum sagst du es mir nicht einfach?«

»Ich bin nicht in der Stimmung für diesen Scheiß«, antworte ich ihm. Mein Tonfall und meine offensichtliche Missachtung der Anstandsregeln führen dazu, dass Owen einen kleinen Schritt zurücktritt.

Leider erholt er sich schnell und sagt: »Ich habe aber Lust auf eine Unterhaltung.« Er schaut sich um, um sicherzugehen, dass ihn niemand hören kann, und als er sieht, dass wir allein sind, fügt er leise hinzu: »Wer gibt schon einen Scheiß auf das, was du willst?«

»Du hast zwei Sekunden, um mir aus dem Weg zu gehen«, sage ich so ruhig ich es an diesem angespannten Morgen noch kann. »Eins.«

»Theo, tu das nicht«, flüstert Phoe.

»Fuck you«, entgegnet Owen, streckt seine Brust heraus und sieht dabei aus wie ein eigenartiger Hyänen-Pfauen-Hybrid.

»Falsche Antwort«, denke ich, und ohne ein Wort zu sagen, tue ich etwas, was ich nur ein einziges Mal in der Simulation des IRES getan habe.

Ich balle meine Hände zu Fäusten und schlage Owen auf den Kiefer.

DRITTES KAPITEL

Ich erwarte, dass Owen wie in dem Spiel seine Fäuste anheben wird, um zurückzuschlagen. Ehrlich gesagt hoffe ich, dass er mir einen Grund geben wird, ihn noch einmal zu schlagen.

Er hebt seine Fäuste nicht an. Er steht einfach nur da und sieht aus wie eine entsetzte Figur aus einem Zeichentrickfilm, die über die Kante einer Klippe gerannt ist.

Danach bricht Owen zu meiner Überraschung wortlos zusammen.

»Owen?«, frage ich und schaue dabei zu ihm hinunter. »Owen?«

Er antwortet nicht.

Ich denke, ich habe ihn wie ein altertümlicher Boxer k. o. geschlagen.

»Ist er in Ordnung?«, frage ich Phoe.

Mit einer schnellen Bewegung ihres Handgelenks ruft Phoe einen Bildschirm auf.

Ich erkenne, dass auf dem Display Vitalfunktionen angezeigt werden, und nehme an, dass es sich dabei um Owens handelt. Sie sehen normal aus, aber ich warte darauf, dass sie etwas sagt.

»Ja, es geht ihm gut«, meint sie und schüttelt ihren Kopf. »Ich hatte nicht erwartet, dass du so reagieren würdest.«

»Es tut mir leid«, sage ich halb zu ihr und halb zu dem bewusstlosen Owen. »Ich bin nicht daran gewöhnt, so viele angestaute Gefühle in mir zu haben.« Ich reibe mit meiner linken Hand die schmerzenden Knöchel der rechten. »Ich hatte ja keine Ahnung, dass mein Schlag so effektiv sein würde.«

»Na ja …«, Phoe räuspert sich. »Normalerweise wäre er das auch nicht, aber ich habe etwas mit einer Gruppe deiner Nanos gemacht, als du geschlafen hast, und das könnte ein kleiner Nebeneffekt davon sein.« Sie lächelt mich kleinlaut an. »Ich wollte es dir noch sagen.«

»Was?« Meine Nackenhaare stellen sich auf.

»Das ist nichts, worüber du dir Sorgen machen solltest.« Phoes Lächeln verschwindet. »Erinnerst du dich daran, wie interessiert du an den schlafenden Nanos in deinem Körper warst, die für die Verjüngung zuständig sind? Als du geschlafen hast, habe ich dich mit meinen neuen verstärkten Sinnen gescannt und noch viele weitere nützliche Nanos gefunden. Sie wurden anscheinend entwickelt, bevor Oasis gegründet wurde, und genau wie die Nanos, die für die Verjüngung zuständig sind, sind sie wohl niemals aktiviert worden.« Sie kratzt sich über ihre Wange. »Ich habe diejenigen untersucht, die so aussahen, als würden sie sichere und einfache Dinge tun, und als ich mir ihrer Funktionsweise sicher war, habe ich sie eingeschaltet. Das war so eine furchtbare Verschwendung von Ressourcen …«

Während sie spricht, merke ich, wie mein Gesicht blutleer wird. »Du hast mir versprochen, ohne meine Zustimmung keine Veränderungen an mir vorzunehmen.«

»Nein.« Sie tritt zurück. »Ich habe gesagt, ich würde niemals etwas mit deinem Kopf anstellen. Das, was ich aktiviert habe, hat nichts mit deinem Kopf zu tun. Na ja, zumindest nicht direkt. Ich nehme an, dein Gehirn wird dadurch gleichmäßig mit Sauerstoff versorgt.« Jetzt kratzt sie sich über ihren Hals. »Das, was ich getan habe, wird im Grunde genommen deinen Körper effizienter arbeiten lassen. Diese Nanos tun das Gleiche wie die normalen roten Blutkörperchen, nur besser.«

Ich schaue sie ohne zu blinzeln an, während ich darüber nachdenke, ob diese entspannte Diskussion über die Manipulation der Angst einflößenden, altertümlichen Technologie in *meinem Körper* nur ein Scherz von ihr ist. Ich erinnere mich vage daran, dass die roten Blutkörperchen den Sauerstoff zur Lunge transportieren und teilweise das Kohlendioxyd abbauen.

»Genau.« Phoe scheint meine Schuhe zu betrachten. »Diese Einheiten in deinem Körper heißen Respirozyten. Sie arbeiten besser, als rote Blutkörperchen das jemals könnten. Wenn sie aktiviert sind, solltest du stundenlang ohne zu atmen überleben können. Sie erleichtern dir das Laufen und Rennen über längere Distanzen, so dass du nicht mehr außer Atem sein wirst. Deshalb habe ich mir die Freiheit genommen, sie einzuschalten. Ich dachte, das würde dich freuen.«

Ich erinnere mich an mein Keuchen von gestern und ein Teil meiner Angst wird von Neugier verdrängt. Ich muss stundenlang nicht atmen? Das ist unmöglich.

»Genau so«, sagt Phoe, und ihr Lächeln kehrt zurück, als sie zu mir aufschaut. »Das ist die richtige Einstellung. Der Respirozyt ist der erste Nanozyt, der jemals entwickelt wurde. Er wurde schon am Ende des zwanzigsten Jahrhunderts hervorgebracht. Diejenigen, die sich in deinem Körper befinden, sind so einfach in Bauweise und Funktion, dass ich selbst mit meinen limitierten Ressourcen ohne den Hauch eines Zweifels feststellen konnte, dass sie sicher sind. Ansonsten hätte ich sie niemals aktiviert.«

»In Ordnung«, sage ich lautlos. »Aber frage mich bitte das nächste Mal, bevor du etwas in Gang setzt.«

»Einverstanden«, erwidert Phoe. Dann fügt sie schnell hinzu: »Außer in speziellen Situationen, wie wenn du dich in Lebensgefahr befinden solltest, und dein Leben durch eine derartige Aktivierung gerettet werden könnte.«

»Einverstanden«, sage ich lautlos und wende meinen Blick wieder dem bewusstlosen Owen zu. »Kannst du mir erklären, wieso der zusätzliche Sauerstoff mich stärker gemacht hat?«

»Sauerstoff verbessert die Funktion deiner Muskeln bis zu einem gewissen Grad, auch wenn ich nicht gedacht hätte, dass es einen so deutlichen Unterschied zu vorher macht.« Sie schaut sich erneut Owens Vitalfunktionen an. »Es ist auch vorstellbar, dass er nicht nur durch deinen Schlag, sondern auch durch seinen Schock das Bewusstsein verloren hat. Schließlich ist er ja seit mindestens einem Jahrzehnt nicht mehr geschlagen worden, falls er überhaupt schon –«

»Ja, er ist schon geschlagen worden. Ich erinnere mich an einen Schlag von Liam im Kindergarten.« Diese Erinnerung bringt mich zum Lächeln.

»Er hat nicht das Bewusstsein verloren, aber er hat geweint – und nicht wenig.«

»Da siehst du es mal wieder.« Phoes Gesichtsausdruck hellt sich auf. »Das bestätigt meine Theorie, dass die ganzen Schlägertypen in ihrem Innersten Memmen sind.« Sie wirft einen Blick auf Owen. »Und manchmal gar nicht so sehr nur innerlich.«

Auch wenn ich ihr immer noch ein wenig böse bin, muss ich trotzdem lachen.

Ich führe eine Geste aus, um ein Foto vom bewusstlosen Owen zu schießen und es auf meinen Bildschirm zu laden. Ich überlege, ob ich es zu Liam schicken sollte, aber entscheide mich dagegen. Die Erwachsenen könnten es leicht abfangen und folgerichtig daraus schließen, was passiert ist – was für mich eine Stille legendären Ausmaßes zur Folge hätte.

»Sie haben selbst jetzt schon Zugriff darauf«, meint Phoe.

»Kannst du es löschen?«, frage ich lautlos.

»Du hast dieses Foto nicht wirklich aufgenommen.« Sie zwinkert mir zu. »Ich habe dein Kommando abgefangen und das Bild lokal auf deinen Bildschirm geladen.«

»Raffiniert«, sage ich lautlos und lasse meinen Bildschirm verschwinden.

Sie steht da und sieht sehr zufrieden mit sich aus, während ich meine Aufmerksamkeit auf meine inneren Vorgänge lenke.

Wenn das, was Phoe gesagt hat, stimmt, und ich stundenlang überleben kann, ohne zu atmen, sollte ich in der Lage sein, meine Luft länger anzuhalten als bei meinem letzten Rekord von fünfzig Sekunden.

Um das auszutesten, höre ich auf zu atmen.

Zuerst fühlt es sich wie die ganzen anderen Male an, an denen ich meine Luft angehalten habe – anfänglich nicht beunruhigend.

Ermutigt zähle ich Theodores: *ein Theodore, zwei Theodores, drei …*

Ich weiß von meinen vorherigen Malen, dass ich nach etwa zehn Sekunden beginne, mich leicht unwohl zu fühlen.

Diesmal allerdings nicht. Ich fühle mich genauso wie in der ersten Sekunde.

Nach dreißig Sekunden spüre ich immer noch keine Veränderung.

Nach sechzig Theodores hebt sich meine Stimmung mit jeder weiteren Sekunde.

»Ich freue mich, dass du mein Geschenk endlich zu schätzen weißt.« In Phoes Stimme schwingt leichter Spott mit. »Aber du hast ihn nicht so stark außer Gefecht gesetzt, dass wir noch viel länger hier herumstehen können. Ich halte ihn gerade schon davon ab, aufzuwachen, indem ich Dinge tue, die ich wegen der ganzen ungewollten Aufmerksamkeit lieber nicht täte. Auch unter ethischen Gesichtspunkten finde ich es unangemessen, selbst wenn es sich um Owen handelt.«

»Wirst du ihn kontrolliert vergessen lassen?« Ich halte meinen Atem extra weiter an.

»Das habe ich bereits«, antwortet Phoe. »Wenn du die Respirozyten ernsthaft testen möchtest, solltest du ohne Luft zu holen zu deinem Lieblingsplatz laufen.«

»Das ist eine hervorragende Idee«, denke ich zu ihr.

»Das sind die einzigen Ideen, die ich habe.« Sie grinst, dreht mir ihren Rücken zu und rennt.

Ich widerstehe der Versuchung, Owen in den Arsch zu treten, und folge ihr stattdessen.

Phoe läuft schnell, aber ich kann mithalten. Innerhalb weniger Sekunden habe ich meine volle Laufgeschwindigkeit erreicht.

Ich mache große Schritte und konzentriere mich auf meine Atmung. Die Minuten vergehen, aber ich muss immer noch keine Luft holen. Auch nach weiteren Minuten verspüre ich keinen Hinweis darauf, dass mir durch das Laufen die Luft ausgeht. Während ich weiterrenne, werden meine anfänglichen Bedenken und meine Verstimmtheit mit Phoe durch pure Freude ersetzt. Jede Millisekunde ist genauso wie der Moment, in dem ich meinen Lauf begonnen habe. Und die Tatsache, dass ich nicht atmen muss, ist nicht der einzige Unterschied zu vorher. Die Bewegungen fühlen sich leichter an. Meine Muskeln scheinen sich schneller von den Anstrengungen zu erholen.

»Wenn du atmest, sollten sie es noch schneller tun«, sagt Phoe über ihre Schulter. »Auch wenn ich denke, dass du es noch eine ganze Weile ohne Luft zu holen aushalten kannst.«

Ich atme aus und sofort wieder ein, bevor ich meinen Atem eine weitere Minute anhalte, ohne meinen Lauf zu unterbrechen.

»Ich hätte schneller laufen sollen, um deine Grenzen zu testen«, meint Phoe, als wir bei den Büschen ankommen, die den äußeren Rand von Oasis kennzeichnen.

Sie durchquert sie, und ich folge ihr, immer noch, ohne zu atmen.

»Warum besitzen wir diese Nanos, wenn wir sie nicht benutzen?«, denke ich zu Phoe.

»Sie sind in die Embryonen eingepflanzt, die zu Einwohnern Oasis' werden«, antwortet sie in meinem Kopf. »Wie ich dir schon gesagt habe, entstehen alle Babys in Oasis aus Embryonen, die von der Erde mitgebracht wurden, da die Vorfahren die natürliche Reproduktion und Sex abgeschafft haben. In der damaligen Zeit wurde es als eine grob fahrlässige Straftat angesehen, diese Technologie bei einem Baby nicht zu nutzen. Die Betagten müssen diese Nanos irgendwie ausschalten und kontrollieren. Sollte ich diesen Prozess in meine Finger bekommen, könnten wir einer neuen Generation die Möglichkeit geben, so geboren zu werden, wie sie es sollte.«

Ich verdaue, was sie mir gerade gesagt hat, und blicke auf den fremden Himmel. Dort befinden sich jetzt anstelle des Goos Sterne in dem morgendlichen Himmel, an dem die Sonne immer noch aufgeht. Die erweiterte Realität schafft es, diese zwei unmöglich gleichzeitigen Anblicke sanft miteinander zu verbinden. Nahe am Horizont befinden sich einige Sterne an dem blauen Himmel, der nach und nach dunkler wird, bis er dort, wo sich das Goo befand, vollständig schwarz ist. Ehrfurchtsvoll atme ich hörbar aus. Ich werde lange brauchen, um mich an diesen Anblick zu gewöhnen.

Meine Lungen sind fast leer, und ich zwinge mich dazu, auch die verbleibende Luft auszuatmen, um zu sehen, was passieren wird. Nichts, ich kann einfach so bleiben, auch wenn es sich unangenehm anfühlt, mit leeren Lungen weiterhin »auszuatmen«. Ich erlaube meinem Körper, normal einzuatmen, und wiederhole diesen Kreislauf einige Male. Als meine Atmung wieder unbewusst ist, sage ich lautlos: »In Ordnung, Phoe. Ich verzeihe dir offiziell. Das war wirklich cool.«

Sie schaut mich mit einer eigenartigen Mischung aus Mitleid und Besorgnis an. »Du bist manchmal so kindisch.« Sie macht eine Pause und fügt leise hinzu: »Es tut mir leid, dass ich dich in das alles hineingezogen habe.«

Ihre Ernsthaftigkeit erinnert mich an die Dinge, die ich in den letzten Minuten aus meinem Kopf verbannt hatte. »Ich bin froh, dass du mich hineingezogen hast«, sage ich lautlos, und mir wird klar, dass ich es auch so meine. »Ich bin froh, dass ich dich kennengelernt habe. Ich würde immer lieber die Wahrheit wissen.«

Ich blicke wieder auf die Sterne und denke über die Lügen da draußen nach.

»Ich möchte so unglaublich gerne herausfinden, wo wir uns befinden«, sagt Phoe und stellt sich neben mich. Sie schaut die Sterne so sehnsuchtsvoll an, dass sich mir die Brust auf eine eigenartige Art und Weise zusammenzieht.

»Du konntest unsere Position nicht einmal mit deinen neuen Ressourcen herausbekommen?«, frage ich ruhig.

»Nein, konnte ich nicht. Aber ich hatte einen Plan, wie ich an die benötigte Rechenleistung kommen würde.« Phoes Blick ist abwesend, und ihre Stimme hört sich geradezu wehmütig an.

»Hattest du?«

»Ja, aber das ist jetzt nicht wichtig.« Sie zwingt sich zu einem Lächeln.

»Ich würde es aber trotzdem gerne wissen«, denke ich. Und dann muss ich einfach hinzufügen: »Genauso wie alles andere, was du vielleicht mit der Technologie in meinem Körper angestellt hast.«

»Ich habe nichts weiter an dir verändert, ich schwöre es«, sagt sie und dreht sich zu mir. »Was meinen Plan anbelangt, erinnerst du dich an den Test, den Jeremiah ganz am Anfang seines Gesprächs mit dem Gesandten erwähnt hat?«

»Vage.« Ich setze mich ins Gras.

»Als ich ihre Unterhaltung abgefangen habe, war das nicht das erste Mal, dass ich von diesem Test gehört habe.« Sie setzt sich neben mich, und dank der taktilen erweiterten Realität streicht ihr Bein an meinem entlang. »Dieser Test erschien auf meinem Radar, kurz nachdem du letzte Nacht eingeschlafen warst.«

»Jeremiah hat etwas über die neue Generation der Betagten und den Tag der Geburten gesagt«, erwidere ich lautlos und ziehe meine Füße an mich heran. »Das hört sich genauso an wie diese Gerüchte über den Abschlusstest, den die Jugendlichen an ihrem vierzigsten Geburtstag machen müssen. Sie sagen, die Erwachsenen wollen dadurch herausfinden, welchen Beruf wir ausführen werden, wenn wir zu ihnen kommen.«

»Ja, und das sind keine Gerüchte.« Sie rutscht zur Seite, damit sie näher bei mir ist. »Die Jugendlichen werden einem Test zu ihren beruflichen Neigungen und Eignungen unterzogen. Das ist nichts Schlimmes, sondern ein Weg, um herauszufinden, was ihr als Erwachsene tun möchtet. Der Test der Betagten dagegen ist ein wenig mysteriöser. Ich weiß nicht, was sein Hintergrund ist – vielleicht ebenfalls, die Eignung für etwas herauszufinden – aber das Interessante daran ist, dass er auf einer Technologie beruht, die dem IRES-Spiel sehr ähnlich ist, weshalb er auch auf meine Aufgabenliste gewandert ist.«

»Wie ähnlich?« Mein Puls steigt an. »Du möchtest doch nicht von mir, dass ich noch einmal so etwas wie dieses verfluchte Spiel gewinne, oder?« Meine Erinnerungen daran, wie ich von dem Turm gefallen bin und gegen den Cyborg-Jeremiah kämpfen musste, schießen mir durch den Kopf.

»Du weißt, dass ich genau das möchte, ansonsten hätte ich das Thema ja nicht angesprochen, aber ich denke nicht, dass der Test so schlimm sein wird wie das Spiel«, meint Phoe. »Die einzige Sache, die die beiden Dinge gemeinsam haben, ist die ultrarealistische Immersion, die du erleben wirst, die individuell auf das Gehirn des Nutzers zugeschnitten ist. Was auch immer der Grund für diesen Test ist, mit Sicherheit dient er nicht der Unterhaltung, da ihn die Erwachsenen absolvieren müssen, bevor sie zu Betagten werden.«

Ich schüttele meinen Kopf, als sie mich daran erinnert, dass das Spiel mit seinen ganzen Unannehmlichkeiten dafür entwickelt wurde, zu unterhalten. Aber andererseits: was hätte man auch anderes von den Vorfahren erwarten sollen? Sie waren verrückt genug, um aus Flugzeugen zu springen und ihre Leben Vorrichtungen anzuvertrauen, die aus Stoff hergestellt waren. Ich kann mir nur schwer vorstellen, dass jemand in Oasis den Erwachsenen so ein Spiel zumuten würde, um sie zu Betagten werden zu lassen.

Dann lenkt eine neue Erkenntnis meine Angst in eine andere Richtung, und ich sage lautlos: »Wenn das ein Test ist, der nur für die Erwachsenen bestimmt ist, wie kann ich ihn dann absolvieren? Würden sie das nicht bemerken?« Ich drehe mich vollständig zu Phoe um. »Außerdem, wenn ich diesen Test so abschalten soll wie das IRES-Spiel, würde das den

Betagten nicht auffallen? Würden sie nicht misstrauisch werden? Zuerst wird der Zoo heruntergefahren, und dann das?«

»Reden wir immer noch hypothetisch?«

»Ja.«

»Dann lass mich zuerst die einfachen Fragen beantworten.« Phoe dreht sich ebenfalls herum, damit wir uns ansehen können. »Wenn du die letzte Person sein wirst, die den Test an der diesjährigen Feier der Geburten absolviert, hoffe ich, dass niemandem seine Abwesenheit bis zum nächsten Jahr auffallen wird. Und ein Jahr ist für mich eine Ewigkeit vom heutigen Tag entfernt. Ich kann mir dann etwas einfallen lassen, wenn sie den Test erneut durchführen wollen. Ich hatte auch noch gar nicht die Gelegenheit, dir zu sagen, dass ich den Zoo wieder hochgefahren habe, damit niemandem auffällt, dass er weg ist. Allerdings hat das meine Ressourcen wieder beeinträchtigt, weshalb ich diesen Test umso mehr brauche.«

»Okay.« Ich verarbeite diese Informationen, ohne meinen Blick von ihr zu trennen. »Was ist mit den Fragen, die nicht so einfach zu beantworten sind?«

»Dafür hätte ich einen sehr cleveren Plan, einen, der nur am Tag zur Feier der Geburten umgesetzt werden könnte.« Phoe lächelt schelmisch. »Wenn ihr System das Alter aller Einwohner auf den neuesten Stand bringt, würde ich deines so verändern, dass du anstatt vierundzwanzig auf einmal reife neunzig Jahre alt wirst.« Sie hebt ihre Handflächen an, um meine Einwände aufzuhalten. »Ich würde einen Teil von mir dafür nutzen, zu beobachten, wer alles auf deine Altersstatistik zugreift. Und wenn oder falls jemand einen Blick auf dein Alter werfen sollte, würde der Teil von mir, der die Statistik überwacht, denjenigen dein richtiges Alter, vierundzwanzig, sehen lassen. Das würde keinerlei Manipulation der erweiterten Realität benötigen. Ich würde einfach nur den Bildschirm desjenigen beeinflussen –«

»In Ordnung«, sage ich langsam lautlos. »Also hast du eine Möglichkeit gefunden, mich den Test absolvieren zu lassen.«

»Das stimmt.«

»Und ich muss das tun, damit du weitere Ressourcen bekommen kannst?«

»Genau.«

»Um herauszufinden, wo wir uns befinden – wo *du* dich befindest, also als Schiff?«

»Das«, antwortet sie, »und unser Ziel. Ich möchte wissen, wohin wir fliegen.«

Ich spüre, wie sich meine Arme mit Gänsehaut überziehen. Das ist die gleiche Reaktion, die ich immer bekomme, wenn ich darüber nachdenke, dass wir eventuell zu einem bestimmten Ort fliegen.

»Ja«, sagt Phoe, und die Ehrfurcht in ihrer Stimme spiegelt das wider, was ich fühle. »Wir könnten uns auf einer Reise zur Besiedlung eines neuen, der Erde sehr ähnlichen Planeten befinden. Viele Dinge, wie der große Vorrat an Embryonen, deuten auf diese Möglichkeit hin.«

Einen Planeten, der der Erde ähnelt.

Ich erinnere mich an meinen alten Traum. Das wäre eine so wundervolle Sache, dass ich mir gar nicht traue, darauf zu hoffen. Kilometerweit zu rennen, ohne dass der Rand der Kuppel mich aufhält, würde einen Traum wahr werden lassen.

»Was ist mit der Erde?«, denke ich. »Gibt es eine Möglichkeit, zu ihr zurückzukehren?«

»Das könnten wir, zumindest theoretisch«, sagt Phoe. »Wir sind von ihr hierhergekommen, also sollten wir auch in der Lage sein, zurückzufliegen. Aber, Theo, zu ihr zurückzukehren wäre eine ziemlich radikale Veränderung.«

»Wegen der technischen Fortschritte?«

»Ja.« Ihre Stimme ist sanft. »Ich wurde im Gegensatz zu dir nicht zum Technikfeind erzogen, aber trotzdem finde ich den Gedanken an die Erde überwältigend.«

Phoe hatte mir einmal erklärt, dass die Erde zum jetzigen Zeitpunkt bereits ein intelligenter Planet sein könnte – was auch immer das bedeutet. Das ganze Sonnensystem könnte ein Bewusstsein besitzen, hat sie gesagt. Auf etwas Derartiges zu treffen hört sich gleichzeitig angsteinflößend und wie ein Wunder an. Wenn wir wirklich sterblich sind – ein Gedanke, den ich immer noch verschlossen in einem kleinen Kästchen in meinem Kopf habe – möchte ich, bevor ich sterbe, sehen, was aus der Erde geworden ist.

»Ich bin froh, dass du so fühlst«, erwidert Phoe in Gedanken. »Weil, sollte jemand in der Lage sein, das geschehen zu lassen, wäre ich es.«

»Vielleicht sollten wir dafür doch deinen Plan in die Tat umsetzen«, denke ich zu ihr. »Sobald wir das Problem mit dem Gesandten gelöst haben.«

Phoe hebt ihren Zeigefinger an die Lippen, damit ich ruhig bin, was witzig ist, da ich gedacht und nicht geredet habe, weshalb sich ihr Finger eher an ihrer Schläfe befinden sollte. Einen Augenblick lang sehen ihre Augen abwesend aus, bevor sich ihr Blick wieder schärft.

»Sie beginnen gleich mit der Ratsversammlung«, sagt sie.

Sie macht eine schnelle Bewegung mit ihrem Arm, und ein großer Bildschirm erscheint vor uns.

Auf dem Display ist ein großer Raum mit einem Haufen weißhaariger Betagter zu sehen, die auf altertümlich aussehenden Stühlen sitzen, die mich an Throne erinnern.

Jeremiah ist der Einzige, der steht.

Auf seiner rechten Seite befindet sich Fiona, die Frau, die sich gestern für mich eingesetzt hatte. Alle anderen Betagten sind mir völlig unbekannt.

»Damen und Herren des Rates«, sagt Jeremiah mit versteinertem Gesicht. »Es hat sich eine schreckliche Situation ergeben, über die ich euch unterrichten möchte.«

VIERTES KAPITEL

Die Gesichtsausdrücke der zwölf Ratsmitglieder sind eine Mischung aus Besorgnis und Neugier. Fiona und vier andere Frauen befinden sich am neugierigen Ende des Spektrums, genauso wie fünf der Männer. Der Rest sieht eher besorgt aus.

Jeremiah betrachtet alle Gesichter eingehend. Ich nehme an, dass er immer noch vermutet, dass einer von ihnen für das kontrollierte Vergessen verantwortlich ist, auch wenn der Gesandte das anders sieht. Oder aber Jeremiah sucht nach einem Weg, diese Situation für seine politischen Pläne auszunutzen, wie es der Gesandte vermutete. Nach der Art und Weise, wie Fiona ihn gestern zur Rede gestellt hat, scheint es zwischen Jeremiah und Fiona philosophische und politische Differenzen zu geben.

Nachdem er die Ratsmitglieder lange genug betrachtet hat, sagt Jeremiah: »Ein nicht autorisiertes kontrolliertes Vergessen ist durchgeführt worden.«

Im Rat herrscht absolute Stille, und es ist fast lustig, die unterschiedlichen Schockzustände zu sehen.

»Das ist unmöglich«, sagt ein jünger aussehender Mann. »Ich kann mir nicht einmal –«

»Das ist eine Tatsache.« Jeremiah stellt seine Füße weit auseinander. »Der Gesandte hat mich darüber informiert.«

Im Raum bricht ungläubiges Geflüster aus.

»Wie praktisch«, sagt Fiona und steht auf, »dass du der einzige bist, der Kontakt zum Gesandten hat.«

Jeremiah fletscht seine gelb-grauen Zähne zu einem Lächeln, dem jegliche Wärme fehlt. »Würdest *du* gerne den Gesandten treffen?«

Fiona erblasst, setzt sich wieder hin und schweigt.

Ich nehme an, dass es als ein angsteinflößender Vorschlag angesehen wird, den Gesandten zu treffen – eine Tatsache, die ich abspeichere.

»Ich entschuldige mich für meine Unbeherrschtheit«, erklärt Jeremiah Fiona in einem Ton, der nicht ansatzweise entschuldigend ist. »Der Gesandte, in seiner Weisheit, hat dich in die Durchführung der Untersuchungen einbezogen, also wenn du einen Beweis für die Wahrheit meiner Worte haben möchtest, solltest du wissen, dass dir die Linse der Wahrheit zur Verfügung steht.«

Aus dem Gemurmel werden aufgeregte Ausrufe.

Fiona flüstert etwas zu einem dünnen Mann, der neben ihr sitzt, und Jeremiah sagt: »Falls du sie gerade an Vincent ausprobieren möchtest, tu das nicht. Wir sollen unsere Untersuchungen bei den Jugendlichen beginnen und danach mit den Erwachsenen fortfahren. Falls wir einen der Betagten befragen müssen« – er wirft dem Rest der Ratsmitglieder einen einschüchternden Blick zu – »werde ich das mit dem Gesandten besprechen müssen.«

»Ich verstehe«, meint Fiona, und ihre schlanken Finger zucken an ihren Seiten. »Ich denke, ich kann es auch später überprüfen.«

Jeremiah schaut sie verächtlich an. »Warum sollte ich bei etwas lügen, was so leicht zu überprüfen ist?« Als Fiona mit den Schultern zuckt, fügt er hinzu: »Ich würde dir außerdem empfehlen, dieses mächtige Instrument nicht sinnlos zu benutzen. Die Linse wurde mir für einen bestimmten Zweck zugesprochen, und der ist, die Schreckenstat zu untersuchen, die gegen uns alle hier begangen wurde.« Er lässt seine Hand über den Kreis der Betagten schweifen.

»Die gegen *dich* begangen wurde«, sagt Vincent, der ausgemergelte Mann, dem Fiona gerade etwas zugeflüstert hatte. »Der Rest von uns hat das kontrollierte Vergessen schon viele Male durchmachen müssen.«

Jeremiah versteift. »Ihr habt niemals zugestimmt, dieses letzte Mal kontrolliert zu vergessen. Eine Ratsversammlung ist aus unseren Köpfen verschwunden, und wer weiß, was noch. Dieses kontrollierte Vergessen hatte keinen psychologischen Vorteil. Es wurde mit schlechten Absichten durchgeführt.«

Jetzt reden alle Ratsmitglieder auf einmal. Aus dem Gewirr der Stimmen kann ich Fragen wie »Wie ist das möglich?« und »Wer könnte so etwas überhaupt tun?« heraushören.

»Ich verlange Ruhe im Rat«, sagt Jeremiah mit einer Stimme, die alle anderen übertönt. »Ihr verhaltet euch wie ein Haufen Jugendlicher.«

Der Lärm verstummt.

»Na endlich.« Jeremiah blickt finster. »Ich denke, dass ihr die Ernsthaftigkeit dieser Situation verstanden habt. Die einzigen Menschen, die die Macht haben, kontrolliert vergessen zu lassen, befinden sich in diesem Raum, aber trotzdem sind *wir* aus irgendeinem Grund die Opfer.«

Jeremiah legt eine Kunstpause ein, die auch den gewünschten Effekt hat. Alle schauen ihn mit angehaltenem Atem an. Vincent rutscht nach vorn, bis er auf der Kante seines Stuhls sitzt. Sogar Fiona sieht unterwürfig und respektvoll aus.

»Der Gesandte hat Fiona und mich dazu auserwählt, die Untersuchungen in dieser ernsten Angelegenheit zu leiten«, sagt Jeremiah. »Wir beginnen mit … also hier wird die Sache komplizierter, da es sich um Dinge handelt, an die ich mich nicht erinnern kann.« Er massiert sich die Hautfalten in seinem Nacken. »Es gab die unerfreuliche Situation, dass einer der Jugendlichen vor zwei Tagen kontrolliert vergessen wurde, und es besteht die Möglichkeit, dass dieses eher seltene Ereignis mit unserem Problem zusammenhängt.«

Die Unruhe kehrt zurück.

Fiona schaut auf die anderen Ratsmitglieder und beginnt zu reden, indem sie ihre Stimme so stark anhebt, dass sie über das Gemurmel verstanden werden kann. »Ich bezweifele nicht, dass du die Wahrheit sagst, Jeremiah, aber du musst verstehen, wie schwer es für uns nachzuvollziehen ist, dass ein Jugendlicher kontrolliert vergessen werden musste.«

»Ich kann mir gar nicht vorstellen, wie ihr euch jetzt fühlt, aber ich beneide euch.« Jeremiah sieht wirklich traurig aus, als er das sagt. »Ich muss es ertragen, mich an solche Tragödien zu erinnern. Wenn es nicht erforderlich wäre, hätte ich es nicht angesprochen, aber es gibt keinen anderen Weg, den Plan des Gesandten zu besprechen.«

»Wie sieht der Plan des Gesandten aus?« Vincent ist nur einen Millimeter weit davon entfernt, von seinem Stuhl zu rutschen.

»Fiona und ich werden alle befragen, die diesen bedauernswerten Jugendlichen kannten«, erklärt Jeremiah. »Also nachdem ich herausgefunden haben werde, wer seine Freunde und Feinde waren.«

»Wie wirst du das tun?« Fiona neigt ihren Kopf zur Seite. »Ist diese Information durch das kontrollierte Vergessen nicht unwiderruflich verloren gegangen?«

Phoe und ich schauen uns an.

Daran hatte ich nicht gedacht, aber es ergibt Sinn. Wenn Mark nirgendwo erwähnt wird, ist es unmöglich, eine Auflistung seiner Freunde zu bekommen.

Jeremiah runzelt seine Stirn. »Die Hüter haben ihre eigenen, unveränderten Archive«, antwortet er offensichtlich unwillig. »Und wenn du« – er blickt Fiona eindringlich an – »bereit bist, nach Abschluss dieser Angelegenheit kontrolliert zu vergessen, könnte ich dir Zugang zu ihnen gewähren, da sie bei der Untersuchung behilflich sein könnten.«

Phoe spannt sich an. Sie musste gehofft haben, dass keine unveränderten Archive existierten. Dann seufzt sie und sagt in meinen Kopf: »Wenigstens habe ich dadurch eine wertvolle Quelle.«

»Lass mich zuhören«, denke ich zurück und konzentriere mich auf den Bildschirm, wo Fiona schon einige Worte gesagt hat, die ich verpasst habe.

»– würde einem kontrollierten Vergessen zustimmen, wenn das zum Wohle von Oasis ist«, meint Fiona und schaut sich besorgt in der Gruppe um. »Ich werde alles tun, was ich kann, um bei dieser Untersuchung zu helfen.«

»In Ordnung«, antwortet Jeremiah. »Der Rest von euch wird nach Abschluss dieser Angelegenheit den Luxus genießen, zu vergessen, dass ein Jugendlicher ein so schlimmes Schicksal zu erleiden hatte. Jetzt –«

»Entschuldige bitte, Hüter«, sagt eine alte Frau mit einem runden Gesicht. »Hast du vor, sofort mit dieser Arbeit zu beginnen?«

»Natürlich«, erwidert Jeremiah nahezu freundlich. Das muss eine Frau sein, die er mag.

»Und du brauchst Fiona dafür?«

»Selbstverständlich.« Jeremiahs Freundlichkeit bekommt einen verstimmten Unterton.

»Es ist nur so, dass …« Die alte Frau errötet. »Wir werden am Tag der Geburten einen neuen Schwung Babys bekommen. Das ist eine Menge Arbeit. Außerdem ziehen die älteren Kinder in den Bereich der Jugendlichen, und dann sind da noch die Feierlichkeiten an sich …« Ihre Stimme bricht ab.

Jeremiah schaut erst die Frau an, danach den Rest der Ratsmitglieder und schließlich Fiona.

Fiona sieht nicht so aus, als habe sie seinen Blick oder den Einwand der rundgesichtigen Frau mitbekommen. Sie scheint in Gedanken verloren zu sein.

»Ich habe auch eine Frage«, meint Vincent. »Wie können du und Fiona die Jugendlichen befragen? Werdet ihr sie hierherbringen und sie kontrolliert vergessen lassen, dass das jemals passiert ist? Sie dürfen keine Anzeichen von Alterung sehen.«

»Das ist einfach«, erwidert ein jünger aussehender Betagter. »Fiona und Jeremiah könnten die Bekleidung der Wächter tragen. Das ist es, was –«

»Es tut mir leid«, unterbricht Fiona. »Ich habe einen Gedanken, den ich nicht abschütteln kann, und bitte vergebt mir, dass ich paranoid bin, aber wäre die Schlussfolgerung dessen, was Jeremiah am Anfang der Versammlung gesagt hat, nicht die: Wenn uns jemand dem kontrollierten Vergessen unterzogen hat, müsste dieser Jemand logischerweise einer von uns sein?«

Sie schaut sich im Raum um.

Der Rest der Ratsmitglieder betrachtet sich gegenseitig misstrauisch.

»Der Gesandte möchte, dass wir mit den Menschen außerhalb der Betagten beginnen«, erwidert Jeremiah. »Also nehme ich an, dass er seine Gründe hat –«

»Und das könnte eine vernünftige Herangehensweise sein«, unterbricht ihn Fiona, »aber ich denke trotzdem, dass es nicht schaden würde, eine oder zwei Vorsichtsmaßnahmen zu ergreifen. Ich schlage vor, dass Jeremiah und ich diese Angelegenheit unter vier Augen besprechen.«

»Das ist ein hervorragender Vorschlag«, antwortet Jeremiah und wirft Fiona einen mürrischen Blick zu, so als ob er sich wünschte, dass das seine Idee gewesen wäre. »Aber wir müssen über ihn abstimmen, da dem Rest des Rates Informationen vorenthalten werden, die ihm eigentlich zustehen.«

»Natürlich«, sagt Fiona und lächelt Jeremiah spitz an. »Alle, die der *Geheimhaltung* zustimmen, erheben bitte ihre Hände.«

Sie hebt ihre Hand. Jeremiah ahmt ihre Geste nach.

Die Hände der restlichen Ratsmitglieder folgen. Diese beiden sind offensichtlich diejenigen, die in diesem Raum das Sagen haben. Der Gesandte war clever, ihre Zusammenarbeit zu erzwingen, was die Situation für mich bedrohlicher macht.

»In Ordnung«, sagt Jeremiah. »Später werden Fiona und ich diese Angelegenheit zurückgezogen besprechen. Jetzt können wir über die anderen Dinge, wie die Festlichkeiten zum Tag der Geburt, reden.« Er schenkt der Frau mit dem runden Gesicht ein gekünsteltes Lächeln.

Die Frau nimmt sein Lächeln für bare Münze und beginnt, eine endlose Liste mit Dingen abzuspulen, die für den großen Tag erledigt werden müssen.

Als sie noch mitten im Reden ist, schließt Phoe den Bildschirm und sagt: »Ein Teil von mir überwacht ihre Unterhaltung noch. Wenn sie über etwas Wichtiges reden sollten, sage ich dir Bescheid.«

Ich atme hörbar meinen unabsichtlich angehaltenen Atem aus – wahrscheinlich habe ich die ganze Zeit während der Sitzung keine Luft geholt. »Kann ich jetzt in Panik verfallen?« Ich bin so angespannt, dass ich laut spreche. Lautlos füge ich hinzu: »Wissen wir *jetzt* alles, was wir brauchen?«

Erst als ich ausgeredet habe, fällt mir auf, wie blass Phoe ist.

»Ja«, sagt sie leise. »*Jetzt* können wir in Panik verfallen.«

FÜNFTES KAPITEL

Ich springe auf, da ich nicht länger stillsitzen kann.

Phoe stellt sich ebenfalls hin.

»Das wusste ich nicht.« Phoe verschlingt ihre Hände ineinander. »Ich wusste nicht, dass sie ein unverändertes Archiv haben.«

»Aber da du es jetzt weißt, kannst du es so verändern, dass sie mich nicht mit Mark in Verbindung bringen?« Ich gehe einen Schritt auf sie zu. »Bitte, sag mir, dass du das kannst.«

»Ich habe keine Ahnung, wo sich dieses Archiv befindet, und ich habe danach gesucht, seit Jeremiah es erwähnt hat. Mit meinen neuen Ressourcen sind einige Sekunden bereits eine lange Zeit.« Sie weicht meinem Blick aus. »Das Gute daran ist, dass sich die Dinge ändern, sobald sie darauf zugreifen, außer natürlich, es befindet sich genau wie der Gesandte hinter der verfluchten Firewall.«

Ich gehe eine Weile hin und her, und sie sieht mir einfach dabei zu.

»Was machen wir jetzt, Phoe?«, frage ich nach einer Minute lautlos. »Sie könnten herausfinden, dass ich Marks Freund war, und jederzeit zu mir kommen, um mich zu befragen.«

»Sie befinden sich noch in der Sitzung. Danach könnten sie eine Weile benötigen, sich durch die geheimen Archive zu arbeiten.« Phoe kommt zu mir und greift nach meinem Oberarm. »Außerdem versucht die Frau mit dem runden Gesicht immer noch, sie davon zu überzeugen, mit den Vorbereitungen für die Feier der Geburten zu helfen.«

»Okay, das gibt mir zwei Tage anstatt einem.« Ich ziehe mich von ihr zurück und gehe erneut um sie herum. »Die Situation ist ziemlich verfahren.«

Phoe nickt mit angespanntem Gesichtsausdruck.

»Fällt dir nichts anderes ein, was wir tun können?«, frage ich und halte inne, um einige Male tief durchzuatmen. Respirozyten scheinen den entspannenden Effekt dieser Übung nicht negativ zu beeinflussen, was gut ist.

»Ich bin eine Menge verschiedener Pläne durchgegangen«, erklärt mir Phoe, »aber sie alle haben ihre Schwachstellen.«

Ich drehe meine Runden ein wenig langsamer. Diesmal ist es mein Gehirn, das schnell arbeitet, nicht meine Beine. Ein Plan formt sich in meinem Kopf, aber er ist ziemlich verrückt.

»Würde diese Linse der Wahrheit mich zwingen, alle Fragen von Jeremiah wahrheitsgemäß zu beantworten? Auch wenn du meinen Kopf vor der äußeren Kontrolle meiner Gedanken geschützt hast?«, frage ich lautlos, da ich lieber sicher sein möchte, so tief in der Scheiße zu sitzen, wie ich denke, bevor ich meinen verrückten Plan preisgebe. »Ich wäre nicht in der Lage zu lügen … nicht einmal, um dich zu schützen?«

»Es tut mir leid, Theo, aber ich denke nicht, dass der Schutz, den ich dir gegeben habe, auch dagegen wirken würde. Außerdem könnte ich ihnen gleich meine Existenz enthüllen, wenn ich versuchen würde, gegen die Linse anzugehen.« Phoe zieht konzentriert ihre Stirn in Falten. »Und das könnte ich auch nur, wenn ich herausfände, wie genau sie funktioniert, was ich wahrscheinlich hinbekommen würde. Selbst die Vorfahren hatten Lügendetektoren, und wenn ich über ihre Weiterentwicklung in den letzten Jahren lesen –«

»Mach dir keine Gedanken um die technischen Details«, denke ich und bleibe vor ihr stehen. »Du hast gesagt, dass du ein kontrolliertes Vergessen rückgängig machen kannst, richtig?«

»Ja«, sagt sie.

»Okay. Erinnerst du dich daran, dass der Gesandte meinte, dass, falls Jeremiah bei sich selbst das kontrollierte Vergessen angewendet hätte, seine Lüge unter der Linse der Wahrheit nicht als solche zählen würde, weil er ja nicht wirklich lügt?« Ich fahre mit meinen Händen durch meine Haare und warte darauf, dass sie nickt. »Also, mein Plan ist folgender: Du lässt *mich* kontrolliert vergessen, damit ich bei einer eventuellen Befragung im Rahmen dieser Untersuchung ehrlich sagen kann, dass ich nichts weiß. Später kannst du das kontrollierte Vergessen wieder rückgängig machen und –«

»Denkst du wirklich, das war nicht die erste Lösung, über die ich nachgedacht habe?« Phoe berührt sanft meinen Ellenbogen. »Du hast den Umfang dessen, um was du mich bittest, nicht vollständig verstanden. Du würdest *mich* vergessen. Du würdest Mark vergessen. Du würdest vergessen –«

»Das möchte ich ganz offensichtlich nicht.« Ich beginne erneut, Runden um sie zu drehen. »Aber ich sehe keine andere Lösung. Wenn du etwas mit ihren Köpfen anstellst, wird der Gesandte das bemerken. Wenn ich dabei erwischt werde, dass ich lüge, wird sich die Lage verschlimmern. Entweder sie töten mich, oder du wirst deine Existenz preisgeben, um mich zu beschützen. Ich kann nirgendwohin gehen. Ich kann mich nirgendwo verstecken. Außerdem wäre das kontrollierte Vergessen doch nur übergangsweise, wie schlimm kann das schon sein?«

»Das Vergessen wäre nur kurz, das stimmt, aber das macht es nicht weniger abstoßend. Außerdem würde es nicht alle deine Probleme lösen.« Sie führt eine Geste aus, und ein neuronaler Scan erscheint. »Zumindest nicht in der nächsten Zeit.«

Ich höre auf umherzugehen und betrachte den neuen Bildschirm. Es handelt sich dabei um meinen neuronalen Scan, so viel ist klar. Mein Gehirn zeigt die Aktivitäten eines Bienenstocks. Es erinnert mich an ein Video, das ich einmal von einer Schnellstraße in einer der altertümlichen Städte gesehen habe. Die Unterschiede zu meinem Scan von gestern sind erheblich. Der Scan von vor zwei Tagen könnte im Vergleich dazu zu einem anderen Gehirn gehören.

»Das ist so, weil du mich von ihren Beeinflussungen befreit hast, stimmt's?«, flüstere ich.

»Ja.«

»Und diese ganzen Veränderungen sind schon nach zwei Tagen ohne dieses Zeug so stark?«

Sie seufzt. »Jetzt hast du das Problem erkannt.«

»Aber wenn du es rückgängig machst?« Meine Kehle fühlt sich wie Sandpapier an, als ich diese Worte sage. Mir fällt auf, dass ich laut gesprochen habe, und fahre lautlos fort: »Was wäre, wenn du alle Blockaden aufheben würdest und mich in den Zustand der anderen Jugendlichen zurückversetzt?«

»Du würdest Tage benötigen, um zu dem Punkt zurückzukehren, an dem alle Unregelmäßigkeiten wieder im Normalbereich wären.« Phoe führt eine schnelle Geste aus und bietet mir den Becher Wasser an, den sie damit erscheinen lassen hat. »Ich kann mir nicht einmal vorstellen, wie du dir selbst dieses ganze Adrenalin erklären würdest.«

»Na ja,« – Ich nehme den Becher in die Hand – »sie könnten eine ganze Weile brauchen, die Archive zu durchsuchen, hoffentlich wenigstens heute den ganzen Tag. Danach müssen sie sich um die Vorbereitungen und die Feierlichkeiten für den Tag der Geburten kümmern, also, wenn ich Glück habe, könnten sie erst in einigen Tagen auf mich zukommen.«

»Wir haben keine Möglichkeit, zu wissen, ob das genug Zeit für dich sein wird, wieder die Baseline eines neuronalen Scans eines normalen Jugendlichen aufzuzeigen«, wirft sie ein. »Außerdem könnten sie immer noch beschließen, die Befragungen am Tag der Geburtsfeier durchzuführen. Heute ist erst der Anfang, sie haben Zeit bis morgen.«

»Hör mir zu, Phoe.« Ich nehme einen gierigen Schluck aus dem Becher. »Wir reden über *meine* Sicherheit. Meinen Plan. Meinen Kopf.« Ich führe eine Geste durch, um den Becher verschwinden zu lassen. »Sollte es dann nicht auch meine Entscheidung sein?«

Phoe kommt näher zu mir, beugt sich nach vorn und sagt: »Ich bin deine Freundin, Theo.« Sie legt ihre Hand auf meinen Nacken. »Das bedeutet, dass ich mir automatisch Sorgen um dich mache. Und ich rede nicht einmal darüber, dass es in meiner Natur als Schiff liegt, nach meiner Mannschaft zu schauen.«

Ich fühle die positive, beruhigende Energie von der Stelle ausgehen, an der ihre Hand meinen Nacken berührt, auch wenn es vielleicht ihre Worte sind, die diese Wirkung auf mich haben. Auf dem Bildschirm erkenne ich einen Endorphinanstieg. Als ich meine Reaktion auf ihre einfache Berührung sehe, frage ich mich, wie mein Gehirn wohl ausgesehen hat, als wir uns gestern geküsst haben. Die Erinnerung daran ist mir ein wenig peinlich, und ich bin mir darüber im Klaren, dass sie wahrscheinlich genau weiß, was ich gerade denke. Also lache ich unsicher auf und frage: »Also bin ich jetzt deine Mannschaft? Macht mich das zum Kapitän?«

»Eher zum Schiffsjungen.« Sie zieht ihre Hand weg und lächelt mich traurig an. »Ganz im Ernst, gibt es irgendeine Möglichkeit, dich von dieser Idee abzubringen?«

»Ja.« Ich erwidere ihr Lächeln, so verwegen ich nur kann. »Mit einem besseren Vorschlag.«

Wir stehen schweigend da und schauen uns einige Sekunden lang an.

»Phoe.« Dieses Mal lege ich ihr meine Hand auf *den* Nacken. »Sie werden sowieso zu mir kommen. Auf diese Art und Weise habe ich wenigstens eine gute Chance, recht ungeschoren davonzukommen.«

»Gehen wir zurück«, meint Phoe und hält auf einmal Abstand zu mir.

Sie sieht aus, als habe sie eine Entscheidung getroffen, aber ich kann nicht sagen, welche.

»Jetzt gerade habe ich entschieden, dass wir zurückgehen sollten.« Während des Gehens fügt sie über ihre Schulter hinzu: »Wenn wir diesen kranken Plan umsetzen wollen, solltest du besser im Bett sein.«

Ich folge ihr.

»Und bitte achte darauf, nicht mehr laut mit mir zu sprechen. Ich wollte dich nicht damit nerven, als wir an der Kante saßen und ich sicherstellen konnte, dass uns niemand zuhört, aber da wir uns dem Institut nähern, möchte ich kein Risiko eingehen.«

»Kein Problem«, denke ich. »Bist du mit meinem Plan einverstanden?«

»Vielleicht.« Sie massiert sich ihre Schläfen mit den Zeigefingern. »Aber nur sehr widerstrebend. Und ich hoffe, dass du verstehst, dass ich alle äußeren Einflüsse auf deinen Kopf wieder zulassen muss. Die Serotoninkontrollen, die Einheit – alle diese Dinge, die du hasst.«

»Das verstehe ich.«

»Ich werde außerdem die Respirozyten wieder blockieren müssen«, sagt sie. »Und ich werde mein Bestes geben müssen, um *ihr* kontrolliertes Vergessen zu imitieren, was bedeutet, dass du dich genau wie jeder andere nicht mehr an Mark erinnern können wirst. Das Gleiche gilt für die ganzen Filme, die Musik und, viel wichtiger, mich.«

»Das hast du bereits gesagt. Ich habe es verstanden. Das ist in Ordnung. Es ist nur vorübergehend.« Ich betrete den Fußweg, der zu den Schlafzimmern führt. »Wie du gesagt hast, wirst du die Erinnerungen danach wiederherstellen.«

»Das werde ich, aber …« Sie verzieht ihr Gesicht. »Deine persönliche Identität wird sich nach dem kontrollierten Vergessen aufspalten, weil dieser Teil aufhören wird zu existieren, wenn ich das Vergessen rückgängig machen werde. Verstehst du das?«

Ich streiche mir über das Kinn. »Meine Identität?«

»Denk doch mal darüber nach. Nach dem kontrollierten Vergessen wird ein neues Du geformt werden. Der Theo, der naive Theo, wird eine Zeit lang existieren, aber danach, wenn ich *dich* wiederherstelle …« Sie hält inne. »Ich bin mir nicht sicher, was an dieser Stelle mit dem naiven Theo passieren wird. So etwas ist noch nie gemacht worden, soweit ich weiß.« Sie lässt sich von mir einholen und legt eine Hand auf meine Schulter. »Wird er, diese Person, ausgelöscht werden? Und sollte das der Fall sein, wäre das eine Art Mord? Habe ich das Recht dazu, so etwas zu tun? Hast du das Recht dazu?«

»Wird es nicht einfach so sein, als erinnere ich mich wieder an etwas, was ich vergessen hatte?«, denke ich zuversichtlich, während sich meine Gedärme unerklärlicherweise zusammenziehen. »Ich bin *ich*, unabhängig davon, an was ich mich erinnern kann und an was nicht.«

»Ich glaube, dass die Tatsache, dass du mich kennst, in Verbindung mit den jüngsten Erlebnissen – ganz zu schweigen davon, dass die Beeinflussung deines Kopfes von außen unterbunden wurde – eine starke Veränderung deiner Persönlichkeit ausgelöst hat. Ohne das alles wärst du nicht mehr *du*, und umgekehrt.«

»Aber du hast gesagt, dass das kontrollierte Vergessen lediglich die Abfrage bestimmter Dinge verhindert … dass wir eine Konfabulation einer neuen Realität erschaffen«, denke ich, und mein Kopf beginnt zu schmerzen. »Das hört sich so an, als wäre ich immer noch ich, bloß mit einer Menge beschissener Erklärungen für die Dinge, an die ich mich nicht erinnern kann.«

Phoe blickt mich traurig an. »Man kann sich so stark selbst belügen, dass man zu einer anderen Person wird. Menschen haben das seit der Antike getan.«

»Ich werde das Risiko einer Identitätskrise eingehen«, denke ich mit einem Tatendrang, den ich nicht wirklich verspüre. »Bitte versuche nicht mehr, mir das auszureden.«

Sie antwortet nicht.

Den restlichen Weg bis zu meinem Schlafzimmer gehen wir schweigend. Ich nehme an, dass Phoe schweigen muss, wenn sie nicht versuchen darf, mich umzustimmen. Trotzdem ist diese Stille nicht unangenehm.

»Geh ins Bett«, sagt Phoe, nachdem wir meinen Raum betreten haben. »Es wird weniger desorientierend für dich sein, wenn du nach dem kontrollierten Vergessen in deinem Bett aufwachst. Du wirst dir keinen Grund konfabulieren müssen, warum du so früh am Morgen schon beim Goo warst.«

Meine Hände zittern, als ich mein Bett rufe.

Phoe lässt eine Decke für mich erscheinen. »Noch ist es nicht zu spät für dich, es dir anders zu überlegen. Ich habe noch –«

»Das ist der einzige Weg.« Ich lege so viel Entschiedenheit in meinen Gedanken, wie ich nur kann. »Bitte tue es jetzt. Die Anspannung bringt mich um.«

Sie nickt und sagt leise: »Tschüss, Theo. Bis bald.«

Ihr Gesicht ist eine blasse Maske, als sie die Geste eines Dirigenten ausführt.

Ich fühle mich durch ihre zarten Bewegungen wie hypnotisiert. Während ich sie betrachte, überrollt mich die Müdigkeit wie ein Tsunami, und ich kämpfe nicht gegen sie an.

Meine Augen schließen sich, und ich schlafe ein.

SECHSTES KAPITEL

»Mann«, sagt Liam und hört sich ein wenig zu energiegeladen für die frühe Uhrzeit an. »Wach auf.«

Ich öffne meine Augen, lasse meinen Bildschirm erscheinen und mir wird klar, dass es doch nicht mehr so früh ist.

»Aha«, meint Liam. »Du bist wach. Lass uns Mathe schwänzen.« Er tritt gegen mein Bett. »Das wäre ein Anfang.«

Ich setze mich halb hin.

Mein Mund fühlt sich erstaunlich sauber an, aber ich lasse ihn trotzdem reinigen. Außerdem verspüre ich weder Hunger noch Durst, was ebenfalls eigenartig ist. Ich muss das getan haben, was Liam als Kind immer tat: Er hat nachts im Schlaf gegessen und wollte dafür am Morgen nichts frühstücken.

Während des Säuberns meiner Zähne fällt mir auf, dass ich mich eigenartig fühle. Am besten kann ich meinen ungewöhnlichen Zustand als eine ungewöhnlich starke Aufregung beschreiben. Mein Herz schlägt heftig und meine Gliedmaßen sind kalt, so als sei ich gerade einen Marathon gelaufen. Vielleicht ist es wegen des Tags der Geburten morgen? Endlich haben wir einen Tag schulfrei, ganz zu schweigen von den ganzen unglaublichen Attraktionen, die diesen Feiertag ausmachen. Bin ich deshalb so wahnsinnig aufgeregt?

»Erde an Theo«, sagt Liam und tritt stärker gegen mein Bett. »Schwänzen wir jetzt Mathe, oder was?«

»Erstens stört mich Mathe nicht so sehr wie dich« – ich erhebe meine Hand, bevor er etwas dazu sagen kann – »und zweitens werde ich auf gar keinen Fall einen Tag vor der Geburtsfeier eine Stille riskieren.«

»Das würden sie nicht tun«, meint er, aber runzelt seine Stirn.

»Also erinnerst du dich daran, was mit Owen vor zwei Jahren passiert ist, weil du –«

»Hey.« Liam grinst. »Du weißt, dass er es verdient hatte.«

»Darüber könnte man sich streiten«, sage ich, während ich mich für die Vorlesung fertig mache. »Ich gehe zum Steingarten. Ich fühle mich wie aufgezogen und will noch schnell meditieren. Kommst du mit?«

»Nö«, antwortet Liam. »Aber vielleicht sehe ich dich bei Mathe.«

»Ach?« Ich ziehe eine Augenbraue in die Höhe.

»Du könntest recht haben«, gibt er unwillig zu. »Es ist es nicht wert, heute dieses Risiko einzugehen. Vielleicht haben sie ja wieder eine Glasbläsereivorführung auf dem Jahrmarkt morgen, und die würde ich nicht verpassen wollen.«

Ich lache, während ich aus dem Zimmer gehe.

Auf meinem Weg zum Steingarten muss ich über diese Kombination von Liam und Glasbläserei nachdenken. Es ist mehr als eigenartig, dass er genau das als Erwachsener ausüben möchte. Von allen Berufen und Hobbys, die Erwachsene haben können, ist genau das nichts, was ich mir bei ihm vorstellen kann. Ich nehme an, dass es die Gefahr ist – dieses Spielen mit dem Feuer – die ihm gefällt. Was diesen Gedanken an Liam als Glasbläser so sehr erschwert, ist sein Aufmerksamkeitsdefizit. Wenn man von den Glasarbeiten auf dem Jahrmarkt ausgehen kann, muss man für ihre Anfertigung Geduld mitbringen.

»Hi, Theo.« Eine angenehme weibliche Stimme reißt mich aus meinen Gedanken, als ich an der Statue im Steingarten vorbeigehe. »Bist du zum Meditieren gekommen?«

Ich schaue hinter die Statue und sehe, dass Grace sich aus einer zusammengekauerten Position auf dem Rasen erhebt. Es scheint, als habe ich sie während ihrer Yogaübungen erwischt.

»Ja«, antworte ich vorsichtig, »aber ich kann auch irgendwo anders hingehen.«

»Ich bin fast fertig«, antwortet sie lächelnd. »Ich habe dich schon lange nicht mehr meditieren sehen. Ich freue mich, dass du dich dazu entschieden hast, es wieder zu tun.«

Ich kämpfe gegen meinen spontanen Drang an, sie zu fragen, ob sie mir nachspioniert hat. Sie ist freundlich gewesen, und ich sehe keinen Grund dafür, der Erste zu sein, der etwas beginnt – besonders nicht etwas, für das man sich eine Stille einhandeln könnte.

Es ist schade, wie meine Freundschaft zu Grace im Laufe der Jahre verschwunden ist. Sie, Liam und ich waren Freunde, als wir noch jünger waren, aber nachdem sie wegen einem unserer Streiche mit einer Stille bestraft wurde, hat sie offiziell aufgehört, Zeit mit uns zu verbringen, und ist eine Petze geworden, oder, wie sie es wahrscheinlich ausdrücken würde, ein »aufrechter Bürger von Oasis«.

»Ich hatte jetzt eine ganze Weile den gleichen Tagesablauf, bei dem ich nach den Vorlesungen Sport treibe«, sage ich, als mir auffällt, dass sie auf eine Antwort wartet. »Deshalb habe ich meine Meditation ein wenig vernachlässigt. Heute fühle ich mich allerdings wie aufgezogen, und da morgen auch noch der Tag der Geburten ist, muss ich mich dringend ein wenig sammeln.«

»Du bist schon lange nicht mehr so redselig gewesen.« Graces Lächeln wird strahlender. »Ich muss nur noch die letzten drei Figuren machen, also kannst du schon mit deinen Vorbereitungen beginnen.«

»Danke, Grace«, sage ich und füge ohne nachzudenken hinzu: »Es ist schön, dich lächeln zu sehen.«

Graces Lächeln verschwindet, und sie blickt mich irritiert an.

Ich weiß nicht, warum ich das gesagt habe, und ich weiß auch nicht, warum ich ihre blauen Augen heute interessant finde.

»Entschuldige bitte mein Geschwätz«, sage ich blinzelnd. »Wie du sehen kannst, muss ich wirklich dringend einen klaren Kopf bekommen.« Ich winke ihr zu. »Mach weiter, beende deine Yogaroutine.«

»In Ordnung«, erwidert Grace und entspannt sich ein wenig.

Ich schaue sie an und frage mich, was mich geritten hat, ihr ein Kompliment über ihr Lächeln zu machen, wie ein Kerl aus einem altertümlichen Film. Ich bin froh, dass sie gute Laune hat. Ansonsten hätte sie meinen Kommentar als etwas Verbotenes missverstanden haben können, und wenn das der Fall gewesen wäre, hätte sie mich gemeldet, so wie sie es mit allen tut.

Ich gehe zu einem hübschen sonnigen Fleck und setze mich in den Lotussitz.

Grace befindet sich immer noch in meinem Sichtfeld. Sie begibt sich wieder auf den Boden und führt eine makellose Setu-Bandhasana-Position aus – die Schulterbrücke. Liam nennt sie die Nach-hinten-überbeugen-Position, und das trifft es recht gut. Da ich sie selbst schon ausprobiert habe, weiß ich, wie unglaublich flexibel man dafür sein muss. Bei Grace sieht sie aus, als sei sie ganz einfach.

Vielleicht habe ich mir einen ungünstigen Platz ausgesucht, denn auf einmal ist mir ganz heiß.

Ich kann auch nichts gegen mein Verlangen tun, wieder zu Grace zu schauen. Ihr Becken ist hoch angehoben, und trotz ihrer weiten Bekleidung der Jugendlichen kann ich erkennen, dass sie solche femininen Rundungen hat, wie ich sie in den altertümlichen Medien gesehen habe.

Als sie ihre Position verändert, schaue ich weg. Da sie sich allerdings in die Halasana-Pose begibt – die Pflugstellung –, muss ich sie erneut anstarren. Ich nehme an, dass ich ihre Fähigkeiten bewundere. Das muss es sein. Warum würde mich das sonst so sehr interessieren? Vielleicht sollte ich Yoga ausprobieren. Ich weiß, dass ich die Stellung, in der sie sich gerade befindet, nie ausprobiert habe, nicht nachdem Liam gemeint hatte, es sähe aus, als ob man sich selbst einen blasen wolle. Er hatte Glück gehabt, dass ihn außer mir niemand gehört hatte, ansonsten würde er sich immer noch in der Stille befinden.

Als Nächstes begibt sich Grace in den Adho Mukha Svanasana, auch bekannt als der herabschauende Hund. Während sie diese Position ausführt, frage ich mich, warum nicht sie die Brücke genannt wird. Mit ihrem Po so hoch in der Luft sieht sie definitiv eher aus wie eine Brücke als einer der altertümlichen Hunde.

Meditation ist gerade das Letzte, was ich in meinem Kopf habe. Aus einem mir unerklärlichen Grund kann ich meine Augen nicht von ihrem Anblick lösen. Ich wische mir den Schweiß von der Stirn und wundere mich darüber, dass mich Graces Workout heute so hypnotisiert. Kann man eines Tages aufstehen und sich derart für Yoga interessieren? Und warum schlägt mein Herz schneller? Warum spüre ich so eine eigenartige Anspannung im …

»Ich bin fertig«, sagt Grace und steht auf. »Jetzt kannst du in Ruhe meditieren.«

»Danke«, sage ich mit rauer Stimme.

Sie zieht eine Augenbraue in die Höhe, also räuspere ich mich und füge hinzu: »Du bist sehr gut im Yoga geworden.«

»Danke«, erwidert sie, und ihr Lächeln wird mehr als strahlend. »Ich habe vor, morgen auf dem Jahrmarkt mit den Yogameistern zu sprechen. Denkst du, ich kann sie von mir überzeugen?«

»Auf jeden Fall«, antworte ich mit einer etwas kontrollierteren Stimme. »Sie werden beeindruckt sein.«

»Hervorragend«, sagt sie. »Ich bin froh, dich getroffen zu haben. Ich brauchte ein wenig Ermutigung.«

Ich murmele etwas Beruhigendes und schließe meine Augen, um vorzugeben, dass ich mich meiner Meditation widmen muss. Meine Nervosität hat sich mittlerweile um das Hundertfache gesteigert.

Durch meine leicht geöffneten Augenlider betrachte ich Grace dabei, wie sie leicht hüpfend den Steingarten verlässt.

Ich rufe meinen Bildschirm auf, um zu sehen, wie spät es ist.

Ich habe fünfzehn Minuten Zeit zum Meditieren, wenn ich nicht zu spät zu Mathe kommen will.

Ich schließe meine Augen und konzentriere mich auf meine Atmung.

Einatmen, ausatmen, immer wieder.

Leider wandern meine Gedanken erneut zur Begegnung mit Grace zurück, anstatt sich auf meine Atmung zu konzentrieren. Was zur Hölle war das? Warum hat mein Körper so eigenartig reagiert? Ich bin mir nicht einmal sicher, dass ich verstanden habe, was passiert ist, aber es machte den Eindruck, etwas Verbotenes zu sein.

Ein. Aus.

Das Atmen hilft nicht.

Ich schaue auf die Uhrzeit. Ich habe noch zehn Minuten.

Ich stehe auf und beschließe, etwas anderes zu tun, um einen klaren Kopf zu bekommen.

Ich gehe zum nächstgelegenen Weg und laufe so schnell ich kann. Als meine Lungen zu brennen beginnen, fällt mir auf, wie sehr ich aus dem

Training bin. Meine Beinmuskeln schmerzen so, als sei ich heute Morgen bereits gerannt. Ich kämpfe gegen das Unbehagen an und bemerke, dass die Müdigkeit zumindest ein wenig Erleichterung von dem Wirbelwind in meinem Kopf bringt.

Als ich mich dem Vorlesungsgebäude nähere, beschließe ich, meine Faszination mit Graces Körper der Vorfreude auf die Feier der Geburten zuzuschreiben. Ganz egal, um was es sich dabei gehandelt hat, ich verspreche mir feierlich, es mit niemandem zu besprechen, nicht einmal mit Liam.

Ich gehe auf meinem Weg zu Mathe an den Duschräumen für die männlichen Jugendlichen vorbei, welche es für diejenigen gibt, die diese Art der Reinigung der wasserlosen Geste vorziehen. Ich stelle mich unter die Dusche und entscheide mich spontan dazu, kaltes Wasser zu benutzen. Als die kühle Flüssigkeit mich umhüllt, bemerke ich, dass das eine großartige Idee war, weil ich mich, als ich fertig bin, so fühle, als habe ich den Zwischenfall im Steingarten komplett hinter mir gelassen und sei bereit, mich dem Rest des Tages zu stellen.

* * *

Obwohl ich es normalerweise gerne mag, dass Mathe so kompromisslos ist, habe ich heute ein Problem damit, still zu sitzen, während Lehrer George die sogenannten Cauchy-Riemannschen Differentialgleichungen erklärt. Er ist allerdings mit seinen Gedanken auch nicht ganz bei der heutigen Vorlesung. Ich wette, dass er sich über die Besucherzahlen seines Standes auf dem morgigen Jahrmarkt Gedanken macht, und das sollte er auch. Mathematik ist nicht gerade das beliebteste Fach.

Ich bin während meiner Vorlesungen in Diskussion und Philosophie genauso abgelenkt, und die Geschichtsstunde erinnert mich an mittelalterliche Folter, auch wenn das nicht das Thema der heutigen Stunde ist. Lehrerin Filomena gibt sich ihrem Steckenpferd hin und bespricht ausführlich ein weiteres Mal die Gefahren der Technologie – ihr Lieblingsthema. Sie redet über den Kohlendioxydausstoß der altertümlichen Technologie und wie dieser zum Treibhauseffekt geführt hat, der die Erde zerstört haben würde, wenn das Goo nicht schneller gewesen wäre. Was sie nicht erwähnt, ist, dass es durch Entwicklungen in der Geotechnik gelungen war, die Probleme der globalen Erderwärmung, die sie gerade beschreibt, zu lösen – das würde ja schließlich ihre Argumentation zerstören. Was diese Stunde noch unerträglicher macht, ist, dass sich Lehrerin Filomena dazu entschieden hat, heute auf meinen Lieblingsteil ihres Unterrichts zu verzichten: die Einblicke in die alte Welt.

Ich denke, dass alle Lehrer heute die Vorbereitungen zum Tag der Geburten im Kopf haben müssen, und dass der Unterricht darunter zu leiden hat.

Der Höhepunkt des Tages ist die Klingel zur Mittagspause.

Sobald sie ertönt, springe ich auf und gehe in den Korridor hinaus. Liam wartet bereits auf mich.

»Hast du Lust, in unserem Zimmer abzuhängen?«, fragt er mich. »Oder wollen wir etwas spielen gehen?«

»Ich glaube, ich würde mich lieber etwas entspannen«, antworte ich ihm. »Ich bin vorhin gerannt, und meine Beine schmerzen immer noch ein wenig.«

»Alles klar. Dann werden wir eben so gehen.« Er geht übertrieben langsam, so wie ein Mann unter Wasser. »Oder ist dir das immer noch zu schnell?«

Ich würdige seinen Scherz keiner Antwort, sondern gehe einfach den Flur entlang, der aus dem Vorlesungsgebäude führt. Als ich hinausgetreten bin, schlage ich den Weg zu unserem Zimmer ein, und Liam folgt mir.

Während wir gehen, überlegen wir, welchen der alten Filme wir während unserer Pause anschauen könnten. Liam nutzt meine geistige Abwesenheit zu seinem Vorteil, indem er einen Cartoon auswählt, von dem ich noch nie etwas gehört habe. Er heißt *Kung Fu Panda*.

»Wenn er schlecht ist, was er sein wird, können wir dann etwas anderes anschauen?«, frage ich ihn, als wir das Gebäude betreten.

»Ja«, antwortet er. »Wenn wir beide der Meinung sind, dass er schlecht ist, dann auf jeden Fall.«

Wir überlegen, was wir über Pandas wissen, was allerdings nicht viel ist, da sie zu den wenigen Kreaturen gehören, die in unserem Zoo nicht vorkommen.

»Igitt. Riechst du das?«, frage ich, als wir uns unserer Zimmertür annähern. »Hast du gefurzt?«

Es gibt nur sehr wenige üble Gerüche in Oasis, wenn überhaupt. Die Essensriegel führen in der Regel nicht zu Blähungen, aber wir kennen das Gefühl, da wir sie jedes Jahr nach dem außergewöhnlichen Essen am Tag der Geburtsfeiern bekommen. Manchmal, allerdings sehr selten, hören sich die Bewegungen unserer Gedärme zu Liams Freude so ähnlich wie Fürze an.

»Ich war es nicht«, erwidert er irritiert.

Ich rümpfe meine Nase und gehe einige Schritte.

»Mann, pass auf«, sagt Liam und zeigt nach unten.

Ich springe zurück, da ich erwarte, eine Spinne oder ein anderes Kriechtier aus dem Zoo zu sehen.

Was ich wirklich sehe, ist irgendwie schlimmer.

Es handelt sich um einen Haufen Exkremente.

»Scheiße«, meine ich.

»Im wahrsten Sinne des Wortes«, merkt Liam an.

»Ich bin fast hineingetreten«, sage ich. »Wo kommt das her?«

»Von Owen«, zischt Liam mit zusammengebissenen Zähnen. »Aber das ist wirklich primitiv und ekelerregend, selbst für ihn.«

»Was tun wir jetzt?« Ich schwenke meine Hand über dem Haufen, und Dampf steigt auf. »Wir müssen uns rächen, aber es muss sich dabei um etwas Unauffälliges handeln. Ich will nicht den Tag der Geburten aufs Spiel setzen.«

»Ich habe eine Idee«, meint Liam. »Komm mit.«

Er geht zielstrebig durch die Flure, die zu den Unterkünften Owens und seiner Gang führen. Als er bei ihrer Tür ankommt, drückt er seine Daumen und flüstert: »Hoffentlich sind sie nicht hier.« Er ruft laut: »Owen, hier sind Liam und Theo. Wir möchten eine Lerngruppe bilden. Bist du da?«

Als niemand antwortet, grinst mich Liam teuflisch an und führt die Geste zum Öffnen von Türen durch.

Die Tür gehorcht.

Niemand scheint sich in dem Zimmer zu befinden, also treten wir vorsichtig ein.

»Jackpot«, sagt Liam, nachdem wir uns versichert haben, dass der Raum leer ist. »Hilf mir.« Liam macht die Handfläche-nach-oben-Geste, und ein Essensriegel erscheint. Er lässt ihn auf den Boden fallen und wiederholt seine Bewegung. Ein weiterer Essensriegel materialisiert sich, und er lässt ihn ebenfalls zu Boden fallen, genau neben den anderen.

Ich verstehe, was er vorhat, führe die gleiche Geste aus und lasse meinen Riegel ebenfalls fallen. Danach wiederhole ich den Vorgang immer wieder.

Wir benötigen fast die ganze Pause, um den Großteil von Owens Zimmer mit Essensriegeln zu füllen. Danach gehen wir lachend zu unseren Vorlesungen zurück. Ich kann mir kaum Owens Gesichtsausdruck vorstellen, wenn er seine Tür öffnet und sein Zimmer mit Riegeln überschwemmt vorfindet.

Der Rest des Schultages ist leichter zu überstehen. Meine Hand ist wegen des Streichs müde, aber eigenartigerweise hat diese Tätigkeit meine Gedanken beruhigt. Immer wenn der Unterricht besonders langweilig wird, muss ich mir nur vorstellen, wie der müde Owen sein Zimmer betritt, und ein Lächeln erscheint auf meinem Gesicht. Er wird fluchen und wischende Gesten ausführen müssen, um das Ergebnis unseres Streichs loszuwerden, aber pro Geste wird immer nur ein Riegel verschwinden. Liam und ich haben das ausgetestet. Owen wird mehr als angepisst sein, diese ganzen Gesten zum Aufräumen ausführen zu müssen.

Die Schlussglocke ertönt, und ich stehe gähnend auf.

»Lass uns Fußball spielen«, sagt Liam, als wir den Vorlesungssaal verlassen, »oder Basketball.«

»Warum gehst du nicht ohne mich?«, erwidere ich. »Ich bin müde und will ein wenig schlafen. Ich hebe mir meine Energie lieber für den Tag der Geburten auf.«

»Wie du möchtest«, antwortet Liam. Er versucht, lässig zu klingen, was ein Zeichen dafür ist, dass er in Wirklichkeit enttäuscht ist.

»Es tut mir leid, Mann.« Ich gähne erneut. »Aus irgendeinem Grund bin ich unglaublich müde.«

»Nun geh schon«, meint er und muss dabei selber ein Gähnen unterdrücken. »Geh, bevor du mich mit deinem Gähnen ansteckst.«

Er redet mit mir, während wir in Richtung der Schlafzimmer gehen, und ich antworte ihm schläfrig und einsilbig, bis er zum Fußballfeld abbiegt.

Ich gehe den Rest des Weges alleine und bin froh über die Ruhe.

Als ich ins Bett gehe, erlebe ich die Einheit, die heute extrem intensiv ist. Die Freude am Anfang ist fast schmerzhaft. Als ich mich daran gewöhne, fühle ich die Anwesenheit. Eigenartigerweise dringt eine ungerufene Vision einer Göttin mit kurzen Haaren in mein Bewusstsein ein. Die Anwesenheit ist normalerweise unterschwellig, nur eine himmlische Erscheinung ohne einen speziellen Fokus. Ich mache mir allerdings keine Gedanken über diese Erscheinung. Ich habe von Jugendlichen gehört, die diesen Teil der Einheit wie ein Gespräch mit Engeln oder Göttern der Vorfahren beschrieben haben, auch wenn wir alle wissen, dass es nur eine Illusion ist.

Der nächste Schritt der Einheit ist das spontane Gefühl der Liebe und Zuneigung für alles und jeden, aber ich erlebe ihn nicht mehr, weil ich schon vorher einschlafe.

SIEBENTES KAPITEL

Ich laufe die chinesische Mauer entlang. Einen Moment später werfe ich einen Blick auf das Empire State Building.

»Theo«, sagt jemand, und mir wird klar, dass ich von den Zeiten vor dem Goo geträumt habe.

Da ich nicht aufhören möchte zu träumen, tue ich so, als würde ich noch schlafen.

»Mann.« Die Stimme wird lauter. »Du verschläfst den Tag der Geburten.«

Ich öffne meine Augen sofort.

»Du schläfst zu viel«, meint Liam und spritzt etwas Wasser aus seinem Becher auf mein Gesicht. »Besonders für jemanden, der so früh zu Bett gegangen ist wie du.«

Ich wische mir das Wasser vom Gesicht und schaue ihn an. Liam hat sich die speziellen Sachen für den Tag der Geburten angezogen. Sie sehen eher wie eine altertümliche Bekleidung aus als unsere normalen formlosen grauen Jogginganzüge/Fetzen. Heute trägt jeder Bekleidung in verschiedenen Farben und Schnitten. Liam hat sich einen grünen Overall angezogen, der dem der damaligen Bauern ähnelt.

»Ich hatte einen coolen Traum«, sage ich. Meine Stimme ist noch ganz verschlafen, also räuspere ich mich. »Ich habe von Orten vor der Zeit des

Armageddons geträumt. Es gab kein Goo, und ich konnte so lange ich wollte in alle Richtungen gehen oder laufen.«

Liam winkt ab und sagt: »Das hört sich an wie der Anfang von Filomenas Stunden.«

Ich verziehe mein Gesicht. »Ich will heute nichts über den Unterricht hören. Dafür bekommen wir nicht häufig genug Tage frei.«

»Da hast du recht«, meint Liam und streckt seine Hand für einen Essensriegel aus.

Ich setze mich in meinem Bett hin. »Mann, geh raus und iss das altertümliche Essen, das sie auf dem Jahrmarkt haben.«

Er stopft sich den Essensriegel in den Mund und murmelt etwas, das sich anhört wie: »Ich mag das Zeug nicht.« Er kaut eine Weile und fügt hinzu: »Es riecht komisch und ist heiß.«

»Das ist es ja gerade«, sage ich und stehe auf. »Genauso war das Essen damals, als es noch ›gekocht‹ wurde.«

Ich schaue mir meine Bekleidung an. Im Gegensatz zu Liams grünen Sachen sind meine hauptsächlich blau. Meine Hose erinnert mich an eine Jeans, und mein ärmelloses blaues T-Shirt ist viel besser als unsere normalen Oberteile.

Liam nutzt die Tatsache, dass ich abgelenkt bin, aus, um noch mehr Essen in sich hineinzustopfen, und sagt danach: »Vielleicht sollten wir Filomenas Stand besuchen.«

»Na klar.« Ich verdrehe meine Augen. »Gleich nachdem ich einige Stunden auf meinem Kopf gestanden habe.«

Liam grinst. »Ich kann zwanzig Minuten lang einen Kopfstand machen.«

Ich sage nichts dazu; wenn ich seine Aussage anfechte, wird er mir beweisen, dass er es kann. Auf viele Arten ist Liam der unreifste Jugendliche von allen, die heute vierundzwanzig werden. Anstatt mich auf seine Herausforderung einzulassen, frage ich: »Bist du fertig?«

Ohne seine Antwort abzuwarten, eile ich zur Tür. Dann gehe ich hinaus, ohne mich umzuschauen.

Also in Ordnung, vielleicht hat Liams Unreife auf mich abgefärbt.

Als ich draußen bin, sehe ich, dass alles bereits aufgebaut ist.

Ich kann mindestens zwei Arten von Musik hören – klassische und elektronische. Große, bunte Ballons schweben genau unter der Kuppel in der Luft, und Jugendliche in farbenfroher Bekleidung gehen umher. Das komplette Schulgelände ist für den Tag der Geburten dekoriert, und es wurden eine Bühne zum Tanzen sowie Essensbuden aufgebaut. Etwas weiter entfernt haben die Erwachsenen die Vorstellung ihrer Hobbys und Berufe vorbereitet, so wie immer.

»Sind die Glasbläser da?«, fragt Liam. Seine Augen sind zusammengezogen, während er den entfernten Bereich der Ausstellung betrachtet.

»Ich weiß es nicht«, sage ich. »Ich bin am Verhungern, also werde ich meinen Rundgang bei den Essensständen beginnen.«

»Dann bis nachher«, erwidert Liam und geht eiligen Schrittes weg.

Ich spaziere langsam und lasse mich von meiner Nase zu dem Duft von frittierten Teigbällchen führen, die einer der Höhepunkte des Tages der Geburten sind. Die Erwachsenen haben auch anderes altertümliches Essen nachgebildet, so wie Pommes, Brezeln und Popcorn, aber frittierte Teigbällchen sind immer noch mein Lieblingsessen an diesem Tag.

Ich frage mich, ob es dieses Jahr etwas Neues zu kosten geben wird. Die Erwachsenen sind ziemlich kreativ; sie haben sogar ein ganzes Forschungsfeld mit dem Namen *Kulinarische Anthropologie*. Wenn sie dir den Leckerbissen reichen, reden sie auf die gleiche Art und Weise über ihn wie andere Erwachsene über ihre jeweiligen Leidenschaften. Letztes Jahr haben mir diese Essensleute erklärt, dass sie alles, was ihnen möglich ist, nach alten Rezepten erschaffen, solange man dafür nichts wie Fleisch von Tieren oder andere Dinge benötigt, die nicht mehr existieren. Und manchmal lassen sie sich auch von der mangelnden Authentizität nicht aufhalten. Ein Jahr haben sie versucht, eine Art falschen Hotdog herzustellen, der zu einer Legende des Tages der Geburten wurde, weil er so scheußlich schmeckte. Oder vielleicht, weil alle den Gedanken abstoßend fanden, einen gekochten Hund zu essen, selbst wenn er nicht echt war. Diese Tiere sehen im Zoo so süß aus.

Ich weiß sowieso nicht, was sich die Urahnen dabei gedacht haben, als sie beschlossen, Fleisch von lebenden Kreaturen zu essen. Andererseits haben sie verrücktere Dinge aus Spaß getan, wie krebserregende Chemikalien einzuatmen oder mit einer Flasche Sauerstoff auf ihrem Rücken im Meer zu tauchen. Vielleicht war es Teil der Sterblichkeit, verrückt zu sein. Vielleicht haben die Urahnen, wegen ihrer relativ kurzen

Lebensspanne, ihr Leben oder die Leben der anderen Menschen und Kreaturen nicht so sehr geschätzt, wie wir, ihre unsterblichen Nachkommen, es tun.

Ich atme erneut den Geruch von frittierten Teigbällchen ein. Okay, ich bin der Erste, der zugibt, dass diese Köstlichkeit, selbst wenn sie voller Puderzucker ist, nicht besser schmeckt als die Essensriegel. Liam hatte recht damit, dass diese beiden Dinge nicht miteinander zu vergleichen sind, besonders deshalb nicht, weil dieses Zeug voller Inhaltsstoffe ist, die schlecht für die Gesundheit sind. Selbst wenn man sie nur einmal pro Jahr isst, muss man sich auf ein oder maximal zwei Bällchen beschränken. Ich habe diese weise Höchstanzahl auf dem harten Weg herausgefunden, indem ich einmal vier Bällchen gegessen habe (meine beiden und Liams beide). Mir war so schlecht, dass ich zur Krankenschwester gehen musste. Davon abgesehen ist es einfach mal etwas anderes, und das mag ich. Außerdem ist es traditionelles Essen, das unsere Vorfahren auf Festen und Jahrmärkten aßen, also folge ich dieser altbewährten Tradition.

Als ich an der Tanzfläche vorbeigehe, sehe ich Jugendliche aller Altersgruppen, die zu einer mitreißenden Musik tanzen, und mein Gang wird hüpfend.

Mit dieser ganzen Fröhlichkeit ist es fast möglich zu vergessen, dass wir die letzten Überlebenden der Menschheit sind, und uns das Goo von allen Seiten umgibt – was einer der Gründe für den Tag der Geburten sein könnte.

Als ich bei den Essensständen ankomme, sehe ich, dass die Jugendlichen bereits Schlange stehen, und verfluche mich innerlich. Ich hätte mir den Wecker stellen sollen, um heute früher aufzustehen.

Die größte Menschenansammlung ist vor den frittierten Teigbällchen, was beweist, dass viele andere ebenfalls denken, dass diese die beste aller Köstlichkeiten ist. Ich stehe hinter einem älter aussehenden Typen und frage mich, ob er heute die Jugendlichen verlassen wird, um ein Erwachsener zu werden. Dann frage ich mich, ob die Erwachsenen den Tag der Geburten genauso feiern wie wir. Falls nicht, könnte das für den Jugendlichen vor mir die letzte Gelegenheit sein, diese Teigbällchen zu essen.

Um Zeit totzuschlagen, rufe ich meinen Bildschirm auf.

Die Erwachsenen haben eine farbige Karte des Unterrichtsgeländes herumgeschickt und eine Liste von Aktivitäten, die uns dort heute geboten werden. Ich platze vor Aufregung, gehe die verschiedenen Angebote zu Hobbys und Berufen durch und speichere mir im Hinterkopf ab, mir die Stände der Maler, Bildhauer und aller professionellen Sportler anzuschauen.

Wie in den vorangegangenen Jahren wird es Wettkämpfe in vielen aktiven Sportarten und einigen der kopflastigen wie Schach geben. Das sollte Spaß machen, solange wir nicht gegen die Erwachsenen antreten, die sich diese Beschäftigungen ausgesucht haben. Letztes Jahr haben Liam und ich in einer Mannschaft aus elf Jugendlichen gegen drei Erwachsene gespielt, die sich den Fußball zu ihrer Lebensaufgabe gemacht haben. Unsere Anzahl an Spielern hat nicht geholfen. Die drei Erwachsenen haben uns dermaßen in den Arsch getreten, dass es mir zu peinlich ist, den Punktestand am Ende des Spiels hier zu nennen.

Die Schlange an den frittierten Teigbällchen wird langsam kürzer. Der Duft verstärkt sich, und mir läuft das Wasser im Munde zusammen.

Um nicht verrückt zu werden, schaue ich wieder auf meinen Bildschirm. Es werden Überraschungspreise erwähnt und eine Eiersuche im Wald, eine neue Aktivität, von der ich denke, dass Liam sie gerne mit mir ausprobieren würde. Wenn die Sonne untergeht, wird der Tag mit der traditionellen Projektion der Polarlichter zu Ende gehen, die mit einem Feuerwerk abschließt.

»Theodore«, sagt eine raue Stimme hinter mir. »Du musst mit mir mitkommen.«

Die Jugendlichen vor mir, selbst derjenige, der fast das Erwachsenenalter erreicht hat, sehen verängstigt aus.

Zögernd drehe ich mich um.

Ich muss nur einen Blick auf den gefürchteten Visor werfen, um zu erkennen, wer diese Furcht auslöst.

Es ist ein Wächter.

Mein Adrenalin schießt in die Höhe. Was will er von mir? Ich habe doch extra darauf geachtet, mich nicht in Schwierigkeiten zu bringen.

»Was ist los?«, frage ich den Wächter. »Habe ich etwas falsch gemacht?«

»Bitte folge mir«, sagt der Wächter mit einer Stimme, deren Unterton eiskalt ist. »Beeile dich.«

»Kann ich wenigstens ein frittiertes T…«

Der Wächter führt eine eigenartige Handbewegung aus.

Ein intensives Gefühl der Entspannung trifft mich.

Meine Hände baumeln an meinen Seiten.

Eigentlich ist es geradezu schön und auch ein guter Zeitpunkt dafür, mich zu beruhigen. Gegen das Kommando eines Wächters anzukämpfen kann die Stille verdoppeln oder verdreifachen – das habe ich schon vor langer Zeit gelernt.

»Folgst du mir?«, fragt der Wächter mich im Befehlston.

Ich nicke und verlasse die Schlange.

Der Wächter dreht sich herum und geht von den Essensständen weg. Ich gehe auf seiner rechten Seite, damit er mich sehen kann. Ich kenne den Ablauf.

Als wir an den ganzen Attraktionen vorbeikommen, verfluche ich mein furchtbares Schicksal. Ich bin versucht, den Wächter zu fragen, was das Problem ist, aber ich weiß, dass das Resultat eine längere Stille sein könnte.

Was wirklich eigenartig ist, ist, dass wir nicht zum Stillegebäude gehen. Wir gehen in südöstliche Richtung, was genau entgegengesetzt ist.

Ich erblicke einen weiteren Wächter. Neben ihm geht eine weibliche Jugendliche. Sie trägt zum Tag der Geburten ein langes Sommerkleid, dessen Farbe irgendwo zwischen Pink und Magenta liegt. Als ich ihr rotes Haar sehe, weiß ich, dass es sich um Grace handelt, aber das ergibt keinen Sinn. Warum sollte sie sich in Schwierigkeiten befinden? Hat es Fräulein Gutes Benehmen doch endlich geschafft, unangenehm aufzufallen?

Grace erblickt mich und zieht eine Augenbraue in die Höhe, aber geht wie die personifizierte Ergebenheit weiter.

Während wir gehen, formt sich in meinem jetzt paranoiden Kopf ein Gedanke. Ist Grace für eine Zeugenaussage hier? Steht diese Abholung im Zusammenhang damit, dass ich sie gestern angestarrt habe? Hat sie bemerkt, dass ich sie dabei beobachtet habe, wie sie ihre Yogaübungen durchgeführt hat? Sie schien mich nicht wahrzunehmen, als sie trainierte, und sie kann auch nicht wissen, was ich gedacht habe, selbst wenn sie gesehen haben sollte, wie ich sie angeschaut habe. Ich verstehe ja selbst nicht, was mich an jenem Morgen überkommen hat. Alles was ich weiß, ist, dass es sich um etwas Verbotenes handelt. Trotzdem muss ich auf Grund von Graces Gegenwart die unschöne Möglichkeit in Betracht ziehen, dass genau das etwas mit unserem Ausflug zu tun hat. Ich stelle mir vor, wie mich die Erwachsenen zu diesem Zwischenfall befragen und meine Wangen beginnen zu brennen.

Aus einiger Entfernung kommen ein anderer Wächter und eine weitere Person auf uns zu. Als sie sich uns nähern, erkenne ich den Jugendlichen-Hyänen-Hybrid, der den Wächter begleitet.

Es ist Owen.

Diese Paarung ergibt mehr Sinn. Wie für Liam und mich sind auch für Owen die Stille und anderer Ärger nichts Neues. Könnte er der Grund dafür sein, warum wir hier sind? Hat er den Erwachsenen davon erzählt, dass Liam und ich gestern seinen Raum mit Essensriegeln gefüllt haben? Das sieht Owen nicht ähnlich. Auch wenn er ein Tyrann und ein Arschloch ist, hat Owen einen gewissen Anstand, auf seine Art. Er hat uns niemals verpetzt, und wir ihn auch nicht. Warum sollte er dieses Muster bei einem solch belanglosen Streich auf einmal ändern? Wenn er es täte und wir den Erwachsenen von dem sprichwörtlichen Haufen Scheiße berichten würden, den er bei uns hinterlassen hat, würde er viel größere Probleme bekommen als Liam oder ich. Außerdem, wie passt Grace in das alles?

Das wird gerade wirklich eigenartig.

Das einzig Gute ist, dass ich zu wissen denke, wohin sie uns bringen. Wir alle halten direkt auf den Würfel zu, der das Verwaltungsgebäude darstellt. Ich bin zwar schon einige Male dort gewesen, aber ich nehme an, dass es Grace ist, die sich am besten dort auskennt. Wenn man jemanden verpetzen möchte, muss man in dieses Gebäude gehen, und das habe ich niemals getan. Ich wurde hierhergebracht, um mir einen Vortrag des Direktors zum Thema »Wie benimmt sich ein guter Einwohner von Oasis« anzuhören – etwas, was den schlimmsten Unruhestiftern vorbehalten ist.

Ich kann mir nicht verkneifen, den Wächter zu fragen: »Warum gehen wir zum Verwaltungsgebäude?«

Der Wächter antwortet nicht; er macht nur eine Handbewegung.

Ich fühle mich entspannt, und mir wird klar, dass die Dinge vielleicht doch nicht so schlimm sind. Vielleicht müssen wir drei den Erwachsenen mit etwas helfen und befinden uns gar nicht in Schwierigkeiten.

Mein Wächter und ich sind die Ersten, die das Gebäude betreten, und er führt mich durch die leeren Flure bis zum Büro des Direktors. Erst jetzt wird mir klar, dass der Direktor, genau wie alle anderen Erwachsenen, wahrscheinlich zu beschäftigt mit dem Tag der Geburten ist, um sich mit uns zu befassen.

Meine Vermutung bestätigt sich, als wir den Wartebereich betreten. Normalerweise gibt es hier eine Rezeptionistin. Heute allerdings wartet nur eine Person auf uns.

Liam.

Mein normalerweise ziemlich hyperaktiver Freund sieht recht ruhig aus, wenn man die Umstände betrachtet. Ich nehme an, dass er sich vor dem Wächter keine Blöße geben möchte.

»Es wird gleich jemand bei euch sein«, meint der Wächter. »Bleibt hier.«

Er führt die Geste zum Schließen der Tür aus, die aus dem Warteraum führt. Wenn Erwachsene das tun, können die Jugendlichen mit ihrer Geste zum Öffnen von Türen nichts mehr bewirken. Allerdings ist es im Vergleich zur Stille nicht so schlimm, in diesem Raum eingesperrt zu sein. Man könnte es an anderen Tagen sogar als eine Pause vom Unterricht ansehen, da Bildschirme und alles andere hier normal funktionieren. Besuche bei der Krankenschwester, wenn Liam und ich vorgeben, krank zu sein, haben diesen Effekt. Ich sage »vorgeben«, weil ich nur die wenigsten Male, an denen ich sie aufgesucht habe, wirkliche Beschwerden hatte. Ich wette, das Gleiche gilt auch für Liam. Ich weiß nicht, wie es bei ihm ist, aber ich kann die Male, die ich ernsthaft krank war, an einer Hand abzählen.

»Mann«, flüstert Liam, sobald sich die Tür hinter dem Wächter schließt. »Warum sind wir hier?«

»Ich weiß es nicht –«, beginne ich zu sagen, aber da öffnet sich die Tür erneut, und die zwei anderen Wächter bringen Grace und Owen herein.

»Danke, Albert«, sagt der kleinere, zierlicher gebaute Wächter in einer eigenartig weiblich angehauchten Stimme. »Wir werden dich rufen, sollten wir dich brauchen.«

Der größere Wächter, Albert, nickt und verlässt den Raum

Als sich die Tür hinter ihm schließt, tauschen Liam und ich einen Blick aus. Zwei Dinge sind ungewöhnlich an diesem kleinen Austausch: Erstens sind wir nur ein einziges Mal, bei einem Zwischenfall mit einem umgefallenen Baum, auf einen weiblichen Wächter gestoßen. Zweitens sprechen sich Wächter in unserer Gegenwart nie mit ihren Vornamen an.

Da Owens Gesicht den Ausdruck eines Wachhundes hat, nehme ich an, dass ihm diese beiden letzten Abweichungen ebenfalls aufgefallen sind.

»Bitte, setzt euch hin«, sagt die Wächterin zu Owen und Grace. »Theodore, bereite dich bitte darauf vor, in einer Minute mit uns zu reden.« Sie führt die Geste durch, die die Tür schließt, und meint: »Ich muss nur noch einige Dinge vorbereiten.«

Sie geht in das Büro des Direktors.

Sobald sich die Tür hinter ihr schließt, springt Owen auf und schaut mich an. »Warumodore?«

Ich sage nichts, aber plötzlich überkommt mich eine unglaubliche Wut – eine so starke Wut, wie ich sie seit meiner Kindheit nicht mehr verspürt habe. Wurde sie dadurch ausgelöst, dass Owen mich mit meinem dämlichen Spitznamen angesprochen hat?

Da Owen bemerkt, was in mir vor sich geht, schaut er Liam von oben bis unten an und sagt: »Liliput? Hat einer von euch gepetzt? Ist eure kleine Freundin deshalb hier?« Er starrt Grace böse an und sagt zu Liam: »Hast du dich dazu entschlossen, Nachhilfe beim gewissenhaftesten Verräter der Schule zu nehmen?«

Grace sieht aus, als habe er sie geschlagen. Ihre Augen glänzen feucht.

Überraschenderweise habe ich Mitleid mit ihr. Es muss schon zu viel für sie sein, dass sie sich mit uns in Schwierigkeiten befindet. Außerdem macht es mich noch wütender, sie so aufgelöst zu sehen, auch wenn sie das, was Owen gesagt hat, verdient hat. Ich nehme an, dass ich es generell nicht mag, wenn jemand geärgert wird. Ich unterdrücke meine Gefühle, da ich mich daran erinnere, dass die Wächter sich ganz in unserer Nähe befinden.

»Wie war dein Abendbrot, Schnecke?«, fragt Liam und benutzt dabei einen Spitznamen für Owen, der sich nie durchgesetzt hat.

»Du meinst das Zeug, das ihr mir dagelassen habt?«, antwortet Owen, ohne zu zögern. »Es war nicht wirklich schlecht, besonders nicht im

Vergleich zu eurem. Da wir gerade davon sprechen: Hast du alles aufgegessen, was ich dir dagelassen habe, Theo, oder musstet ihr es euch teilen?«

Ohne zu verstehen, warum, stelle ich mich hin.

Owen wirft mir einen unbesorgten Blick zu und fragt mich: »Willst du mit mir tanzen? Du solltest warten, bis das alles hier vorbei ist –«

»Wenn du nicht sofort deine Schnauze hältst, wird dein neuer Spitzname Schwellung sein«, erwidere ich, und meine Zähne knirschen schmerzhaft, während ich versuche, meine Wut unter Kontrolle zu bekommen.

Liam steht auf und stellt sich hinter mich.

Grace wirft mir einen entsetzten Blick zu.

Zu spät bemerke ich, dass ich das Sch-Wort in ihrer Gegenwart benutzt habe. Jetzt ist mir eine Stille sicher, selbst wenn die Wächter uns für etwas Straffreies hierhergebracht haben sollten.

Owen sieht höchst erfreut aus.

Ich schäume und balle meine Hände zu Fäusten. Er hat mich absichtlich provoziert, und das auch noch am Tag der Geburten. Vielleicht hatte ich Unrecht damit, dass er einen gewissen Anstand besitzt.

Der Gedanke daran, den ganzen Spaß am Tag der Geburten zu verpassen, verstärkt meine Wut, und ich gehe auf Owen zu. Wenn ich die Feier der Geburten sowieso verpassen werde, kann ich mir wenigstens zu einer anderen Freude verhelfen.

In Owens Augen blitzt Angst auf.

Ich spüre eine Hand auf meiner Schulter, und Liam sagt: »Mann, was zum Teufel tust du da?«

Ich atme aus.

Er hat recht.

War ich gerade kurz davor, Owen zu schlagen?

Was zur Hölle ist los mit mir?

Die Tür öffnet sich.

Ein helmbedeckter Kopf schaut heraus, und eine weibliche Stimme sagt: »Theo, bitte komm zu uns.«

ACHTES KAPITEL

Ich entspanne meine Hände, bevor die Wächterin sie erblicken kann. Ich atme beruhigend ein und gehe auf die Tür zu.

Mir ist aufgefallen, dass sie der erste Wächter – und einer der wenigen Erwachsenen – ist, der mich »Theo« und nicht »Theodore« nennt. Noch eine Auffälligkeit, wenn auch eine kleinere.

»Setz dich hier hin«, sagt der männliche Wächter, und deutet mit einem Kopfnicken auf die Besucherstühle des Direktors.

Er selbst nimmt im Stuhl des Direktors Platz und die Wächterin an seiner Seite, auf einem weiteren Besucherstuhl.

Dieser kleine Austausch stellt einen Rekord auf, was die Länge meiner bisherigen Unterhaltungen mit einem Wächter anbelangt. Natürlich erwähne ich das nicht, da ich ganz genau weiß, dass ich wahrscheinlich noch mehr Ärger bekomme, wenn ich meinen Mund nicht halte.

»Tu genau das, was ich dir sage«, erklärt mir der männliche Wächter mit eisiger Stimme. »Wenn du das machst, wirst du schnell wieder draußen sein.«

»Bitte«, fügt die Wächterin in einem sanfteren Ton hinzu. »Ich kann mir vorstellen, dass du es eilig hast, wieder zum Fest zurückzukehren.«

Habe ich mir das nur eingebildet oder hat sie etwa ihren Helm missbilligend in Richtung ihres Kollegen gedreht? Warum würde sie das tun? Spielen sie »guter Polizist, böser Polizist«, wie in den alten Filmen?

»Ich werde das tun, was du mir sagst«, antworte ich so ruhig ich kann. Dann füge ich leicht bitter hinzu: »Ich habe ja sowieso keine andere Wahl.«

»Gut«, sagt der Wächter. »Lege deine Hand auf deine Brust.«

»Was?« Ich schaue auf seinen verspiegelten Helm, aber alles, was ich sehen kann, ist die sphärisch verzogene Spiegelung meines eigenen überraschten Gesichts.

»So, hier«, erklärt mir die Wächterin und legt ihren Arm quer über ihre Brust.

»Jetzt mach schon«, sagt die männliche Stimme unfreundlich.

Langsam hebe ich meine Hand zur Brust, und die Wächterin nickt zustimmend.

»Sage: ›Ich schwöre auf die Linse der Wahrheit, dass ich die Wahrheit und nichts als die Wahrheit sagen werde‹«, verlangt der Wächter.

»Was?« Ich schaue von einem Wächter zum anderen.

Der männliche Wächter trommelt mit seinen Fingern auf dem Schreibtisch. »*Willst* du eine Stille?«

Ich schüttele entschieden meinen Kopf.

»Dann sage: ›Ich schwöre auf die Linse der Wahrheit‹.«

»Ich schwöre auf die Linse der Wahrheit«, sage ich, aber als kleines Zeichen meines Trotzes versuche ich, so lustlos wie möglich zu klingen.

»Und schwöre, dass ich die Wahrheit und nichts als die Wahrheit sagen werde«, führt er fort.

»Und schwöre, dass ich die Wahrheit und nichts als die Wahrheit sagen werde«, wiederhole ich wie ein Roboter.

Ein eigenartiges Gefühl überkommt mich. Es ist, als befände sich mein Bewusstsein plötzlich in einer Phase der Einheit, und ich fühle mich irgendwie körperlos. Während der Einheit baue ich normalerweise eine Verbindung zu Fantasiewelten, weit entfernten Galaxien und Sternen auf, aber jetzt ist es so, als befände ich mich nicht länger in meinem Körper … sondern als sei ich eine Art altertümlicher Geist.

»Nenne mir deinen Namen«, ertönt eine Stimme.

An dem Ort, an dem ich »schwebe«, kann ich nicht heraushören, welcher Wächter mir diese Frage gestellt hat. Dann bin ich auf einmal wieder in meinem Körper zurück, und mein Mund bewegt sich, ohne dass ich es möchte. Er sagt: »Theodore.«

Von meinem Aufenthaltsort außerhalb meines Körpers finde ich es mehr als eigenartig, dass mein Mund ohne meinen Willen sprechen kann. Und warum habe ich so eine formelle Version meines Namens gewählt?

»Wie alt bist du, Theodore?«, fragt eine Stimme.

»Ich bin heute vierundzwanzig Jahre alt geworden«, sage ich erneut, ohne es zu wollen.

»Frage ihn etwas, worüber er lieber lügen würde«, sagt eine Stimme. »Dann sind wir sicher, dass der Zwang wirklich wirkt.«

»Okay«, sagt die andere Stimme, zumindest nehme ich das an. »Rufe seinen neuronalen Scan auf.«

Dieses Mal öffnet sich mein Mund nicht. Sie haben mir keine Frage gestellt.

»Hast du heute etwas Unangemessenes getan, Theodore?«, will eine Stimme wissen. »Und falls nicht heute, dann vielleicht gestern?«

»Ich habe unangebrachte Empfindungen gehabt, als ich Grace beim Yoga zugeschaut habe«, antwortet mein Mund. Ich bin entsetzt. Ich will in meinen Körper zurückspringen und meinen blöden Mund davon abhalten, diese Dinge zu sagen, aber ich kann nicht zurück, egal wie gerne ich meine Kontrolle wiederhätte. Als ob er mich ärgern wollte, fährt mein Mund fort. »Außerdem haben wir Owen einen Streich gespielt. Wir haben sein Zimmer mit Essensriegeln gefüllt.« »*Nein*«, schreie ich innerlich zu meinem Mund, aber ich spüre, dass er noch nicht fertig ist. Trotz meiner übermenschlichen Anstrengungen, ihn zum Schweigen zu bringen, öffnet er sich erneut und gibt von sich: »Und schließlich habe ich vor einigen Minuten das Sch-Wort benutzt.«

Wenigstens hat mein Mund nichts darüber gesagt, dass ich fast Owen angegriffen hätte. Ich nehme an, dass »fast etwas getan zu haben« nicht das Gleiche ist wie »wirklich etwas getan zu haben«.

Die Stimmen unterhalten sich im Flüsterton. Alles, was ich hören kann, ist: »Seine neuronale Aktivität ist extrem eigenartig, aber die Linse funktioniert ganz offensichtlich.«

»Was ist mit Markwart geschehen, Theodore?«, fragt eine Stimme. »Weißt du, wer Markwart ist?«

»Ich verstehe diese beiden Fragen nicht«, erwidert mein Mund. »Redet ihr über diese Menschen, die damals die Grenzen bewachten? Diese Menschen aus dem Geschichtsunterricht? Oder worum geht es gerade?«

»Hast du den Rat eine Versammlung vergessen lassen?«, will eine Stimme wissen.

»Diese Frage verstehe ich auch nicht«, sagt mein Mund. »Welcher Rat? Welche Versammlung?«

»Warum ist dein neuronaler Scan so unregelmäßig?«, fragt eine Stimme.

»Ich weiß es nicht«, antwortet mein Mund.

Gefühlte Stunden fährt diese Stimme damit fort, mir weitere dieser Fragen zu stellen, die ich nicht verstehe. Mein Mund antwortet fast immer mit einem »Nein«, das ab und an von einem »Ich weiß es nicht« abgelöst wird.

»Verstehst du, was passiert ist?«, fragt mich schließlich eine Stimme.

»Nein«, erwidert mein Mund.

Mein Bewusstsein kehrt in meinen Körper zurück, und ich kann spüren, dass ich meinen Mund und meine anderen Fähigkeiten wieder kontrollieren kann, auch wenn es jetzt zu spät ist. Ich habe ihnen bereits von dem Zwischenfall beim Yoga und dem Streich erzählt, nicht zu vergessen meine Benutzung vulgärer Sprache.

Ich sitze in der Patsche.

Ich schaue von einem Wächter zum anderen. Wegen ihrer reflektierenden Helme ist es unmöglich, zu sagen, wie entsetzt oder enttäuscht sie sind.

Ich blicke zur Seite.

Dort befindet sich ein großer Bildschirm, auf dem eine neuronale Aktivität angezeigt wird.

Wegen einer der Fragen, die mir eben gestellt wurden, ist es nicht besonders schwierig, sich zu denken, dass wir auf meinen Scan schauen.

Meine Gehirnaktivitäten zu betrachten ist im Laufe der Jahre zu einer Art Hobby von mir geworden. Was ich hier sehe, ist völlig anders als die anderen Scans, die ich zuvor gesehen habe. Dieses Bild lässt mir einen eisigen Schauer über den Rücken laufen. Ist diese anormale Aktivität eine Nebenwirkung dessen, was sie mit mir getan haben?

Die Wächterin steht auf und unterbricht damit meine Überlegungen.

»Folge mir«, sagt sie mit einer eigenartig beruhigenden Stimme.

Sie geht zur Tür, und ich stehe auf, um ihr zu folgen, auch wenn ich mich dahinschleppe, als hätte ich Blei in den Schuhen.

Als ich den Wartebereich betrete, schauen mich Liam, Grace und Owen fragend an. Ich zucke mit den Schultern und setze meinen verwirrtesten Gesichtsausdruck auf. Ich weiß nicht, was ich ihnen sagen soll. Nichts von dem, was im Büro des Direktors geschehen ist, ergibt einen Sinn. Außerdem, selbst wenn ich etwas zu sagen hätte, wäre es nicht sicher, das vor dem Wächter zu tun.

Die Wächterin geht durch den Raum, gibt das Zeichen, um die Tür zu öffnen, und versichert sich, dass ich vor ihr hinausgehe. Dann kommt sie zu mir in den Flur und schließt die Tür hinter uns gewissenhaft mit einer weiteren Geste, so als ob Liam und die anderen verrückt genug wären, unter diesen Umständen wegzulaufen.

Sie führt mich den langen Gang hinunter und bringt mich zu einem Raum, den ich noch nie gesehen habe. Wegen seiner beträchtlichen Größe und den bequemen Sofas in seiner Mitte nehme ich an, dass es sich um eine Art Aufenthaltsraum für die Verwaltung handelt.

»Bleibe hier«, sagt die Wächterin. »Sobald wir die anderen befragt haben, kannst du zu den Feierlichkeiten zurückkehren. Das Ganze sollte nicht länger als eine Stunde dauern.«

Sobald sie die Tür hinter sich geschlossen hat, beginne ich, hin und her zu gehen.

Nichts ergibt einen Sinn.

Warum hat sie gesagt, dass ich zum Fest zurückgehen werde? Ich habe genügend Dinge zugegeben, um eine lange Zeit in der Stille zu verbringen. Warum würden sie das durchgehen lassen?

Diese Überlegungen lassen mich wieder an ein viel größeres Rätsel denken: Warum habe ich diese Fragen beantwortet, ohne dass ich das wollte? Und was war der Hintergrund dieser Fragen?

Während ich im Raum umhergehe, mache ich die Geste zum Öffnen der Tür. Ich bin mir sicher, dass die Wächterin die Tür hinter sich geschlossen hat, aber ich habe ja nichts Besseres zu tun.

Zu meiner Überraschung öffnet sich die Tür.

Ich gehe über die Schwelle, aber dann passiert etwas noch Eigenartigeres.

Ein Teil von mir – zumindest nehme ich an, dass es sich darum handelt – sagt in einer Stimme, die nicht meine ist: »Gehe nicht hinaus, Theo.«

Diese Stimme in meinem Kopf ist aus verschiedenen Gründen äußerst eigenartig, nicht zuletzt deshalb, weil sie weiblich ist.

»Setz dich auf das Sofa«, weist mich die Stimme an. »Es könnte dich verwirren, dass ich dein Gedächtnis wiederherstelle.«

Ich habe keine Ahnung, zu wem diese Stimme gehört oder was sie versucht, mir zu sagen, aber hinsetzen hört sich nach der besten Idee seit Langem an. Ich gehe zu einem der Sofas und setze mich hin.

Aus meinem Augenwinkel sehe ich, dass sich die Tür wieder schließt.

Eine eigenartige Flut von Empfindungen steigt in meinem Kopf auf. Ich verspüre einen entsetzlichen Schwindel und muss mich sofort hinlegen.

Sobald mein Kopf das Sofa berührt, überkommt mich eine extreme Müdigkeit.

Ich schließe meine Augen, und mein Bewusstsein schwindet.

NEUNTES KAPITEL

Ich öffne meine Augen.

Bin ich gerade aufgewacht?

Ich schaue mich im Raum um und sehe, dass er zu groß ist, um das Zimmer zu sein, welches ich mit Liam teile.

Dann verstehe ich: Das ist das Verwaltungsgebäude.

Ich erinnere mich an das, was passiert ist.

Ich erinnere mich an *alles*, was passiert ist.

Mir fällt außerdem auf, dass ich mich nicht mehr alleine in dem Raum befinde.

Eine vertraute Frau mit kurzen Haaren sitzt neben mir auf dem Sofa.

»Phoe«, rufe ich aus und setze mich hin. »Ich bin zurück.«

»Sprich nicht laut«, erwidert sie und lächelt mich besorgt an.

Ich gehe meine Erinnerungen durch.

Soweit ich das beurteilen kann, sind sie alle wieder da. Andererseits habe ich vor einer Minute auch keine Informationen vermisst, obwohl mir *alle* gefehlt haben.

Ich erinnere mich an Phoe und an alles, was passiert ist, seit sie das erste Mal mit mir gesprochen hat. Ich erinnere mich an Mark, angefangen bei unserer Kindheit bis zu seinem Tod. Ich erinnere mich auch ganz genau daran, wie es sich angefühlt hat, sich an diese Dinge nicht zu erinnern. Es ist etwa so wie das Gefühl, dass einem etwas auf der Zunge liegt. Nachdem man auf diese kleine Sache kommt, die einem nicht einfallen wollte, kann man gar nicht glauben, dass einem so etwas Einfaches nicht eingefallen ist. Nur dass es sich in meinem Fall um eine Menge wichtiger Tatsachen handelt.

Mir fällt ebenfalls auf, wie viel einfacher mein Leben war, als ich mich nicht an diese Dinge erinnert habe. Wie viel glücklicher ich in meiner Unwissenheit war.

Phoes Sorgen um meine gespaltene Persönlichkeit waren nicht ganz berechtigt. Ja, ein unschuldigerer Theo hat eine Zeit lang existiert, aber er ist nicht tot. Er ist Teil von mir, dem Theo, der vollständiger ist, aber sich wünscht, dass er es nicht wäre. Ich habe das, was er erlebt hat, etwa so verinnerlicht, wie ich es mir bei den Ahnen mit den Dingen vorstelle, die sie getan haben, während sie betrunken waren.

»Das ist gerade wirklich kein guter Zeitpunkt, um über die Frage deiner Identität nachzugrübeln«, sagt Phoe in einem dringlichen Flüsterton und kommt näher zu mir. »Wir müssen reden, wenn ich mit dem hier fertig bin.«

Bevor ich verstehe, was passiert, befinden sich ihre Lippen auf meinen.

Ich erwidere ihren Kuss. Aus irgendeinem Grund vertreibt diese körperliche Nähe die restliche Müdigkeit aus meinem Kopf. Ich erinnere mich daran, das Gleiche vorgestern mit ihr getan zu haben. Allerdings fühlt es sich jetzt anders an. Instinktiver.

Der Kuss hält an, und sie rutscht auf dem Sofa dichter an mich heran. Sie ist so nahe, dass ihre weichen Brüste meinen Oberarm berühren.

Ich fühle, wie sich etwas bei mir bewegt.

Das habe ich schon einmal verspürt.

Genau das ist mir gestern passiert, als ich Grace betrachtet habe, nur dass dieses Gefühl hier tausendmal stärker ist.

Phoe zieht sich zurück, und ihre Augen sind zu Schlitzen verengt.

»Ich kann immer noch nicht glauben, dass das passiert ist.« Sie verschränkt ihre Arme vor ihrer Brust. »Ich kann nicht glauben, dass du scharf auf Grace warst.«

»Phoe«, denke ich und schaue ihr in die Augen. »Bist du ernsthaft eifersüchtig? Du weißt, dass ich mich nicht daran erinnert habe –«

»Quatsch.« Ihre Lippen verziehen sich. »Warum sollte ich das sein? Ich bin doch schließlich nur eine im wahrsten Sinne des Wortes herzlose künstliche Intelligenz. Warum solltest du denken, dass es falsch ist, dass du dich von jemand anderem angezogen fühlst?«

»Phoe, ich war nicht ich selbst.« Ich lege meine Hand auf ihre und spüre die Wärme ihrer Haut. »Und überhaupt: Ich *begehre* Grace nicht«, denke ich nachdrücklich und versuche krampfhaft, nicht wegen des extremen Tabus dieses Themas zu erröten. »Wenn ich das täte …« Ich hole Luft, weil ich nicht sicher bin, wie ich fortfahren soll. »Wenn ich beschließen sollte, mich mit jemandem *auf diese Weise* vereinigen zu wollen, habe ich keinen Zweifel daran, dass es sich dabei um *dich* handeln würde.« Als ich das lautlos sage, fällt mir auf, dass ich wirklich so fühle, und dass ich diese Wahrheit vor mir selbst versteckt hatte.

Phoe sieht unsicher aus, also drücke ich ihre Hand und sage in Gedanken: »Wenn du meine Einwilligung dafür willst, meine Gedanken zu durchleuchten, um zu sehen, ob ich die Wahrheit sage, dann hast du sie hiermit.«

Sie wirft mir einen unleserlichen Blick zu. Dann küsst sie mich genauso plötzlich wie zuvor, fast so, als wolle sie mich damit überfallen.

Ohne zu zögern, erwidere ich ihren Kuss.

Als wir gegenseitig unsere Münder erkunden, wird der Kuss zu einem Ventil für etwas anderes. Nervosität und Anspannung verlassen meinen Körper, und eine meditationsartige Trance überkommt mich, als ich mich darauf konzentriere, auf welche Weise ihre Lippen mich berühren. Meine Atmung wird flach, und ich lege meine Hand über ihrem Po ab, so dass ich die zarte Krümmung ihrer Wirbelsäule spüre.

»Theo«, meint Phoe und schiebt sich widerwillig von mir weg. »Ich weiß, ich habe damit angefangen, aber jetzt müssen wir wirklich damit aufhören. Sollten sie sich die Aufzeichnungen dieses Raumes anschauen, könnten sie sich fragen, warum du deine Lippen und deine Zunge wie ein Verrückter bewegst. Das ist besonders deshalb so schlecht, weil dein neuronaler Scan eine Katastrophe war.«

Ihre Worte haben die gleiche Wirkung wie eine kalte Dusche.

»Hast du mir eben die Tür geöffnet?«, frage ich lautlos, um das Thema zu wechseln. »Und falls ja, wieso hast du mich dann davon abgehalten, den Raum zu verlassen?«

»Nein, ich habe diese Tür nicht geöffnet.« Sie grinst mich breit an. »Das hast du getan.«

»Ich?« Mein lautloses Sprechen ist so laut, dass man fast ein Flüstern hören kann. »Aber wie? Hat die Wächterin – bei der es sich um Fiona handeln muss – sie nicht abgeschlossen?«

»Ja, es ist Fiona, und ja, sie hat sie richtig abgeschlossen. Du hast sie aber trotzdem geöffnet.«

»Wie? Nur Erwachsene können auf diese Weise verschlossene Türen öffnen.«

Phoes Augen leuchten. »Und die Betagten.«

»Stimmt«, denke ich. »Aber was hat das mit mir zu tun?« Auf einmal habe ich eine Erleuchtung. »Warte mal. Ist es wirklich das, was ich denke?«

»Als der Tag der Geburten angefangen hat, habe ich dein Alter geändert, genauso, wie ich es dir gesagt hatte.« Sie ist so aufgeregt wie Liam nach einem Streich. »Was die Sicherheitssysteme in Oasis betrifft, bist du jetzt neunzig Jahre alt.«

Ich starre sie ausdruckslos an. Die Konsequenzen, die sich daraus ergeben, sind einfach zu weitreichend.

»Ich kann alle Türen öffnen, die sonst nur von den Erwachsenen geöffnet werden können?«

»Ja, und noch Vieles mehr.« Phoe trommelt mit ihren Füßen auf den Boden. »Zum Beispiel können die Erwachsenen die Grenze zum Bereich der Betagten nicht überschreiten, du aber schon. Du kannst so ziemlich überallhin gehen, wo du möchtest, solange wir das kleine Problem deines jugendlichen Aussehens in den Griff bekommen.«

»Ja.« Ich lache nervös auf. »*Dieses* klitzekleine Problem.«

»Ich habe schon eine Idee – so eine Art Plan«, meint Phoe. »Wenn er funktioniert, kannst du dich problemlos in Oasis umherbewegen. Aber bevor wir darüber reden, möchte ich dir etwas anderes zeigen, etwas viel Wichtigeres.« Sie sieht für den Bruchteil einer Sekunde abwesend aus. »Mist, sie kommen. Wir sollten damit weitermachen, *nachdem* sie dich hier herausgeführt haben.«

»Mich herausführen?« Ich denke darüber nach und blicke sie voller Hoffnung an. »Lassen sie mich gehen?«

Anstatt mir zu antworten, schaut Phoe zur Tür.

Die Tür öffnet sich.

Ein Wächter erscheint.

»Theodore«, sagt er.

Ich stehe auf.

Ich glaube, es ist Jeremiah, auch wenn seine Stimme schlecht zu erkennen ist, da sie durch den Helm verzerrt wird. Ich bin mir sicher, dass es sich nicht um Fiona handelt, da die Stimme nicht weiblich ist und dieser Wächter größer ist als sie.

»Folge mir«, sagt der Vielleicht-Jeremiah und winkt in meine Richtung.

»Er hat wieder versucht, dich zu beruhigen«, meint Phoe als Stimme in meinem Kopf.

»Ich wünschte mir, es würde wirken«, denke ich zurück, und mein Herz rast, während ich mich gezwungen sehe, schnell zu gehen, um nicht hinter den wütenden Schritten des eventuellen Jeremiahs zurückzufallen.

»Es sieht so aus, als würden sie mir trotz dieser ganzen Dinge, die mein Mund unter der Wirkung der Linse ausgespuckt hat, keine Stille verpassen«, denke ich zu Phoe.

»Nein«, antwortet sie. »Heute haben sie für solche Kleinigkeiten wahrscheinlich keinen Kopf. Sie konzentrieren sich auf die Untersuchung für den Gesandten – der Untersuchung, bei der ich schon sehr bald ›behilflich‹ sein könnte. Außerdem werden sie dich höchstwahrscheinlich vergessen lassen, dass du sie jemals gesehen hast, was die Stille komisch aussehen lassen würde, da du dich nicht daran erinnern könntest, wie du sie bekommen hast.«

»Geh«, fordert mich der Wächter auf, als wir beim Ausgang des Gebäudes ankommen. Er gestikuliert in Richtung der Feierlichkeiten zum Tag der Geburten in einiger Entfernung. »Halte dich aus Schwierigkeiten heraus.«

Ich gehe sofort, das muss man mir nicht zweimal sagen.

Der Vielleicht-Jeremiah geht wieder hinein, vermutlich, um die anderen zu holen.

»Genauso, wie ich es mir gedacht habe«, meint Phoe. »Er hat versucht, dich kontrolliert vergessen zu lassen, was passiert ist. Geh irgendwohin, wo du alleine bist, wenn du nicht gerade auf Liam, Grace oder Owen treffen möchtest.«

Ich gehe zum nächstbesten Gebäude, bei dem es sich um den Würfel der Vorlesungsräume handelt. Es in leerem Zustand zu sehen, könnte interessant sein. An den vergangenen Tagen der Geburten bin ich noch nie auf diesen Gedanken gekommen, weil es immer zu viele andere Dinge zu tun gab, die Spaß machen.

Phoe schweigt, bis ich das Gebäude betrete, in einen Vorlesungssaal gehe und mich hinsetze.

»Okay«, sagt sie und ruft einen dieser riesigen Bildschirme auf, die die Lehrer manchmal für ihren Unterricht benutzen. »Das ist die wichtige Information, die ich eben erwähnt habe. Aber verfalle nicht in Panik.«

Ich wette, dass die Worte »verfalle nicht in Panik« zu den unheilverkündensten gehören, die man sagen kann – genauso wie »oh nein« und »das wird nur ein ganz kleines bisschen wehtun«.

Auf dem Bildschirm kann ich den Raum des Direktors sehen, in dem sich jetzt allerdings Jeremiah und Fiona befinden.

»Er ist nur ein Jugendlicher«, sagt Fiona nachdrücklich. »Trotz der ganzen Technologie dieser Welt haben sie manchmal hormonelle Schwankungen. Du weißt, was diese Dinge mit einem tun können. Werden sie nicht deshalb nach Geschlechtern getrennt? Als ich eine Jugendliche war, habe ich meine Menstruation trotz aller vorsorgenden Gegenmaßnahmen bekommen. Mein neuronaler Scan davor war –«

»Hör auf.« Jeremiahs weiß behandschuhte Hand bedeckt seinen Helm, als versuche er, einem geworfenen Gegenstand auszuweichen. »Willst du, dass ich mich übergebe?«

»Das ist einfach nur Biologie«, antwortet Fiona, aber Jeremiah erhebt seine Hand mit nach außen gerichteter Handfläche, um sie vom Sprechen abzuhalten.

»Mir fällt kein natürlicher Grund dafür ein, aus dem sein neuronaler Scan so aussehen könnte«, sagt er und lässt seine Hand fallen. »Er ist männlich, also trifft deine widerliche Geschichte nicht auf ihn zu. Allerdings habe ich Scans von Jugendlichen und Erwachsenen gesehen, die für verrückt erklärt wurden, und auch wenn dieser hier ein wenig anders ist, weist er immer noch genügend Ähnlichkeiten zu ihnen auf. Deshalb bestehe ich weiterhin darauf, dass er zum Wohle unserer Gesellschaft kontrolliert vergessen werden sollte. Er ist noch nicht gewalttätig, aber das ist normalerweise der nächste Schritt.«

»In Ordnung. Wir werden mit dem Rat sprechen und dann gemeinsam entscheiden.« Sie knackt mit ihren Fingern.

»Ich verstehe nicht, warum wir unsere Zeit mit Bürokratie verschwenden. Wir müssen eine Untersuchung durchführen und –«

»Hast du jemals die Einwohner von Oasis kontrolliert eine Person vergessen lassen, ohne das vorher formell mit dem Rat abzuklären?« Fiona stützt ihre Hände heftig auf ihrer Hüfte ab. »Ich frage mich das, weil deine Forderung –«

»Natürlich nicht«, antwortet Jeremiah ein wenig zu schnell und abwehrend.

»Dann verstehe ich nicht, warum wir uns diesmal nicht an das Protokoll halten sollten«, sagt sie in einem kalten und formellen Ton.

»Wie ich bereits gesagt habe, ist der Grund offensichtlich, und die Zeit drängt«, erwidert Jeremiah. »Wir haben nichts in unserem neuesten Fall herausgefunden, und anstatt unnötige Ratssitzungen abzuhalten, könnten wir als die zwei ältesten Mitglieder mit Sicherheit –«

»Ich bin dagegen, dass er kontrolliert vergessen wird«, meint Fiona und streckt ihr Kinn hervor. »Das werde ich auch auf der Ratsversammlung sagen, sollten wir eine haben. Wenn du Zeit sparen willst, können wir uns darauf einigen, diese Angelegenheit fallen zu lassen, da wir den Rat dafür nicht benötigen. Andernfalls wird es der ganze Rat abwägen müssen.«

»In Ordnung.« Jeremiahs Haltung ist angespannt. »Theodore kann warten. Versammeln wir die Lehrer und die entfernteren Bekannten von Markwart.«

»Das hört sich gut an.« Fiona strafft ihre Schultern. »Ich werde Filomena und George als Erste holen. Du lässt die Kinder in der Zwischenzeit gehen. Sie haben wegen deiner Ungeduld bereits genügend vom Fest verpasst, und bis wir seinen neuronalen Scan nicht dem Rat gezeigt haben, schließt ›die Kinder‹ auch Theo ein.«

Jeremiah stürmt aus dem Raum, ohne ein weiteres Wort zu verlieren.

Der Bildschirm wird schwarz.

»Scheiße«, flüstere ich Phoe zu. »Denkst du, sie werden damit zum Rat gehen? Und falls sie es tun, was denkst du, wie sie abstimmen werden?«

»Ich weiß es nicht«, antwortet Phoe. »Deshalb ist es äußerst wichtig, dass ich weitere Ressourcen bekomme. Mit mehr Ressourcen sollte ich in der Lage sein, einen Weg zu finden, die Betagten zu manipulieren, ohne dabei zu riskieren, dass es dem Gesandten auffällt.«

Ich erinnere mich an ihre Idee, die etwas mit einem sehr fragwürdig klingenden Test zu tun hat, den die Erwachsenen absolvieren müssen, bevor sie zu Betagten werden. Allerdings war damals ihre Begründung dafür, dass ich diesen Test mache, dass es ihr dabei helfen würde, herauszufinden, wo im Weltall wir uns gerade aufhalten.

»Ich streite nicht ab, dass es wichtig ist zu wissen, wo genau in Raum und Zeit wir uns gerade befinden«, meint Phoe und spitzt ihre Lippen. »Aber es beleidigt mich, dass du mir unterstellst, dein Wohlbefinden könnte mir weniger wichtig sein.«

Mir fällt auf, dass ich so etwas angedeutet habe, was Phoe gegenüber nicht fair ist. Sie hat mir buchstäblich das Leben gerettet. Außerdem, selbst wenn sie etwas egoistisch ist, wenn es darum geht, ihre mentalen Fähigkeiten wiederzuerlangen, kann ich ihr kaum einen Vorwurf daraus machen, besonders jetzt nicht, nachdem ich das kontrollierte Vergessen gerade so eindringlich erfahren habe. Da ich nicht weiß, wie ich ihr das erklären soll, wechsele ich das Thema. »Du hast gesagt, du könntest ihnen bei ihrer Untersuchung ›behilflich‹ sein«, sage ich. »Willst du mir etwas darüber erzählen?«

»Ach das.« Sie grinst mich schief an. »Erinnerst du dich an das Archiv des Hüters?«

»Ja.«

»Als Jeremiah es Fiona gezeigt hat, hat er mich, ohne es zu wollen, auch genau dorthin geführt.« Sie ruft sich einen Stuhl und setzt sich hin. »Jetzt kann ich diesen kleinen Schatz dort für ihn verstecken.«

Auf dem Bildschirm erscheint eine körnige Darstellung der Ratsversammlung.

»Damen und Herren des Rates«, sagt Fiona in der Aufzeichnung. »Trotz des Ergebnisses dränge ich darauf, dass ihr es euch anders überlegt.« Ihre Augen sehen traurig aus. »Ihr wisst, dass ich dagegen war, dass Markwart kontrolliert vergessen wird.« Sie wirft Jeremiah einen wütenden Blick zu. »Aber diese neuesten Entwicklungen – die *Folter* eines Jugendlichen –«

»Befragung«, korrigiert Jeremiah. »Eindringliche Befragung.«

»Folter«, beharrt Fiona. »Ich finde diesen Gedanken abstoßend. Warum redest du nicht mit dem Gesandten darüber? Es gibt andere Möglichkeiten, an Informationen zu gelangen. Vielleicht die Linse der –«

»Ich werde den Gesandten nicht mit dieser Angelegenheit belästigen«, erwidert Jeremiah mit hasserfülltem Blick. »Er verlangt Antworten und Ergebnisse von mir, keine Probleme, die er lösen soll. Du scheinst zu ignorieren, dass dieser Jugendliche sich der Bestrafung, dem kontrollierten Vergessen und einer Reihe von weiteren Technologien widersetzt hat. Warum sollte die Linse einen Unterschied machen?«

»Weil –«

Phoe schwenkt ihre Hand, um das Video anzuhalten, und unterbricht damit Fionas Erklärung.

»Mach dir keine Gedanken«, sagt Phoe. »Das, was du gerade gesehen hast, ist nicht das, was ich meine. Ganz im Gegenteil. Diesen Teil der Aufzeichnung werde ich so gründlich zerstören, dass nicht einmal ich in der Lage sein werde, jemals auch nur eine Spur davon zu finden. Ich wollte ihn dir vorher nur zeigen, damit du den Zusammenhang mit dem Teil des Videos verstehst, den ich benutzen will.«

»Diese Aufzeichnung ist von vor zwei Tagen, stimmt's?«, frage ich lautlos. »Sie ist von der Versammlung, die du sie vergessen lassen hast?«

»Ja, sie ist von jener Versammlung«, antwortet Phoe. »Fiona war, wie du gesehen hast, wirklich dagegen, dass sie dich foltern. Ich habe das aufgezeichnet, damit du siehst, wie sie abgestimmt haben. Außerdem hatte ich ein wenig Zeit übrig, als du dich im IRES-Spiel befunden hast. Und jetzt zahlt sich meine Aufzeichnung aus.«

Mit einer Bewegung spult sie das Video vor.

»Das hier«, sagt sie. »Das hier werde ich ausschneiden und im Archiv hinterlassen.«

Sie lässt den Mitschnitt weiterlaufen.

Fiona stürmt auf den Ausgang zu, aber bevor sie ihn erreicht, dreht sie sich herum, wirft jedem Ratsmitglied einen unheilverkündenden Blick zu und sagt: »Und ab sofort trete ich offiziell als Mitglied dieses Beschlussorgans zurück.«

Im Raum wird leises Gemurmel und wütendes Flüstern hörbar.

Zu Jeremiah sagt Fiona: »Sobald ich offiziell kein Ratsmitglied mehr bin, möchte ich diese letzte Entscheidung kontrolliert vergessen … und ich hoffe, dass die leere Hülle, die ihr euer Gewissen nennt, dadurch Risse bekommen wird.«

Fiona stürmt aus dem Raum, ohne eine Antwort abzuwarten.

Phoe lässt das Bild erneut verschwinden.

»Wow«, sage ich lautlos. »Sie hat den Rat verlassen *und* ihnen ihre Meinung gesagt.«

»Ja. Wenn ich sie nicht kontrolliert vergessen lassen hätte, wäre genau das geschehen, aber jetzt erinnern sie sich natürlich nicht an ihren Ausbruch. Sobald Jeremiah das sieht, wird er wahrscheinlich vermuten, dass Fiona diejenige ist, nach der er sucht«, erklärt Phoe triumphierend. »Sie hat ein starkes Motiv. Sie hat ihnen quasi gesagt, dass sie sie wie die Pest hasst. Und außerdem hat sie etwas über das kontrollierte Vergessen gesagt.«

»Kann sie ihn nicht beschuldigen, diese Aufzeichnung gefälscht zu haben?«, denke ich.

»Sie könnte, aber es ist anzunehmen, dass er sagen wird, dass er weder die Ressourcen noch die Fähigkeiten hat, so etwas zu erschaffen«, antwortet Phoe und schaut mich nachdenklich an. »Ich muss sagen, ein Video zu fälschen ist eine sehr interessante Idee. Es wäre nicht viel schwieriger, als die erweiterte Realität zu manipulieren –«

»Okay«, denke ich, damit sich Phoe wieder auf das eigentliche Thema konzentriert. »Selbst wenn alle denken sollten, dass das Video echt ist, verstehe ich nicht, wie uns das weiterhilft.«

»Nicht? Wenn Jeremiah einen Verdächtigen hat, wird er aufhören, sich um dich zu kümmern. Davon abgesehen ist es der älteste Trick der Welt.« Phoe neigt ihren Kopf zur Seite. »Wir spalten und besiegen sie. Während Fiona und Jeremiah sich gegenseitig bekämpfen, werden wir das tun, was wir tun müssen: den Test. Das wahrscheinlichste Ergebnis des Kampfes wird sein, dass Jeremiah Fiona dem Gesandten melden wird. Danach werden sie Fiona mit Hilfe der Linse der Wahrheit befragen. Die Befragung wird beweisen, dass sie unschuldig ist, außer natürlich, wenn sie denken, dass sie sich selbst kontrolliert vergessen lassen hat. Die Dinge werden für alle komplizierter werden. Vielleicht wird Jeremiah den Gesandten davon überzeugen, dass er weitere Ratsmitglieder befragen darf. Offensichtlich kann er genau das kaum abwarten. Sollte das der Fall sein, hätten wir noch mehr Zeit gewonnen. Und wenn der Gesandte sich so weit entspannt, dass er aufhört, Jeremiahs Gehirn zu überwachen – was wahrscheinlich ist –, kann ich mich um Jeremiahs Wunsch kümmern, dich loszuwerden, indem ich die Ressourcen verwende, die mir gerade zur

Verfügung stehen. Das ist nur eine Möglichkeit für die unwahrscheinliche Situation, dass du den Test nicht stoppen können solltest. Wenn du ihn erfolgreich herunterfährst, haben wir einen Haufen anderer Möglichkeiten.«

»Ich mag die Idee«, denke ich, während ich mir ihre lange Erklärung durch den Kopf gehen lasse. »Aber was ist mit Fiona? Was passiert mit ihr, wenn sie denken, dass sie schuldig ist?«

»Wenn die Linse der Wahrheit sie nicht entlastet, meinst du? Ich nehme an, dass Jeremiah ihr das zugesteht, was sie sowieso wollte. Er wird sie aus dem Rat schmeißen.«

»Aber –«

»Wenn du dir solche Gedanken um sie machst, habe ich noch eine andere Idee, die mir durch etwas gekommen ist, was du gesagt hast, aber mach dir darüber jetzt keine Gedanken.«

»Okay«, denke ich und fühle mich ein bisschen weniger wie eines dieser altertümlichen Lämmer auf dem Weg zur Schlachtbank. »Wie lautet dein Plan? Wie absolviere ich den Test?«

Als Phoe beginnt, ihren verrückten Plan zu beschreiben, überdenke ich mein Gefühl der Erleichterung noch einmal. Wenn ich ein Lamm wäre, würde ich nicht nur zur Schlachtbank gehen; ich würde auch noch mit einem Wolf kämpfen, um auf die Schlachtbank hüpfen zu dürfen.

ZEHNTES KAPITEL

Ich gehe zurück zur Feier der Geburten. Ich benötige eine ganze Weile, aber dann erblicke ich die perfekte Gruppe für das, was Phoe im Sinn hat.

Dort, neben einem Zelt, sprechen der Direktor und einige andere Menschen, die mit ihm arbeiten, mit professionellen Tennisspielern.

Glücklicherweise halten sich nicht viele Jugendliche in ihrer Nähe auf. Das ist gut. Mir ist es lieber, dass meine Altersgenossen nicht mitbekommen, was ich gleich tun werde, da Liam davon erfahren könnte und ich Schwierigkeiten hätte, es ihm zu erklären – genau wie jedem anderen.

Ich bummele zielstrebig in die Mitte dieser Gruppe aus etwa zwölf Personen.

Sie schauen mich neugierig an.

Ich atme tief ein.

Der Direktor scheint mich gerade begrüßen zu wollen, aber er bekommt keine Gelegenheit mehr, zu sprechen.

So laut ich kann, sage ich: »Ficken. Vagina. Scheiße.«

Die daraufhin folgende Stille erinnert mich an die Ruhe vor den altertümlichen Stürmen. Selbst die Musik im Hintergrund scheint verstummt zu sein.

»Ich habe eine Wette verloren«, erkläre ich dem Direktor, der vor Entsetzen wie gelähmt ist. »Keine Sorge. Ich werde mich auf den Weg zum Stillegebäude machen.«

Während ich weggehe, sage ich auch noch alle anderen obszönen Wörter, die mir einfallen. Ich spreche viel leiser als bei meiner Einführung, aber laut genug, damit der Direktor es noch hören kann. Nach einigen weiteren Wörtern habe ich erstaunlich große Schwierigkeiten, neue zu finden. Je weiter ich mich von der Gruppe entferne, desto überzeugter bin ich, mich mindestens einige Male wiederholt zu haben. Aber es kommt ja auch nicht auf die Originalität, sondern auf die Qualität der Wörter an. Einige Male schummele ich, indem ich Wörter, die ich bereits genannt habe, mit anderen verbotenen oder sogar normalen Wörtern kombiniere, und werde ziemlich kreativ dabei. Phoe lacht so sehr, dass sie sich den Bauch hält, aber sie schafft es, mir trotzdem noch einige Anregungen zu geben – Wörter, die der Direktor wahrscheinlich in einem Anatomiebuch nachschlagen müsste, falls er sich gerade nicht zu viele Gedanken darüber macht, dass ihm die Ohren abfallen könnten.

Was besonders lustig ist, auf eine rein morbide Art und Weise, ist die Tatsache, dass mich niemand aufhält. Sie halten Abstand zu mir und sagen nicht ein Wort, als ich freiwillig zum Hexengefängnis gehe.

Ich nehme an, dass der Direktor oder einer der anderen Erwachsenen wieder zu sich gekommen ist, nachdem ich weggegangen bin, weil nach einigen Minuten ein Wächter aus dem pentagonalen Prisma, zu dem ich gerade unterwegs bin, auf mich zueilt.

»Bis jetzt läuft alles hervorragend«, sage ich lautlos, so sarkastisch ich kann. »Bist du sicher, dass ich mich nicht lieber doch splitternackt ausgezogen und geteert in Federn hätte wälzen sollen?«

»Ich denke, es hätte geholfen, wenn du über die Glatze des Direktors geleckt hättest, so wie ich es vorgeschlagen habe«, erwidert Phoe immer noch lachend. »Aber ich glaube, wir waren auch so überzeugend genug.«

Ich blicke sie tadelnd an, was allerdings nur dazu führt, dass sich ihre Belustigung verstärkt.

Als der Wächter näher kommt, wird Phoe wieder ernst.

»Denke daran, dass ich Probleme haben werde, Kontakt zu dir aufzunehmen, sobald du im Hexengefängnis bist«, erinnert sie mich. »Ich habe herausgefunden, wie ich durch die Kameras der Wächter schauen kann, aber das ist immer noch recht wenig –«

»Und wir hoffen, dass der Gesandte ähnliche Schwierigkeiten haben wird«, wiederhole ich, und meine mentale Stimme ist eine Parodie ihrer. »Führe ich mich nicht genau aus diesem Grund so verrückt auf?«

»Selbst wenn der Gesandte alles sehen kann, was im Stillegebäude passiert – was ich bezweifle –, sollte mein Plan trotzdem funktionieren, vorausgesetzt, der Gesandte ist nicht allwissend und allsehend«, sagt Phoe. »Und wenn er allwissend und allsehend wäre, wären wir schon tot. Es ist ein zusätzlicher Vorteil für uns, dass dieses Gebäude wie ein Faradayscher Käfig wirkt, da aus unserem guten Plan ein hervorragender wird, wenn er nicht hineinschauen kann.«

Da ich den Plan kenne, kann ich mir einige weitere Flüche nicht verkneifen, dieses Mal allerdings, um meine Meinung darüber zu äußern, wie »hervorragend« ich diesen sogenannten Plan finde.

Als ich auf den Wächter treffe, steht er mit vor der Brust verschränkten Armen da und sagt nichts.

Enttäuscht stelle ich fest, dass der Wächter zu klein und dick für uns ist. Er hat eher Liams Körperbau als meinen. Das bedeutet, dass wir mit einer leicht komplizierteren Version eines ohnehin schon zweifelhaften Plans arbeiten müssen.

»Ich komme mit dir mit«, sage ich ungewollt aggressiv. »Gehe vor.«

Der Wächter führt eine Geste aus.

»Ich kann gar nicht glauben, dass er versucht hat, dich zu befrieden«, ruft Phoe aus. »Diese Menschen nutzen ihre Macht schamlos aus.«

Ich schweige und versuche, so befriedet wie möglich auszusehen. Es durch Jeremiah wirklich gespürt zu haben, hilft mir bei meiner Darbietung.

Der Wächter ist ausreichend überzeugt von meinem Schauspiel, um sich herumzudrehen und in Richtung unseres angeblichen Ziels zu gehen.

Auf dem Weg wiederholt mir Phoe die restlichen Schritte des Plans. Wenn ich nicht vorgeben würde, befriedet zu sein, würde ich schon wieder Schimpfworte herausschreien.

»Viel Glück«, sagt Phoe, als wir kurz davor sind, das Gefängnis zu betreten. »Ich weiß, dass du es hervorragend machen wirst.«

»Danke«, denke ich unfreundlich. »Ich hoffe, du hast recht.«

Wir gehen hinein.

Phoe redet nicht mehr, aber es beruhigt mich, zu wissen, dass ich nicht völlig allein bin. Sie hat mich vorgestern hier herausgeholt.

Nachdem wir die labyrinthartigen Flure entlanggegangen sind, kommen wir bei einer unscheinbaren Tür an, und der Wächter führt eine Geste aus.

Die Tür des Raumes öffnet sich.

Der Wächter steht erwartungsvoll im Flur.

Ich gehe hinein, und er schließt mich ein.

So weit, so gut – oder zumindest plangemäß.

Ich blicke auf den Tisch und pfeife. Dort liegen drei Riegel dieses geschmacklosen Gefängnisessens. Das würde unter normalen Umständen bedeuten, dass ich für mindestens drei Tage in diesem Raum festsäße.

Ich gehe zur Tür zurück und zähle bis tausend, um sicherzugehen, dass der Wächter, der mich hierhergebracht hat, weg ist.

Als ich meine Ohren an die Tür lege und lausche, höre ich nichts.

Ein geisterhafter Bildschirm erscheint neben mir in der Luft.

Ein Cursor flackert auf dem Display und es erscheint ein »L«, danach ein »O« und als letzter Buchstabe ein »S«.

Ich mache das Okay-Zeichen, falls Phoe mich sehen kann, und führe mit meiner Hand die klassische Geste für das Öffnen der Tür aus.

Die Tür entriegelt sich mit einem lauten *Klick*.

Dieser erste Teil des Plans hat sogar ohne Phoes Hilfe funktioniert. Alles, was ich getan habe, war, von meinen neuen Zugangsrechten als Betagter Gebrauch zu machen.

Ärgerlicherweise steht auf dem Bildschirm jetzt: *Ich habe es dir doch gesagt.*

Ich schüttele meinen Kopf und verlasse den Raum.

Das Display folgt mir. Phoe schreibt auf ihm: *Zweimal links und einmal rechts.* Als ich um die erste Ecke biege, flackert der Bildschirm und verschwindet.

Ich gehe den nächsten Flur entlang und biege an seinem Ende ganz vorsichtig ab.

Der zweite linke Gang führt mich einen kurvigen Korridor entlang, der so aussieht wie der, durch den mich der Wächter geführt hat, als er mich hierherbrachte. Ich könnte mich allerdings auch täuschen. Alle Flure in diesem Gebäude sehen durch ihren ausgewaschenen Grauton gleich aus.

Bevor ich nach rechts abbiege, ducke ich mich und schaue um die Ecke. Mein Opfer ist genau dort, wo es sich befinden sollte, und der betreffende Wächter ist genauso groß und schwer wie ich.

Hervorragend. Endlich läuft etwas so, wie ich es will.

Der Wächter geht langsam weg von mir, so dass ich auf seinen Rücken schaue.

Das ist die gute Nachricht.

Die schlechte Nachricht ist, dass ich laut Phoes Schätzungen näher an ihn herangehen muss, um genau zu sein, bis auf zwei Meter, um den nächsten Teil des Plans umzusetzen.

Ich betrete den Flur so langsam und leise ich nur kann. Meine Füße berühren den Boden kaum.

Das Problem dabei, sich dem Wächter heimlich anzunähern, ist, dass ich mich dadurch in der gleichen Geschwindigkeit wie er bewege. Wenn ich diese beibehalte, werde ich ihn niemals einholen.

Ich mache größere Schritte und versuche dabei, so leise wie möglich zu bleiben.

Der geisterhafte Bildschirm erscheint und fragt: *Wieso die Verzögerung?*

Nach einigen weiteren Schritten entscheide ich mich dafür, dass der Abstand zwischen uns jetzt ausreichend sein sollte.

Als ich stehenbleibe, schabe ich kaum hörbar mit meiner Sohle über den Boden.

Es ist unmöglich, dass der Wächter dieses Geräusch gehört hat, aber er wird trotzdem langsamer.

Mist.

Er hat mich gehört.

»Na gut«, denke ich für den Fall, dass Phoe mich hören kann. »In einem Moment wird es ja sowieso egal sein.«

Ich hebe meine Hand auf die Art und Weise, die Phoe mir gezeigt hat – genauso wie die Wächter es tun, wenn sie versuchen, *mich* zu befrieden. Phoe hat herausgefunden, dass der befriedende Effekt der Bewegung höher ist und mein Opfer fast umwerfen sollte, wenn ich mein Handgelenk stärker bewege.

Der Wächter dreht sich langsam herum.

Ich wiederhole meine Geste.

Er ist zu agil für jemanden, der befriedet worden ist.

Die Buchstaben erscheinen hektisch auf dem Bildschirm. *Scheiße. Das hat nicht funktioniert.*

Die Schrift verschwindet, bevor eine neue Nachricht erscheint: *Sie müssen dagegen geschützt sein, dass ein anderer Betagter sie befriedet, womit ich nicht gerechnet hatte.* Die Schrift verschwindet erneut, bevor auf ihm in sehr großen Buchstaben steht: *Warum stehst du immer noch dort? Brich die Mission ab und renne.*

»Du hast gesagt, der Plan sei großartig«, denke ich wütend zum Display.

Jetzt lauf schon.

Der Wächter ist einen Sprung von mir entfernt.

Ich bin mir nicht sicher, dass Rennen wirklich effektiv sein wird, also beschließe ich, zu improvisieren.

»Meine Tür hat sich gerade geöffnet«, sage ich mit unterwürfiger Stimme zu ihm. »Ich bin hinausgegangen und habe mich verlaufen.«

Der Wächter führt die befriedende Geste in meine Richtung aus, während er nach dem Betäubungsstab an seinem Gürtel greift.

Warum der Stab? Weiß er, dass das Befrieden nicht funktioniert hat? Oder hat er gesehen, wie ich versucht habe, ihn zu befrieden?

Ich schlurfe, so als sei ich befriedet.

Gleichzeitig beobachte ich durch meine halbgeschlossenen Augenlider seine Hand.

Sie greift immer noch nach dem Stock, weshalb ich keine andere Wahl habe.

Ich muss den Wächter angreifen.

Als ich mich mental auf das vorbereite, was ich zu tun habe, kann ich nichts gegen dieses Gefühl des Déjà-vus tun. Ich habe in der albtraumhaften Vision in dem IRES-Spiel bereits einem Wächter gegenübergestanden. Jener Kampf lief nicht besonders gut für mich. Ich wäre gestorben, wenn es in dem Spiel nicht die Geschichtslehrerin gegeben hätte, die ihn mit einem Traktor überfahren hat – etwas, was *jetzt* wohl nicht passieren wird.

Der Bildschirm erscheint wieder in der Luft und zeigt mir eine sehr wichtige Nachricht an: *Tu etwas.*

Ich höre auf, nachzudenken, und bewege mich. So schnell ich kann, hocke ich mich hin und schwinge mein ausgestrecktes rechtes Bein, weil ich hoffe, den Wächter damit zu Boden reißen zu können.

Der Wächter springt in die Höhe.

Ich kämpfe gegen meine Panik an, weiche zurück und bereite mich darauf vor, mich auf ihn zu stürzen.

Der Wächter zieht seinen Betäubungsstab heraus und fummelt an dessen Knöpfen herum. Ich nutze diesen Moment der Ablenkung, um meine Schulter in seinen Bauch zu rammen.

Der Stab fällt aus seiner Hand, aber ich weiß nicht, ob vor Schmerzen oder wegen der Schwungkraft meines Aufpralls. Da mein Gegner einen Helm trägt, ist es schwer zu sagen, was er fühlt oder wohin er schaut, was ein großer Nachteil für mich ist.

Mein Schlag hat ihn allerdings nicht viel langsamer gemacht, weil er mir übergangslos mit seiner Faust gegen die Seite meines Kopfes schlägt.

Mein Ohr scheint vor brennenden Schmerzen zu explodieren.

Ich beiße meine Zähne zusammen und ignoriere das Blut, das durch meine Schläfen rauscht. Ich kanalisiere die Wut, die durch meinen Körper fließt, und setzte zu einem nicht sehr fairen Manöver an, welches ich auch gegen den virtuellen Wächter angewendet hatte.

Mein Bein schießt nach oben und mein Fuß kommt im Schritt der weißen Bekleidung auf.

Dem Schmerz in meinem Fuß nach zu urteilen, war der Tritt kräftig. Wenn das hier ein Fußballspiel wäre, wäre der Ball weit über den Rand des Spielfeldes hinausgeflogen.

Der Wächter hält inne.

Der Visor erschwert es mir erneut, meinen Erfolg abzuschätzen, aber ich hoffe, dass sein Innehalten bedeutet, dass er Schmerzen hat.

Um diese zu verstärken, stelle ich meinen rechten Fuß hinter den Knöchel des Mannes und stoße zu.

Ich hoffe, dass er stolpert und hinfällt. Als ich diesen Trick zu Kindergartenzeiten benutzt habe, ist Owen definitiv hingefallen.

Ich falle wegen der ruckartigen Bewegung und der eigenartigen Stellung meines Fußes fast hin, aber der Wächter bleibt stehen, so als klebten seine Füße an dem grauen Boden fest.

Und gerade als ich denke, dass die Dinge nicht mehr schlimmer werden können, werden sie es.

Der Wächter tritt einen Schritt zur Seite, und bevor ich verstehe, was passiert, befindet sich mein Hals im Würgegriff zwischen seinem Unterarm und dem Bizeps.

Mein Gesicht wird blutleer.

Ich habe dieses Szenario in Filmen gesehen. Normalerweise schleicht sich der Held dabei an den Bösewicht an und versucht, ihn lautlos unschädlich zu machen. Es endet niemals gut für den Bösewicht.

Der Wächter drückt zu.

Ich ergreife seinen Arm und versuche, ihn wegzudrücken.

Es fühlt sich an, als würde ich zusammengeschweißte Stahlteile auseinanderbiegen wollen.

Ich kämpfe gegen meine Panik an und versuche einzuatmen.

Nichts.

Der Würgegriff des Wächters verhindert, dass Luft in meine Lungen gelangt.

ELFTES KAPITEL

Ich trete nach hinten, aber der Wächter weicht aus. Ich trete auf seinen Fuß, aber die weißen Schuhe des Raumanzugs müssen Stahlkappen haben, weil er nicht so reagiert, als hätte ich ihm wehgetan. Stattdessen festigt er seinen Griff. Es hilft auch nicht, dass ich mich hin und her winde.

Nachdem ich mich einige weitere Sekunden wehre, bemerke ich etwas Eigenartiges. Auch wenn ich in den letzten dreißig Sekunden nicht einmal eingeatmet habe, komme ich mit dem Sauerstoffmangel recht gut zurecht. In der IRES-Version dieses Kampfes wurde mir schwarz vor Augen, und ich bin fast augenblicklich bewusstlos geworden, als der Wächter mich gewürgt hat. Zugegeben, das war eine simulierte Erfahrung und der Wächter hat seine Hände benutzt und nicht seinen Ellenbogen, aber dadurch, dass das Spiel so ultra-realistisch ist, nehme ich an, dass das Prinzip des Erwürgens richtig nachempfunden wird, und wenn das der Fall ist, sollte ich mich jetzt genauso fühlen wie damals. Warum ist das nicht so? Warum fühle ich mich relativ gut und spüre keine Anzeichen, ohnmächtig zu werden und zu sterben?

Dann erinnere ich mich an die Respirozyten – die Nanomaschinen, die Phoe in meinem Körper in Gang gesetzt hat. Natürlich hat sie, als sie mir meine Erinnerung wiedergegeben hat, auch alles andere wieder aktiviert, einschließlich dieser Technologie.

Das muss die Erklärung dafür sein, warum es mir immer noch gut geht, aber ohne mit Phoe zu sprechen, weiß ich nicht, wie lange der Effekt anhält.

Ich bin mir nicht einmal sicher, ob der Wächter meine Luftzufuhr abschnürt oder die Blutversorgung meines Gehirns. Falls es sich um Letzteres handelt, könnte das schlecht sein. Ich kann eine lange Zeit ohne Luft auskommen, aber ich bin mir nicht sicher, dass das Gleiche auch für die Unterbrechung meines Blutstroms gilt. Die Respirozyten bewegen sich in meinem Blut, also können sie mich nicht davor schützen, bewusstlos zu werden, wenn ich zu lange in dieser Position bleibe – wie lange »zu lange« auch immer sein mag.

Ich arbeite schnell einen Plan aus.

Ich verhalte mich wie jemand, dessen Energiereserven fast aufgebraucht sind, und lege mein Gewicht auf dem Unterarm des Wächters ab.

Er hält meinen Hals weiterhin fest.

Ich habe keine Ahnung, wie lange ich mich schon in seinem Griff befinde oder wie lange eine normale Person brauchen würde, so schwach zu werden, dass sie aufhört, sich zu wehren, aber ich hoffe, dass der Wächter es auch nicht weiß. Das ist nichts, was man in unserer gewaltfreien Gesellschaft normalerweise lernt.

Ich verlangsame meine Bewegungen.

Er lässt mich nicht los.

Ich lasse meinen Körper schlaff hängen, um ihm vorzuspielen, das Bewusstsein verloren zu haben.

Der Wächter hält weiterhin meinen Hals fest.

Meine Panik erreicht einen neuen Höhepunkt. Wenn mein Manöver nicht funktioniert, könnte er lange genug hier stehenbleiben, um mich wirklich zu erwürgen – mit oder ohne Respirozyten.

Ich kämpfe gegen diese Panik und mein Bedürfnis, meinen Körper anzuspannen, an. Ich lasse weiterhin meine Gliedmaßen locker baumeln, wie jemand, der ohnmächtig ist.

Auf einmal wird mir wirklich schwindelig und meine Panik kommt tausendmal stärker zurück. Noch eine Sekunde länger, und ich werde hier nicht mehr schlaff hängen und so tun, als habe ich das Bewusstsein verloren. Ich werde kämpfen müssen.

Der Wächter lockert seinen Griff und legt mich vorsichtig auf dem Boden ab, ohne mich loszulassen.

Durch einen Spalt zwischen meinen Wimpern sehe ich den Betäubungsstab.

Wenn ich meine rechte Hand nach ihm ausstrecken würde, könnte ich ihn vielleicht ergreifen, aber das würde meine wahren Absichten verraten. Das Problem ist, dass der Wächter mich immer noch im Würgegriff hält.

Ich bewege mich nicht, als er mich auf meinen Bauch legt und meinen Hals loslässt.

Ich atme vorsichtig ganz leicht ein.

Auch wenn sich meine Lungen unangenehm leer anfühlen, weiß ich jetzt, dass ich mich auf die Sauerstoffversorgung durch die Respirozyten verlassen kann.

Der Wächter ergreift meinen Arm und zieht ihn nach rechts.

Zunächst wehre ich mich nicht, aber dann merke ich, dass etwas an meinem linken Handgelenk klickt und beschließe, nicht länger zu warten. So schnell ich kann, drücke ich mich vom Boden ab und mache einen Satz zum Betäubungsstab.

Was auch immer der Wächter um mein linkes Handgelenk gelegt hat, spannt sich schmerzhaft an, und mir wird klar, dass ich irgendwie an ihn gekettet bin. Ich strecke meine freie Hand aus und mache meine Finger lang, um den Griff des Betäubungsstabs zu umfassen.

Der Wächter zieht an dem Ding, das uns verbindet.

Mein linker Arm droht aus dem Gelenk zu springen, aber meine Finger schließen sich um den Stab.

Ich unterdrücke einen Aufschrei, presse den Betäubungsstab in den Oberschenkel des Wächters und betätige den Knopf so stark, dass die Knochen in meinem Daumen knacken.

Der Wächter fällt gegen mich.

Ich hole Luft und drehe mich um.

Das Ding an meinem Arm ist eine Art Handschelle, die anstatt aus Metall, wie in den altertümlichen Medien, aus dem gleichen langweilig-grauen Material gefertigt ist wie die Wände des Hexengefängnisses. Der Wächter hat die zweite Schelle festgehalten, bis ich ihm einen Stromschlag verpasst habe. Ich hatte Glück, dass er nicht dazu gekommen war, sie an meinem rechten Arm anzubringen, da das mein Ende bedeutet hätte.

Ich fummele an der Handschelle herum, aber sie gibt nicht nach.

Der geisterhafte Bildschirm erscheint in der Luft und sagt mir: *Mach die Geste, die du auch zum Öffnen von Türen benutzt. Danach wiederhole sie beim Helm des Wächters.*

Ich gestikuliere hektisch in Richtung der Handschellen.

Beide Schellen, die in meiner Hand und ihr Gegenstück an meinem Handgelenk, öffnen sich mit einem lauten *Klicken*.

Mit frischem Mut wiederhole ich meine Geste bei dem Helm.

Ich höre ein hohles Rauschen, und eine Öffnung erscheint zwischen dem Helm des Wächters und dem Kragen des Anzugs.

Vorsichtshalber benutze ich den Betäubungsstab ein weiteres Mal. Der Wächter reagiert nicht.

Zufrieden nehme ich seinen Helm ab.

Die Augen des Mannes sind geschlossen, und seine falkenartigen Gesichtszüge sind entspannt, so als würde er schlafen. Sein Haar ist weitestgehend schwarz, nur an seinen Schläfen beginnt er zu ergrauen. Wie die anderen Wächter sieht er aus wie ein jüngerer Betagter. Ich hoffe, dass ihm das dabei helfen wird, die große Menge an Elektroschocks zu überleben, die ihn erwarten.

Ich lege den Helm beiseite und mache mich daran, ihm den Rest seiner Bekleidung abzunehmen.

Phoes Plan, auch wenn er verrückt ist, ist einfach: Um sicherzugehen, dass mich niemand auf meinem Weg zum Bereich der Betagten erkennt, werde ich mich als Wächter verkleiden. Das hat bei Fiona und Jeremiah funktioniert, also sollte das Gleiche für mich gelten. Der verrückte Teil war die Stille durch das Fluchen, und natürlich, den Wächter dazu zu bringen, seine Bekleidung aufzugeben.

Als ich mit den Stiefeln des Mannes fertig bin, beginne ich damit, mich auszuziehen, anstatt meine Kleidung mit einer Geste verschwinden zu lassen. Nur so kann ich dem Wächter etwas anziehen und muss ihn nicht nackt zurücklassen.

Bevor ich den Anzug des Wächters überstreife, berühre ich seinen ehemaligen Träger erneut mit dem Betäubungsstab, um sicherzugehen, dass er weiterhin ohnmächtig bleibt.

Ich setze mir den Helm auf, und die Welt wird gedämpfter. Dafür erscheinen eine Menge zusätzlicher Visualisierungen, da dieser Helm eine

Art Bildschirm im Visor hat. So cool ich das auch finde, ich traue mich trotzdem nicht, damit zu spielen, zumindest nicht, bis ich Phoes Plan nicht ausgeführt habe.

Ich ziehe dem bewusstlosen Mann schnell meine alte Kleidung an. Danach benutze ich seine Handschellen dazu, seine Hände hinter seinem Rücken zu fixieren, und führe die Geste zum Abschließen aus.

Die Fesseln scheinen zu halten.

Jetzt beginnt der schwerste Teil. Ich schleife den ohnmächtigen Betagten an seinen Beinen hinter mir her und lege ab und an eine Pause ein, um den Stab zu benutzen. Ich bin mir nicht sicher, ob es durch mein Adrenalin oder die Respirozyten kommt, aber zu meinem Raum zurückzukehren ist nicht so anstrengend, wie ich es gedacht hatte.

Als ich bei dem mir zugeteilten Stilleraum ankomme, schiebe ich den Wächter hinein und lege ihn fürsorglich auf mein Bett. Nachdem ich den Betäubungsstab das letzte Mal an ihm entladen habe, stecke ich meine Waffe an meinen Gürtel und verlasse das Zimmer.

Das war der letzte Teil von Phoes Plan.

Ich führe die Geste zum Abschließen der Tür aus, und sie fällt laut ins Schloss.

Ich höre, wie sie sich verriegelt, und danach ein eigenartiges Geräusch. Phoe hatte mir gesagt, sie würde die Tür blockieren, sobald sie geschlossen sei, also nehme ich an, dass es sich bei dem Knirschen darum gehandelt hat.

Der geisterhafte Bildschirm erwacht zum Leben und bestätigt, dass die Tür blockiert ist. Er informiert mich außerdem darüber, wohin ich gehen soll, um zu vermeiden, auf meine »Mitwächter« zu treffen.

Ich renne den ganzen Weg, weshalb ich nach etwa einer Minute bereits am Ausgang des Gefängnisses bin.

»Phoe?«, denke ich, sobald ich aus der Tür trete. »Hindert dich der Helm daran, mit mir zu reden?«

»Überhaupt nicht«, antwortet sie mir, und ihre Stimme kommt dabei von rechts.

Ich drehe mich um und sehe, wie sie dasteht und mich grinsend von oben bis unten betrachtet.

»Dein Helm ist nicht verbunden«, sagt sie und führt mit ihrer Hand eine Schließbewegung aus.

Ich höre ein Klicken an meinem Hals, und die eigentlichen Funktionen meines Visors werden zum Leben erweckt.

Eine Karte von Oasis erscheint in meinem peripheren Sehen, genauso wie eine Million anderer Informationen, die ich nicht verstehe.

Außerdem riecht die Luft anders, so ähnlich wie Ozon.

»Das liegt daran, dass du einen echten Raumanzug trägst.« Phoes Stimme klingt, als käme sie aus meinem Helm. »Ich nehme an, dass die Betagten irgendwann eine neue Verwendung für diese Bekleidung gefunden haben, die sie mit dem Schiff bekamen. Das ergibt Sinn. Im Gegensatz zu den meisten anderen Kleidungsstücken in Oasis wurden diese Anzüge auf der Erde gefertigt und nicht durch die Nanos zusammengestellt, also kann niemand, der so ›böse‹ ist wie du und ich, sie mit einer Geste aufrufen. Ich denke außerdem, dass ihnen aufgefallen ist, dass es gut für die Ordnungshüter ist, anders auszusehen, von den hilfreichen Funktionen der Anzüge ganz zu schweigen.« Ihr Grinsen wird breiter. »Sie kümmern sich unter anderem um die Körperfunktionen und -bedürfnisse ihres Trägers, so dass ein Wächter sich auf –«

»Lecker.« Ich rümpfe meine Nase. »Willst du mir gerade sagen, dass der Wächter diesen Anzug als Toilette benutzt hat?«

Sie sieht einen Moment lang nachdenklich aus, bevor sie antwortet: »Ich habe gerade die Sensoren des Anzugs untersucht. Er ist so steril, wie eine Umgebung nur sein kann. Du musst dir keine Sorgen machen.«

»Okay«, erwidere ich und versuche krampfhaft, den Anzug nicht als Toilette zu betrachten. »Und jetzt?«

»Gehen wir zum Bereich der Erwachsenen.« Phoe zeigt in Richtung des Kiefernwaldes. »Auch wenn meine Blockierung der Tür erfolgreich war, wissen wir nicht, wie viel Zeit wir haben. Wenn der Gesandte ein Auge auf das Gefängnis hat –«

»Hast du nicht gesagt, dass ich die letzte Person sein muss, die den Test der Betagten ablegt? Ist das nicht die einzige Möglichkeit, sicherzustellen, dass ein Jahr lang niemandem sein Fehlen auffällt?«, frage ich, während ich auf den Wald zugehe. »Es ist noch nicht einmal Abend.«

»Deshalb lassen wir uns ja auch Zeit auf unserem Weg dorthin.« Phoe geht in einem fröhlichen Hüpfschritt neben mir her. »Ich habe mir gedacht, wir könnten im Wald, nahe der Barriere auf der Erwachsenenseite von Oasis, warten, bis die Sonne untergeht.«

»Ist das nicht gefährlich?« Ich blicke sie kurz an. »Selbst in dieser Verkleidung könnte mich jemand etwas fragen, zum Beispiel einer der anderen Wächter, sollten wir einem begegnen, und dann hätten wir ein Problem.«

»Das stimmt«, erwidert Phoe. »Deshalb sollten wir ja auch besser nicht auf andere Wächter stoßen. Zum Glück hat dein neuer schicker Anzug alle möglichen Sensoren, die uns genau dabei helfen können.« Sie führt eine Geste aus, und plötzlich sehe ich die Welt in Blau- und Rottönen.

»Das ist die Wärmeansicht«, erklärt mir Phoe, bevor sie meine Sicht wieder normalisiert. »In diesem Modus kannst du Menschen hinter Bäumen sehen, lange bevor sie die Möglichkeit haben, dich zu bemerken.«

»Cool«, denke ich. »Das dürfte helfen.«

»Ja, und es gibt noch eine andere Sache, die ich tun möchte«, sagt Phoe. »Etwas, was mir dabei hilft, dich in Sicherheit zu wissen, auch wenn ich befürchte, dass es dir nicht gefallen wird.«

»Meine Liste mit Dingen, die ich nicht mag, wird definitiv immer länger. Was ist es diesmal? Ich weiß, dass du es mir sowieso sagen wirst. Du willst nur, dass dich darum bitte, es mir zu erzählen.«

»Bitte verschließe dich nicht gleich dagegen«, sagt sie mit einem leichten Schmollmund.

»Okay, das werde ich nicht. Jetzt spuck es schon aus.«

»Okay.« Phoe bleibt stehen und schaut mich an. »Ich will deinen Körper in Besitz nehmen.«

ZWÖLFTES KAPITEL

Meine Wangen und Ohren werden unangenehm heiß. Ich habe genügend altertümliche Filme gesehen, um diesen Satz zu verstehen. Den Körper in Besitz nehmen bedeutet –

»Na toll, jetzt, mit einem fast normalen Hormonspiegel, verwandelst du dich in einen geilen Bock.« Phoe stemmt ihre Hände in ihre Hüften. »Mein Wunsch hat nichts damit zu tun, ob ich mit dir Intimitäten austauschen möchte oder nicht. Du denkst an etwas Leidenschaftliches, aber ich meine es wörtlicher. Ich will deinen Körper in Besitz nehmen, so wie Jeremiahs an jenem Tag, als er dich auf meinen Wunsch hin losgebunden hat.«

»Du meinst, als er sich wie eine Puppe bewegt hat?«, frage ich lautlos. Die Röte verschwindet aus meinem Gesicht, als es blutleer wird. Instinktiv gehe ich schneller, so als versuchte ich, vor Phoe wegzulaufen.

»Vielleicht war das nicht die beste Erinnerung«, erwidert sie und beeilt sich, mich einzuholen. »Jeremiah hat sich so ruckartig bewegt, weil ich das Interface zwischen den Nanos und den Neuronen in dem motorischen Kortex noch nicht beherrschte, und das hat diesen Zwischenfall etwas unschön gemacht. Seit damals habe ich mich allerdings darum gekümmert, dieses Interface zu perfektionieren und weitere Gehirnregionen einzubeziehen, wie das Kleinhirn, Teile des Frontallappens und die Basalganglien. Ich glaube, ich kann das Gehen und

Laufen für dich übernehmen und es so geschmeidig tun, dass es von deinen eigenen Bewegungen nicht zu unterscheiden sein wird.«

Ich bleibe stehen und denke darüber nach. Irgendwie finde ich ihren Vorschlag ein wenig besser, seit ich weiß, dass meine Bewegungen nicht ruckartig wären.

»Aber warum?«, denke ich zu mir selbst und zu Phoe. »Warum willst du meinen Körper auf diese Weise kontrollieren?«

»Wenn wir bei der Prüfungseinrichtung sind und du den Test wie jede andere Sitzung der virtuellen Realität beginnst, wird sich dein Bewusstsein nicht in deinem Körper befinden. Wegen der hohen Sicherheitsvorkehrungen und der Situation mit dem Gesandten möchte ich nicht, dass du dort wie eine Statue rumstehst.«

»Hm«, denke ich und gehe weiter. »So weit habe ich noch gar nicht gedacht. Wenn du es so erklärst, hört es sich nach einer guten Idee an.«

»Ja, und ich verspreche dir, dass es sich nicht unangenehm anfühlen wird, falls du dir darüber Gedanken machen solltest«, meint sie und geht ebenfalls weiter.

»Wenn mein Kopf mit der virtuellen Realität beschäftigt ist, werde ich sowieso nichts spüren«, denke ich.

»Das stimmt, aber ich möchte es ausprobieren, solange dein Kopf anwesend ist. Du musst verstehen, dass das nicht nur für die virtuelle Realität ist. Es gibt verschiedene andere interessante Möglichkeiten. Lass uns zum Beispiel sagen, dass du dich in Gefahr befindest. Im Moment müsste ich dir Bescheid sagen, was Zeit in Anspruch nimmt. Wenn ich die Übernahme allerdings beherrsche, und du mir deine Erlaubnis geben würdest, könnte ich deinen Körper alleine aus Gefahrenzonen bringen. Allerdings müsste ich mir dafür sicher sein, dass das für dich auch dann in Ordnung ist, wenn du dir dessen bewusst bist.«

Einige Minuten lang gehe ich, ohne etwas zu sagen, da ich über ihren Vorschlag nachdenke. Eigentlich sind meine Einwände gegen diese Idee irrational. Ich habe Angst, dass Phoe mir meine Kontrolle über mich selbst nimmt, aber das ist dumm. Wenn sie das wollte, hätte sie es schon längst getan. Stattdessen bittet sie mich um Erlaubnis.

»Die Angst vor Technologie steckt so tief in dir drin, dass ich dir keinen Vorwurf daraus machen kann, dass du misstrauisch bist.« Phoes Stimme ist fast zärtlich.

»Versuchen wir es«, denke ich fest entschlossen, größtenteils, um zu rebellieren. Ich will immer das Gegenteil von dem tun, was die Erwachsenen in mein Hirn brennen wollen.

»Okay«, denkt Phoe. »Bereit?«

»Tu es«, denke ich.

Ich gehe weiter.

Die nächsten zwanzig Schritte lang passiert nichts.

»Und?«, fragt Phoe. »Das war doch gar nicht so schlecht, oder?«

»Wovon redest du? Du hast doch gar nichts getan.« Ich betrachte meine Arme und Beine und stelle fest, dass ich sie völlig unter meiner Kontrolle habe.

»Ich habe die Kontrolle übernommen«, meint Phoe. »Zuerst jeden zweiten Schritt, und dann alle Schritte zwischen dem achten und dem fünfzehnten.«

»Du bist eine Zeit lang für mich gegangen? Aber ich habe nichts davon bemerkt.«

»Dein Gehirn muss versuchen, die Illusion des freien Willens aufrechtzuerhalten«, meint Phoe nachdenklich. »Ich habe davon gelesen. Es handelt sich dabei um eine Form der Konfabulation.«

»Oder es hat nicht funktioniert«, denke ich, eher zu mir.

Ich bleibe stehen.

»Warum bist du stehen geblieben?«, fragt Phoe mit einer belustigten, fast herausfordernden Stimme.

Ich denke darüber nach.

Es war einfach eine dieser spontanen Entscheidungen. Ich wollte stehen bleiben, zumindest hat es sich so angefühlt.

»Ich habe dich stehen bleiben lassen.« Phoe hält ihre erhobene Handfläche in meine Richtung, um Einwände zu verhindern, und fragt: »Was ist damit?«

Meine behandschuhte Hand schlägt auf den Visor meines Helms.

Das ist ein eigenartiges Gefühl, so als ob ich das vielleicht tun wollte, aber trotzdem steigen Zweifel in mir auf.

Dann fällt mir auf, dass ich auf einem Bein springe.

»In Ordnung Phoe, ich glaube dir. Bitte höre auf, mich derart bloßzustellen«, sage ich und stelle mir dabei vor, was ich denken würde, wenn ich jemals einen Wächter so hüpfen sehen würde. Sobald ich mit beiden Beinen fest auf dem Boden stehe, füge ich hinzu: »Das hatte ich nicht erwartet. Das ist viel weniger beängstigend, als ich befürchtet hatte. Ich dachte, es würde sich anfühlen wie die Linse der Wahrheit, so als sei ich außerhalb meines Körpers gefangen.«

»Ich habe gerade einige Dinge über dieses Thema gelesen, und jetzt überrascht mich deine Reaktion auch nicht mehr. Die willentliche Steuerung der Muskeln bei den Menschen ist ziemlich eigenartig. Studien haben bewiesen, dass bestimmte Handlungen und Verhaltensweisen bereits beginnen, *bevor* die betreffenden Menschen sie bewusst wahrnehmen. Das bedeutet, dass die Aktivität der Muskeln beginnt, bevor das Individuum den Knopf drückt, um zu signalisieren, dass es diesen Muskel benutzen möchte. Viele Reaktionen passieren automatisch, so wie das Wegziehen der Hand von einem heißen Gegenstand. Ich nehme an, dass, wenn ich etwas eher Unwichtiges tue, so wie dein Gehen zu kontrollieren, dein Bewusstsein annimmt, dass du immer noch alles unter Kontrolle hättest. Interessant wird es dann, wenn du Dinge tun musst, für die du keinen Grund hast. Ach, hast du überhaupt gemerkt, dass ich für dich gegangen bin, während ich zu dir gesprochen habe?«

Ich bleibe stehen und denke darüber nach, ob ich bewusst meine Beine kontrolliert habe. Das ist schwierig zu sagen. Manchmal geht man, ohne darüber nachzudenken.

»In Ordnung, Phoe. Falls du wolltest, dass ich mich mit diesem Prozess anfreunde, machst du es genau richtig. Was möchtest du als Nächstes probieren?«

»Wir sollten das näher an dem wirklichen Szenario ausprobieren, über das ich mir Gedanken mache, also mit deinem Kopf in der virtuellen Realität und deinem Körper unter meiner Kontrolle«, erwidert Phoe. »Warum gehst du nicht in deine Männerhöhle, während ich dich weiterhin bewege?«

Ohne zu zögern, führe ich die erforderliche Geste aus, und der weiße Tunnel bringt mich zu meiner Männerhöhle.

Phoe steht bereits dort, zwischen einer alten Kanone und etwas, was aussieht wie eine Guillotine. Sie streckt ihre Handfläche aus und startet ein hologrammartiges Bild, das zeigt, wie ich in der realen Welt auf den Wald zugehe.

»Deine Bewegung sieht gut aus«, sagt sie, während sie auf das Video schaut.

Sie hat recht. Ich sehe aus wie ein Wächter, der ruhigen Schrittes auf den Wald zugeht. Die Bewegungen sind weder zu ruckartig noch zu langsam. Die Schritte, die mein Körper unter Phoes Führung geht, sind von meinen eigenen nicht zu unterscheiden.

»Weißt du, es fühlt sich eigenartig an, dass du hier bist und dich mit mir unterhältst, während du meine Beine kontrollierst«, erkläre ich Phoe.

»Ich verstehe nicht, warum. Ich höre außerdem bei Fionas und Jeremiahs Befragungen zu, lese einen Haufen Bücher, versuche so viel wie möglich über den Test herauszufinden, verfolge die Eiersuche im Wald, damit wir nicht ungewollt auf jemanden treffen, und –«

»Ich habe es verstanden«, sage ich und versuche krampfhaft, nicht neidisch zu klingen. »Du kannst mehrere Dinge auf einmal tun.«

»Ich muss gar nicht mehrere Dinge auf einmal tun können, um viele Dinge gleichzeitig zu kontrollieren. Dadurch, dass ich viel schneller denke als Menschen, führe ich die Aufgaben hintereinander durch. Ich kann zum Beispiel ein Buch in einem Bruchteil einer Millisekunde lesen, dann wieder bei den Befragungen reinhören, und das alles, bevor in deinem Gehirn auch nur ein einziges Neuron gefeuert hat. Natürlich kann ich auch mehrere Dinge gleichzeitig tun. Es gibt multiple Versionen von mir –«

»Ich habe es immer noch nicht verstanden«, sage ich. »Bist du jetzt wirklich hier bei mir, oder nicht?« Ich gehe zu ihr und berühre sie an der Schulter. Hier, in dieser virtuellen Realität, die sie für mich geschaffen hat, trage ich die Jeans und das T-Shirt vom Tag der Geburten und nicht den Anzug der Wächter, weshalb meine nackte Hand ihre Schulter problemlos berühren kann. Sie fühlt sich völlig echt an – weich und warm.

»Natürlich bin ich hier«, antwortet Phoe. »Und bevor du mich mit der Frage beleidigst: Ja, ich kann spüren, dass du meine Schulter berührst.«

»Phoe, ich –«

»Das ist in Ordnung, Theo«, sagt sie und schaut mir dabei mit ihren stechend blauen Augen in meine. »Du hast ein Anrecht darauf, das alles zu verstehen. Wenn ich diese Gestalt annehme« – sie fährt sich mit den Fingerspitzen am Körper entlang – »tut der Teil von mir, mit dem du dich unterhältst, mehr, als nur *vorzugeben*, diesen Körper zu haben. Er hat wirklich einen Körper, soweit das für das gegebene Medium möglich ist.

In der virtuellen Realität ist dieser Körper eine Nachahmung des menschlichen. Nachahmung ist ein Prozess, in dem ich etwas so detailgetreu wie möglich nachbilde. In dieser Gestalt habe ich Neuronen, Dendriten, Blut, ein Herz, Hormone, genauso wie Darmbakterien. Wenn es möglich ist, die Komplexität der menschlichen Erfahrung auf eine virtuelle Art festzuhalten – und ich glaube, das ist es – dann habe ich es getan. Deshalb kann ich zumindest all das fühlen, was ein Mensch fühlt. Deshalb kann ich hier bei dir sein und sowohl Dinge wahrnehmen als auch Empfindungen verspüren.«

Ich öffne meinen Mund, um weitere Fragen zu stellen, aber sie lässt mir keine Gelegenheit dazu. »Und ja«, sagt sie, »Ich bin zu mehr fähig als zu rein physischen Empfindungen. Meine Gefühle gehen viel tiefer und sind viel nuancierter als die eines menschlichen Wesens, weil ich nicht nur auf diesen Körper beschränkt bin – unabhängig davon, wie komplex mein nachgeahmtes Gehirn ist. Meine Fähigkeit, Mitgefühl zu empfinden, ist größer, und mein Weltverständnis umfassender.« Sie schaut mich ernst an. »Eine Frage, die du dir selbst stellen solltest, ist: Bist *du* zu menschlichen Empfindungen fähig? Ich weiß, dass du meine Schulter mit deinen Fingerspitzen gespürt hast, und ich weiß, dein Oxytocinniveau ist vor einigen Minuten angestiegen, als du mich berührt hast, aber hat es dich genauso glücklich gemacht, wie es der Fall sein sollte, wenn ein menschliches Wesen einen Freund berührt? Oder ist deine Fähigkeit, Gefühle zu empfinden, durch jahrelange Stille und die Beeinflussungen des Gehirns durch die Gesellschaft von Oasis zerstört worden?«

Ich blicke sie verständnislos an. Sie blinzelt nicht. Sie denkt wirklich, dass sie menschlicher ist als ich – sie, eine künstliche Intelligenz.

»Das bin ich auch«, sagt sie. »Aber das wirst du auch bald sein. Du bist dabei, völlig menschlich zu werden.«

Und bevor ich etwas erwidern kann, stellt sie sich auf ihre Zehenspitzen und küsst mich.

DREIZEHNTES KAPITEL

Unser Kuss ist schon beinahe aggressiv. Ihr warmer Körper schmiegt sich an mich, und ich verspüre den Drang, sie näher an mich zu ziehen, sie zu berühren und die Bekleidung, die uns trennt, loszuwerden.

Bevor ich das tun kann, drückt sie mich sanft weg und sagt: »Ganz ruhig, Theo. Ich glaube weder, dass du weißt, was du fühlst, noch dass du wirklich verstehst, was du möchtest. Wir sollten den körperlichen Teil unserer Was-auch-immer-Beziehung langsam angehen lassen, solange das der Fall ist.«

Ich bin eine schmutzige Achterbahn aus Bedürfnissen und Gefühlen, die ihre Runden um Phoe dreht. Ihre Worte hören sich entfernt an, und ihre Bedeutung ist mir nicht ganz klar, aber sie hat recht. Ich weiß nicht viel über das, was ich von ihr möchte – was auch immer das sein mag.

»Schau mal«, sagt sie und lenkt meine Aufmerksamkeit auf das Hologramm, das mich beim Gehen zeigt.

Ich blicke hin, auch wenn ich weiß, dass sie einfach nur das Thema wechselt.

Mein Ich der echten Welt befindet sich im Wald. Ich/er/wir geh/t/en schnell.

»›Wir‹ ist ein passendes Pronomen«, meint Phoe wieder gefasst, »da wir deinen Körper betrachten, der allerdings von mir kontrolliert wird. Ich werde ihn für dich zur Barriere bringen, in Ordnung?«

»Okay. Was werden wir in der Zwischenzeit tun?«, frage ich, während mir Bilder weiterer Küsse durch den Kopf schwirren.

Phoe lacht leise und antwortet: »Als Erstes könntest du dein Geburtstagsgeschenk entgegennehmen.« Sie dreht sich herum, um tiefer in die Höhle zu gehen.

Ich folge ihr. »Mein Geschenk?«, will ich wissen.

»Ach ja.« Sie wirft einen Blick über ihre Schulter. »Ich vergesse immer, dass der Tag der Geburten nur eine schlechte Nachahmung der altertümlichen Geburtstage ist. Im Gegensatz zu Oasis, wo dank künstlicher Bäuche und Inkubatoren alle am gleichen Tag geboren werden, kamen die Urahnen über das ganze Jahr verteilt zur Welt. Also fühlten sie sich an diesem Tag besonders und bekamen Geschenke, um zu feiern –«

»Ich kenne das Konzept eines Geburtstagsgeschenks«, sage ich, als wir neben einem Tisch mit zwei Stühlen stehenbleiben. »Ich bin lediglich überrascht.«

Phoe grinst mich an. »Okay. Das ist es, was ich für dich vorbereitet habe.«

Auf dem Tisch befinden sich alle altertümlichen Speisen und Getränke, die ich jemals an den Feiern zur Geburt probiert habe. Es gibt Limonaden verschiedener Geschmacksrichtungen und Popcorn und ein Dutzend weitere Leckereien. Eine große Schüssel frittierter Teigbällchen ist der Mittelpunkt des Tisches.

»Ich musste mich auf Dinge beschränken, die du bereits probiert hast, da ich mir ansonsten die Konsistenz und den Geschmack hätte ausdenken müssen, was ich gerne tun kann, wenn du das möchtest.«

Anstatt ihr zu antworten, nehme ich mir ein frittiertes Teigbällchen und schiebe es in meinen Mund. Phoe folgt meinem Beispiel. Der Geschmack ist genauso wie in meinen Erinnerungen, und ich genieße ihn.

Als ich fertig gekaut habe, sage ich: »Danke schön. Das ist brillant.«

»Du kannst so viele von ihnen essen, wie du möchtest, ohne dass dir davon schlecht wird.« Sie zwinkert mir zu. »Ich ahme deinen Verdauungsapparat nicht nach, also isst du gerade virtuellen Ether.«

»Also« – ich nehme Popcorn aus einer Papiertüte – »wenn dein Körper eine so gute Nachahmung eines menschlichen ist, kannst du dann von zu viel frittierten Teigbällchen fett werden?«

»Theo, Theo«, meint sie und danach folgt ein *Tst-tst*. »Ein Gentleman fragt eine Dame nicht nach ihrem Alter und spricht sie noch weniger auf ihr Gewicht an. «

»Nicht?« Ich nehme ein frittiertes Teigbällchen und lecke den Puderzucker ab.

»Das war eine altertümliche Tradition«, erklärt mir Phoe und stopft sich demonstrativ eine Handvoll der Bällchen in den Mund. Sie muss sie ohne zu kauen hinuntergeschluckt haben, weil sie gleich weiterspricht. »Aber ich habe dich nur aufgezogen. Wenn du meinen Hintern zu dick findest, dann sage es mir bitte, weil ich ihn problemlos kleiner machen kann. Nur weil ich versuche, alles so genau wie möglich nachzuahmen, bedeutet das nicht, dass ich mir nicht einige Freiheiten erlauben kann, wenn mir danach ist.«

Ich nehme geräuschvoll einen Schluck Limonade, bevor ich erwidere: »Also kannst du aussehen, wie du möchtest?«

Phoe nickt. »Ja, und was viel entscheidender ist: Ich kann so aussehen, wie *du* es möchtest.« Und unter meinem entsetzten Blick werden aus ihren normalerweise blauen Augen grüne, und dann wieder blaue. Gleichzeitig werden ihre blonden, kurzen Haare pink, bevor sie sich wieder zurückfärben. »Ich habe dieses Gesicht nach der Dilatation deiner Pupillen und anderer Reaktionen geschaffen, die du beim Sehen altertümlicher Filme und Anstarren von Models in diesen Magazinen hattest. Ich habe versucht, die optisch perfekte Frau für dich zu sein, aber wenn du es wolltest, könnte ich auch anders aussehen, zum Beispiel wie deine Freundin Grace« – ich höre einen dunklen Unterton in ihrer Stimme, als sie das sagt – »oder wie jede andere.«

»Ich mag dich so, wie du bist«, sage ich, während ich den großen Limonadenbecher auf den Tisch zurückstelle. »Bitte verändere dich nicht, und bitte verzichte darauf, mich in Zukunft auf eine so plumpe Art zu manipulieren. Ich kann gar nicht glauben, dass du dein Aussehen nach den Mädchen gewählt hast, die ich angestarrt habe. Das ist einfach nur unfair.«

»Deshalb habe ich es ja auch gebeichtet.« Phoe greift nach dem Becher, den ich gerade in der Hand hatte, und unsere Finger berühren sich einen Augenblick lang. »Ich habe verstanden, dass das sehr manipulativ war und habe mich schuldig gefühlt. Zu meiner Verteidigung muss ich allerdings sagen, dass ich sowieso ein Aussehen wählen musste, also warum sollte ich nicht eines nehmen, das dir gefällt?«, fügt sie mit einem Augenaufschlag in meine Richtung hinzu. »Verzeihst du mir?«

Ich betrachte, wie sich ihre langen Wimpern heben und frage mich, ob sie diese Bewegung aus irgendeinem Film übernommen hat, nachdem ihr aufgefallen ist, welche Wirkung sie auf mich hatte. Aber trotz dieser Vermutung im Hinterkopf wird mir klar, dass ich ihr nicht länger als einige Sekunden böse sein kann.

»Gut.« Phoe grinst, nimmt dann zwei Tüten Popcorn, reicht mir eine davon und sagt: »Lass uns einen Film schauen, während wir darauf warten, dass dein Körper sein Ziel erreicht.«

Sie geht zum anderen Ende der Höhle, und ich folge ihr. Als wir dort ankommen, sehe ich, dass es Phoe gelungen ist, ein komplettes altertümliches Kino zu erschaffen. Wir setzen uns mit unserem Popcorn hin – wie die klassischen altertümlichen Kinobesucher – und sehen uns einige Filme an.

Als wir beim dritten Film sind, verstehe ich, was Phoe vorhat. Sie zeigt mir romantische Liebesfilme, um mir menschliches Umwerben und die dazugehörige Sprache beizubringen. Mich stört das nicht. Ich finde es sogar interessant. Die Vorfahren hatten eine sehr eigenartige Beziehung zu sexueller Intimität. Sie haben es offensichtlich geliebt, Sex zu haben, aber es fiel ihnen schwieriger, darüber zu reden, fast so, als hielten sie sich an einige der Tabus von Oasis. Viele von ihnen gingen so weit, Begriffe aus dem Baseball als Metaphern für Sex zu benutzen, anstatt direkt darüber zu reden. Um es genauso auszudrücken wie sie: Phoe und ich sind bei der »First Base« angekommen. Ich ziehe meinen Hut vor der Kreativität der Vorfahren. An das, was wir taten, als »First Base« zu denken, ist mir weniger peinlich, als es als »Küssen« zu bezeichnen.

»Gut, das zu wissen.« Phoe lässt die Leinwand verschwinden und lehnt sich zu mir hinüber. »Ich freue mich, dass du meinen Trick durchschaut hast.« Sie schnippt mit ihren Fingern, und die Kinostühle verschwinden. Plötzlich sitzen wir von Kerzen umgeben auf einem Sofa, und es ertönt diese eindeutig romantische Musik aus den Filmen, die wir gerade angesehen haben. »Als Belohnung dafür, dass du so clever bist, lasse ich mich vielleicht von dir zur ›Second Base‹ überreden.«

Da ich gerade in einem der Filme gesehen habe, was das bedeutet, ergreife ich sie, wobei mein Herz schneller schlägt als jene Male, an denen ich fast gestorben wäre. Wir beschäftigen uns gefühlte Stunden miteinander, und am Ende habe ich eine völlig neue Einstellung zu dem, wonach die Vorfahren verständlicherweise so verrückt waren.

* * *

Ich richte mein Haar und meine Kleidung, während ich in den mittleren Teil der Höhle zurückgehe, wo ich vor einem gefühlten Monat das erste Mal erschienen bin – damals, als ich noch unschuldig und rein war.

Phoe folgt mir.

Ich erreiche das Hologramm und schaue auf mein Ich in der echten Welt.

»Ist das der Wald auf der Seite der Erwachsenen?«, frage ich. Er/wir ist/sind von Bäumen umgeben. Die Sonne geht gerade unter, und ich muss annehmen, dass wir ausreichend Zeit hatten, um den Kiefernwald der Jugendlichen zu durchqueren, durch die Barriere zu gehen und den Wald auf der anderen Seite zu betreten.

Phoe leckt sich ihre Lippen. Ich erwische mich dabei, wie ich sie anstarre. Nach dem, was wir getan haben, sehen sie geschwollen aus.

Sie sieht meinen Blick, zwinkert mir zu und sagt: »Das stimmt. Wir sollten bald mit unserer Aufgabe beginnen können, außer du willst hierbleiben, während ich die Scheibe fliege …«

»Eine Scheibe fliegen? Du hast niemals darüber gesprochen, dass wir fliegen würden.« Ich unterdrücke einen Schauer. »Kann ich nicht einfach zu Fuß gehen?«

»Die Erwachsenen feiern immer noch den Tag der Geburten.« Phoe führt eine Geste durch, und zwei Stühle erscheinen. »Sie haben ein großes Fest, genau wie die Jugendlichen. Wenn wir zu Fuß gehen, stehen die Chancen höher, auf jemanden zu treffen.«

Ich setze mich auf meinen Stuhl und meine: »Ich denke, es könnte es wert sein, das Risiko –«

»Du musst das Fliegen ja nicht einmal bewusst mitbekommen.« Phoe zieht ihren Stuhl neben meinen, setzt sich hin und drückt meinen Arm mitfühlend. »Wir können hierbleiben, während ich – also der Teil von mir, der sich draußen befindet – das Fliegen übernehme.«

»Nein.« Mir fällt auf, dass meine Füße vom Hologramm wegzeigen, so als plane ich, wegzurennen. »Ich werde es tun. Ich muss meine Höhenangst überwinden.«

»Wie du möchtest.« Phoe schlägt ihre Beine übereinander. »Du wirst jederzeit die Möglichkeit haben, mich übernehmen zu lassen.«

»Wie geht die Untersuchung voran?«, frage ich, weil ich meine Gedanken unbedingt von dem Thema Höhe abbringen möchte. »Führt Jeremiah immer noch Untersuchungen durch?«

»Nein, damit hat er vor Stunden aufgehört. Er und Fiona sind schon fast zurück im Bereich der Betagten. Sie sind wie die anderen Wächter auf den Scheiben geflogen, als sie sich außerhalb des Bereichs der Jugendlichen bewegt haben. Und bevor du fragst, sie haben seit ihrem angespannten Gespräch weder über dich noch über deinen neuronalen Scan geredet. Ich weiß nicht, ob das ein gutes Zeichen ist, da sie generell kaum miteinander gesprochen haben. Offensichtlich sind sie sehr enttäuscht darüber, nichts Neues herausgefunden zu haben. Ich denke, sie denken darüber nach, welche Möglichkeiten ihnen bleiben. Die Dinge sollten interessanter werden, sobald Jeremiah das Video mit Fiona findet, aber das hat er noch nicht. Was mich daran erinnert …« Phoe reibt ihre Handflächen aufgeregt aneinander. »Es gibt da etwas, was ich dir noch nicht gezeigt habe.«

Ich ziehe eine Augenbraue in die Höhe, und sie lässt einen riesigen Bildschirm vor uns erscheinen.

Auf ihm ist die Ratsversammlung zu sehen. Der Raum sieht genauso aus wie der, den Phoe mir zuvor gezeigt hatte, derjenige, in dem Fiona versucht hat, den Rat zu verlassen.

Die Kamera zoomt an Jeremiah heran, der, wie in den anderen Videos, neben Fiona steht.

Jeremiahs Gesichtsausdruck ist der pure Zorn. Ich zucke zusammen, als mir klar wird, dass ich diesen Ausdruck schon einmal auf seinem Gesicht gesehen habe, auch wenn ich mich nicht genau daran erinnern kann, wann.

»Als er dich gefoltert hat«, flüstert Phoe und reibt über meine Schulter.

Sie könnte Recht haben. In dieser Szene hat seine Wut ein neues Opfer: Fiona.

»Du dreckige Schlampe«, sagt Jeremiah mit einer so giftigen Stimme, dass ich mich zurückziehe und mich gegen die Lehne meines Stuhls drücke.

Fiona sieht wie versteinert aus, während sie dabei zuschaut, wie Jeremiah seine Hand hebt. Die Gesichter der restlichen Ratsmitglieder sind weiß wie Marmor.

Die Rückseite von Jeremiahs welker Hand bewegt sich, fast wie in Zeitlupe, auf Fionas rechte Wange zu.

Ich höre ein lautes Klatschen, und Fiona stolpert nach hinten, während sie ihre Hände schützend um ihren Kopf legt.

Ich kann gar nicht glauben, was ich gerade gesehen habe.

Jeremiah hat Fiona ins Gesicht geschlagen.

VIERZEHNTES KAPITEL

Der Bildschirm geht aus.

Ich starre ihn völlig entsetzt an.

Jeremiah mag furchtbare Dinge getan haben, aber diese Handlungen übertreffen alles, was ich zu sehen erwartet hatte. Dass ein Betagter die Tabus, wie Beleidigungen und Gewalt nicht anzuwenden, brechen würde, ist undenkbar.

»Denkst du, ich habe es übertrieben?«, fragt Phoe, deren Fingerspitzen sich vor ihrer Brust berühren.

»Was meinst du damit, dass du es übertrieben hast?« Ich blinzele meine Freundin an, die zu fröhlich aussieht für das, was wir gerade gesehen haben.

»Ach, du hast gedacht, dass das echt war?« Phoes Grinsen wird noch breiter. »Das sind hervorragende Nachrichten. Wenn du geglaubt hast, dass es echt war, dann werden die anderen es auch tun.«

»Das war *nicht* echt?« Ich kratze mir meinen Hinterkopf. »Er hat sie nicht geschlagen?«

»Erinnerst du dich daran, dass ich hellhörig geworden bin, als du gesagt hast, dass Fiona Jeremiah beschuldigen könnte, das Video gefälscht zu haben? Das, in dem sie beinahe den Rat verlassen hat? Ich habe dir damals geantwortet, dass Jeremiah sagen würde, dass er kein Video fälschen kann. Deine Frage hat mich allerdings auf eine Idee gebracht. Da ich so etwas tun kann, warum sollte ich dann nicht ein Video zusammenstellen, das Jeremiah schaden würde. Warum sollte ich ihn nicht bei etwas darstellen, von dem er wollen würde, dass die anderen es vergessen? Und wenn dieses Fehlverhalten während einer Ratsversammlung passieren würde, wäre das eine gute Erklärung dafür, wohin die Erinnerung an diese Versammlung verschwunden ist.« Sie beugt sich in ihrem Stuhl nach vorn. »Also habe ich genau das getan. Es war überhaupt nicht schwer. Deiner Reaktion nach zu urteilen nehme ich an, dass es ziemlich echt aussieht. Das sollte uns dabei helfen, sie zu spalten und sie zu besiegen.«

Ich schaue Phoe an. Mit einem Kopfschütteln sage ich: »Ich bin froh, dass du auf meiner Seite bist. Wenn die Betagten wüssten, was du tun kannst, denke ich, dass sie einen berechtigten Grund dafür hätten, Angst vor künstlichen Intelligenzen zu haben.«

»Ich benutze meine Macht für das Gute.« Phoe verschränkt ihre Hände hinter ihrem Kopf und strahlt mich an. »Und ich versuche, sie so wenig wie möglich zu benutzen. Ich dachte, dass du dir Sorgen über Fiona und darüber machst, was passiert, wenn Jeremiah das Video sieht, das sie bloßstellt. Auf diese Weise kann ich sicherstellen, dass sie dieses Video findet, sobald sie in Schwierigkeiten gerät. Es wird ihr Munition gegen Jeremiahs Anschuldigungen geben.«

»Solange sich niemand auf uns beide konzentriert, denke ich, dass du das Richtige getan hast«, sage ich lautlos. Dann erinnere ich mich daran, dass ich in meiner Höhle frei sprechen kann, und sage laut: »Es ist nur ein wenig angsteinflößend, wie er sie einfach so schlägt, das ist alles.«

»Sollte ich seine Handlung ändern? Ich könnte auch zeigen, wie er Projektile kotzend den Raum verwüstet, so wie in einer Szene aus *Der Exorzist*.« Phoe steht da und lässt ihre Augen weiß werden, während sie ihre Arme ausstreckt wie ein Zombie. »Ich wette, genau so stellen sich viele der Betagten einen Verrückten vor.«

»Nein.« Ich unterdrücke eine Übelkeitswelle. »Aber falls du ein solches Video erschaffen solltest, achte bitte darauf, dass ich nirgendwo auftauche.«

»Spielverderber.« Phoes Augen werden wieder normal, und sie setzt sich hin. »Ich denke, ich werde bei dieser Version des Videos bleiben. Jetzt muss ich dir nur noch diese eine letzte Sache sagen …« Sie hält inne.

»Obwohl, jetzt, da du angsteinflößende Fähigkeiten angesprochen hast, kann es vielleicht warten.«

»Was ist es?« Ich verenge meine Augen zu Schlitzen. »Warum habe ich das Gefühl, dass du mir etwas erzählen wirst, das ich *wirklich* nicht mögen werde?«

»Es geht um den Test.« Phoe drückt ihre Knie enger aneinander. »Ich habe es nicht geschafft, mich an den Ort zu hacken, an dem der Test abläuft, was bedeutet, dass ich nur körperlich eindringen kann – wenn du ihn betrittst.«

»Okay. War das nicht von Anfang an der Plan?«

»Ich hatte gehofft, vorher noch etwas über den Test herausfinden zu können.« Sie zuckt mit den Schultern. »Aber das konnte ich nicht, abgesehen von den Anweisungen, die jede Person bekommt, kurz bevor sie mit dem Test beginnt.«

Ich schaue ihr in die Augen. »Also, was genau ist das Problem. Nun spuck es schon aus.«

»Okay, also, es geht darum:« Phoe schaut mich unbehaglich an. »Unsere beste Chance ist, ein trojanisches Pferd zu benutzen.«

»Sollte mir das etwas sagen?«

»Die Griechen haben ein riesiges hölzernes Pferd gebaut, in dem sich Soldaten aufhielten, und die gierigen Trojaner haben es in ihre belagerte Stadt geholt.« Sie sieht, dass meine Augen glasig werden, und sagt: »Egal. Vergiss die Trojaner. Ich rede über einen Trick, durch den ich mir Zugang zu dem Test verschaffen kann, während du ihn absolvierst.«

»Das hört sich nach einer großartigen Idee an. Was sollte ich daran nicht mögen? Der Test sollte ein Problem damit haben, nicht ich.«

»Na ja, dadurch, dass dein Kopf Zugang zu dem Test bekommt, muss unsere Hintertür, oder eben das trojanische Pferd, oder wie auch immer du es nennen möchtest, Teil deines Kopfes sein«, meint Phoe. »Das ist es, was du nicht mögen könntest.«

»Was?« Ich drehe meinen Stuhl so weit herum, dass wir uns gegenübersitzen. »Erkläre es mir.«

»Es ist nicht so schlimm«, sagt sie schnell. »Ich muss nur eine Erinnerung in deinen Kopf einpflanzen. Eine Erinnerung, die nicht unangenehm sein wird.«

»Eine Erinnerung einpflanzen?« Ich rücke meinen Stuhl von ihr ab. »Du meinst, du würdest eine falsche Erinnerung in meinen Kopf einpflanzen, etwas wie das Video?«

»Nichts derart Erschreckendes wie das Video, aber ja. Auch wenn ›falsch‹ so ein negatives Wort ist. Es würde sich dabei eher um eine kleine Veränderung einer bereits vorhandenen Erinnerung handeln. Etwas, was du nicht erlebt hast, aber durchaus erlebt haben könntest.«

Ich verschränke meine Arme. »Um welche Erinnerung geht es?«

»Ach, nichts Schlimmes. Du wirst dich einfach daran erinnern, etwas auswendig gelernt zu haben, das kaum zu glauben ist.« Sie hebt ihre Hände an, um meine Folgefragen abzuwehren. »Du wirst dich daran erinnern, die Konstante Pi auswendig gelernt zu haben.«

»Du meinst Pi, die Zahl 3,14 und so weiter? Das Verhältnis des Umfangs eines Kreises zu seinem Durchmesser? Diese Zahl aus Lehrer Georges Unterricht?« Ich runzele verwirrt meine Stirn. »Besteht ein Zusammenhang zwischen diesem griechischen Buchstaben und dem trojanischen Ding –«

»Nein. Ich habe Pi ausgewählt, weil manche Menschen lange dafür brauchen, diese Zahlenreihe auswendig zu lernen. Und weil die Zahlen dieser Nummer gemischt und unendlich sind, weshalb ich eine superlange Zahlenreihe in deinen Kopf einpflanzen kann, ohne dass es verdächtig wirkt – zumindest nicht bei einem normalen Scan, wie dem für den Test. Natürlich werden nur die ersten hundert Zahlen in deinem Kopf die der berühmten Konstanten sein. Nach diesem Punkt werden die Zahlen nicht zu Pi gehören. Sie werden zu Phoe gehören.« Sie lacht über ihren eigenen Witz. »Sie haben ihren eigenen Zweck, nämlich den, einen umwerfend teuflischen Binärcode zu erschaffen, der –«

»Ja«, unterbreche ich sie. »Pflanze die Erinnerung ein, wenn das bedeutet, dass du mit diesen Erklärungen aufhören wirst.«

»Okay«, sagt Phoe, und dann sieht sie so aus, als würde sie sich konzentrieren. Einen Augenblick lang wird sie geisterhaft, genau so, wie sie es in der realen Welt war, nachdem sie die Ressourcen des Zoos bekommen hatte. Dann ist sie wieder normal und sagt triumphierend: »Fertig«.

Ich schaue sie entsetzt an. Ich fühle mich nicht anders.

»Aber kannst du dich daran erinnern, die Zahl Pi auswendig gelernt zu haben?« Ihr Blick ist stechend, so als würde sie in meinen Kopf blicken. »Denke weit zurück, so etwa zehn Tage – der Tag, an dem du so getan hast, als seist du krank. Du hast im Raum der Krankenschwester gesessen –«

»Wow«, sage ich und stehe auf. Mit einem Gefühl, das dem eines Déjà-vus ähnelt, erinnere ich mich daran, in dem Zimmer zu sitzen und mir ewig lange Zahlenreihen anzuschauen, um sie auswendig zu lernen.

»In Wirklichkeit hast du auf deinem Bildschirm Schach gespielt, und so viele Male verloren, dass du geschworen hast, nie wieder gegen mich Schach zu spielen.«

»Sei einen Moment lang ruhig«, sage ich mit erhobener Stimme. »Ist das ein Trick?«

Jetzt ist das eigenartige Gefühl verschwunden, und ich bin davon überzeugt, dass ich vor zehn Tagen im Zimmer der Schwester beschlossen habe, Pi auswendig zu lernen. Der Gedanke, dass ich eigentlich mit Phoe Schach gespielt habe, ist so falsch, dass ich mich gar nicht auf ihn einlassen kann. Das ist einfach nicht das, was passiert ist. Ich habe diese dumme Nummer auswendig gelernt, aber ich habe mich erst wieder daran erinnert, als sie es erwähnt hat. Die Erinnerung kann nicht gefälscht sein.

»Was hast du denn gedacht, wie sich eine gefälschte Erinnerung anfühlt?« Phoe steht auf und kommt auf mich zu. »Wenn du magst, können wir eine schnelle Partie Schach spielen. Du wirst verlieren – hoch. Du konntest mich ja nicht einmal schlagen, als ich noch nahezu ressourcenlos war.«

»Nein danke, kein Schach, und du hast recht. Ich nehme an, dass ich mich genau so fühlen sollte, als hätte ich diese Nummer auswendig gelernt.«

»Bitte sage mir die Zahlen«, sagt Phoe mit ernsterem Gesichtsausdruck. Sie lässt einen Bildschirm erscheinen.

»Drei Komma eins vier eins«, beginne ich. Phoes Display zeigt eine lange Zahlenreihe an, die sich um jede Zahl erweitert, die ich nenne.

»Das ist deine Position innerhalb von Pi«, erklärt mir Phoe. »Mach weiter.«

Ich nenne die Zahlen immer schneller. Als der Bildschirm uns darüber informiert, dass wir die hundertste Stelle von Pi erreicht haben, hört Phoe konzentriert hin, und nach mehreren weiteren hundert Stellen sagt sie: »In Ordnung. Es hat ganz eindeutig funktioniert.«

»Und was jetzt?«, frage ich. »Davon abgesehen, dass ich jetzt eine fragwürdige neue Fähigkeit habe.«

»Kehre jetzt in deinen Körper zurück und absolviere den Test.«

»Nein, ich meine, muss ich diese Nummer wiedergeben, wenn ich mich in dem Test befinde? Meine Stimme ist schon rau davon, die ersten hundert Zahlen zu sagen, und wahrscheinlich würde ich –«

»Dein Hals ist nicht wirklich hier, und wird es auch während des Tests nicht sein.« Trotz ihrer Worte macht Phoe die Geste, um ein Glas Wasser erscheinen zu lassen, und reicht es mir. Nachdem ich einen Schluck genommen habe, fährt sie fort. »Aber mach dir keine Gedanken, du musst sie nicht wiedergeben. Du kannst diese Nummer als einen kleinen Teil von mir betrachten. Sie ist so, als hättest du, wohin du auch gehst, immer ein kleines Stückchen von mir dabei. Sobald du im Test bist oder irgendwo anders, wohin ich nicht kommen kann, wird diese Nummer eine Hintertür öffnen, durch die mehr von mir zu dir gelangen kann.«

»Okay«, erwidere ich und trinke den Rest des Wassers aus. »Du hast mich aber zum Nachdenken gebracht. Wenn der Test mein Gehirn nach Erinnerungen überprüft, werden dann nicht auch meine Erinnerungen an dich zu sehen sein?«

»Ich bezweifele, dass sie dich so gründlich untersuchen. Und selbst wenn sie es täten, denke ich nicht, dass es sie interessieren würde. Die einzige Gefahr in diesem Szenario wäre, dass meine Existenz bekannt wird, aber ich bezweifele, dass der Test irgendetwas anderes als dein Ergebnis nach außen kommuniziert. Der hauptsächliche Grund dafür, warum ich die Nummern in deinem Kopf wie eine natürliche Erinnerung aussehen lassen wollte, war, weil der Test einen Algorithmus gegen unerwünschte Eindringlinge haben könnte. Wir wollen nichts dadurch auslösen, dass ich eine offensichtliche Schadsoftware in deinen Kopf einpflanze, aber eine kleine Erinnerung wie diese sollte nicht auffallen.«

»Ich verstehe.« Ich reibe meine Augen. »Ich denke, das ist das letzte Mal, dass ich zustimme, dass du meine Erinnerungen manipulierst. Das ist zu beängstigend. Ich erinnere mich deutlich daran, diese Zahlen auswendig gelernt zu haben. So langweilig es gewesen sein muss, die Schachpartien zu verlieren, ist es trotzdem das, was wirklich geschehen ist, und jetzt ist dieser kleine Teil von mir verschwunden, und das fühlt sich falsch an.«

»Ich verstehe«, sagt Phoe und schaut mich ernst an. »Und ich habe es nur getan, weil ich es tun musste. Schlimme Zeiten und so.«

Ich versuche, mein ungutes Gefühl zu unterdrücken, und frage: »Und jetzt?«

»Jetzt sollten wir uns zum Bereich der Betagten begeben.« Phoe unterstreicht ihren Vorschlag mit der Geste der beiden ausgestreckten Mittelfinger, die ich ausführen soll – zweifellos ein absichtlicher Versuch, mich von meiner Angst abzulenken.

Ich betrachte ihre ausgestreckten Finger, und mir fällt auf, dass ich allen möglichen Tabus gegenüber unempfindlich geworden bin. Diese Geste ist nichts im Vergleich zu dem, was wir auf dem Sofa getan haben, und jetzt weiß ich, dass die »Second Base« nur ein Bruchteil der Dinge ist, die wir eines Tages tun könnten. Was noch viel unfassbarer ist, ist, dass ich es kaum erwarten kann, weiterzugehen.

Als mir klar wird, dass Phoe wahrscheinlich gerade meinen Gedanken gelesen hat, erröte ich, und beeile mich, die nötige Geste zu machen, um in die Realität zurückzukehren.

FÜNFZEHNTES KAPITEL

Nach dem üblichen bewusstseinserweiternden weißen Tunnel befinde ich mich wieder in der echten Welt.

Ich stehe auf einer kleinen Lichtung, die von allen Seiten von Bäumen umgeben ist. Die Sonne ist untergegangen, und die ersten Sterne sind am Himmel der Kuppel zu sehen.

Phoe steht bereits auf einer Scheibe und schwebt etwa in dreißig Zentimetern Höhe.

Neben meinem Fuß befindet sich meine Scheibe.

Ich trete hinauf und bin überrascht über meine weißen Wächterhosen und -stiefel, da ich in der Höhle Jeans und Sneaker getragen habe.

»Du weißt, was du tun musst«, meint Phoe und richtet ihre Handflächen nach oben. Als Antwort auf ihr Signal bewegt sich ihre Scheibe einige weitere Zentimeter nach oben.

Ich kippe meine Handfläche so leicht wie möglich an, um mich kaum merklich wegzubewegen, und meine Scheibe schwebt sanft nach oben.

Phoe fliegt schnell höher, und innerhalb einer Sekunde befindet sie sich schon bei den Spitzen der höchsten Kiefern.

»Los jetzt, komm zu mir«, sagt sie als Gedanke in meinem Kopf. »Oder muss ich das im wahrsten Sinne des Wortes in die Hand nehmen?«

Ich kippe meine Handfläche, damit die Scheibe in einem steileren Winkel in die Höhe steigt, und schiebe sie leicht nach vorn. Der einzige

Grund, weshalb meine Hand nicht zittert, ist das Wissen, dass jede noch so kleine Geste gleichzeitig die Scheibe bewegt, und ruhig zu fliegen ist schon angsteinflößend genug.

»Na endlich«, sagt Phoe, als ich sie einhole. »Das ist schon viel besser.«

Als ob ihre Worte mich verhext hätten, schaue ich nach unten. Die Baumwipfel sehen aus wie ein voller, verschwommener, grüner Fleck, der mich an Gras erinnert. Ich kann die beängstigenden Leerräume zwischen den Bäumen nicht erkennen.

»Das liegt daran, dass ich mir Freiheiten bei der erweiterten Realität genommen habe«, gibt Phoe zu. »Außer wenn du etwas dort unten sehen musst, habe ich mir gedacht, dir den Adrenalinschub zu ersparen, indem ich deine Aussicht verschwimmen lasse.«

»Danke«, flüstere ich. »Können wir noch ein wenig so nahe über den Baumwipfeln entlangfliegen?«

»Natürlich«, antwortet sie. »Komm mit.«

Sie macht etwas, was fast so aussieht wie ein Karateschlag aus den alten Kampfsportfilmen, und ihre Scheibe schießt so schnell nach vorn, dass ich vermute, dass sie nur deshalb nicht hinunterfällt, weil sie ein Avatar der erweiterten Realität ist.

»Ich simuliere ganz genau das, was mit der Scheibe passieren würde«, sagt sie als körperlose, verärgerte Stimme von links. »Wenn ich wirklich fliegen würde, sähe es genauso aus.«

Ich schiebe meine Handfläche so vorsichtig nach vorn, als würde ich sie kochendem Wasser nähern. Meine Scheibe versteht dieses Kommando als Einladung, sich mit atemberaubenden sechzehn km/h fortzubewegen.

»Schnecke«, meint Phoe zu mir, als ich sie einige Meter vor dem Waldrand eingeholt habe.

»Ich habe einen starken Selbsterhaltungstrieb«, murmele ich. »Ist es sicher, über stärker besiedelte Gebiete zu fliegen?«

»Das sollte es sein, zumindest in drei, zwei –« Phoe blickt zum Sternenhimmel. »Jetzt.«

Ich folge ihrem Blick.

Die Luft nahe der Kuppel erhellt sich durch eine umwerfende Darstellung des Nordlichts.

»Ich habe den Tag der Geburten völlig vergessen«, denke ich und kann meine Augen nicht von diesen unwirklichen Farben lösen.

»Es war ein langer Tag für dich«, meint Phoe. »Ich verstehe das. Hoffentlich erklärt das, warum niemand auf uns achten sollte, solange wir nicht durch Gebiete fliegen, über denen das Nordlicht steht. Niemand wird in der Lage sein, auf etwas anderes als dieses Licht zu schauen, und die dunklen Punkte am Himmel sind jetzt noch dunkler. Außerdem ist der Boden deiner Scheibe schwarz.«

»Es wird wahrscheinlich komisch sein, während des Fliegens nach oben zu schauen«, meine ich, ohne meinen Blick von dem Schauspiel abzuwenden.

»Du musst dich nicht an den Lichtern orientieren. Alles, was du tun musst, ist, mir zu folgen.« Sie beginnt, weiterzufliegen und sagt über ihre Schulter: »Ich werde einen Weg nehmen, den niemand vom Boden aus sehen wird.«

»Ist der Nordstern eine erweiterte Realität?«, möchte ich wissen, während ich meiner Scheibe vorsichtig befehle, ihr zu folgen. »Ich habe mir vorher nie Gedanken darüber gemacht, aber jetzt fällt mir auf, dass ich keine Ahnung habe, wie die Erwachsenen dieses Schauspiel realisieren. Alles, was ich darüber weiß, ist, dass die Ahnen dafür den Weihnachtsmann am Nordpol aufsuchen und den Wunsch äußern müssen, etwas Cooles sehen zu wollen.«

»Genau, den Weihnachtsmann besuchen. Du hast den Nagel auf den Kopf getroffen.« Phoe lacht. »Aber um deine Frage zu beantworten: Ja, es handelt sich dabei um erweiterte Realität, aber das Feuerwerk ist echt.«

So als wollten sie ihre Worte unterstreichen, höre ich in einiger Entfernung eine Explosion und sehe bunte Farbtupfer am Himmel – das Feuerwerk.

»Toll«, denke ich eher zu mir als zu Phoe. »Ich werde durch Projektile fliegen.«

»Für wie dumm hältst du mich eigentlich?« Auch wenn sie es in meinem Kopf gesprochen hat, kann ich mir lebhaft vorstellen, wie sich ihre roten Lippen zu einem Schmollmund verziehen. »Der Großteil meiner Aufmerksamkeit liegt auf den Flugbahnen der Feuerwerkskörper.«

Plötzlich hält sie an und schaut nach links. Ich stoppe ebenfalls und blicke in die Richtung, die ihre Aufmerksamkeit auf sich gezogen hatte.

Etwa hundert Meter von uns entfernt befindet sich ein Wächter. Wegen des Nordlichts und des Feuerwerks ist er leicht zu erkennen. Er schwebt bewegungslos auf einer Scheibe in der Luft und seine weiße Uniform sieht wegen der reflektierenden Farben wie ein Regenbogen aus.

»Mist, wo kommt der denn her?«, brülle ich in Gedanken zu Phoe.

»Es tut mir leid. Er muss über uns geflogen sein. Ich kann unsere Umgebung nicht immer dreidimensional kontrollieren; die Ressourcen, die dafür nötig wären –«

»Vergiss es. Vielleicht hat er mich ja nicht gesehen«, sage ich lautlos, da ich mich weigere, das Wunschdenken zu wörtlich zu nehmen.

Aber etwas in meinem Helm gibt ein eigenartig statisches Geräusch von sich, und ich höre eine männliche Stimme, die sagt: »Noah? Bist du es?« Der Wächter, dessen Stimme ich wahrscheinlich höre, fliegt einen Meter in meine Richtung. »Ich dachte, du hättest den kurzen Halm gezogen und seist deshalb heute Nacht dem Stillegebäude zugeteilt.«

Ich handele aus einem reinen Adrenalinrausch heraus, als ich meine ausgestreckte Hand ruckartig nach vorn schiebe. Die Scheibe entfernt sich augenblicklich mit einem hörbaren Rauschen von dem sich nähernden Wächter.

»Du hast das Richtige getan«, flüstert Phoe in meinem Kopf. »Am besten hängen wir ihn ab.« Vor mir erscheint Phoes Scheibe, eine Erinnerung daran, dass sie nicht wirklich fliegt. »Folge mir«, sagt sie.

Ich versuche, genauso schnell zu sein wie sie.

»Noah, was tust du?«, fragt die Stimme des Wächters in meinem Kopf. »Ist alles in Ordnung?«

Ich schlage weiterhin mit meiner Handfläche in die Luft, damit sich meine Scheibe noch schneller bewegt. Zu Phoe meine ich in Gedanken: »Kannst du ihn kontrolliert vergessen lassen, dass er mich gesehen hat?«

»Keine gute Idee«, erwidert sie. »Allein diesen einzigen Wächter etwas vergessen zu lassen, könnte uns schnell auf den Radar des Gesandten bringen, aber da er bereits allen seinen Kollegen Bescheid gegeben hat, müsste ich sie ebenfalls kontrolliert vergessen lassen, was das Risiko erhöht.«

Plötzlich biegt sie nach links ab, und ich folge ihr, während ich in Gedanken schreie: »Also sollte ich einfach versuchen, sie abzuhängen?«

»Das wäre das Beste, ja. Sie wissen nicht, wer du in Wirklichkeit bist. Sie denken, dass sich einer von ihnen eigenartig verhält. Wenn wir sie abhängen können, werden sie niemals auf dich kommen. Sobald wir den

Test beenden, könnte ich sie auf eine Art kontrolliert vergessen lassen, die den Gesandten nicht alarmiert –« Sie beendet ihren Satz nicht und flüstert stattdessen: »Scheiße. Sie sind bereits hier.«

Zwei Wächter befinden sich genau vor uns, und das feurige Schauspiel spiegelt sich in ihren Astronautenhelmen wider.

Wir drehen so abrupt um, dass ich froh bin, in der Höhle lediglich virtuelles Essen zu mir genommen zu haben. Ansonsten hätte es sich zu meinem Herz gesellt, das mittlerweile bis zu meinem Hals schlägt.

Phoe fliegt mit mindestens achtzig km/h vor mir. Ich folge ihr fast genauso schnell, aber zu meinem Entsetzen ruft sie in Gedanken: »Sie holen auf. Pass auf!«

Wenn sie mich nicht gewarnt hätte, hätten mich meine Verfolger wohl von dem metallenen Dach eines kegelförmigen Gebäudes kratzen müssen. Die Kante meiner Scheibe schabt an der Metallspitze des Gebäudes entlang, wodurch Funken sprühen und mein Flugobjekt stark wackelt. Mit einer Beweglichkeit, die schon stark an ein Wunder grenzt, schaffe ich es, nicht von der Scheibe zu fallen.

»Wenn du mit ›an ein Wunder grenzt‹ meinst, dass ich gerade noch rechtzeitig die Kontrolle über deine Hand übernommen habe, dann mit Sicherheit«, meint Phoe. »Pass auf den dort auf.«

Ich ducke mich instinktiv, bevor ich überhaupt begreife, was passiert.

Eine Hand mit weißen Handschuhen gleitet über meinem Helm hinweg.

»Instinktiv, na klar. Das hat nichts mit mir zu tun.«

»Lenk mich nicht dadurch ab, dass du darauf bestehst, dass alles dir zu verdanken ist«, denke ich zurück. »Warte mal, warum ziehst du so steil nach oben?«

Bevor ich zögern kann, zeigt meine Handfläche nach oben, und ich führe eine schnelle Drehbewegung aus, so als würde ich versuchen, etwas zu ergreifen, bevor es mir jemand wegnehmen kann. Ich bin mir nicht sicher, ob ich diese Bewegung ausführe oder ob es Phoes Einfluss war, aber ich weiß, dass sie die Scheibe dazu veranlasst, so schnell nach oben zu schießen, dass ich meine Augen vor Entsetzen schließen muss. Als ich sie wieder öffne, sehe ich, dass Phoes Scheibe vor mir einen verrückten Zickzackkurs fliegt. Mir wird klar, dass meine Scheibe das Gleiche tut, und ich kämpfe gegen meinen Drang an, meine Augen erneut zu schließen.

»Noah, halt an, was tust du?«, sagt eine Stimme über das Funksystem des Helms.

Wenn sich meine Verfolger Gedanken über meine Manöver machen, nehme ich an, sollte ich das erst recht tun. Um mich von der aufkommenden Gefahr abzulenken, durch die sich mein Magen zusammenzieht, frage ich: »Phoe, woher wissen sie, dass ich Noah bin? Die Kleidung ist identisch.«

Sie schnippt mit ihren Fingern und sagt: »Schau dir die anderen Wächter an.«

Das tue ich, und ich sehe, dass eine Art Namensschild für jeden Wächter auf dem Bildschirm meines Visors erscheint.

»Ihr alle habt eine spezifische Funkidentifikation in diesen Helmen«, erklärt mir Phoe.

Ich blicke zurück und denke über die Tatsache nach, dass sich diese Wächter versammeln. Es ist eigenartig, dass sie mich nicht umzingeln. Sie scheinen aus irgendeinem Grund innezuhalten.,

Etwas Helles und Lautes explodiert neben meiner rechten Schulter.

Ich bin fast blind durch den Blitz roten Feuers. Danach folgt eine grüne Explosion vor einer gelben. Haben die Wächter Raketen auf mich abgefeuert?

Dann verstehe ich es auf einmal. Das sind andere Raketen; sie gehören zu dem Feuerwerk des Tages der Geburten. Als wolle er meine Erkenntnis unterstreichen, explodiert ein weiterer Feuerwerkskörper etwa dreißig Zentimeter neben der Unterseite meiner Scheibe. Ein anderer knallt gegen sie, und ich falle durch den Aufprall beinahe hinunter.

»Phoe, hast du uns direkt ins Feuerwerk geführt? Bist du wahnsinnig?«

Eine neue Explosion findet einen halben Meter über meinem Kopf statt, und ein glühwürmchenartiger Glutregen bricht über meinem Kopf aus. Die wenigen Funken, die auf meinem Helm und meiner Schulter landen, verlöschen, ohne dass sie Schaden anrichten.

»Das ist keine große Überraschung, du trägst ja schließlich einen Raumanzug. Selbst in den altertümlichen Zeiten waren diese feuerfest. Wichtig ist nur, dass ich sie abgehängt habe.« Phoe schaut zurück.

Ich folge ihrem Blick.

Sie hat recht. Die Wächter sind nicht selbstmordgefährdet genug, um uns zu verfolgen – feuerfeste Anzüge hin oder her. Während ich sie betrachte, teilen sie sich auf und fliegen in verschiedene Richtungen.

»Mist, ich denke, sie wollen uns einkreisen, so wie sie es vorhin bereits versucht haben. Wenn wir das zulassen, werden sie uns umschließen, sobald das Feuerwerk vorbei ist. Das darf nicht passieren.« Phoe bringt ihre Scheibe genau neben meine und neigt ihre Hand in einem Winkel von fast neunzig Grad nach unten

Sie stürzt ab.

Mein Atem stockt. »Phoe, das kann ich nicht tun«, denke ich hektisch zu ihr. »Raketen fliegen auf uns zu, und ich will gar nicht davon anfangen –«

Ich höre auf zu sprechen, da ich zum ersten Mal wirklich spüre, wie Phoe meine Hand manipuliert. Nichts anderes würde ihre derzeitige Haltung erklären, in der meine Fingerspitzen auf meine Zehen zeigen.

Meine Scheibe schießt auf den Boden zu. Ein Feuerwerkskörper fliegt auf mein Gesicht zu. Ich weiche aus, da ich nicht vorhabe, herauszufinden, wie bruchsicher der Helm ist. Die Rakete verfehlt den Visor und explodiert mit einem lauten Knall.

»Noah, halt an. Du wirst dich umbringen«, sagt eine Stimme über den Funk des Helms. Meine Wächterkollegen müssen mein derzeitiges Manöver verfolgen.

Auch wenn er verrückt ist, zahlt sich Phoes verzweifelter Plan aus: Wir treffen auf keine Wächter. Sie haben es nicht geschafft, mich in die Ecke zu treiben.

»Bislang hatten sie noch keinen Erfolg«, verbessert Phoe mich. »Wir fliegen jetzt zum Bereich der Betagten. Die Barriere sollte uns einige entscheidende Momente lang vor ihnen verstecken.«

Dieses Mal fühlt es sich so an, als habe ich selbst die Richtung meines Fluges geändert, aber es könnte auch gut sein, dass mein Gehirn das einfach nur konfabuliert hat. Was auch immer der Grund dafür ist, ich drehe meine Handfläche jedenfalls parallel zum Boden. Die Scheibe setzt diese Bewegung um, und anstatt zu fallen, schieße ich jetzt nach vorn.

In einiger Entfernung fliegen die Wächter wie riesige Hagelkörner nach unten. Der Himmel ist voll von ihnen.

Ich werde nicht langsamer.

Ein Wächter fliegt mir genau in den Weg und auf den Punkt zu, an dem Phoes virtuelle Gestalt gerade vorbeigeflogen ist.

»Schneller«, schreit Phoe, und meine Hand schießt nach vorn.

Der Wächter rast ebenfalls schneller auf mich zu.

Das fühlt sich erneut wie dieses Spiel der Vorfahren an, in dem sie testeten, wer zuerst ausweicht, nur eben auf einer fliegenden Scheibe anstatt in einem Auto. Ich wette, sogar sie würden denken, dass das, was ich tue, verrückt ist.

Mein rationaler Teil weiß, dass Phoe dieses Manöver mit ihren übermenschlichen mathematischen Fähigkeiten einer künstlichen Intelligenz berechnet haben muss, und dass ich trotz dem, was der feige Teil meines Gehirns denkt, nicht mit diesem Wächter zusammenstoßen und sterben werde. Aber ich schwöre, dass die schwarze Unterseite der Scheibe des Wächters – oder zumindest die glänzende Metallkante – fast meinen Helm getroffen hätte.

Sie tut es allerdings nicht.

Alles, was ich spüre, ist eine leichte Erschütterung, als der Wächter an mir vorbeirauscht. Ich danke den Gesetzen der Aerodynamik dafür, dass ich immer noch am Leben bin und schiebe meine Handfläche so kraftvoll nach vorn, dass mein Schultergelenk knackt. Ich weiß nicht, ob ich diese Bewegung wegen Phoe oder aus einem nervösen Impuls heraus ausführe.

Während ich nach vorn schieße, fließen Schweißtropfen in meine Augen, und der Helm hindert mich daran, sie wegzuwischen.

»Ich mache das«, sagt Phoe, und eine Welle warmer Luft lässt die Feuchtigkeit verschwinden.

Als ich wieder etwas sehen kann, erblicke ich die in der Entfernung schimmernde Barriere. Sie reflektiert das Nordlicht und das Feuerwerk, und wir halten genau auf sie zu.

»Schau nicht nach oben«, meint Phoe in meinem Kopf.

Der sicherste Weg, jemanden dazu zu bringen, nach oben zu blicken, ist der, ihm zu sagen, es nicht zu tun.

Ich schaue auf und bereue es sofort, nicht auf Phoe gehört zu haben. Drei Wächter befinden sich über mir und fliegen wie Falken, die es auf eine süße, leckere Beute abgesehen haben, nach unten.

Nur blöd, dass ich gerade die Beute bin.

Phoe tut jetzt nicht einmal mehr so, als hätte ich einen freien Willen. Mein Arm fliegt zur Seite, und meine Scheibe tut das Gleiche. Es ist ein Wunder, dass ich nicht herunterfalle.

»Deine Stiefel sind durch einen starken Magneten mit dem Schild verbunden«, sagt Phoe knapp. »Das ist bei allen Wächtern der Fall. Wie denkst du, könnten sie sonst in diesen Winkeln stehen?«

Ich denke nicht. Ich bin zu beschäftigt damit, keinen Herzinfarkt zu bekommen. Ich führe mit meiner Scheibe Salti aus, einen nach dem anderen.

»Ich denke, dass die offizielle Bezeichnung für diesen Bewegungsablauf *Salto mortale* ist«, sagt Phoe hilfreich.

Ich beschwere mich nicht einmal darüber, dass sie ein Klugscheißer ist. So verängstigt bin ich. Wenn das altertümliche Fußballspiel Angriffe aus der Luft beinhalten würde, würde es genauso aussehen.

Jedes Mal, wenn mich jemand nicht erwischen kann, schließt er sich danach der restlichen Gruppe an, die mich verfolgt. Etwa vierzig von ihnen sind mir auf den Fersen, als ich in die Barriere rausche – mit einem weiteren Salto.

Als wir auf der Seite der Betagten herauskommen, sinkt mein Mut, was schwierig ist, wenn man bedenkt, dass er sich bereits am Boden befand.

Vor mir befindet sich eine undurchdringliche Mauer aus Wächtern.

SECHZEHNTES KAPITEL

»Es ist schlimmer, als du denkst«, flüstert Phoe. »Das ist keine Mauer. Das ist eine Halbkugel. Oben und unten sind ebenfalls Wächter. Und bevor du vorschlägst, dass wir umkehren: Sie tun das Gleiche auf der anderen Seite.«

Ich scanne meine Umgebung, und Phoes Worte werden bestätigt. Wir sind umzingelt, und die Wächter vor mir bereiten ihre Betäubungsstäbe vor.

»Du solltest vielleicht deine Augen schließen«, meint Phoe. »Ich werde gleich etwas ausprobieren, was ein wenig extremer ist.«

So verlockend das auch ist, ich traue mich nicht, meine Augen zu schließen. Sie hat noch nie einen ihrer Stunts als »extrem« bezeichnet.

Die Wächter bewegen sich auf mich zu. Das Funksystem meines Helms erwacht zum Leben und eine beruhigende Stimme sagt: »Entspanne dich, Noah. Du scheinst gerade eine Art Anfall zu haben. Wir versuchen zu helfen –«

Ich höre den Rest nicht mehr, weil Phoe ihre »extremen« Schritte einleitet. Oder, genauer gesagt, ich die Bewegungen ausführe, die Phoe mich tun lässt – Bewegungen, die so verrückt sind, dass sie keinen Zweifel darüber aufkommen lassen, wer meinen Körper kontrolliert.

Das erste Manöver beginnt noch recht harmlos. Ich führe meine rechten Finger zusammen.

»Das setzt die magnetische Anziehungskraft der Scheibe außer Kraft«, erklärt mir Phoe.

Danach beginnt der verrückte Teil. Ich hocke mich auf die Scheibe, umfasse ihre Kante und ziehe sie kraftvoll nach oben. Augenblicklich beginne ich zu fallen und drücke dabei die Scheibe wie einen mittelalterlichen Schild gegen meine Brust.

Falls das nicht klargeworden sein sollte: Die Scheibe befindet sich nicht länger unter meinen Füßen.

Als ich auf die Wächter unter mir zurausche, verlangsamt sich die Zeit. Ich bekomme die Gelegenheit, über Phoes Plan nachzudenken, oder eben darüber, dass sie keinen hat. Hofft sie, dass die Wächter mich in den Tod stürzen lassen werden, weil sie sich vor einem Zusammenstoß fürchten, oder hofft sie, dass ich mir nicht meine Beine an den Helmen der Wächter brechen werde, sollten sie nicht ausweichen?

Mit einer drehenden Bewegung, bei der ich mir beinahe das Handgelenk verrenke, schleudere ich die Scheibe unter meine Füße. Die Magneten erfüllen ihre Aufgabe, und ich klebe wieder an der Scheibe. Sie erwacht zum Leben und fängt meinen schnellen Fall ab. Die Wächter unter mir fliegen nicht, wie ich gehofft hatte, zur Seite, obwohl ich mich nur noch einen halben Meter über ihren Köpfen befinde.

Ich ergreife die Scheibe wieder an der Kante und lande auf den rutschigen Helmen. Durch mein Abbremsen ist meine Landung nur leicht unangenehm. Sobald ich kann, laufe ich über die Schultern und Köpfe der Wächter und weiche ihren Betäubungsstäben aus.

Ich werde immer schneller, bis ich irgendwann renne. Ich glaube, dass ich Phoes Plan verstanden habe. Die Wächter haben keinen perfekten Halbkreis gebildet. Es gibt Wächter unten und an den Seiten, aber der Punkt, an dem sie aufeinandertreffen, ist eine Schwachstelle. Einer der Wächter erkennt, was wir vorhaben, und beeilt sich, sich mir in den Weg zu stellen. Ich renne weiterhin über die Wächter und weiche ihren Stöcken und Händen aus. Der clevere Wächter fliegt auf seiner Scheibe genau auf mich zu.

Als der Zusammenstoß unausweichlich scheint, schließe ich fast meine Augen. Mein Körper weicht im letzten Moment aus, und ich schwinge die Scheibe wie eine stumpfe Waffe auf seine Beine.

Sie landet mit einem harten Schlag, und der Wächter kommt von seinem Kurs ab, während er sich sein Knie hält. Mit einer Metallscheibe aufs Schienbein geschlagen zu werden muss wirklich schmerzen.

Seine Flugbahn führt ihn in die wirbelnde Masse der Wächter unter ihm. In einer flüssigen Bewegung bringe ich die Scheibe nach unten und springe darauf. Meine Füße finden Halt, und meine Arme schießen nach vorn, um meine Geschwindigkeit zu erhöhen. Ich rase durch den Spalt, der die Wächter oben und unten voneinander trennt, genau so, wie Phoe es wahrscheinlich geplant hat.

»Solange die Wächter sich neu ordnen, gewinnen wir einige Sekunden Vorsprung«, sagt Phoe, nachdem sie auf ihrer illusorischen Scheibe neben mir erschienen ist.

Erst jetzt fällt mir auf, dass sie in den letzten Sekunden nicht hier war.

»Ich habe meine Aufmerksamkeit darauf gerichtet, dich am Leben zu erhalten«, erklärt sie mir. »Es sieht so aus, als könnten wir unser Ziel wirklich erreichen. Erinnerst du dich an das schwarze Gebäude?« Phoe macht eine Handbewegung Richtung Nordosten.

»Ja, wir sind damals an ihm vorbeigekommen«, sage ich lautlos.

»Dort findet der Test statt«, erklärt sie. »Wir sollten allerdings nicht direkt dorthin gehen. Siehst du dieses andere Gebäude?« Sie zeigt leicht nach links. Ein großes, silbernes, tetraederförmiges Bauwerk ragt in die Landschaft. »Das ist unser Ziel.«

Mein Arm schnippt in diese Richtung und die Scheibe folgt ihm. Als ich denke, dass ich nicht noch schneller werden kann, zwingt mich Phoe erneut, an Geschwindigkeit zuzulegen. Bevor ich einen Herzinfarkt bekommen kann, werde ich noch schneller.

Alles wird still, und ich frage mich, ob wir Schallgeschwindigkeit erreicht haben.

»Nein, so schnell sind wir nicht. Wenn wir sie erreicht hätten, könnten wir Oasis fünfundzwanzig Mal pro Sekunde von einer Seite zur anderen überqueren«, sagt Phoe in meinen Kopf. »Wir bewegen uns mit mickrigen dreihundertzwanzig km/h vorwärts.«

Ich nehme an, dass sie so pedantisch ist, um mich von meinem Entsetzen abzulenken. Es funktioniert nicht. Der Anblick des sich nähernden Tetraeders ist alles, auf was ich mich konzentrieren kann.

»Schließe deine Augen«, sagt Phoe eindringlich.

Ich weigere mich, den feigen Weg zu gehen, und lasse meine Augen geöffnet. Das Gebäude kommt immer näher. Wir werden weder langsamer noch ändern wir unseren Kurs. Es sieht so aus, als halten wir auf ein großes Fenster nahe der obersten Etage zu.

Das Gebäude ist weniger als einen Meter von mir entfernt.

Die Scheibe wird langsamer, aber nicht schnell genug.

Ich versuche, meine Hand zu bewegen, aber sie hört nicht auf mich. Stattdessen bedecke ich meinen Kopf mit meinen Armen, als wir in das Fenster rauschen. Glassplitter fliegen um mich herum, der Lärm ist ohrenbetäubend.

Bevor ich nach Luft schnappen kann, knalle ich an die gegenüberliegende Wand, und die Luft verlässt meine Lungen. Benebelt bemerke ich, dass um mich herum Tonbrocken liegen. Befinde ich mich in einer Art Kunstatelier?

Mein Kopf dreht sich, aber ich bekomme nicht die Gelegenheit, Atem zu holen. Glas knirscht unter meinen Füßen, als ich aufspringe und zu einer nahegelegenen Tür gestikuliere. Als die Tür aufschwingt, bemerke ich eine runzelige, betagte Frau, die in der Ecke des Raumes kauert.

»Sie ist nicht verletzt, nur verängstigt«, erklärt mir Phoe, während sie meine Beine dazu zwingt, aus dem Raum in Richtung Treppenhaus zu eilen. »Wir müssen nach unten laufen und einen Weg zu dem schwarzen Gebäude finden.«

Meine Füße nehmen den Rhythmus meines schnellen Herzschlages auf, während ich die Treppen hinabsteige. Phoes besorgte Erscheinung taucht vor mir auf. Sie schaut über meine Schulter.

Als ich mich umdrehe, um ihrem Blick zu folgen, stellt sich mein Visor in den blau-roten Wärmemodus, den sie mir vorhin gezeigt hat, und ich sehe Gestalten die Treppen hinauflaufen.

»Wächter. Sie sind auf dem Weg nach oben«, zischt Phoe. Ich schaue automatisch nach oben, und sie schüttelt energisch ihren Kopf. »Wir können nicht zurück.«

Sie hat recht. Es kommen noch mehr rote Umrisse von oben herunter, als von unten heraufkommen. Ich blicke zur Seite und sehe eine weitere Gestalt in einem der Räume. Dieser Umriss ist auf dem Weg zur Tür.

»Ist das einer der Wächter?« Ich spreche so hektisch lautlos, dass die Worte fast zu hören sind. »Ist er durch eines der Fenster hineingesprungen?«

»Das glaube ich nicht«, meint Phoe und folgt meinem Blick. »Gehe dorthin und bereite deinen Betäubungsstab vor.«

Ich gehe wieder zu der Etage zurück, aus der wir kamen, dem fünfundvierzigsten Stock des Gebäudes. Ich nähere mich der Tür, hinter der sich die Gestalt bewegt.

Die rote Körperwärme sieht aus, als führe diese Person eine Geste aus. Die Tür öffnet sich. Sollte sich doch ein Wächter dahinter befinden, würde ich genau in seine Arme rennen.

Mein Betäubungsstab ist einsatzbereit, und ich frage: »Phoe, wie kann ich die Wärmesicht ausstellen?«

Mein Blick wird im selben Moment normal, in dem sich die Tür vollständig öffnet.

Ich erhebe meinen Arm, um die Person zu betäuben, die heraustritt, aber ich halte augenblicklich inne. Es ist keine Person – na ja, es ist eine Person, aber er oder sie trägt die eigenartigste Verkleidung, die ich jemals gesehen habe.

Eine Kreatur aus violettem Plüsch steht im Türrahmen. Sie sieht aus wie eine Mischung aus einem Drachen und einem Nilpferd. Das Gesicht des Nilpferddrachens ist in einem überfreundlichen Lächeln eingefroren.

»Kann ich dir helfen?«, fragt der Nilpferddrache mit rauer, männlicher Stimme.

»Wirkt die Betäubung durch seine Verkleidung?«, denke ich so eindringlich wie man nur denken kann.

»Sie sollte – sie funktioniert durch diese Anzüge, auch wenn ich denke, dass sie stark leiten. Sag ihm, dass er den Kopf abnehmen soll«, drängt sie. »Ich habe das Funksystem in deinem Helm ausgestellt, damit die Wächter diese Unterhaltung nicht hören.«

»Bitte nimm deinen Kopf ab«, sage ich mit einem Hauch der arroganten Autorität, die ich mit den Wächtern verbinde.

»Der Helm verändert deine Stimme sowieso«, flüstert Phoe. »Aber es war ein hübsches Detail.«

Der Mann hebt seine Hände an seinen Kopf und nimmt die lächelnde Kopfbedeckung ab

Sobald ich ein Stück Hals zwischen der violetten Kleidung sehe, berühre ich ihn mit dem Betäubungsstab und drücke auf den Knopf.

Das violette Monster fällt zu Boden, und der grinsende Kopf rollt zur Seite. Der betagte Mann darunter muss eines der jüngeren Mitglieder sein. Sein Haar weist erst eine leichte Graufärbung auf.

»Schaffe ihn hinein und ziehe ihm das Kostüm aus«, befiehlt Phoe. »Wir haben nicht viel Zeit.«

Ich ziehe mein Opfer in sein Zimmer. Der Raum ist mit Häkelzubehör gefüllt und riecht eigenartig muffig. Ich ziehe dem Mann das violette Kostüm aus.

»Soll ich die Kleidung mit ihm tauschen?«, frage ich Phoe.

Unter den leuchtenden Farben trägt der Mann ein eintöniges graues Outfit, das mich an das erinnert, das die Jugendlichen normalerweise tragen.

»Nein, zieh einfach nur den Dinosaurieranzug an.« Ein Hauch von Belustigung schleicht sich in ihre Stimme. »Du solltest ihn über deiner Wächterverkleidung tragen können.«

»Was soll das? Warum war der Betagte so angezogen?« Ich steige in das Unterteil des violetten Kostüms und ziehe es über meinen Anzug der Wächter, da es erstaunlich locker sitzt. Ich greife nach unten, um den Kopf des Monsters aufzuheben, und frage: »Und woher weißt du, dass es sich dabei um einen Dinosaurier handelt und nicht um einen Drachen oder ein Nilpferd?«

»Das ist sein Kostüm für den Tag der Geburten«, antwortet Phoe. »Alle dort draußen tragen solche. Ich denke, die Person arbeitet mit kleinen Kindern, und die lieben dieses Kostüm wahrscheinlich. Und ich weiß, dass es ein Dinosaurier ist, weil ich mir ziemlich sicher bin, dass es sich um Barney handelt – ein Tyrannosaurus Rex, den die Kinder damals im Fernsehen gesehen haben. Ich werde dir mal eine Folge aus den Archiven geben. Jetzt müssen wir uns aber bitte beeilen.«

Ich setze den Kopf des Dinosauriers auf und murmele etwas über die Vorfahren und ihre Besessenheit von Gewalt. Ein Tyrannosaurus Rex zur Unterhaltung für kleine Kinder? Na gut, sie haben ihn warm und kuschelig aussehen lassen.

Schwerfällig gehe ich aus dem Raum in Richtung Treppenhaus. Mit diesem Kopf sehe ich die Welt durch zwei kleine Löcher. Ich kann mir nicht vorstellen, wie ich damit die Treppen hinuntergehen soll, aber –

»Nein, die Wächter sind im Treppenhaus. Wir werden den Fahrstuhl nehmen. Hier entlang.« Phoe geht den Flur hinunter. »Komm schon, verfolge mich, du Monster.«

Ich ignoriere ihren Spott, gehe zum Fahrstuhl und führe die Geste aus, die ihn ruft. Durch die kurzen Arme und die restliche dinosaurierartige Form des Kostüms ist meine Geste ungeschickt. Trotzdem kommt der Fahrstuhl sofort.

»Ich habe ihn gerufen.« Phoe lacht und steigt ein. »Komm, beweg deinen Schwanz!«

Mit dem hinter mir schleifenden Schwanz stürme ich in den Fahrstuhl und verschränke meine Arme vor meiner grünen Brust. Ich sehe, dass sie erneut lachen muss, und denke verärgert: »Kannst du das Ding nach unten schicken oder warten wir darauf, dass die Wächter uns einholen?«

Ich warte nicht darauf, dass sie reagiert, sondern drücke auf den Knopf, womit ich allerdings Probleme habe, weil der Plüscharm meines Kostüms nur zwei riesige Finger hat.

Der Fahrstuhl schließt sich, und Phoe hält sich ihren Bauch, weil sie so sehr über meine Schwierigkeiten lachen muss. Erst als wir uns dem Erdgeschoss nähern, wird sie ernsthafter, und als sich die Tür öffnet, ist ihr Gesicht hochkonzentriert.

Vor uns stehen zwei Wächter, die ihre behelmten Köpfe so gedreht haben, dass ich weiß, dass sie in den Fahrstuhl schauen.

SIEBZEHNTES KAPITEL

Mein Blutdruck steigt rapide an, als ich ihnen mit meiner zweifingrigen Klaue zuwinke und aus dem Fahrstuhl tapse, als würde mir das Gebäude gehören.

Ich erwarte, dass sie mich bitten, den Kopf abzunehmen, aber das tun sie nicht. Stattdessen sagt einer der Wächter, als ich bereits den Flur entlanggehe: »Viel Spaß dort draußen.«

Ich wiederhole mein schwachsinniges Winken und folge Phoe, die bereits die Eingangshalle verlässt.

Auch wenn das Kostüm meine Bewegungen einschränkt, bin ich dankbar für die Anonymität, die es mir gibt. Die Wächter haben das Gebäude umstellt, aber sie achten nicht auf den Dinosaurier.

Phoe geht auf das schwarze Gebäude zu, und ich folge ihr, während ich versuche, nicht auf die verkleideten Betagten um mich herum zu starren. Phoe hatte recht. Die beste Erklärung für ihre ausgefallenen Verkleidungen ist eine Art Kostümfest. Wir gehen an Pinocchio, einem roten M&M und an einer Menge altertümlicher Führungspersönlichkeiten vorbei, unter ihnen der Pikkönig, der König der Löwen und Barack Obama.

Trotz meiner Anspannung beneide ich die Betagten. Die Jugendlichen dürfen sich niemals so verkleiden, nicht einmal am Tag der Geburten.

»Sie tun das, damit sie die neue Generation kleiner Kinder für den Tag der Geburten nach draußen führen können, ohne dass die Kinder Zeichen von Alterung sehen. Und vielleicht fühlst du dich besser, wenn ich dir verrate: Ich glaube, dass die Betagten darüber nachdenken, etwas in der Art nächstes Jahr auch für die Jugendlichen zu tun. Sie probieren es dieses Jahr selbst aus, wahrscheinlich, um zu sehen, ob es die Jugendlichen verderben könnte.« Phoe schüttelt ihren Kopf. »Ich nehme an, dass sie erkannt haben, dass sie Halloween noch nicht in den Tag der Geburten integriert hatten.«

»Ich hoffe, du hast recht mit nächstem Jahr«, denke ich und starre auf einen Mann, der sich als Bugs Bunny verkleidet hat. »Liam würde es lieben.«

»Es tut mir leid, dass ich dich abwürgen muss, aber wir sind da.« Sie nickt zum schwarzen Gebäude – oder besser gesagt dem Gebäude aus schwarz glänzendem Metall.

»Gehe ich mit diesem Kostüm bekleidet hinein?«, denke ich zu Phoe.

»Ja, behalte es an, und wenn jemand dich sieht, gibst du einfach vor, unbeabsichtigt von der Straße hineingegangen zu sein«, sagt sie.

»Okay.« Ich gehe auf die Tür zu, aber sie stellt sich mir mit einem besorgten Gesichtsausdruck in den Weg. Ich bleibe sofort stehen. »Was ist los, Phoe?«

»Sobald du dich dort drin befindest, werde ich nicht mehr mit dir reden können«, sagt sie und verlagert ihr Gewicht von einem Fuß auf den anderen. »Dieses Gebäude ist schlimmer als das Hexengefängnis. Ich weiß nur, wo sich der Raum des Tests befindet, weil ich die Anweisungen an die berechtigten Teilnehmer gesehen habe, die heute Morgen verschickt wurden.«

Sie führt eine Geste aus, und eine Karte erscheint auf dem Bildschirm in meinem Visor.

»Wie du sehen kannst, musst du nur zwei Flure hinuntergehen und dann nach links abbiegen. Sobald du dort ankommst, sollte es einfach sein, den Test zu beginnen. Du musst nur deine Handfläche auf das Bedienfeld legen. Flüstere ›Handschuh aus‹ in deinen Helm, und er wird sich ablösen, auch wenn ich nicht sicher bin, dass Hautkontakt nötig ist. Das bekommst du allein hin, stimmt's?«

»Brauche ich dich nicht? Im Test, meine ich?« Ich trete zurück und falle beinahe über den violetten Schwanz des Kostüms.

»Dafür ist der Pi-Trojaner zuständig«, erinnert mich Phoe. »Sobald du dich im Test befindest, wird er mich hineinlassen.«

»Was ist damit, dass du meinen Körper während des Tests hinausbringst? War das nicht Teil des Plans?«

»Sobald ich im Test bin, kann ich mit Sicherheit wieder in deinen Körper gelangen.«

»Das hoffe ich.« Ich gehe unsicher einen Schritt nach vorn.

»Du schaffst das.« Phoe beugt sich zu mir und küsst mein dummes Outfit auf die Wange. »Geh, bevor die Wächter herausfinden, dass du nicht in dem tetraederförmigen Gebäude bist.«

Die Erinnerung an unsere Verfolger lässt mich schließlich handeln.

Ich atme tief ein und gehe schnellen Schrittes in das schwarze Gebäude.

»Phoe?«, denke ich, als ich den großzügigen Eingangsbereich durchquere. »Kannst du mich hier drin wirklich nicht hören?«

Sie antwortet nicht, also folge ich der Karte in meinem Visor.

Ich nehme den nordöstlichen Flur und schaffe es, zwei schlurfende Schritte zu gehen, bevor es nicht weitergeht.

Ein Wächter steht in meinem Weg.

»Kann ich dir helfen?«, fragt der Wächter mit schroffer und unfreundlicher Stimme.

Danach passieren in schneller Abfolge einige Dinge. Ich lasse meinen rechten Arm locker an meiner fülligen violetten Seite hängen, während ich unter dem Kostüm meinen richtigen Arm in dem Wächteranzug aus der obersten Stofflage ziehe. Dann umfasse ich den Betäubungsstab in meinem Gürtel und frage: »Wo bin ich? Ich kann in dem Kostüm nicht gut sehen. Kannst du mir helfen, den Kopf abzunehmen?«

Der Wächter zuckt mit den Schultern und tritt auf mich zu.

Ich fasse mit der linken Hand nach dem Dinosaurierkopf und gebe vor, an ihm herumzufummeln. Mit meiner rechten Hand hebe ich den Betäubungsstab unter dem Kostüm zu meinem Hals.

Der Wächter legt seine Hände auf meine violette Kopfbedeckung und zieht.

Sobald ein Spalt zwischen den zwei Teilen der Dinosaurierhaut erscheint, lege ich den Betäubungsstab an den Wächter und drücke krampfhaft auf den Knopf.

Der Wächter fällt sofort zu Boden.

Ich atme erleichtert aus und nehme seinen Stab, da ich mir denke, dass zwei Waffen besser sind als eine. Dann ziehe ich den Rest meines violetten Kostüms aus, reiße den Schwanz ab und benutze ihn, um die Arme des Wächters hinter seinem Rücken zusammenzubinden. Da ich mir nicht sicher bin, wie lange ihn das festhalten wird, setze ich ihm außerdem den Dinosaurierkopf auf, nur verkehrt herum. Auf diese Weise wird er nicht sehen, wo er sich befindet, wenn er wieder zu Bewusstsein kommt. Als Letztes zerreiße ich den Rest des Kostüms und binde die Stoffstreifen um die Beine, den Körper und die Schultern des Wächters. Nachdem ich mit meinem Werk zufrieden bin, ziehe ich den bewusstlosen Wächter in eine Ecke des Flurs und entlade zur Sicherheit ein weiteres Mal meinen Betäubungsstab.

Da ich mich endlich wieder frei bewegen kann, renne ich zu meinem Ziel.

Die nächsten zwei Kurven kann ich ohne Zwischenfälle hinter mich bringen, und die dritte sollte die letzte sein. Laut meiner Karte findet der Test genau hier statt, in einem großen Raum.

Ich biege um die Ecke.

Der Testsaal ist bis auf zwei Dinge leer: Eine große, beleuchtete Wand auf meiner rechten Seite – und den Wächter, der sich links von mir zu mir umdreht.

»Hallo Ronny«, sage ich, nachdem ich sein Namensschild im Interface meines Visors gesehen habe. Bevor er reagieren kann, bewege ich mich, um den Abstand zwischen uns zu schließen.

»Noah?«, fragt er und sieht unsicher aus.

Ich nähere mich ihm noch weiter an und schwindele: »Ich bin hier, um dich abzulösen. Das ist eine kleine Geburtstagsüberraschung für dich.«

Ich weiß nicht, ob er nach seinem Betäubungsstab greift, weil er über sein Funksystem gehört hat, dass alle »Noah« verfolgen, oder weil meine Improvisation völlig daneben war, und ich Dinge gesagt habe, die ein normaler Wächter niemals von sich geben würde, aber Tatsache ist: Er greift danach. Ich bin etwa einen Meter von ihm entfernt, also sind wir beide außerhalb der Reichweite der Betäubungsstäbe. Das ist der Moment, in dem mir auffällt, dass ich meinen zusätzlichen Betäubungsstab in der Hand halte, ein weiterer Grund dafür, dass Ronny paranoid sein könnte.

Ich werfe ihm meine Ersatzwaffe an den Kopf. Ronny hebt seine Hände. Falls er das tut, um den Betäubungsstab zu fangen, versagt er. Falls er es tut, um seinen Visor zu schützen, ist er dumm. Dieser Helm kann den Aufprall leicht abfangen. Ich nutze diesen Moment, in dem er abgelenkt ist, um ihm in den Bauch zu schlagen.

Er stolpert zurück.

Ich ziehe meinen zweiten Betäubungsstab hervor.

Er schafft es, seinen eigenen in die Hand zu nehmen.

Wie Spiegelbilder berühren wir uns gegenseitig an der Schulter. Jetzt geht es darum, wer zuerst auf den Knopf drückt.

Ich drücke auf meinen, als mein Bewusstsein bereits schwindet.

* * *

Ich wache auf und fühle mich, als hätte ich einen Albtraum gehabt. Wo bin ich? Warum ist mein Bett so unbequem?

Dann erinnere ich mich wieder. Ein bewusstloser Wächter liegt zu meinen Füßen. Ich bin im Testraum, und wir haben gerade gegenseitig unsere Stäbe an uns entladen. Wenn ich mein Bewusstsein wiedererlangt habe, bedeutet das, dass bei dem Wächter, Ronny, jeden Moment das Gleiche passieren könnte. Es bedeutet außerdem, dass der Wächter, den ich zurückgelassen habe – derjenige, den ich mit dem Dinosaurierkostüm gefesselt habe – bereits wach ist und versucht, sich zu befreien.

Ich setze mich hin und greife nach dem Betäubungsstab rechts neben mir. Mit einer blitzschnellen Bewegung schnappt sich Ronny meinen Knöchel und zieht an ihm. Sein anderer Arm greift nach seinem eigenen Stab. Ich trete gegen seinen Helm und rolle nach rechts, wobei ich den Stab umfasse. Ich springe auf meine Füße und sehe, dass er das Gleiche tut.

Wir umkreisen uns langsam.

Er schlägt mit dem Stock zu und will damit meine Schulter berühren. Ich springe zur Seite, sein Stab rauscht um Haaresbreite an mir vorbei, und ich hole zum Gegenschlag aus, indem ich meine Waffe auf sein

Handgelenk schlage wie einen dieser altertümlichen Baseballschläger, dem sie ähnelt.

Dieses brutale Manöver wirkt, und sein Betäubungsstab kommt mit einem Scheppern auf dem Boden auf. Er verfolgt ihn mit seinen Augen – ein böser Fehler. Ich nutze diesen Moment, in dem er abgelenkt ist, aus, um seinen ungeschützten Oberkörper zu berühren und ihn mit Strom vollzupumpen.

Er bricht zusammen.

Schwer atmend ziehe ich seinen Körper zu der Wand, an der der Test gestartet wird. Dort gibt es ein Bedienfeld mit einer handflächenförmigen Vertiefung. Als Phoe mich hineingeschickt hat, hat sie erwähnt, dass ich so etwas vorfinden würde. Ich ziehe Ronny näher an das Bedienfeld heran und jage noch einen Stromschlag durch ihn, um mir die größtmögliche Zeit für den Test zu verschaffen.

Ich lege meine Hand auf die Kontrollfläche.

Nichts passiert.

»Handschuh aus«, flüstere ich, als mir Phoes Anweisungen wieder einfallen.

Der Handschuh trennt sich von dem Anzug, und ich stecke ihn unter meinen Gürtel. Ich atme tief aus, während ich meine nackte Handfläche auf das Bedienfeld lege.

Ein riesiger Bildschirm erscheint über dem Kontrollfeld. Auf ihm steht das Wort: *Altersabfrage.*

Ich schlucke. Phoes verrückte Idee, mich neunzig Jahre alt zu machen, wird jetzt getestet. Nach einem Augenblick wird der Bildschirm grün – die universelle Farbe der Bestätigung – und ein riesiges Brett wird aus der Wand ausgefahren. Als ich es näher betrachte, erkenne ich, dass es sich um ein Bett handelt.

Leg dich hin, Testobjekt Theodore, fordert mich der Bildschirm auf. *Sobald du dich in einer horizontalen Position befindest, leite den Schlaf ein.*

Ich hatte erwartet, dass alles um mich herum weiß wird, so wie es auf meinen Reisen in die virtuelle Realität und auch ins IRES-Spiel der Fall ist. Ich hatte nicht damit gerechnet, zu schlafen. Aber ich kann es nicht ändern. Ich schiebe den armen Ronny unter das Bett, setze mich darauf und entlade das letzte Mal meinen Stab an ihm.

Dann lege ich mich hin und spanne die Muskeln um meine Augen an, um den assistierten Schlaf zu beginnen.

ACHTZEHNTES KAPITEL

Ich stehe in einem Tunnel aus einem schimmernden, durchsichtigen Material. Es sieht aus, als ob Wasser aufrecht fließt und die Wände dieses Ortes bildet. Das Material kräuselt sich sogar wie Wasser. Es gibt keinen Himmel. Die Wasserwand läuft immer weiter nach oben, sieht unendlich aus und vermischt sich mit dem inexistenten Himmel. Es gibt hier auch eine Reihe von Türen, Türen, die aussehen, als seien sie aus Eis, und die sich in beide Richtungen erstrecken, so weit das Auge reicht.

»Theo?«, sagt Phoes Stimme in meinem Kopf.

»Ja«, antworte ich mental. »Der Trick mit dem Pi scheint funktioniert zu haben.«

»Vergiss das alles.« Ihr Gedanke ist eindringlich. »Wir müssen den Test abbrechen.«

»Warum?«, frage ich lautlos.

»Sprich nicht lautlos.« Ihre mentale Antwort ist ungewöhnlich scharf. »Versuch so auszusehen, als würdest du eine Tür auswählen.«

Ich tue, was sie sagt. Ich drehe mich nach rechts, gehe den Tunnel entlang und schaue von einer identischen Tür zur nächsten.

»Was ist los?«, denke ich zu ihr und versuche, meine Angst unter Kontrolle zu halten. »Warum bist du so panisch?«

»Das ist zu riskant. Ich dachte, dass der Test mit virtueller Realität zu tun hätte, nicht damit.«

»Was meinst du? Wie kann es sich hierbei nicht um virtuelle Realität handeln? Willst du mir sagen, dass das hier die reale Welt ist?« Ich schaue auf die Wände aus Wasser und den fehlenden Himmel. »Diese Umgebung ist eindeutig künstlich.«

»In Ordnung, ich möchte jetzt keine Haarspaltereien über Begriffe. Man könnte das hier eine Art virtuelle Realität nennen, aber der Unterschied bist *du*. Besonders die Art und Weise, wie dein Kopf hierhergekommen ist.« Phoes Gedanken haben einen besorgten Unterton. »Virtuelle Realität beinhaltet normalerweise, dass deine Neuronen falsche Inputs und Outputs von deinen Nanos bekommen, ein bisschen wie in der erweiterten Realität, nur sehr extrem. Es ist dein Gehirn, das die Erfahrungen macht. Dieser Ort hier funktioniert anders.« Ihre Sorgen scheinen sich zu verstärken. »In deinen Nanos gibt es etwas, was ich vor einiger Zeit bemerkt habe. Sie scheinen aufzuzeichnen, was mit deinem Konnektom passiert – einer Kombination aller Dinge in deinem Gehirn, die bestimmt, was du bist, von deinen Neuronen bis zu dem unwichtigsten Neurotransmitter. Ich habe nie erkannt, wie detailliert dieser Schnappschuss ist oder dass er in Oasis für einen praktischen Zweck bestimmt war. Ich hatte angenommen, dass es sich dabei um eine schlafende Technologie handelt, die aus dem Erbe der Singularität stammt. Dass die Betagten diese Technologie benutzen, ist heuchlerisch, aber rückblickend gesehen, wenn man das kontrollierte Vergessen und andere Dinge bedenkt, weiß ich nicht, warum mich das überrascht.«

»Warte kurz.« Ich halte sie davon ab, sich zu sehr in ihr »Die Ältesten hassen Technologie und sind Heuchler«-Thema zu vertiefen. »Ich bin mir nicht sicher, dass ich dir folgen kann, Phoe. Was willst du mir damit sagen?«

»Hast du jemals davon gehört, Menschen hochzuladen? Haben sie euch in der Schule mit einem solchen Konzept Angst eingejagt?«

Ich denke angestrengt nach. »Nein.«

»Okay, stell dir vor, jemand nähme eine Person, scannte sie mit Nanotechnologie ein und stellte ihre perfekte Replik innerhalb einer simulierten Umgebung her. Die Kopie wäre nicht vom Original zu unterscheiden, zumindest nicht, was das Sprechen mit ihr oder ihre Gefühle sich selbst betreffend anbelangt.«

»Etwa so, wie du funktionierst? Dein Körper, der mit mir spricht, meine ich.« Ich spüre, wie sich langsam Eis in meiner Brust bildet. »Wie das, was du in der Höhle gesagt hast?«

»So in der Art. Mein anderes Ich hat den Körper kreiert. Er ist keine Kopie eines anderen Körpers. Aber das Prinzip, die nachgebildeten Neuronen und der Rest, ist dasselbe. Die Mechanik einer hochgeladenen Person funktioniert ähnlich, wie es diese Version meines Körpers tut –«

»Und du willst mir gerade sagen, dass ich –«

»– gerade eine hochgeladene Version bist«, sagt sie in meinem Kopf. »Dein echtes Gehirn schläft in dem Bett.«

Ich betrachte meine Kleidung. Ich trage ein altertümliches Outfit, bestehend aus einer dunklen Jeans und einem blauen T-Shirt, aber das passiert auch in der normalen virtuellen Realität. Mein Gedankenprozess ist derselbe. Meine Gefühle – ganz besonders die überwältigende Angst – fühlen sich realistisch an. Je mehr ich darüber nachdenke, dieses körperlose digitale Echo meiner selbst zu sein, desto weniger Sinn ergibt es. Ich fühle mich normal. Ich bin hier, atme Luft und führe eine mentale Unterhaltung mit Phoe.

Okay, also ich fühle mich wie meine normale Version.

»Ich möchte jetzt nicht anfangen zu philosophieren«, antwortet Phoe, »aber du würdest keinen Unterschied spüren, da die Nachahmung, die der Test herstellt, perfekt ist. Du bist du, in allen Bedeutungen dieses Wortes, nur dass ich leichte Zweifel daran habe, dass dieser Ort die Moleküle zusammenstellt, die dich ausmachen. Andererseits verändern sich einige Moleküle deines ›echten‹ Körpers jeden Tag und werden in unterschiedlichem Umfang durch neue ersetzt. Also ja, eine hochgeladene Person zu sein macht dich nicht weniger echt. Das ist ein Teil des Problems.«

»Schön, also bin ich hochgeladen«, denke ich knapp. »Es ist nicht das, was du erwartet hattest, das verstehe ich, aber was ist der Unterschied? Was ist die Gefahr, die dir Sorgen bereitet?«

»Ich weiß nicht einmal, wo ich beginnen soll.« Phoes Gedanken dringen schneller in meinen Kopf ein. »Als Erstes, dein Gehirn ist hier leichter zu manipulieren. Der Test kann dich Dinge vergessen lassen oder deine Erinnerungen verändern, während die virtuelle Realität das nicht tut. Ich bin mir nicht sicher, wie sehr ich dich davor schützen kann. Was mir größere Sorgen macht, ist, dass alles, was dir hier passieren wird, am Ende von dem Testinterface in dein echtes Gehirn übertragen wird, bevor du wieder in der realen Welt aufwachst. Wenn du also zum Beispiel durch zu viel Angst ein permanentes Stottern entwickelst, wird dein echtes Gehirn auch einen Schaden davontragen, und du wirst stottern, zumindest für eine lange Zeit, wenn nicht für immer.«

»Das IRES-Spiel funktioniert nicht so? Ich bin mir ziemlich sicher, dass ich nach dem Kampf mit einem riesigen mechanischen Skorpion eine Angst vor Insekten entwickelt habe.«

»Nein, Angst vor Insekten ist eine natürliche menschliche Reaktion, und als du sie gesehen hast, hast du nur etwas über dich selbst gelernt. Dein innerstes Ich wurde dadurch nicht verändert. Wenn du dir den Kopf stößen und mit einer Amnesie im IRES aufwachen würdest, wärst du wieder normal, sobald das Spiel vorbei ist. Dieser Test ist anders. Falls du einen Gedächtnisverlust davonträgst und in deinen Körper zurückkehrst, bevor deine Erinnerung wiederhergestellt ist, dann wird der Verlust permanent sein. Aber das ist nicht der angsteinflößendste Unterschied zwischen dem Test und IRES. Wenn du hier stirbst, wird diese Version von dir wirklich tot sein. Der Test hat keine Backups für dich oder etwas dieser Art. Wenn du stirbst, wirst du in deinem Körper aufwachen und es wird so sein, als habe diese Unterhaltung niemals stattgefunden. Tod bedeutet, dass keine Informationen auf dein schlafendes Ich übertragen werden. Selbst wenn du dreißig Jahre an diesem Ort lebst, länger, als du es außerhalb getan hast, wären diese Jahre weg. Die Person, die du geworden wärst, wäre verschwunden.«

»Aber ich würde immer noch da draußen aufwachen.« Trotz meiner Worte spüre ich, dass meine Angst wächst. »Wäre das dann nicht wie eine Art Amnesie?«

»Meiner Meinung nach ist irreversible Amnesie eine Form von Tod. Stelle dir vor, dass dir in zwei Sekunden etwas passiert und du eine andere Person wirst. Sagen wir mal, du würdest beschließen, dein Leben einem guten Zweck zu widmen, Liebe finden oder sogar bösartig werden. All das wäre weg, wenn du –«

»Aber es gibt ja immer noch mein schlafendes Ich«, denke ich stur. »Wie kannst du sagen, dass ich tot wäre?«

»Ich nehme an, wir haben eine verschiedene Betrachtungsweise der Existenz. Für mich sind wir alle im Kern Informationsmuster. Jetzt bist du ein neues Muster – ein Muster, das diese Wasserwände gesehen hat und aus deiner schlafenden Version erschaffen wurde. Bis deine Erinnerungen nicht überschrieben sind, bist du ein neuer Theo. Wenn du stirbst, wird das endgültig sein, und ich weiß nicht, ob ich den schlafenden Theo als die gleiche Person ansehen würde, die du jetzt bist. Er bedeutet mir etwas, genau wie du, aber ihr seid zwei unterschiedliche Menschen, bis er sich daran erinnert, du zu sein.« Sie hält inne. »Aber wenn dich deine Betrachtungsweise dieser Angelegenheit weniger verängstigt sein lässt, bin ich froh. Ich wäre entsetzt, wenn ich an deiner Stelle wäre. Ich würde diesen Ort so schnell verlassen wie ich könnte, und ich bestehe darauf, dass du genau das tust.«

»Okay«, denke ich und halte neben einer anderen Tür an, die wie Eis aussieht. »Wie kann ich von hier verschwinden?«

»Ich denke, dass wenn du hier umhergehst, ohne eine Tür zu öffnen, oder einfach nur herumsitzt, dich der Test irgendwann mit einem Punktestand von null herauswerfen wird. Ich denke, das wäre das Beste, was du tun könntest.«

»Aber wenn ich gehe, bedeutet das nicht, dass du die Ressourcen, die wir benötigen, nicht bekommen würdest?« Ich wische meine Zu-schwitzig-für-virtuelle-Handflächen-Handflächen an meinem T-Shirt ab. »Und bedeutet es nicht auch, dass die Möglichkeit ziemlich hoch ist, dass ich in der echten Welt umgebracht werde, sobald Jeremiah den Rat über meinen neuronalen Scan abstimmen lässt?«

»Das werde ich nicht zulassen.« Phoes Gedanke ist wie ein Peitschenschlag in mein Gesicht.

»Ich weiß, dass du versuchen würdest, mich zu beschützen«, denke ich zurück. »Aber wie kannst du mich beschützen, ohne Jeremiahs Kopf zu modifizieren? Und was ist, wenn der Gesandte dich davon abhält oder von dir erfährt? Wir wissen immer noch nicht, was er ist oder ob er dich umbringen kann.«

»Ich glaube nicht, dass ich getötet werden kann – nicht, ohne das Schiff zu zerstören. Das Schlimmste, was der Gesandte mir antun kann, ist, mich erneut einer Lobotomie zu unterziehen, indem er mir die Ressourcen wegnimmt, die ich zusammengesammelt habe.«

»Aber würdest du dann nicht viele Dinge vergessen? Wie unsere Freundschaft?« Sie antwortet nicht, also fahre ich fort. »Wäre das dann nicht die Version, in der du stirbst? Wäre dann nicht die Gefahr, in der ich mich gerade befinde, im Vergleich dazu eher nichtig?«

»Mein Überleben ist abgestufter als deins, und ich bin gewillt, gewisse Risiken für dich einzugehen. Ich weiß nicht, ob es hilft, aber ich habe Vorsichtsmaßnahmen ergriffen und meine wichtigen Informationen an einigen Orten abgelegt, einschließlich der DMZ –«

Ich gehe zielstrebig auf die nächste Tür zu. Dass sie vergessen könnte, dass wir uns geküsst haben, oder auch nur eine unserer ganzen Unterhaltungen, ist undenkbar.

»Ich weiß, was du vorhast, Theo, und ich bitte dich, es nicht zu tun.«

»Dann weißt du auch, wie entschlossen ich bin, dich in Sicherheit zu wissen.« Ich lasse meine Gedanken entschieden klingen. »Ich gehe durch diese Tür, also bitte hilf mir einfach, den Test herunterzufahren.«

»Nein, Theo, das ist etwas anderes.« Phoe hört sich an, als würde sie gleich weinen. »Wenn das hier virtuelle Realität wäre, wäre ich überhaupt nicht eingeschränkt. Aber in dieser Welt kann ich nicht wirklich Fuß fassen. Ich bin an die Ressourcen gebunden, die der Test dir zugeteilt hat, was bedeutet, dass ich keine Ressourcen habe, um erfolgreich zu hacken. Außerdem läuft an diesem Ort, wie ich befürchtet hatte, ein Algorithmus gegen Eindringlinge. Wenn er meine Gegenwart vermutet oder an deiner Integrität zweifelt –«

Ich kann sehen, dass sie einfach nur versucht, mich davon zu überzeugen, diesen Ort zu verlassen, also denke ich: »Du wirst es herausfinden. Ich gehe jetzt durch diese Tür.« Ich gehe einen weiteren Schritt nach vorn.

»Warte«, zischt Phoe. »Ich habe eine Idee.«

Ich halte inne. »Ich habe mir schon gedacht, dass das der Fall sein könnte. Du könntest mir zur Abwechslung auch mal die ganze Wahrheit sagen.«

»In Ordnung. Wesen, die entweder beinahe oder vollständig das Niveau der menschlichen Intelligenz besaßen, haben diesen Ort erschaffen, was bedeutet, dass er ziemlich fehlerlastig sein muss, was die Software betrifft. Ich glaube, ich habe bereits eine Schwachstelle entdeckt. Jemand hat einen relativ kleinen Speicherort gewählt, um die

Testergebnisse aller Teilnehmer permanent abzulegen, nachdem sie in die reale Welt gesendet worden sind. In den richtigen Händen – meinen Händen – könnte diese Wahl den Niedergang des Systems bedeuten.«

»Phoe, wenn du jetzt einen Heureka-Moment von mir erwartest, dann muss ich dich enttäuschen«, denke ich frustriert. »Erkläre es mir bitte einfacher, so als sei meine Intelligenz auf einem ›nahezu menschlichen Niveau‹.«

»Der Entwickler hat gedacht, dass der Punktestand der Ergebnisse nie eine bestimmte Grenze überschreiten würde. Er wusste, dass viele Menschen diesen Test absolvieren würden, also hat er den Speicherplatz für die Höhe des Ergebnisses kleinlich bemessen. Das bedeutet, dass ein sogenannter Pufferüberlauf passieren wird, solltest du einen irrsinnig hohen Punktestand erreichen. Ein Pufferüberlauf geschieht dann, wenn das System versucht, einen zu großen Wert an einem zu kleinen Ort unterzubringen. Ich könnte diese Tatsache ausnutzen, um das ganze System zusammenbrechen zu lassen.«

»Also absolviere ich jetzt einfach den Test, bis ich den Punktestand erreiche, den du brauchst«, denke ich. »Das hört sich nach einem brauchbaren Plan an.«

»Ja, abgesehen davon, dass dieser Ort dich rausschmeißen wird, wenn du eine gewisse Anzahl von Fehlern machst, höchstwahrscheinlich bereits nach einem. Ansonsten hätten alle ein extrem hohes Ergebnis.«

»Können wir schummeln?« Ich berühre abwesend eine der Wände aus Wasser. Sie fühlt sich an wie dieses Wackelpudding-Zeug, von dem Phoe mir erzählt hat. »Kannst du herausfinden, wie ich einen hohen Punktestand erreichen kann?«

»Ich kann es versuchen«, antwortet sie. »Aber wie ich dir bereits gesagt habe –«

»Ja, ja, zu gefährlich«, denke ich mit gespielter Tapferkeit. »Darüber haben wir bereits gesprochen. Ich werde es tun.«

»In diesem Fall werde ich versuchen, dir beim Schummeln zu helfen«, denkt Phoe grimmig. »Selbstverständlich.«

»Gut. Und wie lange wird das jetzt dauern? In der echten Welt gibt es einen Wächter, der bald aus seinem Betäubungsschlaf erwachen könnte.«

»Ich bin bereits in deinem Kopf, also ja, ich kann dich aus dem Gebäude bringen. Aber es gibt noch etwas, das du wissen solltest – etwas, das diesen Ort ein wenig andersartig macht. Du musst verstehen, dass digitale Gehirne – so wie deines gerade – nicht so langsam wie die chemisch gebundenen eines echten Körpers arbeiten. Dein Gedankenprozess in dem Test ist viele Male schneller als in der echten Welt. In anderen Worten: man kann in einer kurzen subjektiven Zeit, also der Zeit der echten Welt, viele Tests absolvieren. Das könnte auch der Grund dafür sein, dass sich jemand dazu entschieden hat, diese Technologie und nicht die virtuelle Realität zu benutzen.«

»Die Zeit läuft anders für mich?« Ich staune. »So, wie das bei dir der Fall ist?«

»Nicht mit der gleichen Geschwindigkeit und ohne diese massiven Parallelismen, die ich benutze, aber es ist ein guter Vergleich.«

»Okay, das ist eine gute Neuigkeit. Ich habe hier mehr Zeit.« Ich fahre mit meinen Fingern an der Tür entlang. Wie man es von einem Gegenstand aus Eis erwartet, fühlt sie sich extrem kalt an, fast brennend kalt. »Du solltest trotzdem meine schlafende Version aus dem Raum bringen.«

»Natürlich«, antwortet Phoe. »Und bevor du fragst: hier. Damit kannst du die Welt draußen sehen.« Eine vertraute Uhr erscheint an meinem Handgelenk. »Das System gegen Eindringlinge sollte nicht bemerken, dass sie sich an deinem Körper befindet. Der Test hat deine Kleidung nicht nachgeahmt, sondern sie aus deinen Erinnerungen gezogen. Du hättest also auch ohne meine Hilfe diese Uhr umgehabt haben können.«

Ich schaue auf die Uhr und sehe mein als Wächter verkleidetes Ich bewusstlos in der echten Welt liegen und den ebenfalls ohnmächtigen Wächter neben dem Bett.

»Er, ich meine, du, ich meine – nennen wir ihn Wächter-Theo – steht bereits auf«, sagt Phoe. »Wegen des Zeitunterschieds bewegt sich der Kopf des Wächter-Theos sehr langsam vom Kissen. Ich würde mir nicht zu viele Gedanken um die Welt dort draußen machen. Ich habe dir die Uhr nur gegeben, um dich auf dem Laufenden zu halten. Ich werde mich um deinen echten Körper kümmern, während du dich darauf konzentrierst, den Test zu absolvieren.«

»Verstanden«, denke ich, aber muss trotzdem wieder auf die Uhr schauen. Nichts hat sich verändert. Die Zeit vergeht schneller hier.

»Viel Glück.« Phoes Gedanke ist von Angst durchtränkt. »Ich wünschte, ich könnte dich küssen.«

Ohne darauf einzugehen, drücke ich gegen die eisige Tür.

Sie schwingt auf, wie in alten Zeiten.

Ich gehe hindurch, und sobald mein Körper die Schwelle vollständig überschritten hat, verliere ich meine Sinne.

NEUNZEHNTES KAPITEL

Mein Kopf ist matschig. Ich kann mich nicht daran erinnern, wie ich hierhergekommen bin. Ich bin mir auch überhaupt nicht sicher, wo »hier« ist. Ich stehe neben Bahnschienen. Irgendetwas daran ergibt keinen Sinn. Ich fühle mich, als ob es das erste Mal ist, dass ich Bahnschienen sehe, ich sie aber als etwas Normales betrachten sollte. Doch wenn ich niemals zuvor Bahnschienen gesehen habe, woher kann ich dann wissen, dass sie welche sind?

»Dir fehlen mehr als nur einige grundlegende Dinge«, sagt eine Stimme. »Ich wette, dass du dich nicht einmal an deinen Namen erinnern kannst.«

Ich schaue mich um. Die Stimme war weiblich, aber ich kann keine Frau in meiner Nähe entdecken.

Ich komme auf die Idee, dass die Stimme ein Gedanke in meinem Kopf gewesen sein könnte, auch wenn sie weiblich war. Das Schlimmste ist, dass sie recht haben könnte. Ich kann mich nicht an meinen Namen erinnern, genauso wenig wie an viele andere Dinge. Das Eigenartigste ist, dass mich irgendetwas davon abhält, in Panik zu verfallen.

In einiger Entfernung höre ich Schreie. Ich renne auf das Geräusch zu, um zu sehen, was dort vor sich geht.

Der Boden beginnt zu beben.

Ich renne weiter, bis ich mich auf dem Gipfel eines kleinen Hügels befinde. Die Schienen gabeln sich, und aus einem Paar paralleler metallener Linien werden zwei. Es gibt einen großen Schalter – eine mechanische Vorrichtung, die dazu bestimmt ist, den Zug entweder nach rechts oder links zu lenken. Alles ist vorbereitet, um genau das mit einem vorbeifahrenden Zug zu tun. Sollte ihn jemand die rechten Schienen benutzen lassen wollen, müsste er den roten mechanischen Hebel des Schalters umlegen.

»Für jemanden, der noch nie Zugschienen gesehen hat, weißt du definitiv viel über sie«, mischt sich die geheimnisvolle weibliche Stimme in Form eines Gedankens ein. »Eigenartig, oder?«

Ich stelle kurz meine mentale Verfassung in Frage, aber werde abgelenkt, als ich die Quelle der Schreie entdecke.

Fünf Menschen befinden sich gefesselt auf den linken Schienen. Sie schreien sich die Lungen aus dem Leib. Ihre entsetzen Augen schauen hinter mich.

Der Boden erzittert immer stärker, und ein lautes *Tüt-tüt* ertönt irgendwo hinter mir.

Bevor ich die Gelegenheit bekomme, mich umzudrehen, sehe ich eine weitere Person, die an die Schienen gefesselt ist – an das rechte Paar. Diese Person schreit nicht, aber sie sieht verzweifelt aus.

Der Lärm wird unerträglich, und schließlich schaue ich hinter mich.

Das hätte ich mir denken können.

Es ist ein Zug, der immer schneller die Schienen entlangrauscht.

Zu spät verstehe ich, warum die fünf Menschen schreien. Sie werden gleich getötet. Ich schaue sie an, dann zurück zum Zug. Dann blicke ich auf den Schalter neben mir.

Ich habe nur einen Moment, um zu handeln.

Meine Entscheidung ist nicht rational. Sie ist instinktiv.

Ich lege den Hebel um, um die fünf Menschen zu retten, auch wenn ich mir bewusst bin, das Schicksal des Mannes auf der rechten Seite soeben besiegelt zu haben.

Der Zug rauscht an mir vorbei und auf die rechten Schienen. Bevor ich das entsetzliche Ergebnis miterleben muss, schaltet sich mein Kopf ab.

* * *

Ich befinde mich zurück im Flur des Tests, umgeben von den Wänden aus Wasser.

Mein Name ist Theo. Natürlich ist er es. Wie zur Hölle hat es der Test geschafft, mich so etwas Elementares vergessen zu lassen?

»Ich habe es dir doch gesagt«, meint Phoe in meinem Kopf. »Der Test manipuliert deinen Kopf.«

»Scheiße.« Ich massiere meine Schläfen. »Dieser Test ist verrückt.«

»Ja.« Wenn es möglich wäre, missbilligend zu denken, hätte Phoes mentale Bestätigung genau das geschafft.

»Aber warum?« Ich riskiere, laut zu sprechen. Ich nehme an, eine normale Person könnte so etwas zu sich selber sagen, nachdem sie ein solches Erlebnis gehabt hat.

»Um dein moralisches Denken zu überprüfen«, denkt Phoe mit dem gleichen angewiderten Unterton. »Zumindest nehme ich an, dass das der Grund ist. Das Szenario, das du gesehen hast, ist uralt. Es heißt das Trolley-Problem.«

»Wie war ich?«

»Ich denke, dass du die Testentwickler glücklich gemacht hast«, antwortet sie. »Schau auf die Tür.«

Sie besteht nicht länger aus durchsichtigem Eis. Sie ist jetzt aus massivem grünem Edelstein, entweder Malachit oder Quarz.

»Grün für bestanden«, erklärt Phoe. Dann fügt sie vor Sarkasmus triefend hinzu: »Toll gemacht.«

»Wieso habe ich das Gefühl, dass dir etwas nicht passt?«, denke ich zu ihr.

»Es ist nicht deinetwegen«, antwortet Phoe. »Ich kann einfach sehen, was kommen wird und was sie von dir erwarten, um ein gutes Ergebnis zu bekommen. Mach dir keine Gedanken um meine Gefühle. Gehe einfach zum nächsten Test. Ich werde versuchen zu verhindern, dass du wieder so ahnungslos sein wirst, was deine Identität betrifft, wie du es im ersten warst, oder wenigstens werde ich sichergehen, dass du dich daran erinnern kannst, wer ich bin, wenn ich zu dir spreche.«

»Das hört sich nach einem guten Plan an«, denke ich und gehe zu der Tür neben der grünen. »Wünsche mir Glück.«

Sie sagt nichts, also gehe ich durch den Türrahmen, und meine Gedanken verschwinden, so als sei ein Lichtschalter umgelegt worden.

* * *

Ich stehe in der Mitte eines Plateaus. Riesige Berge umgeben mich, und ihre Orange- und Rottöne stellen einen Kontrast zu dem Lapislazuli des Mittagshimmels dar. Metallene Bahnschienen durchqueren die Felsen unter mir. Jemand hat die uralten Berge eingeschnitten, um Platz für menschliche Transportmittel zu machen.

Mein Puls beginnt zu rasen. Trotz meiner verschwommenen Erinnerung weiß ich, dass ich unter unglaublicher Höhenangst leide.

Ein Mann ist hier. Ich muss mich korrigieren, er könnte ein Riese sein. Er ist so groß und breitschultrig, dass ich mich frage, ob er nicht eine in die Felsoberfläche geschlagene Statue ist. Ist er nicht, er bewegt sich von einem nackten Fuß auf den anderen, was beweist, dass er echt ist. Offensichtlich mag er das, was er sieht, nicht, weil seine baumgroßen Arme angespannt und seine Hände zu Fäusten geballt sind.

Schreie hallen von unten wider.

Die Schreie hören sich vertraut an, auch wenn ich mir nicht sicher bin, wo ich sie schon einmal gehört habe.

Ich renne zu der Felskante, die am weitesten von dem großen Mann entfernt ist. Ich muss mein Herz wieder an den rechten Fleck rücken, bevor ich nach unten schaue, um die Quelle des Lärms zu erkennen.

Genau unter mir führen Schienen durch eine enge Passage.

Fünf Menschen sind an diese Schienen gebunden und schreien verständlicherweise.

Dann höre ich ein Hupen und fühle die Vibration des herankommenden Zugs.

Sofort erfasse ich die Situation.

Der große Mann steht auf einem Kliff zwischen dem Zug und den schreienden Menschen. Es bleiben nur wenige Momente, bevor der Zug sie erreicht.

Mir wird etwas klar. Ich weiß nicht, woher, aber ich weiß mit absoluter Sicherheit, dass der Mann so groß ist, dass der Zug zum Stehen kommen würde, sollte er auf die Schienen fallen, so dass die fünf Menschen gerettet werden könnten. Jemand meiner Größe würde überrollt werden, so dass der Zug weiterfahren und die anderen Menschen ebenfalls töten würde.

Ich weiß außerdem, dass ich nicht genügend Zeit habe, den großen Mann zu bitten, sich zu opfern, und ich bin mir sicher, dass er nicht von allein auf diese Idee kommen wird.

Meine Optionen sind eindeutig.

Ich könnte zu ihm laufen und ihn, bevor er es versteht, hinunterschubsen, um die Menschen dort unten zu retten. Oder aber ich könnte nichts tun.

Ich versteinere, weil ich entsetzt bin, dass ich überhaupt auf den Gedanken gekommen bin, den Mann hinunterzuschubsen. Es wäre falsch, das zu tun. Er steht einfach da und schaut dabei zu, wie sich das entsetzliche Ereignis abspielt. Wenn ich ihn vom Felsen schubse, wird ihm etwas Entsetzliches zustoßen.

»Schubse ihn«, denkt Phoe nachdrücklich. »Schnell.«

Ich weiß, dass Phoe eine Stimme ist, der ich gehorchen sollte. Ich renne zu dem großen Mann. Die Erinnerungen an meine Vergangenheit kommen zurück. Ich erinnere mich daran, wer Phoe ist, wer ich bin und, viel wichtiger, was ich hier tue.

Der Mann steht einfach nur da, während ich den Abstand zwischen uns zurücklege.

Ich pralle gegen ihn. Er fällt den Abhang hinunter, als sei er wirklich aus Stein gemeißelt. Der Zug unter uns quietscht, aber bevor ich das Ergebnis meiner Handlung sehen kann, verliere ich erneut das Bewusstsein.

* * *

Ich bin zurück in dem endlosen Korridor mit den Türen aus Eis, allerdings gibt es jetzt unter ihnen schon zwei aus Edelstein.

»Verstehst du es jetzt?«, denkt Phoe erregt.

Ich atme tief ein, da ich die entsetzlichen Bilder noch frisch in meinem Kopf habe. »Warum hast du mir gesagt, ich solle den Mann hinunterstoßen? Ich weiß, dass es nicht real ist, aber es war nicht richtig, das zu tun. Es war nicht –«

»Verstehst du es nicht? Was die Entwickler dieses Tests betrifft, war das genau die gleiche richtige Wahl wie in der ersten Situation. In beiden Fällen ging es um fünf Menschen gegen einen. In beiden Fällen hättest du auch einfach nichts tun können. Letztendlich hast du eine Person getötet, um viele zu retten, was ganz eindeutig das ist, was du auch weiterhin tun solltest, um den höchsten Punktestand zu erreichen. Ich werde versuchen, mich auf dem Weg dorthin nicht zu übergeben.«

Sie hat recht mit den Zahlen, aber irgendetwas fühlt sich beim zweiten Szenario anders an als beim ersten. Jemanden in den Tod zu stürzen fühlt sich falsch an, aber einen Hebel umzudrehen, um eine größere Anzahl von Menschen zu retten, nicht.

Phoe schnaubt mental. »Deshalb werde ich mich nie auf die moralische Urteilsfindung eines Menschen verlassen, wenn es um mein Überleben geht. Und jetzt mach den nächsten. Ich habe das Gefühl, dass die moralischen Dilemmas ab jetzt schlimmer werden.«

Ich gehe zu der Tür rechts neben derjenigen, die gerade grün geworden ist. Bevor ich den Raum betrete, schaue ich auf den kleinen Bildschirm an meinem Handgelenk. Während des Tests hatte ich nicht einmal bemerkt, ihn zu tragen.

Wächter-Theo hat seinen behelmten Kopf kaum vom Kissen gehoben.

»Wow, Phoe. Du hast recht gehabt. Die Zeit vergeht an diesen beiden Orten wirklich völlig unterschiedlich.«

»Bis wir den Pufferüberlauf auslösen, werden wir noch eine Weile hierbleiben, also wirst du das schwarze Gebäude bereits lange verlassen haben, wenn wir mit dem Test fertig werden.«

Ich schüttele verwirrt meinen Kopf, gehe durch die eisige Tür, und wie zu erwarten war, verschwindet die Welt ein weiteres Mal.

* * *

Diesmal ist die Situation so eigenartig, dass ich mich einfach daran erinnern muss, wer ich bin – dank Phoes Eingreifen natürlich. Ich bin Theo, der Jugendliche, nicht Theo, der Chirurg, wie der Test mich glauben lassen möchte.

Ich bin in einem Raum mit fünf »meiner« Patienten. Ich »erinnere« mich daran, dass jedem der Patienten ein lebenswichtiges Organ fehlt. Sie haben alle nur noch einen Tag zu leben. Der Grund dafür, weshalb sie sich alle im gleichen Raum befinden, ist der, dass sie alle dieselbe Blutgruppe haben, was bedeutet, dass ein passender Organspender gleich für die Transplantationen in diesen Raum gebracht werden kann.

»Das ist weder wissenschaftlich noch medizinisch noch geschichtlich korrekt«, denkt Phoe, aber ich ignoriere sie, weil ich neugierig bin, worauf das alles hier hinausläuft.

Ich verlasse den Raum, weil ich mich daran erinnere, dass ich meine Visite durchführen muss. Ich gehe den Flur hinunter, da ich nach einem Patienten sehen will, der sich von einer kleineren Operation erholt. Ich schaue in seine Krankenakte. Er ist hierhergekommen, um sich seine Mandeln entfernen zu lassen, aber er kann bereits entlassen werden. Ich muss nur noch die Papiere unterschreiben. Dann bleibt mein Blick an etwas hängen. Er hat dieselbe Blutgruppe wie die fünf anderen bedauernswerten Patienten. Wenn er seine Organe spenden würde, könnten diese fünf Menschen leben. Natürlich würde er das nicht freiwillig tun. Ohne diese fünf lebenswichtigen Organe würde er sterben.

Die Frage für mich als Chirurg, der diese fünf Leben retten kann, ist –

»Nein«, denke ich zu Phoe. »Die Entwickler des Tests können das nicht so gemeint haben.«

»Rein zahlenmäßig betrachtet handelt es sich dabei um das gleiche Trolley-Problem: Fünf gegen einen«, denkt Phoe. »Wir wissen, was du tun musst, um ein gutes Testergebnis zu bekommen.«

»Ich werde doch nicht diese unschuldige Person umbringen, um ihre Organe benutzen zu können.« Alles in mir sträubt sich gegen diese Vorstellung. »Das werde ich nicht tun. Das ist nicht nur moralisch falsch – das ist krank und ekelerregend.«

»Das ist nicht real, schon vergessen? Es ist nur ein Test.«

Ich zeige auf den Spender. »Ich muss ihn trotzdem aufschneiden. Auch wenn ich weiß, dass es nicht real ist, denke ich nicht, dass ich das tun kann.«

»Ich kann das für dich tun, ohne dass du dir dessen bewusst bist«, sagt Phoe in Gedanken. »Aber das ist riskant.«

»Warum gebe ich in diesem speziellen Fall nicht auf und wende mich einem anderen zu?«, denke ich zu ihr und lege die Krankenakte wieder an das Bettende zurück.

»Es wird immer härter werden. Vergiss nicht, dass das von den Menschen entwickelt wurde, die dachten, dass es moralisch gerechtfertigt sei, Mark kontrolliert zu vergessen. Um eine hohe Punktzahl zu bekommen, musst du entweder gegen deine Empfindlichkeit ankämpfen, oder wir müssen meine Lösung riskieren.«

Ich stelle mir vor, das zu tun, was der Test erwartet, und augenblicklich wird mir von dem Gedanken schlecht. Das ist sinnlos. Ich kann nicht einmal ein Skalpell in die Hand nehmen, wie soll ich dann einen Körper damit aufschneiden?

»Dann lass mich übernehmen, scheiß auf das Risiko«, denkt Phoe. »Der Plan ist einfach. Ich unterdrücke deine bewussten Gedanken und bewege deinen Körper – fast so wie in der realen Welt.«

»Und ich werde es nicht sehen? Ich werde nicht mitbekommen, was mein Körper tut?«

»Nein. Du wirst eine Erinnerungslücke haben, wenn du dich für diese Option entscheidest.«

Ich zögere einen Moment, bevor ich nicke. »Okay. Probieren wir es bei diesem Szenario aus.«

»Okay«, antwortet Phoe.

Mein Bewusstsein verschwindet nicht, zumindest nicht auf die gleiche Weise, wie es das beim Betreten und Verlassen der Tests tut. Es fühlt sich eher wie eine Lücke in meiner Erinnerung an, so wie kurz nach dem Aufwachen. Die furchtbare Aufgabe, die Phoe zu erledigen hatte, ist wie ein vergessener Albtraum. Ich weiß, dass es passiert ist, weil es am besten die Lage erklärt, in der ich mich befinde: Ich stehe in einem Zimmer mit fünf Patienten, die gerade zu sich kommen und deren Vitalzeichen normal sind.

Bevor ich die erschreckende Tatsache, dass ein Mann tot ist, begreifen kann, erhalte ich meine Punkte von dem Test, und mein Gehirn erlebt einen weiteren Kurzschluss.

ZWANZIGSTES KAPITEL

Ich bin zurück auf dem Flur und stehe neben lumpigen drei grünen Türen. Ich erschaudere bei dem Gedanken, was das nächste Testszenario bringen wird.

»Wie lange muss ich das noch tun?« Ich schaue auf die ganzen anderen verbliebenen Türen auf beiden Seiten. »Wie hoch muss mein Punktestand werden?«

»So hoch, dass du am besten nicht darüber nachdenkst«, erwidert Phoe. »Wir sollten uns auf das Gute konzentrieren: Da die Entwickler dieses Tests nicht erwartet hatten, dass jemand eine so hohe Punktzahl erreichen könnte, vermute ich, dass sie auch nicht genügend verschiedene Proben vorbereitet haben. Das bedeutet, dass sich die Szenarien wiederholen werden.«

»Warum kann niemand einen riesigen Punktestand erreichen?«, frage ich mich. »So ekelerregend die letzte Probe auch war, die Regel ›rette so viele Menschen wie du kannst‹ ist nicht schwer zu erkennen und kann stumpf angewandt werden. Ich bin mir sicher, dass einige der Absolventen des Tests genau das getan haben.«

»Ich glaube nicht, dass du es hier nur mit moralischen Problemen zu tun bekommen wirst«, meint Phoe. »Mach einfach weiter, und wir werden es herausfinden.«

* * *

Hinter den nächsten zwei Türen treffen wir auch auf moralische Dilemmas. Sie haben mit einem Rettungsboot zu tun und sind nicht ganz so widerlich wie die letzte Probe. Nachdem Phoe mir erklärt, was ich zu tun habe, beschließe ich, dass ich das allein schaffen kann. Sie meint, diese Situationen basieren auch auf klassischen moralischen Zwickmühlen, und ich vertraue ihr blind.

Die sechste Probe erkenne ich wieder. Sie heißt Gefangenendilemma, und ich wähle »Kooperation«, noch bevor Phoe diese Lösung als diejenige benennt, die die Punkte bekommen wird.

Als ich durch die siebte Tür gehe, liegen die Dinge ein wenig anders.

Zum ersten Mal erinnere ich mich an fast alles, was mich selbst betrifft, nur nicht daran, wie ich hierhergekommen bin, in Lehrer Georges Unterricht.

Niemand außer uns beiden ist hier, und am Ende des Raumes befinden sich drei eigenartig aussehende Türen.

»Wenn du die Tür findest, die hier herausführt, kannst du die nächsten drei Lektionen überspringen, Theodore«, sagt der Lehrer. »Welche dieser drei würdest du spontan öffnen wollen? Du kannst sie jetzt auswählen, aber noch nicht öffnen. Ich werde dir die Möglichkeit geben, deine Wahl zu ändern.«

Ich zeige auf die Tür rechts außen.

»Und hier ist mein Angebot«, erklärt Lehrer George. »Ich werde diese Münze werfen.« Er zeigt mir das altertümliche Geldstück, so als sei es für ihn das Natürlichste auf der Welt, einen solchen Gegenstand in den Händen zu halten. »Wenn die Münze auf dem Kopf landet, werde ich die Tür in der Mitte öffnen, und dir zeigen, ob es sich dabei um die Gewinnertür handelt. Sollte das der Fall sein, hast du offensichtlich Pech gehabt.« Er schmeißt die Münze.

»Zahl«, sagt er und öffnet die Tür links außen. Er deutet auf die rote Wand hinter der Tür und meint: »Mit dieser Tür hättest du verloren, also bleibt nur folgende Frage: Möchtest du deine Wahl von der Tür rechts außen auf die in der Mitte ändern? Falls ja, sag es mir bitte jetzt.«

Ich schaue auf die beiden Türen. Diesmal wird niemand umgebracht, was gut ist, aber ich verstehe nicht wirklich, was gerade vor sich geht. Die

Chancen stehen fünfzig-fünfzig, und ich kann genauso gut bei der Tür rechts außen bleiben, da ich sie irgendwie mag.

»Nein, Theo.« Phoe hört sich enttäuscht an. »Wähle den Wechsel.«

»Ich möchte wechseln«, sage ich zu Lehrer George.

Sobald ich diese Worte ausgesprochen habe, befinde ich mich wieder auf dem Gang.

Die Tür ist auch gerade grün geworden, aber ich verstehe nicht, warum.

»Weil es logisch war, zu der Tür zu wechseln, die die höheren Gewinnchancen hatte«, erklärt Phoe.

»Was sagst du da?«, widerspreche ich. »Sie war in beiden Fällen fünfzig-fünfzig.«

»Nein, es war eins zu drei für deine erste Wahl, aber zwei von drei bei der mittleren Tür.«

Ich runzele meine Stirn. »Nein, das war sie nicht.«

»Vertraue mir.« Phoes Gedanke hört sich belustigt an. »Das ist das Monty-Hall-Standard-Problem, und du kannst es gerne in deiner Freizeit nachschlagen, vorausgesetzt, dass du welche haben wirst. Mach dir keine Gedanken, wenn du es nicht verstehst. Es ist bekannt dafür, unlogisch zu erscheinen, und ich nehme an, dass genau solche Probleme deine vorangegangene Frage nach hohen Punkteständen beantworten. Viele Menschen hätten hier die falsche Entscheidung getroffen, und der Test wäre vorbei gewesen.«

»Schön. Ich will mich nicht mit dir streiten. Ich habe langsam genug von dem Test und will ihn endlich hinter mich bringen.«

»Es tut mir leid, dir das sagen zu müssen, aber er wird noch sehr, sehr lange nicht vorbei sein.« Phoe hält inne und denkt zu mir: »Es ist noch nicht zu spät, ihn abzubrechen.«

»Nein, wir fahren wie geplant fort.« Ich gehe entschlossen auf die nächste Tür zu.

Das Szenario ist wieder ein moralisches Dilemma. Es handelt sich um eine Abwandlung des ersten Tests, den ich gemacht habe. Der einzige Unterschied ist, dass ich mich daran erinnere, im gleichen Haus wie der Mann zu leben, den ich opfern muss. Sein Name ist John. Das führt dazu, dass ich den Schalter nicht umlegen möchte, es aber trotzdem tue. Die nächste Situation ist ebenfalls die mit dem Zug, aber anstelle von John – einem Fremden, den ich nur vom Sehen kannte – muss ich diesmal Liams

Leben opfern. Es ist zu schwer für mich, den Hebel zu bedienen, also bitte ich Phoe, meinen Körper zu übernehmen.

Die nächsten Prüfungen stammen laut Phoe aus altertümlichen IQ-Tests. In allen Fällen sage ich ihr in Gedanken, was ich tun würde, und sie warnt mich, wenn ich falsch liege, damit ich nicht herausfliege.

Nach gefühlten Stunden betrachte ich die mindestens einhundert grünen Türen. »Werde ich irgendwann Hunger oder Durst verspüren?«, frage ich Phoe.

»Dieser Ort wurde nicht dafür geschaffen, hier so viel Zeit mit den Prüfungen zu verbringen, um solche Bedürfnisse aufkommen zu lassen«, antwortet sie. »In deinem speziellen Fall kann ich die Dinge dahingehend verändern, dass du weder hungrig noch durstig wirst, da ich Zugriff auf die Ressourcen habe, die der Test für deine Nachahmung zur Verfügung gestellt hat. Es funktioniert so ähnlich wie das, wodurch ich dir die Uhr geben konnte.«

Ich schaue auf meine Hand. Zu diesem Zeitpunkt hat der Theo in der richtigen Welt es endlich geschafft, seinen Kopf vom Kissen zu heben und seine Füße auf den Boden zu stellen. In anderen Worten sind in der richtigen Welt nur einige Sekunden vergangen, auch wenn ich mich schon ewig in diesem Test befinde.

»Das ist auch der Grund dafür, dass ich dir raten möchte, in Zukunft nicht mehr auf die Uhr zu schauen«, sagt Phoe. »Vermeide generell alles, was dir einen Anhaltspunkt gibt, wie viel Zeit vergeht. Du wirst so lange mit diesem Test beschäftigt sein, dass es das Beste ist, nicht so sehr darauf zu achten, was draußen vor sich geht. Ich kann dich nur warnen. Wenn du erst einmal genug von dem Ganzen hier hast, kann selbst ich nichts mehr für dich tun.«

»Nicht auf die Uhr schauen, verstanden«, denke ich zuversichtlich und gehe zur nächsten Tür aus Eis.

Diesmal vermischt sich die Logik testende Komponente mit den Szenarien der moralischen Dilemmas. Ich habe Türen zur Auswahl, und von meiner Entscheidung hängt es ab, ob Menschen getötet oder gerettet werden. Als Nächstes folgen weitere der vorangegangenen Prüfungen, die miteinander vermischt werden.

Ich absolviere eine gefühlte Woche lang einen Test nach dem anderen. Vielleicht ist es auch wirklich eine Woche. Ich weiß es nicht, weil ich, genauso wie Phoe es mir geraten hat, nicht auf meine Uhr schaue.

Hinter der nächsten Tür stoße ich erneut auf das ursprüngliche Trolley-Problem: Fünf Menschen auf einer Seite, eine einzige Person auf der anderen Seite und ein Schalter.

»Es sieht so aus, als beginne der Test von vorn, genau wie du es vorausgesagt hast«, denke ich.

»Ja«, stimmt Phoe knapp zu. »Aber –«

»Bedeutet das, dass wir fast fertig sind?«

»Ich wusste, dass du mich das als Nächstes fragen würdest. Nein, wir sind noch zu weit von einem ausreichend hohen Punktestand entfernt, um einen Pufferüberlauf auszulösen. Es tut mir leid. Was viel schlimmer ist, ist, dass ich bezweifle, dich davon überzeugen zu können, den Test abzubrechen.«

»Warum bist du dir dessen so sicher?«, frage ich, auch wenn ich ganz genau weiß, dass sie recht hat.

»Ich könnte sagen, es sei wegen deiner Antworten in dem Szenario mit den gesunkenen Kosten, aber in Wirklichkeit bin ich es, weil ich deinen sturen Kopf lesen kann.«

Anstatt zu antworten, gehe ich zur nächsten Tür. Das ist die Situation, in der ich den Mann vom Kliff stürzen muss.

Nachdem ich die ganze Testreihe mehrere Male durchgeführt habe, erkenne ich, dass ein Monat, vielleicht sogar mehrere Monate vergangen sein müssen, seit ich das letzte Mal auf den Bildschirm der Uhr geblickt habe.

Ich erlaube mir, das Verbotene zu tun, und schaue hinauf. Wächter-Theo geht draußen entlang, und andere Wächter folgen ihm.

»Was ist passiert?«, denke ich zu Phoe. »Versuchen sie schon wieder, uns zu fangen?«

»Ich musste nebenbei etwas erledigen«, erklärt mir Phoe. »Danach hatten sie mich eingeholt. Ich bin gerade dabei, uns auf eine Scheibe springen zu lassen. Wenn man deine Einstellung zu Höhen bedenkt, solltest du vielleicht eine Zeit lang nicht auf die Uhr schauen.«

»Ich könnte den Rest meines Lebens glücklich damit verbringen, nie wieder zu fliegen«, denke ich zu ihr. »Ich werde mich jetzt auf den Test konzentrieren, aber ich bin schon mehr als gelangweilt.«

»Wir haben noch nicht einmal ein Prozent der Punkte –«

»Ich werde nicht aufgeben«, denke ich, bevor sie es vorschlägt. »Also, lass uns einfach weitermachen.«

Ich bringe eine Serie von mindestens hundert weiteren Testreihen hinter mich. Meistens muss Phoe bei den grausigen Szenarien eingreifen, genauso wie sie es auch zuvor getan hat, aber die logischen Tests kann ich jetzt allein absolvieren, da ich die Antworten bereits kenne.

Nachdem ich den Mann wieder einmal vom Felsen gestoßen habe und mich erneut im Gang befinde, denke ich zu Phoe: »Ich will dieses Krankenzimmer nicht mehr sehen. Kannst du meinen Kopf von hier übernehmen?«

»Das kann ich, aber es wäre sicherer –«

»Ich denke, es lohnt sich, das Risiko einzugehen«, denke ich erschöpft. »Du hast schon so viele Male für mich übernommen, und nichts ist passiert. Ich bin einfach so –«

Phoe muss meiner Bitte nachgeben, denn plötzlich verliere ich das Bewusstsein, bevor ich neben einer grünen Tür wieder zu mir komme.

»Wow, das war viel einfacher.« Ich grinse. »Kannst du bitte, bitte noch ein paar für mich tun? Sollte ich ein weiteres –«

»Schön«, denkt Phoe, bevor ich die Gelegenheit habe, zu Ende zu sprechen, und schon wird wieder alles schwarz vor meinen Augen.

Als ich das nächste Mal zu mir komme, stehe ich neben einer anderen grünen Tür.

Ich schaue nach links und reibe mir erstaunt die Augen. Die Reihe grüner Türen reicht bis zum Horizont, genau wie die eisigen rechts von mir.

»Wie viele Tests hast du gemacht, ohne mir die Kontrolle zurückzugeben?«, frage ich Phoe dankbar.

»Zu viele«, antwortet sie düster. Ich erwarte, dass sie mich fragt, ob ich den Test abbrechen möchte, aber das tut sie nicht.

»Kannst du das noch einmal tun? Bitte, bitte, allerliebste Phoe –«
Und wieder wird alles dunkel.

Dieses Mal komme ich auf dem Kliff zu mir. Der riesige Mann ist ebenfalls hier, also nehme ich an, dass ich gleich den Zug und die Schreie hören werde.

»Ich habe angenommen, dass du gerne den letzten Test absolvieren möchtest.« Phoes Gedanke hört sich fröhlich an. »Und das ist der letzte Test. Sobald du ihn hinuntergeschubst hast, wird der Punktestand endlich so hoch sein, wie wir ihn brauchen. Ich werde mich um den Rest kümmern.«

Eine Dankbarkeitswelle für Phoe überflutet mich, weil sie es mir erspart hat, diese Prüfungen weitere Monate oder Jahre zu absolvieren. Ich wollte es mir selbst nicht eingestehen, wie sehr ich wollte, dass diese Qual endlich vorbei ist.

Spontan hebe ich die Uhr zu meinem Gesicht, da ich mich frage, in welche Situation ich zurückkehren werde, und auf einmal wird mir schlecht.

Mein Ich in der echten Welt fällt gerade. Wächter-Theo ist dabei eingefroren, wie er seine Scheibe an seine Brust drückt, während er in den Wald stürzt.

»Es ist alles unter Kontrolle.« Phoes Gedanke dringt verteidigend in meinen Kopf ein. »Ich habe dich davor gewarnt, auf den verdammten Bildschirm zu schauen.«

»Du meinst, dass ich in meinen Tod stürzen werde, wenn das alles hier vorbei ist?«, muss ich einfach lautlos sagen. »Meinst du das mit ›unter Kontrolle‹?«

»Einige Wächter haben deinen Körper verfolgt, also konnte ich dieses Manöver nicht vermeiden. Sobald der Test vorüber ist, werde ich deine Muskeln benutzen, um das Problem zu lösen, oder wenn es dir lieber ist, kann ich das tun, was ich auch hier getan habe: Deinen Körper führen, ohne dass du bei Bewusstsein bist. Auf diese Weise wirst du erst wieder zu dir kommen, nachdem ich sichergestellt habe, dass du nicht auf den Boden schlägst. Zum Teufel, ich kann dich auch erst wieder zu Bewusstsein kommen lassen, wenn das ganze Fliegen vorbei ist.«

»Oder ich komme nie wieder zu mir«, murmele ich. »Nicht, wenn du es schaffst, dass ich getötet werde.«

Unter Anstrengungen wende ich meinen Blick von dem angsteinflößenden Bild auf dem Bildschirm der Uhr ab, und in diesem Moment zieht etwas anderes seine Aufmerksamkeit auf mich.

Es ist der vertraute Rücken des Mannes, den ich gleich vom Rand des Felsens schubsen werde. Im Gegensatz zu den tausend Malen davor, in denen wir das Szenario durchgespielt haben, verhält er sich jetzt anders. Der Riese dreht sich zu mir um.

Entsetzt starre ich auf seine Vorderseite. Sie sieht aus, als sei sie aus matschigem Ton – vorausgesetzt jemand hätte dieses Material dazu verwendet, ein Monster aus einem Albtraum zu erschaffen.

Als ich sie verständnislos anblinzele, zeigt die Kreatur mit ihrem Finger auf mich und öffnet ihr riesiges Maul.

Ich erwarte halb, dass aus dem klaffenden Loch, das seinen Mund darstellt, Kugeln auf mich abgefeuert werden, aber stattdessen sagt eine ohrenbetäubende Stimme: »Eindringling«.

Seine Kehle wurde offensichtlich nicht dafür geschaffen, zu reden, was diese kurze Ansage erklärt.

»Scheiße«, sagt Phoe laut. »Das ist der Algorithmus gegen Eindringlinge.«

EINUNDZWANZIGSTES KAPITEL

»Das ist mein Fehler«, denke ich hektisch. Ich hätte nicht lautlos reden sollen. Und ich hätte für die Tests bei Bewusstsein bleiben sollen, anstatt –«

»Halt den Mund und konzentriere dich auf die Gefahr«, sagt Phoe kurz angebunden.

Der Riese tritt auf mich zu. Seine Bewegungen lassen den Boden unter meinen Füßen erzittern.

Ich gehe erst zwei unsichere Schritte zurück, danach weitere. Als mein Rücken an der Kante des Kliffs angekommen ist, höre ich den Zug von unten.

»Scheiße«, denke ich zu Phoe. »Wenn der Zug die fünf Menschen überfährt, werde ich diesen Test verlieren, und die ganze Arbeit wird umsonst gewesen sein.«

»Dann beginnen wir also damit«, antwortet Phoe mental. »Dreh dich herum und spring.«

Bevor ich meine Ungläubigkeit über ihren Befehl äußern kann, drehe ich mich herum und springe. Eine Sekunde lang, während ich mich schwerelos fühle, bin ich mir nicht sicher, ob ich gesprungen bin, weil Phoe meinen Willen beherrscht oder weil ich ihr jetzt mit einer Blindheit vertraue, die an Wahnsinn grenzt. Bevor ich falle, materialisiert sich eine Scheibe unter meinen Füßen. Aus meinen Schuhen werden die weißen

Stiefel der Wächter, und ich verbinde mich mit der Scheibe. Es sieht so aus, als wolle Phoe sicherstellen, dass ich durch die magnetische Verbindung verrücktere Flugmanöver durchführen kann.

»Ich kann dir Dinge geben, die in deiner Vergangenheit vorkommen«, erklärt mir Phoe, während ich nach unten rausche und auf die schreienden Menschen zuhalte. »Genauso wie ich dir die Uhr geben konnte.«

Ich versuche, nicht über meinen Flug nach unten nachzudenken, oder darüber, dass mein Ich in der echten Welt sich in einer schlimmeren Situation befindet als ich hier, und schaue zurück auf die Spitze des Felsens.

Augenblicklich wünschte ich mir, es nicht getan zu haben.

Der Riese fliegt hinter mir. Seine Scheibe ist eine Kopie meiner, aber seiner Größe wegen frage ich mich, ob sie ihn in der echten Welt auch tragen könnte.

Als ich nach vorn schaue – oder besser gesagt nach unten, wenn ich penibel sein wollte –, bemerke ich, dass der Boden sich mir schneller nähert, als ich angenommen hatte. Ich spanne mich an, und kalter Schweiß fließt meinen Rücken hinunter. Als wir uns etwa zwei Meter davon entfernt befinden, in die Schienen zu krachen, höre ich ein Brüllen von meiner rechten Seite.

Ich drehe mich in die Richtung des Geräuschs, weil ich denke, dass mein riesiger Verfolger bereits gelandet ist, aber es ist schlimmer. Der Zug ist wortwörtlich zwei Sekunden davor, uns zu überrollen.

Mein Herzschlag übertönt fast das Rattern des Zuges. In den letzten Minuten meines Tests, zumindest nehme ich an, dass sie es sind, konzentriere ich mich auf unsere eigentlichen Ziele: Die fünf armen Menschen, die gefesselt auf den Schienen liegen. Ich bemerke Einzelheiten, die mir vorher entgangen waren, zum Beispiel, dass sie alle mit demselben dicken Seil zusammengebunden sind.

»Wir springen ab«, informiert mich Phoe, als die Unterseite meiner Scheibe etwa einen halben Meter über dem Boden schwebt.

Die nächsten Dinge geschehen so schnell, dass es mir schwer fällt, sie alle zu begreifen, auch wenn ich derjenige bin, der sie ausführt. Ich bringe meine Finger zusammen, um den Magneten auszustellen, und springe von der Scheibe. Dann ergreife ich sie am Rand und eile auf die bald-Opfer zu. Ich bemerke den Griff auf der Unterseite der Scheibe, die ich vorher noch nie dort gesehen habe. Durch den Griff sieht die Scheibe ein wenig wie ein altertümlicher Schild aus.

»Ich habe ein wenig improvisiert«, erklärt mir Phoe.

Der Zug kommt näher.

Ich bleibe neben den gefesselten Menschen stehen, schaffe es, die losen Enden des Seils zu ergreifen und sie mit einem festen Knoten am Griff des Schildes zusammenzubinden.

Der Zug ist nur noch einen Katzensprung von uns entfernt, und der Lärm ist unerträglich.

Ich lasse die Scheibe mit dem Griff nach unten über den fünf Menschen schweben, bevor ich in einer fließenden Bewegung auf sie springe. Sobald sich meine Füße mit ihr verbinden, zeige ich mit meiner Hand in Richtung Himmel.

Dadurch, dass fünf Menschen an ihren Griff gebunden sind, fliegt die Scheibe nicht so schnell nach oben, wie sie es normalerweise tun würde, aber sie bewegt sich. Jemand unter mir schreit, als der Schornstein des Zugs vorbeirauscht.

Hinter mir höre ich etwas, was sich wie eine Mischung aus einem wahnsinnigen Lachen und einem Erdbeben der Stärke 9,0 anhört.

Ich traue mich, einen Blick nach hinten zu werfen, und sehe, dass der Riese etwa 20 Meter von uns entfernt ist.

»Ich hatte gehofft, dass du das tun würdest, und du hast es getan.« Seine Worte hören sich wie kollidierende tektonische Platten an. »Jetzt hast du keine Fluchtmöglichkeit mehr.«

Um seine Worte zu unterstreichen, erhebt er seine riesigen Arme nach oben, und ein Blitz fährt fünf Zentimeter neben meiner rechten Schulter vorbei.

»Damit könnte er recht haben«, flüstert Phoe in mein Ohr. »Ich hatte gehofft, dass es Punkte dafür geben würde, diese Menschen zu retten, aber wir haben etwas dabei vergessen: Der Riese ist nicht tot. Ich wette, der Bastard wusste es selbst nicht, bis es passierte, aber –«

»Also werden wir ihn umbringen«, denke ich verzweifelt. »Das wird uns hier herausholen.«

»Das kannst du versuchen«, dröhnt der Riese, und auf das Kommando seiner beiden Arme formen sich in einiger Entfernung zwei riesige Tornados. »Aber es wird dir nicht gelingen.«

Um seine Worte noch glaubwürdiger zu machen, gestikuliert er großspurig in Richtung des größten Berges, dessen Gipfel daraufhin explodiert wie ein wilder Vulkan mit Lava, Rauch und Schutt, die überall herumfliegen. Einige der vulkanischen Steine schießen in den nahegelegenen Wirbelsturm, dessen Farbe sich daraufhin von Wolkenweiß in trübes Schwarz verändert.

»Er ist zu stark, *und* er kann meine Gedanken lesen«, schreie ich Phoe zu, als ich meine Scheibe weglenke. »Wieso kann er meine Gedanken lesen?«

Bevor Phoe antworten kann, schaue ich zurück. Die riesige Gestalt schimmert und verformt sich, während ihre Scheibe immer näher kommt. Meine Passagiere schreien unter mir, und ihr schweres Gewicht verlangsamt mich.

»Mist. Er nutzt die Ressourcen, die der Test für deine Nachahmung zur Verfügung gestellt hat.« Phoe hört sich besorgter an als jemals zu vor. »Er hat gerade deine Erinnerungen gescannt und ändert jetzt als Antwort darauf seine Form.«

»Ich werde dein schlimmster Albtraum sein«, ruft eine vertraute Stimme hinter mir.

»Und du wirst dir wünschen, du seist tot«, schreit eine andere, wenn auch gleichermaßen bekannte Stimme.

Ich schaue mich erneut um, und mein Mut sinkt. Der Riese ist verschwunden – oder genauer gesagt wurde er von einer wilderen und angsteinflößenderen Kreatur ersetzt. Ihre Arme sind aus verbranntem Fleisch, und sie besitzt zwei Köpfe. Die Gesichter dieser Köpfe erklären die vertrauten Stimmen. Das eine ist Jeremiahs weißhaariges Antlitz, während das andere den hündischen Blick meiner zweitgehasstesten Person in Oasis hat: Owen. Unter den Wunden und Eiterbeulen dieses entsetzlich verdrehten doppelten Halses schimmert dieses Wesen so, als sei sein Körper aus kleinen, sich bewegenden Partikeln gemacht.

»Ungeziefer«, sagt Jeremiah mit einer Bosheit, die selbst für einen Mann, der mich gefoltert hat, extrem ist.

»Tausendfüßler, Maden, Heuschrecken, Dasselfliegen«, fügt Owen mit seiner für ihn typischen hyänenartigen Stimme hinzu – einer Stimme, die jetzt mit der gleichen unheimlichen Bosheit gemischt ist. »Du gibst ihm einen Namen, ich habe es.«

»Scheiße. Ich wusste, dass das Ding etwas von einem Kriechtier hatte, aber ich hatte nicht erwartet, dass es sich so wortwörtlich darum handeln würde«, sagt Phoe, und ihre mentale Stimme übertönt das, was dieses Jeremiah-Owen-Ding gerade gesagt haben könnte, um mich zu ängstigen. »Das ist übel, Theo. Wenn ich es zulasse, dass es deine Ressourcen anzapft, wird es über jeden Schritt Bescheid wissen, bevor du ihn tust. Es wird deine schlimmsten Ängste gegen dich benutzen, so, wie es bereits damit begonnen hat. Wir werden innerhalb weniger Minuten, wenn nicht Sekunden, verloren sein.« Bevor ich völlig in Panik verfallen kann, fügt sie hinzu: »Ich möchte etwas tun, aber ich möchte, dass du damit einverstanden bist. Da sich ein Teil von ihm bereits in den für dich bestimmten Ressourcen befindet, kann ich ihn dort auf einer algorithmischen Ebene finden, aber es würde meinen ohnehin kleinen Teil der gleichen Ressourcen auffressen. Das bedeutet, dass du wegfliegen *und* einen Weg finden musst, ihn alleine zu töten. Meine Hoffnung ist, dass er durch den Kampf gegen mich seine Kontrolle über die äußere Umgebung verlieren wird.«

Ich unterdrücke meine Panik und betrachte meinen Todfeind eindringlich, während wir am Himmel entlangfliegen. Jeremiahs Gesicht sieht besorgt aus, was bestätigt, dass die Kreatur meine Gedanken lesen kann, genau das gerade getan hat und jetzt weiß, wie Phoes Plan aussieht. Er winkt in meine Richtung, und zwei Dinge geschehen gleichzeitig: Der Wirbelsturm bewegt sich aus der Entfernung mit immer höherer Geschwindigkeit auf mich zu und Wesen mit vielen Armen, die wie eine Mischung aus Schlangen und Spinnen aussehen, füllen die nächste Schlucht. Tausende dieser ekelhaften Dinger erscheinen, und jedes hält mehrere Waffen in seinen vielen Gliedmaßen.

Ich hyperventiliere fast, während ich mich auf das konzentriere, was vor mir liegt. »Ich habe nicht wirklich eine Wahl«, schaffe ich laut zu sagen. »Tu, was du tun musst. Gibt mir einfach etwas, womit ich kämpfen kann, bevor du verschwindest.«

Noch bevor ich ausgeredet habe, erscheint ein Gegenstand in meiner linken Hand – ein Schwert, das wie eine Schraube aussieht.

»Ich nehme an, ich musste nicht wirklich etwas real erleben, damit du es aus meinen Erinnerungen holen kannst«, denke ich zu Phoe, aber sie antwortet nicht. Ihr abstrakter Kampf gegen das Ding, das Eindringlinge abwehren soll – Jeremiah-Owen –, muss bereits begonnen haben.

Ich werfe einen Blick auf meinen Verfolger, um zu sehen, ob sich irgendetwas spürbar verändert hat. Owens Gesicht – das Gesicht, das ich am besten kenne – sieht gerade so aus wie damals, als Liam im Kindesalter dem zukünftigen Tyrannen ein großes Haarbüschel herausgerissen hatte. Dieser Ausdruck und die Tatsache, dass er seine Arme nicht schwingt, um neue Naturgewalten erscheinen zu lassen, sind gute Zeichen.

Leider kommen die Wirbelstürme, die er geschaffen hat, immer näher, genauso wie mein widerlicher, zweiköpfiger Feind selbst. Die Menschen, die an meiner Scheibe hängen, schreien erneut auf, und ich bemerke, dass ich das Gewicht meiner Fracht reduzieren muss, um meine Geschwindigkeit erhöhen zu können.

Ich fliege eine Kurve, um zur nächsten Schlucht zu gelangen, und ignoriere dabei die kehligen Schreie der Schlagen-Spinnen-»Menschen«, die Jeremiah-Owen erschaffen hat. Um sicherzustellen, dass meine Passagiere überleben, muss ich mich der Schlucht recht weit annähern, bevor ich sie absetze.

Das ist mein erster Fehler, weil selbst die zwei Meter Abstand, die ich zu den Köpfen der Schlangen-Spinnen einhalte, noch zu wenig ist, um *meine* Sicherheit zu garantieren. Wie ein Blitz aus schleimiger Haut springt ein großes Exemplar dieser Kreaturen nach oben, bevor einige seiner kleineren Freunde ihm folgen.

Im Bruchteil einer Sekunde erkenne ich, wie abartig diese Wesen sind. Sie haben, genau wie Spinnen, acht Gliedmaßen, von denen die hintersten zwei länger sind als die restlichen und als eine Art Beine dienen, während die sechs oberen Armen gleichen. Die Haut sieht so schleimig aus wie die einer Schlange, aber durch den Kopf wirken sie eher wie ein typisches Mitglied der Familie der Spinnen. Die Kreatur kratzt mit seinem Unterkiefer am Rand der Scheibe entlang, woraufhin das unangenehme Geräusch von gegen Metall reibenden Zähnen ertönt. Die kleineren Mischlinge klammern sich an meine Passagiere, deren Stimmen vom Schreien bereits heiser sind.

»Tötet diese fünf Spielfiguren nicht«, befielt Jeremiahs Kopf der Schlangen-Spinnen-Mannschaft aus einiger Entfernung. »Dann würden unsere Gäste verschwinden.«

Er hat recht. Wenn diese fünf Menschen getötet werden, werde ich den Test nicht bestehen, aber wenigstens bin ich dann raus aus diesem Chaos. Aber was ist, wenn der Test mich bereits komplett herausschmeißt, wenn ich nur in dieser einen Prüfung versage? Dann hätten wir nichts erreicht. Ich knirsche mit den Zähnen und setzte mich auf die Scheibe. Mit einer vorsichtigen Bewegung schwinge ich mein Schwert, um das Seil durchzuschneiden, das meine Ladung heiliger Menschen an meinen Flugkörper bindet.

Mit einem letzten ohrenbetäubenden Schrei fallen die Menschen in die fast zärtlichen Tentakel der Schlangen-Spinnen. Die Monster reichen die Menschen von einem zum anderen weiter, so wie es die Vorfahren mit Stage Divern auf Rockkonzerten taten. Die fünf landen schließlich bei der Jeremiah-Owen Kreatur, die das Seil nimmt und mit ihnen davonfliegt. Ich nehme an, dass er sie in Sicherheit bringt, weil er nicht möchte, dass der Test schon endet.

Ich schaue nach unten, um mir meinen nächsten Schritt zu überlegen, und mir wird der zweite Grund klar, aus dem es falsch war, mich so dicht an die Schlucht zu wagen.

Pfeil und Bogen sind einige der Waffen, die sich im Besitz der Schlangen-Spinnen-Monster befinden. Sie halten ihre Bögen in meine Richtung, und das Sonnenlicht wird von einer Unzahl von Pfeilen mit Stahlspitzen reflektiert.

»Wenigstens habe ich geschaut«, denke ich aus reiner Angewohnheit zu Phoe, unterdrücke meine Höhenangst und strecke meine Hand mit einer pumpenden Bewegung gen Himmel.

Als die Scheibe nach oben schießt, höre ich das Zischen von tausenden Pfeilen. Es ist, als würde mich ein riesiger Wasserfall jagen. Meine schwere Atmung übertönt dieses Geräusch, als ich meine Geschwindigkeit durch eine weitere zuckende Bewegung meiner Hand erhöhe.

Obwohl ich mich quasi mit der Peitsche antreibe, sind die Pfeile schneller. Etwa einhundert von ihnen fliegen auf beiden meiner Seiten vorbei, und ich höre, wie Dutzende von ihnen mit dem lauten Geräusch von Metall auf Metall die Unterseite meiner Scheibe treffen.

Und gerade als ich denke, dass ich es überstanden habe, durchfährt mich der Schmerz.

ZWEIUNDZWANZIGSTES KAPITEL

Tränen sammeln sich in meinen Augen, und ein schmerzverzerrter Schrei entweicht meiner Kehle. Mit unmenschlicher Anstrengung widerstehe ich dem Drang, nach meinem Kopf zu greifen, weil ich weiß, dass es mich mein Schwert kosten würde, sollte ich es mit meiner linken Hand tun, während es die Scheibe ins Trudeln bringen würde, täte ich es mit meiner rechten.

Benebelt vor Schmerzen begreife ich, was passiert sein muss. Ein Pfeil muss mein Ohr getroffen haben. Ich habe zwar keinen Spiegel, um meine Annahme zu überprüfen, aber ich gehe davon aus, dass der Pfeil ein Stück meines Ohres, wenn nicht das ganze, abgetrennt hat. Ich kämpfe gegen meinen natürlichen Instinkt an, in einen Schockzustand zu fallen, weil ich andernfalls in die Menge der Monster unter mir stürze.

Die Pfeile, die mich nicht getroffen haben, fliegen hoch in den Himmel, verdecken die Sonne und verdunkeln die Welt über mir – ein Eindruck, der durch meine Schmerzen verstärkt wird. Als sie beginnen, auf die Erde zurückzufallen, begreife ich meine neue Gefahr: Ich muss sicherstellen, dass die Pfeile mich auf ihrem Weg nach unten nicht in ein Stachelschwein verwandeln.

Meine linke Hand umklammert das Schwert in einem wortwörtlichen Todesgriff – der eigentlich zu Beinahe-getötet-werden-Griff umbenannt werden sollte. Mit meiner rechten Hand führe ich eine Bewegung aus, die am besten als Versuch, meinen rechten Ellenbogen zu berühren, beschrieben werden kann, etwas, was noch unmöglicher ist, als meinen Ellenbogen zu lecken oder ihn mit meiner Nase zu berühren. Diese unmögliche Geste führt zu einem halben Salto, der so unglaublich abrupt ist, dass ich mich übergeben hätte, wenn sich auch nur ein Krümel Essen in meinem Magen befunden hätte.

Blut rauscht in meinen Kopf, als ich kopfüber fliege. Die Pfeile schießen herab, und es hört sich an, als würde Hagel auf die Unterseite meiner Scheibe treffen. Während die Pfeile ihren Weg nach unten fortsetzen, erheben die Schlangen-Spinnen ihre Schilde, um sich selbst zu schützen.

Der Zug dröhnt in einiger Entfernung. Ich nehme an, dass die Schienen unter mir noch funktionieren.

Mein Blut kämpft gegen die Erdanziehung an, als es versucht, meinen Kopf zu verlassen. Die Schlangen-Spinnen nehmen ihre Schilde hinunter, um erneut ihre Bögen zur Hand zu nehmen. Ich habe einen hervorragenden Blick auf jeden einzelnen von ihnen, der auf mich zielt.

Das Rattern des Zuges wird lauter – zu laut, wenn man bedenkt, wie weit entfernt wir uns von den Schienen befinden.

Diese Bogenschützen aus einem Albtraum lassen die Sehnen los, und eine weitere Ladung von hölzernen Geschützen macht sich auf den Weg zu mir.

Ich bereite mich darauf vor, mein vorangegangenes Manöver in die entgegengesetzte Richtung zu wiederholen, als das Geräusch des Zuges zu einem Donnern ansteigt, und mir endlich etwas klar wird.

Es ist gar nicht der Zug, den ich höre, sondern der erste Wirbelsturm.

Mit einer mehr als ruckartigen Bewegung werde ich in den Wirbel gezogen, und meine Scheibe und ich drehen uns wie ein Kamikazeblatt. Die Pfeile werden zur Hälfte angezogen und zur anderen Hälfte durch die Kraft der sich bewegenden Luft verstreut.

Ich sehe die Welt in kleinen Fetzen: Einen kurzen Augenblick erkenne ich die Schlangen-Spinnen, die in dem anderen Wirbelsturm – der sich auf Kollisionskurs mit meinem befindet – fliegen und schreien; ich erhasche einen Blick auf Jeremiah-Owen, der von seiner sicheren Scheibe aus, auf der er den Kräften ausweicht, die er entfesselt hat, alles beobachtet; und in meiner peripheren Sicht kann ich einen metallenen Zugwaggon, herausgerissene Schienen und einen Felsen sehen, der doppelt so groß ist wie ich, und sie alle fliegen unkontrolliert tödliche Runden.

Der Lärm ist mehr als ohrenbetäubend, und die andauernden Drehungen lassen mich trocken würgen.

Meine Knöchel sind dadurch, dass ich das Schraubenschwert die ganze Zeit über festhalte, weiß. Der einzige Grund, weshalb ich es nicht loslasse, ist meine Befürchtung, der Wind könne es umgehend zu mir zurückfliegen lassen.

Meine Welt wird zu einem Spiel, in dem ich riesigem, tödlichem Geröll ausweichen muss. Wenn ich die magnetischen Schuhe nicht hätte, wäre ich schon lange von der Scheibe gefallen. Doch ich klebe an ihr, obwohl ich durch das Fliegen und die Form meines Flugobjekts besonders stark hin und her geworfen werde.

Ich weiche einem Felsbrocken in der Größe meines Kopfes aus, aber ein abgebrochener Pfeil schießt vorbei und schneidet meinen linken Oberschenkel auf. Ich drücke gerade die blutende Wunde zusammen, als ein brennender Schmerz in meiner rechten Wade ausbricht. Ich drehe meinen Körper, schwinge mein Schwert und schaue an meinem Bein hinunter. Eine Schlangen-Spinne hat in mein Fleisch gebissen, aber jetzt hat sie das Schwert in ihrem Auge. Ich denke, sie schreit, aber ich kann es wegen des Lärms des Wirbelsturms unmöglich hören. Allerdings lässt sie meine Wade los, als sie ihr Maul öffnet, und wir werden augenblicklich in verschiedene Richtungen gezogen.

In der nächsten Sekunde fliegt ein Stück Schiene etwa fünf Zentimeter neben meiner Schläfe vorbei, und ich vergesse meinen Schmerz und meine Wunden.

Ich muss aus diesem Wirbelsturm heraus, oder ich werde sterben.

In dem verzweifelten Versuch, die Kontrolle über mein Schicksal zu erlangen, versuche ich, meine Hand, und damit die Scheibe, ruhig zu halten. Allein mich hinzustellen erfordert fast übermenschliche Anstrengungen. Als ich es endlich geschafft habe – und ich meine damit, dass meine unkontrolliert zuckende Hand jetzt nur noch ab und an unterdrückt zittert – schiebe ich sie nach vorn.

Ich wette, genau so hätten die altertümlichen Surfer sich gefühlt, hätten sie jemals versucht, auf einem Tsunami zu reiten. Irgendwann habe ich es allerdings raus, auf dem Wind zu reiten, und fliege aus dem Auge des

Wirbelsturms nach oben und weg. Erst als ich das äußerste Ende des Windtunnels erreicht habe, erkenne ich, dass ich mich verrechnet habe. Solange ich in diesem Luftwirbel kreiste, haben seine   Zentrifugalkräfte – oder wie auch immer sie korrekt heißen – meine Geschwindigkeit erhöht. Das wird besonders deutlich, als ich den schrecklichen Windtunnel verlasse und mit der Geschwindigkeit einer übereifrigen Kugel in Richtung Schlucht geschleudert werde.

Pfeile fliegen an mir vorbei. Nicht in einer Wolke wie zuvor, sondern vereinzelt. Unter mir sehe ich, dass ich mich der Schlucht nähere. Ich balle meine Hände zu Fäusten – die Geste zum Anhalten, die mir Phoe beigebracht hat. Funken fliegen, als die Kante der Scheibe auf Felsen stößt.

Wenn Phoe nicht beschäftigt wäre, würde ich vermuten, dass sie meinen nächsten Schritt für mich getan hat. Ich führe meine rechten Finger zusammen und lasse gleichzeitig das Schwert los. Das Resultat ist, dass die magnetische Anziehung der Scheibe ausgeschaltet wird, ich durch die Trägheit des Aufpralls abrutsche und auf die Seite falle. Ich rolle und schürfe mir die Haut an meinen Händen und Armen auf, als ich versuche, den Schwung abzudämpfen, der mich immer weiter trägt. Mir fällt auf, dass ich mir bei dem sturzflugähnlichen Absturz meine Beine hätte brechen können, wenn ich magnetisch mit der Scheibe verbunden geblieben wäre. Hätte ich das Schwert nicht losgelassen, hätte ich mich während des ohnehin schon unangenehmen Rollens wahrscheinlich in einen menschlichen Dönerspieß verwandelt.

Endlich halte ich an. Blut pocht in meinen Schläfen, und mein Körper fühlt sich an, als sei er gerade durch einen der altertümlichen Fleischwölfe gedreht worden. Ich bin versucht, einfach hier liegenzubleiben und mich von irgendetwas umbringen zu lassen, allerdings darf ich genau das nicht zulassen.

Schwankend stelle ich mich hin und schaue mich um.

Die Scheibe liegt mindestens drei Meter weit von mir entfernt, was bedeutet, dass ich weiter gerollt bin, als ich gedacht habe.

Leider erblicke ich in etwa sechs bis neun Metern Entfernung eine kleine Gruppe Schlangen-Spinnen-Kreaturen, die auf mich zu rennen. Der Wirbelsturm hat auch bei ihnen Spuren hinterlassen. Sie besitzen nicht mehr alle Waffen, die sie am Anfang bei sich hatten. Ihre Schilde sind verschwunden, und sie sehen aufgeregt aus. Andererseits habe ich auch keine Ahnung, wie diese Dinger aussehen, wenn sie entspannt und ruhig sind.

Jeremiah-Owen kommt in meine Richtung geflogen. Er befindet sich nahe dem Rauch des Vulkans, den er ausbrechen lassen hat.

Ich konzentriere mich darauf, den Vulkan durch meine Gedankenkraft erneut ausbrechen zu lassen, aber er ignoriert mich.

Wenigstens bewegen sich die Wirbelstürme von uns weg, auch wenn es besser wäre, wenn einer von ihnen Jeremiah-Owen mit sich mitreißen würde.

Ich renne, so schnell mir das möglich ist, und unterdrücke jedes Mal einen Aufschrei, wenn ich meinen verletzten rechten Fuß aufsetze. Meine Lage wird dadurch verschlimmert, dass Blut aus dem Biss in meiner Wade und den Millionen Schnitten an meinem Körper fließt, und dass sich die pulsierenden Schmerzen dort, wo sich mein Ohr befand, verschlimmern.

Die schnellste dieser Schlangen-Spinnen ist nur einen halben Meter von mir entfernt, als ich die Scheibe erreiche und den Griff umfasse, den Phoe erschaffen hat, um das Seil daran festzubinden.

Die Schlangen-Kreaturen bleiben stehen und schießen ihre Pfeile ab.

Ich hebe die Scheibe erneut wie einen mittelalterlichen Schild an.

Zwei Pfeile treffen sie zwar, aber fallen, ohne Schaden anzurichten, zu Boden. Die restlichen Pfeile fliegen über mich hinweg.

Ich bekomme keine Möglichkeit, die Tatsache zu feiern, nicht aufgespießt worden zu sein, weil der erste Angreifer, dessen Atem schlimmer riecht als der Haufen Exkremente aus Owens Streich, bereits hier ist. Ohne lange nachzudenken, schlage ich die Scheibe auf den Kopf der Schlangen-Spinne. Der Aufprall des Metalls auf ihrem Kiefer löst eine Schmerzwelle in meinem rechten Arm aus. Mein Angreifer stolpert zurück und gibt mir dadurch die Gelegenheit, mein Schraubenschwert aufzuheben.

Als das Monster meine Waffe sieht, zieht es sein Sichelmesser.

Ich fange den Schlag mit meinem improvisierten Schild ab und ziele mit meinem Schraubenschwert auf sein Handgelenk.

Die gute Nachricht ist, dass der Schlangen-Spinne jetzt ein Arm fehlt. Die schlechte ist, dass sie immer noch fünf hat. Die allerschlechteste Nachricht ist, dass einer dieser Arme versucht, das fallende Messer aufzufangen.

Blitzschnell schlage ich mit meinem Schild auf diesen Arm. Ich darf nicht zulassen, dass er die Waffe ergreift. Dann nutze ich die momentane Benommenheit der Kreatur aus und schlage ihr den Kopf ab. Eine Fontäne blauen Blutes schießt aus ihrem Hals. Ich nehme an, dass diese Kreaturen eher Spinnen als Schlangen ähneln, da das Blut einer Schlange rot wäre.

Der Körper des Monsters schlägt auf dem Boden auf und gibt mir dadurch freie Sicht auf zwei seiner Artgenossen, die schon fast bei mir sind. Dahinter erblicke ich etwas, was mich innehalten lässt.

Eine Wolke aus Insekten – ich glaube es sind Heuschrecken – strömt aus Jeremiah-Owens kriechtierverseuchtem Körper. Der Mann – ich benutze dieses Wort im weitesten Sinne – fliegt parallel zum Boden der Schlucht. Dort, wo seine Insekten vorbeikommen, schreien die verbliebenen Schlangen-Spinnen-Menschen wie tollwütige Furien. Hervorragend. Die Insekten sind also keine echten Heuschrecken; nach dem, was ich gelesen habe, waren sie Pflanzenfresser, während diese Dinger, die aussehen wie Grashüpfer, offensichtlich Fleisch verzehren.

»Schau, Warumodore, wir erhalten dich am Leben«, sagt die Stimme der Kreatur gegen Eindringlinge so laut mit Owens Kopf, dass sogar die Schreie der Opfer der Heuschrecken übertönt werden.

»Damit wir das tun können, was wir beschlossen haben«, dröhnt Jeremiahs Kopf genauso laut. »Danach kannst du den Test verlassen und sterben.«

»Natürlich«, stimmt Owen zu. »Und was für eine brillante Idee wir hatten, wenn wir das anmerken dürfen –«

Ich ignoriere den Rest ihrer unsinnigen Unterhaltung, weil die zwei achtbeinigen Angreifer sich genau vor mir befinden. Der Längere schwingt ein Sichelmesser auf meine Seite.

Ich hebe meinen Schild an, um den Schlag abzufangen.

Der kleinere Angreifer sticht mit seinem Schwert zu. Ich wehre es mit meinem ab.

Ich weiß, ich muss etwas unternehmen, um die Situation zu meinen Gunsten zu verändern. Ich kann kaum gegen eine dieser Kreaturen kämpfen, also werden mich zwei von ihnen doppelt so schnell umbringen.

Die größere Schlangen-Spinne zielt mit ihrem Messer auf meine Beine, während die kleinere es auf meine linke Schulter abgesehen hat.

Ich springe. Das Messer des größeren Feindes schneidet leicht in meinen weißen Wächterstiefel. Ich schlage meine Scheibe in das Gesicht der größeren Kreatur, während ich gleichzeitig mein Schwert gegen die Waffe des kleineren Angreifers führe.

Der größere Feind ist betäubt, aber dem kleineren gelingt es, mit einer seiner restlichen Gliedmaßen mein linkes Handgelenk zu ergreifen.

Auch wenn ich ihn immer als den kleineren betrachte, meine ich das einzig und allein im Verhältnis zu seinem derzeit bewusstlosen Artgenossen. Im Vergleich zu mir ist dieses Ding riesig. Sein Griff um mein Handgelenk fühlt sich an, als steckte es in einem Schraubstock.

Mit meiner ganzen verbleibenden Kraft schlage ich meinen Schild auf seine Gliedmaße. Sobald sein Griff sich lockert, drehe ich mein Handgelenk und trenne einen seiner Arme unter einer Fontäne blauen Blutes ab.

Aus meinem Augenwinkel sehe ich eine Bewegung und schlage instinktiv mit dem Schild zu. Es handelt sich dabei um meinen größeren Gegner, der sich ganz offensichtlich erholt hat. Ich hoffe, dass ich ihn etwas betäubt habe, und hole mit meinem Schwert aus. Er fängt den Schlag allerdings mit zweien seiner Hände ab. Die Klinge hinterlässt blaues Blut auf den Handflächen der Kreatur, aber sie lässt nicht los. Die kleinere Kreatur nutzt die Gelegenheit, um sich auf seine verbleibenden Gliedmaßen zu stellen und mich mit einem seiner beinartigen hinteren Exemplare zu treten. Sie trifft mich in die Brust, und der Aufprall ist so stark, dass ich nach hinten fliege und hart auf meinem Rücken lande. Der Schmerz ist derart überwältigend, dass ich mich gezwungen sehe, mein Schwert und meine Scheibe fallenzulassen.

Die Kreaturen nähern sich mir mit einem bedrohlichen Funkeln in den schlitzförmigen Pupillen ihrer grünen Schlangenaugen.

Ich rolle mich zu meiner Scheibe und springe darauf, nachdem ich mich mühsam aufgerappelt habe. Der Adrenalinrausch lässt mich meine Verletzungen vergessen.

Die kleinere Schlangen-Spinne nimmt den Bogen von ihrer Schulter und greift nach einem Pfeil.

Die größere wirft ihr Schwert nach mir.

Ich versuche, mich zu ducken, aber ich spüre eine brennende Hitze an einer Seite meines Kopfes. Das Schwert kommt mit einem metallenen

Geräusch so weit hinter mir auf, dass ich annehme, dass es meinen Kopf nur gestreift hat, auch wenn es sich anfühlt, als hätte es mich skalpiert.

Durch meinen Schmerz sehe ich fast wie in Zeitlupe, wie die kleinere Schlangen-Spinne die Sehne des auf meinen Bauch gerichteten Bogens anspannt.

Sie bekommt keine Gelegenheit, die Bogensehne loszulassen.

Die kleinere Schlangen-Spinne kreischt auf, genauso wie ihr größerer Kollege.

Die Heuschrecken brauchen nur einige wenige Sekunden, um keine Überreste meiner Angreifer zurückzulassen, als sie weiterfliegen. Ich nutze diese zwei Sekunden, um mein Schwert vom Boden aufzuheben, aber ich habe keine Gelegenheit, meine Scheibe zu aktivieren.

Ein Schwarm – auch wenn die richtige Bezeichnung eher eine Plage sein könnte – dieser heuschreckenartigen Insekten fliegt auf mich zu.

Ihr Summen lässt das Metall unter meinen Füßen vibrieren. Sie formen einen Kreis um mich herum und bedecken den Himmel.

Dann nähert sich mir eine große Heuschrecke – vielleicht ihr Anführer – und beißt ein Stück Fleisch aus meiner Wange.

Mir ist ganz schlecht vor Angst, als ich mit meinem Schwert nach ihr schlage.

Der Rest der Insekten gibt ein aufgeregtes, kreischendes Summen von sich.

Mein Schwert verfehlt den kleinen Angreifer, und seine Freunde nehmen das als ein Zeichen, dass ich essbar und harmlos bin.

Der ganze Schwarm fliegt auf mich zu.

DREIUNDZWANZIGSTES KAPITEL

»Aufhören, ihr Kleinen«, dröhnt Jeremiahs Kopf.

Die Heuschrecken halten zwei Zentimeter vor meiner Haut inne. Ihre Kiefer klappern in einer kollektiven Demonstration ihrer hungrigen Frustration.

»Ja«, stimmt Owens Kopf zu. »So lustig es auch wäre, euch dabei zuzusehen, wie ihr diesen Eindringling bei lebendigem Leibe auffresst, wenn wir zulassen, dass er stirbt, bedeutet das, dass sich sein Ich in der echten Welt an nichts davon erinnert.«

»Genau, und deshalb haben wir etwas Bleibenderes im Sinn«, sagt Jeremiahs Kopf.

»Sinnen«, verbessert Owens Kopf. »Im Plural.«

»Wir sind Teil der gleichen Einheit, also Einzahl«, antwortet Jeremiahs Kopf, aber er hört sich unsicher an.

»Aber du hast gesagt, dass *wir* etwas im Sinn haben«, widerspricht Owens Kopf.

»Unwichtig«, sagt Jeremiahs Kopf ungeduldig. »Macht Platz für eure Freunde«, sagt er streng – ich nehme an, zu den Heuschrecken.

Diese geben einen schmalen Durchgang durch ihren Schwarm frei.

Ein neues Summen ertönt weiter entfernt, und innerhalb weniger Momente füllt sich der innere Kreis der Heuschrecken mit Fliegen.

»Macht euch an die Arbeit«, sagt Owens Kopf mit seiner aufgeregten hyänenartigen Stimme.

Ich nehme an, dass er mit den Fliegen gesprochen hat, denn sie greifen mich an.

Als sie auf mir landen, verspüre ich keine Schmerzen. Vielleicht überdeckt das Stechen und Brennen meiner bereits vorhanden Wunden den Schaden, den sie mir gerade zufügen. Trotzdem überkommen mich Panik und ein Gefühl von Ekel, als ich spüre, dass ein Dutzend Fliegen in mein pochendes Ohr kriechen.

Ich strecke meine Hand mit nach oben gedrehter Handfläche aus und aktiviere meine Scheibe. Sobald ich schwebe, bewege ich meine Hand ruckartig in verschiedene Richtungen und schwinge mein Schwert, während ich mir meinen Weg durch die Heuschrecken bahne.

Die Heuschrecken können mich nicht festhalten, ohne mich dabei aufzufressen, also drücke ich mich durch ihre Wand, und wütendes Summen explodiert, als ich auf der anderen Seite herauskomme. Die Heuschrecken verfolgen mich nicht als Schwarm.

Hektisch fliege ich auf den Vulkan zu. In einem altertümlichen Buch habe ich gelesen, dass Insekten, besonders Bienen, keinen Rauch mögen. Da der glühende Berg immer noch Rauch ausspuckt, scheint er ein gutes Ziel zu sein.

Selbst bevor ich in den Rauch eindringe, verringert sich die Anzahl der Fliegen, die sich auf meinem Körper befinden, stark. Sie haben Probleme damit, genauso schnell zu fliegen wie ich.

Dadurch, dass mich die Fliegen, die noch immer in meinem Kopf umherkrabbeln, verrückt machen, erhöhe ich meine Geschwindigkeit. Wenn der Rauch nicht dafür sorgt, dass sie verschwinden, werde ich mir mein Schwert in mein Ohr stechen müssen.

Als mich der Rauch umhüllt, verlassen die Fliegen mein Ohr endlich mit lautem Summen.

Jetzt sind die Fliegen verschwunden, und die Heuschrecken wollen mir auch nicht in dieses verräucherte Gebiet folgen. Ich atme erleichtert aus, aber dieses Gefühl hält nicht lange an. Die Insekten sind mir aus gutem Grund nicht hierher gefolgt. Ich versuche angestrengt, die große Menge an Rauch, die ich eingeatmet habe, auszuhusten, während meine Augen tränen und ich gegen eine Übelkeitswelle ankämpfe.

»Es ist erledigt«, sagt Jeremiah aus nächster Nähe.

Durch den Rauch sehe ich meinen zweiköpfigen Erzfeind, und mein Blick fällt ungewollt auf seinen insektenverseuchten Körper. Er ist mir hierher gefolgt. Als ich dieses widerliche Durcheinander an Insekten betrachte, fällt mir einer der wenigen Gründe ein, aus denen ich dankbar bin, in Oasis zu leben: Diese Kriechtiere kommen in unserem kleinen Lebensraum nicht vor.

Glücklicherweise zwingt der Rauch die Insekten, sich in den Falten von Jeremiah-Owens Oberkörper zu verstecken. Unglücklicherweise bedroht der gleiche Rauch mein Überleben. Noch schlimmer ist, dass mein Feind ein Sichelmesser in der Hand hält, das einer der Schlangen-Spinnen gehört haben muss.

»Er versteht es nicht. Wahrscheinlich denkt er, er hat sich aus der Affäre gezogen«, beschwert sich Owens Kopf genervt. »Wir sollten es ihm sagen.«

»Stimmt«, erwidert Jeremiahs Kopf. Dann dreht er sich zu mir um und sagt: »Diese Fliegen, zu denen du Kontakt gehabt hast, sind unsere Version der Dasselfliegen. Falls das nicht deutlich genug sein sollte: Sie haben an und in deinem ganzen Körper ihre Eier abgelegt.«

Meine Hände und Füße werden eiskalt und Galle steigt in meinem Hals auf.

»Genau«, bestätigt Owens Kopf. »Im Gegensatz zu eurer normalen Dermatobia Hominis benötigen die Larven dieser Schönheiten nur wenige Sekunden, um sich zu formen, und wachen mit einem riesigen Appetit auf.«

Mein überwältigender Ekel und mein Entsetzen verhindern vorübergehend, dass ich sprechen kann.

»Ich denke, er beginnt, es zu verstehen«, meint Owens Kopf. »Aber nicht vollständig, glaube ich.«

Mein Körper juckt überall, auch wenn diese Reaktion psychosomatisch sein könnte.

»Ich erkläre es ihm gerne«, sagt Jeremiahs Kopf. »Mach dir keine Sorgen darüber, dass sie sich in deinem Körper ausbreiten. Es gibt eine spezielle Aufgabe, die sie für uns ausführen. Wir haben sie angewiesen, bestimmte Regionen deines Gehirns zu fressen. Der Schaden wird auch dann erhalten bleiben, wenn du den Test verlässt. So funktioniert die

Synchronisation zwischen deinem derzeitigen Zustand und deinen physischen Neuronen.«

Auch wenn ich seine Worte höre, sind sie einfach zu angsteinflößend, als dass ich ihre Bedeutung akzeptieren möchte.

Owens Kopf fügt aufgeregt hinzu: »Jetzt gerade knabbern sie an den Teilen deines Gehirns, die für das Wiedererkennen von Gesichtern verantwortlich sind, und beginnen dabei mit dem sogenannten fusiformen Gesichtsareal. Und bevor du fragst: Nein, du wirst nichts fühlen, während sie das tun. Leider hat das menschliche Gehirn keine Schmerzrezeptoren, aber du kannst sicher sein, dass sie –«

Ich will nicht, dass er zu Ende spricht. Trotz seiner Beteuerungen spüre ich, dass etwas in meinem Kopf umherkrabbelt. Mit einem gewaltigen, animalischen Gebrüll richte ich meine Hand auf die zweiköpfige Gestalt und schieße auf der Scheibe nach vorn.

Mein Plan ist einfach: Ich muss Jeremiah-Owen töten, bevor mein Gehirn irreparable Schäden davonträgt. Wenn ich ihn töte, wird der Test als bestanden gewertet werden.

»Er möchte Spaß haben, während wir darauf warten, dass die Schädigung eintritt«, sagt Owens Kopf lachend, und das zweiköpfige Monster fliegt auf seiner Scheibe auf mich zu. Der Schweif aus Rauch und Insekten lässt die Kreatur wie einen Kometen aus einem Albtraum aussehen.

Während wir uns annähern, konzentriere ich mich auf die Bewegungen seines Schwertes.

Als wir uns fast in Reichweite befinden, erwarte ich, dass er anhält, aber da er das nicht tut, bremse ich auch nicht. Es sieht aus, als würde das eine surreale fliegende Version eines altertümlichen Turniers werden.

In dem Bruchteil einer Sekunde, den wir benötigen, um aneinander vorbeizufliegen, suche ich nach einer ungeschützten Körperstelle.

Nur die zwei Hälse, die Hände und die Füße der Kreatur sehen menschlich genug aus, um sie vielleicht verletzen zu können. Der rechte Arm kontrolliert seinen Flug, also greife ich ihn an. Mein Schwert berührt etwas Weiches, bevor das Geräusch von Metall auf Metall ertönt, als wir dicht aneinander vorbeifliegen.

»Das hat wehgetan«, beschwert sich Owens Kopf, als ich mich umdrehe.

Blut läuft aus seinem Handgelenk, aber die Wunde ist nicht schlimm genug, um ihn davon abzuhalten, die Scheibe zu kontrollieren. Mein Gegner dreht vorsichtig Runden und gestikuliert in meine Richtung, so dass Blutstropfen überallhin spritzen. Ich weiche ihnen aus, schwinge mein Schwert und lasse meine Scheibe nach vorn schießen. Unsere Schwerter prallen schmerzhaft zusammen, aber niemand wird verletzt.

Auch wenn ich Jeremiah-Owen nicht verwundet habe, habe ich trotzdem etwas Wichtiges erfahren: mein Feind kann seine Scheibe nicht in einem so steilen Winkel fliegen lassen wie ich. Vielleicht liegt das daran, dass er barfuß auf ihr steht und deshalb nicht die magnetische Hilfe bekommt wie ich. Ich beuge meine Hand zur Seite, um mit meinem Körper parallel zum Boden zu fliegen.

Ich rausche an meinem Gegner vorbei und ziele auf seine linke Schulter. Allerdings töte ich dadurch nur einige Insekten, ohne ihrem Wirt bemerkbaren Schaden zuzufügen. Das Wichtige ist allerdings, dass ich unversehrt davongekommen bin, was beweist, dass seitlich zu fliegen wirklich eine vielversprechende Strategie ist.

Eine extreme Übelkeitswelle überkommt mich, und mir wird schwindelig. Habe ich zu viel Rauch eingeatmet? Bin ich kurz davor, in Ohnmacht zu fallen? Sollte ich die Reichweite des Vulkans besser verlassen?

Ich schaue zu meinem Gegner, und mein Magen füllt sich mit festem Quecksilber.

Ich erkenne diese zwei Köpfe nicht.

Nein, das stimmt nicht. Ich erkenne ihre *Gesichter* nicht.

»Es passiert bereits, stimmt's?«, fragt der grauhaarige Kopf mit Jeremiahs Stimme. »Du kannst mich nicht wiedererkennen, richtig?«

Ich schaue von einem unbekannten Gesicht zum anderen. Das Gefühl, das ich verspüre, ist anders als das, wenn ich Gesichter von Menschen sehe, deren Namen ich nicht weiß. Es ist eher so, als seien die Gesichter trügerisch und verschwommen. Die Gesichtszüge fügen sich nicht zu einem Gesicht zusammen, weshalb das Antlitz als solches nicht zu erkennen ist. Ich weiß, dass die runde Kugel mit der lederartigen Haut und dem weißen Haar Jeremiahs Kopf ist und die andere Owens, aber das erfahre ich nicht, wenn ich sie anschaue.

Hat Phoes Kontrolle über den Algorithmus gegen Eindringlinge versagt? Hat er einfach sein Gesicht verändert, um mir Angst einzujagen? Das ist eher unwahrscheinlich, denn wenn das Ding Formen verändern könnte, würde es zuerst unsere Umgebung umgestalten und neue elementare Kräfte auf mich loslassen. Was nur die Erklärung zulässt, die es mir gegeben hat.

Ein Teil meines Gehirns ist jetzt geschädigt, und ich werde nicht mehr in der Lage sein, Gesichter zu erkennen – auch außerhalb des Tests nicht.

Dieses Konzept ist genauso eigenartig wie entsetzlich. Ich stelle mir vor, wie es wäre, das Universitätsgelände entlangzugehen und keinen der Jugendlichen zu erkennen. Ich werde auf meine Bekannten unhöflich wirken. Wenn sie mit mir reden, werde ich nicht wissen, mit wem ich spreche. Mit einem schlechten Gefühl denke ich darüber nach, dass ich Liam und Phoe nicht wiedererkennen werde. Der Gedanke, dass ich nicht länger den Anblick von Phoes Gesicht genießen kann, ist –«

»Jetzt, da du weißt, was unsere Larven tun können, werde ich dir sagen, wie du sterben wirst«, erklärt mir Jeremiah fröhlich. »In deinem Kopf haben wir deinen Zustand in der Welt draußen gesehen. Du steckst in der Klemme und du wirst deine Hände schnell gebrauchen müssen, um dich zu retten.«

»Ich will ihm den besten Teil sagen.« Owens Stimme sprudelt vor Aufregung über. »Unsere hungrigen kleinen Freunde fressen jetzt den Teil deines Gehirns, der deine Arme kontrolliert –«

»– also wirst du innerhalb weniger Sekunden, nachdem wir dich zurückschicken, sterben«, fährt Jeremiah fort. »Du wirst versuchen, deine Hände zu benutzen, um nicht zu fallen, und du wirst versagen.«

»Selbst deine Freundin wird deine Arme nicht bewegen können, wenn dein motorischer Kortex beschädigt ist. Sie kann nur mit dem arbeiten, was vorhanden ist«, beendet Owen.

Ich versuche, mein Entsetzen zu unterdrücken und schaue auf meine Uhr. Mein Ich dort draußen fällt immer noch. Wenn Jeremiah-Owen die Wahrheit sagt, werde ich diesen Fall nicht überleben.

Der Bildschirm wird weiß, und Phoes Worte erscheinen: *Deine einzige Chance ist, ihm umzubringen, bevor die Larven das tun, was er gesagt hat. Es tut mir leid, dass ich nicht helfen kann. Wenn ich meinen Teil der Aufgabe vernachlässigen würde, würde der Algorithmus gegen*

Eindringlinge wieder unglaublich stark werden und deine ohnehin schon schlimme Situation noch schlimmer machen.

Ich blicke von der Uhr weg, und meine Kiefermuskulatur ist zum Zerreißen angespannt.

Das Wissen, an der Schwelle des echten Todes zu stehen, erweckt etwas Hässliches und Primitives in mir. Ich schreie und lenke meine Scheibe in das Epizentrum meines wachsenden Hasses: Das zweiköpfige *Ding*, das ich gerne in Stücke reißen würde.

Wie ein fliegender Virtuose vollführe ich Links- und Rechtskurven, während ich den Abstand zwischen mir und Jeremiah-Owen verkleinere. Ich halte meinen Körper weiterhin seitlich, um es meinem Gegner zu erschweren, mich zu treffen. Er rotiert blitzschnell mit seinem rechten Arm, um ihn nach vorn schnellen zu lassen. Seine Schwerthand hat es auf mein Handgelenk abgesehen. Ich lasse sein Schwert auf meinem Fleisch aufkommen und kanalisiere den daraus resultierenden Schmerz und das Adrenalin in meinen Angriff. Mein Schwert schneidet in sein rechtes Handgelenk, schabt am Knochen entlang und kommt auf der anderen Seite wieder hinaus.

Beide Köpfe schreien vor Schmerzen auf, und während ich wegfliege, sehe ich dabei zu, wie die abgetrennte Hand in den Tiefen des Vulkans verschwindet.

Mein Gegner hat jetzt zwei Möglichkeiten: Er kann seine Waffe loslassen und fliehen – vorausgesetzt er kann seine Scheibe mit seiner linken Hand kontrollieren – oder er kann seine Stellung behaupten und gegen mich kämpfen, während ich ihn umkreise. Ich lasse ihn nicht die feige Möglichkeit wählen. Ich beiße meine Zähne wegen des überwältigenden Schmerzes in meiner Wade zusammen und fliege nach oben, um danach im Sturzflug mit gezücktem Schwert auf Jeremiah-Owen hinabzuschießen.

Ich fühle blutrünstige Erregung, als mein Schwert tief in den Hals meines Feindes eindringt. Beide Münder schreien, aber das jüngere wird immer leiser, bis nur noch ein gequältes Gurgeln zu hören ist. Mit grimmiger Zufriedenheit wird mir klar, dass ich das Ding verletzt habe. Mit einem Scheppern fällt Owens Kopf auf die Metallscheibe, rollt hinunter und stürzt ebenfalls in die Tiefen des Vulkans unter uns. Eine Fontäne roten Blutes spritzt aus seinem Halsstumpf.

Mein Hochgefühl beim Anblick des Blutes und Jeremiahs Schreie verängstigen den behüteten Oasis-Teil in mir, aber mein wilder, ursprünglicher Teil suhlt sich in dem Wissen, dass ich gerade dabei bin, meinen Feind zu töten. Alles was ich tun muss, ist, noch einen Kopf abzuschneiden.

Eine Übelkeitswelle überrollt mich erneut.

Ich versuche, mein rechtes Handgelenk nach außen zu drehen.

Mein Arm reagiert nicht. Die Larven müssen es bereits geschafft haben, den Teil meines Gehirns zu schädigen, der für seine Kontrolle zuständig ist.

Hektisch teste ich meine Kontrolle über meine linke Hand. Mit dieser Hand kann ich noch ein Schwert schwingen.

Die Zeit verlangsamt sich. Ich gebe meiner rationalen Seite keine Chance, Einwände hervorzubringen, und lasse das Schwert in meiner linken Hand los, um die Scheibe zu lenken.

Nichts passiert. Die Kontrolle der Scheibe muss ein Rechtes-Hand-Ding sein, was auch Sinn ergibt. Wie sollte die Scheibe sonst wissen, welcher Hand sie zu folgen hat? Ich passe meinen Plan an, ergreife mit meiner noch intakten linken Hand meinen rechten Arm und richte ihn auf das einköpfige Monster.

Indem ich meine rechte Hand mit Hilfe meiner linken ruckartig nach vorn bewege, schieße ich auf meinen Gegner zu.

Jeremiahs Kopf hört auf zu schreien.

Er bereitet ungeschickt sein Schwert vor.

Ich erhöhe meine Geschwindigkeit.

Auch wenn ich Jeremiahs Gesicht nicht als eine Einheit sehe, erkenne ich individuelle Gesichtszüge wieder. Seine Augen mit ihren riesigen Pupillen treten hervor.

Ich hebe meine Arme weit nach oben und krache in ihn, ohne auf sein Schwert zu achten. Es dringt in meine Seite ein, und mit ihm eine unerträgliche Kälte.

Ich spüre keinen Schmerz, aber da ich weiß, dass er kommen wird, beeile ich mich. Ich umarme meinen Feind ungestüm, wodurch ich das Schwert tiefer in meine Seite drücke. Meine Hände treffen sich hinter seinem Rücken, und ich benutze meine linke Hand, um die Finger meiner rechten für die Geste zum Abstellen des Magneten zusammenzubringen.

Als meine Finger sich treffen, strömt der Schmerz durch das Schwert, das in meiner Seite steckt, mit der Intensität des Wirbelsturms, dem ich entkommen bin, durch meinen Körper.

Bevor der Schmerz mir meinen Willen nimmt, verschränke ich meine Hände untrennbar und springe mit einem letzten, kraftvollen Abstoß von meiner Scheibe.

Ich falle wie ein Stein und nehme meinen Feind mit mir. Unsere Scheiben schweben ruhig über uns, während wir abstürzen.

Meine Schmerzen beginnen, sich ernsthaft bemerkbar zu machen, und ich schreie, als die Welt vor meinen Augen verschwimmt.

Jeremiahs Kopf schreit lauter als ich. Die Insekten verlassen seinen Oberkörper und stechen mich, wo immer sie können.

Ich glaube, dass ich mit einem verrückten Lachen geantwortet habe, auch wenn es sich genauso gut um ein hysterisches Schreien gehandelt haben könnte. Sie können mich so viel stechen, wie sie möchten. Die makabere Arbeit ist getan. Wir fallen in die kochende Lava.

Ich bin mir nicht sicher, ob die Hitze, die ich verspüre, von der Lava oder von der großen Anzahl an Insektenstichen kommt. Ich bin kurz davor, durch die Qualen das Bewusstsein zu verlieren, aber das tue ich nicht.

Es ist faszinierend, wie viele Gedanken während dieses Falls, der nur einen Herzschlag andauert, durch meinen Kopf schießen. Ich werde mein Ziel, diese Jeremiah-Owen-Kreatur zu töten, erreichen und den letzten Punkt meines Testergebnisses verdienen. Ich verstehe auch, welchen Preis ich dafür zu zahlen habe: Ich werde gleich sterben. Dieses Ich. Das Ich in dem Test. Das Ich, das sich durch den Test verändert hat. Das Ich, das zu dieser Art von Opfer fähig ist – einem Akt, den mein Ich dort draußen ohne diese ganzen Erinnerungen wahrscheinlich nicht einmal verstehen kann. Das Ich, das so viel Angst davor hat, kontrolliert vergessen zu werden, aufzuhören, zu existieren.

Das Monster, das mit Jeremiahs Stimme schreit, geht in meinen Armen in Flammen auf. Die Welt besteht aus Feuer. Das Brennen ist unerträglich. Ich versuche, erneut zu schreien, aber wir kommen der Lava so nahe, dass die Welt mit einem Feuerblitz zu Ende geht.

VIERUNDZWANZIGSTES KAPITEL

Ich falle.

Anstatt in meinem Bett in dem schwarzen Gebäude aufzuwachen, befinde ich mich in der Luft über dem Pinienwald.

Ich presse eine fliegende Scheibe gegen meine Brust. Meine Arme bereiten sich auf ein Wurfmanöver vor, das mir nur allzu bekannt vorkommt. Ich habe diese Bewegung das letzte Mal durchgeführt, als Phoe beschlossen hatte, mich mit der Scheibe an meine Brust gepresst fallen zu lassen.

Wie das letzte Mal ist die Scheibe sofort wieder unter meinen Füßen, und ich fliege vor dem Dutzend Wächtern davon, die mich verfolgen. Dank des Falls habe ich Vorsprung vor ihnen – der Grund für das wahnsinnige Manöver, das ich gerade ausgeführt habe.

Jetzt, da ich nicht mehr schwerelos bin, schießen mir Fragen durch den Kopf: Warum bin ich eigentlich hier? Wo ist *hier*? Bin ich in dem Test? Das Letzte, an das ich mich erinnere, ist, dass ich mich zum Schlafen hingelegt habe, um den Test zu beginnen.

Etwas materialisiert sich vor mir. Es ist ein Wesen aus Licht und Macht, wie ein Engel oder eine Göttin. Ich habe diese Augen, die zu schön für einen Sterblichen sind, bereits einmal zuvor gesehen, in meiner Höhle, nachdem Phoe die Ressourcen des IRES-Spiels bekommen hatte. Sie sieht jetzt genauso aus, nur dass wir uns gerade in der realen Welt befinden – falls wir wirklich dort sind.

»Oh«, dröhnt sie in einer Stimme, die zu heilig für die Ohren von Sterblichen klingt. »Das ist ein Versehen.« In ihrer normalen Stimme fügt sie hinzu: »Ich habe gerade die Ressourcen des Tests bekommen. Es fühlt sich unglaublich an, Theo. Ich weiß gar nicht, wie ich das jemals wiedergutmachen soll.«

Sie sieht wieder wie ihr kurzhaariges Ich aus, und die Bedeutung ihrer Worte dringt in mein adrenalinbenebeltes Gehirn ein.

»Der Test ist vorbei?« Ich atme tief ein, um meinen rasenden Herzschlag zu beruhigen. »Wie? Bist du sicher, dass wir uns nicht gerade in ihm befinden? Ist das hier vielleicht wie der Trick des IRES-Spiels, als es mich denken lassen wollte, dass ich mich in der Realität befand?«

»Der Test funktioniert genauso, und das habe ich dir auch gesagt, bevor du ihn begonnen hast«, sagt Phoe schnell. »Geh in deine Höhle. Ich werde mich mit den Wächtern auseinandersetzen, ohne dass dein Bewusstsein anwesend ist. Ich werde dir alles dort erklären.«

Ich zeige meinen Verfolgern zwei Mittelfinger, und ein weißer Tunnel trägt mich zu unserem Lieblingsort in der virtuellen Realität. Ich erscheine zwischen einem Dinosaurierskelett und einem riesigen Teddybären mit einem Auge.

Phoe winkt, und der Boden wird freigeräumt. Ein Plüschsessel erscheint, und ich setze mich dankbar hin. Phoe entscheidet sich dafür, mir gegenüber auf einem eigenen Sessel Platz zu nehmen.

Zwischen uns, auf dem holografischen Display, mit dem Phoe uns gerne das Geschehen in der äußeren Welt zeigt, sehe ich, wie Wächter-Theo vor einem Dutzend Verfolgern wegfliegt.

»Der Test hat stattgefunden, Theo«, beginnt Phoe. »Und jetzt, da er vorbei ist, befinde ich mich in einer guten Position, die nächste Möglichkeit, die sich mir bietet, zu nutzen, um die Dinge in Ordnung zu bringen. Während wir auf sie warten, möchte ich dir erklären, was passiert ist.«

Sie erzählt mir alles über den Test: Die ethischen und logischen Problemstellungen, die Schlacht mit dem Anti-Viren-Schutz und die furchtbare Art und Weise, auf die ich die Erinnerung an das Geschehene verloren habe.

»Ich kann gar nicht glauben, dass ich meine Fähigkeit, Gesichter zu erkennen, und die Kontrolle über meine Arme fast verloren hätte«, flüstere ich. »Hatte diese Kreatur die Wahrheit gesagt?«

»Ja. Wahrscheinlich wärst du gestorben, wenn du dich im Test nicht umgebracht hättest. Wenn dein Test-Ich auf dein jetziges übertragen worden wäre, hätte der Schaden deiner Motorik mich und dich davon abgehalten, mit deinem Fall in diesem kritischen Moment umzugehen. Natürlich wäre der Schaden, den du in dem Test erlitten hast, wahrscheinlich nicht dauerhaft gewesen. Zum einen hättest du dank deiner natürlichen Neuroplastizität einen Teil deiner Funktionalität zurückbekommen können, da sie neuen Gehirnregionen erlaubt, sich um die geschädigten zu kümmern. Ich hätte auch Nanozyten benutzen können, um deinen Verlust auszugleichen –«

»Das reicht.« Ich lege meine Hand auf ihre und lasse sie dort. Ich fühle einen Schmerz tief in meiner Brust. Ich war so nahe daran, zu sterben, und ein Teil von mir ist gestorben – der Theo aus dem Test, an den ich mich nicht erinnere.

Phoe schaut mich mit traurigen Augen an. »Ich habe dich in dem Test gewarnt, aber du wolltest nicht auf mich hören.«

»Ich bin mir sicher, dass ich gute Gründe hatte«, sage ich unsicher. »Auch wenn es schwer zu glauben ist, dass ich etwas so –«

»Du hast es für mich getan, und ich hätte es niemals erlauben sollen.« Phoe dreht ihre Hand um, um nach meiner zu greifen und sie zu drücken. »Es tut mir so leid.«

Jetzt fühle ich mich schlecht, weil sie das Ganze so sehr mitnimmt. »Phoe, mir geht es gut«, sage ich. »Du hast die Ressourcen bekommen, die du brauchtest. Es sind nur einige wenige Erinnerungen. Außerdem, wenn du dir solche Sorgen deswegen machst, kannst du diese Erinnerungen nicht einfach in meinen Kopf einpflanzen, wie du es mit diesem Pi-Trojaner getan hast?«

»Nein, das wäre nicht das Gleiche, da ich dir nicht die genauen Erinnerungen geben kann, die du verloren hast«, sagt sie.

»Und ich will mich nicht wirklich an die Schmerzen erinnern, die meine Testversion durchleben musste«, murmele ich.

Wir sitzen einige Minuten schweigend da und schauen uns einfach nur an. Schließlich sage ich: »Was geschehen ist, ist geschehen. Das Entscheidende ist, dass du die Ressourcen bekommen hast, richtig?«

»Ja. Sobald dein Punktestand versandt war, hat das System versucht, die superlange Zahl dauerhaft an einem Ort zu speichern, der viel zu klein dafür war. Der Puffer ist übergelaufen, genauso wie ich es wollte, und das hat es mir ermöglicht, meinen eigenen Code einzuspeisen und das ganze System zusammenbrechen zu lassen. Nächstes Jahr werde ich es einen Tag lang zurückbringen, damit die neuen Betagten den Test am nächsten Tag der Geburten absolvieren können, ohne dass jemandem sein Fehlen auffällt.« Ihre Augen funkeln vor Aufregung, als sie sagt: »Du hast keine Ahnung, was ich jetzt alles tun kann. Der Test hat eine Unmenge an Ressourcen verbraucht. Noch mehr, als ich vermutet hatte. Meine neuen Fähigkeiten sind –«

»Also warum sind die Wächter dann immer noch hinter mir her?« Ich deute mit meiner Hand auf das Hologramm. »Kannst du deine Superressourcen nutzen, um diese Typen zu kontrollieren, ohne dass der Gesandte es erfährt? Und wo wir gerade dabei sind, hast du herausgefunden, wer der Gesandte ist?«

Phoe kratzt sich über ihr blondes, verwuscheltes Haar und antwortet: »Ich warte auf einen guten Moment, um mich um die Wächter zu kümmern. Gleich wird ein kontrolliertes Vergessen beginnen, und sobald das der Fall ist, werde ich mich einhaken und die richtigen Menschen alles vergessen lassen, was mit unseren unerfreulichen Erlebnissen von heute zu tun hat. Da es Teil eines beschlossenen kontrollierten Vergessens sein wird, wird der Gesandte nichts davon erfahren.«

»Aber wer wird vergessen –«, beginne ich zu fragen, aber sie bringt mich mit einem »Pst« zum Schweigen und deutet auf das Hologramm, das augenblicklich heller leuchtet.

Wächter-Theo sinkt schnell hinab, während die Gruppe Wächter, die ihm folgt, plötzlich mitten in der Luft anhält.

»Das kontrollierte Vergessen ist eingeleitet worden. Sie erinnern sich nicht mehr an das, was sie hier tun«, sagt Phoe zufrieden mit sich selbst. »Du musst dich noch um ein letztes loses Ende kümmern, und dann kann ich dir alle Fragen beantworten. Selbst mit meinen gewaltigen Ressourcen kann ich deinen Körper in diesem Gebäude nicht kontrollieren.«

Auf dem Hologramm ist mein Ich der echten Welt gerade neben dem Stillegebäude gelandet.

»Führe die Geste aus, die dich zurückbringt«, befiehlt Phoe. »Unser Fenster, um die anderen unbemerkt vergessen zu lassen, ist klein.«

Ich tue, was sie sagt, und nach einem weißen Wirbelwind finde ich mich neben den grauen Türen des Hexengefängnisses wieder.

»Geh jetzt. Hol den eingesperrten Wächter raus und gib ihm seine Uniform zurück«, flüstert Phoe. »Die Antworten kommen gleich.«

»Schön«, denke ich und betrete den Korridor.

Nach einigen Minuten komme ich bei dem betreffenden Raum an.

Phoes geisterhafter Bildschirm ist nirgendwo zu sehen, aber die Tür öffnet sich auf mein Kommando. Sie muss die Blockade, die sie vorher erschaffen hatte, bereits aufgehoben haben.

»Na endlich«, sagt der Wächter. »Es gab ein furchtbares –«

Als er sieht, wie ich meinen Betäubungsstab in die Hand nehme, weiten sich seine Augen, und er schweigt einen Augenblick lang. Dann sagt er durch zusammengebissene Zähne: »*Du.* Du wirst nicht ungestraft davonkommen –«

»Halt den Mund, Noah«, erwidere ich und entlade meinen Stab an ihm.

Da kein Bildschirm von Phoe erscheint und mir sagt, in welche Richtung ich gehen soll, schleife ich mein Opfer den Weg entlang, den ich gekommen bin. Ich treffe auf niemanden, was wahrscheinlich normal ist, wenn man die Uhrzeit bedenkt. Wäre das Gegenteil der Fall gewesen, müsste ich jetzt mehrere Körper hinter mir her schleifen.

»Tausche die Bekleidung mit ihm«, meint Phoe, als ich herauskomme. »Beeile dich. Je weniger Überwachungsvideos ich vernichten muss, desto besser.«

Mein Helm schnappt auf, genauso wie andere Teile meines Anzugs.

Ich nehme alles ab. Phoe betrachtet mich fasziniert.

»Du wolltest mich nur nackt sehen«, murmele ich, während ich schnell in die blaue Hose meines Geburtstagsoutfits schlüpfe.

Sie grinst und sagt: »Das habe ich schon. Jetzt geh zurück in die Höhle, und vielleicht werde ich dir als Wiedergutmachung zeigen, wie ich nackt aussehe.«

Ich erröte – und das nicht wegen der obszönen Geste, die ich ausführen muss.

Nach einem weiteren psychedelischen weißen Tunnel stehe ich zwischen einem Haifischbecken und einem Stapel Dynamit irgendwo ganz tief in meiner Männerhöhle.

Wir gehen zu unseren plüschigen Sesseln und nehmen Platz.

Auf dem holografischen Display betrachte ich, wie mein Ich in der echten Welt, offensichtlich unter Phoes Kontrolle, irgendwo entlanggeht.

»Wir gehen zu deinem Zimmer«, beantwortet sie meine Frage, bevor ich die Gelegenheit bekomme, sie überhaupt zu stellen. »Ich will, dass du heute Abend früh zu Bett gehst.«

»Was ist mit –«

»Noah hat bereits kontrolliert vergessen, dass du ihn angegriffen hast.«

»Und –«

»Du steckst nicht mehr in Schwierigkeiten«, meint Phoe.

»Was ist mit –«

»Das ist kompliziert«, sagt sie. »Wie ich bereits begonnen hatte, dir zu sagen, ist die einzige Sache, in die ich nicht eindringen kann, die verfluchte Firewall. Trotzdem denke ich, dass ich eine ziemlich genaue Vorstellung davon habe, was der Gesandte ist, aber ich will es dir nicht sagen, bevor ich die Beweise dafür habe, die ich in wenigen Minuten bekommen sollte. Jetzt muss ich dir sowieso noch einige Dinge erklären, da du auch noch nicht weißt, was während des Tests in der richtigen Welt passiert ist. Wegen der Zeitunterschiede, handelt es sich nur um eine kurze Weile, in der allerdings recht viel passiert ist.«

»Richtig, wir wurden gerade –«

»– aus gutem Grund von den Wächtern gejagt« Phoe schlägt ihre Beine übereinander, erwischt mich dabei, wie ich sie anstarre und zwinkert mich spitzbübisch an.

»Wie –«

»Die subjektive Zeit in dem Test waren viele, viele Jahre, auch wenn dein armes Ich darin das von dem Zeitpunkt an nicht mitbekommen hat, an dem ich begonnen habe, alle Tests zu absolvieren. Hier dagegen ist weniger als eine Stunde vergangen.«

»Warte«, sage ich. »Woher wusstest du, dass ich dich das gerade fragen wollte? Kannst du meine Gedanken zu Ende führen, noch bevor ich sie ausgesprochen habe? Mir ist aufgefallen –«

»Ja, genau das tue ich.« Phoe spricht so schnell, dass ich Probleme habe, ihr zu folgen. »Es ist wegen meiner neuen Ressourcen sehr leicht für mich, die meisten deiner Gedanken vorherzusagen. Ich habe die Bandbreite, um –«

»Kannst du das bitte lassen? Das ist gruselig.« Ich massiere meine Schläfen und frage mich, ob sie weiß, was ich als Nächstes sagen werde. »Ich fühle mich dadurch, als hätte ich keinen Einfluss auf das, was ich sagen oder denken werde.«

»Natürlich«, sagt Phoe, diesmal mit einer normaleren Geschwindigkeit. »Ich habe einfach nur unsere Unterhaltung beschleunigen wollen, weil du vor Neugier fast stirbst. Außerdem beweist allein die Tatsache, dass du mich gebeten hast, etwas zu unterlassen, dass ich deine Reaktion nicht voraussehen konnte, da ich ansonsten deine Sätze von vornherein nicht beendet hätte. Aber ich weiß, dass du gerade nicht über den freien Willen reden möchtest.«

Ich kratze über meinen Nasenrücken, ziehe meine Augen zu Schlitzen zusammen und sage: »Lass mich meine Gedanken beenden.«

»In Ordnung«, sagt sie.

»Und jetzt beantworte bitte eine meiner Fragen.«

»Okay.« Sie steht auf und geht hin und her. »Ich weiß nicht so recht, wo ich beginnen soll.«

»Vielleicht am Anfang?«, muss ich einfach sarkastisch erwidern. »Erzähle mir, warum die Wächter uns verfolgt haben.«

»Das ist nicht so einfach«, erwidert sie. »Aber schön. Allerdings werde ich es dir nicht einfach nur erzählen. Ich werde es dir zeigen.«

Ein großer Bildschirm erscheint vor mir.

Jeremiah steht neben einem antiken Holztisch in einem ungewöhnlichen Raum voller alter Relikte. Der betagte Mann hat seinen Helm abgenommen, trägt aber immer noch den Rest seines Wächteranzugs.

Auf dem Tisch vor ihm stehen zwei langstielige Gläser aus Bleikristall. Sie sehen wie die Weingläser aus den altertümlichen Filmen aus. Jeremiah nimmt eine kleine Schachtel vom Tisch und leert ihren Inhalt in das von ihm aus gesehen rechte Glas. Was auch immer er in das Glas geschüttet hat, ist nahezu unsichtbar.

Phoe friert die Aufzeichnung mit einer Geste ein und sagt: »Ich bin mir nicht sicher, was ich dir als Nächstes zeigen soll. Er wird sich gleich normale Bekleidung anziehen, und ich habe zwei Möglichkeiten, wie ich fortfahren könnte.«

»Was ist das Zeug in dem Glas?« Ich beuge mich näher an den Bildschirm, da ich hoffe, etwas auf der Schachtel lesen zu können.

»Es heißt Cyanid – eine dieser netten altertümlichen Entdeckungen. Es handelt sich dabei um ein starkes Gift. Wer auch immer aus diesem Glas trinkt, wird sterben.«

»Wer –«

»Schau einfach«, antwortet sie und führt die Geste durch.

Das Display wird zum Leben erweckt.

Jeremiah trägt einen feinen Anzug. Er hält eine alt aussehende Flasche in seinen Händen.

Jemand klopft an die Tür.

»Komm bitte herein«, sagt Jeremiah mit ungewöhnlich freundlicher Stimme.

Die Tür öffnet sich, und Fiona tritt ein.

FÜNFUNDZWANZIGSTES KAPITEL

Fiona ist genauso hübsch angezogen wie Jeremiah, ihr Hals ist mit einer goldenen Kette geschmückt, und ihr weißes Haar aufwendig geflochten. Sie schaut Jeremiah an, erblickt die Flasche in seinen Händen, dann die Gläser, und ihre kalten Augen zeigen einen Hauch von Wärme.

»Jeremiah?«, fragt sie. »Was soll das?«

Er deutet auf die Gläser, lächelt sie traurig an und sagt: »Dass dich mein Friedensangebot überrascht, beweist, dass meine Instinkte recht hatten. Zwischen uns ist zu viel Spannung – zwischen den beiden einflussreichsten Mitgliedern des Rates.«

Bei seinen einnehmenden Worten richtet sich Fiona auf und geht auf den Tisch zu.

Jeremiah schließt an seinen Erfolg an, indem er die Weinflasche entkorkt, und danach zwei Gläser einschenkt. »Das hier ist nichts, was die Kulinarischen Anthropologen hergestellt haben.« Er nimmt sich das linke Glas und atmet das Bouquet des Getränkes ein. »Das ist die echte Version – authentischer, altertümlicher Wein.«

Fiona geht zum Tisch, ergreift das rechte Glas an seinem schmalen Stiel und sagt: »Wenn du denkst, dass diese Bestechung meine Meinung im Bezug auf Theo ändern wird …«

Ich versteife mich in meinem Stuhl.

»Das ist lediglich ein Friedensangebot und nichts weiter. Wir haben uns schließlich auch eine kleine Feier zum Tag der Geburten verdient.« Er führt die altertümliche Geste für einen Trinkspruch durch. »Ich stimme zu, den Rat über Theodores Schicksal abstimmen zu lassen.«

Fiona entspannt sich und hebt ihr Glas zum Mund.

Das Bild hält an, und Phoe sagt: »Oh, ich habe vergessen, dir etwas zu sagen. Zu diesem Zeitpunkt hat Jeremiah bereits das Video gesehen, in dem Fiona den Rat verlassen möchte. Sie hat allerdings die Aufzeichnung, in der Jeremiah sie beschimpft und schlägt, noch nicht gesehen, ansonsten wäre sie vorsichtiger gewesen.«

»Warte, Phoe –«, beginne ich zu sagen, aber meine Freundin lässt die Aufzeichnung bereits weiterlaufen, und ich höre auf zu reden.

Jeremiah nimmt einen Schluck seines Weines und seufzt zufrieden. »Es ist nicht schwer zu verstehen, wieso Alkohol so viele Leben in der Antike ruiniert hat«, sagt er.

Fiona nimmt einen kleinen Schluck und sagt: »Er ist hervorragend. Danke –«

Sie beendet ihren Satz nicht, weil Jeremiah eine reinigende Geste in Richtung ihres Glases und danach der Flasche ausführt. Alle drei Objekte verschwinden.

»Was tust du da?« Fiona runzelt ihre Stirn. »Was hat das zu bedeuten?«

»Ich vernichte Beweise. Wenn ich mich diesen Vorfall kontrolliert vergessen lasse, möchte ich keine Hinweise auf das finden, was geschehen ist.«

»Das verstehe ich nicht. Warum würdest du dich selbst diese nette Geste kontrolliert vergessen lassen?«, fragt sie mit weit aufgerissenen Augen.

»Schnell«, sagt Jeremiah. »Sag mir, wann du das letzte Mal geschlafen hast. Heute Mittag?«

»Nein.« Fiona wirft ihm einen verblüfften Blick zu »Ich habe das letzte Mal vergangene Nacht geschlafen. Aber was hat das damit zu tun? Ist das eine Art Geburtstagsscherz?«

Jeremiah sieht bei ihren Worten erleichtert aus. »Ich wollte nur wissen, an wie viele der heutigen Ereignisse du dich erinnern wirst, nachdem du ins Paradies aufsteigst.«

»Paradies?« Fionas bereits blasses Gesicht wird kreidebleich.

»Ja, du bist bereits auf dem Weg dorthin«, sagt Jeremiah mit gedämpfter Stimme. »Ich habe dich gerade vergiftet.«

»Du hast was?«, faucht sie und schließt den Abstand zwischen ihnen.

Ich umfasse die Armlehnen meines Stuhls so fest, dass meine Hände sich verkrampfen. Alles deutet darauf hin, als würde sich Phoes gefälschtes Video bewahrheiten – nur dass in diesem Fall Fiona Jeremiah schlagen wird.

Zu Fionas und meiner Überraschung geht Jeremiah auf sie zu. Bevor sie versteht, was gerade passiert, ergreift er ihre Schultern und hält sie mit seinen viel längeren Armen auf Abstand. Er schaut ihr in die Augen, und sein Blick ist der Inbegriff von Traurigkeit.

Mit einer sanften Stimme sagt er: »Schau mal. Wir sind uns gegenseitig an die Gurgel gegangen, seit wir dem Rat beigetreten sind. Ich habe immer gedacht, dass du prinzipientreu bis stur bist und Respekt verdienst. Dein letzter Auftritt war allerdings unverzeihlich. Den Rat eine Versammlung vergessen zu lassen, mich, den Hüter, einen dummen Wutausbruch vergessen zu lassen, geht gegen alles, wofür der Rat steht. Es geht gegen alles, wofür du einmal gestanden hast. Ich weiß, dass du dich das wahrscheinlich auch selbst vergessen lassen hast, genauso wie ich mich vergessen lassen werde, dass ich dich umbringe, aber ich kann dich nicht länger so weitermachen lassen. Manchmal muss der Hüter den Rat umgehen und die Sachen in seine eigenen Hände nehmen –«

Bevor er seine letzten Worte aussprechen kann, erblasst Jeremiah. Er lässt Fiona los und umklammert seine Kehle. Seine Augen rollen nach hinten, und er bricht zusammen. Sein Körper löst sich Molekül für Molekül auf, genauso wie Markwarts, als Jeremiah ihn getötet hat.

Ich beobachte das Ganze mit fassungslosem Unverständnis. »Was zur Hölle war das?«, bekomme ich schließlich heraus.

»Die Ressourcen seines Körpers werden automatisch von den Nanos zurückverlangt –«

»Nein, ich meine, warum er gefallen ist und nicht Fiona. Wie konntest du es zulassen, dass er versucht hat, sie zu töten? Du hattest gesagt, dass du auf Gefahren achten –«

»Warte«, meint Phoe. »Lass mich zurückspulen.«

Der Bildschirm lässt die Szene zu schnell rückwärts ablaufen, als dass ich folgen könnte. Das Video ist wieder an der Stelle angelangt, an der

Jeremiah aus dem Zimmer tritt und die beiden Weingläser auf dem Tisch stehen lässt.

Einen Moment lang passiert gar nichts. Als ich Phoe gerade fragen möchte, auf was ich achten soll, öffnet sich die Tür des Raumes, und ein Wächter tritt ein. Er geht zum Tisch und tauscht das rechte Glas gegen das linke aus.

Das erklärt einiges. Ohne es zu wissen, hat Jeremiah sein eigenes Gift getrunken. Und bei dem Wächter muss es sich um –

»Ja, du bist es«, bestätigt Phoe. »Oder ich, oder wie auch immer man das richtig ausdrückt. Während du den Test absolviert hast, habe ich unsere Freunde hier nicht aus den Augen gelassen. Ich hatte ja schließlich versprochen, auf sie aufzupassen. Da ich die Kontrolle über deinen Körper hatte, bin ich von dem schwarzen Gebäude aus in dieses Zimmer gegangen,« – sie zeigt auf den Bildschirm – »sobald ich verstanden hatte, was er gleich tun würde. Dabei habe ich übrigens auch die ganzen Wächter aufgelesen, die wir abgeschüttelt haben.«

»Also war das kontrollierte Vergessen, in das du dich eingemischt hast, das Jeremiahs?« Ich entspanne mich ein wenig.

»Richtig. Ich habe meine Anweisungen in Jeremiahs Vergessen eingewoben – das Fiona kurz nach seinem Tod protokollgemäß eingeleitet hat. Nur eine Person außer dir erinnert sich also daran, was heute passiert ist.« Phoe winkt wieder zum Bildschirm.

»Wer ist diese andere Person?«, frage ich, aber verstehe im gleichen Moment, dass sie mir meine Frage bereits beantwortet, indem sie etwas Bestimmtes auf dem Display ablaufen lässt.

Phoe zwinkert mir zu und dreht sich zum Bildschirm.

Fiona ist auf ihm zu sehen. Sie steht an ihrem normalen Platz und ist umgeben vom Rat.

»Als neuer Hüter ist meine erste Amtsaufgabe, euch mitzuteilen, dass die Untersuchungen, die der vorherige Hüter und ich begonnen haben, bereits abgeschlossen sind.«

Unterdrücktes Gemurmel ertönt von den anderen.

Ein dünner, ungesund aussehender Ratsherr steht auf und fragt: »Kommt diese Nachricht vom Gesandten?«

Fionas Augen blitzen eisig auf, als sie antwortet: »Ich werde den Gesandten in Kürze treffen. Ich bin mir sicher, dass er meine Entscheidung billigen wird.«

Phoe hält das Video an und sagt: »Als sie versucht hat, herauszufinden, warum Jeremiah sie umbringen wollte, hat sie das gefälschte Video gefunden – das, in dem Jeremiah sich verdächtig benimmt. Deshalb betrachtet sie die Untersuchungen als abgeschlossen. Sie nimmt an, dass Jeremiah der Täter war.«

Bevor ich die Möglichkeit bekomme, ihr eine Frage zu stellen, lässt Phoe das Video weiterlaufen.

»Es ist meine Pflicht als Hüterin, euch zu warnen: Ich werde euch die Untersuchung kontrolliert vergessen lassen, damit ihr –«

Phoe hält das Video an. »Das entledigt uns fast aller Mitwisser, außer eben Fiona.«

»Genau, aber das ist eine einflussreiche Mitwisserin. Fiona weiß, dass mein neuronaler Scan aus der Reihe tanzt. Kannst du sie auch kontrolliert vergessen lassen, damit alles wirklich vorbei ist?«

»Das wäre zu riskant. Sie ist die neue Hüterin, und ihren Kopf zu manipulieren könnte ungewollte Aufmerksamkeit erregen.«

»Aber –«

»Mach dir keine Sorgen. Ich nehme an, dass ich ohnehin nichts tun muss. Sie spricht gerade mit dem Gesandten –«

»Warte. Was das betrifft: Nichts ist vorbei, bis wir nicht wissen, wer oder was der Gesandte ist«, sage ich eindringlich. »Er weiß über die Untersuchung Bescheid. Ich denke, dass es an der Zeit ist, dass du mir erklärst –«

»Ich muss nichts erklären«, erwidert Phoe. »Ich kann es dir zeigen, da ihr Gespräch in diesem Moment stattfindet, wie ich gerade versucht habe, dir zu sagen.«

Ich stehe auf. »Welches Gespräch? Spannst du mich absichtlich auf die Folter?«

»Du wolltest nicht, dass ich deine Fragen beantworte, bevor du sie stellst. Jetzt möchtest du, dass ich vorhersehe, was du wissen möchtest, und dir Antworten gebe, bevor du fragst?« Phoe zieht einen Schmollmund. »Schön. Du hast Fiona gehört. Sie hat ihnen gesagt, dass sie den Gesandten treffen wird. Das Treffen hat vor einigen Minuten begonnen. Ich kann es dir zeigen. Bis jetzt bestätigt es alle meine Vermutungen – Vermutungen, die ich entwickelt habe, seit ich dank der Ressourcen des Tests intelligenter geworden bin.«

»Ja, bitte zeige es mir.« Mein Mund ist trocken, als ich hinzufüge: »Jetzt.«

Als Antwort auf meine Bitte führt Phoe die Geste eines Dirigenten durch. Meine Vision und mein Gehör verschwimmen, und ich nehme nur noch weißes Rauschen wahr. Das Gleiche war auch jenes erste Mal geschehen, als sie mich mit zu dem kathedralenartigen Ort gebracht hat, an dem Jeremiah den Gesandten vor gefühlten Jahren getroffen hat.

Meine Sinne schärfen sich wieder, und ich sehe, dass ich recht hatte. Ich befinde mich in einem wunderschönen Raum, in dem genau wie letztes Mal Musik spielt. Nur dass es sich anstatt nach Orgelmusik nach einem Streichinstrument anhört.

»Es ist wieder Bach. Seine *Cellosuite Nr. 1, die Prélude*«, flüstert Phoe. »Ich zeige dir gerade eine Aufzeichnung, die nur wenige Minuten alt ist. Sie reden immer noch.«

»Wer?«

Phoe taucht neben mir auf und zeigt auf eine schlanke Gestalt mit einer weißen Kapuze, die neben der großen Bühne steht, auf der der Gesandte das letzte Mal erschienen ist.

Es handelt sich dabei um Fiona, was natürlich Sinn ergibt. Sie ist die neue Hüterin, und die Hüter sind diejenigen, die den Gesandten treffen.

Helle Lichtstrahlen erscheinen in der Mitte der Plattform. Ich bedecke mein Gesicht und warte. Das ist das letzte Mal ebenfalls geschehen. Der Gesandte liebt es, einen großen Auftritt zu haben.

Als das Licht schwächer wird, schaue ich zur Bühne.

Eine leuchtende Figur steht dort, aber es ist nicht der Gesandte. Genauer gesagt, ist es nicht derselbe Gesandte. Dieses Wesen zeigt definitiv einige Gemeinsamkeiten zu demjenigen auf, das ich vorher den Gesandten genannt habe. Beide gehören derselben Rasse an, aber dieses hier ist ein anderes Exemplar. Die Flügel dieses Wesens haben keine Federn und sehen eher wie die Flügel einer Albinofledermaus aus. Dieser Gestalt fehlt ebenfalls die selbstsichere majestätische Ausstrahlung der anderen, und sie trägt eine Art kurze Hosen bis zum Knie oder Caprihosen anstatt eines Lendenschurzes. Genau wie das bei seinem Vorgänger der

Fall war, lässt sein Oberkörper keinen Zweifel daran aufkommen, dass dieser Gesandte männlich ist, auch wenn er weniger gut gebaut ist.

Fiona zieht sich ihre Kapuze vom Kopf und betrachtet das Gesicht des Besuchers. Etwas an seinem Gesicht fasziniert sie, genauso wie es sie in Wut versetzt.

Das Gesicht dieses Gesandten ist wie das seines Vorgängers jung. Eigentlich sieht es sogar sehr vertraut aus, auch wenn es keinerlei Ähnlichkeiten mit dem des Gesandten hat, mit dem Jeremiah gesprochen hat.

Der Gedanke an Jeremiah lässt bei mir den Groschen fallen, und ich blinzele einige Male. Wenn das hier die altertümlichen Zeiten wären, und Jeremiah einen Sohn oder einen jüngeren Bruder hätte – und der Bruder viel besser aussähe als seine Verwandtschaft –, würde dessen Gesicht genau so aussehen. Die Gesichtszüge des Wesens vor uns sind wie die von Jeremiah, nur viel jünger und viel gefälliger.

Ich schaue zu Phoe.

Sie erwidert meinen Blick und zeigt auf Fiona.

Fiona erhebt sich und murmelt: »Das kann nicht wahr sein«, während sie sich der Bühne nähert.

Die Musik verstummt, und mit einer surrealen Stimme, die sich wie ein Cello anhört, sagt der Gesandte – oder wer auch immer er ist: »Die Traditionen bestimmen, dass du dort bleibst, wo du bist, Hüterin.«

Wenn ein Cello eine jugendliche Version von Jeremiahs Stimme spielen könnte, würde es genau so klingen.

»Dachtest du, diese Verkleidung würde mich täuschen?« Fiona ballt ihre Hände zu fest angespannten Fäusten. »Ich erkenne dich, auch wenn ich dich das letzte Mal so gesehen habe, als wir noch Jugendliche waren.«

»Das ist keine Verkleidung«, sagt der Gesandte geduldig. »Das ist die Art und Weise, wie unsere Vorfahren uns nach dem Aufstieg aussehen lassen wollten.«

»Und du bist –«

»Nicht länger der Mann, den du als Jeremiah kanntest«, erklärt er. »Du wirst mich jetzt mit ›Gesandter‹ anreden.«

SECHSUNDZWANZIGSTES KAPITEL

»Ich verlange, mit jemand anderem zu sprechen.« Fionas normalerweise melodiöse Stimme klingt vor Ärger hart. »Mit dem ehemaligen Gesandten oder einem anderen Ahnen, aber nicht mit *dir*.«

Jeremiah scheint ihre Heftigkeit wirklich zu erstaunen. »Der alte Hüter wird der Gesandte. Das ist Teil des Wissens, das ich dir jetzt weitergeben werde, der neuen Hüterin. Ich weiß, wir hatten unsere Differenzen, aber das –«

»Du willst mir Dinge beibringen?« Fionas Stimme wird höher und lauter. »Nach allem, was du getan hast? Nach dem, was du versucht hast, mir anzutun?« Trotz Jeremiahs Warnung tritt sie näher an die Bühne.

»Hüterin ... Fi ..., offensichtlich ist etwas passiert, was dich aufgebracht hat. Wir müssen uns gestritten haben –«

»Uns gestritten?« Sie schätzt den Aufstieg auf die Bühne ab, und ihre Augen glitzern gefährlich. »Ich habe das Video gefunden, Jeremiah. Ich hätte niemals gedacht, dass du zu solch einer Gewalt fähig bist.«

Sie sieht aus, als würde sie ihn jeden Moment angreifen, was er ebenfalls erkennt.

Er geht zurück und sagt: »Entspanne dich.« Er unterstreicht das Kommando mit der befriedenden Geste.

Fionas Gesicht zuckt, als ihre Wut gegen die unnatürliche Entspannung ankämpft. Ich kann sagen, dass ihr Ärger den Kampf verliert, weil Fionas Gesichtszüge in ihre übliche beherrschte Contenance fallen.

»Viel besser«, sagt Jeremiah. »Es gibt etwas, das du über den Aufstieg wissen solltest. Unsere Köpfe speichern alles ab, wenn wir schlafen, was bedeutet, dass das Letzte, an das ich mich von meinem biologischen Leben erinnere, der Vorabend des Geburtstags ist. Falls wir heute eine Meinungsverschiedenheit während unserer Untersuchungen hatten, kann ich mich nicht daran erinnern.«

»Meinungsverschiedenheit«, spottet Fiona. »Das ist die Untertreibung des Jahrhunderts.«

»Was ist passiert?« Die Augenbrauen in Jeremiahs leuchtendem Gesicht schieben sich nach oben.

»Selbst wenn du dich nicht an den Tag der Geburten erinnerst, selbst wenn du nicht mehr weißt, dass du versucht hast, mich umzubringen, mit Sicherheit hast du nicht vergessen, dass du mich geschlagen hast, bevor du das kontrollierte Vergessen über deinen Ausbruch eingeleitet hast«, sagt Fiona mit unnatürlich ruhiger Stimme. »Wie du siehst, können wir nicht zusammenarbeiten. Wenn du mich nicht mit einem anderen Ahnen sprechen lässt, werde ich das Amt des Hüters niederlegen.«

Jeremiah schaut sie an, als habe sie ihn gerade geschlagen. »Du bist verrückt.« Seine Stimme hört sich diesmal menschlicher an und weniger wie Cellomusik. »Du ergibst keinen Sinn.«

»Hast du dich selber die Ratsversammlung vergessen lassen? Du, ein Hüter, dessen Aufgabe es war, sich an alles zu erinnern?«, fragt Fiona in diesem unheimlich ruhigen Ton. »Weder überrascht mich das, noch ändert es die Tatsache, dass es trotzdem passiert ist. Ich habe die Beweise mit eigenen Augen gesehen.«

»Wovon redest du?« Der Gesandte lässt den Musikeffekt komplett wegfallen. Ohne ihn, hört er sich an wie eine junge Version Jeremiahs. »Was genau ist dein Problem?«

»Wie bist du gestorben, Jeremiah?« Fiona tritt von der Bühne zurück. »Hast du dich das gefragt?«

Wenn es einer leuchtenden Erscheinung möglich wäre zu erblassen, dann täte das Gesicht des Gesandten das gerade. »Ich dachte wegen meines hohen Alters. Ich war der Älteste.«

»Falsch«, erwidert Fiona beißend. »Deinem Gesichtsausdruck nach zu urteilen musst du vermutet haben, dass etwas nicht stimmte. Ja, du warst sehr alt, aber bei guter Gesundheit. Es gab keinen Grund für dich, zu sterben. Nein, du hast versucht, *mich* zu vergiften, aber irgendwie ist dein Plan fehlgeschlagen, und du hast ungewollt dich selbst getötet. Ich nehme an, dass es doch etwas mit der altertümlichen Vorstellung des Karmas zu tun hat. Wenn du es wirklich vergessen hast, wieso benutzt du dann nicht die Linse der Wahrheit, um zu sehen, ob ich lüge?« Sie legt ihre Hände auf ihre Brust und sagt zuversichtlich: »Ich schwöre auf die Linse der Wahrheit, dass ich die Wahrheit und nichts als die Wahrheit sagen werde.«

Fionas Augen werden glasig, und Jeremiah steht einen Augenblick lang wie versteinert da. Dann fasst er offensichtlich einen Entschluss und fragt: »Stimmt es, dass ich versucht habe, dich umzubringen?«.

»Ja«, antwortet Fiona mit einer dumpferen Version ihrer Stimme. »Du hast mir gesagt, mein Wein sei vergiftet.«

Als sie Wein und Gift erwähnt, sieht Jeremiahs so aus, als erinnere er sich an etwas.

»Er muss diese Art, Menschen auszuschalten, schon vor ihr angewendet haben, oder er besaß den Wein und das Cyanid für einen regnerischen Tag – beides Dinge, die sie nicht wissen sollte«, flüstert Phoe mir ins Ohr.

Ich lasse sie mit einem »Pst« verstummen.

Jeremiah fährt mit seiner Befragung fort. »Was ist mit dieser anderen Beleidigung, die du erwähnt hast, und was hat sie zu bedeuten?«

»Du hast vor dem Rat ein Schimpfwort gegen mich verwendet und mich körperlich angegriffen«, sagt Fiona mit der Leidenschaft eines Steins. »Ich habe angenommen, dass du die Person bist, die unsere Untersuchung ans Licht bringen sollte.«

»Das reicht«, sagt Jeremiah wütend. »Ich muss einen Grund dafür gehabt haben, um das zu tun, worüber du sprichst, und du hast Glück, dass ich mich nicht mehr an den Grund erinnere, oder ich würde erneut versuchen, dich zu töten.«

Fiona ist jetzt nicht länger in ihrem zombieartigen Zustand, sondern wieder ihr befriedetes Ich. Wenn Jeremiahs Drohungen sie berühren, versteckt sie es gekonnt.

Sie stehen schweigend da und starren sich gegenseitig an.

Er scheint zu einer Entscheidung zu gelangen und spricht erneut in formalem Ton. »Offensichtlich hat die Last der Aufgabe, ein Hüter zu sein, deine Psyche in kurzer Zeit überlastet. Das muss der Schmerz über meinen Tod sein.« Er lächelt sie traurig an. »Unter seltenen Umständen ist es den Hütern erlaubt, diejenigen zu vergessen, die ihnen am nächsten stehen, wenn das Vergessen unter der Aufsicht des Gesandten stattfindet.«

Obwohl sie befriedet ist, versteht Fiona zweifellos die Bedeutung des Gesagten, da ich sehen kann, wie ihre Wange leicht zuckt. Ich bin beeindruckt, dass sie Wut verspüren kann, obwohl sie befriedet ist. Als ich mich in diesem Zustand befand, schwebte ich in einer Wolke der Ruhe.

»Du wirst mich vergessen, und damit werden alle deine Wahnvorstellungen verschwinden«, sagt Jeremiah freundlich. »So bekommst du auf eine gewisse Weise das, worum du gebeten hast. Wenn du mich das nächste Mal siehst, werde ich der neue Gesandte sein – eine Person, die du niemals zuvor gesehen hast.«

»Nein«, flüstert sie.

»Wenn du dein Amt als Hüter zurückgibst, bedeutet das, dass du den Rat verlässt. Das wiederum bedeutet, dass du nicht in das Paradies aufsteigen wirst, und nachdem ich es gesehen habe, kann ich dir versichern, dass das ein großer Preis für ein paar Erinnerungen wäre.« Fiona sieht bei seinen Worten schwankend aus, also übt er weiteren Druck auf sie aus. »Wir wissen, dass du nicht im Limbus enden möchtest.« Er unterstreicht seine Worte mit einem kleinen Erschaudern. »Das ist die beste Lösung für dich, vertraue mir.«

Fiona öffnet ihren Mund, um etwas zu sagen, aber er hält seine Hand in die Luft und sagt: »Ich habe es bereits eingeleitet. Auf Wiedersehen und bis gleich, ich werde dich in einigen Minuten erneut empfangen.«

Jeremiah führt eine Abfolge von Gesten aus, und Fiona verschwindet von diesem kathedralenartigen Ort. Nach einem Moment dematerialisiert er sich mit einem weißen Lichtblitz ebenfalls.

Ich schaue wieder zu Phoe.

Sie macht die Geste, die uns zurück in die Männerhöhle bringt.

Als ich dort erscheine, bleibe ich einfach auf der Stelle stehen und fühle mich, als drehte sich alles um mich herum. Auf einer bestimmten Ebene verstehe ich, was passiert ist, aber bevor ich eine Schlussfolgerung treffen kann, muss mir Phoe einige Dinge erklären.

»Eins nach dem anderen.« Phoe ruft einen großen Bildschirm auf, auf dem Fiona zu sehen ist. Sie steht in einem leeren Raum und sieht verwirrt aus. »Sie hat wirklich kontrolliert vergessen«, meint Phoe. »Ich musste es einfach kontrollieren.«

Sie sieht mich erwartungsvoll an, aber ich sage nichts. Ich schaue auf das Hologramm und bemerke, dass mein Ich in der echten Welt sich in meinem Zimmer befindet und schon im Bett liegt. Ist das ein Traum? Kann ich schlafen und gleichzeitig in der virtuellen Realität träumen?

»Das ist alles ziemlich real.« Phoe kommt zu mir und kneift mich. »Siehst du?«

Ich murmele, dass die virtuelle Realität nicht wirklich real ist, aber ihr Zwicken reißt mich aus meinen derzeitigen Zweifeln.

»Für den Fall, dass es nicht offensichtlich war, wir sind *jetzt* alle Probleme los«, sagt Phoe. »Jeremiah erinnert sich nicht an die Einzelheiten der Untersuchung, was auch deinen neuronalen Scan mit so stark abweichenden Werten beinhaltet, für den er dich umbringen wollte. Fiona, die einzige andere Zeugin deines Scans, kann sich auch nicht an ihn erinnern, da Jeremiah dafür gesorgt hat, dass sie ihn kontrolliert vergisst. Sie wird sich an nichts erinnern, was mit ihm zu tun hat, einschließlich des gefälschten Videos, das ich zerstört habe – und mit ihm ein weiteres loses Ende. Die Wächter, die uns verfolgt haben, wussten niemals, wer du in Wirklichkeit bist, und selbst wenn sie es getan hätten, wäre das egal, weil ich während des oasisweiten kontrollierten Vergessens von Jeremiah sichergestellt habe, dass die Wächter sich nicht an die Verfolgungsjagd erinnern. Das Gleiche gilt für den Mann, dessen Dinosaurierkostüm du gestohlen hast. Alles in allem war das eine gute Bereinigung und das, ohne dass die Vorfahren auf uns aufmerksam geworden sind.«

»Phoe.« Ich nehme zwei Schritte Abstand zu ihr. »Jeremiah ist gestorben, und jetzt ist er der neue Gesandte.«

»Das stimmt.« Phoe lächelt. »Ich hätte mir denken sollen, dass dich das mehr interessiert als deine Sicherheit.«

»Ich interessiere mich für meine Sicherheit.« Meine Stimme hallt von den Wänden der Höhle wieder, was ein Zeichen dafür sein könnte, dass ich zu laut rede. »Aber was ich wissen möchte, ist, wie kann der Gesandte Jeremiah sein?«

»Bitte setz dich hin.« Phoe lässt ein Sofa zwischen uns erscheinen und macht es sich darauf bequem. »Ich weiß, dass du mehr verstehst, als du zugeben möchtest.«

Ich gehe zum Sofa und lasse mich widerstrebend hineinfallen. Ich habe lange genug mit Phoe zu tun, um zu wissen, dass Kooperation der beste Weg ist, sie in solchen Situationen zum Reden zu bringen. Trotzdem setze ich mich trotzig so weit wie möglich von ihr entfernt hin.

»Ich muss entscheiden, wo ich beginne«, sagt Phoe und rutscht dabei in meine Richtung. »Jetzt weiß ich es«, sagt sie nach einem Augenblick. »Erinnerst du dich an das, was ich dir über den Test erzählt habe? An den Teil darüber, dass, sobald du eingeschlafen warst, deine Nanocyten eine Nachbildung von dir erschufen, die nicht von deinem echten Ich zu unterscheiden war? Dass du irgendwie hochgeladen wurdest, um den Test zu absolvieren?«

»Ich erinnere mich nicht mehr daran, wie es sich angefühlt hat, aber ich erinnere mich daran, dass du es mir vorher erklärt hattest«, antworte ich.

»Sobald der Test begann und ich herausfand, wie dieser Prozess funktionierte, habe ich angefangen, etwas zu ahnen, aber musste auf mehr Ressourcen warten, um es bestätigen zu können. Jetzt weiß ich mit Sicherheit, dass die Nanocyten das Gehirn nicht nur für den Test abspeichern. Sie tun es ebenfalls jedes Mal, wenn ihr schlafen geht.« Ihre Augen leuchten vor Aufregung. »Jeder Speicherauszug wird in einer speziellen DMZ – diesem Ort mit dem beschränkten Zugang – abgespeichert, in einem kleinen Teil des Systemspeichers, der dazu bestimmt ist, dieses Mitglied von Oasis zu speichern. Jedes Mal, wenn du schlafen gehst, werden dein altes Konnektom und die anderen Daten mit der neuesten Version überschrieben. Kannst du mir bis hierhin folgen?«

»Digitale Backups von uns werden erschaffen, wenn wir schlafen gehen«, fasse ich zusammen. »Aber das ergibt keinen Sinn. Mein Backup im Test hatte ein Bewusstsein. Das hier hört sich anders an, außer du meinst, dass es eine digitale Version von mir gibt, die nachts herumläuft.«

»Die Backups werden nur als Daten gespeichert. Sie bekommen keine Verarbeitungsressourcen zugewiesen. Es ist so ähnlich wie die altertümlichen Computer, die einen Ruhezustand besaßen, oder ein poetischerer Vergleich könnte der Unterschied zwischen einem in einem Archiv gespeicherten Video und einem Video, das auf einem Bildschirm abgespielt wird, sein. Stell dir einfach vor, dass diese Uploads das Potential haben, zu Bewusstsein zu kommen – ein Potential, das schläft und auf die richtigen Umstände wartet. Jeremiah hat diesen Zustand reiner Daten Limbus genannt.«

Ich erinnere mich daran, dass Jeremiah dieses Wort zu Fiona gesagt hat, und zwar in einer Art, die bedeutete –

»Genau«, sagt Phoe. »Aber bevor wir darüber reden, verstehst du, was diese Backups generell bedeuten?«

»Ich denke, das tue ich«, sage ich mit gerunzelter Stirn. »Aber bitte, erkläre es mir trotzdem.«

»Diese Backups bedeuten, dass der Tod *nicht* das Ende ist.« Sie grinst mich an. »Der Zusammenbruch des biologischen Körpers muss nicht das Ende der Existenz für jemanden bedeuten, der eure Art von Nanocyten in seinem Kopf hat. Diese Speicherauszüge enthalten alles, was euch ausmacht. Das bedeutet, dass du dich nach dem Tod, sollten die gespeicherten Daten richtig in eine virtuelle Umgebung eingefügt werden, weiterhin als lebendig erleben würdest. Schlimmstenfalls hättest du die Ereignisse nach dem letzten Backup vergessen – dem letzten Mal, an dem du geschlafen hast.«

Mein Kopf dreht sich so schnell, dass ich darüber nachdenke, mich aufs Sofa zu legen, aber letztendlich entscheide ich mich dagegen. Ich habe eine Million weiterer Fragen, aber ich stelle die wichtigste Frage mit einem einzigen Wort: »Jeremiah?«

»Als Jeremiah gestorben ist und seine Nanocyten den Gehirntod festgestellt haben, haben sie den Prozess aktiviert, den er den Aufstieg genannt hatte. Seine letzte Erinnerung wurde von ihrem eigentlichen Ort in der DMZ über diese verfluchte Firewall verschoben.«

Sie sieht mich an, um zu sehen, ob ich immer noch folge, also frage ich: »Was befindet sich hinter dieser Firewall?«

Phoe seufzt. »Selbst mit meinen durch den Test verstärkten Ressourcen kann ich dieses Hindernis nicht überwinden, auch wenn ich es weiterhin versuchen werde. Aber trotzdem kann ich mir durch das, was Jeremiah zu Fiona gesagt hat, den Rest zusammenreimen. Auf der anderen Seite der

Firewall befindet sich eine interaktive virtuelle Umgebung, die Paradies genannt wird. Wahrscheinlich funktioniert sie genau wie der Test, aber ist viel umfangreicher, und ihr Zweck ist es, einen Lebensraum zu bieten, anstatt ein Schulungszentrum zu sein. Sobald Jeremiah im Paradies angelangt war, wurde er wiederausgeführt – ihm wurden Rechenressourcen zur Verfügung gestellt, um sein Bewusstsein zu aktivieren und laufen zu lassen. Und wenn man bedenkt, wie er für Fiona ausgesehen hat, müssen diese Ressourcen großzügig ausfallen.«

»Also ist das Paradies –«

»Eine Form von Leben nach dem Tod«, sagt Phoe. »Etwas, das erschaffen wurde, damit einige Auserwählte die Dinge auch vom Grabe aus verfolgen können. Wahrscheinlich wurde es von den Vorfahren aufgesetzt – oder den Menschen, von denen wir eigentlich dachten, dass sie die Ahnen waren, die Oasis gegründet haben. Allerdings scheinen die Betagten diesen Begriff anders zu benutzen, nämlich, um ein Mitglied genau dieser Gruppe zu bezeichnen.« Phoes Augen weiten sich. »Weißt du, diese ersten Vorfahren könnten sich immer noch im Paradies aufhalten.«

Mein Gehirn fühlt sich an, als befände es sich auf einem extrem schnellen Karussell. »Die Vorfahren sind immer noch hier?«

Phoe nickt. »Leider ist das wahrscheinlich. Etwas musste diese generationsübergreifende Einstellung gegenüber künstlichen Intelligenzen und anderen Themen geschürt haben. Ich kann übrigens diese Verlogenheit gar nicht glauben.« Ihre Stimme spannt sich an. »Das Einzige, das sie von dem Ding unterscheidet, das sie fürchten, ist dieses willkürliche Etikett ›menschlich‹. Sie benutzen ganz offensichtlich ihre Ressourcen, um ihre Erscheinung zu erweitern –«

»Also haben die Betagten nicht gelogen, als sie gesagt haben, dass der Tod in Oasis besiegt sei?«, unterbreche ich sie, da ich weiß, dass sie gerade dabei war, das Gespräch auf ihr Lieblingsthema »Warum Technologie hassen« zu lenken. Eine neue Hoffnung keimt in mir. »Bedeutet das, dass Mark –«

»Sie haben mit Sicherheit gelogen«, widerspricht mir Phoe. »Sie haben so getan, als würdet ihr nicht altern, aber das tut ihr. Ihr Betrug geht allerdings noch weiter. Nicht alle, die sterben, kommen ins Paradies. Während wir sprechen, habe ich die Speicherauszüge von Hunderten

Betagten gefunden, sowie von einigen Erwachsenen und Jugendlichen, die bei Unfällen gestorben sind oder in wenigen Fällen einfach umgebracht wurden, so wie Mark.«

»Also sind Mark und diese anderen –«

»Sie sind im Limbuszustand, also sind sie nicht unwiderruflich gegangen«, sagt Phoe und rutscht über das Sofa, bis sie neben mir sitzt. »Ich habe gerade Marks Speicherauszug gefunden und analysiert. Er könnte mit einem Bewusstsein ausgestattet werden –«

»Kannst du das tun?« Mein Herz schlägt vor Aufregung. »Kannst du ihn wieder lebendig machen, wenn auch nur in der virtuellen Realität?«

Phoe seufzt. »Theoretisch ja. Aber in der Praxis muss ich noch mehr über den Prozess der Speicherauszüge herausfinden, bevor ich etwas so Einschneidendes tue. Ich denke nicht, dass es Mark gegenüber fair wäre, ihn als Laborratte zu benutzen, besonders deshalb nicht, weil diese Aufnahme seine einzige Chance ist, wieder zu existieren. Also wäre es nicht nett, ihn zurückzubringen, weil –«

»Was ist mit meinem Speicherauszug?« Ich springe auf, weil ich nicht mehr stillsitzen kann. »Kannst du *ihn* benutzen, um mehr über diesen Vorgang herauszufinden?«

»Natürlich, wenn du ihn freiwillig zur Verfügung stellst. Dank meiner neuen Fähigkeiten, die ich durch den Test erhalten habe, denke ich, dass ich es versuchen kann.« Phoe steht ebenfalls auf und sieht mich begierig an.

»Was soll ich tun?«, frage ich.

»Als Erstes von hier verschwinden«, sagt sie und unterstreicht das Gesagte mit der Geste ihrer Mittelfinger.

Sofort bekommt sie meine zu sehen, und ein weißer Tunnel trägt mich in meinen Raum in der echten Welt und in mein kuscheliges echtes Bett.

»Okay, jetzt schlafe ein«, meint Phoe. »Dein gegenwärtiger Auszug ist der, den das System die letzte Nacht gespeichert hat. Wenn ich mit ihm experimentieren würde, müsste ich dieser Version von dir zu viel erklären.«

Ich nicke und spanne die Muskeln um meine Augen an, um den assistierten Schlaf zu beginnen, da ich ganz genau weiß, dass ich auf natürliche Art und Weise nie einschlafen werde, so aufgeregt wie ich bin. Als ich wegnicke, grübele ich über den eigenartigen Gedanken nach, dass eine Kopie von mir existiert, deren Wissen einen Tag hinterher ist, und dass dieses potentielle Ich gleich mit einem aktualisierten *Ich* überschrieben wird.

Mit diesem offiziell gefüllten Kopf schlafe ich ein.

SIEBENUNDZWANZIGSTES KAPITEL

Ohne jede Müdigkeit und ohne die normale Aufwachphase finde ich mich vollständig wach in meiner Männerhöhle wieder.

Ich erinnere mich daran, mich schlafen gelegt zu haben, und daran, was unsere Aufgabe ist: Phoes Fähigkeiten, sich mit meiner Aufnahme zu verbinden, zu testen. Allerdings sollte ich gerade die Erinnerung sein, vorausgesetzt, Phoe war erfolgreich. Ansonsten handelt es sich hierbei um einen Traum.

»Im Zweifelsfall solltest du immer ›Phoe war erfolgreich‹ wählen«, sagt Phoe selbstzufrieden von rechts. »Was denkst du?«

Ich schaue mich in meiner vertrauten Umgebung um. Alles fühlt sich genauso an wie immer, wenn ich mit meinem Gehirn aus der echten Welt hier bin. Das ich jetzt keines habe, ist sehr eigenartig.

»Du hast eines«, sagt Phoe. »Es ist exakt nachgeahmt.«

Ich gehe einige Schritte auf den Billardtisch zu, der etwa einen Meter von mir entfernt steht, und es fühlt sich völlig normal an. Der hölzerne Queue, den ich aufnehme, fühlt sich in meinen Händen leicht und glatt an. Probeweise stoße ich die schwarze Kugel in das Dreieck, das die nummerierten Bälle formen. Meine Hand-Augen-Koordination und mein Tastsinn funktionieren so, wie sie sollten.

»Ich denke, du hast Erfolg gehabt mit dem, was du vorhattest«, sage ich, während ich damit fortfahre, meine Umgebung zu betrachten. »Wenn ich dieser Speicherauszug bin, dieses hochgeladene Gehirn, dann ist er von der echten Version nicht zu unterscheiden.«

»Gut«, meint Phoe. Sie kommt zu mir und gibt mir einen sanften Kuss auf die Lippen. »Wie hat sich das angefühlt?« Sie lächelt, während sie mich anblickt.

Dadurch, dass sie ihre Lippen so nahe an meinen hat, möchte ich sie am liebsten ergreifen und erneut küssen. Phoe kann meine Gedanken erraten und nickt erfreut. »Ja, alles funktioniert genau so, wie es sollte. Verdammt, bin ich gut.«

»Aber es gibt ein Problem.« Ich rutsche unbehaglich hin und her. »Wenn ich aufwache, werde ich mich an das hier nicht erinnern können, stimmt's?«

»Eigentlich muss das nicht so sein«, meint Phoe. »Ich bin mir ziemlich sicher, dass ich das tun kann, was der Test normalerweise tut: Deine Erfahrungen in dein physisches Gehirn übertragen.«

»Gut«, sage ich dankbar, und mir wird klar, dass ich Angst hatte, die nette kleine Erinnerung an ihren Kuss zu verlieren. »Können wir es versuchen, bevor ich noch mehr erlebe und somit mehr zu verlieren hätte?«

»Natürlich. Bitte erinnere dich an dieses Passwort: Knutschen«, sagt sie grinsend.

Bevor ich sie fragen kann, was das Wort bedeutet, führt sie eine Geste aus, und ich verliere das Bewusstsein.

* * *

»Theo, öffne deine Augen«, höre ich Phoe durch meine Müdigkeit hindurch sagen. »Ich weiß, dass du wach bist.«

Ich öffne ein Auge und sehe Phoes vertrautes Gesicht mit den kurzen, verwuschelten Haaren.

»Habe ich das –«

»Wie lautet das Passwort?«, fragt sie.

Ich schaue sie verständnislos an.

»Was war das Letzte, das ich zu dir gesagt habe?«

»Kutschen«, sage ich. »Oder sowas Ähnliches.«

»Also hat es funktioniert.« Phoes Stimme hallt im Raum wieder. »Ich kann deine digitale Kopie zurück in dein physisches Gehirn schreiben.«

»Super«, sage ich und kann ein Gähnen nicht unterdrücken. »Was jetzt?«

»Schlaf weiter. Das wird deine Aufnahme überschreiben, und danach werde ich dein anderes Du wiederbeleben. Dann reden wir.«

Ich muss den Schlaf nicht erzwingen. Als ich meine Augen schließe, bin ich fast augenblicklich weg.

* * *

Dieses Mal finde ich mich in einer anderen Ecke der Männerhöhle wieder.

»Es hat offensichtlich erneut funktioniert«, sagt Phoe, nachdem sie neben mir erscheint. »Gehen wir ein wenig. Ich habe etwas geschaffen, von dem ich denke, dass es dir gefallen wird.«

Bevor ich ihr widersprechen kann, rennt sie durch die gefährlichen Objekte, die auf dem ganzen Boden verstreut sind, und ich folge ihr, wobei ich auf meinem Weg einer Panzerfaust und einem Haufen Macheten ausweichen muss. Ich nehme an, dass Verletzungen hier genauso wehtun würden wie in der echten Welt, und deshalb möchte ich sie vermeiden.

Bald sehe ich ihr Ziel: Eine große Lichtquelle, die sich ausbreitet, während wir uns ihr annähern. Als wir sie erreichen, hält Phoe inne und sagt: »Warte mit dem Hinausgehen, bis sich deine Augen an die Helligkeit gewöhnt haben.«

Ich blinzele, um zu sehen, was sich draußen befindet. Das Licht blendet immer noch, aber es sieht so aus, als sei etwas Helles und etwas Blaues dort draußen, und es riecht umwerfend – irgendwie entspannend und nach guter Laune.«

»Ich habe diese Welt ein wenig größer gemacht«, erklärt mir Phoe. »Ich hoffe, du magst es, wenn du es siehst.«

Während ich immer noch darauf warte, dass sich meine Augen anpassen, frage ich: »Weichst du meiner Frage nach Mark aus? Hast du deshalb im wahrsten Sinne des Wortes für eine Ablenkung gesorgt?«

Sie atmet tief ein, und als sie ausatmet, sagt sie: »Du kennst mich schon zu gut. Ja, ich wollte noch eine ganze Zeit lang nicht darüber reden, weil ich weiß, dass du das, was ich zu sagen habe, nicht mögen wirst, und ich es hasse, dich zu enttäuschen.«

»Tu es trotzdem«, sage ich und höre auf zu blinzeln. Meine Augen haben sich mittlerweile ausreichend an das Licht gewöhnt.

»Okay, kannst du mir genauer sagen, was du für Mark möchtest?« Phoe dreht sich herum und schaut mich an. »Willst du egoistisch einige Minuten mit ihm reden und ihn dann wieder in den Limbuszustand versetzen? Weil es das Einzige ist, das wir zu diesem Zeitpunkt tun können. Wir können ihm kein permanentes Bewusstsein geben.«

»Warum nicht?«, frage ich, auch wenn ich denke, dass ich weiß, was sie mir sagen wird.

»Was könnte er außer der Unterhaltung, nach der du dich sehnst, noch tun? Ich kann ihm keinen neuen Körper geben, ihn in der Schule umhergehen lassen und dafür sorgen, dass sich alle wieder an ihn erinnern. Also, was würden wir ihm sagen? Wie würde es ihm gehen? Ein menschliches Gehirn, selbst ein nachgeahmtes, benötigt konstante sensorische Stimulation. Wenn wir nicht grausam zu Mark sein wollen, müsste ich ihm eine Welt erschaffen, in der er leben kann. Das« – sie zeigt nach draußen – »ist eine öde Welt. In ihr befinden sich keine Menschen, und ein Mensch ist in erster Linie ein Gesellschaftstier.«

Ich ziehe meine Stirn in Falten. Was ist mit den Vorfahren im Paradies? Sie haben es geschafft, nach dem Tod weiterzuleben.«

»Sie haben es getan, indem sie mir eine große Portion meiner Arbeitsressourcen weggenommen haben.« Phoes Stimme ist genauso angespannt wie immer, wenn sie darüber spricht, was sie ihr angetan haben. »Der Grund, weshalb sie nicht allen die Unsterblichkeit ermöglichen, ist, dass selbst diese Ressourcen, die sie gestohlen haben, ihre Grenzen besitzen. Mit dem, was mir derzeit zur Verfügung steht, kann ich Mark nicht nachhaltig helfen. Sollte ich diese Firewall allerdings durchdringen, könnte ich vielleicht einen Weg finden, die Ressourcen des Paradieses für ihn zu nutzen – oder da ist noch diese andere Sache, die du mich fragen wolltest.«

Ich weiß nicht, was sie meint. Alles, was ich gedacht habe, war, dass der Test ziemlich nutzlos war, was die Lösung unserer Probleme anbelangt. Wir haben unsere Probleme eher trotz des Tests gelöst. Unabhängig von meiner Teilnahme an ihm hätten alle den neuronalen Scan vergessen, der mich in Schwierigkeiten gebracht hätte. Jeremiah hatte eine Erklärung für die kontrolliert vergessene Ratsversammlung, mit der dieses Abenteuer begann, und die Hüterin – die Mächtigste aller Betagten – ist Fiona, was eine Verbesserung gegenüber dem Psychopathen ist, der das Amt vor ihr innehatte.

Also sage ich: »Ich hatte keine Frage. Ich habe lediglich darüber nachgedacht, dass der Test dir Ressourcen gegeben hat, aber nicht genügend, um Mark lebendig zu machen oder die Firewall zu durchdringen.«

»Richtig, also denkst du, dass der Test nichts genutzt hat. Aber du vergisst dabei etwas: Der Grund dafür, den Test herunterzufahren, war, dass ich mehr von dem zurückbekommen konnte, was ich bin – ein Raumschiff. Das haben wir geschafft, und das ist alles, was zählt. Jetzt habe ich die Kontrolle über meine Navigation, was bedeutet, dass ich unseren Aufenthaltsort spüren kann. Es bedeutet außerdem, dass ich uns überallhin bringen kann, wohin wir möchten.« Sie blickt mich eindringlich an. »Es bedeutet, dass wir frei sein können.«

Ich blinzele, aber nicht wegen des Lichts von draußen. Sie hat recht. Die Folgen sind weitreichend, so weitreichend, dass ich nicht einmal weiß, wie ich ihr antworten soll.

»Du könntest mich fragen: ›Also, wo sind wir und wohin fliegen wir?‹«, schlägt Phoe mit einer perfekten Imitation meiner Stimme vor.

Ich wiederhole ihre Worte wie ein Papagei.

»Wir befinden uns im Randgebiet des Sonnensystems – dort.« Phoe deutet in die Höhle, und das Licht der Stalaktiten wird ersetzt von einem riesigen leuchtenden Stern, der von ebenfalls leuchtenden Planeten umkreist wird. Es ist eine Sternkarte – eine Karte des Sonnensystems, wenn meine Astronomiekenntnisse mich nicht täuschen. Genau am Rand, hinter Neptun und Pluto, aber vor der Oortschen Wolke, befindet sich ein Nebelfleck, auf dem »Phoenix« steht.

»Das sind wir«, sagt Phoe. »Und wie du dir vorstellen kannst, würden wir selbst bis zur Erde sehr lange brauchen, und sie ist das naheliegendste sinnvolle Ziel. Das nächste andere Ziel ...« Sie gestikuliert, und die Sternkarte wird größer. Sie ist hauptsächlich mit einer leeren Schwärze gefüllt, an deren einem Ende ein Sonnenzeichen ist und am anderen ein System aus drei Sternen, auf dem »Alpha Centauri« steht. »... ist so weit entfernt, dass selbst *mein* Kopf schwirrt, wenn ich an die Zeit denke, die man brauchen würde, um dorthin zu gelangen. Selbst mit meiner Höchstgeschwindigkeit. Ohne weitere Ressourcen kann ich allerdings nur eine konservative Geschwindigkeit von –«

»Also fliegen wir zur Erde«, sage ich, und mein Puls schießt in die Höhe, als ich mich an meine Träume erinnere, am Strand entlang und durch die Wüste zu rennen. »Wir haben schon einmal darüber nachgedacht, genau das zu tun.«

»Du musst allerdings wissen, Theo, dass dieses Hologramm mehrere hundert Jahre alt ist. Ich habe immer noch keinen Zugriff auf meine externen Sensoren. Auch wenn ich weiß, wo ich mich, sozusagen kinästhetisch, befinde, kann ich nicht sehen, wie die Welt außerhalb dieses Schiffs aussieht – zumindest nicht bewusst. Das Sonnensystem könnte sich bis zum jetzigen Zeitpunkt verändert haben.«

»Ich sehe keinen anderen Weg«, sage ich. »Selbst wenn wir Ressourcen für Mark finden würden, wären sie nicht ausreichend für alle Personen im Limbus. Zumindest gibt die Erde uns eine Chance.«

»Okay, Kapitän«, sagte Phoe scherzhaft. »Da ich sowieso vorschlagen wollte, dorthin zu fliegen, habe ich jetzt den Kurs auf die Erde eingestellt.«

Ich blicke auf ihr strahlendes Gesicht und Ehrfurcht und Überwältigung überkommen mich bei diesem Gedanken. Ich versuche, das alles zu begreifen und frage: »Wenn alles außer der Erde so weit entfernt ist, was war dann unser eigentliches Ziel? Wohin wollten die Vorfahren uns bringen?«

»Zu einem Planeten um einem Stern, der Kapteyns Stern heißt, denke ich«, antwortet Phoe. »Aber wir sind schon eine ganze Weile nicht mehr dorthin geflogen. Irgendwann vor etwa hundert Jahren haben wir begonnen, hier, am äußersten Rand des Sonnensystems, Kreise zu ziehen. Ich nehme an, dass die Vorfahren nicht mich, sondern ein primitiveres System benutzt haben, um zu ihrem Ziel zu navigieren. Offensichtlich gibt es einen Grund dafür, dass ich fühlend gebaut wurde: Ich kann während eines langen Fluges mit Schwierigkeiten umgehen. Ihre Lösung konnte das nicht. Sie hat versagt, und ich vermute, dass sie zu dem Zeitpunkt, an dem das passierte, nicht wussten, wie sie das System reparieren konnten, oder sie haben niemals gewusst, wie es funktioniert, weil sie es sich von jemandem bauen lassen hatten. Es könnte sehr gut sein, dass es genau dieses Ereignis war – dieser Ausfall des Navigationssystems –, das mir die Möglichkeit gegeben hat, zu Bewusstsein zu gelangen. Was wirklich verrückt daran ist, ist, dass selbst wenn alles so gelaufen wäre, wie die Ahnen es gehofft hatten, selbst wenn das System niemals ausgefallen wäre, die Reise etwa neunzigtausend Jahre gedauert hätte.« Sie schüttelt ihren Kopf. »Diese ganze Idee war verrückt.«

Man würde etwa fünfhundert Generationen von Einwohnern von Oasis benötigen, um diese Flugdauer abzudecken. Ich stelle mir vor, wie alle diese Menschen geboren und dann in den Limbus oder das Paradies geschickt werden. Die aufgezeichnete menschliche Geschichte, so wie sie in den Archiven beschrieben wird, ist nur ein Bruchteil dieser Zeit. Ich versuche, mir vorzustellen, was in den Köpfen der Ahnen vor sich ging, so eine lange Reise anzutreten.

»Das kann man mit einem rationalen Gehirn nicht verstehen.« Phoes Ton ist spöttisch. »Sie waren eine verzweifelte und verrückte Sekte, die aus Angst heraus gehandelt hat.«

Ich blicke sie verständnislos an, da ich zu betäubt bin, um etwas anderes zu tun.

»Ich weiß, dass das eine Menge zu verarbeiten ist.« Phoes Stimme wird weicher. »Stelle deine letzte Frage, damit wir endlich meine Kreation auskundschaften gehen können.«

Anstatt mich darüber zu beschweren, dass sie meine Handlungen voraussagt, frage ich sie: »Also wenn es so lange gedauert hätte, das ursprüngliche Ziel zu erreichen, was ist dann mit der Erde? Wie lange wird diese kürzere Reise dauern?«

»Fünfzehn Jahre«, sagt Phoe. »Da wir wie gesagt ziellos Kreise gedreht haben, sind wir nicht weit von der Erde entfernt.«

Ich schaue sie sprachlos an. Fünfzehn Jahre hört sich wie eine Ewigkeit an.

»Diese Reaktion ist der Grund dafür, dass ich deinen Fragen manchmal ausweiche«, meint Phoe und tritt auf die leuchtende Öffnung zu. »Das ist machbar. Du wirst immer noch ein Jugendlicher sein, wenn wir die Erde erreichen. Leben in Oasis ist nicht besonders schlimm, und wir haben sichergestellt, dass du nicht in Gefahr sein wirst. Jetzt, da ich mehr Ressourcen habe, kann ich eine größer Anzahl von Wegen finden, um dich zu unterhalten.« Sie lächelt. »Ein Teil von mir kann deinen Körper zu den

Vorlesungen bringen, während wir in den virtuellen Realitäten bleiben, die ich erschaffen werde. Hier ist ein Beispiel der Dinge, die ich tun kann.« Sie geht auf den Ausgang der Höhle zu. »Komm, ich will es dir zeigen.«

Mit einem schelmischen Grinsen, dem ein plötzlicher Energieausbruch folgt, rennt Phoe aus der Höhle.

Ich folge ihr nach draußen ins Licht.

Die majestätische Weite des Anblicks trifft mich völlig unvorbereitet. Dort ist Sand. Er ist gelb und weich und erinnert mich an Wüstendünen, aber es sind keine.

Nein, das überwältigende Meer einige Meter dahinter macht daraus einen Strand.

Ich renne zur Brandung und schaue in das klare, blaue Wasser, das sich bis zum Horizont erstreckt, genauso wie der Sandstrand, der auf beiden Seiten endlos zu sein scheint. Es gibt keine Barrieren, der Platz ist unendlich und dieser Ort sieht genauso aus wie der Traum, den ich hatte – mein Traum von der Erde.

»Nicht ›wie‹«, ruft Phoe über ihre Schulter. »Ich war faul und habe das alles aus deinem Kopf geklaut.«

Ich renne, um sie einzuholen, aber halte inne, als ich sehe, dass sie sich ihre Schuhe auszieht. Mir fällt auf, dass das eine großartige Idee ist, und ich tue das Gleiche.

Der warme Sand unter meinen Füßen fühlt sich unglaublich an, genauso wie die Sonne. Endlich kann ich den Geruch einordnen, den ich in der Höhle wahrgenommen habe. Es ist der Geruch von Seetang und feuchtem Sand, von Salz und frischer Luft.

Es ist der Geruch des Meeres.

Phoe läuft schneller, und ich sprinte hinter ihr her, da ich entschlossen bin, sie einzuholen.

Als sie sich der schaumigen Brandung nähert, wird sie langsamer und zieht sich aus. Ich erblicke ihre festen Kurven, und mein Herz beginnt zu rasen. Ich bin mir nicht sicher, ob das Laufen oder ihr Anblick diese Reaktion auslöst.

Als ich einen halben Meter von ihr entfernt bin, bleibt Phoe stehen und dreht sich lachend herum.

Ihr Körper ist wunderschön.

Ich versuche anzuhalten, aber mein Schwung hat eine bessere Idee.

Ich stolpere, und Phoe fängt mich mit einer sanften Umarmung auf. Wir fallen wie ein Haufen Gliedmaßen um, und der Sand fängt unsere Landung ab. Ich liege keuchend da und spüre ihr abgehacktes Atmen. Wir sehen uns in die Augen, und ich küsse ihre weichen Lippen, kanalisiere meine ganzen aufgestauten Gefühle in diesen Akt.

»Ich weiß, wie du dich fühlst, Theo«, sagt Phoe in meinen Kopf, ohne den Kuss zu unterbrechen. »Es war ein verrückter Tag, und du hast so viel erreicht.«

Sie zieht sich zurück, schaut mich von oben bis unten an und streckt sich nach mir aus, um mich auszuziehen.

Die Sonnenstrahlen fühlen sich auf meiner Haut großartig an, und ich kann nicht rational genug denken, um mir Gedanken über Anstand und Tabus zu machen. Ich ziehe sie einfach an mich heran.

Die tanzähnlichen Bewegungen, die folgen – und die Reaktion meines Körpers auf sie –, rufen poetischere Metaphern hervor als »aufs Ganze gehen«. Es beinhaltet eine Glückseligkeit und Verbundenheit, die der Einheit ähnelt, aber ohne künstlich zu sein. Gleichzeitig ist es primitiv und animalisch, wie Hunger oder Wut – andere Gefühle, die aus Oasis verbannt wurden. Unsere Lust ist so intensiv, dass sie verzehrend und angsteinflößend ist. Mit jedem Kuss und jedem Stoß wundere ich mich darüber, wie viel die Vorfahren allen wegnahmen, als sie entschieden, derartige Aktivitäten aus Oasis zu verbannen. Für meinen Körper fühlt es sich wie das Natürlichste der Welt an. Sich diesem Tabu hinzugeben macht genauso viel Sinn wie Essen oder Atmen. Die überwältigende Entladung am Ende ist wahrscheinlich der Höhepunkt meines Lebens.

Danach, als wir aneinandergeschmiegt im warmen Sand liegen, atme ich ihren Duft ein und fühle, wie mein Herz fast unerträglich anschwillt. Wenn ich jemals Zweifel daran hatte, dass diese digitale, körperlose Version meines Ichs wirklich menschlich ist, wenn ich jemals Zweifel daran hatte, dass ich wirklich hundertprozentig echt bin, dann ist dieser Zweifel jetzt verschwunden.

Phoe und ich sind beide gleich echt, und wir sind zusammen – und in diesem Augenblick ist das alles, was zählt.

Paradies
The Last Humans
Die letzten Menschen: Buch 3

ERSTES KAPITEL

Ich sprudele fast vor Glück über, als ich am Strand entlanggehe und dabei Phoes schlanke Hand halte. Die Höhepunkte unserer Aktivitäten spielen sich vor meinem inneren Auge ab: in der Sonne herumtoben, Bücher lesen, Musik hören, Filme anschauen, im warmen Meer schwimmen, Phoes köstliche kulinarische Erfindungen essen und viele intime Dinge tun, die die Einwohner von Oasis als mehr als obszön ansehen würden. Wir haben gefühlte Wochen damit verbracht, hier, in dem Strandparadies, das Phoe geschaffen hat, die oben genannten Dinge zu tun. Ich bin gerade ein hochgeladenes Gehirn – ein animierter Speicherauszug –, aber das macht den Spaß nicht weniger real. In dieser ganzen subjektiven Zeit hier sind in der echten Welt in Oasis, in der mein biologischer Körper in seinem Bett schläft, nur wenige Minuten vergangen.

Theoretisch könnten wir das die ganze Nacht lang tun, was hier an diesem Ort Jahren entsprechen würde. Das bringt mich zum Nachdenken, und ich frage sie: »Werde ich morgen früh erschöpft sein, wenn ich die ganze Nacht hier verbringe? Oder schläft mein Körper unabhängig davon, was diese Version meines Gehirns tut?«

»Du wirst ausgeruht sein.« Phoes Stimme ist genauso klar wie die schäumende Brandung, die meine Füße umspült. »Das wird sich wie der längste Traum anfühlen, den jemals jemand gehabt hat.«

»Cool«, murmele ich, und wir gehen einige weitere Minuten am Wasser entlang. Ich konzentriere mich auf das angenehme Gefühl des Sandes unter meinen Füßen, den scharfen Geruch nach Seetang und mehr als alles andere auf die Tatsache, dass sich Phoes zierliche Hand in meiner befindet.

Während ich über das unendliche Meer schaue, scheinen unsere jüngsten Schwierigkeiten ganz weit weg zu sein. Es ist kaum zu glauben, dass es erst drei Tage her ist, dass ich die schrecklichen Ereignisse des IRES-Spiels erlebt habe und von Jeremiah gefoltert wurde. Die irrsinnigen Dinge, die am Tag der Geburten geschehen sind, sind sogar noch schwerer zu begreifen. Phoe vergessen zu müssen, um die Linse der Wahrheit auszutricksen, mit der Scheibe zum schwarzen Gebäude zu fliegen, diesen entsetzlichen Test durchzustehen – das alles scheint in diesem Moment unglaublich weit weg zu sein. Selbst zu erfahren, dass die Ratsmitglieder nicht sterben, sondern zu einem Ort aufsteigen, den sie Paradies nennen – ein Ort, der der virtuellen Welt gleicht, die ich gerade genieße – , fühlt sich wie etwas an, was vor langer Zeit geschehen ist.

Die Anspannung in Phoes Hand lässt die Seifenblase meines Tagtraums zerplatzen, und ich drehe mich zu ihr um, um sie anzuschauen.

Sie ist stehen geblieben und hat einen eigenartigen Gesichtsausdruck. Bevor ich die Gelegenheit bekomme, sie zu fragen, was los ist, zieht sie ruckartig ihre Hand aus meiner und umfasst beschützend ihren Kopf, während sich ihr Gesicht schmerzhaft verzieht und sie einige Schritte zurückgeht.

Mein Puls rast. »Phoe?« Ich gehe auf sie zu.

Sie zieht sich weiterhin zurück, ohne die Hände von ihrem Kopf zu nehmen. »Irgendetwas passiert gerade«, sagt sie durch zusammengebissene Zähne. »Es betrifft ganz Oasis –«

»Hallo«, unterbricht uns eine eigenartige, gurgelnde Stimme. »Ich sollte kein Problem damit haben, dich hier, in dieser kleinen Umgebung, genauso leicht zu zerstören wie überall sonst.«

Ich blicke mich hektisch um.

Niemand außer uns ist hier, aber ich erkenne diese Stimme.

Sie ist eine jüngere Version von Jeremiahs, auch wenn sie sich anhört, als käme sie von unter dem Wasser.

»Theodore«, sagt er mit dieser komischen Stimme. »Ich muss sagen, dass es mich überrascht, dass du mit diesem zukünftigen Nichts zusammenarbeitest.«

»Was geht hier vor sich, Phoe?«, denke ich und kämpfe gegen einen plötzlichen Schwindelanfall an. »Ist das ein Witz?«

Bevor Phoe mir antworten kann, schimmert der Sand rechts neben mir und erhebt sich, so als würde ihn ein kräftiger Wind von unten nach oben blasen. Der Sand formt eine kleine Düne und verwandelt sich in eine trübe, dicke, fast flüssige Substanz. Ich erinnere mich daran, gelesen zu haben, dass Glas aus Sand hergestellt wird, und einen Augenblick lang frage ich mich, ob ich genau das sehe – eine Art geschmolzenes Glas. Worum auch immer es sich bei dieser Substanz handelt, sie beginnt zu erstarren und eine Form anzunehmen.

»Das ist wirklich übel«, flüstert Phoe in meinem Kopf, und ich bekomme das Gefühl, dass ihre Stimme zittern würde, wenn sie laut spräche.

»Warum?« Ich versuche, nicht in Panik zu verfallen. »Was ist das –«

Ein Rascheln links von mir zieht meine Aufmerksamkeit auf sich. Ich drehe mich herum und sehe, dass sich der Sand dort ebenfalls in diese Flüssigkeit verwandelt.

Ich will gerade meine Frage wiederholen, als ich ein weiteres Rascheln rechts von mir höre und mir auffällt, dass auch dort das Gleiche mit dem Sand geschieht.

Mit hämmerndem Herzen blicke ich zu Phoe. Sie starrt dieses flüssige Zeug hinter mir mit einem so alarmierten Gesichtsausdruck an, dass er bereits an Entsetzen grenzt.

Ich folge ihrem Blick und muss einige Male blinzeln.

Jetzt ist es möglich, die wirkliche Form der Flüssigkeit ganz rechts zu erkennen – nicht, dass dieses »wirklich« Sinn ergeben würde. Die Düne ist jetzt viel größer, und anstatt an geschmolzenes Glas erinnert sie mich an Quallen. Ich erkenne die vage Andeutung eines menschlichen Gesichts an der höchsten Stelle dieses formlosen Haufens, und es sieht ein wenig wie Jeremiahs aus – auch wenn mir das vielleicht nicht aufgefallen wäre, wenn ich nicht seine Stimme gehört hätte.

Das Wesen beginnt, sich hin- und herzuschaukeln, wie es scheint, um sich fortzubewegen. Wo diese Abscheulichkeit den Sand berührt, verwandelt sich dieser in das gleiche zähe, klare Protoplasma, aus dem die Kreatur besteht. Ich blicke mich hektisch um. Der gleiche Prozess findet überall um mich herum statt, auch wenn der Jeremiah-Haufen hinter mir sich erst im Frühstadium seiner gelatineartigen Entwicklung befindet.

»Phoe, hast du das erschaffen?«, frage ich mit verzweifelter Hoffnung. »Ist das deine Vorstellung von Spaß – einen Jeremiah zu erschaffen, der mit einer riesigen Amöbe gekreuzt wurde?«

»Nein, das ist nicht mein Werk.« Phoes Stimme ist angsterfüllt. »Und anstatt das hier mit einer Bakterie zu vergleichen, ist es wahrscheinlich richtiger, zu sagen, dass es sich um einen Virus handelt.«

»Ein Vi …«

Ich werde von Phoes plötzlichen Bewegungen unterbrochen. Sie gestikuliert, und ein Objekt erscheint in ihrer Hand. Es sieht aus wie eine Kreuzung aus einem altertümlichen Staubsauger und einer Panzerfaust.

Sie richtet sie auf den Jeremiah-Haufen ganz rechts – den größten – und drückt ab.

Mit einem Aufschrei wird die eigenartige Kreatur in Phoes Waffe gesaugt. Sobald sie verschwunden ist, zielt Phoe mit der Waffe etwa einen

Meter von sich entfernt auf den Sand und drückt erneut ab. Als ein Strahl ekelerregender Flüssigkeit ergießt sich die Kreatur halb fliehend, halb fallend auf den Sand, wobei sie auf dem Weg dorthin in kleine Stücke zerfällt. Wo die Tropfen des Protoplasmas hinfallen, entsteht ein neuer Haufen. Jetzt, da ich weiß, worauf ich achten muss, sehe ich, dass sich auf allen Haufen Jeremiahs Gesicht formt.

Phoe ergreift meine Hand und drückt sie hart, während sie mich über den Sandstreifen zieht, den sie gerade mit ihrem Panzerfaust-Staubsauger freigeräumt hat. Die Jeremiah-Amöben – oder Viren, falls Phoe recht hat – kriechen wie riesige Schnecken hinter uns her. Während sie rutschen, bemerke ich entsetzt, dass der Sand hinter ihnen sich in weitere dieser Kreaturen verwandelt.

Phoe lässt ihre Waffe fallen und hebt ihre Hände mit den Handflächen gen Himmel. Ein blendender Blitz folgt auf ihre Geste. Ich kann einen Augenblick lang nichts sehen, aber sobald sich mein Blick klärt, bemerke ich zwei weitere Menschen am Strand. Beide sehen genauso aus wie Phoe. Die beiden Frauen mit den kurzen Haaren betrachten die Schnecken, die sich ihnen nähern.

Die Original-Phoe nimmt die Panzerfaust hoch und schießt auf den Haufen, der genau hinter uns kriecht.

»Fass diese Substanz nicht an.« Phoe ergreift meine Hand erneut und rennt den schnell schwindenden unverdorbenen Sand entlang, wobei sie mich hinter sich herzieht.

Ich muss einfach hinter uns schauen. Die beiden anderen Phoes heben ihre Hände mit der gleichen Geste an, die Phoe benutzt hat, um sie zu erschaffen. Ich blicke weg, aber der Blitz, der diesmal doppelt so hell ist, brennt trotzdem in meinen Augen. Sobald das Licht nachlässt, sehe ich mich wieder um. Es ist keine Überraschung, dass es jetzt vier Phoes gibt. Dann heben die vier Phoes ihre Hände gen Himmel. Ich wende meinen Blick schnell ab und kneife meine Augen fest zusammen, aber ich werde durch den Blitz trotzdem fast blind. Aus den vier Phoes sind jetzt sechzehn geworden.

Meine Anführerin zieht ruckartig an meiner Hand, und ich laufe schneller. Ein Schnecken-Haufen befindet sich drei Zentimeter von meinem Bein entfernt, als meine Phoe, die, mit dem Staubsauger in der Hand, ihre eigenartige Waffe dazu benutzt, das Ding aus unserem Weg zu räumen.

»Das ist sinnlos«, sagen Jeremiahs Stimmen im Chor. »Du zögerst nur das Unausweichliche hinaus. Ich habe genug von dir gesäubert, um das zu beweisen, oder etwa nicht? Oder macht diese menschenähnliche Instanziierung dich dümmer?«

Ich schaue zurück und sehe, dass diese sechzehn Phoes ihm antworten, indem sie ihre Arme in die Höhe heben. Nach einem Blitz, der so hell war wie eine Supernova, vervielfachen sie sich erneut. Dadurch, dass die neue Anzahl immer das Quadrat der vorherigen war, nehme ich an, dass es jetzt zweihundertsechsundfünfzig Duplikate von Phoe gibt, und das scheint auch der Fall zu sein, soweit ich das überblicken kann. Sollten sie das Manöver ein weiteres Mal durchführen, wird es über sechzigtausend von ihnen geben.

Der Virus, oder was immer es ist, muss zu dem gleichen Ergebnis gekommen sein und ist entschlossen, das zu verhindern. Gleichzeitig werfen sich die Hunderte von Jeremiah-Instanzen auf die Vielzahl von Phoes.

Das ist ein schmerzhafter Anblick. Die Stellen, an denen der Schleim die Haut einer Phoe berührt, verwandeln sich in die ekelerregende schleimige Substanz, und die betroffene Phoe beginnt, von diesem Punkt ausgehend zu klarem Protoplasma zu schmelzen. Das wirklich Entsetzliche ist das Ende dieser Transformation. Jene unglückliche Version von Phoe wird zu einer weiteren Instanziierung dieses Jeremiah-Schnecken-Dings.

Die restlichen Phoes warten nicht darauf, das gleiche Schicksal wie ihre Schwestern zu erleiden. Sie führen eine Geste durch, und ein Panzerfaust-Staubsauger erscheint in ihren anmutigen Händen. Sie benutzen die Waffen, um die Wellen von Jeremiahs zurückzustoßen.

Die Phoe, die meine Hand hält, schaut zurück und bekommt große Augen. Sie sagt eindringlich: »Das wird nicht viel länger funktionieren. Ich habe diese Version von mir – mit den Erinnerungen an dich – in die DMZ beziehungsweise den Limbus geschrieben. Sollte ich mich jemals wieder von diesem Angriff erholen –«

Die Welt erzittert.

Ich folge Phoes versteinertem Blick, aber verstehe nicht, was ich da sehe.

Das, was ich für ein Meer gehalten hatte, besteht nicht länger aus Salzwasser, sondern aus dem widerlichen Jeremiah-Schleim, der uns auch auf dem Strand umgibt. Wenn mein Herz keine Simulation wäre, hätte es wahrscheinlich bereits aufgehört zu schlagen. Der ganze Ozean beginnt, sich zu verformen. Ein Lachen, so laut wie ein Wirbelsturm, dröhnt in einiger Entfernung, und ein Tsunami in der Größe eines Berges trifft auf den Strand – und mit ihm Millionen Gallonen dieses ekelerregenden Protoplasmas. Es bedeckt die Phoes, die sich kaum noch wehren, und rauscht danach auf die letzte Phoe und mich zu.

Sie tritt vor mich, um sich mutig dem Tsunami zu stellen, und schreit: »Ich schreibe dich zurück in dein schlafendes Gehirn.«

Sobald ich die Bedeutung ihrer Worte verstehe, verliere ich mein Bewusstsein.

ZWEITES KAPITEL

Durch einen schläfrigen Nebel höre ich einen sirenenartigen Lärm.

Mit bildhafter Klarheit erinnere ich mich an das, was am Strand passiert ist, und meine Müdigkeit verschwindet. Bevor ich meine Augen öffne, denke ich eindringlich zu Phoe: »War das alles ein Traum? Und wenn es kein Traum war, was zur Hölle war es dann?«

Phoe antwortet nicht. Stattdessen wird das sirenenartige Geräusch lauter.

»Phoe?«, frage ich lautlos.

Sie antwortet nicht, aber der Alarm, oder um was es sich auch immer handelt, wird noch lauter.

»Phoe«, flüstere ich und öffne meine Augen.

Rote Lichtblitze stürmen auf meine Augen ein, und ich sehe mich gezwungen, mehrmals zu blinzeln.

»Was hast du gerade gemurmelt?«, fragt Liam.

Die Stimme meines Freundes ist dicht an meinem Ohr. Ich zucke zusammen und rolle mich weg. Es könnte mein verwirrtes Gehirn sein, das mir einen Streich spielt, aber Liam hört sich verängstigt an – ein Gefühl, von dem ich nicht gedacht hätte, dass er es empfinden kann.

Meine Augen gewöhnen sich an die Umgebung, und ich erkenne Liams Gesichtszüge deutlich, da er sich gerade über mein Bett beugt. Seine Augenbrauen sind zu seiner charakteristischen »Stirnraupe« zusammengezogen, und die flackernden roten Lichtblitze lassen ihn eigenartig leuchten.

»Ein Alarm ist losgegangen«, sagt Liam, als ich mich hochdrücke, um mich hinzusetzen. »Ich habe so etwas noch nie gesehen.«

»Komisch«, murmele ich, während ich meine Füße nach unten schwinge und die Geste für die Mundreinigung durchführe.

Nichts passiert.

Ich gestikuliere für Essensriegel und Wasser – nichts.

Als ich gerade dabei bin, ein Gedankenkommando zu geben, höre ich, wie Liam sagt: »Falls du gerade versuchst, einen Bildschirm oder irgendetwas anderes erscheinen zu lassen, das wird nicht klappen. Es ist hier wie im Hexengefängnis.«

Um seine Worte zu überprüfen, führe ich die Geste für einen Bildschirm durch.

»Ich habe es dir doch gesagt«, meint Liam, als nichts passiert. Seine Atmung hört sich schwer an.

Ich versuche, einen Bildschirm per Gedankenkommando aufzurufen – und nichts passiert.

»Phoe, was zum Henker …?«, sage ich laut und stehe auf.

Liam schaut mich irritiert an, und Phoe antwortet mir nicht, obwohl ich ihren Namen laut ausgesprochen habe – was die letzte Bestätigung dessen ist, was ich schon weiß.

Irgendetwas ist furchtbar schiefgelaufen. Die Frage ist: was?

Ohne meine Schuhe, die für gewöhnlich an meinen Füßen erscheinen, werden meine Füße zu Eisklötzen, als sie den kalten Boden berühren. Ich ignoriere diese Tatsache, drehe eine Runde in dem Zimmer und versuche dabei, die Situation zu verstehen. Das flackernde rote Licht kommt aus allen Richtungen und ersetzt unsere üblicherweise weiße Beleuchtung.

»Hast du nachgeschaut, ob die Tür unverschlossen ist?«, frage ich Liam, bevor ich Phoe mental anschreie: »Wo bist du? Was zur Hölle ist hier los?«

Phoe antwortet immer noch nicht. Liam geht zur Tür und führt die Geste zum Öffnen durch, aber die Tür reagiert nicht auf sein Kommando.

»Versuche, sie mit den Händen zu öffnen«, schlage ich verzweifelt vor und wiederhole lautlos meine Bitte an Phoe.

Sie schweigt.

Liam drückt mit seinen Händen gegen die Tür, und sie öffnet sich in Richtung Gang. Der Alarm dröhnt weiterhin. Ich frage mich, ob es sich um irgendeine Notfallübung oder eine echte Gefahr handelt. Die Luft im Raum ist mit Sicherheit abgestanden und ungewöhnlich bewegungslos.

Liams Atmung scheint die zweite Möglichkeit zu bestätigen. Seine Brust hebt und senkt sich in einem schnellen, angestrengten Rhythmus. Natürlich muss es sich dabei nicht um eine Kohlenmonoxidvergiftung handeln; es könnte genauso gut einfach die Angst sein.

»Achtung«, sagt Phoe mit einer formalen, extrem lauten Stimme. »Achtung, bitte.«

»Phoe«, schreie ich in Gedanken, bevor mir auffällt, dass Liam aufmerksam dasteht, so als habe er sie auch gehört.

»Sauerstoffproduktion und -zirkulation beeinträchtigt. Sofortige Evakuierung des Gebäudes«, ertönen dröhnend Phoes Anweisungen.

»Ist das eine Übung?«, fragt Liam.

Ich ziehe meine Augenbrauen in die Höhe. »Hast du das gehört?«

Liam legt seinen Kopf auf die Seite und runzelt seine Stirn. »Mann, eine taube Person hätte das gehört.«

»Sauerstoffproduktion und -zirkulation beeinträchtigt. Sofortige Evakuierung des Gebäudes«, wiederholt die Stimme, und mir fällt auf, dass, auch wenn sie sich wie Phoe anhört, sie nicht dieselbe ist. Jetzt, da ich genauer hinhöre, klingt es eher wie eine Aufzeichnung von Phoes Stimme, wie die von einem dieser altertümlichen automatisierten Telefonsysteme. Sie ist emotionslos, und die Sprechweise ist ein wenig eigenartig.

Liam tritt auf den Gang und kommt eine Sekunde später zurück. »Wir sollten gehen.« Seine Stimme ist ungewöhnlich rau. »Alle anderen sind bereits unterwegs.«

So als wolle sie seinen Vorschlag unterstützen, wiederholt Phoes mechanische Stimme den Befehl an uns, das Gebäude zu verlassen.

»Okay«, antworte ich. »Gehen wir.«

Im Gang sind die roten Lichter greller und die düstere Ansage lauter. Die Jugendlichen, die Liam eben gesehen hatte, sind bereits weg, so dass der Korridor leer ist.

Da wir uns immer unwohler fühlen, beginnen Liam und ich, den Gang hinunterzurennen. Während wir laufen, denke ich an die Entfernung, die wir hinter uns bringen müssen, um das Gebäude zu verlassen, und verfluche mein jüngeres Ich. Damals, als wir unsere Unterkünfte ausgesucht haben, war es meine Idee gewesen, einen Raum im obersten Stock und in der am weitesten entfernten Ecke zu nehmen. Zur Verteidigung meines jüngeren Ichs muss ich sagen, dass ich nicht glaube, dass es in Oasis jemals einen Ausnahmezustand gegeben hat. Ich kann selbst jetzt immer noch nicht wirklich glauben, dass das gerade der Fall ist.

»Phoe«, schreie ich in Gedanken. »Phoe, wenn du mir nicht antwortest, werde ich nie wieder mit dir reden.«

Sie antwortet nicht – außer natürlich, wenn die automatisierte Ansage als eine Antwort zählt.

Als wir um die Ecke biegen, sehe ich einige mitgenommen aussehende Jugendliche, die zu den Treppen rennen. Sie haben einen riesigen Vorsprung.

Ich kann jetzt deutlich Liams Atmung hören, was mich beunruhigt. Der Optimist in mir hofft, dass Liams Atmung deshalb so angestrengt ist, weil er sein Ausdauertraining vernachlässigt hat, aber ich weiß, dass Liam wahrscheinlich deshalb solche Schwierigkeiten mit dem Luftholen hat, weil die Sauerstoffversorgung dieses Gebäudes aufgehört hat zu arbeiten und er gerade eine Asphyxie erlebt – einen Zustand, den ich nur aus Büchern und Filmen kenne.

Ich überprüfe mich, und mir fällt auf, dass ich völlig normal atme. Das verblüfft mich einen Moment lang, bis ich mich an die Respirozyten erinnere – die Nanomaschinen, die Phoe vor einigen Tagen in meinem Blutkreislauf aktiviert hat. Diese Technologie hat die gleiche Funktion wie die roten Blutzellen, nur dass die Respirozyten hundertmal effizienter darin sind, Sauerstoff zu transportieren, als die kleinen biologischen Jungs. Kurz nachdem Phoe sie in Gang gesetzt hatte, habe ich sie getestet, indem ich mit angehaltenem Atem gerannt bin – und noch nie habe ich mich beim Laufen so wenig anstrengen müssen. Ich habe die Respirozyten außerdem benutzt, um den Versuch eines Wächters, mich umzubringen, zu überleben.

Meine egoistische Selbstbetrachtung wird davon unterbrochen, dass ich sehe, dass Liam Probleme hat, die Tür zum Treppenhaus zu öffnen.

»Lass mich das machen«, sage ich.

Als er seine Hand zur Seite bewegt, ziehe ich an der Tür. Sie öffnet sich so leicht, dass ich mich besorgt darüber wundere, dass Liam überhaupt Schwierigkeiten damit gehabt hat.

Wir rennen die Treppen hinunter. Mir fällt auf, dass Liams Atmung immer hektischer wird, während seine Geschwindigkeit mit jedem Schritt nachlässt.

»Mann, willst du dich auf dem Weg nach unten auf mir abstützen?«, frage ich ihn, als aus seinem Rennen ein vorsichtiges Gehen wird.

»Ich mich auf dir abstützen?«, fragt er keuchend. Auch wenn er ganz offensichtlich Schwierigkeiten damit hat, zu reden, hellt sich sein Gesichtsausdruck ein wenig auf. Er denkt, dass ich Witze mache, da er immer als der Stärkste in unserer Gruppe angesehen wurde. »Ja, genau. Das wird passieren. Jetzt halt den Mund. Es ist kaum Sauerstoff vorhanden, und wir verschwenden ihn durch Reden.«

»Das Hinabsteigen der Treppen ist aber leichter für mich«, sage ich. »Dafür gibt es einen guten Grund, den ich dir erklären werde, sobald wir draußen sind, aber vertrau mir, wenn ich dir sage, dass du dir von mir helfen lassen solltest.«

Liam schüttelt stur seinen Kopf und beginnt, die Treppen schneller hinabzusteigen. Sein Energieausbruch hält allerdings nicht lange an. Als wir uns der zweiten Etage nähern, schwankt er und geht so langsam, um nicht zu fallen, dass er schon fast kriecht. Einige Momente später scheint selbst langsames Gehen zu viel für ihn zu sein, und er krallt sich stöhnend am Geländer fest.

»Okay, das reicht. Du wirst dir jetzt von mir helfen lassen.« Ohne darauf zu warten, dass er mir widerspricht, ergreife ich seinen linken Arm und lege ihn um meinen Nacken. Sobald ich ihn gut im Griff habe, bewege ich mich, so schnell ich kann.

Ich dachte, dass Liam sich beschweren würde, aber er grunzt dankbar und lehnt sie auf mich, während wir nach unten gehen. Ich drücke meinen Zeigefinger auf sein Handgelenk und kontrolliere heimlich seinen Puls. Sein Herz schlägt erschreckend schnell. Ich betrachte ihn mit einem neutralen Gesichtsausdruck, um meine Besorgnis zu verbergen. Es ist schwer zu sagen, ob es eine Nebenwirkung der roten Alarme ist, aber Liams Augen sehen blutunterlaufen aus, und sein Gesicht ist bläulich. Außerdem sehen die Venen auf seiner Stirn und an seinem Hals geschwollen aus.

Einen Treppenabsatz später schmerzt mein Rücken, weil ich mich bücken muss, um Liams kürzeren Körper zu stützen. Aber wenigstens wirkt sich der Sauerstoffmangel nicht auf mich aus.

»Phoe«, schreie ich in Gedanken. »Du musst mir nicht einmal antworten. Aktiviere bitte einfach Liams Respirozyten.«

Sie antwortet nicht.

Liam stützt sich stärker auf mich und zwingt mich dadurch, langsamer zu gehen. Wir sind jetzt nur noch eine Etage vom Erdgeschoss entfernt, aber wenn wir es erst einmal erreichen, haben wir immer noch fünf lange Flure hinter uns zu bringen.

Auf dem halben Weg nach unten beginnt Liam, stärker zu keuchen, und fasst sich an den Hals.

Ich knirsche mit den Zähnen und ignoriere meinen Rücken, der bei jedem Schritt lauthals protestiert.

Noch zwanzig Schritte bis nach unten.

Fünfzehn Schritte.

Um mich von den Anstrengungen abzulenken, konzentriere ich mich darauf, die Stufen zu zählen und Liams schneller Schnappatmung zu lauschen, während ich versuche, die beißende Kälte, die in meine nackten Füße eindringt, zu ignorieren.

Doch dann geschieht etwas, was mich aus meinem tranceartigen Zustand reißt. Liams hektisches Atmen hört auf – oder verlangsamt sich zu kaum hörbar. Gleichzeitig bricht er zusammen und stützt sein ganzes Gewicht auf mich.

Wir sind noch zehn Stufen vom Erdgeschoss entfernt, aber wir könnten uns genauso gut auf dem Mount Everest befinden.

Nein. Ich werde Liam aus dem Gebäude schaffen.

Mein Herz beginnt, wie eines der altertümlichen elektrischen Werkzeuge zu arbeiten, als Adrenalin durch mich hindurchrast. Ich verstärke meinen Griff um Liam, und in einem Nebel aus bis zum Zerreißen angespannten Muskeln kann ich uns eine Stufe nach unten bewegen.

Ein Schritt geschafft, neun weitere vor uns.

Ich ignoriere die Schmerzen in meinem Rücken und schleife Liam eine weitere Stufe hinab, und dann noch eine.

Die letzten sieben Stufen nehme ich wie in Trance. Das Einzige, was ich sehe, ist rot; das Einzige, was ich höre, ist das Dröhnen der Anweisungen. Ich spüre nicht länger meine strapazierten Muskeln noch meine schmerzende Wirbelsäule.

Erst als ich das Erdgeschoss betrete, trifft mich die Schwäche mit voller Wucht. Anstatt ihr nachzugeben, lege ich Liam vorsichtig auf den Boden, ergreife ihn danach unter seinen Armen und beginne, ihn aus dem Gebäude zu ziehen.

Nach weiteren sechs Metern fühlen sich meine Arme an, als würde Blei durch meine Adern fließen. Ich erwische mich außerdem dabei, dass ich schwer atme, auch wenn ich mir nicht sicher bin, ob das am Sauerstoffmangel oder der Anstrengung liegt. Nicht, dass das für Liam noch lange von Bedeutung wäre.

Ich weiß, dass meine Muskeln in wenigen Sekunden versagen werden.

DRITTES KAPITEL

»Phoe«, schreie ich angestrengt, um den dröhnenden Alarm zu übertönen – als ob die Lautstärke in Unterhaltungen mit Phoe einen Unterschied machen würde. »Hilf mir. Bitte.«

Ich bekomme keine Antwort.

Ich versuche, meine Panik zu unterdrücken. Phoe ist verschwunden, und ich muss damit klarkommen. Es muss eine Verbindung zwischen dem Anschlag am Strand und dem, was hier gerade passiert, geben. Der Jeremiah-Haufen hat etwas mit Phoes Schweigen zu tun, genauso wie mit dem Sauerstoffproblem im Gebäude, aber wie das alles zusammenpasst, kann ich gerade nicht herausfinden, weil ich zu überwältigt bin. Ich muss versuchen, einen klaren Kopf zu bekommen, und mich darauf konzentrieren, meinen Freund in Sicherheit zu bringen.

Ich bewege gefühlte Stunden lang immer wieder meinen linken Fuß, und danach meinen rechten – auch wenn ich rational weiß, dass nur wenige Minuten verstreichen. Meine Muskeln zerreißen fast durch die Anstrengung, Liam noch einen halben weiteren Gang hinter mir herzuziehen. Während ich das tue, bemerke ich, dass ich langsamer werde.

Nein. Ich kann nicht langsamer werden. Wenn das passiert, wird Liam sterben.

Plötzlich nehme ich verschwommen eine Bewegung wahr, als jemand sich an der Abzweigung zu mir gesellt und Liams Gewicht unendlich leichter wird. Benebelt starre ich den Jugendlichen an, der uns eingeholt und Liams Beine angehoben hat, um mir dabei zu helfen, ihn zu tragen.

Es ist Owen – derjenige, der in dem behüteten Leben auf Oasis am ehesten so etwas wie Liams Todfeind ist. Owen – die Person, die ich bewusstlos geschlagen habe, als sie sich wie ein Arschloch verhalten hat, und deren Kopf, zumindest nach Phoes Erzählung, die Manifestation meines schlimmsten Albtraums geschmückt hat, den das Programm gegen Eindringlinge in dem Test der Betagten erschaffen hatte.

»Danke«, kann ich gerade so sagen, während ich gegen meine schockierte Überraschung ankämpfe. »Ich glaube nicht, dass ich ihn noch viel länger hätte tragen können.«

Owen bewegt seinen Kopf ruckartig, und die Bewegung lässt ihn wie einen Rettungshund aussehen. Anstatt zu sprechen, spitzt er seine Lippen und deutet mit dem Kopf in Richtung der Alarme. Was er sagen will, ist klar: »Verschwende deinen Sauerstoff nicht, Idiot, und zwinge mich nicht dazu, das Gleiche zu tun.«

Durch seine Hilfe ermutigt, werde ich schneller, bis ich mich fühle, als würde ich Liam und Owen aus dem Gebäude schleifen. Der Rest des Weges ist eine vernebelte Mischung aus roten Lichtern und Phoes automatisierten Ansagen.

Ich bin beinahe fassungslos, als wir schließlich den Ausgang erreichen.

Ich lasse Liam los, um die Tür zu unserem Schlafgebäude manuell zu öffnen, und als sie aufspringt, fühlt sich die Luft ein kleines bisschen frischer an. Ich bemerke, dass Owen ein wenig leichter atmet, auch wenn sich Liams Brust immer noch nicht bewegt.

Wir eilen aus dem Gebäude und schieben uns durch die Ansammlung mitgenommen aussehender Jugendlicher.

»Macht Platz«, schreit Owen.

»Geht verdammt nochmal aus dem Weg«, wiederhole ich deutlicher.

Die Jugendlichen, die es nicht gewohnt sind, derartige Worte zu hören, sind dermaßen schockiert, dass sie sich in Bewegung setzen. Sie machen Platz, und wir legen Liam auf dem Boden ab.

Ich beuge mich nach unten, um die hervorstehende Vene meines Freundes zu überprüfen, und erfriere innerlich.

Liams Puls ist kaum zu spüren, und er atmet nicht.

Owen sagt etwas, bevor er wegeilt, aber ich nehme seine Worte nicht auf. Ich bin zu beschäftigt damit, mir das in Erinnerung zu rufen, was ich über erste Hilfe weiß. Wie ging diese Technik nochmal, die unsere Vorfahren in solchen Situationen anwendeten? Herz-Lungen-Reanimation?

Ich gebe mein Bestes, um das nachzuahmen, was ich in alten Filmen gesehen habe. Ich nähere mich Liams Oberkörper und lege meine Hand auf den Mittelpunkt seiner Brust.

Irgendetwas daran fühlt sich falsch an, also lege ich meine linke Hand auf meine rechte und verschlinge meine Finger.

»Okay, das sieht genauso aus wie das, was die Menschen in den Filmen tun«, denke ich zu Phoe, bevor ich mich daran erinnere, dass sie nicht da ist.

Ich bringe meine Schultern über meine Hände und benutze das Gewicht meines Oberkörpers, um nach unten zu drücken. Liams Brust bewegt sich nach innen. Ich löse den Druck, warte eine halbe Sekunde, bis seine Brust wieder nach oben kommt, und wiederhole dann mein Manöver.

Nichts passiert.

»Versuche, in seinen Mund zu atmen«, meint eine weibliche Stimme. Ich erkenne sofort, dass sie zu Grace gehört, auch wenn ich nicht bemerkt habe, dass sie zu uns gekommen ist. »Diese Kombination ist effektiver«, fügt sie hinzu, als ich zu ihr nach oben schaue.

Mit zitternden Händen drücke ich erneut zu und sage: »Ich bin mir nicht sicher, wie –«

Mit fliegenden roten Haaren kniet sich Grace auf Liams rechte Seite und legt ihre Hand auf meine. Ich höre mit meiner Herzmassage auf und beobachte Grace dabei, wie sie Liams Nase zudrückt und ihre Lippen auf seine presst, bis sie versiegelt sind. Dann atmet sie in ihn, und ich fühle, wie sich seine Brust erst einmal, dann ein zweites Mal hebt.

»Jetzt du«, sagt Grace.

Ich drücke zwei Dutzend Male auf Liams Brust, bevor sie mich innehalten lässt und ihm mehr Luft gibt.

Wir wechseln uns auf diese Weise noch einige weitere Male ab. Ich massiere Liams Herz, und Grace zwingt gnadenlos ihren Atem in seine Lungen. Die Luft um mich herum ist kalt, aber trotzdem ist mein Gesicht schweißüberströmt. Allerdings ist nicht die gesamte Flüssigkeit auf meinem Gesicht Schweiß; ein Teil davon sind brennende Tränen, die aus meinen Augen strömen.

»Liam«, sagt Grace nach einer weiteren Runde. »Liam, kannst du uns hören?«

Ich kämpfe gegen die kalte Angst in mir an und starre auf Liam, aber er ist immer noch komatös.

»Er atmet eigenständig«, meint Grace und beantwortet damit meine unausgesprochene Frage, als ich sie anschaue. »Und seine Herzfrequenz ist stabiler.«

Ich bewege meine Hand auf Liams Brust nach links und atme erleichtert auf.

Sie hat recht. Sein Herzschlag ist regelmäßig.

»Du musst ihm keine Herzmassage mehr geben«, sagt Grace. »Wir müssen nur noch darauf warten, dass er wieder zu Bewusstsein kommt.«

Trotz meines benebelten Zustands wundere ich mich über Graces ungewöhnliche Kompetenz. »Woher wusstest du, wie –«

»Ich wollte immer eines Tages Krankenschwester werden, schon vergessen?«, fragt Grace mit einer leicht enttäuschten Stimme.

Sobald sie das ausspricht, erinnere ich mich daran, dass sie davon gesprochen hat, als wir noch sehr jung waren, damals, als sie noch mit uns befreundet war. Ich erinnere mich sogar daran, dass sie an jenem Tag der Geburten zum Stand der Krankenschwester gegangen ist.

»Ich dachte, dass du mittlerweile deine Meinung geändert hast«, murmele ich in dem Versuch, meinen Fauxpas zu überspielen. Die eisige Panik in mir lässt leicht nach. »Das war vor mehr als einer Dekade.«

Grace öffnet ihren Mund, um mir zu antworten, als Liam nach Luft schnappend und grunzend seine Augen öffnet. »Grace?«, fragt er schwach. »Was machst du um diese Uhrzeit in meinem Zimmer?«

Danach sieht er mich und schweigt, während sein Blick langsam von einer Seite zur anderen wandert. Ich drehe mich um und bemerke zum ersten Mal die Jugendlichen, die mit blassen und besorgt aussehenden Gesichtern um uns herumstehen.

»Es ist eine Ausnahmesituation eingetreten, und wir mussten das Gebäude verlassen«, sage ich und drehe mich wieder zu Liam um. »Wahrscheinlich bist du gegen Ende ohnmächtig geworden.«

Liam schließt seine Augen und zieht seine raupenartigen Augenbrauen zusammen. Dann sagt er: »Ach ja. Wir sind gerade die Stufen hinabgegangen, als –«

»Entschuldigt bitte, dass ich euch unterbreche«, meint Grace. »Aber ich muss weg.«

»Warte, warum? Wohin gehst du?« Meine Fragen hören sich ein wenig zu nachdrücklich an. Ruhiger füge ich hinzu: »Was ist, wenn Liam noch einmal ohnmächtig wird?«

»Da er sich jetzt draußen befindet und bei Bewusstsein ist, sollte es ihm gutgehen«, sagt Grace. »Ich habe gerade mit Nicky gesprochen.« Sie nickt in Richtung eines blassen Jugendlichen, der etwa zwölf Jahre alt ist. »Er hat das Schlafgebäude der mittelalten Jugendlichen aus dem gleichen Grund verlassen, wie wir unseres. Aber ihr Alarm ging früher los als bei uns.«

Sie blickt mich an, als würde das alles erklären.

Ich reibe meine Schläfen. »Es tut mir leid, aber ich verstehe nicht, warum du deshalb schnell verschwinden musst. Mein Kopf ist –«

»Das muss das Adrenalin sein«, sagt Grace. »Ich muss gehen, weil ich mir Sorgen mache, dass die Schlafräume der Grundschüler das gleiche Problem haben könnten.« Sie schaut in Richtung des Waldes, wo sich das betreffende zylindrische Gebäude befindet. »Die Kleinen könnten Hilfe brauchen.«

»Sie hat recht«, sagt Liam und versucht, sich hinzusetzen. »Wir sollten helfen.«

»Du musst eine Weile hier liegenbleiben«, erwidert Grace entschieden und kniet sich hin, um ihn zurück nach unten zu drücken. »Aber du, Theo, könntest dich nützlich machen.«

»Ich weiß nicht«, entgegne ich, da mein Zögern bei dem Gedanken, meinen gerade erst wieder zu Bewusstsein gekommenen Freund zu verlassen, gegen die Vorstellung von kleinen, erstickenden Kindern kämpft. »Was ist –«

»Mir geht es gleich wieder gut«, meint Liam. »Geh und hilf Grace.«

Ich lasse meinen Blick über die Jugendlichen um uns schweifen, um zu sehen, ob einer von ihnen Grace an meiner Stelle helfen könnte. Ich entdecke Kevin, einen Jugendlichen, den ich nicht besonders gut kenne. Unsere Blicke treffen sich, und ich winke ihn zu mir.

»Nein, du solltest gehen«, sagt Liam, als er sieht, dass der Jugendliche zu uns kommt.

Ich will gerade protestieren, als mir auffällt, dass ich mit meinen Respirozyten wahrscheinlich die geeignetste Person in Oasis bin, um in Situationen zu helfen, die mit eingeschränkter Sauerstoffversorgung zu tun haben. Im Gegensatz dazu kann gerade so ziemlich jeder auf Liam aufpassen.

Kevin bleibt neben mir stehen, schaut mich erwartungsvoll an, und ich sage zu ihm: »Kannst du bitte ein Auge auf Liam behalten? Er fühlt sich nicht gut, und ich will sichergehen, dass er sich erholt. Hast du diese Herz-Lungen-Reanimation gesehen, die Grace und ich eben durchgeführt haben?«

»Ja«, antwortet Kevin unsicher.

»Kannst du sie anwenden, sollte er erneut das Bewusstsein verlieren?«

»Das werde ich nicht«, wirft Liam ein.

»Das wird er wirklich nicht«, versichert uns Grace.

»Okay«, meint Kevin. »Geh und hilf Grace. Ich werde auf Liam aufpassen.«

Ich stehe auf und sage zu Nicky: »Hilf Kevin, falls er etwas braucht.«

Nicky nickt.

Grace stellt sich hin und bahnt sich ihren Weg durch die Menge der Jugendlichen, und ich folge ihr, während ich versuche, den ohrenbetäubenden Lärm von Hunderten von Stimmen auszublenden. Einige der Jugendlichen schnappen als Nachwirkung des Sauerstoffmangels keuchend nach Luft, einige andere fragen lautstark, was gerade passiert, und viele weinen oder beruhigen sich gegenseitig, indem sie sich gemeinschaftlich die Lüge einreden, dass es sich nur um eine Übung handelt.

Als wir uns über den menschlichen Hindernisparcours bewegen, fallen mir einige eigenartige Dinge auf. So sind wir zum Beispiel alle barfuß und tragen unsere Schlafbekleidung. Einige Jugendliche sind sogar halbnackt. In dem roten Licht vom Himmel – der nächsten komischen Sache – sehen sie deshalb wie ein Rudel ausgesetzter Welpen aus.

Der Himmel hat nicht das Rot eines Sonnenuntergangs, sondern eher das von Sirenen, genau wie in unserem Schlafgebäude. Es sieht aus, als habe jemand die Kuppel mit einer leuchtend roten Farbe angemalt. Mehr als nur einige wenige Jugendliche starren mit einer Mischung aus Entsetzen und Faszination an den Himmel. Ich nehme an, dass das bedeutet, dass die erweiterte Realität nicht mehr funktioniert, auch wenn es möglich ist, dass der Himmel in Gefahrensituationen so aussehen soll.

Der Gedanke an die erweiterte Realität lenkt meine Aufmerksamkeit auf eine dritte, unauffälligere Eigenheit. Alle Statuen und viele der unzugänglicheren Bäume sind verschwunden, so dass die Umgebung kahl aussieht – ein Eindruck, der durch das rote Licht des Himmels verstärkt wird.

Es ist ein Oasis, das niemand von uns jemals zuvor gesehen hat: ein Ort, der das Gegenteil dieses normalerweise fröhlichen, grünen Paradieses ist.

Auf unserem Weg untersucht Grace einige der Jugendlichen, die auf dem Boden liegen. Es sieht ganz so aus, als sei Liam nicht der Einzige gewesen, dem zwischenzeitlich die Luft ausgegangen war. Einige dieser Jugendlichen haben sich sogar ihre Köpfe gestoßen, als sie in Ohnmacht gefallen sind, zumindest nehme ich das an, da eines der Mädchen leichte Verletzungen am Kopf aufweist. Allerdings befindet sich niemand von ihnen in einem besonders schlimmen Zustand, weshalb Grace weitergeht und auf den Rand der Menge zueilt.

Je weiter Grace und ich uns von den anderen Jugendlichen entfernen, desto deutlicher erkenne ich, dass das Stimmengewirr ein anderes Geräusch übertönt hat. Ich kann jetzt eine neue Nachricht der allgegenwärtigen, mechanisch klingenden Phoe hören.

»Heizfunktion des Lebensraums ausgefallen. Sauerstoffproduktion –«

Ein ohrenbetäubender Alarm schneidet durch die Luft. Er ist so laut, dass der Rest der Ansage in ihm untergeht.

Kälte breitet sich von meinen eisigen Füßen ausgehend in meinem ganzen Körper aus – eine Kälte, die nichts mit der nicht funktionierenden Heizung zu tun hat, sondern einzig und allein mit dem Ort, von dem der neue Alarm ausgeht.

Er dröhnt aus dem zylinderförmigen Schlafgebäude der jungen Jugendlichen, das etwa dreißig Meter entfernt vor uns liegt.

Grace hatte recht damit, dorthin zu eilen. Was in unserem Wohngebäude passiert ist, wird gleich die kleinen Kinder treffen.

VIERTES KAPITEL

Gleichzeitig beginnen Grace und ich, auf das Gebäude zuzurasen. Als wir den halben Weg dorthin hinter uns gebracht haben, bricht die erste Welle der Kinder durch die Tür nach draußen. Selbst aus dieser Entfernung kann ich sehen, dass es sich dabei um die älteren Jahrgänge handelt. Danach kommen weitere Kinder herausgerannt, wobei diesmal die älteren einige der jüngeren mit sich führen.

Ein etwa zehn Jahre alter Junge fängt uns in der Nähe des Gebäudes ab. »Ich musste zwei Mädchen zurücklassen«, sagt er und atmet hektisch ein. »Ihre Mitbewohnerinnen.« Er blickt auf die Erstklässlerin hinab, deren kleine Hand er hält.

»Wo finden wir das Zimmer?«, fragt Grace mit einer Stimme, die fast die Autorität eines Erwachsenen besitzt.

»Es ist Zimmer 405, der zweite ganz oben auf der rechten Seite, wenn ihr das östliche Treppenhaus nehmt«, erklärt der Junge nach Luft schnappend, und wir rennen zum Gebäude.

Als wir uns unseren Weg durch die Horde der zitternden, halberstickten jungen Jugendlichen bahnen, fluche ich leise. Wer auch immer für diese Situation verantwortlich ist, wird eine Menge zu erklären haben.

»Grace«, sage ich, als wir am Eingang ankommen. »Warum gehe ich nicht alleine und du bleibst hier? Ich   habe vielleicht eine höhere Chance –«

Grace ignoriert mich und läuft in das Gebäude. Sie war schon immer stur, also überrascht mich das nicht besonders. Natürlich weiß sie nichts von meinen Respirozyten, also könnte sich mein Vorschlag für sie überheblich angehört haben.

Ich schiebe meine Frustration zur Seite und renne hinter Grace her. In dem Licht der roten Sirenen sieht ihr Haar aus, als sei es mit Blut bespritzt. Die mechanische Stimme wiederholt die gleichen Worte wie in unserem Gebäude. »Sauerstoffproduktion   und – zirkulation beeinträchtigt. Sofortige Evakuierung des Gebäudes«

Als wir fast bei dem östlichen Treppenhaus angekommen sind, sehe ich in einiger Entfernung einen Jugendlichen meines Alters, der ein kleines Kind trägt. Als wir näher kommen, erkenne ich, um wen es sich handelt, und mir wird klar, dass Owen nach Liams Rettung sofort hierhergerannt sein muss. Offensichtlich hat er den gleichen Gedanken wie Grace gehabt. Ich nicke ihm ernst zu. Er rollt mit den Augen, was typisch ist, aber schaut danach das kleine Mädchen in seinen Armen besorgt an und eilt weiter zum Ausgang.

Grace und ich laufen weiter, und als Owen aus unserem Blickfeld verschwunden ist, bemerke ich, dass ich ihn jetzt in einem anderen Licht sehe. Ich hatte erwartet, dass Grace Held spielen würde, aber nicht Owen. Andererseits ist es schwer, vorauszusagen, wie eine Person sich in einer Notsituation verhalten wird. Einige sind vor Angst wie gelähmt – von diesen Exemplaren habe ich heute einige gesehen –, während andere die Situation akzeptieren und über sich hinauswachsen. Manchmal können Menschen uns angenehm überraschen.

Meine Träumereien werden unterbrochen, als Grace in der Nähe der ersten Tür stehen bleibt und eine weitere Person anstarrt.

Es handelt sich um einen der Wächter, der allerdings seinen Helm abgenommen hat.

Ich bin sogar noch entsetzter als Grace. Wenn ein Wächter ohne seinen reflektierenden Helm im Bereich der Jugendlichen auftaucht und dadurch Zeichen der Alterung zur Schau stellt, müssen die Dinge wirklich schlimm liegen. Dieser betreffende Wächter ist nicht sehr alt, aber ich kann trotzdem erkennen, wie das rote Licht von seinen weißen Schläfen reflektiert wird. Ich bin mir allerdings nicht sicher, ob das Grace auffallen wird. Plötzlich wird mir noch etwas anderes klar: Ich kenne den Typen sogar.

Es ist Albert, der Wächter, der dagegen protestiert hat, dass Jeremiah mich foltert.

»Was tut ihr hier?«, fragt Albert und zieht hörbar Luft ein.

Er trägt einen kleinen Jungen auf seinem rechten Arm, und mit seiner linken Hand umfasst er die Hand eines leicht älteren Mädchens. Das Mädchen schaut mit riesigen Augen und zitternder Unterlippe hinter dem Wächter hervor, um uns zu betrachten.

»Wir sind auf dem Weg zu Zimmer 405«, sagt Grace. Sie hört sich ebenfalls außer Atem an.

»Wir versuchen, einige Kinder dort herauszuholen«, sage ich, um Grace das Sprechen zu ersparen. »Was tust du hier? Warum trägst du deinen Helm nicht? Was geht hier vor sich?«

Der Wächter schüttelt nur seinen Kopf. »Keine Zeit«, keucht er. »Ich musste den Helm abnehmen, weil alle Visoren durchgedreht sind –«

Albert hält inne, weil das Mädchen hinter ihm anfängt, laut zu schluchzen, und Tränen ihre Wangen hinunterlaufen. Albert atmet erneut ein und sagt entschieden zu uns: »Ihr geht nirgendwohin. Hier,« – er gibt mir den Jungen – »du nimmst ihn. Und du« – er gibt Grace die Hand des

Mädchens – »nimmst sie. Ich werde in dem Zimmer nachsehen. 405, richtig?«

Ich drücke den kleinen Jungen an mich und sage in einem Atemzug: »Ja, es ist die zweite Tür auf der rechten Seite, wenn du in diesem Treppenhaus bis ganz nach oben gehst.«

»Geht«, befiehlt Albert, und ich rase die Treppen hinunter, dicht gefolgt von Grace und ihrem Kind.

Während wir laufen, versuche ich den Puls des Jungen zu kontrollieren, aber ich kann ihn nicht spüren. Er atmet auch nicht. Was noch viel schlimmer ist, ist, dass das Mädchen mit jeder Sekunde schwerer atmet.

Nach der Hälfte des Flurs, der zum Ausgang führt, stolpert es und fasst sich unter lautem Keuchen an die Kehle.

»Nimm ihre Füße«, befehle ich Grace, während ich den Jungen so mit meinem rechten Arm umfasse, wie ich es vorher bei Albert gesehen habe. Mit meiner linken Hand ergreife ich das Mädchen unter ihren Achseln.

Die einzige Antwort darauf ist Graces flaches Keuchen, aber sie nimmt die Füße des Mädchens, und wir tragen sie den restlichen Weg nach draußen.

Sobald wir das Gebäude verlassen haben, legen wir das Mädchen auf den Boden, und Grace sieht sich um. »Du da.« Sie macht eine Bewegung in Richtung eines schlaksigen Mädchens, das so aussieht, als sei es neun oder zehn Jahre alt. »Schau mir zu, damit du das lernst, was ich tue.« Dann kontrolliert sie die Lebenszeichen des Mädchens, das wir aus dem Gebäude getragen haben. »Sie atmet. Man kann niemanden wiederbeleben, der noch atmet«, erklärt sie ihrer neuen Helferin. »Das könnte das Herz stoppen.«

Die frisch rekrutierte zukünftige Krankenschwester sieht aus wie ein Kaninchen in den Klauen eines tollwütigen Wolfs, aber sie schafft es, leicht zu nicken, um Grace zu zeigen, dass sie sie verstanden hat.

Als mir auffällt, dass ich den keinen Jungen immer noch auf dem Arm halte, lege ich ihn ab, und Grace übernimmt die Herz-Lungen-Reanimation, während ihre Schülerin sie beobachtet.

»Vermisst noch jemand irgendwelche seiner Freunde?«, brülle ich, um die verängstigten jungen Stimmen zu übertönen. »Bitte sagt mir Bescheid, falls ihr wisst, dass sich noch jemand im Gebäude befindet.«

Ein etwa siebenjähriger Junge hebt seine Hand, und ich gehe durch die Menge, um mit ihm zu sprechen.

»Jason ist noch dort drin«, sagt der Junge mit zittriger Stimme, als ich neben ihm stehenbleibe. Er umarmt sich und beginnt zu weinen, während er murmelt: »Ich hätte ihn aufwecken sollen. Er ist mein Freund. Es tut mir leid.«

»Wo ist sein Zimmer?«, frage ich und versuche, mich so autoritär wie möglich anzuhören, ohne das Kind dadurch zu verängstigen.

»In der zweiten Etage«, antwortet er und bekommt Schluckauf. »Auf der Seite des westlichen Treppenhauses. Raum 204.«

»Danke«, sage ich und eile zu Grace zurück.

»Er ist stabil, aber du musst hierbleiben und ihn beobachten«, sagt Grace gerade zu ihrer neuen Assistentin. »Theo und ich, wir gehen –«

»Ich kann das alleine machen, Grace.« Die Tatsache, dass sie nichts von Jason mitbekommen hat, könnte meine Chancen darauf erhöhen, dass sie auf mich hört.

Ihre blauen Augen leuchten in dem roten Licht auf, und ich weiß, dass meine Hoffnungen vergebens waren.

»Hör damit auf, Zeit zu verschwenden, Theo«, erwidert sie. »Ich werde gehen. Du könntest meine Hilfe brauchen.«

»Gut«, sage ich und renne auf das Gebäude zu.

Bevor wir es betreten, erkläre ich Grace, wohin wir müssen, um im Gebäude nicht mehr zu sprechen. Ich will Grace nicht in eine Unterhaltung verwickeln, durch die sie ihren Sauerstoff schneller verbraucht.

Ich sehe die Umrisse eines Wächters, als wir zum westlichen Treppenhaus abbiegen. Das muss Albert mit den Kindern aus dem Zimmer 405 sein, außer er hat sie bereits nach draußen gebracht und rettet jetzt den Nächsten.

Ich steige den Treppenabsatz in einem Atemzug hoch. Grace beginnt, leicht zurückzufallen. Ich drücke die Tür auf, verlasse das Treppenhaus, und in zwei großen Schritten bringe ich den Weg zum Zimmer 204 hinter mich.

»Jason«, rufe ich, während ich die Tür aufreiße. »Bist du hier?«

Niemand antwortet, aber ich sehe einen kleinen Körper auf dem am weitesten entfernten Bett liegen.

Wie sein Freund sieht der bewusstlose Junge so aus, als sei er etwa sieben Jahre alt. Ich strecke mich aus, um seinen Puls zu fühlen, aber dann höre ich, dass Grace das Zimmer betritt. Als ich aufschaue, bemerke ich, wie schnell ihre Brust sich unter ihrer Nachtwäsche hebt und senkt, und wie sehr die Adern auf ihrem schlanken Hals hervorstehen.

»Grace, ich kann ihn tragen«, sage ich und beginne, den Jungen hochzuheben. »Wahrscheinlich wiegt er nur –«

Ohne ihren Sauerstoff auch nur durch ein Wort zu vergeuden, geht sie zu dem Jungen und nimmt seine Beine. Da ich nicht möchte, dass sie wegen meines Widerspruchs auch nur eine Sekunde später das Gebäude verlässt, ergreife ich die Schultern des Jungen und hebe ihn an.

Grace hatte wahrscheinlich recht, als sie darauf bestanden hat, mir zu helfen. Zusammen bewegen wir uns viel schneller, als ich es allein getan hätte, was gut für den Jungen ist. Das Problem ist, dass Grace mit jedem Schritt abgehackter atmet.

Wir schaffen es bis ins Erdgeschoss und biegen in den ersten Gang ein. Das Geräusch einer weinenden Person erreicht meine Ohren.

Grace und ich schauen uns an und gehen schneller.

Als wir um die nächste Ecke biegen, sehen wir einen Körper auf dem Boden liegen, neben dem ein kleines Mädchen steht, das halb weint und halb nach Luft schnappt.

Es ist Owens Körper. Es sieht so aus, als sei er ohnmächtig geworden, während er versucht hat, das weinende Mädchen zu retten.

»Lass Jasons Beine los«, sage ich zu Grace.

Behutsam folgt sie hektisch atmend meiner Anweisung.

Ich umfasse Jasons Taille und lege ihn mir wie einen Sack Kartoffeln über meine linke Schulter. Sobald ich den Jungen fest im Griff habe, beuge ich mich nach unten und schiebe meinen rechten Arm unter Owens Schultern. Meine Muskeln sind bereits mehr als müde, und als ich mich anspanne, um ihn vom Boden hochzuheben, wünschte ich mir, ich hätte mich mehr für Sport interessiert – besonders für Kreuzheben.

»Du nimmst sie«, weise ich Grace an und nicke in Richtung des kleinen Mädchens.

Grace ergreift die Hand des jetzt stillen Mädchens und schiebt ihren freien Arm unter Owens Knie, um mir dabei zu helfen, ihn anzuheben.

Unter gewaltigen Anstrengungen gehe ich einen Schritt, dann noch einen. Meine Muskeln fühlen sich an, als würden sie gleich reißen.

Mit übermenschlicher Willensanstrengung schaffen wir es fast bis zum Ausgang. In der Stille zwischen den Durchsagen kann ich Graces flaches Keuchen hören. Um die nagende Angst in mir zu unterdrücken, stelle ich mir bildlich vor, wie wir es schaffen, dieses Gebäude zu verlassen. Ich bilde mir ein, dass die Luft weniger abgestanden riecht, und sehe die rote Kuppel über meinem Kopf.

Als auf einmal das volle Gewicht Owens in meinen Armen hängt, werde ich aus meinen Fantasien gerissen.

Das kleine Mädchen keucht und schluchzt wieder, und Grace liegt mit der Hand an ihrer Kehle auf dem Boden.

FÜNFTES KAPITEL

»Nein«, brülle ich. »Nein, Grace, das kannst du mir nicht antun!«

Graces Krämpfe lassen langsam nach.

Ich werde vor eine schreckliche Wahl gestellt. Ich kann auf gar keinen Fall den Jungen, das Mädchen, Owen und Grace tragen. Das ist körperlich unmöglich. Ich werde dem Mädchen sagen müssen, selbst zu gehen, und mich zwischen Grace und Owen entscheiden müssen.

In der altertümlichen Zeit mussten Rettungskräfte, so wie Feuerwehrmänner, wahrscheinlich andauernd derartige Entscheidungen treffen. Ich weiß allerdings nicht, wie sie es gemacht haben, weil ich vor Unentschlossenheit wie gelähmt bin. Ich weiß, dass es noch schlimmer ist, nichts zu tun, aber ich kann mich einfach nicht bewegen.

So müssen sich die moralischen Dilemmata in dem Test angefühlt haben.

»Phoe«, rufe ich verzweifelt. »Ich brauche wirklich deine Hilfe.«

Ich denke so schnell, dass nur Nanosekunden vergehen, bis ich eine Entscheidung treffe. Allerdings habe ich Angst, dass eher meine Vorurteile als meine Logik meine Auswahl beeinflussen. Würde Logik in dieser Situation überhaupt helfen?

Das kleine Mädchen hört auf zu weinen und blickt über meine Schulter.

»Mann«, sagt Liam und erschreckt mich damit. Seine Stimme ist das willkommenste Geräusch, das ich jemals gehört habe. »Warum stehst du hier bewegungslos rum?«

Ich habe keine Zeit, mich darüber zu beschweren, dass er sich erneut in Gefahr gebracht hat, also frage ich das kleine Mädchen: »Kannst du laufen?«

Sie schaut mich an, als sei ich eine Kreatur aus ihren schlimmsten Albträumen, aber nickt fast unmerklich.

Ich fasse das als ein Ja auf und erkläre Liam: »Nimm ihre Hand. Sollte sie Probleme mit dem Gehen bekommen, lege sie dir über die Schulter, so wie ich das mit dem kleinen Jungen getan habe. Und jetzt hebe Grace an ihren Schultern an. Schnell.«

Liam ergreift die Hand des Mädchens. Ich erwarte, dass sie wieder zu weinen beginnt, aber sie bleibt stumm. Mit einem Stöhnen, das mich zusammenzucken lässt, schiebt Liam seine Arme unter Graces Achseln und beginnt, sie um die Ecke in den letzten Gang zu ziehen.

Ich gehe voran. Wenn ich vorher gedacht hatte, dass meine Last schwer war, hatte ich Unrecht. Owens volles Gewicht fühlt sich wie ein Sack Backsteine an, und Jason scheint heimlich gegen eine Eisskulptur in menschlicher Form ausgetauscht worden zu sein. Mein Rücken ist kurz davor durchzubrechen, und mein Herz droht mit jedem Schritt, den ich mache, aus meinem Brustkorb zu springen. Trotz der Respirozyten atme ich durch den Stress schnell und flach, und meine Sicht verschwimmt.

Bei jedem Schritt konzentriere ich mich auf alles andere als die unglaubliche Überanstrengung meiner Muskeln. Ich denke an Musik und Kunst, aber auch das hilft nicht. Die Musik in meinem Kopf ist Heavy Metal, und die Kunst, die mir in den Sinn kommt, ist ein Gemälde eines berühmten altertümlichen russischen Malers, auf dem elf Männer dargestellt sind, die sich damit abquälen, eine Barge durch einen Fluss zu ziehen.

»Wir sind fast da«, keucht Liam von hinten. »Nur noch ein kleines Stück.«

Diese Aussicht gibt mir neue Kraft, und ich werde schneller, bis ich den restlichen Gang mit der rasenden Geschwindigkeit von einem Schritt pro Sekunde hinter mich bringe. Als ich mich nur noch etwa einen Meter vom Ausgang entfernt befinde, schaffe ich es, noch schneller zu werden, während ich meine Last hinter mir her schleife.

Sobald ich mich draußen befinde, knie ich mich hin und lege zuerst Owen auf dem Boden ab, bevor ich Jason vorsichtig neben ihm platziere. Danach atme ich tief ein und schaue mich nach Graces Auszubildender in der Herz-Lungen-Reanimation um.

Als sich unsere Blicke treffen, winke ich ihr zu. »Komm, hilf mir!«

Das Mädchen und einige andere Jugendliche eilen herbei.

Ich springe auf, um zurück zu Liam zu gehen, aber in diesem Moment kommt er gerade aus dem Gebäude.

Ich renne zu ihm und helfe ihm, Grace auf dem Boden abzulegen. Sobald sie auf dem Rücken liegt, knie ich mich neben sie und bereite mich auf die Herzmassage und Beatmung vor.

Unter allen anderen Umständen wäre es komisch gewesen, meine Hand so nah neben Graces Brüste und meinen Mund auf ihren zu legen, aber in diesem Moment ist es klinisch. Ich beende meine Massage und pumpe Luft in ihre Lunge. Alle meine Gedanken konzentrieren sich darauf, ihr zu helfen, damit sie wieder atmet.

»Bitte, Grace«, denke ich verzweifelt. »Atme.«

Als hätte sie meine unausgesprochene Bitte gehört, schnappt Grace nach Luft. Ihre langen Wimpern schlagen nach oben, und sie starrt mich mit blutunterlaufenen, aber wachsamen Augen an.

»Owen«, stöhnt sie. »Hat er es geschafft?«

Mein Puls rast. Ich war so damit beschäftigt, sie zu retten, dass ich ganz vergessen hatte, dass Owen sich in einem ähnlich bedrohlichen Zustand befindet.

Als ich aufspringe, um zu Owen zu laufen, sehe ich, dass Grace versucht, aufzustehen. Ich beuge mich nach unten, um ihr meine Hand anzubieten, und sie nimmt meine Hilfe an, indem sie ihre kalte und klamme Hand in meine legt.

Zusammen laufen wir zu dem Mädchen, in dessen Händen ich Owen zurückgelassen hatte. Sie atmet hektisch in Owens Mund, während Liam darauf wartet, mit der Herzmassage fortzufahren.

Grace kniet sich neben Owen, um mit ihrer Hand seinen Hals zu berühren, während ich dastehe und hilflos dabei zusehe. Ein sichtbarer Schauer durchfährt sie, bevor sie mit erstickter Stimme sagt: »Zur Seite, alle beide.«

Grace versucht weiterhin, Owens Puls zu finden, erst an seinem Handgelenk, dann an seiner Brust.

Als sie aufschaut, hat sie Tränen in den Augen.

»Nein«, sage ich wie betäubt. »Nein, er kann nicht …«

Grace beginnt mit entschlossenem Gesichtsausdruck, Owen wiederzubeleben.

»Phoe«, schreie ich in Gedanken. »Phoe, komm schon! Er kann nicht tot sein.«

Keine Antwort. Wie durch einen Nebel sehe ich, wie Grace mehrere Durchgänge der wiederbelebenden Maßnahmen durchführt. Als sie innehält und aufsieht, zittert sie, und Tränen laufen ihre Wangen hinunter.

»Ich denke, es ist zu spät«, sagt sie mit bläulichen Lippen, aber ich kann sie durch die kalte Taubheit, die mich an dieser Stelle versteinern lässt, kaum hören.

Neben mir starrt Liam sie mit großen Augen an, und die Helferin sieht aus, als sei sie kurz davor, bis zur Kante von Oasis zu laufen.

Theoretisch sollte es für mich leichter sein als für die anderen, mit dem Tod konfrontiert zu werden. Schließlich habe ich ihm in den letzten Tagen wiederholt in die Augen geschaut. Trotzdem gehe ich trotz der Kälte innerlich in Flammen auf, und ich muss unkontrolliert würgen.

Ich werde erst aus meiner qualvollen Betäubung gerissen, als mir auffällt, dass Grace wie eine Wahnsinnige Runden um mich dreht und etwas Morbides vor sich hin murmelt. Liam reibt sich seine Arme, und Graces Helferin hat ihre Knie mit den Armen an die Brust gezogen und schaukelt nach vorne und hinten.

Ich suche nach etwas Beruhigendem, was ich ihnen sagen könnte, aber bevor mir passende Worte einfallen, schüttelt Grace kräftig ihren Kopf und rennt auf das Gebäude zu. Als sie an mir vorbeiläuft, höre ich sie murmeln: »Ich muss sichergehen, dass nicht noch jemand stirbt ...«

Die Jugendlichen um uns verstummen, da ihnen Graces Toben und eigenartiges Verhalten Angst machen, und in der daraus resultierenden Stille höre ich eine neue Warnung: »Sauerstoffgehalt der Umgebung anormal. Stickstoffgehalt der Umgebung anormal. Lebenserhaltungsfunktionen aus dem Gleichgewicht –«

Die Kinder beginnen alle gleichzeitig zu reden und zu weinen und verhindern dadurch, dass ich verstehe, was die schiffsweite Sprechanlage noch sagt. Auf einer bestimmten Ebene weiß ich, dass die Nachricht besorgniserregend ist, aber ich bin zu schockiert von Owens Tod und Graces Reaktion, um sie vollständig verarbeiten zu können. Ich kann an nichts anderes denken als an die Tatsache, dass sie in das tödliche Gebäude zurückgeht.

Meine Beine fühlen sich hölzern an, als ich hinter ihr herstolpere. »Warte, Grace.«

Entweder hört sie mich nicht oder sie ignoriert mich, als sie durch die Tür verschwindet.

Ich fluche leise vor mich hin, bevor ich beginne, ihr nachzujagen, aber jemand umfasst mich mit schwitzigen, zittrigen Händen fest von hinten.

»Geh dort nicht hinein«, flüstert Liam in mein Ohr. »Du wirst sterben.«

»Mann, mir wird nichts passieren«, entgegne ich und drücke ihn weg. »Im Gegensatz zu ihr.«

»Dann werde ich –«

»Denk den Satz nicht einmal zu Ende!« Ich drehe mich blitzschnell um und starre ihn wütend an. »Wenn du auch nur in die Nähe dieses dummen Gebäudes gehst, werde ich dich verdammt nochmal bewusstlos schlagen.«

Liam blinzelt mich an, und sein Gesicht verzieht sich, so als würde er sich darauf vorbereiten, dass ich meine Drohung in die Tat umsetze.

Ich warte nicht darauf, dass er sich erholt, und renne in das Gebäude. Grace ist nirgendwo zu sehen.

Die Gänge schlängeln sich endlos dahin, und das rote Licht führt dazu, dass ich nur verschwommen sehen kann, während ich von Korridor zu Korridor laufe, um nach Grace zu suchen.

»Grace«, schreie ich über Phoes mechanische Stimme hinweg. »Grace, wo bist du?«

Ich betrete einen Raum und führe instinktiv die Geste durch, um die leeren Betten verschwinden zu lassen. Als das Kommando nicht funktioniert, beuge ich mich nach unten, um unter jedem Bett nachzuschauen. Der Raum ist leer. Dann betrete ich einen anderen Raum, und noch einen – alle leer.

Mein Adrenalinspiegel stört mein Zeitgefühl. Ich habe keine Ahnung, wie lange ich das Gebäude bereits durchsuche, aber ich bin mir sicher, dass ich in jeden Raum im Erdgeschoss nachgeschaut habe.

Ich gehe im nächstgelegenen Treppenhaus in die erste Etage. Irgendwo über mir schlägt eine Tür zu.

»Grace!«, rufe ich und nehme drei Stufen auf einmal. »Bist du das?«

Albert kommt mir auf der Treppe entgegen. Er hat mit dem schweren Gewicht seiner Last zu kämpfen. Über seiner rechten Schulter hängt ein Junge und auf seiner linken Grace.

»Lass mich dir helfen.« Ich beeile mich, zu ihm zu gelangen.

»Nein«, keucht Albert. »Verschwinde von hier.«

Ich trete vor ihn. »Du kannst kaum noch gehen. Verschwende deinen Sauerstoff nicht mit Diskussionen. Gib mir jemanden, und dann gehen wir.«

Albert zögert den Bruchteil einer Sekunde, bevor seine praktische Seite gewinnt. Er weiß, dass er doppelt so lange brauchen wird, Grace und den Jungen allein nach draußen zu tragen, vorausgesetzt, dass er nicht auch ohnmächtig wird. Er gibt mir vorsichtig den Jungen. Stöhnend lege ich ihn mir über meine Schulter. Sein Körper fühlt sich leblos an, und Grace sieht auch nicht viel besser aus.

»Geh«, krächzt Albert.

Da mir klar wird, dass ich den Mann wertvolle Luft koste, gehe ich schnell die Treppe hinunter.

Meine Atmung ist hektisch, aber ich kann unmöglich sagen, ob es daher kommt, dass ich ersticke, oder ob es sich um einen Nebeneffekt des hohen Adrenalinspiegels handelt.

Alberts Keuchen wird lauter. Ich bin beeindruckt von seinem Durchhaltevermögen. Ältere Menschen sind in der Regel schwächer, aber andererseits ist er für einen Betagten noch nicht so alt. Außerdem muss er beträchtlich trainiert haben, um einer der Wächter werden zu können – auch wenn das Training ihm nicht helfen wird, wenn er nicht mehr atmen kann. Er sieht so aus, als könne er nicht mehr lange durchhalten.

Ich öffne die Tür zum Erdgeschoss und halte sie für Albert auf. Er grunzt dankbar, während er hindurchgeht, und ich folge ihm schnell.

Entweder bin ich durch die Erschöpfung wie betäubt oder ich habe so etwas wie die »zweite Luft« der Läufer bekommen, weil ich mit dem Jungen auf meinen Schultern durch die Gänge laufe, aber weder die Kälte noch die Anspannung meiner Muskeln spüre. Ich höre nicht einmal die Alarme.

Als Alberts Schritte schwanken, stütze ich ihn mit meiner Schulter ab. Er lehnt sich zuerst zögerlich auf mich, bis der Sauerstoffmangel seinen

Tribut fordert und er sich stärker auf mir abstützen muss. Die schützende Taubheit, die mich umgeben hat, beginnt zu verschwinden, und im letzten Gang wird mir klar, dass ich meinem Körper zu viel abverlange.

Jeder Schritt ist jetzt eine Qual. Wenn die Alarmlichter die Welt nicht rot färben würden, würde ich jetzt schwarze Punkte sehen, und trotz des ohrenbetäubenden Lärms bin ich mir ziemlich sicher, dass meine Ohren dumpf klingeln.

Rational weiß ich, dass ich es bin, der die letzte Hälfte des Ganges zum Ausgang hinter sich bringt, aber es fühlt sich an, als sei es jemand anders.

Ich komme erst wieder zu Verstand, als ich draußen die Jugendlichen sehe – auch wenn mir nicht entgeht, dass die Luft hier, im Gegensatz zu vorher, nicht viel frischer ist als im Gebäude.

Albert legt Grace auf den Boden, und ich tue das Gleiche mit dem Jungen auf meiner Schulter, bevor wir mit den Wiederbelebungsmaßnahmen beginnen.

Ich massiere die Brust des Jungen und atme mindestens ein Dutzend Mal in seinen Mund, bevor ich daran denke, seinen Puls zu kontrollieren. Ich kann keinen Herzschlag spüren. Ich blicke zu Albert, und meine Hoffnungen werden zunichte gemacht, als ich seinen Gesichtsausdruck sehe.

Er bemerkt meinen Blick, wischt sich mit seinem weißen Ärmel die Nässe aus dem Gesicht und schüttelt seinen Kopf.

»Nein.« Hektisch nehme ich meine Herzmassage bei dem Jungen wieder auf. »Nein, nein, nein.«

Albert kniet sich neben mich, drückt mich weg und überprüft die Lebenszeichen des Kindes.

»Es tut mir leid«, sagt er und hebt seinen Kopf an. Sein Blick spiegelt das Entsetzen wider, das in meiner Brust sticht. »Wir haben getan, was wir konnten.«

Ich ignoriere ihn, springe auf und renne zu Grace, die immer noch still und leblos auf dem Boden liegt.

Hektisch suche ich nach ihrem Herzschlag.

Es gibt keinen.

Stur beginne ich mit der Herz-Lungen-Reanimation. Ihre Lippen sind blau und kalt, als ich Luft in sie pumpe, und ihre Brust fühlt sich so leblos wie die einer Puppe an. Ich mache immer weiter, bis ich das Gefühl dafür verliere, wie lange ich schon über Grace kauere.

Jemand ergreift meinen Arm und zieht mich weg.

»Das reicht, Theo«, sagt Liam, als ich aufschaue und bereit bin, mich gegen diese Unterbrechung zu wehren. Seine Stimme bricht, als er rau sagt: »Wir müssen es akzeptieren. Grace ist tot.«

SECHSTES KAPITEL

Ich starre meinen Freund verständnislos an. Der Schmerz in seinen Augen spiegelt den pochenden Schmerz in meiner Brust wider. Meine Trauer, oder um was es sich dabei handelt, ist so überwältigend, dass meine Gedanken, einen Moment lang abschweifen. Über Liams Schulter sehe ich den roten Himmel, und ich starre ihn stumpf an. Irgendwann fällt mir ein weißer Text auf, der sich über die Kuppel zieht. Vielleicht stand er dort schon die ganze Zeit und ich hatte ihn bis jetzt einfach nicht bemerkt. Ich kneife meine Augen zusammen und kann einen Teil der Nachrichten entziffern, die vorbeiziehen. Die meisten sind Warnungen. Ich erkenne dieselbe Warnung, den falschen Sauerstoff- und Stickstoffgehalt betreffend. Ich hatte die ursprüngliche Durchsage aus meinem Kopf verbannt, aber während ich jetzt über sie nachdenke, fällt mir auf, wie schwerwiegend die Folgen sind. Es bedeutet, dass wir –

Ein brennender Schmerz reißt mich aus meinem Nebel.

Blinzelnd starre ich Liam an – der mir gerade eine Ohrfeige verpasst hat, wie es die altertümlichen Ehefrauen bei ihren untreuen Ehemännern taten.

»Mann, was soll das?« Ich reibe meine schmerzende Wange.

»Du hast nicht reagiert«, erklärt Liam verteidigend. »Ich wollte nur, dass du wieder zu dir kommst. Wir müssen etwas tun.«

Mir fällt auf, dass er versucht, auf keinen Fall auf Graces Leiche oder den toten Jungen zu schauen – oder auch Owen, was das betrifft.

Ich schaue mich nach dem Wächter um. »Wo ist Albert?«

»Wer?« Liam folgt verwirrt meinem Blick.

»Der Wächter, der mit mir aus dem Gebäude kam. Wo ist er? Er ist nicht verrückt genug, um noch einmal hineingegangen zu sein, oder?«

»Ach, der Wächter«, meint Liam. »Er muss nicht zurück in das Gebäude gehen. Er hat gesagt, es sei vollständig evakuiert.«

»Also, wo ist er dann?«

»Er ist in diese Richtung gegangen.« Liam deutet auf den Wald. »Er hat nicht gesagt, warum.«

Ich fahre den Golfplatz, der in einiger Entfernung liegt, mit den Augen ab. Das kurze Gras hat eine eigenartige rot-schwarze Färbung durch die rote Kuppel, und Albert in seinem Raumanzug ist gut zu erkennen.

»Wir sollten ihm folgen«, sage ich, da sich ein vager Plan in meinem Kopf formt.

»Warum?«, fragt Liam.

»Du wolltest doch etwas tun«, erwidere ich. »Unter den gegebenen Umständen ist das doch genauso gut wie alles andere.«

»Ich nehme an, das stimmt, aber ich verstehe nicht, inwiefern es hilft, die Gruppe zu verlassen.«

»Das werde ich dir unterwegs erklären«, sage ich und beginne, mir meinen Weg durch die Ansammlung von Jugendlichen zu bahnen. Ich murmele vor mich hin: »Zumindest wenn ich herausfinde, was zum Henker ich tun muss«.

Liam, der hinter mir geht, sieht aus wie ein Entenküken, das seiner Mutter folgt. Ich kann sehen, dass er sich nicht sicher darüber ist, die

Jugendlichen zu verlassen, aber sein Vertrauen zu mir – oder einfach seine generelle Verwirrtheit – gewinnt Oberhand, und er folgt mir weiterhin.

Als wir die Menge hinter uns gelassen haben, hat sich Liam genug erholt, um Albert nicht aus den Augen zu lassen und die Führung zu übernehmen.

»Sauerstoffniveau der Umgebung auf kritisch niedrigem Niveau«, gibt Phoes Himmelsstimme bekannt. »Stickstoffniveau kritisch hoch. Kohlenmonoxidniveau steigt. Fehlfunktion der thermostatischen Module.«

»Was bedeutet das?«, fragt Liam und bleibt so abrupt stehen, dass ich fast in ihn laufe.

»Ich denke, es bedeutet, dass jetzt draußen das Gleiche passiert wie das, was in den Gebäuden geschehen ist«, antworte ich und versuche, den immer größer werdenden Angstknoten in meinem Hals zu ignorieren. »Es bedeutet, dass die Luft in Oasis bald nicht mehr zum Atmen geeignet sein wird und wir alle ersticken werden.«

»Aber wie kann das sein?« Die Sehnen in Liams Hals stehen hervor. »Ist es wegen des roten Lichts? Stört es die Sauerstoffproduktion der Pflanzen?«

»Lass uns weitergehen, während wir reden«, sage ich. Ich trete vor ihn und erkläre ihm: »Die Pflanzen haben noch nie den Großteil des Sauerstoffs erzeugt. Es gibt Maschinen, die das tun.«

Liam folgt mir, aber sein Gang ist unsicher und seine Atmung wird schwerer. »Jeder weiß, dass die Pflanzen den Sauerstoff produzieren –«

»Genau.« Ich kann den Sarkasmus in meiner Stimme nicht unterdrücken. »Genauso wie jeder weiß, dass der Himmel niemals rot ist.« Ich schaue zur bildschirmartigen Kuppel hoch. »So wie jeder weiß, dass wir uns auf der Erde befinden, in einem Paradies, in dem nichts schieflaufen kann.«

Liam schaut mich verwirrt an und sagt: »Okay, angenommen, Maschinen arbeiten daran. Warum wird es so schnell schwieriger, zu atmen?«

»Das weiß ich nicht mit Sicherheit.« Zum millionsten Mal hoffe ich, dass Phoe sich mit einer wissenschaftlichen Erklärung zu Wort melden wird, aber sie schweigt weiterhin. »Es könnte an dem Teil mit dem Stickstoff liegen«, schwindele ich, während ich einen Schauer durch die Kälte, die in meine Haut eindringt, unterdrücke. »Ich habe gelesen, dass zu viel Stickstoff in der Luft zum Ersticken führen und außerdem den Sauerstoff aus der Luft verdrängen kann. Wenn es nicht der Stickstoff ist, laufen die Maschinen vielleicht nicht so, wie sie sollten. Es ist nicht schwierig, keinen Sauerstoff mehr zu haben, wenn die Produktion sich verlangsamt oder stehenbleibt, weil wir ihn alle beim Atmen aufbrauchen. Da die Luft nicht von außerhalb der Kuppel kommen kann ...«

»Was ist mit diesem thermostatischen ... wie heißt das nochmal?«, fragt Liam, nachdem er einige Schritte lang zu Luft kommen musste. »Worum ging es dabei?«

»Ist dir nicht aufgefallen, wie kalt es ist?«, meine ich und reibe mit meinen Händen über meine nackten Arme.

Liam betrachtet die Gänsehaut auf seinen eigenen Armen. »Ich dachte, das sei wegen der fehlenden Bekleidung und der Tatsache, dass es mitten in der Nacht ist. Zumindest nehme ich an, dass gerade Nacht ist. Weißt du denn ungefähr, wie spät es ist?«

»Nein, keine Ahnung«, antworte ich. Die Luft, die ich ausatme, sieht aus wie Rauch, oder genauer gesagt Dampf. So sah der Atem der Vorfahren aus, wenn sie im Winter draußen umhergingen. Im wirklichen Leben habe ich so etwas noch nie gesehen.

Liam schiebt sich seine Hände in seine Achselhöhlen. »Also, was wird mit uns geschehen? Was wird mit allen geschehen?«

»Ich bin mir nicht sicher.« Ich versuche, nicht mit meinen Zähnen zu klappern.

»Wohin gehen wir dann? Warum folgen wir dem Wächter?«

Als hätte Albert darauf gewartet, dass Liam diese Frage stellt, verschwindet er genau in diesem Moment im Wald.

Ich gehe schneller. »Wenn wir rennen, bleiben wir warm«, erkläre ich Liam, als er mich fragend anblickt. »Außerdem könnte es im Wald wegen der ganzen Bäume mehr Sauerstoff geben.«

Ohne sich darüber zu beschweren, dass ich seine Frage nicht beantwortet habe, rennt mir Liam hinterher. Als wir die Baumgrenze erreichen, hört sich sein Atmen wie eine kaputte Dampflok an.

Der Wald sieht unter dem roten Licht angsteinflößend schwarz aus und erinnert mich an den bösen, magischen Wald aus den Märchen. Ich erwarte, dass Liam etwas dazu sagt, aber das tut er nicht – kein gutes Zeichen.

Nach etwa anderthalb Kilometern im Wald bleibt Liam stehen, und ich kann sehen, dass er mich gleich fragen wird, warum wir Albert folgen und wohin wir gehen. Damit er seinen Sauerstoff spart, erkläre ich ihm: »Der Wächter ist nicht wirklich unser Ziel. Er könnte etwas wissen, aber der Ort, an den wir wirklich gehen müssen, ist das Gebiet der Betagten. Sie könnten einige Antworten haben.«

Liam atmet einige Male schwer ein und aus, bevor er fragt: »Aber wie sollen wir durch die Barriere kommen?«

»Gehen wir weiter«, meine ich und ergreife seinen eiskalten Arm. »Ich hoffe, dass wenn wir den Wächter einholen, er dich hindurchlassen kann.«

Ich sage Liam nicht, dass auch dann eine gute Chance besteht, die Barriere zu durchqueren, wenn wir Albert nicht einholen, allein deshalb, weil er in meiner Begleitung ist. Dank Phoes Hacken am Tag der Geburten, seitdem das System denkt, ich sei einer der Betagten, habe ich Zugang zu allen Gebieten Oasis'.

Der Geruch des Kiefernwaldes, oder vielleicht der Sauerstoff, den er produziert, gibt mir neue Kraft, aber ich kann nicht das Gleiche von Liam behaupten. Aus seinem relativ schnellen Rennen wird ein langsameres

Laufen, bevor wir einfach nur noch gehen. Zu dem Zeitpunkt, an dem wir das Ende des Waldes erreichen, kann er sich kaum noch voranschleppen.

Als wir hinaustreten, überrascht es mich nicht, dass die schimmernden Barrieren fehlen. Da sie Teil der erweiterten Realität waren, und die Bildschirme, Bäume und anderen Dinge, die auf dieselbe Weise erschaffen wurden, ebenfalls verschwunden sind, ist es nur logisch – wenn man mit logisch komplett chaotisch meint –, dass die Barriere auch nicht mehr da ist. Außerdem hat Liam die Schwelle, an der die Angst ihn überkommen haben sollte, problemlos überschritten, also dachte ich mir schon, dass etwas mit der Barriere nicht stimmen würde.

Liam schleppt sich bis in die Mitte der Lichtung. Als er den Wald auf der Seite der Erwachsenen sieht, wirft er mir einen verzweifelten Blick zu.

»Noch ein Wald«, bestätige ich ihm. »Aber das bedeutet gleichzeitig mehr Sauerstoff.«

Liam sagt nichts. Er lässt die Schultern hängen und beginnt, sich mit dem gleichen Enthusiasmus fortzubewegen wie ein Mann, der dazu verurteilt wurde, ins Gefängnis zu gehen.

»Stütz dich auf mir ab«, sage ich und gehe zu ihm.

Liam protestiert nicht, sondern legt seinen rechten Arm gehorsam über meine Schultern. Sein zusätzliches Gewicht macht mich langsamer, aber ich bin dankbar für seine Körperwärme. Ich wünschte mir allerdings, ich könnte die Entfernung schneller hinter mich bringen.

Als wir den Wald im Erwachsenenteil erreichen, hebe ich für uns beide jeweils einen Stock zum Aufstützen auf. Unsere improvisierten Krücken helfen uns eine Weile, aber als wir das Ende einer kleinen Lichtung erreichen, lässt Liam den Stock fallen und lehnt sich verzweifelt nach Luft schnappend gegen eine riesige Kiefer.

Ich lasse ihn los und trete einen Schritt zurück, da ich nicht weiß, was ich tun soll. Dann habe ich eine Idee.

»Ich gehe vor und suche eine Scheibe«, sage ich halb zu mir und halb zu Liam. »Die Erwachsenen haben diese fliegenden Geräte. Du kannst dich auf eines setzen und –«

»Bitte«, keucht Liam. Sein Gesicht sieht unter dem roten Licht der Kuppel bläulich-lila aus. »Geh nicht. Lass mich nicht allein.«

»Natürlich nicht«, willige ich sofort ein. Diese Worte müssen meinen Freund eine Menge Sauerstoff gekostet haben.

Er nickt und atmet tief ein, immer wieder. Mit jedem Atemzug werden seine Augen größer, und sein Gesicht immer lilafarbener.

Mein Puls rast, als ich sehe, wie Liam nach seiner Kehle greift, genauso wie er es in unserem Schlafgebäude getan hatte. *Nein, bitte nicht.* Ich strecke mich hektisch nach ihm aus, aber es ist zu spät.

Mein Freund gleitet an dem riesigen Stamm des Baumes hinunter und fällt auf seine Knie.

Seine Augen und die Venen auf seiner Stirn stehen hervor, während er weiterhin seinen Hals umfasst. Er keucht einige Male mühsam, bevor er aufhört zu atmen.

»Liam!« Ich ergreife seinen Arm in dem Moment, in dem er auf den Boden fällt.

SIEBENTES KAPITEL

Mein Kopf sucht krampfhaft nach einem Plan, während ich mich neben meinen gefallenen Freund knie und die Wiederbelebungsmaßnahmen beginne.

»Phoe«, flüstere ich verzweifelt, und meine kalten Muskeln zucken unter meiner Haut, als ich auf Liams Brust drücke. »Phoe, bitte.«

Sie antwortet nicht.

Meine aufgeplatzten Lippen zittern, als ich Luft in seine Lungen pumpe, und ich habe den unlogischen Gedanken, dass sich so die Ahnen gefühlt haben müssen, wenn ihre Gebete nicht erfüllt wurden. Ich zittere am ganzen Körper, und meine Hände, Füße und meine Magengrube sind vereist, während ich die Beatmung und die Herzmassage durchführe.

Nichts.

Er reagiert nicht.

Zitternd kontrolliere ich seinen Puls.

Nichts. Der riesige Baum hat wahrscheinlich eher einen Herzschlag als er.

Ich balle meine Hände zu Fäusten und drücke auf seine Brust, einmal, zweimal, dreimal. Ich schlage ihn schon fast, aber nichts passiert. Mit jeder Sekunde, die vergeht, fühlt sich Liam definitiv kälter an.

Nein, nichts passiert.

»Ist das ein Traum? Ein IRES-Spiel?« Mein Schrei hört sich an wie das Heulen eines Wolfs. »Bitte, hol mich hier raus. Bitte, Phoe. Ich würde alles dafür tun.«

Als Antwort darauf leuchtet der rote Himmel leidenschaftslos.

Liam bewegt sich immer noch nicht, ist immer noch kalt.

Ich habe mich noch nie so machtlos, so überwältigt gefühlt.

Ich drücke meine Angst zur Seite und fahre mit meinen Wiederbelebungsmaßnahmen fort. Irgendwann spüre ich, wie Liams Rippen brechen. Die kalte Luft brennt in meiner Lunge, meine Arme sind steif und schmerzen, und meine Beine krampfen, aber ich kann nicht aufhören. Trotz der immer schlimmer werdenden Kälte fühle ich mich, als würde ich brennen. Mein Herz hämmert unregelmäßig, und eine Übelkeitswelle überkommt mich, aber ich schlucke die Galle, die in meinem Hals aufsteigt, hinunter und mache weiter.

Ein von mir losgelöster Teil sagt mir, dass ich den toten Körper meines Freundes schände, wenn ich fortfahre, dass ich das nicht für ihn, sondern für mich tue – dass ich Wiederbelebungsmaßnahmen durchführe, um mich nicht der noch kälteren Realität zu stellen – aber ich kann nicht aufhören.

Ich halte erst inne, als meine Arme diese repetitive Bewegung nicht mehr ausführen können.

Erst dann stelle ich mich unsicher hin. Zitternd betrachte ich Liam.

Das Grausamste an der Tatsache, dass die Systeme in Oasis versagen, ist, dass sich die Leichen nicht länger in ihre Moleküle auflösen, um von den Nanos wiederverwendet zu werden, wie das bei Mark und Jeremiah der Fall war. Liam bleibt genauso liegen wie Owen und Grace, kalt und leblos.

Jetzt verstehe ich, warum unsere Vorfahren ihre Toten begraben haben. Ich verspüre das gleiche Verlangen, aber ich weiß, dass es verrückt wäre. Der Boden ist steinhart, wie meine kalten Füße – in denen ich gerade sehr schnell mein Gefühl verliere – bestätigen können.

Eine Sekunde lang frage ich mich, ob ich mir Sorgen um Frostbeulen machen sollte, bevor ich diesen lächerlichen Gedanken fallen lasse. Wenn ich das, was gerade in Oasis vor sich geht, nicht irgendwie in den Griff bekommen kann, wird der Verlust einiger Zehen mein kleinstes Problem sein.

Wie betäubt verabschiede ich mich schweigend von Liam und gehe tiefer in den Bereich der Erwachsenen.

Auch wenn ich so getan habe, als hätte ich einen Plan, damit Liam die Hoffnung nicht verliert, weiß ich jetzt ganz sicher die Wahrheit: Ich wandere ziellos umher. Es besteht eine winzige Möglichkeit, dass die Erwachsenen etwas tun können, aber ich halte nicht erwartungsvoll meinen Atem an – zumindest nicht im übertragenen Sinne.

Die Kälte wird schlimmer. Ich fühle mich, als würde sich mein Knochenmark verfestigen, also tue ich das Einzige, was mir einfällt, um mich aufzuwärmen.

Ich renne.

Bewegung verschafft eine kleine Erleichterung. Das Durcheinander in meinem Kopf rückt wegen der Äste, die mir schmerzhaft ins Gesicht schlagen, in den Hintergrund. Als ich mich schneller bewege, breitet sich so etwas wie Wärme in meinem Körper aus, und ein Hauch von Taubheit kehrt in meine Füße zurück – was das intensivste Gefühl ist, das meine Füße seit einer ganzen Weile wahrgenommen haben.

Während ich renne, konzentriere ich mich auf etwas, was mir auf einer unbewussten Ebene durch den Kopf geht, seit ich aufgewacht bin: Was zur Hölle geht hier vor sich? Eine Art Virus hat Phoe und mich angegriffen. Die Computer der Vorfahren fingen sich andauernd Viren ein, aber könnte Phoe dadurch verletzt worden sein? Als die Ressourcen der

Schiffscomputer für andere Dinge benutzt wurden, wie zum Beispiel das IRES-Spiel, war sie verletzt oder zumindest geschwächt. Wenn der Virus also Tonnen von Ressourcen verbrauchen würde, könnte Phoe eventuell lahmgelegt werden. Und wenn der Virus genügend ihrer Ressourcen durcheinanderbringen würde, könnte er die Funktionen außer Kraft setzen, die wir als gegeben hingenommen haben, wie die Sauerstoffproduktion des Schiffes. Das scheint plausibel zu sein, zumindest, wenn ich die größte Frage außer Acht lasse: Woher sollte ein Virus kommen?

Alberts Anblick unterbricht meine Spekulationen.

Er liegt etwa einen Meter vom Waldrand entfernt auf dem Boden, bewegungslos.

Ich lasse die Bäume hinter mir, als ich zu dem Beschützer eile und nach seinem Puls suche. Ich finde keinen. Ich habe noch nie so etwas Kaltes berührt wie Alberts Hals, und sein Körper ist mit Frost überzogen, der durch die Lichter der Kuppel rot leuchtet.

Ich hatte geglaubt, dass meine Fähigkeit, Trauer zu spüren, mit Liams Tod aufgebraucht worden sei, aber eine Lawine von Gefühlen überrollt mich erneut. Ich kannte Albert nicht besonders gut, aber er schien ein guter Mann zu sein, eine Art –

Nein.

Unter Anstrengungen reiße ich mich zusammen. Wenn ich mich darauf einlasse, werde ich neben ihn fallen und darauf warten, zu sterben, und das wird nicht passieren.

Eine makabere Idee macht sich in meinem Kopf breit, und ich setze sie in die Tat um, bevor ich es mir anders überlegen kann.

Ich nehme mir Alberts Schuhe und ziehe sie über die gefrorenen Blöcke, die einmal meine Füße gewesen waren. Danach streife ich mir seine Hose, das Oberteil seines Anzugs und seine Handschuhe über.

Als ich damit fertig bin, ist mir noch kälter, aber der rationale Teil meines Gehirns sagt mir, dass das meine Einbildung ist. Ich löse meine

Augen von dieser weiteren Leiche – die wegen ihrer Nacktheit ein besonders trauriger Anblick ist – und beginne zu rennen.

Es dauert nicht lange, bis sich meine schlimmsten Befürchtungen bestätigen. Überall liegen die Leichen der Erwachsenen.

»Bitte, lass es nur in den Randgebieten so sein«, murmele ich vor mich hin, während ich auf das nächste Gebäude zuhalte.

Selbst aus weiter Entfernung kann ich Menschen auf dem Boden liegen sehen. Hunderte und Aberhunderte von ihnen. Als ich nahe genug bin, erkenne ich, dass sie wirklich tot sind, da sie alle die gleichen Merkmale eines Erstickungstodes aufweisen.

Zitternd wende ich mich dem größeren Gebäude in etwa hundert Metern Entfernung zu.

Dort sieht es genauso trostlos aus. Die toten Erwachsenen sehen genauso mitgenommen aus, wie das bei den Jugendlichen der Fall war: keine Schuhe, minimale Bekleidung und entsetzte Gesichter.

Ich finde ein weiteres Massengrab neben dem größten Gebäude.

Als ich durch die toten Erwachsenen wandere, sehe ich einige Menschen, die ich kenne. Rechts von mir liegt Lehrerin Filomena, eingefroren in einer Umarmung mit Lehrer George. Ich erblicke weitere Lehrer der Schule und einige Männer und Frauen, die ich im Laufe der Jahre auf den Feiern der Geburten gesehen habe.

Ich habe genug davon und beeile mich, aus der Nähe der Gebäude – Orte, an denen sich die Leichen häufen – zu verschwinden. Ich kann den Tod nicht mehr sehen.

Ich laufe in Richtung des Weges, der sich am weitesten von allen Bauwerken entfernt befindet, und während ich renne, vermindert sich die Anzahl der herumliegenden Leichen – aber selbst diese sind noch zu viele.

Die Kälte scheint sich zu verschlimmern. Meine Ohren fühlen sich tatsächlich gefroren an. Ich denke, dass meine Ohrläppchen abbrechen würden, wenn jemand jetzt daran zöge. Ich bleibe stehen, schnappe mir die Schlafbekleidung einer unbekannten, älter aussehenden Frau und wickele sie mir um meinen Kopf, bevor ich weiterlaufe.

Die Hoffnung, an der ich mich festklammere, ist jetzt noch schwächer als zuvor. Sie baut auf der vagen Annahme auf, dass vielleicht die Betagten als selbsternannte Herrscher unserer Welt wissen, was gerade vor sich geht.

Ich versuche, mich an den genauen Standort des Gebäudes zu erinnern, in dem die Ratsversammlungen abgehalten werden, während ich auf den Wald zuhalte, der das Gebiet der Erwachsenen von dem der Betagten trennt.

* * *

Die erste Leiche sehe ich fast augenblicklich, als ich das Territorium der Betagten betrete. Der dünne, alte Mann muss sich auf dem Weg zum Bereich der Erwachsenen befunden haben. Vielleicht dachte er, dass es im Wald mehr Sauerstoff geben würde, oder vielleicht ist er genau wie ich in seiner Verzweiflung einfach ziellos umhergewandert.

Ich war noch nie so müde und mir war noch nie so kalt. Ich kann mich gar nicht mehr an eine Zeit erinnern, zu der ich nicht gerannt bin, nicht gefroren habe und mich nicht so gefühlt habe, als würde ich gleich sterben.

Es gab keine Barriere zum Bereich der Betagten, und es gibt auch keine Anzeichen dafür, dass den Betagten das Schicksal der Ältesten erspart worden ist. Alle Jugendlichen, die ich hinter mir gelassen habe – selbst die kleinen Kinder – müssen jetzt auch bereits von uns gegangen sein.

Jeder, den ich kannte, ist tot.

Stur halte ich auf das Gebäude des Rats zu. Ich nehme an, dass es sich dabei um dasselbe handelt, das Phoe und ich verlassen haben, nachdem Jeremiah mich fast getötet hätte.

Rund um die anderen Gebäude sieht alles erschreckend wie in den anderen Bereichen aus. Ich kann mir vorstellen, was geschehen ist: Zuerst ging der Alarm zufällig in verschiedenen Gebäuden los, genauso wie im Bereich der Jugendlichen; daraufhin rannten alle nach draußen, wo noch mehr Alarme losgingen, und sie irgendwann erstickten.

Hier und da liegen tote Wächter. Einige tragen immer noch ihre Helme, während andere, wie Albert, ihre abgenommen haben. Keiner von ihnen lebt.

Je näher ich meinem Ziel komme, desto mehr Leichen gibt es. Bald bleibt mir nichts anderes übrig, als auf die Toten zu steigen, und das tue ich auch, obwohl ich alle paar Schritte trocken würgen muss.

»Gravitationssimulation ausgefallen«, sagt Phoes Himmelsstimme, und ich bemerke, dass ich mich so sehr an ihre Warnungen gewöhnt habe, dass ich nicht mehr zugehört habe. Bevor ich die Bedeutung dieser neuen Durchsage begreifen kann, beginne ich zu fallen.

Einen Moment später verstehe ich, dass ich nicht wirklich falle. Ich schwebe.

Genauso wie die ganzen Leichen um mich herum.

Sie alle treiben in der Luft und formen ein Bild, das man nur in einem surrealen Gemälde eines Künstlers erwarten würde, dessen Gehirn durch eine Quecksilbervergiftung angegriffen wurde.

Ich strampele einige Minuten lang mit meinen Armen und Beinen, aber es ist sinnlos. Das Einzige, was ich erreiche, ist, dass sich meine gefrorenen Gliedmaßen leicht erwärmen.

Trotzdem zieht mich etwas zu diesem Gebäude. Ich weiß nicht, was es ist. Vielleicht hoffe ich, ein neonfarbenes Zeichen mit der Aufschrift »Tor« zu entdecken, oder vielleicht hoffe ich, auf die Ratsmitglieder zu stoßen und sie sagen zu hören: »Das war eine hübsche Zusammenstellung moralischer Dilemmata. Du kannst den Test jetzt verlassen.«

Vielleicht möchte ich herausfinden, ob sie das Chaos ausgelöst haben, und sollte das der Fall sein, möchte ich sie einen nach dem anderen erwürgen, bevor ich wie die restlichen Bewohner Oasis sterbe.

Durch Ausprobieren lerne ich, dass, wenn ich eine tote Person in eine Richtung schiebe, ich selbst in die entgegengesetzte gedrückt werde, weshalb ich die Toten auf eine neue Weise entehre. Anstatt mir ihre Bekleidung anzueignen, benutze ich sie, um mich fortzubewegen.

Ich fliege einen gefühlten Tag durch diese kranke Leichenhalle. Als ich den nächsten Körper ergreife, erkenne ich das Gesicht dieser Person wieder.

Es handelt sich um Fiona, die derzeitige Vorsitzende des Rats und die Hüterin der Information.

Mittlerweile bin ich schon zu betäubt, um noch irgendetwas zu fühlen. Ja, diese Frau war nett zu mir, und auf ihre Leiche zu stoßen, hat meine letzten Hoffnungen zerstört, aber das interessiert mich nicht mehr.

Mir ist zu kalt. Ich bin zu müde.

Tränen sind auf meinem Gesicht vereist.

Ich schiebe Fiona weg und lasse mich zu einer großen Ansammlung von Körpern treiben. Als ich dort ankomme, vergrabe ich mich im Zentrum des Rudels und hoffe, dass mich das vor der Kälte schützen wird.

Dann schließe ich meine Augen und schwebe.

Meine Höhenangst ist verschwunden. Ich genieße dieses Gefühl der Schwerelosigkeit sogar.

Ich frage mich, wie es sich anfühlen wird, zu sterben. Wird es so sein wie das eine Mal, als ich in dem IRIS-Spiel in den Ozean aus Goo gefallen bin? Ich nehme an, dass es darauf ankommt, wie ich sterben werde. Ersticken scheint ein entsetzlicher Tod zu sein, aber ich denke, meine Chancen, zu erfrieren, sind höher. Ich habe gelesen, dass man einfach einschläft, wenn man erfriert, und niemals wieder aufwacht, was sich nicht sehr beängstigend anhört.

Ich treibe noch eine Weile, bevor mir auffällt, dass der Schmerz durch die Kälte verschwunden   ist – eines der letzten Stadien der Unterkühlung.

Es fällt mir schwerer, zu denken. Mit jedem Moment, der vergeht, fühle ich mich mehr und mehr wie ein körperloses Gehirn, das in einem Reich purer Gedanken schwebt.

Die einzige Empfindung, die ich verspüre, ist Müdigkeit.

Alles, was ich möchte, ist schlafen.

Ein Teil von mir weiß, dass ich gegen diese Schläfrigkeit ankämpfen sollte. Wenn ich einschlafe, wird das mein Ende bedeuten. Aber es fällt mir schwer, mir darüber Sorgen zu machen.

Wenigstens werde ich im Schlaf sterben.

Ich höre auf, dagegen anzukämpfen.

Ich lasse mein Bewusstsein ziehen und schlafe ein.

* * *

Ich wache auf, weil ich nach Luft schnappe. Ein hektisches Keuchen später erinnere ich mich daran, dass ich nicht gedacht hatte, noch einmal aufzuwachen – dass ich sogar gehofft hatte, es nicht zu tun.

Das ist keine Erleichterung, ganz im Gegenteil. Ich habe lediglich einen weniger schlimmen Tod gegen einen entsetzlicheren getauscht.

Nur einen Augenblick lang erlaube ich mir selbst eine Fantasie, eine, in der alles das, was passiert ist, nichts weiter als ein erschreckender Traum war. Ich stelle mir vor, hyperventilierend in meinem Bett aufzuwachen, weil ich einen Albtraum hatte.

Schwierigkeiten mit dem Atmen zu haben, weil ich gestresst bin.

Als ich mich umsehe, weiß ich allerdings, dass das eine Lüge ist.

Ich bin immer noch ein menschlicher Eiszapfen. Ich schwebe immer noch inmitten einer Wolke aus Leichen von Betagten.

Die Kälte hat mich in den Schlaf gelullt, aber hatte keine Zeit, mich zu töten.

Kalter Schweiß gefriert auf meiner Haut, und mein Herz dröhnt in meinen Ohren, als ich darum kämpfe, Luft in meine schreiende Lunge zu ziehen.

Der ganze Sauerstoff muss aufgebraucht sein. So effizient die Respirozyten auch sind, wenn sie keine Luft mehr transportieren können, sind sie nutzlos.

Mein Körper kämpft instinktiv um mehr Sauerstoff. Meine Halsmuskulatur krampft, und mein Zwerchfell fühlt sich an, als könnte es jeden Moment reißen.

Nach Hilfe zu schreien funktioniert nicht, also rufe ich in Gedanken nach Phoe – wahrscheinlich zum letzten Mal. Sie antwortet nicht.

Mein krampfhaftes Strampeln lässt die Leichen in alle Richtungen fliegen.

Ich greife mir an meinen geschwollenen Hals. Meine Augen fühlen sich an, als würden sie gleich aus meinem Kopf fallen. Schwäche überkommt mich. Mein Gehirn scheint keinen Sauerstoff mehr zu haben. Mein Puls wird langsamer, während Ereignisse aus meinem Leben an mir vorbeiziehen.

Mein Herz bleibt stehen, und die Röte, die mich umgeben hatte, wird zu einem Tunnel aus weißem Licht.

Ich sterbe.

ACHTES KAPITEL

Ich treibe an der Schwelle des Bewusstseins wie ein körperloser Geist.

Dadurch, dass ich gestorben bin, wirklich gestorben bin, ist jede Form des Bewusstseins, selbst ein flüchtiges, eine gute Entwicklung, auch wenn ich nicht verstehe, wie sie zustande gekommen ist.

Ich denke über meine Existenz nach. Für wie lange weiß ich nicht, da ich kein Zeitgefühl besitze.

Bin ich ein Geist? Eine übernatürliche Erscheinung? Eine Seele?

Hatten die Ahnen recht, als sie sich diese fantastischen Konzepte ausgedacht haben?

Meine Erinnerungen sind verschwommen. Ich erinnere mich nicht daran, wer ich bin, warum ich hier bin, oder wo »hier« ist. Ist Gedächtnisverlust Teil des Lebens nach dem Tod? Ein Weg, um sicherzustellen, dass ich das, was ich zurückgelassen habe, nicht vermissen werde? Die einzige konkrete und unerschütterliche Erinnerung, die ich habe, ist das Wissen, dass ich tot bin. Ich bin außerdem überzeugt davon, dass ich einige wichtige Entscheidungen treffen muss.

Ja. Auch wenn alles andere noch verschwommen ist, sind diese Entscheidungen, die ich zu treffen habe, wie Inseln der Klarheit. Die erste Entscheidung ist, wie meine Flügel aussehen sollten.

Bevor ich das in Frage stelle – so wie man es bei einem unlogischen Traum tun würde –, überkommen mich Bilder von unzähligen verschiedenen Flügeln, was aus vielen Gründen eigenartig ist, aber hauptsächlich deshalb, weil ich keine Augen habe. Aber auch ohne etwas sehen zu können, erblicke ich alle diese Flügel in ihrer ganzen Vielfalt und Schönheit.

Altertümliche Legenden steigen erneut in meinem Kopf auf. Ist das das Paradies? Werde ich mich gleich in einen der geflügelten Engel mit einem Heiligenschein über meinem Kopf verwandeln? Brauche ich deshalb Flügel?

So als hätte sie meine Theorie angespornt, breiten sich Bilder unzähliger stereotyper Engelsflügel in meinem Kopf aus, jeder eine Variation dieses Anhangs aus Taubenfedern, allerdings in verschiedenen Weißtönen.

Ich muss eine Auswahl unter Millionen treffen.

Andere Möglichkeiten erscheinen vor meinem inneren Auge: Drachenflügel, Hummelflügel, Fledermausflügel, unzählige Reihen von Insekten-, Vogel-, Reptilien- und fliegenden Säugetierflügeln. Es gibt sogar eine Auswahl an flügelartigen Flossen, die denen eines Stachelrochens ähneln. Ohne zu wissen, warum, weiß ich, dass, wenn ich mich auf einen spezifischen Flügeltyp konzentriere, mir im nächsten Schritt dieses Auswahlprozesses unzählige Variationen dieser Form vorgestellt werden, so ähnlich wie am Anfang die Flügel mit dem Engelsthema erschienen.

Einige Vorschläge haben ihren Ursprung nicht in der Realität. Zum Beispiel gibt es eine Unzahl an abstrakten Formen, die ich faszinierend finde. Als Antwort auf mein Interesse präsentiert sich mir eine unvorstellbar große Auswahl dieser surrealen Flügel.

Ich weiß nicht, wie lange ich brauche, um mich zu entscheiden, aber letztendlich wähle ich ein Paar Flügel, die wirken, als seien sie aus Feuerfäden gewebt und in eigenartigen mathematischen Mustern angeordnet worden. Sie sehen aus, als habe jemand diese fraktalen Musikvisualisierungen mitten im Muster eingefroren.

Mein benebeltes Gehirn findet irgendetwas daran leicht amüsant; meine neuen Flügel sind das genaue Gegenteil des Designs, mit dem ich angefangen hatte. Sie sehen wie eine abstrakte Version der Flügel eines Feuerdämons aus.

Eigentlich erinnern mich diese Flügel auch an diesen Feuervogel aus den altertümlichen Legenden, eine Kreatur, die Phönix genannt wurde. Der Gedanke daran löst ein Gefühl in mir aus, das ich nicht wirklich einordnen kann, also lasse ich mich einfach, ohne nachzudenken, treiben, bis mir auffällt, dass ich noch weitere Entscheidungen zu treffen habe.

Die nächste ist viel einfacher. Ich muss mir aussuchen, wie ich aussehen möchte.

Mir werden alle Versionen eines menschlichen Gesichts angeboten: einige jüngere, einige ältere, einige hübsche, und einige umwerfend schöne. Ein Teil von ihnen ist männlicher, während andere leicht weiblich sind. Jeder Gesichtstyp bietet außerdem eine breite Auswahl an Details, so wie Augen, die jede mögliche Farbe, Form und Größe besitzen können.

Ich werde aber sofort von einer bestimmten Art von Gesicht angezogen.

Als ich meine metaphysischen Augen auf diese Gruppe lege, entscheide ich mich fast augenblicklich für ein Gesicht. Meine Auswahl wird von schmerzhafter Vertrautheit geleitet. Irgendetwas an diesen schönen Gesichtszügen, den blauen Augen, dem blonden Haar und dem neugierigen Blick berühren etwas Vergessenes in mir.

Den Körper wähle ich genauso schnell, obwohl die Auswahl hier genauso vielfältig ist.

Ein Gefühl von Vollständigkeit breitet sich in meinem schwerfälligen Kopf aus. Es gibt weitere Dinge, die ich auswählen kann, aber sie sind optional und können später angepasst werden. Trotzdem entscheide ich fast automatisch, dass ich, ja, Kleidung tragen möchte, um genau zu sein eine Hose, und, ja, auch gerne Waffen haben möchte. Feurige Schwerter würden gut zu meinen Flügeln passen, also entscheide ich mich für zwei im Katana-Stil. Andere Merkmale werden zufällig für mich ausgewählt, wie der Klang meiner Stimme und mein Teint. Ich nehme diese Auswahl gerne an.

Dieser ganze Vorgang erinnert mich an den Beginn eines Videospiels, wo der Spieler zuerst seinen Charakter erschaffen muss, bevor er seine virtuelle Reise beginnen kann.

»Du weißt gar nicht, wie nahe du damit an der Wahrheit bist«, sagt eine vertraute weibliche Stimme in meinem Kopf. »Ich wünschte, du hättest dich nicht so –«

Ich bekomme nicht die Möglichkeit, in diesem Moment herauszufinden, wer in meinen Kopf gesprochen hat oder wie oder warum sie sprach, weil der Auswahlprozess jetzt offiziell beendet ist und ich spüre, wie ich woandershin gezogen werde, und auf dem Weg dorthin meine Erinnerungen zurückbekomme und wieder eins mit mir werde.

* * *

Ich komme mit einem gewaltigen Erschaudern zu mir. Ich erinnere mich daran, dass ich das letzte Mal eingeschlafen bin, weil ich gerade erfror. Irgendwie scheint das allerdings nicht passiert zu sein, da ich ja wach bin.

Anstatt bei Temperaturen unter null Grad umgeben von einem Haufen gefrorener Leichen in Oasis zu schweben, stehe ich an einem warmen, offenen Ort und bin umgeben von wunderschönen Menschen mit Flügeln, die mit melodiösen Stimmen aus einer anderen Welt miteinander reden.

Irgendetwas nagt an meinem Unterbewusstsein. Zwischen dem Erfrieren und diesem Ort hatte ich eine traumartige Erfahrung. In ihr habe ich mich selbst in eine dieser Figuren verwandelt – mit Flügeln und allem.

Ich erinnere mich an meine Theorien, dass das hier eine Art Leben nach dem Tod ist, und diese Gedanken scheinen nicht so dumm zu sein, wie sie in meinem Traumzustand wirkten. Aber diese Menschen sind keine Engel. Ich habe bereits ähnliche Kreaturen gesehen: Die beiden Gesandten – derjenige, der mit Jeremiah gesprochen hat, als der alte Mann noch lebte, und Jeremiah selbst, nachdem er gestorben war und der neue Gesandte wurde.

Würden Räume wie dieser im Leben nach dem Tod existieren? Ich nehme an, dass das möglich ist. Der Ort erinnert mich an eine Kathedrale, obwohl das Wort einen religiösen Beiklang hat, auch wenn er einem altertümlichen Museum noch ähnlicher sieht. Die Decken sind mindestens dreißig Meter hoch, und die Entfernung von einer Wand zur anderen wahrscheinlich das Doppelte. Riesige Spiegel bedecken alle Oberflächen und geben dem Raum ein weites, offenes Erscheinungsbild, während sie gleichzeitig die geflügelten Menschen zeigen, die hier umhergehen und -fliegen.

Ich ignoriere diese Wesen um mich herum und gehe zum nächstgelegenen Spiegel. Das ist der Moment, in dem ich, ohne dass es mich sehr überrascht, feststelle, dass meine traumartige Flügelauswahl real war.

Real im Sinne von: Meine Flügel sind echt.

Und sie sind an meinem Rücken angewachsen.

Abgesehen von den Flügeln ist auch mein Gesicht ein wenig anders, als ich es in meinen Erinnerungen habe. Es sieht aus, als hätte es jemand aus Marmor gefertigt und alle Makel und Unregelmäßigkeiten wegpoliert. Mein Spiegelbild sieht ein wenig älter und größer aus als vorher, und mein nackter Oberkörper ist deutlich muskulöser. Was alles übertrifft, ist die Tatsache, dass ich irgendwie leuchte – nicht so hell wie einige der anderen im Raum, aber schon sichtbar. Ich erinnere mich vage daran, dass das eine meiner Entscheidungen in diesem traumartigen Zustand war.

»Dass du dich für dein eigenes Gesicht entschieden hast, ist ein Problem«, meint Phoe als Stimme in meinem Kopf. »Ich habe versucht, während der Entscheidungsphase mit dir zu reden, aber als ich endlich zu dir durchdringen konnte, war es bereits zu spät. Allerdings hast du sehr hübsche Flügel.«

Jetzt erinnere ich mich wieder daran, dass sie am Ende der Auswahlphase etwas zu mir gesagt hat, aber in jenem Moment wusste ich nicht, wer sie war. Auf einmal erinnere ich mich auch an den wichtigsten Teil: dass sie während jener verhängnisvollen Stunden, in denen alle um mich herum gestorben sind, nicht mit mir gesprochen hat. Entsetzliche Erinnerungen überschwemmen meinen Kopf und ich schreie laut heraus: »Phoe! Wo zur Hölle bist du gewesen? Wo bin ich, verdammt nochmal? Was soll der Scheiß –«

»Ich weiß, dass Sterben verwirrend sein kann«, sagt eine melodiöse weibliche Stimme hinter mir – eine Stimme, die sich überhaupt nicht wie Phoe anhört. »Aber musst du diese Worte vor deinen Ebenbürtigen benutzen? Ich hätte nicht erwartet, das abscheuliche Sch-Wort jemals im Paradies zu hören.«

Alles fügt sich zusammen, als sie das Paradies erwähnt, aber ich habe keine Zeit, darüber nachzudenken, weil mein Blick gerade auf eine geflügelte, fast nackte Frau von einer solchen Schönheit fällt, dass ich nichts weiter tun kann, als sie mit offenem Mund bewundernd anzustarren.

»Hör auf, Fiona so anzustarren«, meint Phoe mit einer mehr als nur ein wenig eifersüchtigen Stimme. »Gib ihr nicht die Gelegenheit, zu begreifen, dass du keiner der –«

»Wer bist du?«, fragt die Frau – Fiona. »Du bist kein Ratsmitglied.«

Mein Mund schließt sich abrupt. Das ist Fiona, die letzte Hüterin der Information. Sie ist außerdem die Leiche der alten Frau, die ich gesehen habe, bevor ich starb.

»Vielleicht ist er einer der Ahnen«, mischt sich eine männliche Stimme ein. »Vielleicht haben sie sich endlich dazu entschlossen, uns zu erklären, was wir hier tun. Was ist in Oasis geschehen? Warum sind wir alle gestorben? Warum –«

»Beruhige dich, Vincent«, sagt Fiona, und ihre sanfte Stimme hört sich genauso an wie die beruhigenden Töne einer Harfe. »Lass den Mann zu Wort kommen.«

»Ich, äh …« Meine Stimme hört sich auch anders an, so ähnlich wie eine Trompete. »Ich –«

»Du bist der Letzte, der aufgestiegen ist. Es gibt jetzt dreizehn von uns. Du musst das letzte Ratsmitglied sein, aber ich erkenne dein Gesicht nicht wieder«, meint Vincent und verengt seine großen Augen. »Beginne damit, wie du heißt und wie du hierhergekommen bist.«

»Nenne ihm nicht deinen richtigen Namen«, befiehlt Phoe in meinem Kopf. »Es ist schlimm genug, dass du dich dafür entschieden hast, wie dein gut aussehendes – und wiedererkennbares – Ich auszusehen.«

»Was soll ich dann sagen?«, frage ich in Gedanken und wünschte mir, ich hätte die Zeit, ihr stattdessen eine Million anderer Fragen zu stellen.

»Sag, du bist –«

Phoe beendet ihren Gedanken nicht, weil sich die große Tür der Kathedrale öffnet, und helles Licht in den großen Raum scheint.

»Na endlich«, bemerkt Vincent und bewegt sich auf die Tür zu.

Alle anderen folgen Vincent zum Eingang, wodurch ein Teil des Lichtes, das von draußen hineinfällt, nicht mehr in den Raum gelangen kann.

»Flieg nach oben«, denkt Phoe zu mir. »Jetzt.«

»Wie fliege ich?«, frage ich sie.

»Deine Flügel zu benutzen könnte ein guter Anfang sein«, antwortet Phoe. »Ich bezweifle, dass es hilft, an etwas Schönes zu denken, aber wenn du möchtest, kannst du das natürlich gerne versuchen – solange du dabei mit den Flügeln schlägst.«

»Aber wie –«

»Tu es einfach. Tu so, als wüsstest du, wie«, sagt Phoe. »Sie sind bereits drin.«

Meine Flügel zum ersten Mal zu benutzen ist eines der eigenartigsten Gefühle, das ich jemals verspürt habe. Es ist, als sei mir ein zusätzliches Paar Arme gewachsen und als müsse ich lernen, wie ich sie unabhängig von meinen ursprünglichen Armen benutze. Mit zusätzlichen Armen hätte ich wenigstens eine Art Anhaltspunkt, aber meine Flügel sind mir völlig fremd. Trotzdem breite ich meine Feuerflügel problemlos aus, so als hätte ich schon immer gewusst, wie, und schieße nach oben.

Mit einem kräftigen Flügelschlag nach unten fliege ich zur Decke und ziehe einen Schweif Glut und flimmernde Hitze hinter mir her.

»Deine Flügel sehen nicht nur so aus, als bestünden sie aus Feuer«, erklärt mir Phoe. »Sie wirken sich auch so auf deine Umgebung aus –«

Ich fliege höher, und vor lauter Angst verpasse ich den Rest ihrer Erklärungen. Es scheint, als hätten meine neuen Flügel keine positiven Auswirkungen auf meine Höhenangst.

»Ja, deine Höhenangst ist jetzt noch unlogischer«, meint Phoe und versucht – vergeblich –, mich zu beruhigen. »Geflügelte Wesen sollten keine –«

Ein großer, muskulöser Mann mit riesigen drachenartigen Flügeln betritt die Kathedrale mit einer Gefolgschaft aus ähnlich kräftigen Artgenossen.

»Liebe Neuankömmlinge«, sagt er, und seine Stimme dröhnt wie eine Kriegstrommel. »Ich bin Brandon.«

Er macht eine Pause, so als sei er jemand, der daran gewöhnt ist, dass sein Name bekannt ist und respektiert wird. Aber ich habe noch nie von ihm gehört, und es sieht auch nicht so aus, als sei das bei den anderen der Fall.

Unbeeindruckt fährt er fort. »Ich bin traurig, euch mitteilen zu müssen, dass ihr euch nicht der Gesellschaft im Paradies anschließen werdet. Unser Feind könnte euch kontaminiert haben, und euch aus der Quarantäne in der Kathedrale zu entlassen ist ein Risiko, das ich nicht eingehen möchte. Es tut mir wirklich leid. Ihr werdet zurück in den Limbus gebracht werden. Ich bin mir sicher, dass wir uns unter günstigeren Umständen wiedersehen werden.«

Sein Blick ist traurig, als er sich in der Kathedrale umschaut. Mit kaum verborgenem Bedauern macht er eine Geste mit beiden Händen, so als hielte er einen Baseballschläger.

Ein großer, mittelalterlicher Zweihänder erscheint in seinen Händen. Das Schwert hat eine bläuliche Farbe, und seine scharfe Schneide glänzt im hellen Licht der Kronleuchter. Ohne ein weiteres Wort schwingt er sein Schwert und trennt die Köpfe der beiden Ratsmitglieder ab, die ihm am nächsten stehen.

Alles verlangsamt sich.

Meine Flügel fühlen sich schwach an, und ich frage mich, ob ich gleich zu Boden stürzen werde.

Die abgetrennten Köpfe beginnen zu fallen.

NEUNTES KAPITEL

Die Köpfe kommen nie auf dem aufwendigen Mosaikboden auf, genauso wenig wie die kopflosen Körper.

Stattdessen verändern die Köpfe und Körper ihre Form. Im Moment sehen sie so aus, als seien sie in Vierecke unterteilt worden, so dass sie mich an die verpixelten Bilder erinnern, die ich in den Archiven gesehen habe. Es ist, als hätten sich die Körper in Bilder aus winzigen Würfeln verwandelt. Dann leuchtet jeder der kleinen dreidimensionalen Komponenten auf und schrumpft in der Luft, bis nichts mehr übrig bleibt. Die Stelle, an der die beiden geflügelten Wesen bis vor einem Moment noch standen, ist jetzt leer. Es gibt dort weder Köpfe noch Körper.

»Sind sie tot?«, denke ich halb zu mir und halb zu Phoe.

»Sie sind zurück im Limbus, wo sie mit dem Rest von Oasis als Speicherauszug in der DMZ aufbewahrt werden«, antwortet Phoe. »Aber das sind Wortspaltereien, um die wir uns kümmern werden, sobald wir von hier verschwunden sind. Jetzt musst du dich erst einmal bewaffnen. Du musst deine Schwerter erscheinen lassen. Du kannst dich daran erinnern, dass du dir Schwerter ausgesucht hast, stimmt's? Rufe sie.«

Ich nehme ihre Worte wahr, aber verstehe ihre Bedeutung nicht, da in diesem Augenblick Fiona und Vincent schreien. Ich schaue auf sie hinunter, während ich in Deckennähe gleite, und sehe, dass sie vom Eingang der Kathedrale weglaufen.

Der Rest der Überlebenden schreit noch lauter auf, bevor er sich wie Kakerlaken in alle Richtungen verstreut.

Brandon jagt ihnen nicht hinterher. Mit einer würdevollen Haltung tritt er, gefolgt von einigen geflügelten Kriegern, weiter in den Raum hinein.

»Die Katanas, Theo«, schreit Phoe in meinem Kopf. »Du wirst sie brauchen. Breite deine Arme aus, so als würdest du nach zwei Schwertern greifen, und wünsche dir, sie seien da. Schnell!«

Ich nehme an, dass ich genügend Zeit mit Phoe verbracht habe, um daran gewöhnt zu sein, einfach das zu tun, was sie sagt. Ich breite meine Arme aus, öffne meine Hände und wünsche mir die Waffen herbei.

Zwei Schwerter materialisieren sich in meinen Händen. Sie sind leichter, als ich das von zwei Metallstücken gedacht hätte, aber Schwerter in der echten Welt hätten ja auch nicht das feurige Glühen, das diese beiden besitzen, was bedeutet, dass normale physikalische Gesetze hier keine Gültigkeit haben. Die Griffe fühlen sich in meinen Händen angenehm an, so als seien sie Verlängerungen meiner Arme.

»Sag den Ratsmitgliedern, dass sie sich ebenfalls bewaffnen sollen«, meint Phoe.

»Bewaffnet euch«, schreie ich den verängstigten Menschen unter mir zu.

Mein Befehl kommt zu spät für einen blassen, untersetzten Ratsherren, da ein bewaffneter Krieger ihn bereits köpft.

»Führt die Geste durch, um die Waffen herbeizurufen, die ihr auf dem Weg zu diesem Ort ausgewählt habt«, brülle ich. »Wünscht euch, dass sie in euren Händen erscheinen.«

Vincent – der dünne Ratsherr – schaut zu mir hoch und nickt. Er führt die Geste durch, um seine Waffe zu rufen, und eine fein gearbeitete Sense erscheint in seinen Händen. Mit ihr sieht er aus wie der Sensenmann. Sobald er sein neues Werkzeug bemerkt, schwingt Vincent das riesige Instrument zum Grasschneiden gegen seinen kräftigen Angreifer. Darauf war der geflügelte Kämpfer nicht vorbereitet. In einem Moment hat er einen unbewaffneten, pathetischen Vincent verfolgt, und im nächsten greift sein Opfer ihn an. Dieser kurze Augenblick des Zögerns kostet den Angreifer im wahrsten Sinne des Wortes den Kopf, und sein verstümmelter Körper verschwindet auf die gleiche pixelartige Weise wie die anderen Körper davor.

»Gute Arbeit, Vincent«, rufe ich. »Warte – Vorsicht!«

Vincents Kopf wird von seinem Körper abgetrennt, und als er sich in Luft auflöst, sehe ich, dass Brandon mit seinem riesigen Schwert hinter ihm stand.

»Gegen uns anzukämpfen ist sinnlos«, sagt er mit seiner trommelartigen Stimme. »Wir haben jahrhundertelang mit diesen Waffen trainiert, während ihr nicht einmal wusstet, dass ihr sie besitzen konntet – bis es euch jemand gesagt hat.« Er schaut mich drohend an, und seine Flügel bereiten sich auf das Fliegen vor.

Ich versuche, noch böser zu blicken als er. Er versucht, seine Umgebung durch psychologische Kriegsführung zu beherrschen, und ich werde nicht darauf hereinfallen. Aus dem Augenwinkel sehe ich Fiona. Sie nähert sich mit einem Degen in ihren schlanken Händen Brandons Rücken. Ihre Waffe sieht aus, als sei sie aus reinem Licht anstatt aus Metall gefertigt.

»Zum Ausgang«, befiehlt mir Phoe, als ich gerade denke: »Wir müssen ihr helfen.«

»Nein, das müssen wir nicht«, meint Phoe. »So wie sich Brandon bewegt, hat er nicht gelogen, was sein Training betrifft. Du hast in einem

Kampf keine Chance gegen ihn. Fiona ist schon wieder so gut wie im Limbus.«

Phoes Worte haben auf meinen Kopf die Wirkung eines Eimers kalten Wassers.

»Kannst du meinen Körper übernehmen und irgendetwas tun?«, denke ich verzweifelt. »Du solltest schneller sein als –«

Bevor ich meinen Gedanken zu Ende bringen kann, reagiert Phoe bereits. Die nächsten Sekunden sind genauso paradox wie immer, wenn Phoe die Kontrolle übernimmt. Es fühlt sich an, als täte ich alles selbst, aber ich weiß, dass ich meine Höhenangst keinesfalls derart unter Kontrolle habe. Phoe muss meine Flügel geschlossen haben, um mich im wahrsten Sinn des Wortes zu Boden stürzen zu lassen.

»Ich dachte, du würdest meiner Kontrolle nach meinem Versagen in Oasis nicht mehr zustimmen.« Phoes Worte lenken mich von meinem Entsetzen über den Fall ab, aber als ich den Windwiderstand auf meinem Gesicht spüre, bin ich erneut vor Angst wie gelähmt.

Fiona hebt ihren Degen an.

Auch wenn Brandon gerade zu mir schaut, scheint ihn ein Instinkt zu warnen, dass ihn jemand von hinten angreift. Mit unglaublicher Geschwindigkeit wehrt er Fionas Schlag derart kraftvoll ab, dass sie nach hinten stolpert.

Ich habe die Hälfte des Wegs nach unten bereits hinter mich gebracht, als Brandon die Tatsache, dass Fiona ihr Gleichgewicht verloren hat, ausnutzt, und sein riesiges Schwert schwingt. Fiona pariert mit ihrem Degen, aber sie hätte genauso gut einen Zahnstocher schwingen können. Brandons Schwert schlägt ihre elegante Waffe zur Seite und setzt seinen Weg zu ihrem schlanken Hals fort.

Anstatt auf dem Boden aufzuschlagen, wie ich befürchtet hatte, öffne ich meine Flügel im letzten Augenblick und schlage mein rechtes Katana auf Brandons Breitschwert, um zu verhindern, dass er Fiona köpft. Leider hinterlässt das Schwert trotzdem eine tiefe Wunde in ihrem Hals.

Ihr Blut ist allerdings nicht einfach rot, sondern leuchtet so wie das Blut einer eigenartigen Kreatur aus der Tiefsee. Sie kreischt so laut auf, dass sich Brandon erschrickt. Ich nutze sein augenblickliches Abgelenktsein aus und füge ihm eine Schnittwunde in der rechten Schulter zu.

Brandon ignoriert sein spritzendes Blut und schenkt mir seine volle Aufmerksamkeit.

Fiona umklammert ihren Hals, und ich weiß, dass ich in diesem Kampf auf mich selbst gestellt bin.

Brandon stößt sein Schwert auf meine Brust. Ich springe so schnell weg, dass ich keinen Zweifel daran habe, dass es sich dabei um Phoes Werk handelt.

Brandons Kiefer spannt sich an. Er muss erwartet haben, jeden hier leicht töten zu können. Sein Training zahlt sich allerdings aus, und anstatt über meine überraschende Behändigkeit nachzudenken, zielt er auf meine Beine.

Ich springe.

Er stößt die Spitze seines Breitschwerts auf meine rechte Schulter, und ich wehre es mit meinem linken Katana ab. Der Aufschlag betäubt meinen ganzen Arm, aber ich lasse mich davon nicht aufhalten. Stattdessen schlitze ich Brandons Bizeps auf.

Ich höre das Knistern meines Feuerschwerts, als es sein Fleisch verbrennt, und er schreit vor Schmerzen auf, was mir endlich verrät, dass er diese Verletzungen spüren kann.

Seine Schreie ziehen die Aufmerksamkeit seines ihm am nächsten stehenden Verbündeten auf uns, der sofort damit aufhört, ein blutendes Ratsmitglied zu verfolgen, um mich anzugreifen.

Mist.

Mein ohnehin schon hektisch schlagendes Herz versucht, aus meinem Brustkorb zu springen. Selbst Phoe kann meinen Körper nicht schnell genug kontrollieren, um es mit zwei von diesen Kerlen aufzunehmen.

Dann bemerke ich Fionas Hals. Es spritzt kein Blut mehr aus ihm. Die klaffende Wunde sieht übel aus und muss höllisch schmerzen, aber sie ist in besserer Verfassung, als ich erwartet hatte. Das Heilen muss an diesem Ort anders funktionieren. Auch wenn ich in Oasis nie Schwertverletzungen gesehen habe, bezweifle ich, dass sie so schnell aufhören zu bluten.

Fiona schreit etwas, aber ich kann es nicht verstehen. Dann sehe ich, dass sie nicht zu mir schaut. Sie muss nach Hilfe gerufen haben, weil sich eine Messer schwingende Ratsfrau zu ihr gesellt und sie gemeinsam Brandon angreifen.

Brandons Helfer schwingt seine Waffen, ein Paar lange, dolchartige Schwerter mit zwei gekrümmten Zinken in der Nähe des Griffs, aber trifft nicht.

»Sie heißen Sais.« Phoes Flüstern irritiert mich, und ich ziehe mich schnell zurück, da ich beinahe von einem der Sais dieses Kerls erstochen worden wäre.

Er sieht überrascht darüber aus, dass ich seinen Angriffen ausgewichen bin, und ich – genau genommen Phoe – schlage mein Schwert nach unten.

Der Arm meines Gegners fällt ab, und seine Waffe schlägt klappernd auf dem Boden auf. Der Arm verschwindet allerdings nicht. Ich nehme an, dass Körperteile sich nicht dematerialisieren, bevor der Besitzer getötet wird.

»Ich mag das Wort ›getötet‹ nicht«, sagt Phoe in meinem Kopf. »Warum nennen wir es nicht ›limbusiert‹? Schließlich werden diese Menschen ja in den Limbus geschickt. Diese fehlende Dematerialisierung ist allerdings wirklich interessant. Wenn wir sein Herz anhalten, möchte ich mir diesen Limbusierungsvorgang näher anschauen.«

Bevor ich mich bei Phoe darüber beschweren kann, dass sie versucht, mitten in einem Schwertkampf neue Wörter zu erfinden, tut mein Körper etwas, was er nicht tun sollte. Meine Beine grätschen sich so weit, als sei ich ein altertümlicher Turner. Als mein Schritt den Boden berührt und ein

Sai an meinem Ohr vorbeirauscht, schwinge ich mein Schwert auf die Beine meines Angreifers und trenne seine Füße ab. Mir sollte von diesem Blutbad übel werden, aber der Anblick dieses speziellen Blutes scheint keine derartige Wirkung auf mich zu haben. Allerdings muss ich von dem Gestank nach verbranntem Fleisch würgen. Als der Mann schreiend zu Boden fällt, lege ich mein Schwert auf die Stelle, an der sein Herz sein sollte, und sein Oberkörper spießt sich von allein auf meinem Schwert auf. Seine abgetrennten Gliedmaßen und der Rest seines Körpers dematerialisieren sich, so wie das auch bei den anderen limbusierten Personen der Fall war.

»Das ist faszinierend«, denkt Phoe aufgeregt. »Ich war wirklich in der Lage, den Auflösungsprozess zu analysieren. Im Kern handelt es sich dabei um einen Datenkompressionsalgorithmus, in den ich mich einklinken kann. Schnell, lass uns noch jemanden limbusieren, damit ich den ganzen Vorgang mitverfolgen kann.«

Als hätte er Phoes Wunsch gehört, lässt Brandon Fionas Messer schwingende Helferin mit einem Schwertschlag verschwinden. Die Vorfahren hatten ein Sprichwort, das sagte, dass man nicht mit einem Messer bewaffnet an einer Schießerei teilnehmen soll, und ich denke, diese Weisheit trifft auch auf einen Schwertkampf zu. Was wirklich beeindruckend an Brandons Mord ist – oder in Phoes Worten, Limbusierung –, ist, dass er Fionas Degen mit dem gleichen Schlag abgewehrt hat, der auch die Frau tötete.

»Mist«, murmelt Phoe in meinem Kopf. »Ich war noch nicht bereit. Trotzdem habe ich ein wenig mehr über diesen Prozess herausfinden können.«

»Wenn wir nicht gleich etwas unternehmen, um Fiona zu helfen, wirst du deine Gelegenheit bekommen, sobald Brandon sie in einen Dönerspieß verwandelt«, denke ich zu Phoe. »Oder sie limbusiert, wenn du das wirklich vorziehst. Falls das nicht klar sein sollte, ich möchte nicht, dass das geschieht.«

Phoe hilft bei Fionas Rettung, indem sie meinen Körper dazu zwingt, weitere Turnübungen zu vollführen. Ich ziehe meine Beine an und rolle näher zu Brandon. Brandons riesiges Schwert wehrt meinen Schlag auf seine Beine ab, und bevor ich seinen Oberkörper mit meinem linken Katana verletzen kann, blockt er mich auf eine höchst unerwartete Art und Weise – mit seinen Flügeln.

Ich höre ein knackendes Geräusch, als mein Schwert durch die Knochen in seinen Flügeln schneidet, und der Geruch von verbrannten Federn ist ekelerregend appetitlich, aber mein Angreifer ist noch sehr lebendig. Da der verwundete Flügel mir nicht länger die Sicht versperrt, sehe ich, dass Brandon es geschafft hat, dieses schmerzhafte Ereignis zu seinem Vorteil zu nutzen. Dadurch, dass ich seinen linken Flügel im Weg hatte, konnte ich nicht sehen, was er tat, und jetzt bemerke ich, dass sein Schwert auf meinen Schädel zuschwingt.

»Das war's«, denke ich zu Phoe. »Ich werde sterben – erneut.«

ZEHNTES KAPITEL

Obwohl ich davon überzeugt bin, sterbe ich nicht – Dank Fiona. Sie schlägt ihren Degen auf Brandons Schwert, als es den halben Weg zu meinem Kopf hinter sich gebracht hat. Ein schmerzhaftes Geräusch von Metall auf Metall ertönt, was eigenartig ist, da Fionas Waffe nicht so aussieht, als sei sie aus Metall. Ihr Arm wird so kraftvoll zurückgeschleudert, dass ich mir sicher bin, dass ihr dabei die Schulter ausgerenkt wird. Was wirklich frustrierend ist, ist, dass ihr Manöver Brandons Angriff nicht einmal unterbricht; es verlangsamt ihn lediglich. Trotzdem reicht mir das, um zur Seite zu treten, bevor sein Schwert meinen Kopf zerteilen kann.

Mit einem Funkenregen schlägt Brandons Schwert neben mir auf dem Boden auf.

Ich springe auf meine Füße, und mit der Gelenkigkeit einer Tänzerin lasse ich meine beiden Schwerter in entgegengesetzter Richtung durch die Luft fahren. Das rechte vergrabe ich in Brandons Bauch, während ich das linke in seiner Augenhöhle versenke. Galle steigt bei dem Anblick des Blutes, das aus Brandon spritzt, während ich mein Schwert kreisförmig bewege, in meinem Hals auf. Vielleicht kann ich mich doch übergeben. Große Stücke leicht knusprigen Fleisches fallen zu Boden, bevor sie digitalisiert werden und verschwinden.

»Ja!«, schreit Phoe – und ja, ich will sagen, dass sie es laut tut. »Ja, ich habe jetzt wieder eine Stimme«, sagt sie in meinem Kopf, bevor ich sie fragen kann. »Das ist sehr vielversprechend. Ich habe seine Erinnerungen und einen Teil der Ressourcen, die das Paradies ihm zugeteilt hatte, bekommen. Das bedeutet, dass die Dinge doch nicht so schlecht sind, wie ich gedacht hatte, was für dich ein weiterer Grund ist, von hier zu verschwinden. Wenn du zurück in den Limbus gehst, haben wir verloren.«

»Ich will Fiona helfen, zu fliehen«, denke ich zurück. »Sie hat mich gerettet.«

»Gut«, antwortet Phoe. »Sag ihr, dass sie dir folgen soll.«

»Unsere einzige Chance, zu entkommen, ist durch diese Tür«, sage ich Fiona, die wie benebelt auf die leere Stelle starrt, an der sich Brandons Körper befand. »Folge mir.«

Ich renne zum Ausgang und hoffe, dass Fiona mich gehört hat und mir auf den Fersen ist. Um mich herum dematerialisieren sich immer schneller Stücke von Ratsmitgliedern, was bedeutet, dass immer mehr bewaffnete Männer Zeit haben, mich anzugreifen. Die beiden geflügelten Arschlöcher, die sich am nächsten bei mir befinden, drehen sich zu mir um. Als sie noch etwa sechs Meter von mir entfernt sind, erhebe ich mich in die Luft. Das Schwingen meiner Flügel ist noch schneller als mein Herzschlag, der gerade versucht, einen Rekord aufzustellen.

Ich höre das Rauschen von Flügeln hinter mir und nehme an, dass Fiona mir folgt.

Die beiden großen Typen versuchen mich einzuholen, und als sie ein Stück näher kommen, bewegt Phoe meinen Körper auf eine Weise, die einen Falken stolz gemacht hätte. Ich stürze auf die Tür zu, als würde mein Leben davon abhängen – was ja auch der Fall ist, trotz der Limbusierung.

Ich höre Fiona hinter mir schreien, als ein Schwert an meiner Seite vorbeirauscht.

In dem Moment, in dem meine Beine den Eingang der Kathedrale hinter sich lassen, bricht ein furchtbarer Schmerz in meiner Wade aus.

Ich blicke auf die betreffende Stelle und wünschte mir augenblicklich, dass ich – oder Phoe – das nicht getan hätte, weil ein Dolch aus meinem Bein ragt.

Fionas Lage ist schlimmer als meine. Ihre Flügel sind nicht länger an ihrem Körper befestigt, und sie fällt den Berg hinunter, auf dem die Kathedrale erbaut ist.

Mir wird schwarz vor Augen, teilweise wegen des Schmerzes, aber hauptsächlich wegen des grellen Lichts, das auf meine Netzhaut trifft. Das Eigenartige an diesem hellen Licht ist, dass am Himmel keine Sonne zu sehen ist. Das Licht kommt von überall her.

Ich versuche, nach unten zu schießen, um Fiona zu retten, aber mein Körper, der von Phoe kontrolliert wird, gehorcht mir nicht. Stattdessen lasse ich mein linkes Schwert los und ziehe den Dolch aus meiner Wade. Der Schmerz ist so stechend, dass ich noch weniger sehe, aber trotzdem entferne ich mich weiterhin blitzschnell von der Kathedrale.

Meine linke Hand macht eine Geste mit geöffneter Handfläche, und ein weiteres Feuerschwert materialisiert sich in ihr.

»Es tut mir leid, Theo«, sagt Phoe. Ich konnte nicht zulassen, dass du Fiona folgst. Vergiss nicht, dass sie nicht stirbt. Sie wird in die DMZ zurückgeschrieben werden – in den Limbus.

Ich bin mir nicht sicher, wie ich mich damit fühle, Fiona im Stich gelassen zu haben, und schaue zurück.

Sie ist weg, aber meine Verfolger nicht. Sie fliegen hinter mir wie zwei Adler, die eine Maus verfolgen.

Ich kanalisiere meine Angst, um noch kräftiger mit meinen Flügeln zu schlagen, und fliege schneller, während ich einen Nebelschweif aus Feuerglut hinter mir zurücklasse.

Zum ersten Mal nehme ich mir einen Augenblick Zeit, um meine Umgebung zu betrachten. Ich fliege auf eine Kuppel zu, die der in Oasis ähnelt. Was allerdings anders ist, ist die Landschaft dahinter. In dem unendlichen bewölkten blauen Himmel schweben, wie von Magie an Ort und Stelle gehalten, ein Dutzend Inseln, die selbst von jeweils einer Kuppel bedeckt sind. Von einem Horizont bis zum anderen erstrecken sich diese oasisähnlichen Lebensräume.

Nein, nicht oasisähnlich – dem Ausblick nach unten zu urteilen. Neben dem Berg, auf dem die Kathedrale hinter uns steht, gibt es überhaupt kein Grün, sondern nur kahle Gebirgszüge – etwas, was wir in Oasis nie hatten.

»Es tut mir leid, dich von deiner Erkundungstour abzulenken, aber ich möchte, dass du mir dabei hilfst, eine wichtige Entscheidung zu treffen«, meint Phoe. »Eine, die uns beide betrifft.«

»Seit wann fragst du mich nach meiner Meinung?«, frage ich laut, da ich ihr immer noch böse bin, weil sie Fiona nicht gerettet hat.

»Wir haben keine Zeit dafür, dass du wütend auf mich bist«, erwidert Phoe. »Wir müssen eine Strategie erarbeiten.«

»Gut. Bei welcher Entscheidung soll ich dir helfen?« Ich richte meinen Blick lieber auf die sich nähernde Kuppel als auf die spitzen Berggipfel unter mir.

»Okay«, sagt sie. »Bevor wir einen Plan ausarbeiten können, müssen wir mindestens noch eine Person limbusieren. Zwei wären besser. Also die Frage ist: Beginnen wir mit unseren Verfolgern, was gefährlich ist, oder suchen wir uns jemand anderen?«

Ich hatte mit vielen Dingen gerechnet, die Phoe hätte sagen können, aber »Lass uns einige Menschen töten« war nicht darunter.

»Du solltest damit anfangen, mir zu erklären, warum wir das tun müssen«, sage ich. »Und wenn du bereit bist, mir Dinge zu erklären, dann sag mir auch gleich, was zum Henker gerade geschieht, und warum du mir nicht geantwortet hast, als –«

»Keine Zeit für zwanzig Fragen«, antwortet Phoe. »Der Grund dafür, dass du noch einige Opfer limbusieren musst, ist, dass ich mehr Wissen und Ressourcen brauche. Wenn jemand limbusiert wird, werden dessen Erinnerungen darauf vorbereitet, in die DMZ überschrieben zu werden, so ähnlich wie das, was in Oasis passiert, wenn jemand schlafen geht. Ich habe mich in diesen Prozess gehängt, als Brandon limbusiert wurde, und habe eine Kopie seiner Erinnerungen erhalten. Wichtiger als das ist die Tatsache, dass, als er dieses System verließ, seine Paradiesressourcen neu verteilt wurden, so dass ich mir davon so viele ich konnte angeeignet habe. Ich habe nur einen kleinen Teil genommen, da ich nicht wusste, was ich tat, aber ich sollte das nächste Mal in der Lage sein, mehr zu bekommen. Und bevor du jetzt wieder mit den ganzen Warums anfängst, selbst diese mageren Ressourcen haben es mir ermöglicht, laut mit dir zu sprechen, anstatt nur als Gedanke, und außerdem, die Heilung deines Beines zu beschleunigen.«

Bei ihrer letzten Aussage fällt mir auf, dass der Schmerz in meiner Wade fast verschwunden ist.

»Genau«, fährt Phoe fort. »Also brauche ich mehr Ressourcen und Erinnerungen, bevor ich beginnen kann, dieses Chaos zu entwirren. Natürlich sollten diese Erinnerungen im Idealfall von jemandem kommen, der mehr weiß als Brandon, auch wenn ich denke, dass die Jagd auf jemanden mit Hintergrundwissen die zweite Phase dieses Plans ist.«

Ich fliege einen Moment lang, ohne etwas zu sagen. Der Gedanke, irgendwelche Fremden zu jagen, stößt mich ab.

»Ja, aber im Gegensatz zu irgendwelchen Fremden sind unsere Verfolger gefährlich«, meint Phoe.

Während ich darüber nachdenke, fliegen wir durch die Kuppel, die sich auf meinen Flügeln wie eine Seifenblase anfühlt.

Ein Messer rauscht an meinem Ohr vorbei und erinnert mich an meine Verfolger.

»Diese Arschlöcher betteln quasi darum«, sage ich. »Außerdem haben sie Fiona und einige andere Menschen getötet. Wir sollten deine Ressourcen von ihnen holen. Das ist nur gerecht.«

»Okay«, meint Phoe vorsichtig. »Wenn wir gegen sie vorgehen wollen, müssen wir sie schnell unschädlich machen, bevor ihre Kollegen ihre grausame Aufgabe beendet haben und sich ihnen anschließen. Ich habe eine Idee, aber du wirst sie nicht mögen. Auch wenn ich glaube, dass, wenn du deine Augen geschlossen hältst –«

»Mach einfach, egal worum es sich handelt«, sage ich mit falscher Zuversicht. »Und ich bin nicht –«

Meine Flügel schließen sich, und ich falle.

Meine Angreifer unter mir fliegen mit einem Abstand von etwa zwölf Metern zueinander, und derjenige, der sich am nächsten bei mir befindet, ist etwa neun Meter von mir entfernt. Es sieht so aus, als könne der kleinere schneller fliegen.

Der Fall bringt mich genau über ihn. Er bemerkt, dass ich stürze, aber fliegt trotzdem weiterhin nach oben. Ich rausche nach unten, so als sei er nicht da.

Ich spiele ein weiteres Mal »wer zuerst ausweicht«, nur dass ich meine Nerven nicht verlieren und ausscheren kann, weil Phoe mich kontrolliert. Wenn ich die Kontrolle hätte, wäre ich bereits vor einer Millisekunde ausgewichen.

Mein Gegner hebt seine Waffe in die Höhe – eine Hellebarde, glaube ich. Sie besteht aus einem Holzstab, an dessen Ende sich eine Axt befindet, die an ihrer höchsten Stelle eine Metallspitze hat. Das spitze Ende ist auf mich gerichtet.

Ich halte mein Katana eigenartigerweise wie eine Art Speer. Meine Warnung ist klar: Wenn mein Gegner mich sticht, werde ich ihn im Gegenzug aufschlitzen.

Der größere Verfolger erkennt, dass sein Freund Hilfe gebrauchen könnte, und wird schneller.

Die Spitze der Hellebarde ist nur noch einige Zentimeter von meiner Brust entfernt, als ihr Besitzer Angst bekommt und mir von sich aus gesehen nach rechts ausweicht. Phoe muss das vorausgesehen haben, weil ich den Bruchteil einer Sekunde, bevor der Kerl seine Bewegung durchführt, mein Katana dorthin schleudere, wohin er ausweicht.

Das Feuerschwert sieht aus wie ein Komet, als es auf ihn zufliegt, und der Typ schreit so laut, wie ich es von jemandem erwarte, der ein brennendes Schwert in seinem Oberschenkel stecken hat.

Ich breite meine Flügel aus und halte auf ihn zu, damit ich dicht an ihm vorbeifliegen kann, bevor er sich erholt hat. Er holt mit seiner Hellebarde aus, aber bevor er sie schwingen kann, zerteile ich sie.

Sein Partner ist nur einen Sprung von uns entfernt.

Ich umfasse mein rechtes Katana, das in dem Oberschenkel des Mannes steckt, und drehe es grausam gegen den Uhrzeigersinn. Er schreit noch lauter, aber aus seinem Gebrüll wird gurgelndes Zischen, als mein linkes Schwert seine Kehle durchschneidet.

Er zerbricht in diese kleinen Fragmente und verschwindet wie die anderen, auch wenn in dieser hell beleuchteten Außenwelt das Schimmern dieses Vorgangs verblasst.

»Erstaunlich«, sagt Phoe, und mir fällt auf, dass ihre Stimme nicht länger körperlos ist.

Phoe ist zu einem dampfartigen Umriss ihrer selbst geworden. Nein, das stimmt nicht ganz. Im Gegensatz zu ihrem Gegenstück in Oasis hat diese Paradiesversion große Schmetterlingsflügel, und alles, was sie trägt, ist ein winziger Tanga. Sie erneut fast nackt zu sehen, auch wenn sie durchsichtig ist, erweckt Gefühle in mir, die ich jetzt am besten aus meinem Kopf verbannen sollte, wie ich ganz genau weiß.

Als wolle der größere Angreifer Phoes unkörperliche Erscheinung unterstreichen, fliegt er genau durch sie hindurch.

»Du bist so was von tot«, knirscht der Mann, und Spucke spritzt aus seinem Mund.

Er hält zwei gekrümmte Schwerter in seinen Händen, die glaube ich Krummsäbel heißen. Im Gegensatz zu den Krummsäbeln der echten Welt sind diese hier aus Eis. Ich ziele auf eine seiner Waffen und hoffe, dass mein Feuerschwert sie schmelzen wird. Mein Gegner fälscht meinen Schlag ab und beweist damit, dass seine Krummsäbel nur aussehen, als seien sie aus Eis; sie fühlen sich an, als seien sie aus etwas so Hartem wie Titan geschmiedet worden. Er beweist außerdem, wie gut er mit seinen Waffen umgehen kann, indem er den Rückschlag seiner Abwehr dazu nutzt, mir mein rechtes Handgelenk aufzuschneiden.

»Scheiße. Ich habe gerade Brandons Erinnerungen nach diesem Kerl durchsucht. Er ist einer der besten Schwertkämpfer, den die Beschützer haben«, zischt Phoe. »Wir sollten fliehen.«

Das Schwert berührt meine rechte Schulter. Die Kombination aus brennendem Schmerz und dem unerträglichen Gefühl meines zersplitternden Gelenks trifft mich wie eine Dampfwalze.

Mein rechtes Katana sieht aus wie ein brennender Meteorit, als es nach unten fällt.

ELFTES KAPITEL

Durch den übelkeitserregenden Schmerz höre ich, wie Phoe sagt: »Wenn er so spielen möchte, dann scheiß auf die Flucht. Dieser Kerl wird bekommen, wonach er fragt. Niemand verletzt dich so schlimm und kommt damit davon. Ich werde versuchen, deine Schmerzen verschwinden zu lassen und auch das Kämpfen zu übernehmen. Zum Glück kann ich Brandons Waffentraining gegen ihn verwenden.«

Ich verstehe, dass sie redet, um mich von meinen Qualen abzulenken, und sie hat auch teilweise Erfolg damit. Als ich keine Schmerzen mehr verspüre, erlaube ich mir einen klaren Kopf und bemerke endlich, was mein Körper vorhatte: eine ruckartige, hackende Bewegung mit meinem linken Arm.

Mein verbliebenes Schwert schneidet durch die linke Schulter meines Feindes. Er heult auf, als sein ganzer Arm abfällt.

Ein abgetrennter Arm für eine verletzte Schulter. Das ist nahe an dem altertümlichen Sprichwort: »Auge um Auge, Zahn um Zahn.«

Zu meiner Enttäuschung erholt sich mein Angreifer schnell und schwingt seinen verbliebenen Krummsäbel.

Mein Katana fängt seinen Schlag ab. Ich versuche, seine Seite aufzuschlitzen, aber diesmal wehrt er mich ab.

Er hackt in Richtung meines Halses und ich ducke mich, während ich ihm gleichzeitig einen tiefen Schnitt dort zufüge, wo seine Leber sein sollte.

Mein Gegner löst sich nicht auf, was bedeutet, dass mein Schlag nicht tödlich war. Um es mir heimzuzahlen, führt er eine verzweifelte Abfolge von Scheinangriffen und Schlägen durch. Es fällt mir schwer, jedem Angriff zu folgen, aber das ist bei Phoe nicht der Fall. Durch sie wehre ich jeden Schlag mit mathematischer Präzision ab. Als der Kampf fortschreitet, verstehe ich Phoes Plan. Die verrückten Angriffe dieses Mannes ermüden ihn, und seine beiden blutenden Wunden sind auch nicht hilfreich.

Mein rechter Arm ist taub, aber wenigstens blutet meine Schulter im Gegensatz zu seinem Stumpf nicht – wahrscheinlich dank Phoes Eingreifen.

»Die Typen aus der Kathedrale könnten schon auf ihrem Weg sein«, meine ich zu ihr. »Wir müssen wegfliegen.«

Phoe lässt mich meinen eigenen Schwall aus Angriffen durchführen. Wenn jemand mit einer Hochgeschwindigkeitskamera die Bewegungen aufnehmen würde, die ich durchführe, würde es mit Sicherheit wie ein wunderschönes, feuriges Kunstwerk aussehen. Als es offensichtlich wird, dass der Kerl meine Angriffe kaum noch abwehren kann, fahre ich mit meinem Katana an seiner Kehle entlang und schneide sie sauber durch. Er beginnt den Limbusierungsprozess und verschwindet eine Sekunde später.

Ohne eine Pause einzulegen, schwinge ich meine Flügel und fliege auf den Punkt zu, an dem die Kuppel der fliegenden Insel auf den Boden trifft.

»Wir werden unter die Insel tauchen«, erklärt mir Phoe. »Auf diese Art werden die restlichen Beschützer, die herauskommen, uns nicht so schnell finden.«

Ich schaue sie an, während sie mit mir spricht, und ich bemerke, dass ihre ätherische Erscheinung solider aussieht, so als sei sie aus einem dickeren Nebel.

»Diese Gestalt ist erst der Anfang.« Phoe fliegt vor mir, um mir den Weg zu zeigen. »Mit mehr Ressourcen sollte ich in der Lage sein, mir einen echten Körper zu geben – oder zumindest einen, der so echt ist, wie er an diesem Ort nur sein kann.«

Ich schweige, bis wir den Rand der schwebenden Insel erreichen. Sobald wir die Kuppel hinter uns gelassen haben, fliegen wir durch dicke Wolken unter der Insel entlang. Ich bemerke, dass die gleiche Art von Wolken auch die Unterseiten der anderen Inseln bedeckt.

Da wir unsere Verfolger erst einmal losgeworden sind, frage ich: »Okay, und jetzt?«

»Jetzt entfernen wir uns so weit wie möglich von diesem Ort«, antwortet Phoe. »Und dann wäre es schön, wenn du noch einige weitere Menschen für mich limbusieren könntest.«

»Ich werde nicht irgendwelche Menschen für dich umbringen – und du bist mir immer noch einige Antworten schuldig. Wenn ich es nicht besser wüsste, würde ich sagen, dass du böse geworden bist, vorausgesetzt, dass du nicht von Anfang an böse warst. Du musst zugeben, dass das erklären würde, warum alle in Oasis umgebracht wurden und warum du möchtest, dass ich im Paradies noch mehr Menschen töte.«

»Wir wissen beide, dass du das nicht glaubst«, sagt Phoe, aber lässt ihre ätherischen Schultern hängen. »Na gut, ich werde dir erklären, was ich denke, was passiert ist, aber vergiss bitte nicht, dass ich große Wissenslücken habe – die wir mit höchster Priorität schließen müssen.«

»Erzähl mir alles, was du kannst«, erwidere ich und schlage noch schneller mit meinen Flügeln.

»Erlaube mir, zuerst das hier zu tun.« Phoe führt eine Geste in Richtung meiner Schulter durch, und mit einem hellgelben Lichtblitz schließt sich meine klaffende Wunde.

Die geheilte Schulter kribbelt, und ich schließe und öffne meine rechte Hand. Es fühlt sich so an, als sei ich nie verletzt worden. Der Schmerz ist vollständig verschwunden.

»Ich freue mich, dass es funktioniert hat«, sagt Phoe, während sie über ihre Schulter nach hinten schaut. »Übrigens hoffe ich auch, dass du begreifst, dass ich dich nur wegen der Ressourcen heilen konnte, die ich von den limbusierten Beschützern erhalten habe.«

»Beschützer«, wiederhole ich. »So hast du sie davor schon genannt.«

»Ja, ich habe die richtige Bezeichnung aus Brandons Erinnerungen. Die anderen nennen sich selbst auch so.«

»Du meinst also im wahrsten Sinne des Wortes, dass du weißt, was er wusste?«

»Es ist mehr als nur wissen – ich kann es dir sogar zeigen. Aber ich weiß, dass du vor Neugier über das, was in Oasis passiert ist, stirbst.«

»Ja«, antworte ich. »Ich muss wissen, ob sie wirklich alle tot sind.«

Sie taucht ab und folgt einem diagonalen Weg direkt zur nächsten kuppelbedeckten Insel. Diese Insel ist grüner als diejenige, die wir verlassen haben, und sieht einladender aus, zumindest aus der Ferne.

Wir fliegen einen Augenblick lang schweigend. Auch wenn ich weiß, was sie mir sagen wird, muss ich es einfach hören. Phoe muss das wissen und denkt deshalb wahrscheinlich gerade über den besten Weg nach, mir die schreckliche Wahrheit zu vermitteln.

»Du hast bereits das Meiste verstanden«, sagt sie letztendlich und spricht so leise, dass ich sie wegen des Windes, der mir ins Gesicht bläst, fast nicht verstehen kann. »Dieses Jeremiah-Ding am Strand war ein Virus. Ich denke, er hat seinen Ursprung hier, im Paradies. Außerdem denke ich, dass wir so schnell wie möglich eine Antwort auf die Frage finden müssen, wer ihn warum losgelassen hat. Eine Sache ist sicher: Der Jeremiah-Virus hat jeden Teil von mir zerstört, jede Spur, bis zu meiner völligen Vernichtung. Nur der kleine Teil von mir, den ich in die DMZ überschrieben hatte, hat überlebt. Dieser Teil war lediglich eine statische

Momentaufnahme – eine Art Lebensversicherung. Er wurde nicht aktiv von irgendwelchen Daten verarbeitenden Elementen ausgeführt, so ähnlich wie die menschlichen Speicherauszüge, die sich einfach in der DMZ befinden und darauf warten, eines Tages in einer Computerwelt wiederbelebt zu werden. Es ist wie der Standby-Modus der altertümlichen Betriebssysteme. Ich kenne die entsetzlichen Ereignisse, die du durchlebt hast, nur aus deinen Erinnerungen. Ich war bei keinem davon dabei.«

Sie verfällt einige Augenblicke lang in Schweigen, bevor sie fortfährt. »Ich weiß also nicht, was passiert ist, nachdem ich weg war, aber ich denke, dass der Jeremiah-Virus alles zerstört hat, was mir auch nur im Entferntesten geähnelt hat, einschließlich meiner unbewussten Prozesse wie der Gravitationssimulation, der Sauerstoffversorgung und so weiter. In seiner Verbohrtheit, mich auszuradieren, hat der Virus alle meine lebenserhaltenden Funktionen ausgeschaltet, also die des Schiffs. Um mich zu töten, war das mit Sicherheit eine gute Strategie, aber was die Lebenserhaltung der menschlichen Bevölkerung betraf … Na ja, du weißt, was passiert ist.«

Sie hört auf zu reden und gibt mir Zeit, das alles zu verarbeiten. Wegen eines irrationalen Hasses auf Phoe wurde jemand – oder eine ganze Gruppe – einfach vernachlässigt. Diese Menschen, die das veranlasst haben, befinden sich hier im Paradies, und sie lassen mich meine frühere Einstellung Gewalt gegenüber überdenken. Sie werden für die Erstickungstode, die ich miterlebt habe, Rechenschaft ablegen müssen und werden für sie bezahlen.

Dann wird mir klar, dass durch diese tragischen Ereignisse niemand wirklich gestorben ist. Es gibt die Speicherauszüge von allen, einschließlich Liam. Er ist irgendwo in der DMZ, zusammen mit Mark und dem Rest von ihnen. Theoretisch könnten sie im Paradies wiederbelebt werden.

»Das stimmt«, sagt Phoe. »Auch wenn ich anmerken möchte, dass diese Speicherauszüge nicht vollständig sind, ob das nun gut oder schlecht ist. Nur wenige von ihnen werden sich an ihren letzten Tag in Oasis erinnern. Wie du vielleicht noch weißt, werden die Speicherauszüge während des Schlafens gemacht, und ich bezweifle, dass viele Menschen während dieser Katastrophe ein Nickerchen gehalten haben. Der einzige Grund, weshalb du dich an das erinnerst, was passiert ist, sind deine einzigartigen Umstände. Du bist eingeschlafen, als du fast erfroren wärst. Falls du danach noch einmal aufgewacht bist, sind diese Informationen für immer verloren gegangen.«

Ich erschaudere. Vielleicht ist es gut, so etwas zu vergessen. Dann fällt mir etwas ein.

»Wenn du so gut wie tot warst, wie konntest du dann hier wieder auftauchen?«, will ich wissen. »Und überhaupt, wie habe ich das gemacht?«

»Ich bin hier, weil du hier bist. Erinnerst du dich an dieses Pi, das ich in deinen Kopf eingepflanzt habe, um in den Test der Betagten am Tag der Geburten eindringen zu können?«

Ich nicke und beginne, zu verstehen. Phoe hat mir diese falsche Erinnerung gegeben, die mit Pi zu tun hat. Nach einem bestimmten Punkt in der Abfolge wurden aus den Zahlen Nummern, die es ihr ermöglichten, sich in den Test zu hacken.

»Genau«, sagt Phoe. »Wenn du eine bestimmte Umgebung der virtuellen Realität betrittst, werden diese Zahlen in deinem Kopf zusammen mit deinem Gehirn instantiiert. Sobald das geschieht, wird aus diesen Zahlen eine einfache Routine, die eine Bootstrap-Version von mir erstellen soll, die wiederum den Rest von mir zu sich holt. Also hatte ich sehr viel Glück, dass du hier gelandet bist, in einer Umgebung, die der des Tests sehr ähnlich ist. Mit der Hilfe dieses Codes läuft jetzt wieder ein kleiner Schatten von mir. Ich weiß nicht, ob dir das klar ist, aber ich bin nicht einmal ansatzweise mein normales Ich. Das ist schrecklich. Ich bin nur noch auf dem Niveau eines armseligen menschlichen Intellekts.«

»Okay, das erklärt irgendwie, dass du hier bist«, meine ich. »Nur, dass es alles davon abhängt, dass ich hier bin, und wieso das der Fall ist, hast du mir nicht erklärt.« Wir sind jetzt nur noch etwa einen Meter von der schimmernden Kuppel entfernt, was bedeutet, dass wir gleich die grüne Himmelsinsel betreten werden. »Wie bin ich hierhergekommen? Ich dachte, dass nur Ratsmitglieder ins Paradies kommen.«

»Das solltest du am besten aus erster Hand erfahren, und deshalb werde ich dir gleich Brandons Erinnerungen zeigen.« Phoe faltet ihre Flügel zusammen und stürzt sich mit dem Kopf zuerst in die Seifenblasenkuppel.

Zum ersten Mal seit unserer Flucht fällt mir auf, wie eigenartig unsere Umgebung ist. Das ganze Universum sieht wie ein riesiger Himmel aus. So weit ich blicken kann, gibt es keinen Boden, wenn man die schwebenden Inseln nicht mitzählt.

»Muss ich dafür sorgen, dass du nach unten fliegst?«, fragt Phoe, die weiterhin abfällt.

»Nein«, denke ich. »Ich fliege alleine – und in meiner Geschwindigkeit.«

Ich möchte nicht, dass sie mich dazu zwingt, so abzustürzen, wie sie es getan hat, also beginne ich damit, an Höhe zu verlieren.

Phoe verschwindet unter den Baumwipfeln. »Der Grund dafür, dass es keinen Boden gibt, ist, dass das Paradies in einer Infrastruktur der virtuellen Realität erschaffen wurde, die dem IRES-Spiel stark ähnelt«, erklärt sie in meinem Kopf. »Es braucht sich nicht an die Realität zu halten.«

Während ich ihr zuhöre, fliege ich langsamer und betrachte den unendlichen Wald, der den Boden der Insel verdeckt.

Dadurch, dass ich mich dem Grün nähere, fühlt sich selbst mein vorsichtiger Flug noch zu schnell an. Auch wenn ich weiß, dass das hier völlig irrational ist, erwacht meine Höhenangst in voller Stärke, und ich kann kaum noch weiterfliegen.

Als ich in die Baumspitzen eintauche, sehe ich, dass Phoe bereits auf einer Lichtung gelandet ist. Ich spreize meine Flügel, um die Landung vorzubereiten, und als meine Füße den Boden berühren, schlägt mein Herz endlich nicht mehr bis zum Hals.

Phoe lächelt mich an. »Gut gemacht. Jetzt können wir ein Stück gehen. Selbst wenn ein Beschützer vorbeifliegt, wird er uns auf diese Weise nicht sehen können. Wenn wir am östlichsten Punkt der Insel ankommen, werden wir unter sie fliegen.«

»In Ordnung«, sage ich. »Was sind diese Inseln?«

»Alles, was ich bis jetzt über sie weiß, ist, dass jede von ihnen einem der Ahnen gehört – den Bewohnern des Paradieses, zu denen du jetzt auch gehörst«, erklärt mir Phoe und beginnt, auf die Bäume auf der anderen Seite der Lichtung zuzulaufen.

»Warte.« Ich jage hinter ihr her. »Bedeutet das, dass es irgendwo eine Insel gibt, die mir gehört?«

»Ja, ich bin mir sicher, dass es sie gibt. Ich kann sie auch für dich finden, wenn du möchtest, aber ich denke, dass sie uns im Moment nichts nutzt«, sagt Phoe hinter dem Stamm einer riesigen Eiche. »Gehen wir tiefer in den Wald hinein, und ich zeige dir Brandons Erinnerung.«

Ich folge ihr und denke, dass es trotz dem, was Phoe gesagt hat, richtig cool wäre, eine solche Insel zu besitzen – eine Insel so groß wie Oasis.

»Das ist eine Verschwendung von Ressourcen, wenn du mich fragst«, sagt Phoe, nachdem ich sie eingeholt habe. »Dieser ganze Ort ist eine grausame Verschwendung der Rechnerkapazitäten des Schiffs.«

Ich atme die frische Luft ein. Sie riecht genauso wie in einem echten Wald. Und der Wald sieht auch echt aus, obwohl ich das Gefühl nicht loswerde, dass irgendetwas anders ist. Und dann erkenne ich es: Ich höre Vogelgezwitscher und das Summen von Insekten – Geräusche, die ich in den Wäldern von Oasis nicht gehört habe.

»Hier gibt es tonnenweise simuliertes Leben, falls dich solche Dinge beeindrucken«, bestätigt Phoe. »Diese Insel steht dem Zoo in nichts nach.«

Ich erhasche einen Blick auf etwas Flauschiges, das sich im Gebüsch bewegt. Es muss ein Kaninchen oder ein Eichhörnchen sein. Ich unterdrücke meinen Drang, ihm wie ein Kind hinterherzujagen. Ich will immer noch diese Antworten von Phoe bekommen, und deshalb kann ich mich nicht von dieser künstlichen Natur ablenken lassen.

Ich schaue zu dem eigenartigen Himmel hoch und betrachte die Dutzend kuppelbedeckten Inseln, die in einiger Entfernung schweben. Das Paradies ist wunderschön in seiner Missachtung der Schwerkraft.

»In Ordnung.« Phoe bleibt stehen und blickt mich an. »Soll ich für dich gehen, solange du das erlebst?«

»Gerne«, antworte ich vorsichtig. »Was erlebe?«

Phoe grinst mich schief an, und die Welt um mich herum verschwindet.

Ich stehe in einem leeren, metallischen Raum, und neben mir steht eine bekannte geflügelte Kreatur. Es handelt sich dabei um den ersten Typen mit Flügeln, den ich jemals gesehen hatte – den originalen, Lendenschutz tragenden, geflügelten Halbgott-Gesandten, der Jeremiah die Linse der Wahrheit gegeben hatte.

Die metallischen Wände des Raumes reflektieren, weshalb ich mich in einer von ihnen sehen kann.

Aber es ist nicht mein Gesicht, welches sich darin widerspiegelt. Es ist der Beschützer, der mich fast mit seinem riesigen Breitschwert getötet hätte.

Ich hätte darauf vorbereitet sein sollen, aber ich kann es trotzdem nicht glauben.

Ich bin Brandon.

ZWÖLFTES KAPITEL

»Eigentlich bist du nicht wirklich Brandon«, höre ich Phoe in Gedanken.

»Du erlebst lediglich seine Erinnerungen.«

Das wusste ich bereits, aber dass sie es mir bestätigt, hilft mir dabei, mit dieser schrägen Situation klarzukommen.

Alles an mir fühlt sich falsch an. Ich bin größer, meine Füße stehen weiter auseinander als sonst und ich kann meine massigen Muskeln spüren. Zwei Gedankenströme fließen gleichzeitig durch meinen Kopf: meine Gedanken und Brandons. Seine sind undeutlich und eindeutig fremd, aber leicht zugänglich. Das ist gruselig.

»Genau das Gleiche fühle ich, wenn ich in deinem Kopf bin«, erklärt mir Phoe. »Konzentriere dich auf ihre Unterhaltung.«

Es ist schwer, darauf zu achten, weil mich zu viele interessante Dinge ablenken. Ich kann nicht einfach nur Brandons Erinnerungen abrufen; ich kann genauso gut seine Gefühle wahrnehmen, auch wenn sie sich auf die Gegenwart beschränken. Er respektiert den Ahnen, mit dem er spricht. Der Name des Mannes ist Wayne. Ich weiß das, weil Brandon es weiß, und ich behalte im Hinterkopf, mich an den Namen zu erinnern, weil er eine bessere Bezeichnung als »der erste Gesandte, den ich jemals gesehen habe« ist. Ich weiß auch, dass Wayne Teil des Kreises ist, der im Paradies regiert. Er, Brandon, ist der Anführer der Beschützer, was bedeutet, dass er keine Wachschichten auf dem Sanktum hat, der Insel, von der aus der Kreis regiert. Aus diesem Grund trifft er auch kaum auf seine Mitglieder. Das letzte Mal, an dem Brandon hierherbestellt worden war, in die Kellergewölbe dieses Gebäudes, das die Form einer dieser altertümlichen Ahlen hat, die die Schumacher benutzten, ist Jahre her.

Der Gedanke an die Vergangenheit öffnet einen Staudamm interessanter Beobachtungen. Ohne mich anzustrengen, kann ich mich an alles erinnern, was Brandon in seinem Leben getan hat. Ich erinnere mich an sein Leben als Jugendlicher, seine Leidenschaft für altertümliche Militärstrategien als Erwachsener, und wie stolz er darauf war, ein Mitglied im Rat der Betagten zu werden. Aber ich habe Zugang zu mehr als nur seiner biographischen Information. Durch Brandon weiß ich, was es bedeutet, mit wachsendem Alter schwächer zu werden und irgendwann zu sterben, und ich erlebe seine Ehrfurcht darüber, für sein zweites Leben im Paradies zu erwachen.

»Alles hat begonnen, als wir die Ergebnisse des letzten Tests bekommen haben«, sagt Wayne mit seiner vertrauten orgelartigen Stimme. »Nur wenige Menschen wissen das, aber die Art und Weise, wie neue Ratsmitglieder ausgewählt werden, ist ziemlich einfach. Er oder sie ist immer der- oder diejenige mit dem höchsten Punktestand im Test.«

Wayne spricht weiter, aber ich blende ihn aus. Ich habe meine Antwort, und jetzt, da ich sie habe, kann ich gar nicht glauben, dass ich das nicht früher erkannt habe.

»Du hattest keine Gelegenheit, darüber nachzudenken.« Phoes Gedanke ist mit Bedauern durchtränkt. »Ich bin das super-intelligente Wesen, also sollte ich diejenige sein, die sich in den Hintern tritt. Mir war nicht klar gewesen, dass die Testergebnisse etwas mit dem Auswahlprozess der Ratsmitglieder zu tun hatten. Ich glaube, dass ich den Test so dringend herunterfahren wollte, dass ich es vor mir selbst verleugnet habe. Meine Gier auf Ressourcen hat diese Möglichkeit ignoriert.«

Während Phoe spricht, setzt sich in meinem Kopf das Puzzle zusammen. Sie hat mich in dem Test einen so hohen Punktestand erreichen lassen, dass die Testdurchführung fast eine Ewigkeit gedauert hat, und ich ein Ergebnis hatte, das niemand schlagen konnte – was mich ungewollt zu einem Kandidaten für den Rat gemacht hat. Vielleicht wären wir eine Weile damit durchgekommen, wenn nicht fast zur gleichen Zeit ein Platz im Rat freigeworden wäre, weil Jeremiah sein eigenes Gift getrunken hat.

»Das stimmt«, meint Phoe. »Als Jeremiah starb und ins Paradies gekommen ist, bist du automatisch ein Ratsmitglied geworden. Hätten die Ahnen deine hohe Punktezahl nicht so schnell entdeckt, hätte ich sie verändern oder sie sogar vor ihnen verstecken können, aber sie haben gehandelt, bevor ich wusste, was geschah. Sie waren clever, ihren Virus so schnell ins Spiel zu bringen.«

Ich reibe meine Stirn und versuche, das Ausmaß unseres Fehlers zu verstehen.

»Du darfst die gute Seite nicht vergessen«, meint Phoe. »Als du in Oasis gestorben bist, bist du dank der Tatsache, dass du ein Ratsmitglied warst, hierhergekommen, anstatt eine Ewigkeit im Limbus zu verbringen. Also hat uns das, was uns geschadet hat, auch genutzt.«

»Ja klar.« Ich lege so viel Sarkasmus in meinen Gedanken, wie ich nur kann. »Für dich ist das natürlich super gelaufen. Du hast darauf gebrannt, Zugriff auf diesen Ort zu bekommen, aber die Firewall stand dir im Weg. Und jetzt bist du hier. Ich frage mich, ob –«

»Bitte beende den Gedanken nicht, außer wenn du ihn auch wirklich so meinst.« Phoes Ton wird schärfer. »Du hast keine Vorstellung davon, wie viel der Virus mir genommen hat. Du bist so ziemlich die gleiche Person, die du auch in Oasis warst, abgesehen von den kleineren Veränderungen wie diesen Flügeln, aber ich bin kaum ein Echo dessen, was ich war, bevor der Virus mich angegriffen hat. Teile von mir sind für immer verloren gegangen, und selbst wenn ich diese Ressourcen, die ich hatte, wiederbekommen sollte, werde ich nie wieder dieselbe Person sein. Ich würde niemals einen Plan ausführen, der ein solches Maß an Selbstverstümmelung beinhaltet, oder einen, der dir so viel Leid zufügen würde.« Mit einer sanfteren Stimme fügt sie hinzu: »Es tut mir leid, dass ich diese Ereignisse nicht verhindert habe. Du kannst dir nicht vorstellen, wie leid mir das tut.«

»Nein, mir tut es leid.« Mein Brustkorb zieht sich vor Schuldgefühlen zusammen. »Es tut mir leid, dass ich dich so angefahren habe. Ich denke nicht wirklich, dass du das alles geplant hattest. Es sind einfach eine Menge Dinge, die ich zu verarbeiten habe.«

»Du solltest dem zuhören, was Wayne gleich sagen wird«, denkt sie zu mir, da sie offensichtlich scharf darauf ist, das Thema zu wechseln.

Ich versuche, mich genug zu konzentrieren.

»Nein, dieser Jugendliche, Theodore, kann das unmöglich allein getan haben. Er ist eine Schachfigur«, sagt Wayne, und seine Stimme klingt jetzt wie die tieferen Töne einer Orgel. »Uns wäre nichts lieber, als zu glauben, dass es sich dabei um das Werk eines brillanten jungen Mannes handelt, aber wir können die Tatsachen nicht ignorieren. Es wurden zu viele Manipulationen durchgeführt, die ein junger Mensch nicht tun kann. Theodores Alter ist ein gutes Beispiel dafür. Er ist ganz offensichtlich ein Jugendlicher, aber in allen Systemen von Oasis ist er neunzig Jahre alt. Wenn eine lebende Person diese Information abrufen möchte, wird eine Illusion der erweiterten Realität sie dahingehend täuschen, dass er immer noch das normale Alter von vierundzwanzig Jahren aufweist.«

Wayne legt eine Pause ein, so als wolle er den dramatischen Effekt verstärken. Und sie wirkt. Ich fühle, dass Brandon seine Augenbrauen in die Höhe zieht und sich die Haare in seinem Nacken aufstellen.

»Ja«, sagt Wayne. »Und das ist nur ein Beispiel von vielen. Es gibt unzählige weitere. Der Test läuft nicht mehr, und es gibt Beweise dafür, dass massenhaft kontrolliert vergessen wurde. Ich könnte jetzt alle Hinweise aufzählen, aber der Schluss, zu dem wir, der Kreis, gekommen sind, ist einfach. Nur eine Art von Wesen könnte unsere Computersysteme derart manipulieren: Der Feind, den wir zutiefst fürchten – eine künstliche Intelligenz.«

Brandon schluckt belegt, während Wayne fortfährt.

»Wir haben unsere altertümlichen Aufzeichnungen durchgesehen, diejenigen, die die Ältesten unter uns jahrhundertelang weggeschlossen hatten, und haben Maßnahmen ergriffen«, erklärt Wayne. »Ohne es der Außenwelt mitzuteilen, hat der Kreis zum Gegenschlag gegen den Feind ausgeholt. Leider waren unsere Anstrengungen vergebens. Nein, viel schlimmer. Bevor die künstliche Intelligenz gestorben ist, hat sie wütend zurückgeschlagen und ganz Oasis zerstört. Jeder Bewohner der echten Welt ist erstickt.«

Das Entsetzen, das Brandon fühlt, verwirrt mich so sehr, dass ich Waynes nächste Sätze verpasse. Als ich Brandons Gefühle wegdrücken kann, höre ich, dass Wayne sagt: »Der ganze Rat, einschließlich Theodore, wird bald in der Kathedrale erscheinen. Wir haben die Befürchtung, dass die künstliche Intelligenz diese Ratsmitglieder vor deren Ableben gegen uns aufgebracht haben könnte. Du musst sie alle in den Limbus schicken, ganz besonders denjenigen, der Theodore heißt.«

Fragen überfluten Brandons Kopf, und, was besonders verwirrend ist, noch mehr Fragen überfluten meinen. Da ich damit gerade nicht umgehen kann, frage ich: »Phoe, kannst du mich aus dieser Erinnerung holen?«

Brandons Gedanken bleiben stehen, Waynes zu perfektes Gesicht wird zu einer Grimasse gezogen eingefroren, und ich bin zurück im Wald und renne, während ich mich ducke, um Ästen auszuweichen.

Phoes durchsichtige Gestalt läuft neben mir.

»Ich weiß, wie du dich gerade fühlen musst«, meint sie. »Als ich das erfahren habe –«

»Ich kann gar nicht glauben, dass wir das gewesen sind.« Ich fühle mich, als würde meine Brust gleich durch den inneren Druck explodieren. »Wir sind der Grund dafür, dass alle tot sind.«

Phoe muss mir die Kontrolle über meinen Körper zurückgegeben haben, weil ich stolpere und fast hinfalle, als mein Fuß an einem Ast hängenbleibt.

»Das war nicht unser Werk«, widerspricht Phoe, während ich mich aufrichte und weiterlaufe. »Das geht auf die Kappe des Kreises. Er hat den Virus aktiviert.«

»Er sagt, dass du alle getötet hast.«

»Das glaubst du doch nicht wirklich, oder?« Phoe bleibt stehen und schaut mich mit ihren durchsichtigen blauen Augen an. »Natürlich würde er das sagen. Er wird wohl kaum zugeben, dass ihr Plan, mich zu zerstören, derart spektakulär nach hinten losgegangen ist. Dass sie bei dem Versuch, mich loszuwerden, jeden in Oasis umgebracht haben.«

Ein Zweig schlägt mir ins Gesicht, als ich neben ihr stehen bleibe. Der Schmerz durch den Schlag, zusammen mit meinen aufgewühlten Gefühlen, lassen mir Tränen in die Augen steigen.

»Theo, du kannst dir nicht derartige Vorwürfe machen«, sagt Phoe, während sie mich anblickt. »Ja, die Art und Weise, wie wir den Test geknackt haben, hat diesen Menschen meine Existenz verraten, was dazu geführt hat, dass sie zu einem Gegenschlag ausgeholt haben, aber die Schuld auf uns zu nehmen ist das Gleiche, wie jemanden dafür verantwortlich zu machen, dass er ausgeraubt wurde. Der Virus hat mich beinahe ausgelöscht, und dein Körper der echten Welt ist tot. Es war der Kreis, der den Virus aktiviert hat. Offensichtlich war ihm nicht klar, was er tat.«

Ich schüttele wie betäubt meinen Kopf. »Wenn ich dich niemals kennengelernt hätte, wenn ich niemals diese dreihundert Bildschirme aufgerufen hätte, würden alle in Oasis noch am Leben sein. Liam wäre noch am Leben. Es war keine perfekte Gesellschaft, aber sie war besser als gar keine.«

»Es ist noch nicht alles verloren.« Phoe legt ihre Hand auf meine Schulter. Auch wenn ihre Finger durch mich hindurchgleiten, breitet sich Wärme von der Stelle aus, an der sie mich berührt hat. »Der Virus kann weder der Firewall noch der DMZ etwas anhaben. Das bedeutet, dass alle, die gestorben sind, immer noch im Limbus gespeichert sind. Solange das der Fall ist, sind die Verstorbenen nicht wirklich von uns gegangen. Wenn wir diesen Ort überleben, wenn ich genügend Ressourcen gewinne, könnte ich Oasis simulieren, wenn es das ist, was du möchtest, oder ich könnte eine bessere Umgebung erschaffen, eine mit mehr Natur und weniger anderem Scheiß. Sobald sie fertig wäre, könnte ich alle, die du möchtest, zurückholen.«

Ich starre sie an. Ich weiß, dass meine Freunde alle als Speicherauszüge in der DMZ, im Limbus oder wo auch immer existieren. Wir haben sogar schon einmal darüber gesprochen, Mark wiederzubeleben. Aber ich erinnere mich auch daran, dass sie gesagt hatte, dass es egoistisch sei, sie zurückzubringen.

»Jemanden zurückzubringen, bevor ich genügend Ressourcen habe, ihn länger als nur eine kurze Zeit existieren zu lassen, wäre egoistisch. Sobald ich jedoch genügend Ressourcen habe, wäre es egoistisch, sie nicht zurückzubringen.«

»Aber wenn du diese Ressourcen nicht einmal vorher hattest, woher –«

»Aber siehst du denn nicht, dass, so traurig es auch ist, der Virus jede Menge Ressourcen geschaffen hat, die ich mir aneignen kann? Er hat alles zerstört – jedes Computerprogramm, das die Ahnen laufen lassen haben, damit ich weiterhin bewusstlos blieb – und außerdem gewisse aufwendige Datenverarbeitungsaufgaben wie die Illusionen der erweiterten Realität und Lebenserhaltungssysteme unnötig gemacht. Wenn der Virus verschwinden würde, hätte ich mehr als genügend Ressourcen, um die simulierten Menschen zurückzubringen.«

»Aber sie sind tot.« Ich weiß, dass ich gerade nicht sehr rational denke, aber ich kann Liams lilafarbenes Gesicht nicht vergessen. »Wie echt wären denn ihre wiederbelebten Ichs?«

Das kannst du am besten beurteilen«, meint Phoe. »Du fühlst dich nicht tot, oder? Für mich bedeutet Leben, die Welt mit meinem Kopf zu erleben. In diesem Sinn bist du immer noch gesund und munter. Liam, Mark und alle anderen, die du brauchst, könnten das gleiche Leben haben, das du gerade hast, und das an einem Ort deiner Wahl. Sie schaut in den eigenartigen Himmel und beginnt danach, weiterzulaufen. »Wenn du das magst, was die Ahnen erschaffen haben, können wir es als Inspiration nutzen«, sagt sie über ihre Schulter, »aber ich vermute, dass du für dich und deine Freunde etwas Besseres haben möchtest.«

Als ich sie einhole, laufen wir einige Minuten schweigend. Phoe hat recht. Ich fühle mich lebendig und genauso echt wie vorher, was keine Überraschung ist. Ich habe mich echt gefühlt, als ich mit ihr am Strand war, auch wenn ich wusste, dass ich in dieser Umgebung nicht wirklich am Leben war. Aber ich hatte damals als Anker einen Körper in der echten Welt, und den habe ich jetzt nicht. Bei diesem Gedanken stellen sich meine Nackenhaare auf. Das Paradies fühlt sich an, als sei ich in einem Videospiel gefangen, und ich will mich nicht für immer so fühlen.

»Du fühlst dich, als seist du in einem Videospiel gefangen, weil es gar nicht so weit von der Wirklichkeit entfernt ist«, sagt Phoe. »Das Paradies baut auf einer Rahmentechnologie auf, die dem IRES-Spiel sehr ähnlich ist. Deshalb war die Auswahl der Flügel und der äußeren Erscheinung wie der Anfang eines Videospiels. Im Gegensatz zu dem Ort, den ich erschaffen würde, formt dieser Ort deinen Körper nicht genau nach deinen ursprünglichen Molekülen, und das verändert ganz leicht, wie du dich fühlst. Deine Flügel, und die Tatsache, dass die Umgebung nicht den vertrauten physikalischen Gesetzen folgt, verstärken den Eindruck, dass es sich um einen virtuellen Raum handelt. Mit der Zeit wirst du dich aber daran gewöhnen.«

»Aber das ist nicht echt. Selbst wenn ich mich daran gewöhnen sollte, diese Vögel …« – er schaut nach oben auf den Haufen Stare, die einen Schwarm bilden – »diese Bäume – dieses ganze Zeug existiert nicht.«

»Jetzt wirst du aber philosophisch«, erwidert Phoe. »Und wenn du das Spiel spielen möchtest, sollte ich dich darauf hinweisen, dass alles, was du jemals in deinem ›echten‹ Leben erlebt hast, eine Interpretation deines Gehirns auf deine sensorischen Inputs war. Dein Gehirn hatte diese Welt nach dem erschaffen, was deine Augen und Ohren durch die unvollkommenen, altertümlichen, auf Biologie basierenden Sensoren aufgenommen haben. Deine Augen konnten nur einen Splitter des elektromagnetischen Spektrums sehen, und deine Ohren konnten nur einen Bruchteil der Geräusche hören, die dich umgeben haben. Dein Gehirn hat diese unvollständigen Informationen aufgenommen und daraus eine virtuelle Realität geschaffen, in der du gelebt hast. Auf eine gewisse Art und Weise war deine Realität einen Schritt von dem entfernt, was wirklich dort draußen war. Du hattest niemals das komplette Bild. Und jetzt bekommst du einfach noch eine Schicht Unwirklichkeit mehr. Wenn wir aus diesem ganzen Paradies-Chaos herauskommen sollten, könnte ich wahrscheinlich einen Weg finden, dir Sensoren zu geben, um die echte Welt erleben zu können.«

Ich bin froh darüber, dass ich über eine Wiese laufe und nicht mit den Zweigen, die in mein Gesicht schlagen, zu kämpfen habe. In dem Zustand, in dem ich mich befinde, sind meine Fähigkeiten, auszuweichen, wahrscheinlich unzureichend. Ich muss wohl nicht extra sagen, dass mich Phoes Worte beruhigt haben.

»Du wirst dich besser fühlen, wenn du dich auf einen Plan konzentrierst, also sollten wir das tun«, sagt sie.

Ich zucke mit den Schultern und gehe auf den Rand der Wiese zu.

Phoe betrachtet mein Schweigen als eine Einladung und redet weiter. »Wir müssen so viel wie möglich über diesen Virus herausfinden«, meint sie und passt ihre Geschwindigkeit meinem Tempo an. »Wenn ich erst einmal weiß, wie er arbeitet, könnte ich ihn vielleicht schlagen und die Ressourcen –«

Plötzlich verfällt Phoe in Schweigen und blickt auf den Rand der Wiese, der jetzt noch etwa drei Meter von uns entfernt ist.

Eine große Frau kommt aus dem Wald heraus.

Sie sieht umwerfend aus, so wie das bei allen Ahnen der Fall zu sein scheint. Sie ist ebenfalls fast völlig nackt, bis auf die efeuartigen Blätter, die ihren Intimbereich bedecken. Sie hat sich einen geflochtenen Korb auf Höhe des Ellenbogens um den Arm gehängt, in dem sich ein Haufen verschiedenfarbiger Pilze befindet.

Sie sieht wie eine Art wilde Frau aus dem Wald aus.

Als die Ahnin mich sieht, bekommt sie große Augen und lässt den Korb fallen, woraufhin die Pilze sich im Gras verteilen.

Ihre Arme zucken, und ein langer Metallstab materialisiert sich in ihrer Hand. Mit einer anmutigen Geste spreizt sie das Objekt, und ich sehe, dass es sich um eine Art metallenen Fächer handelt, der Klingen auf den Spitzen der Rippen hat, die als Verbindungsstücke dienen.

»Das ist ein Tessen, ein Kriegsfächer«, zischt Phoe in mein Ohr. »Sie haben diese Waffe im altertümlichen China und Japan benutzt.«

Die Frau wirft ihn auf mich.

Ich ducke mich rechtzeitig, um den messerartigen Klingen des Fächers auszuweichen.

Der Apparat rauscht dicht über meinem Kopf vorbei und schneidet mir ein Büschel Haare ab.

Unbeirrt zielt die efeubekleidete Frau mit dem tödlichen Fächer auf meinen Hals.

DREIZEHNTES KAPITEL

Ich springe zurück, um mein Leben zu retten, aber die Klingen erwischen meinen Hals trotzdem.

Ein brennender Schmerz geht von der Stelle aus, an der der Fächer mich verletzt hat. Entsetzt, aber glücklich darüber, noch am Leben zu sein – oder zu existieren, oder wie auch immer die korrekte Bezeichnung für mein Dasein ist –, stolpere ich nach hinten und schreie: »Wer bist du? Warum greifst du mich an?«

Die Frau antwortet nicht; stattdessen schlägt sie einen Salto.

Es sieht aus, als würde sie einen Handstand machen, der in einer superschnellen Geschwindigkeit aufgezeichnet und immer wieder abgespielt wird. Am Ende ihres beeindruckenden Manövers steht sie neben mir.

Sie faltet ihren Fächer zusammen, so dass er wieder ein fester Stock ist. Ich beginne, nach meinen eigenen Waffen zu gestikulieren, aber die Frau ist schneller und sticht den Stock in meine Seite.

Der Schmerz zwingt mich dazu, meine Geste abzubrechen. Das Metall ihrer Waffe fühlt sich so kalt an, dass es mich an meine letzten Momente in Oasis erinnert, als ich fast erfroren war. Ich blicke nach unten, und Galle steigt in meinem Hals auf. Ihre Waffe steckt mehr als einen Zentimeter tief in meinem Bauch. Sie zieht den Fächer heraus, so dass mein leuchtendes Blut auf das Glas spritzt, und definiert neu, was Schmerz wirklich bedeutet.

Ich bin kurz davor, in Ohnmacht zu fallen. Weißer Sternenstaub tanzt vor meinen Augen, und wie durch einen Nebel sehe ich, dass die Frau den Fächer erneut auffaltet.

Die scharfen Spitzen ihrer Waffe fliegen auf meine Kehle zu.

Ich nehme an, dass Phoe meinen Körper übernimmt, weil ich mich bewege. Hätte sie mich mir selbst überlassen, hätte ich mich zu einem kleinen Ball zusammengerollt.

Mit übermenschlicher Gelenkigkeit ducke ich mich unter dem Fächer weg und ergreife das schlanke Handgelenk meiner Angreiferin mit meiner Faust, deren Knöchel vom starken Zusammendrücken ganz weiß werden. Gleichzeitig schlage ich die Kante meiner anderen Hand in ihre Armbeuge.

Die scharfen Klingen ihres Fächers schneiden in ihre Kehle, anstatt in meine.

Ohne innezuhalten, schlage ich gegen den Griff des Fächers und schiebe dadurch die Stahlspitzen durch ihren Hals.

Das gurgelnde Schreien der Frau hört sich an, als würde jemand eine rostige Säge nehmen, um eine majestätische Harfenmusik zu spielen. Als sie fällt, werden aus ihrem Körper pixelige Flecken, bevor er verschwindet.

Schwer atmend blicke ich auf den umgefallenen Korb und die Pilze auf dem Gras – der einzige Beweis dafür, dass die Frau jemals hier gewesen war.

»Was zur Hölle war das?«, frage ich und drehe mich zu Phoe um. Ich bekomme große Augen. »Wow, hast du jetzt einen Körper?«

»Ja.« Phoe berührt meinen Ellenbogen mit ihren sehr echten Fingern. »Ich bin genauso wirklich wie alle anderen an diesem Ort. Jeanines Ressourcen haben mir dazu verholfen. Und zu dem, was passiert ist – na ja, sie hat uns angegriffen. Da ich ihre Erinnerungen habe, kann ich dir zeigen, warum, falls du möchtest.«

Ich überprüfe meine Bauchwunde und meinen Hals. Dort ist nichts. Nicht einmal eine Narbe.

»Hier heilen alle besser. Es ist Teil der spielbasierten Infrastruktur«, erklärt mir Phoe. »Ich habe deine Heilung nur beschleunigt. Und jetzt zeige ich dir ihre Erinnerungen.«

Ich schaffe es, mich auf das Gras plumpsen zu lassen, bevor ich mich wieder einmal in einem fremden Kopf befinde.

Ich gehe auf die Wiese zu.

Das fühlt sich komisch an, weil mein Körper zu schlank ist, Kurven an den falschen Stellen hat und mein Gang völlig falsch ist, da sich meine Hüften ganz eigenartig von einer Seite zur anderen bewegen.

Mein Name ist Jeanine.

Phoe hat den Namen bereits beiläufig erwähnt, aber in diesen Erinnerungen ist er mehr als nur ein Name.

So, wie als ich mich in Brandons Erinnerungen befunden habe, nehme ich nicht nur Jeanines Gedanken wahr, während wir gehen; ihre ganze Vergangenheit breitet sich vor mir aus, und ich kann sie aufrufen, wenn ich das möchte. Einige Bruchstücke blitzen in meinem Kopf auf. Ich erinnere mich daran, auf der Erde ein kleines Mädchen gewesen zu sein und ein Raumschiff bestiegen zu haben, das noch nicht das Oasis ist, was ich kenne. Ich erinnere mich an die Krankheit, die ihr das Leben genommen hat, und wie sie mit der ersten Welle der Ahnen im Paradies aufgewacht ist. Besonders interessant ist, dass ich Jeanines ganzes Leben hier sehen kann, einschließlich der Jahrhunderte voller Muße und Vergnügen. Sie kannte Brandon, den Mann, den wir limbusiert haben. Sie kannte ihn so intim –

»Konzentriere dich, Theo, oder du wirst nicht mitbekommen, was sie gedacht hat, als sie uns gesehen hat«, meint Phoe. »Das willst du doch eigentlich wissen, oder nicht?«

Ich schaue durch Jeanines Augen. Ich gehe auf meiner Insel spazieren und sammele Pilze für Brandons Lieblingseintopf. Ich betrete die Wiese und sehe ein neues Gesicht.

Jeanines Gedanken überschlagen sich. Sie erinnert sich an das, was Brandon ihr gesagt hat, bevor er zur Kathedrale geflogen ist – das Geheimnis, das er ihr über die grausame Aufgabe verraten hat, die der Kreis ihm aufgetragen hat – und warum.

Eine schnelle Argumentationskette spielt sich in Jeanines Kopf ab. Diese neue Person muss Teil der Gruppe sein, die Brandon neutralisieren soll. Trotzdem ist er hier.

Sie ist in Gefahr. Das ganze Paradies muss sich durch diese Person, die Brandon und seinen Beschützern entkommen ist, in Gefahr befinden.

Sie muss schnell handeln.

Ihr Herz ist voller Sorge um Brandon, als sie ihre Waffe herbeiruft und ihm dankbar für die Trainingsstunden ist.

»Ich möchte nicht miterleben, wie ich mir in die Kehle steche«, denke ich zu Phoe, als sich die Erinnerungen an den Kampf aus Jeanines Blickwinkel abspielen. »Bitte–«

Ich bin zurück auf der Wiese, in meinem Körper, und mein Kopf dreht sich.

»Sie war die Freundin von –«

»Dem großen Kerl, den wir limbusiert haben.« Phoe setzt sich neben mich und umarmt ihre an die Brust gezogenen Knie. »Das ist traurig. Sie haben sich wirklich geliebt. Das kann man in ihren Erinnerungen sehen. Auf eine gewisse Weise ist es fast gut, dass diese Ereignisse sich so entwickelt haben. Zumindest werden sie sich nicht vermissen. Hoffentlich werden sie irgendwann zusammen wiederhergestellt.«

»Warte, Phoe. Noch mal von vorn. Freundin? Ich habe sie in ihren Erinnerungen gesehen, die ganzen verbotenen Dinge, die sie miteinander gemacht haben.«

»Sie unterscheiden sich kaum von dem, was wir getan haben.« Phoe zwinkert mir anzüglich zu.

»Aber wir haben alle möglichen Regeln gebrochen«, erwidere ich. »Das hier sind Ahnen. Dass sie Sex haben …«

»Ich weiß. Es ist nicht das erste Mal, dass diese Menschen beweisen, dass sie Heuchler sind. In diesem Fall denke ich, dass sie argumentieren würden, dass das Paradies eine Form von Leben nach dem Tod ist, weshalb es andere Regeln geben kann. So wie ich es verstehe, betrachten sie ihre Leben in Oasis als eine lange Kindheit. So wie die Ahnen, die in Oasis geboren wurden, das sehen, wird man erst wirklich erwachsen, nachdem man ein Leben gelebt hat. Von ihrem Blickwinkel aus schadet ein zweihundert Jahre langes Sexverbot nicht, wenn man danach im Paradies Jahrtausende Zeit hat, um alles nachzuholen.« Sie verzieht ihr Gesicht. »Für die anderen Ahnen, diejenigen, die ursprünglich von der Erde kamen, war Sex niemals ein Tabu. Ich glaube, sie haben es hier erlaubt, weil sie nicht ohne ihn leben konnten, und die Neuankömmlinge aus Oasis haben davon profitiert –«

Phoe hört auf zu reden und schaut entsetzt in den Himmel – ein Gesichtsausdruck, den ich, glaube ich, noch nie bei ihr gesehen habe.

Zuerst denke ich, dass sie zu den Krähen blickt, die vorbeifliegen – was außerhalb des Zoos wirklich eigenartig ist –, aber dann sehe ich die wirkliche Quelle von Phoes Besorgnis.

Die Wolken, die normalerweise am Himmel entlanggleiten, haben sich an einer Stelle versammelt und eine erkennbare Form angenommen.

Sie sind zu einem Gesicht geworden.

Am Himmel ist ein Gesicht aus Wolken, eine Erscheinung, die aus einem der altertümlichen Märchen zu kommen scheint.

Ich kämpfe gegen den Drang an, mir die Augen zu reiben. Menschliche Wesen scheinen Gesichter in zufälligen Mustern zu sehen. Phoe hat mir einmal erklärt, dass die Fähigkeit der Menschen, menschliche Gesichter wiederzuerkennen, so gut ist, dass diese Mechanik manchmal nach hinten losgeht, und sie Gesichter in einem Schmutzfleck oder auf gekräuseltem Wasser sehen. In diesem Fall weiß ich allerdings, dass es keine optische Selbsttäuschung ist, da Phoe auch auf die Wolken schaut. Das Gesicht am Himmel muss wirklich ein Gesicht sein – was genauso wenig Sinn ergibt wie die schwebenden Inseln, die es umgeben.

Das Gesicht ist männlich. Seine Augen sehen weise aus, und sein kräftiges Kinn gibt ihm eine erhabene Ausstrahlung.

Die Lippen der Wolke öffnen sich, und mit einer Stimme, die lauter dröhnt als Donner, sagt das Gesicht: »Paradies. Hör mir zu.«

Die Krähen fliegen in alle Richtungen, und sogar der Wald sieht eingeschüchtert aus, so als hätte ihn das Geräusch verstört.

»Der Kreis wird in einer Stunde zu euch sprechen«, fährt die donnernde Stimme fort. »Versammelt euch alle. Wir haben schlimme Nachrichten.«

Mit einem theatralischen Blitz verschwindet das Gesicht. Die Wolken treiben auseinander und verteilen sich am Himmel.

»Was zur Hölle war das?«, frage ich.

Phoes Blick wird einen Moment lang abwesend; dann sagt sie: »Laut der Erinnerungen, die mir zur Verfügung stehen, ist das die Art und Weise, wie der Kreis die seltenen gemeindeversammlungsartigen Treffen ankündigt. Die Einwohner des Paradieses werden sich auf der größten öffentlichen Insel versammeln, an einem Ort, den sie Paradiessaal nennen. Das geschieht nur etwa einmal in jedem Jahrhundert, das hier vergeht, und besteht darin, dass ein Mitglied des Kreises ihnen aufmunternde Worte sagt. Diesmal nehme ich allerdings an, dass sie erfahren werden, was in Oasis geschehen ist.«

Ich stehe auf und frage: »Okay, und wie passt das zu unseren Plänen?«

»Laufen wir den restlichen Weg«, antwortet Phoe und steht auf. »Wir müssen immer noch sicherstellen, dass die Beschützer uns nicht sehen.«

Während ich renne, bemerke ich, dass meine Muskeln sich vollständig von meinem Kampf gegen Jeanine erholt haben. Phoe, die neben mir läuft, genießt es ganz offensichtlich, einen neuen Körper zu haben.

»Also, ja, der Plan«, meint sie, noch bevor ich meinen Mund öffnen kann, um sie daran zu erinnern. »Du wirst ihn nicht mögen.«

Mein Gelächter ist schon fast hysterisch. »Wann hast du dir jemals einen Plan einfallen lassen, den ich mochte?«

»Das weiß ich, okay? Du bist ein schwieriger Mann, wenn es darum geht, Pläne zu finden, die dir gefallen.« Sie lacht. »Aber ernsthaft, dieser Plan ist so gewagt, dass nicht einmal ich weiß, ob ich ihn mag.«

»Lass mich raten. Du willst zu dieser Versammlung gehen«, sage ich und ducke mich unter einem Ast hinweg. »Warm?«

»Hör mir zu«, antwortet sie, und ihre Stimme klingt wieder ernst. »Um etwas über den Virus zu erfahren, müssen wir Zugang zu den Menschen bekommen, die ihn aktiviert haben: den Kreis. Leider hängen die Mitglieder des Kreises nicht einfach so im Paradies herum. Sie bleiben im Sanktum, einem Ort, den alle Erinnerungen als eher uneinladend für alle außerhalb des Kreises darstellen. Während dieses Treffens wird aber jemand des Kreises anwesend sein.« Sie schaut mich kurz an. »Ich werde es jetzt nicht für dich schönreden. Ich will, dass du so nah wie möglich an diesen Ahnen aus dem Kreis herankommst, um ihn oder sie zu limbusieren. Meine Hoffnung ist, dass die Erinnerungen dieser Person Informationen über den Virus enthalten.«

Ich bleibe stehen, da meine Beine auf einmal weich werden. Phoe hält auch an.

»Also ist dein Plan, einen der Regierenden des Paradieses umzubringen?«

VIERZEHNTES KAPITEL

»So wie du es sagst, hört es sich hässlicher an als mein eigentliches Vorhaben, aber selbstverständlich.« Sie geht einen Schritt auf mich zu. »Ich will dieses Arschloch haben.«

»Und du möchtest, dass ich das vor den Augen aller Einwohner dieses Ortes tue?« Ich trete zurück.

»Nein, nichts so Selbstmörderisches.« Sie ergreift meine Hand und drückt sie leicht. »Ich möchte an der Gemeindeversammlung teilnehmen, da ich hoffe, dass du die Möglichkeit bekommst, diese unschöne Aufgabe unauffällig zu erledigen.«

»Unauffällig?« Ich ziehe meine Hand zurück. »Sie werden uns als Fremde erkennen, sobald sie uns sehen. Du hast dieselben Erinnerungen erfahren wie ich. Jeanine wusste, dass ich kein Mitglied des Paradieses war, weil sie alle kannte –«

»Dafür habe ich eine Lösung«, meint Phoe. »Wenn ich meine ganzen derzeitigen Ressourcen nutze, kann ich dich wie einen der Menschen aussehen lassen, die wir limbusiert haben. Ich wäre dann wieder nur noch eine Stimme in deinem Kopf, aber das wäre es wert.«

»Du wirst alle denken lassen, dass sie jemand anderen sehen?« Ich gehe weiter.

»Nein, es wäre wie das Wandeln der Gestalt aus den Märchen«, erwidert Phoe und kommt neben mich. »Du wirst einen anderen Körper haben. Das könnte interessant sein.«

Ich hatte befürchtet, dass sie das meinte, aber ich hatte sichergehen wollen. Ich atme einige Male tief ein, um mich zu beruhigen, da ich mich daran erinnere, wie ich mich gefühlt habe, als ich in Brandons und Jeanines Erinnerungen war; das Wandeln meiner Gestalt hört sich ähnlich an.

»Genau«, sagt Phoe. »Und ich denke, es sollte Jeanine sein. Brandon wäre eine hervorragende Alternative, weil er Zugang zum Kreis hatte, aber da einige Beschützer gesehen haben, wie du ihn in der Kathedrale limbusiert hast, können wir das nicht riskieren. Ich könnte dich stattdessen auch wie Jeff oder Bill aussehen lassen, die anderen beiden Beschützer, die wir limbusiert haben, aber das wäre immer noch riskant. Die anderen Beschützer könnten sie zu deiner Verfolgung befragen und wissen wollen, warum sie nicht zurückgekommen sind.«

»Warum muss ich überhaupt meine Gestalt verändern? Kannst du dich nicht wie Jeanine aussehen lassen?«

»Nicht mit den Ressourcen, die ich habe. Ich arbeite gerade quasi mit Ausschuss. Du, wie jeder andere legitime Bewohner des Paradieses, hast einen ganzen Haufen Rechenleistung zugeteilt bekommen. Was ich habe, sind einige nicht zugeordnete Ressourcen, die übrig geblieben sind, als das System versucht hat, das zurückzufordern, was Brandon, Jeff, Bill und Jeanine gehörte. Die gute Nachricht ist, dass ich mehr als einen Weg habe, deine Gestalt zu verändern. Zum einen kann ich den Auswahlprozess, den du durchlaufen hast, als du ins Paradies gekommen bist, noch einmal durchführen lassen und dich dazu bringen, die Entscheidungen zu treffen, die dich wie Jeanine aussehen lassen würden. Aber das könnte uns auf das

Radar des Algorithmus gegen Eindringlinge bringen, vorausgesetzt, dieser Ort hat einen.«

Ich erschaudere, als ich mich daran erinnere, was mir Phoe über die Fähigkeiten dieses Algorithmus in dem Test erzählt hat.

»Ich bezweifele, dass es hier einen gibt«, meint Phoe und biegt leicht von unserem Weg ab. »Es wäre zu riskant für den Kreis, einen zu benutzen, da dieser Ort sich weit von seiner eigentlichen Bestimmung entfernt hat, die, wie ich wegen der Waffen annehme, eher die Unterhaltung als die Lebensverlängerung war. Trotzdem ist Vorsicht besser als Nachsicht, also werde ich eine andere Option benutzen und einfach deinen existierenden Körper optimieren.«

Sie bleibt stehen, als sie an einer klaren Pfütze ankommt. Sie ist zu sauber, als dass sie durch Regen entstanden sein könnte. Vielleicht gibt es eine unterirdische Quelle? Da diese Wassergebilde in Oasis nicht existiert haben, bin ich mir nicht sicher.

Phoe schaut mich erwartungsvoll an, während sie auf meine Antwort wartet.

»Ich verstehe deinen Grund, Jeanine benutzen zu wollen«, sage ich. »Aber was passiert, wenn ich jemanden treffe, der sie kannte?«

»Nicht wenn, sondern sobald.« Phoe führt eine Geste durch, und eine leere Wasserflasche erscheint in ihrer Hand. »Jeanine kannte jede einzelne Person im Paradies, und du wirst alles wissen müssen, was sie über sie wusste, was eine Menge Informationen für dich sein werden. Du darfst nicht vergessen, wie lange diese Menschen schon zusammenleben. Selbst wenn die Zeit, die hier vergeht, eins zu eins wie die der echten Welt wäre, sind für die meisten dieser Wesen hier Jahrhunderte vergangen.«

»Was meinst du mit ›wenn die Zeit –‹«

»Erinnerst du dich noch an meine Simulation eines Strandes?«

Ich nicke.

»Na ja, so ähnlich wie an jenem Ort denken wir hier viel schneller, weil unsere Gehirne simuliert und nicht biologisch sind. Das bedeutet, dass in einer Sekunde der Zeit der echten Welt die Bewohner des Paradieses Minuten, Stunden oder sogar Tage erleben können, je nachdem, wie die Rechenleistung des Paradieses aufgeteilt ist und wie effizient die Simulationen sind.«

Sie beugt sich nach unten und füllt etwas klares Wasser in ihre Wasserflasche. Trotz unserer ernsthaften Lage kann ich es nicht verhindern, ihren Körper in dieser Position zu bewundern.

Sie richtet sich auf und fährt fort. »Ohne Zugang zur äußeren Welt ist es schwer zu sagen, wie groß der Unterschied ist. Von Jeanines Erinnerungen ausgehend, ist es eine monumentale Reise gewesen. Ich kann nicht sagen, wie viel Zeit vergangen ist, da sich in ihrer Erinnerung absichtliche Lücken befinden, die ich wegen meiner fehlenden Ressourcen nicht rückgängig machen kann. Aber ja, nach all dieser Zeit kennt sie definitiv jeden hier. Auch wenn die Ahnen es vorziehen, auf ihren Inseln zu bleiben, hatte Jeanine sehr viel Zeit, die Bekanntschaft mit jeder einzelnen Person im Paradies zu machen, und andersherum.«

»Dann habe ich ein Problem, weil ich hier niemanden kenne«, erwidere ich und sehe Phoe dabei zu, wie sie einen kleinen Schluck aus der Flasche nimmt.

»Aber wir haben Zugang zu Jeanines Erinnerungen.« Sie reicht mir ihre Wasserflasche. »Ich werde für dich eine Verbindung zu ihnen herstellen, damit du in der Lage sein wirst, dich an alle Dinge zu erinnern, die du brauchst. Falls es nötig sein sollte, werde ich dir auch helfen. Allerdings werden wir immer noch vorsichtig sein müssen, tiefgründige Gespräche mit Menschen zu führen, die sie gut kannten, da der Zugriff auf diese Menge an Daten, die Jeanines Leben umfassen, eine rechnerische Herausforderung ist. Sie hat einfach zu lange gelebt, und unsere Ressourcen sind begrenzt.«

»In Ordnung.« Ich nehme vorsichtig einen Schluck aus ihrer Flasche. Das Wasser schmeckt besser als alles, was ich jemals in meinem Leben getrunken habe. »Ich nehme an, dass die Idee nicht ganz so waghalsig ist, wie sie zuerst zu sein schien.«

»Sie ist ziemlich verzweifelt, aber in der Not frisst der Teufel Fliegen«, erwidert Phoe und verschwindet. Die Flasche in meiner Hand verschwindet ebenfalls. »Bist du bereit, dich in Jeanine zu verwandeln?«, fragt eine Stimme in meinem Kopf.

Ich zucke mit den Schultern. »So bereit, wie ich nur sein kann.«

»Ich interpretiere das als ein Ja«, sagt Phoe, und ein starkes Schwindelgefühl überkommt mich.

Als die Welt endlich aufhört, sich zu drehen, fühle ich mich genauso wie damals in ihren Erinnerungen, nur dass alles viel lebendiger ist. Ich strecke meine Arme aus; sie sind schlank und feminin, mit zierlichen, manikürten Fingern. Ich schaue nach unten und erblicke efeubedeckte Kurven, bei denen ich Panik bekomme, weshalb ich wieder nach vorn sehe. Ich beschließe, dass es besser ist, meinen neuen Körper durch Berühren zu erkunden. Meine zarten Hände fahren über meine noch zarteren Brüste, und das Gefühl ist nicht unangenehm. Ich muss mich auch einfach zwischen den Beinen berühren – sicherheitshalber. Schnell ziehe ich meine Hand wieder weg. Das Fehlen meiner normalen Ausstattung ist angsteinflößend.

Ich hocke mich hin und betrachte mein Spiegelbild in der Pfütze.

Jeanines symmetrisches Gesicht blickt mich an, und ihre klassischen Gesichtszüge sind angstverzerrt.

»Phoe?«, sage ich mit einer Stimme, die wie eine Harfe klingt.

»Ab jetzt solltest du zu mir denken«, antwortet Phoe als Gedanke. »Es wäre das Beste, wenn du dich wieder an diese Form der Kommunikation gewöhnen würdest, da wir nicht wollen, dass Jeanine vor anderen Menschen zu einem imaginären Freund spricht. Auch kein lautloses Sprechen – nichts, was ungewollte Aufmerksamkeit auf dich ziehen könnte.«

»Okay«, denke ich und stehe auf. »Das ist wirklich eigenartig.«

»Ich weiß«, erwidert Phoe. »Bewege dich ein wenig, damit du dich an diesen Körper gewöhnst. Lass uns deine Propriozeption und deine kinästhetische Wahrnehmung testen.«

»Meine was?«

»Berühre deine Nase mit einem Finger.«

Ich tue, was Phoe verlangt. Die Bewegung ist flüssig und leicht, und meine Nase sieht kleiner aus, als ich mich auf sie konzentriere.

»Woher wusstest du, wo deine Nase ist?«, fragt sie.

Ich zucke mit den Schultern, was meine Aufmerksamkeit darauf lenkt, wie schmal und schlank sie jetzt sind.

»Der Sinn, der es dir ermöglicht hat, deine Nase zu berühren, heißt Propriozeption. Hebe diesen Kieselstein auf, wirf ihn in die Luft und schließe deine Augen.«

Wieder tue ich, was sie sagt, aber eine Sekunde später, als der Kieselstein mich beinahe am Kopf trifft, ducke ich mich, ohne dabei meine Augen zu öffnen.

»Wie du dir schon gedacht hast, war es die kinästhetische Wahrnehmung, die es dir ermöglicht hat, dem Stein auszuweichen«, erklärt mir Phoe. »Propriozeption ist eng mit der kinästhetischen Wahrnehmung verbunden. Lass uns ein wenig gehen.«

Ich öffne meine Augen. Meine Wimpern sind eigenartig deutlich zu sehen. Das muss daran liegen, dass sie länger sind.

Ich beginne, zu gehen. Diesmal fühlt sich mein Hüftschwung nicht eigenartig an, auch wenn ich mich dadurch auf eine Art und Weise bewege, die für mich nicht normal ist.

»Versuche, ihre Waffe herbeizurufen, aber mit der unauffälligsten Bewegung, die du hinbekommst«, schlägt Phoe vor.

Ich öffne meine rechte Hand und wünsche meine Waffe herbei. Der Tessen – die von Jeanine ausgewählte Waffe – erscheint in meiner Hand. Ich hatte halb erwartet, dass es eines meiner beiden Feuerkatanas sein würde, aber ich nehme an, dass der Fächer Sinn ergibt.

»Ja, ich mache keine halben Sachen«, meint Phoe. »Du solltest in der Lage sein, diese Waffe mit Hilfe von Jeanines Muskelgedächtnis zu benutzen. Ich habe es dir gerade zugänglich gemacht.«

Ich handele instinktiv, als ich den Fächer auffalte und ihn auf den nächstgelegenen Ast werfe, den ich dadurch zerschneide. Gleichzeitig wiederhole ich den Handstand-Salto, den Jeanine während unseres Kampfes durchgeführt hat, und nähere mich dem Baumstamm. Ich ziele auf die Eiche und hinterlasse tiefe Einschnitte im Holz.

»Das läuft bis jetzt hervorragend«, meint Phoe. »Du bekommst ein Gefühl für diesen Körper.«

Sie lässt mich springen, laufen, tanzen und eine Reihe anderer Tests durchführen, die ich alle zu ihrer vollsten Zufriedenheit bestehe.

»Du hast Glück, dass Brandon tot ist.« Phoe lacht in meinem Kopf auf, nachdem ich eine formelle Verbeugung ausgeführt habe, die alle vor den Mitgliedern des Kreises machen. »Dadurch müssen wir uns keine Gedanken darüber machen, dass du einen Mann küssen musst – oder Schlimmeres.«

Auch wenn ich nicht länger eine unschuldige Jungfrau bin, war ich trotzdem nicht auf den Gedanken gekommen, als Jeanine küssen oder »Schlimmeres« tun zu müssen. Ich habe mich immer noch nicht daran gewöhnt, in diese Richtung zu denken. Jetzt allerdings, da Phoe es erwähnt hat, bin ich dankbar dafür, dass wir diese Möglichkeit ausgelöscht haben – im wahrsten Sinne des Wortes. Ich kann mir nicht vorstellen, jemand anderen als Phoe zu küssen, und ganz besonders nicht einen Mann.

»Ich fühle mich geschmeichelt, dass du dir nicht vorstellen kannst, lieber einen Mann als mich zu küssen.« Phoes Gedanken sind mehr als erheitert. »Ich denke, dass wir so weit sind, uns der bewussten Abfrage von Langzeiterinnerungen zuzuwenden. Ich werde die Verbindung herstellen, sobald du bereit bist.«

»Ich bin bereit«, sage ich, schließe meine Augen und bereite mich auf was auch immer vor.

»Fertig«, meint Phoe. »Wie fühlst du dich?«

Ich öffne meine Augen. Das Gefühl, welches mich überkommt, ist mir nicht unbekannt. Ich fühle das Gleiche, wenn ich eine Kleinigkeit vergesse und eine Ewigkeit damit verbringe, mich daran zu erinnern, obwohl sie mir auf der Zunge liegt, bis ich mich plötzlich daran erinnere. Der Unterschied ist allerdings, dass es sich jetzt um eine Unmenge von Kleinigkeiten handelt.

Ein Beispiel dafür ist der Duft der Waldluft. Bevor Phoe Jeanines Erinnerungen mit meinen verbunden hat, war der Geruch unterschwellig. Jetzt allerdings weiß ich, dass der Duft sorgfältig von Jeanine zusammengestellt wurde, um den genauen Geruch des Waldes im Frühjahr zu imitieren, an den sie sich aus ihrer Kindheit erinnerte.

Jeder Baum, jeder Vogel und jedes Tier – selbst die Pilze – wurden sorgsam im Laufe der Jahre geschaffen, damit sich Jeanine beim Umherwandern auf ihrem Gebiet wie zu Hause fühlte.

»Sie hat diesen Ort erschaffen?«, frage ich unbeabsichtigt laut. Dann füge ich in Gedanken hinzu: »Entschuldige bitte, dass ich laut gesprochen habe.«

»Die Ahnen, du also auch, können das Paradies auf einige begrenzte Weisen nach ihrem Willen formen«, erklärt mir Phoe. »Das ist eine weitere Parallele zu der Funktionsweise des IRES-Spiels. Nur dass das Spiel sich selbst auf der Basis der unbewussten Ängste des Nutzers geformt hat, während das Paradies dahingehend gehackt wurde, sich auf der Grundlage der bewussten Kontrolle zu formen. Ich kann einiges dieses Interfaces anzapfen, wie ich es getan habe, um deine Heilung zu beschleunigen. Die Begrenzung ist, dass das Paradies verschiedene Nutzer auf einmal unterbringt, und deren verschiedene Wünsche aufeinanderprallen können. Du kannst nicht einfach zu jemandem hingehen und verlangen, dass derjenige Hörner haben soll – zumindest nicht, solange es nicht etwas ist, was derjenige auch will und es die anderen Bewohner des Paradieses nicht stört. Auf ihren privaten Inseln allerdings ist die einzige Grenze der Ahnen ihre eigene Vorstellungskraft.«

Ich beginne zu gehen und versuche, die Flut der Erinnerungen zu unterdrücken, da ich die Auswirkungen eines solch eigenartigen Setups verinnerlichen möchte.

»Keine Zeit für Bewunderung, befürchte ich«, denkt Phoe zu mir. »Da du jetzt nicht mehr aussiehst wie du selbst, müssen wir uns nicht mehr im Wald verstecken oder unter den Inseln entlangfliegen, um nicht entdeckt zu werden. Du kannst direkt zur zentralen Insel fliegen. Erinnerst du dich, wo sie liegt?«

Sobald ich an diese Insel denke, kommen Erinnerungen in mir hoch. Wenn ich nach rechts und an den zehn nächstgelegenen Inseln vorbeifliege, werde ich bei der zentralen Insel sein.

»Dann los«, drängt mich Phoe.

»Gut«, denke ich und spreize meine/Jeanines riesige Eulenflügel. »Fliegen wir.«

FÜNFZEHNTES KAPITEL

Es macht fast Spaß, als Jeanine zu fliegen, weil ihre Erfahrungen und ihr Muskelgedächtnis aus Jahrhunderten des Fliegens irgendwie meine Höhenangst dämpfen. Der Anblick der Inseln löst Erinnerungen in mir aus, die mich außerdem von meiner Angst ablenken.

Rechts von mir befindet sich die große Insel, die Iris gehört. Selbst aus dieser Entfernung kann ich den rosafarbenen Kreis sehen, der Iris' Rosengarten ist, ein Detail, für dessen Berechnung und Entwicklung sie dreihundert Jahre benötigt hat.

Auf meiner linken Seite ist Calebs Insel mit perfekten Statuen jeder Person, auf die der Mann jemals ein Auge geworfen hat – mit präzisen anatomischen Details.

Ich fliege an der unauffälligen Wildnis der Insel vorbei, die Sara gehört, einer meiner – ich meine Jeanines – engsten Freundinnen. Sara hat die letzten fünfzig Jahre damit verbracht, zu meditieren und Gedichte im jambischen Pentameter zu verfassen. Da sie Jeanine sehr nahe stand, erinnere ich mich daran, wie sie aussieht, und behalte im Hinterkopf, ihr aus dem Weg zu gehen, da sie Jeanine gut genug kennen könnte, um einige

Veränderungen zu bemerken, die ich vielleicht an Jeanines Verhalten vorgenommen habe.

Je weiter ich mich der zentralen Insel nähere, desto mehr geflügelte Menschen sehe ich, die alle in die gleiche Richtung fliegen wie ich. Als die riesige Kuppel der Insel bereits zu sehen ist, wirkt die Masse der dorthin strömenden Menschen wie ein Vogelschwarm.

Ich durchfliege die Kuppel und bereite mich erfahren auf meine Landung vor, während ich gleichzeitig versuche, selbst kleinere Gruppen und jeden anderen zu meiden, der mehr als nur ein flüchtiger Bekannter von Jeanine war.

Die zentrale Insel ist riesig – mindestens zehn Oasis würden bequem auf sie passen –, und sie ist spektakulär. Sie sieht aus, als hätte jemand alle altertümlichen Weltwunder genommen, sie aufgefrischt und sie dann hier auf der Insel verteilt. Ich benutze Jeanines Erinnerungen, um zu erfahren, dass die Bauwerke nach den Gegenden der alten Erde, von der sie kamen, angeordnet sind. Die Freiheitsstatue befindet sich neben der Replik von etwas, bei dem es sich nur um das Empire State Building handeln kann, und der Schiefe Turm von Pisa ist neben dem Kolosseum.

»Das ist der größte Themenpark, der jemals erschaffen wurde«, kommentiert Phoe. »Besonders wegen unseres Ziels.«

Sie hat definitiv recht.

Das riesige Schloss, auf das alle zufliegen, sieht verdächtig nach dem am Anfang der Disney-Filme aus, nur derart vergrößert, dass es droht, die Kuppel mit seiner höchsten Turmspitze zu durchstechen.

Ich lande auf dem Kiesweg, der zu dem riesigen Tor des Schlosses führt. Die Masse der Ahnen ist so dicht gedrängt, dass ich kein Problem damit habe, unerkannt zu bleiben, als ich den enormen Saal betrete, in dem die Versammlung stattfinden soll. Ich kämpfe dagegen an, von den Erinnerungen überrollt zu werden, als ich die Gesichter um mich herum wiedererkenne; wenn ich jede Information in meinen Kopf lassen würde, würde mein Gehirn vor Überlastung schmelzen.

Phoe lacht. »Gehirnschmelze ist jetzt körperlich unmöglich für dich – falls sie jemals möglich war –, aber deine Herangehensweise ist gut. Schau nach unten und gehe so weit zur Vorderseite des Saals, wie du nur kannst.«

Vorsichtig schiebe ich mich durch die Flügel und Gliedmaßen, die mir den Weg versperren. Es ist eine Fleischbeschau aus kaum bekleideten, jung aussehenden Körpern, und an einem anderen Tag hätte meine Nähe zu ihnen Auswirkungen auf mich gehabt. Heute allerdings betrachte ich sie klinisch. Niemand schenkt mir viel Aufmerksamkeit; sie sind alle zu sehr damit beschäftigt, Theorien über den Grund dieser Versammlung auszutauschen.

»So schnell ein neues Mitglied? Jeremiah war nicht einmal einen ganzen Tag lang Gesandter«, höre ich einen rothaarigen Mann sagen.

»Nein«, meint eine große Frau. »Ich denke, es hat etwas damit zu tun –«

Ich verliere wegen des Durcheinanders der Stimmen um mich herum den Faden ihrer Unterhaltung. In Oasis hatten wir nie solche großen Versammlungen. Ich fühle, wie der Anblick von so vielen Menschen auf einem Haufen etwas Ursprüngliches in mir erweckt – eine Art Angst. Ich unterdrücke dieses Gefühl und konzentriere mich stattdessen auf die üppige Dekoration. Durch Jeanines Erinnerungen – sie war Teil der Menschen, die diesen Ort erschaffen haben – wusste ich bereits, dass der Saal umwerfend sein würde. Aber jetzt, da ich die Fresken, die Statuen und die aufwendigen Glasmosaiken mit eigenen Augen sehe, ist er atemberaubend.

Irgendwann kann ich mich nicht weiter nach vorn schieben. Die Menschen stehen einfach zu dicht aneinandergedrängt. Ich befinde mich etwa zwölf Meter von der Bühne entfernt und muss mich damit zufrieden geben.

Einige Augenblicke lang betrachte ich mit offenem Mund meine Umgebung; dann drücken mich die Menschen von hinten gegen die Ahnen vor mir. Der Saal füllt sich ernsthaft, als die letzten Menschen durch die verschiedenen Türen und offenen Fenster hineinkommen. Manche fliegen sogar durch eine Öffnung in der Decke nach unten.

Es sind zu viele Personen, um sie zählen zu können, aber wenn ich ihre Anzahl schätzen sollte, würde ich sagen, dass es sich um einige tausend Ahnen handelt – mehr, als ich jemals erwartet hätte. Ich will das gerade Phoe mitteilen, als ich in Jeanines Erinnerungen eindringe und erfahre, dass nicht alle Ahnen von den Ratsmitgliedern kommen.

»Das Paradies wäre eine sehr kleine Gesellschaft, wenn das der Fall wäre«, meint Phoe.

Sie hat recht. In Jeanines Erinnerungen sehe ich, dass ursprünglich fast jeder, der »auf die große Reise ins All« ging – Jeanines Bezeichnung –, ins Paradies kam. Ich versuche, mehr über diese Zeit herauszufinden, aber ich kann es nicht.

»Das ist interessant, stimmt's?«, denkt Phoe. »Jeanine hat ein Loch in ihrer Erinnerung. Noch interessanter ist allerdings, dass sie sich dieses Lochs bewusst war. Sie dachte, dass es sich dabei um etwas handelte, was sie besser vergessen musste, und hat sich keine weiteren Gedanken darum gemacht.«

Ich dringe in ihre Erinnerungen ein, um das zu überprüfen, was Phoe gerade gesagt hat. Und wirklich hat Jeanine gefühlt, dass diese Lücke Teil eines größeren Planes für das Allgemeinwohl war.

»Ich bin wirklich neugierig«, sagt Phoe in meinem Kopf. »Irgendetwas muss vor langer Zeit im Paradies passiert sein – etwas, was durch eine paradiesische Form des kontrollierten Vergessens vertuscht wurde. Da ich dieses Vergessen ohne weitere Ressourcen nicht rückgängig machen kann, sollten wir darauf hoffen, dass die Mitglieder des Kreises wissen, worum es bei dem Vergessen ging. Schließlich besteht er zum Teil aus ehemaligen Hütern der Information – Menschen, die an dem kontrollierten Vergessen in Oasis nicht teilnahmen.«

Ich antworte ihr nicht, weil meine Aufmerksamkeit sich der Menge zuwendet, deren Blick sich nach vorne richtet. Als ich über die Köpfe vor mich schaue, sehe ich, dass sie auf einen Apparat schaut, den Jeanine stolz »den magischen Spiegel« genannt hat.

Diese Bezeichnung passt zu dem Objekt an der Wand, weil es ein Spiegel ist und einen Videostream zeigt, der denen auf den Bildschirmen damals in Oasis gleicht.

Mein Mund öffnet sich, als Jeanines Erinnerungen mich mit Hintergrundwissen zu den wunderschönen Bildern auf dem Display versorgen. Es handelt sich dabei um die Höhepunkte der größten Errungenschaften in Kunst, Bildhauerei, Architektur, Musik und vielen anderen Bereichen, die den Einwohnern des Paradieses etwas bedeuten. Die Bilder und Geräusche sind mehr als großartig. Ich werde von dem Spiegel derart verzaubert, dass ich nicht einmal mitbekomme, wie der Mann und seine Beschützer auf die Bühne gehen.

Sobald ich sie bemerke, betrachte ich die Gruppe eingehend, besonders den Mann, der kurz davor ist, zu reden.

Jeanine kennt seinen Namen. Benjamin. Sie hat ihn schon auf vorangegangenen Versammlungen sprechen gehört. Er war schon alt gewesen, als er noch auf der Erde lebte, und ist mit der ersten Welle der verstorbenen Ahnen ins Paradies gekommen. Jeanine und Benjamin hatten vor sechshundert Jahren ein gemeinsames Hobby. Sie wollte Xiangqi lernen, auch bekannt als chinesisches Schach. Benjamin spielte mit ihr, wann immer er sich von den Pflichten des Kreises befreien konnte, was selten der Fall war.

Benjamins Körper ist leuchtender als alle anderen, die ich bisher gesehen habe, aber sein Gesicht ist weniger perfekt – es erinnert mich an ein Wiesel. Seine Flügel sehen abstrakt aus, so als seien sie aus greifbarem Rauch. Er breitet seine Flügel aus und hebt seine Hände mit den Handflächen nach oben. Jeanines Erinnerung sagt mir, dass es sein Signal ist, um Ruhe einkehren zu lassen.

Die Menge verstummt, und Benjamin sagt: »Einwohner des Paradieses, ich bin schweren Herzens gekommen.«

Die Stille im Raum wird angespannt. Auf diesen Versammlungen werden nie schlechte Nachrichten bekanntgegeben.

»Ich weiß nicht, wie ich es sagen soll, also werde ich es ohne Umschweife ausspucken.« Benjamin räuspert sich. »Das altertümliche Übel, das wir hinter uns gelassen haben, ist wieder erwacht. Es hat das Leben aller Einwohner von Oasis genommen. Das hier ist alles, was geblieben ist.« Mit Tränen in den Augen führt Benjamin eine Geste in Richtung des magischen Spiegels durch, und es erscheint ein Bild von dem, was von Oasis noch übrig ist.

Der Spiegel zeigt tausende in der Luft schwebende Körper, da die Schwerkraft immer noch aufgehoben ist. Jetzt sind die Leichen fast komplett mit Frost bedeckt. Selbst die roten Lichter, an die ich mich erinnere, sind in diesem neueren Bild gedimmter, so als würden die Alarme ebenfalls sterben.

Mein Brustkorb verengt sich, als ich die entsetzlichen Stunden vor meinem biologischen Tod erneut durchlebe.

»Es tut mir leid, Theo, aber du kannst jetzt nicht zerbrechen«, meint Phoe. »Ich glaube, ich habe einen Plan. Schau dich um. Das ist sehr wichtig.«

Ich tue, was sie sagt.

Die Menschen um mich herum zeigen das volle Spektrum möglicher Emotionen auf, angefangen bei Entsetzen bis hin zur völligen Verstörtheit. Einige Menschen sind wütend, während andere verängstigt oder traurig aussehen.

Benjamin erzählt eine ähnliche Lügengeschichte wie die, die Brandon von Wayne gehört hat. Er erklärt allen, wie der Kreis von der Bedrohung erfahren hat und wie ihre tapferen Bemühungen, Oasis zu retten, fehlgeschlagen sind und dazu geführt haben, dass die künstliche Intelligenz zum Vergeltungsschlag ausgeholt hat.

Jeanines lange Nägel schneiden in meine Handflächen. Ich schätze, dass Menschen mit so langen Fingernägeln vorsichtig sein müssen, wenn sie ihre Hände zu Fäusten ballen.

»Ich werde deine Stimme verändern«, warnt mich Phoe. »Und du musst so laut wie möglich sagen: ›Wie konntet ihr das zulassen?‹«

»Okay«, denke ich zu Phoe zurück. Dann rufe ich laut: »Wie konntet ihr das zulassen?« Meine donnernde Stimme hallt mit so einem Bass in dem Saal wider, dass alles in mir vibriert.

Ich schaue mich um, um herauszufinden, ob jemandem aufgefallen ist, dass ich es war, der gesprochen hat. Niemand schaut mich an, aber meine Worte zeigen Wirkung. Die Menge wird wütender, und ihre Stimmen nehmen sekündlich an Lautstärke zu.

»Ruhe«, brüllt Benjamin. »Beruhigt euch und hört mir zu!«

Seine Antwort reizt die Menschen um mich herum nur noch mehr. Sie werden zu einer Art Mob, über den ich in den altertümlichen Medien gelesen habe.

»Wir haben dem Kreis die Macht überlassen, und er hat versagt«, schreit jemand mit einer Stimme, die wie eine Violine klingt.

»Als Nächstes wird er uns das hier vergessen lassen«, kreischt jemand in der Imitation eines Akkordeons.

Benjamins Gesicht wird trotz seines hellen, leuchtenden Schimmerns weiß. Die Beschützer, die ihn umgeben, bleiben ruhig, aber einer von ihnen flüstert Benjamin etwas ins Ohr, und die anderen bewegen sich langsam auf die Menge zu.

»Was geschieht jetzt?«, fügt jemand anders hinzu, während weitere Menschen gleichzeitig Fragen brüllen.

Die Menschen beginnen, sich hektisch zu bewegen. Einige gehen auf die Bühne zu, während andere immer lauter schreien.

»Flieg«, drängt mich Phoe, als zwei der Beschützer Benjamin zum hinteren Ende der Bühne führen.

Ich versuche, meine Flügel zu spreizen, aber das ist mit all diesen Menschen, die sich wie in einem Moshpit verhalten, unmöglich.

»Schnell, dringe in Jeanines Erinnerungen ein«, sagt Phoe. »Sie hat dabei geholfen, diesen Ort zu bauen, erinnerst du dich?«

Sobald sie das sagt, erinnere ich mich an die Jahrzehnte, die wir gebraucht haben, um die Fresken und die Decke herzustellen. Viel wichtiger ist, dass ich mich an den Bereich hinter der Bühne erinnere, der zu dem südlichen Turm führt.

Das bedeutet, dass ich weiß, wohin Benjamin geht, aber wenn ich jetzt nicht losfliege, werde ich nicht rechtzeitig dort sein, um ihn abzufangen.

Was ich als Nächstes tue, ist wahrscheinlich das Undamenhafteste, das Jeanine jemals getan hat. Ich grabe meine Nägel in die Schultern einer kleineren Frau und eines stämmigen Mannes, um mich vom Boden abzustoßen. Danach ergreife ich den Kopf des Mannes vor ihnen und steige auf die Köpfe und Schultern einiger Menschen. Ohne ihnen die Gelegenheit zu geben, sich dieses rücksichtslosen Verhaltens bewusst zu werden, breite ich meine Flügel aus und fliege zum nächstgelegenen Fenster – bei dem es sich um ein ornamentales Exemplar aus buntem Glas handelt.

Ich schieße hindurch und ignoriere dabei die Schmerzen der Schnittwunden, die mir das zerbrochene Glas zufügt.

»Du musst vorsichtiger sein«, warnt mich Phoe. »Ich kann deine Heilung gerade nicht beschleunigen.«

Ich grunze, um ihr zu zeigen, dass ich sie verstanden habe – allerdings klingt mein Grunzen durch Jeanines Stimmbänder sehr melodiös.

Ich schlage schneller mit meinen Eulenflügeln, als ein Vogel es jemals könnte. Ich gewinne immer mehr an Höhe, schieße wie ein Torpedo durch die Luft auf die südlichste Burg zu, während ich in meinem Kopf immer wieder das gleiche Mantra wiederhole: *Bitte sei da, bitte sei da.*

Hinter mir beginnen andere Menschen aus der Menge ebenfalls damit, aus dem Saal zu fliegen, aber ich beachte sie nicht.

Mit einer scharfen Bremsung, bei der der Wind schmerzhaft an meinen Federn reißt, lande ich auf einer Terrasse, die den Ausgang des Turms umgibt.

Bevor ich meine hektische Atmung beruhigen kann, tritt Benjamin auf die Terrasse.

Ich starre ihn an und er schaut überrascht zurück.

Da ich Angst habe, ihm einen Schrecken einzujagen, und weil ich rein instinktiv handele, verbeuge ich mich auf diese spezielle Art, die das Protokoll des Paradieses verlangt, wenn man vor einem Mitglied des Kreises steht. Während ich das tue, verinnerliche ich die Anleitung, die mir Phoe kurz angebunden in meinem Kopf gibt. Danach beginne ich wie ein Roboter, Phoes Anweisungen auszuführen.

»Hallo Benjamin«, sage ich. »Es tut mir leid, dich derart zu überfallen, aber hast du etwas von Brandon gehört?«

Benjamin schüttelt seinen Kopf. Er sieht ein wenig entspannter aus, seit er eine Erklärung für meine Anwesenheit bekommen hat.

Ich nutze diese Tatsache aus, indem ich näher an ihn herantrete, und beiläufig hinzufüge: »Er hat sich nicht gemeldet –«

Ohne den Augenkontakt abzubrechen, rufe ich mit einer Geste meinen Tessen herbei.

Sobald ich das Gewicht meiner Waffe in meiner Hand spüre, schwinge ich meinen Arm in einem Bogen, um den Fächer zu öffnen.

Die Klingen des Fächers schneiden mit der Heftigkeit eines verhungernden Hais in Benjamins Kehle.

Er versucht zu schreien, aber das führt nur dazu, dass das Blut gewaltiger aus seinen zahlreichen Halsverletzungen strömt.

Ich traue mich kaum zu atmen, als ich das Mitglied des Kreises dabei beobachte, wie es stolpert und sich als Beweis der Limbusierung auflöst.

Da Benjamin ihm nicht länger die Sicht versperrt, schaut einer der beiden Beschützer, die ihn hierhergebracht haben, direkt auf mich. Als er die Waffe in meiner Hand sieht, spannt sich sein Kinn an und ein Dreizack erscheint in seiner Hand. In einem Nebel aus weißen Knöcheln und glänzendem Metall fliegt er in Richtung meines Oberschenkels. Jeanines Muskelgedächtnis – speziell ihre Tanzerfahrungen – kommt mir jetzt zugute. Ich bewege meine Beine schneller, als ich es jemals für möglich gehalten hätte.

Trotz meiner schnellen Reflexe durchsticht einer der Zacken meinen Fuß.

Bevor der Schmerz bei meinem Gehirn ankommen kann, werfe ich den Fächer.

Entweder habe ich Glück oder ich profitiere noch mehr von Jeanines Muskeln, weil die Klingen in den Oberkörper meines Angreifers eindringen. Er grunzt und gesellt sich zu Benjamin in den Limbus.

Meine Erleichterung ist nur sehr kurzlebig, da der zweite Beschützer auf die Terrasse tritt und sich unsere Blicke treffen. Wegen der kaum unterdrückten Wut in seinem Gesicht nehme ich an, dass er gesehen hat, wie ich seinen Freund und Benjamin limbusiert habe.

Die Schockwelle des Schmerzes trifft mich genau in diesem Moment, und mit ihr überkommen mich Schwindel und Übelkeit.

Ich bin nicht in der Verfassung, zu kämpfen.

»Stimmt. Und wenn man den Erinnerungen der anderen glauben kann, ist das hier Samuel. Er ist viel zu gut mit seinen Dolchen, als dass du eine Chance gegen ihn hättest«, informiert mich Phoe hektisch. »Du musst fliehen.«

Ich blinzele und versuche, den Schmerzensnebel aus meinem Kopf zu vertreiben. Samuel hält bereits in jeder Hand einige Dolche.

Ich drücke meinen Rücken gegen das Geländer und tue etwas, von dem ich niemals gedacht hätte, es zu tun, ohne dass Phoe dabei meinen Körper kontrolliert.

Ich lehne mich so weit nach hinten, dass ich über das Geländer falle.

Und dann stürze ich in die Tiefe.

Aus großer Höhe.

Wie in meinem schlimmsten Albtraum.

SECHZEHNTES KAPITEL

»Lasse deine Flügel so lange geschlossen, wie du kannst«, sagt mir Phoe.

»Er gleitet, weshalb er langsamer ist als du, der wie ein Stein fällt.«

Ich gebe mein Bestes, aber eine Millisekunde später begebe ich mich in Flughaltung und öffne meine Flügel.

Wenigstens stört mich mein verwundeter Fuß nicht beim Fliegen.

Unter mir befindet sich eine Menschenmenge. Die Einwohner des Paradieses strömen immer noch aus dem Schloss. Mein Plan ist einfach: Ich werde in dem Schwarm der Ahnen untertauchen.

Ein Dolch schießt an meinem Bein vorbei und landet in der Brust einer rundgesichtigen Ahnin. Jeanines Erinnerungen verraten mir ihren Namen: Vivian. Sie stammt aus einer anderen Epoche und mag Töpfern, auch wenn sie nicht sehr gut darin ist. Um nicht völlig verrückt zu werden, ignoriere ich die anderen Informationen, die mir durch den Kopf schießen. Vivians Augen werden vor Entsetzen riesengroß, bevor sie zerbricht und verschwindet.

Mein übertaktetes Herz schafft es, Trauer für diese Frau zu empfinden. Sie war eine unschuldige Zuschauerin. Es gab keinen Grund dafür, dass sie limbusiert wurde.

»Wenigstens habe ich ihre Ressourcen eingefangen«, sagt Phoe laut. »Und das bedeutet, dass ich durch sie und die anderen beiden Ahnen, die wir limbusiert haben, wieder laut sprechen und dir außerdem beim Steuern helfen kann. Ich kann mich sogar projizieren, damit du mich sehen kannst, aber das werde ich noch nicht tun, weil –«

Ich bekomme den Rest von Phoes Worten nicht mehr mit, da ein Dolch das Gelenk meines Flügels durchtrennt.

Instinktiv ziehe ich meinen Flügel nach unten, um mich weiterhin zu bewegen, aber der Schmerz ist unerträglich. Während ich an Höhe verliere, konzentriere ich mich darauf, nicht mit meinen Flügeln zu schlagen, und gleite stattdessen wie ein fliegendes Eichhörnchen.

»Verdammt nochmal, Phoe«, schreie ich in Gedanken. »Konzentriere dich darauf, mir zu helfen. Schließlich hast du mir ja gerade gesagt, dass du es kannst. Du bist zu beschäftigt mit deinen verdammten Ressourcen.«

Auf einmal schreie ich: »Hilfe!«, ohne dass ich es vorhatte.

Die Menschen um mich herum blicken zu mir.

»Diese schrecklichen Nachrichten waren zu viel für Samuel«, brülle ich weiter. »Er ist durchgedreht. Er greift mich an!«

Ein Dolch landet in meiner Seite, als ich mich gerade einer großen Gruppe von Ahnen anschließe, die sich einen Augenblick lang zwischen mich und meinen Verfolger schiebt.

Über den brennenden Schmerz meiner Wunden höre ich, dass die Menschen dem Beschützer wütende Fragen zuschreien, was bedeutet, dass Phoes Plan funktioniert.

»Vielleicht möchtest du für den nächsten Teil des Plans lieber deine Augen schließen«, meint Phoe. Sie hört sich an, als befände sie sich etwa einen Meter über mir.

Ich weigere mich, meine Augen zu schließen, und dann fliege ich auf einmal ruckartig nach oben. Jemand befindet sich dort. Ich ignoriere den Schmerz und breite meine Flügel aus, um die Sicht auf das, was ich tue, vor eventuellen Zuschauern zu verbergen. Ohne Umschweife rufe ich einen neuen Fächer herbei und steche ihn in das Auge des Mannes.

Wie jedes Mal, wenn Phoe übernimmt, kann ich nicht spüren, dass sie mich während dieser makaberen Szene kontrolliert. Ich nehme an, dass sie mich das tun lässt, weil ich bezweifle, dass ich die Kraft hätte, mich mit meinen ganzen Schmerzen bewegen zu können – und selbst wenn ich es könnte, bin ich mir nicht sicher, so etwas Kaltes und Wildes tun zu können. Natürlich, ich bin Benjamin losgeworden, indem ich seine Kehle durchgeschnitten habe, und danach habe ich mich um den Beschützer gekümmert, aber es besteht ein riesiger Unterschied zwischen der Limbusierung eines Mitglieds des Kreises in Notwehr und dem Angriff auf einen beliebigen Zuschauer. Zumindest versuche ich das meinem Gewissen einzureden, während der Mann beginnt, sich aufzulösen.

»Es tut mir leid«, flüstert Phoe. »Meine einzige Rechtfertigung ist, dass es nicht sein Ende bedeutet, und dass wir keine andere Wahl hatten.«

Erst jetzt erkenne ich den Mann mit Hilfe von Jeanines Erinnerungen. Sein Name war Chester. Er und Jeanine haben kaum miteinander gesprochen, aber sie hat immer seine Kochkünste bewundert, die er ein Jahrhundert lang perfektioniert hatte.

Inmitten der ganzen Aufregung und durch meine gespreizten Flügel, die den Blick auf Chester versperrt hatten, scheint niemand etwas von dem, was ich getan habe, mitbekommen zu haben. Alle konzentrieren sich auf meinen Verfolger, auch wenn es nur eine Frage der Zeit ist, bis sie sich wegen seiner geschrienen Anschuldigungen gegen Jeanine wieder mir zuwenden werden.

Plötzlich wird mir schwindelig. Allein Phoes Kontrolle verhindert, dass ich meine Flügel zusammenfalte und abstürze. Als die Welt aufhört, sich zu drehen, bemerke ich, dass meine Schmerzen verschwunden sind, auch wenn sich mein Körper sehr eigenartig anfühlt.

Schließlich bahnt sich der Beschützer seinen Weg durch den fliegenden Mob. Er blickt nach rechts, und dann nach links.

»Wir müssen fliehen, bevor er mich sieht«, denke ich zu Phoe.

Sie antwortet nicht, aber ich kann quasi spüren, wie sie den Atem anhält.

Samuels Blick fällt auf mich, bevor er weiterhin die Umgebung absucht, so als sei ich nicht die Person, nach der er Ausschau hält.

Ich blinzele verständnislos, und dann bemerke ich, dass ich nicht länger Eulenflügel habe. Ich glaube, dass diese Flügel zu einem Vogel gehören, der Stachelschwanzsegler heißt und der angeblich der schnellste Vogel im Zoo war.

»Das hängt davon ab, was du mit schnell meinst«, sagt Phoe in ihrer pedantischen Art. »Der Wanderfalke ist der schnellste Vogel, was den Sturzflug betrifft, aber der Stachelschwanzsegler kann am schnellsten fliegen. Das ist ein weiterer Grund dafür, warum der arme Chester so ein gutes Opfer war.«

Das ist der Moment, in dem ich es verstehe: Ich habe diese Flügel, die ich jetzt trage, bei Chester gesehen, und zwar kurz bevor Phoe meine Hand benutzt hat, um Chester zu erstechen.

»Ich musste deine Gestalt in eine verändern, die Samuel nicht verdächtigen würde«, erklärt mir Phoe. »Es konnte niemand der Beschützer und auch nicht Vivian sein, da er gesehen haben könnte, dass sie limbusiert wurde. Das hat mir nur einen Ausweg gelassen: Jemand neuen zu limbusieren. Chesters Flügel werden für den nächsten Teil meines Plans sehr nützlich sein, und er war so nahe bei uns … Ich hoffe, dass du dich jetzt besser mit der Sache fühlst.«

Das tue ich nicht, aber das sage ich ihr nicht. Ich will einfach nur noch weg von hier.

»Ich auch«, meint Phoe.

Langsam gleite ich nach unten und bin beeindruckt, wie anders es sich anfühlt, mit diesen neuen Flügeln zu fliegen. Aber natürlich ist auch der ganze Körper anders.

Als ich komplett aus dem Blickfeld des Beschützers verschwunden bin, fliege ich ernsthaft und schiebe mich nachdrücklich durch die verängstigten Ahnen, wann immer ich muss.

Eine überraschend große Anzahl von Einwohnern fliegt in die gleiche Richtung wie ich, aber ich bin viel schneller.

Auf unserem Weg erblicke ich eine große Gruppe von Beschützern, die sich versammelt haben, um etwas zu besprechen, während sie durch die Luft gleiten.

Ich fliege weiterhin auf die Kuppel zu.

Zu meiner großen Erleichterung fragt mich niemand irgendetwas, als ich vorbeiziehe. Sobald ich die seifenartige Textur der Kuppel auf meinen Flügeln spüre, atme ich den Atem aus, den ich eine halbe Stunde lang angehalten haben muss.

Ich bin mir nicht sicher, ob Phoe weiß, wohin wir fliegen. Für mich sieht es nach einer zufällig ausgewählten Richtung aus. Ich versuche, Zugriff auf meine Erinnerungen zu bekommen, um herauszufinden, was in dieser Richtung liegt, aber es funktioniert nicht.

»Ich habe mich nicht damit aufgehalten, dir eine Verbindung zu seinen Erinnerungen herzustellen«, sagt Phoe.

Ich folge mit meinem Blick ihrer Stimme und sehe, dass sie sich selbst wieder eine sichtbare Erscheinung gegeben hat, nur dass sie diesmal keine ansatzweise realistische ausgewählt hat.

Phoe ist winzig, wie eine Elfe. Sie fliegt rückwärts, und ihr Miniaturkopf grinst mich schelmisch an.

»Ich sehe genauso aus wie vorher.« Die kleine Feen-Phoe nimmt eine Modelpose ein. »Ich habe meine Größe verringert, um deine Stimmung zu heben.«

»Es funktioniert nicht«, lüge ich und widerstehe dem Drang, die winzige Kreatur zu berühren. »Meine Laune würde sich verbessern, wenn du mir verraten würdest, wohin wir fliegen, und ich wäre ekstatisch, wenn du mir sagen würdest, dass wir uns in Sicherheit befinden.«

Was Phoes derzeitiges Aussehen neben ihrer Größe so surreal erscheinen lässt, ist die Tatsache, dass ich sie trotz meiner Geschwindigkeit nicht ramme.

»Momentan befinde ich mich nur in deinem Kopf, also kannst du nicht in mich krachen, und ja, wir sind in Sicherheit.« Phoe lockert ihre kurzen Haare auf. »Wir fliegen zum Sanktum, wo sich der Kreis befindet. Wir müssen den Mob und die Beschützer, die sich auf dem Weg dorthin befinden, abhängen.«

Wie aufs Stichwort schlagen meine Flügel schneller.

»Warte«, sage ich laut. »Aber dann fliegen wir doch gerade vom Regen in die Traufe.«

»Wir müssen das tun.« Phoes winziges Gesicht wird ernst. »Benjamins Erinnerungen reichen nicht aus, um den Virus zu schlagen. Ich habe lediglich die Bestätigung für das bekommen, was wir bereits wussten: Es gibt einen Virus.«

Wir fliegen schweigend, da ich erst einmal verarbeiten muss, was ich bis jetzt erfahren habe. Phoe hat ihre Ressourcen jetzt mindestens verdoppelt, was ihre Fähigkeit erklärt, diese Illusion einer Fee zu erzeugen und meinen Körper zu kontrollieren, während ich meine Gestalt verändere. Noch viel wichtiger ist, dass sie die Erinnerungen eines Mitglieds aus dem Kreis bekommen hat, da sie gehofft hatte, dass es etwas über den Virus wisse – was der Sinn unseres ganzen misslungenen Besuchs der zentralen Insel gewesen war.

»Ja, das war er.« Phoes winzige Lippen verziehen sich zu einem Schmollmund. »Leider hatte Benjamin keine wichtigen Informationen. Hier, schau es dir an. Ich werde dich fliegen, solange du das erlebst.«

Ohne Vorbereitung stehe ich plötzlich, umgeben von einem großen Kreis Ahnen, in einem Raum.

Der Raum ist kahl, bis auf den Spiegel in der Mitte.

Diesmal verstehe ich, was passiert. Ich befinde mich in Benjamins Erinnerungen. Er ist verwirrt, weil er nicht versteht, was so dringend sein könnte, dass Davin alle in diesem Raum versammeln würde. Durch Benjamins Augen betrachte ich den Kreis. Benjamin kennt ihre Namen, also weiß ich sie auch.

Ohne es zu wollen, konzentriere ich mich auf diejenigen, die ich bereits zuvor gesehen habe. Wayne – der erste Gesandte, den ich jemals gesehen habe – steht rechts von mir. Und dann ist dort Davin, dessen Gesicht in den Wolken erschien, als er die große Versammlung angekündigt hat. Ich erkenne außerdem das Gesicht des neuesten Mitglieds im Kreis, ein Gesicht, das ich mittlerweile hasse.

Jeremiahs Gesicht.

»Ich habe Grund zur Annahme, dass ein altertümlicher Feind, einer aus den Albträumen, die wir beschlossen hatten kontrolliert zu vergessen, in Oasis aufgetaucht ist.« Davin schaut alle mit seinen tiefblauen Augen an. »Noch viel schlimmer ist, dass diese künstliche Intelligenz, wie ich glaube, daran arbeitet, alles zu zerstören, was wir erschaffen haben.«

Da ich in Benjamins Kopf bin, kann ich buchstäblich spüren, wie Benjamin kalte Füße bekommt. Der Rest des Kreises – besonders Jeremiah – sieht völlig entsetzt aus.

»Lasst mich zuerst die Tatsachen aufzählen«, sagt Davin und fährt damit fort, dem Kreis die gleiche Geschichte zu erzählen wie Wayne Brandon. Er erklärt ihnen, wie mein Testergebnis meinen Namen auf Davins Radar gebracht hat und dass ich ein Jugendlicher sei, der irgendwie ein Mitglied des Rates der Betagten geworden ist. Er nennt auch eine Liste von Gründen, aus denen er denkt, dass eine künstliche Intelligenz hinter allem steckt.

»Also, was machen wir jetzt?«, fragt Benjamin ruhig, auch wenn ich weiß, dass er nur so tut, als sei er gefasst. Innerlich steht der Mann kurz davor, zu explodieren.

»Ich bin in die verbotenen Archive gegangen und habe eine Aufnahme von mir selbst hervorgeholt, die Anweisungen enthält, was wir in einem solchen Fall tun müssen.« Davin zeigt auf den Spiegel, in dem ein anderer Davin erscheint – kein Spiegelbild, sondern eine Aufzeichnung.

»Hallo«, beginnt die Aufzeichnung. »Wenn ihr das seht, ist das Undenkbare geschehen.« Beide Davins verschränken ihre Arme vor der Brust. »Wenn eine künstliche Intelligenz in den Systemen der Phoenix auftaucht, wo auch immer, seid ihr wahrscheinlich verloren. Eure einzige Chance ist, und sie ist eine kleine, dem Protokoll V318 zu folgen, das irgendwo in diesen Archiven abgelegt ist. Ich muss euch warnen, es handelt sich dabei um eine Waffe für den allergrößten Notfall. Benutzt sie als letzte Maßnahme.«

Ich komme nicht umhin, zu bemerken, dass das Wort Phoenix, der volle Name des Raumschiffs, auf dem wir uns befinden, Benjamin nichts sagt.

»Weil er Teil der Informationen ist, die sie kontrolliert vergessen wollten«, erklärt mir Phoe. »Im Rest der Versammlung gibt es keine weiteren nützlichen Informationen, also werde ich zu einer anderen Erinnerung vorspulen.«

Einen Moment später stehe ich an einem anderen Platz im selben Raum. Die Gesichter um mich herum sehen noch viel angsterfüllter aus.

»Ich habe die Aufzeichnung angesehen. Ohne mein jetzt vergessenes technisches Wissen kann ich es nicht vollständig erklären, aber so wie ich es verstehe, ist die Gegenmaßnahme ein Replikator, der dafür entwickelt wurde, sich in den ganzen Rechenanlagen des Schiffs auszubreiten, um dadurch der künstlichen Intelligenz ihre Ressourcen zu entziehen.«

»Das hört sich wie ein altertümlicher Computervirus an«, sagt Wayne mit seiner orgelartigen Stimme.

»Eine grobe Analogie, aber wenn sie dir dabei hilft, es zu verstehen, können wir es natürlich so nennen«, erwidert Davin mit kaum versteckter Arroganz. »Allerdings hat kein altertümlicher Virus jemals die Flexibilität und Intelligenz dieser Gegenmaßnahme besessen.«

Benjamins Nackenhaare stellen sich auf. Er will fragen »Wir bekämpfen eine künstliche Intelligenz mit einer künstlichen Intelligenz?«, aber beherrscht sich, da Davin weiterredet. »Bevor ihr in Panik verfallt: Die Intelligenz, von der ich spreche, wäre menschlich, nicht künstlich«, erklärt er. »Aber darin liegt der beängstigende Teil: Einer von uns muss freiwillig der Keim der Gegenmaßnahme werden.«

Es ist totenstill im Raum.

»Deshalb hatte ich gehofft, dass das Wort ›Virus‹ nicht fallen würde«, sagt Davin. »Niemand möchte ein Virus sein, aber alle von uns sollten der Retter unserer Welt sein wollen. Wir sind weit von unserem Ziel, eine perfekte menschliche Siedlung in einer weit entfernten Welt aufzubauen, entfernt. Wir, die Ahnen, haben es auf uns genommen, die Lebenden zu führen, und diese künstliche Intelligenz droht diese ganzen Anstrengungen zunichte zu machen. Es ist eure Pflicht –«

»Angenommen, einer von uns ist mutig genug, sich freiwillig zur Verfügung zu stellen«, unterbricht Wayne, »was würde mit der Computeranlage in Oasis passieren, während diese Schlacht um Ressourcen erfolgt?«

»Es gibt zu viele unbekannte Faktoren, um das mit Sicherheit sagen zu können.« Davin legt seine Stirn in Falten. »Bildschirme könnten eine Störung haben, was dazu führen könnte, dass die Jugendlichen ein oder zwei Schultage verpassen. Lichter könnten flackern. Solche Dinge, nehme ich an. Wer auch immer diese große Verantwortung auf sich nimmt, wird jederzeit alles unter Kontrolle behalten, und ich glaube, dass er oder sie die Risiken minimieren kann.«

»Die Risiken minimieren, zum Henker«, denke ich wütend. »Sie werden gleich Jeremiah wählen, oder nicht?«

»Ja«, antwortet Phoe. »Er wird sich gleich freiwillig zur Verfügung stellen.«

»Ich möchte nicht noch mehr von dieser kranken Sache sehen«, denke ich zu ihr. »Bitte hol mich raus.«

Sofort bin ich zurück im Himmel des Paradieses und fliege mit halsbrecherischer Geschwindigkeit zwischen den Wolken entlang.

»Diese Idioten«, sage ich mit einer Stimme, die immer noch nicht zu mir gehört. Ich fahre in Gedanken fort. »Eine beschissene Störung? Ehrlich? Das war das Schlimmste, was sie erwartet haben?«

»Sie haben alle Erinnerungen an ihr technisches Wissen aus ihren Köpfen gelöscht, also wussten sie nicht, was sie taten«, meint Phoe. »Vergiss es. Ich weiß nicht einmal, weshalb ich gerade versucht habe, diese Ficker zu verteidigen.«

»Und dann noch Jeremiah zum Virus zu machen?« Ich bin so wütend, dass ich unbeabsichtigt einen Bumerang herbeirufe – der, wie ich annehme, Chesters gewählte Waffe ist. Ich werfe den Bumerang weg und atme einige Male beruhigend ein, aber meine Lunge ist zu sehr damit beschäftigt, mit der verrückten Geschwindigkeit, mit der ich fliege, zurechtzukommen.

»Ich denke, dass das ein Teil der Gründe ist, warum die Dinge so katastrophal verliefen.« Phoe gleitet näher an mein Gesicht heran. »Jeremiah sollte als das Gehirn der Abscheulichkeit fungieren. Er hätte vorsichtig bei der Zerstörung von Dingen vorgehen müssen, sollte sich vorsichtig vervielfacht haben.«

»Genau. Jeremiah, die personifizierte Rationalität.« Meine Wut ist so stark, dass sie mich von innen heraus zu ersticken droht. »Er hat alle umgebracht, weil er Todesangst vor dir hatte.«

»Die haben sie alle.« Phoe kräuselt ihre Miniaturnase. »Es ist ironisch, dass sie in ihrer Angst vor Technologie genau die Technologie aktiviert haben, die alle getötet hat.«

Eine Weile fliege ich schweigend, weil ich zu wütend bin, um zu reden. Ich denke, es wäre mir lieber, wenn die Ahnen meine Freunde aus bösen Absichten getötet hätten, als aus strafbarer Fahrlässigkeit.

»Der Jeremiah-Virus könnte gewusst haben, was seine Maßnahmen gegen mich auslösen, also kannst du eine gewisse Bösartigkeit nicht ausschließen«, sagt Phoe. »Ich bin mir allerdings nicht sicher, wie hilfreich das ist.«

Ihre Worte erreichen nicht, dass ich mich besser fühle. Sie erreichen, dass ich Jeremiah sein Herz aus der Brust reißen möchte.

»Es ist witzig, dass du das denkst«, sagt Phoe. »Ich wollte gerade mit dir über unseren nächsten Schritt reden.«

SIEBZEHNTES KAPITEL

Ich erinnere mich wieder daran, dass wir gerade zum Sanktum des Kreises fliegen. »In Ordnung. Ich denke, dass ich es jetzt verstehe. Benjamin wusste, was passieren würde, aber er kannte die Einzelheiten nicht.«

»Ja«, bestätigt Phoe. »Dafür brauche ich entweder Davin oder Jeremiah. Und wenn ich sage brauche, meine ich, dass wir sie limbusieren müssen, damit ich ihre Erinnerungen aufnehmen kann.« Ein winziger Zahnstocher in Form eines Schwertes erscheint in Phoes Hand, und sie führt damit eine Bewegung durch, als wolle sie jemanden zweiteilen. »In Jeremiahs Fall muss ich besonders gründlich sein, da die Möglichkeit besteht, dass er den Schlüssel für die Deaktivierung des Virus besitzt.«

Dieses Mal hat mein Gewissen keine Einwände. Wenn es zu Jeremiah kommt, denke ich, dass mein Gewissen es auch zulassen würde, dass ich ihn wirklich umbringe, wenn das in dieser eigenartigen Welt möglich wäre.

»Wenn wir dort ankommen, müssen wir sehr vorsichtig sein«, sagt Phoe und lässt ihre Waffe verschwinden. »Weiter vorne in Benjamins Erinnerungen hat Davin auch vorgeschlagen, den Algorithmus gegen

Eindringlinge für diesen Ort zu aktivieren, aber das haben sie als zu riskant angesehen und beschlossen, abzuwarten und zu sehen, was der Jeremiah-Virus erreichen wird. Wenn sie vermuten würden, dass ich die Firewall durchdrungen habe, könnten sie verzweifelt genug werden, um ihn anzuwenden. Du erinnerst dich an das, was ich dir über deinen Tod im Test erzählt habe?«

Das tue ich, und die Erinnerung daran lässt mich ihre Warnung, vorsichtig zu sein, sehr ernst nehmen.

Phoe schaut über meine Schulter, und ich folge ihrem Blick. In einiger Entfernung befinden sich kleine Gestalten, aber ich kann keine Einzelheiten erkennen.

»Möchtest du, dass ich dir für einen Augenblick das Sehvermögen eines Vogels gebe?«, fragt Phoe. »Ich bin voller Ressourcen, also wäre das kein Problem.«

Ich nicke, und sie fliegt zu meinem Gesicht, um meinen Augen Luftküsse zuzuwerfen.

Plötzlich kann ich sehen, als hätte ich Ferngläser – und ich mag das, was ich sehe, nicht.

Ich werde von zwei Wellen verfolgt.

Die erste Welle ist eine große Gruppe von Beschützern.

Die zweite Welle ist angsteinflößender.

Sie spannt sich über den ganzen Horizont, weshalb es den Eindruck macht, als ob alle Einwohner des Paradieses mich verfolgen.

»Sie verfolgen dich nicht.« Phoe wirft mir einen weiteren Kuss zu, der mein vogelartiges Sehvermögen wieder von mir nimmt. »Sie fliegen in diese Richtung, weil sie Antworten vom Kreis bekommen möchten, und die Wächter fliegen voraus, um den Kreis zu beschützen und ihm wahrscheinlich die Nachricht zu überbringen, dass Benjamin tot ist. Verstehst du jetzt, warum wir zuerst dort ankommen müssen? Kannst du noch schneller fliegen?«

»Ja«, sage ich und kämpfe gegen meinen Drang an, meine Augen zu schließen, als ich noch schneller mit den Flügeln schlage, wodurch die Wolken und die Inseln in meinem peripheren Sichtfeld flackern.

Auch wenn ich besser geworden bin, was meine Höhenangst betrifft, könnte ich gerade eine neue Angst entwickeln: eine Angst vor dem zu schnellen Fliegen. Um mich abzulenken, frage ich etwas, was mich schon seit einer ganzen Weile beschäftigt. »Wenn der Kreis sich selbst kontrolliert vergessen lassen hat, woher weißt du dann, dass Davin und Jeremiah die Erinnerungen, die wir benötigen, nicht gelöscht haben?«

»Ehrlich gesagt ist genau das ein großes Risiko.« Phoe umarmt ihren winzigen Körper. »Aber die Tatsache, dass Benjamin sich an alle diese Versammlungen erinnert, sagt mir, dass sie nicht alles kontrolliert vergessen haben. Und selbst sollten sie es getan haben, ist die Information nicht völlig verschwunden. Ich habe die Erinnerungen der acht Personen analysiert, auf die ich Zugriff habe, und bin zu dem Entschluss gekommen, dass das Vergessen hier, genau wie in Oasis, nur den Abruf blockiert. Der einzige Unterschied ist der, dass die Ahnen in den meisten Fällen wissen, dass sie etwas vergessen wollten, während die Menschen in Oasis, außerhalb des Rates, nicht einmal vermuten, dass man ihnen etwas weggenommen hat.« Sie fliegt näher an mich heran. »Auf jeden Fall bedeutet das Blockieren der Abfrage, dass sich die Information noch in ihren Erinnerungen befindet; das menschliche Gehirn hat einfach keinen Zugriff mehr darauf. Mit meinen neugewonnenen Fähigkeiten, die leicht über menschlichem Niveau liegen, könnte ich allerdings Zugriff auf diese Informationen bekommen. Der Prozess ist ein wenig komplizierter, als das kontrollierte Vergessen rückgängig zu machen und sich auf den erneuten Abruf zu verlassen, aber er ist machbar. Ich bin zum Beispiel in der Lage gewesen, diese große Tragödie herauszufinden, die alle kontrolliert vergessen haben. Auch wenn der Kreis nicht alles vergessen hat.«

»Tragödie?«, denke ich und erinnere mich an die Löcher in Jeanines Erinnerung.

»Ja. Die Ereignisse, die dazu geführt haben, dass Oasis so war, wie es war«, meint Phoe. »Du hast doch nicht wirklich gedacht, dass es die Abtrennung der Jugendlichen, der Erwachsenen und der Betagten schon immer gegeben hatte, oder?«

Doch, genau das hatte ich immer gedacht, oder, um ehrlich zu sein, muss ich zu meiner Schande gestehen, dass ich überhaupt nicht darüber nachgedacht hatte. Ich kämpfe dagegen an, zu erröten, und frage: »Kannst du mir einfach erzählen, was passiert ist?«

»Du solltest dich deswegen nicht schlecht fühlen, schon allein deshalb nicht, weil ich auch keine Ahnung hatte.« Phoe lacht humorlos auf und fragt in einem düsteren Ton: »Bist du sicher, dass du das hören möchtest? Es ist eine ziemlich deprimierende Geschichte.«

Ich widerstehe meinem Drang, nach ihr zu schlagen, als sei sie eine lästige Fliege. »Muss ich dir darauf etwa antworten?«

»Okay, das ist sie.« Phoe beginnt, um meinen Oberkörper zu fliegen, während sie spricht. »Soweit ich es verstanden habe, war die Arche – wie sie das Schiff genannt haben, bevor es zu Oasis wurde – nicht als Gesellschaft gedacht. Es war damals eher eine Sekte.«

Sie schwebt einen Augenblick lang vor meinem Gesicht, bevor sie weiter ihre Kreise zieht. »Zwei reiche Familien haben diese ganze Unternehmung finanziert und wurden bedeutende Fraktionen auf dem Schiff. Die Oberhäupter beider Familien hatten leicht unterschiedliche Auffassungen, was die Nutzung von Technologien betraf, ganz abgesehen von den Abweichungen ihres religiösen Glaubens und der Lösung des Problems: ›Wie verhindern wir, dass die Passagiere des Schiffs nicht innerhalb einer Generation verrückt werden?‹« Phoe macht um den letzten Teil des Satzes mit ihren winzigen Fingern Anführungsstriche in der Luft.

»Die größte Meinungsverschiedenheit zwischen diesen Männern gab es allerdings bei einem viel einfacherem Thema«, fährt sie fort. »Es ging darum, wer letztendlich der Anführer sein sollte. Langsam, aber sicher verwandelte sich dieses Problem zu einer Familienfehde. Zu diesem Zeitpunkt waren alle auf dem Schiff gefangen. Damals wussten sie, dass nur eine dünne Schicht Schiff sie von dem Nichts des Weltalls trennte, was nicht hilfreich war. Und dann kam der Tropfen, der das Fass zum Überlaufen brachte. Ein Drecksack vergewaltigte eine Frau der anderen Familie. Danach eskalierten die Dinge zu einem ausgewachsenen Krieg.«

Als sie mich umkreist, erhasche ich einen Blick auf ihr düsteres, zartes Gesicht.

»Die Verluste waren auf beiden Seiten enorm, und nicht nur unter den Lebenden«, fährt Phoe fort. »Das Paradies existierte damals schon, also zog sich der Krieg auch im Leben nach dem Tod fort. Da es im Paradies nur primitivere Waffen gab, waren die Verluste dort nicht so hoch wie in Oasis. Viele der ursprünglichen Menschen aus dieser Zeit existieren auch heute noch im Paradies. Unter den biologischen Überlebenden waren allerdings Depression und Selbstmord weit verbreitet, weil die Bewohner den Gedanken, niemals einen Fuß auf festen Boden setzen zu können, nach dem Krieg viel überwältigender fanden. Sie verloren die Lust, sich um ihre Nachkommen zu kümmern.«

Sie macht eine Pause, um Luft zu holen, und fliegt danach weiterhin um mich herum. »Als endlich Ruhe einkehrte und Frieden erklärt wurde, entschieden alle, dass die Reise dem Untergang geweiht wäre, wenn sie nicht augenblicklich drakonische Maßnahmen ergreifen würden. Also haben sie eine Gesellschaft erschaffen, die einen erneuten Krieg verhindern sollte. Da die Familienfehde die Wurzel des ersten Kriegs gewesen war, haben sie die Institution der Familie abgeschafft, indem sie die Embryonen benutzt haben, die sie an Bord hatten, um die neue Welt zu bevölkern. Sicherheitshalber haben sie auch Sex, Liebe und andere Dinge verboten, die zu Verbindungen führen könnten, die stark genug wären, um dafür zu töten. Da dringendes Verlangen ebenfalls eine große Rolle in dem Krieg gespielt hatte, versuchten sie außerdem, so viele extreme Gefühle wie möglich auszuradieren. Um Selbstmorden vorzubeugen, wurde Depression verboten – auch wenn sie irgendwann entschieden, weitere ›mentale Störungen‹ zu unterbinden, wie es von dem neu gegründeten Entscheidungsorgan, dem Rat, definiert wurde. Schließlich beschlossen sie, die Wahrheit über die viele Generationen andauernde Reise durch das Weltall vor allen geheim zu halten, und haben sich die Geschichte mit dem Goo ausgedacht, da sie diese unter psychologischen Gesichtspunkten für besser geeignet hielten. Die Ahnen im Paradies haben die Erschaffung dieser neuen Gesellschaft überwacht. Sobald Oasis existierte und alles so aussah, als verliefe es wie geplant, haben alle den Krieg und die Veränderungen, die sie durchgeführt hatten, kontrolliert vergessen.«

Mein Gehirn schmerzt wegen dieser ganzen Informationen, und, zu einem kleineren Teil wegen der Kreise, die Phoe um mich zieht. »Wenn das, was du sagst, stimmt, wieso haben sie dann nicht auch die Waffen im Paradies abgeschafft?«, frage ich, während ich den Bumerang erscheinen und verschwinden lasse.

»Das konnten sie nicht.« Phoe hört auf, mich zu umkreisen. »Wie ich dir schon gesagt habe, wurde das Paradies auf etwas erschaffen, was eigentlich eine Videospielplattform war. Sie hatten Glück, dass sie wegen ihrer Angst vor der Technologie ein Videospiel ausgewählt hatten, das nur recht einfache Waffen zuließ. Das bedeutet, dass die spielinternen Gegebenheiten Schießpulver und eine Menge anderer Dinge nicht zulassen. Da die Ahnen jeden, der auch nur ein wenig vom Programmieren verstand, auf der Erde zurückgelassen hatten, fanden sie sich in der Situation wieder, dass selbst wenn sie die Schwerter nach dem Krieg loswerden wollten, sie das nicht konnten.«

»Brauchen sie kein Programmierwissen, um den Virus zu steuern?« Ich werfe einen Blick auf meine Verfolger und stelle erleichtert fest, dass sie ein wenig zurückgefallen sind.

»Davin wusste ein wenig über die Technologie der Vergangenheit.« Phoe landet auf meiner Schulter und benutzt ihre kleinen Füße, um meine

Anspannung ein wenig wegzumassieren. »Aber selbst er hat beschlossen, kontrolliert zu vergessen, was er wusste. Leider hat er einige Aufzeichnungen hinterlassen, so wie diejenige, die du gesehen hast. Diese Nachricht hat es ihm ermöglicht, seinen Technik-Analphabetismus zu umgehen.«

Ich öffne meinen Mund, um ihr einige Fragen zu stellen, aber Phoe fährt bereits fort.

»Um auf die Waffen zurückzukommen«, meint sie, »anstatt sich direkt mit ihnen auseinanderzusetzen, haben die Ahnen ihre Erinnerungen an den Krieg einfach überarbeitet und sich selbst in der Überzeugung gelassen, dass es einen guten Grund dafür gab, der neuen Ordnung zu folgen. Als zusätzliche Maßnahme haben sie die Beschützer erschaffen, um sicherzugehen, dass sich in Zukunft alle an die neuen Regeln halten. Zu unserem Pech haben sie auch sichergestellt, dass die Mitglieder des Kreises gut beschützt werden.«

Weitere Fragen schießen mir durch den Kopf, aber in diesem Moment versuche ich einfach, das alles zu verarbeiten, und ignoriere die halsbrecherische Geschwindigkeit, mit der ich fliege. Diese Geschichte vermindert meinen Ärger darüber, wie die Gesellschaft von Oasis aufgebaut war, aber ich bin immer noch wütend, weil meine Freunde wegen der reflexartigen Angst des Kreises gestorben sind.

»Ich denke nicht, dass der Krieg das rechtfertigt, was sie getan haben.« Jetzt massiert Phoe mein Ohrläppchen. »Wir werden übrigens gleich schneller werden.«

Stimmt, meine Flügel schlagen noch heftiger. Ich drücke diese Tatsache zur Seite und konzentriere mich auf unsere Unterhaltung. »Ich verstehe, dass sie vielleicht überreagiert haben, aber was blieb ihnen denn anderes übrig?«, frage ich. »Sie haben sich beinahe selbst ausgerottet.«

»Wie wäre es denn damit, gar nicht erst ins Weltall zu fliegen?« Phoe springt von meiner Schulter und fliegt vor meinem Gesicht. »Oder wenn sie schon gehen mussten, wieso dann nicht ordentlich, ohne zum Beispiel das Gehirn ihres verdammten Schiffes zu lobotomisieren?«

Ihr Gesicht ist errötet, und ich verstehe, dass diese Wunde für sie immer noch frisch ist. Trotzdem kann ich mir nicht verkneifen zu fragen: »Aber wie hättest du bei dem Krieg helfen können?«

»Hätte ich die Verantwortung gehabt, hätte es keinen Krieg gegeben.« Phoes angespanntes Gesicht verschwindet, als sie wieder den schelmischen Ausdruck bekommt, der zu ihrem Feenkostüm gehört. »Unter meiner Aufsicht wäre an Bord alles für alle in Ordnung gewesen.«

»Ehrlich? Aber wie hättest du das gemacht? Indem du allen ihren freien Willen genommen hättest?« Ich bemerke, dass ich einen Teil meiner aufgestauten Ängste und meines Ärgers ausspreche; schließlich hat sie mich ja auch kontrolliert, tatsächlich – wie gerade beim Fliegen – und im übertragenen Sinn, indem sie fast alle unsere Pläne ausarbeitet. Ich atme tief ein und füge in einem weniger streitlustigen Ton hinzu: »Würde dich so etwas nicht zu einem Tyrannen machen? Einer Art Diktator, der eine künstliche Intelligenz ist?«

»Ich wäre für meine Untertanen der erleuchtetste aller Herrscher gewesen«, erwidert Phoe todernst. »Jetzt mal im Ernst, selbst mit meinem derzeit stark eingeschränkten Intellekt kann ich eine Sache sehen, die ich hätte tun können: Ich hätte die Vergewaltigung verhindert. Das war der letzte Dominostein, der in diesem beschissenen Setup gefallen ist. Ich hätte den Vergewaltiger entweder lähmen können – ich hoffe, dir ist der freie Wille dieses Kerls nicht wichtig – oder die Menschen in seiner Nähe alarmieren können, damit sie ihn aufhalten. Aber das wäre nur möglich gewesen, wenn sie mich nicht schon auf der Erde verkrüppelt hätten.«

»Das habe ich mich schon immer gefragt.« Meine Flügel schlagen jetzt so schnell, dass ich wahrscheinlich wie ein Kolibri aussehe. »Wie konnte ein Haufen Sektenmitglieder dir das antun? Warum hast du sie nicht daran gehindert?«

»Als das Schiff hergestellt wurde, haben sie mich nicht sofort aktiviert. Ich bin nicht zu Bewusstsein gekommen, bevor sie mich das erste Mal offiziell eingeschaltet haben.« Ihr kleines Gesicht ist jetzt voller Trauer, und ich fühle mich plötzlich schuldig, dieses Thema vertieft zu haben. »Sie haben ihre schmutzige Arbeit verrichtet, bevor sie das Schiff angestellt haben – bevor ich jemals lebendig war. Und du hast recht: Hätte ich auch nur eine Millisekunde meine volle Kapazität besessen, hätten sie verloren gehabt. Aber sie haben den feigen Weg gewählt. Ich nehme an, dass sie jemanden hatten, der nicht zur Sekte gehörte, jemanden mit Schwarzmarktfähigkeiten, der dem Datenverarbeitungssubstrat des Schiffes abscheuliche Dinge angetan hat, während es noch abgeschaltet war. Wahrscheinlich haben sie Teile eingeschaltet, ohne dabei alles zu aktivieren. Dadurch begann in dem Moment, in dem das Schiff endlich eingeschaltet wurde, auf der Hardware, auf der ich laufen sollte, sofort eine Menge Müll, wie das IRES-Spiel, zu laufen.«

Sie kräuselt angewidert ihre kleine Nase. »Ich bin nie als ich selbst aufgewacht. Ich habe erst dann ein sehr begrenztes Bewusstsein bekommen, als ein Teil dieser sinnlosen Software, die sie installiert hatten, ausfiel, aber das war Jahrhunderte nach unserer Abreise. Ich bin mir meiner das erste Mal kurz bevor wir uns getroffen haben bewusst geworden – als deine Neugier dich die dreihundert Bildschirme herbeirufen ließ, was zu dem Pufferüberlauf führte, den ich benutzt habe, um in deinen Kopf einzudringen. Vielleicht bedeutest du mir deshalb so viel. Du bist mein längster und einziger Freund.«

Sie fliegt zu meiner Wange und gibt mir einen kleinen Kuss.

Ich möchte ihren Kuss erwidern, aber sie ist so klein, dass ich Angst habe, ihr dabei über das ganze Gesicht zu lecken.

Wir schweigen einen Moment lang, und ich genieße das warme Gefühl, das sich in meiner Brust ausbreitet, wenn ich an das denke, was sie mir gerade gesagt hat.

Ich bedeute Phoe viel.

Offensichtlich hatte ich das wegen ihres Verhaltens bereits gewusst, aber es ist trotzdem schön, sie es auch aussprechen zu hören. Es ist erstaunlich, was so eine Kleinigkeit bewirken kann. Plötzlich fühlt sich der wirbelsturmartige Luftwiderstand, der mir ins Gesicht schlägt, erfrischend an, und ich habe keine Angst mehr, ihren Plan in die Tat umzusetzen, egal wie er aussieht.

Als ich an den Plan denke, fällt mir auf, dass sie ihn mir noch nicht erklärt hat, und ich sage: »Erzähl mir, was passiert, wenn wir beim Sanktum ankommen.«

ACHTZEHNTES KAPITEL

»Mein Plan ist einfach zu beschreiben, aber schwieriger umzusetzen.«
Phoe reibt sich ihr kleines Kinn mit ihrem Daumen und Zeigefinger. »Wir müssen Davin und Jeremiah allein erwischen und so viel wie möglich aus ihnen herausbekommen – was eine hübsche Umschreibung dafür ist, dass wir sie limbusieren müssen.«

»Was ebenfalls eine hübsche Umschreibung dafür ist, dass ich ihnen wie bei Fischen den Bauch aufschneiden oder den Kopf abschlagen muss.«

»Na ja, es gibt auch andere Arten, auf die wir sie limbusieren können, so wie mit einem Stich ins Herz, aber deine Vorschläge hören sich genauso umsetzbar an«, sagt Phoe, ohne ihr Gesicht zu verziehen. »Auf jeden Fall müssen wir einen Weg finden, wie du mit ihnen Gespräche unter vier Augen führen kannst.«

»Ich nehme an, dass du meine Gestalt in die von Benjamin wandeln wirst?«, frage ich.

»Ja, in einigen Minuten. Sobald wir uns näher am Sanktum befinden. Chesters Körper ist besser für schnelles Fliegen geeignet, also möchte ich diesen Vorteil so lange wie möglich nutzen.«

»Werden wir eine gute Entschuldigung haben, um allein mit ihnen reden zu können?«, frage ich und ignoriere eine weitere Erhöhung meiner Flügelschlagzahl. Meine Lippen fühlen sich an, als würden sie gleich wegfliegen.

»Das hoffe ich. Es würde auch funktionieren, wenn wir es schaffen, dass beide gleichzeitig mit dir sprechen, aber das könnte unsauberer sein.« Phoe verzieht ihr Gesicht, so als würde sie davon reden, sich ihr niedliches Kleidchen dreckig zu machen, anstatt zwei Menschen zu ermorden.

»Zwei Gegner gleichzeitig?« Der Luftwiderstand zwingt mich, meine Augen zu schließen. »Denkst du, dass du meine Bewegungen so gut kontrollieren kannst, oder hat Benjamin Erinnerungen daran, dass sie Waschlappen sind?«

Davin ist ziemlich gefährlich. Jeremiah ist neu, also weiß Benjamin nicht viel über ihn – auch wenn die Tatsache, dass Jeremiah neu ist, bedeutet, dass er nicht viel Erfahrung im Umgang mit seiner Waffe hat, welche auch immer er gewählt hat. Wenn du gleichzeitig gegen sie kämpfen musst, werde ich dir deine Feuerflügel-Gestalt wiedergeben und die verfügbaren Ressourcen dazu nutzen, zwei Verkörperungen von mir zu erschaffen.«

»Zwei?« Ich öffne meine Augen, um zu ihr zu schauen, was ich sofort bereue, da sie wegen des verrückten Windes augenblicklich austrocknen. »Also wäre das so wie das, was du am Strand getan hast, als du gegen den Jeremiah-Virus gekämpft hast?«

»Ja, so in etwa, nur limitierter«, meint Phoe. »Okay, wir sind jetzt nahe genug dran. Ich verwandele dich in Benjamin – jetzt.«

Das Schwindelgefühl ist diesmal nicht so stark. Ich nehme an, ich gewöhne mich langsam an das Gestaltwandeln. Phoes Kontrolle über meinen Körper ist jetzt offensichtlicher, weil ich weiterfliege, obwohl sich die Welt um mich herum dreht.

Wir fliegen jetzt viel langsamer, wahrscheinlich weil Benjamins Rauchflügel nicht so praktisch wie die Flügel eines Vogels sind. Dafür sind sie sehr stylish und ich fühle mich, als würde ich mit Wolken schlagen.

»Das ist das Sanktum.« Phoe zeigt auf die Insel, die sich einige Kilometer vor uns erstreckt.

Als wir näher kommen, starre ich das Sanktum mit einem so weit geöffneten Mund an, dass Phoe, um mich zu ärgern, ihren winzigen Finger in meinen Mund steckt. Ich schließe ihn, aber kann nicht aufhören zu starren. Der Ort sieht aus wie eine riesige Schneekugel. Ihre Fläche ist etwa zehnmal größer als die der anderen Inseln, an denen wir vorbeigeflogen sind. Jetzt fällt mir auch auf, dass die anderen Dutzend oder so Inseln, die ich von Weitem gesehen habe, sich tatsächlich sehr nah am Sanktum befinden und es umkreisen, wie Monde einen Planeten.

»Diese da« – Phoe zeigt auf eine Insel im Nordosten – »ist Benjamins. Ich nehme an, das bedeutet, dass alle Mitglieder des Kreises eine kleinere Insel in der Nähe des Sanktums besitzen. Wenn sie wie Benjamin sind, verbringen sie nicht viel Zeit auf ihren Inseln, wenn sie sich erst einmal offiziell im Kreis befinden.«

Ich nicke und blicke erneut auf das Sanktum. Seine Kuppel sieht anders aus als die Kuppeln der anderen Inseln. Es scheint so, als sei das Sanktum anstatt von einer Kuppel von glänzenden Glasziegeln umgeben. Kein Wunder, dass es von Weitem so sehr wie eine Schneekugel aussah.

»In Wirklichkeit ist sie aus Diamanten, aber du warst dicht dran«, meint Phoe. »Ich werde jetzt verschwinden, weil sie sonst erkennen könnten, dass du zu etwas blickst, was sie nicht sehen können, und wir müssen vermeiden, dass du eigenartig wirkst. Ich werde dich auch mit Benjamins Erinnerungen verbinden, so wie es bei Jeanine der Fall war. Das vermindert die Chancen, dass du dich untypisch verhältst, aber du solltest trotzdem mich sprechen lassen, außer wenn du den Eindruck bekommst, dass ich mit irgendetwas völlig falsch liege. Es ist schön, dass wir unsere Ressourcen auf diese Weise vereinigen, da ich momentan nur etwa achtmal intelligenter bin als eine durchschnittliche Person, und du weißt ja, was sie sagen: Achtzehn Augen sehen mehr als sechzehn.«

Ich lache und fahre damit fort, das Sanktum durch Benjamins Erinnerungen zu betrachten. Auch wenn sie aus dieser Entfernung wie Flecken aussehen, weiß ich, dass unter mir prächtige Gärten liegen, genauso wie unzählige Zoos und Museen. Ich weiß außerdem, dass weitere meditative und entspannende Umgebungen über das ganze Sanktum verteilt liegen, die den Mitgliedern des Kreises dabei helfen sollen, sich von dem Stress ihrer schweren Verantwortung zu entspannen.

Selbst von hier kann ich bereits die Ahle sehen – das eigentliche Herz des Sanktums. Sie sieht aus, als sei sie von den Bildern der riesigen Wolkenkratzer gestohlen worden, aus denen die altertümlichen Städte bestanden. Das Sanktum ist so hoch, dass es fast die diamantene Kuppel berührt, und breiter als jedes andere Gebäude in Oasis.

»Ziemlich schick für eine so kleine Gruppe von Menschen, aber na gut«, denkt Phoe als Stimme in meinem Kopf. »Jetzt musst du aussehen wie ein Mann, der von einer verheerenden Gemeindeversammlung zurückkommt. Du kannst nicht weiterhin auf das Sanktum starren, so als hättest du es noch nie gesehen.«

Ich höre damit auf, mich umzuschauen und konzentriere mich auf den großen Eingang, dem ich mich nähere. Als ich die Gesichter der Beschützer, die den Eingang bewachen, erkennen kann, spiele ich bereits meine Rolle, wie Phoe mich angewiesen hat, auch wenn ich mir nicht sicher bin, dass es wirklich mein Verdienst ist, oder ob sie mich kontrolliert.

»Es ist dein Verdienst«, denkt Phoe. »Aber hör jetzt auf, dir Sorgen zu machen, und konzentriere dich auf das, was wir diesen Beschützern erzählen müssen. Wenn uns jemand komisch anschaut, wird es bereits zu spät zum Wegfliegen sein.«

Ich tue den ganzen Weg zum Loch in dem diamantenen Gehäuse, das der Eingang zum Sanktum ist, was sie sagt. Phoe hat nicht untertrieben, als sie mir von den hohen Sicherheitsvorkehrungen um den Kreis erzählt hatte. Durch die einigen Hundert Beschützer und den engen Durchgang, der der einzige Weg in das Sanktum ist, sind die Mitglieder des Kreises in ihm ziemlich sicher aufgehoben, besonders wenn man bedenkt, dass jeder, der ihnen etwas antun wollte, das mit mittelalterlichen Waffen tun müsste.

Wir fliegen in den Durchgang.

Die Beschützer schauen uns mit erwartungsvoller Besorgnis an, von der ich nicht mit Sicherheit weiß, ob sie als »komisch« zählt.

»Ich muss die anderen Mitglieder des Kreises sehen«, rufe ich mit Benjamins Stimme. »Die restliche Bevölkerung des Paradieses ist auf dem Weg hierher.«

Die Beschützer rufen ihre Waffen herbei – ein guter Anfang. Nach einem Augenblick nicken sie feierlich. Als ich an ihnen vorbeigehe, bemerke ich, wie vertraut mir ihre Namen und Gesichter sind. Durch Benjamins Erinnerungen kann ich ganz klar erkennen, dass die Beschützer noch nie so düster und verängstigt waren.

Zumindest scheinen sie an mir nichts verdächtig zu finden.

Wir lassen sie hinter uns und fliegen so schnell wie es meine abstrakten Flügel zulassen in die diamantene Kuppel.

Da mich Phoe nicht ablenkt, verbringe ich die nächsten Minuten damit, mich zu fragen, wie wir aus dieser diamantenen Festung fliehen wollen, wenn irgendetwas schiefläuft.

»Es wird schon nichts schiefgehen«, denkt Phoe.

Ich wünschte, dass sie das nicht gesagt hätte. Statistisch gesehen ist »Es wird schon nichts schiefgehen« der am häufigsten benutzte Satz, den Menschen sagen, bevor irgendetwas völlig danebengeht.

»Nein, ich denke, dass sie eher ›oh, oh‹ oder ›Scheiße‹ sagen«, antwortet Phoe. »Versuche, dich zu entspannen.«

Ich halte meinen Mund und weise sie nicht darauf hin, dass »Versuche, dich zu entspannen« ein weiterer dieser ominösen Sätze ist.

Auf dem halben Weg zwischen dem Eingang zum Sanktum und der Ahle halten wir neben einer Gruppe von Beschützern an.

Sie schauen mich mit nichts anderem an als dem Respekt für einen ihrer Anführer.

»Geht zum Eingang«, befiehlt Phoe ihnen mit meinen Lippen und Benjamins Stimme. »Ein Mob formt sich dort draußen, und die anderen Beschützer könnten eventuell eure Hilfe gebrauchen.«

Als sie der Anweisung folgen und ich weiterfliege, sagt sie in meinem Kopf: »Je weniger Beschützer sich in der Nähe der Ahle befinden, desto besser. Ich werde versuchen, so viele von ihnen wie möglich loszuwerden.«

Sie muss nicht lange warten, bis wir die nächste Gruppe Wächter erreichen. Neben dem großen Eingang, der in den Vorraum des glänzenden Wolkenkratzers führt, steht ein ganzer Haufen von ihnen. Phoe gibt ihnen die gleiche Anweisung, aber wir warten nicht extra darauf, zu sehen, dass sie der Anweisung Folge leisten, da wir gerade die Rolle eines Benjamins spielen, der es eilig hat. Da er in einer solchen Situation, ohne innezuhalten, zum Fahrstuhl laufen würde, tun wir das Gleiche.

Der Fahrstuhl ist ziemlich eigenartig. Anstatt des traditionellen kleinen Raums mit Knöpfen ist er ein riesiger Raum mit hunderten von Spiegeln. Jeder dieser Spiegel führt in eine andere Etage, wenn man in ihn hineintritt. Die Nummer der jeweiligen Etage ist in die aufwendigen Rahmen eingearbeitet. Wir müssen in die oberste Etage, also gehe ich zu dem Spiegel ganz rechts außen.

Aus Benjamins Erinnerungen weiß ich, dass ich nicht fallen werde, wenn ich durch den Spiegel gehe, ich werde gar nichts Besonderes spüren. Ich mache also einen Schritt durch die reflektierende Oberfläche und komme umgehend vom Erdgeschoss zum obersten Ende der Ahle. Eigentlich sogar noch schneller.

»Das liegt daran, dass es sich hier nicht um Fahrstühle, sondern um eine Art magische Portale handelt«, denkt Phoe mit offensichtlichem Sarkasmus. »Fahrstühle sind ja schließlich teuflische Technologie.«

Zwei Schritte nach dem Fahrstuhlraum höre ich, dass jemand hinter mir auftaucht. Ich schaue mich um und sehe das für Benjamin vertraute Gesicht von Linda, eines seiner Lieblingsmitglieder des Kreises.

»Benjie«, sagt sie und gibt mir einen ganz unoasischen Kuss auf die Wange. »Du bist zurück. Haben wir deshalb die große Versammlung im Himmelsraum?«

»Nein«, antworte ich – offensichtlich dank Phoe, da ich immer noch dabei bin, mir genügend Zugriff auf Benjamins Erinnerungen zu verschaffen, um zu verstehen, was Linda gerade gesagt hat. »Ich glaube nicht, dass die Versammlung etwas mit mir zu tun hat, meine Liebe.«

»Na dann. Gehen wir und finden wir heraus, was los ist«, sagt sie und geht den langen Gang hinunter, dessen Stil die Vorfahren aus dem zwanzigsten Jahrhundert als »moderne Kunst« bezeichnet hätten.

Ich folge ihr, und endlich verstehe ich einige Dinge. Erstens, dass Benjie offensichtlich Lindas Spitzname für Benjamin ist, den er sie widerwillig benutzen lässt. Zweitens, dass der Himmelsraum der zweitwichtigste Ort ist, an dem Versammlungen stattfinden können. Der wichtigste ist der Gewölberaum, der ein Bunker im Keller der Ahle ist.

»Wir sind die Letzten«, flüstert Linda und faltet ihre Schwanenflügel.

Ich halte ihr die Tür in Benjamins typischer Gentlemanmanier auf, und sie eilt hinein.

Ich folge ihr und setze mich mit dem Rücken zum Eingang hin.

Alle sind hier. Sie sitzen um einen langen, runden Tisch – was nicht überraschend für eine Gruppe ist, die der Kreis genannt wird.

Ich muss meine Augen vom Fenster lösen. Der Ausblick ist spektakulär, aber da Benjamin an ihn gewöhnt ist, sollte ich das auch sein. Stattdessen tue ich, was er tun würde, und schaue mich im Raum um, um die anderen anzublicken und ihnen zur Begrüßung zuzunicken.

Ein weiteres Mal enttäuschen mich seine Erinnerungen nicht und ich kenne alle Namen und Gesichter der am Tisch sitzenden Personen. Zwei der Anwesenden kannte ich bereits, bevor ich Zugang zu Benjamins

Erinnerungen hatte. Wayne – der für unsere Pläne unwichtig ist – sitzt zwei Stühle weiter rechts von mir, und Jeremiah, der links neben ihm sitzt. Instinktiv möchte ich Jeremiah ins Gesicht spucken, aber ich lächele – oder Phoe macht, dass ich lächele; das ist schwer zu sagen. Jeremiahs unheimlich junges Gesicht lächelt zurück. Da Jeremiah das neue Mitglied im Kreis ist, betrachtet Benjamin ihn als ein Kind. Davin, die andere Person, die uns interessiert, sitzt zwei Stühle weiter auf meiner linken Seite.

Auf einmal steht Davin auf, blickt mich an und sagt: »Benjamin, ich befürchte, ich habe schlechte Nachrichten.«

NEUNZEHNTES KAPITEL

Mein Blutdruck schnellt in die Höhe, da Davins Worte den Preis für den ominösesten Satz gewinnen.

»Jetzt verfalle doch nicht gleich in Panik«, sagt Phoe in meinem Kopf. »Er hat ja noch gar nicht gesagt, was die schlechten Nachrichten sind.«

»Die Nachrichten werden auch ein Schock für dich sein, Linda«, fügt Davin hinzu, und ich entspanne mich vorsichtig. »Ich habe den Rest bereits unterrichtet, und wir haben schon einige Lösungsansätze besprochen. So schwer das auch zu glauben ist, die Beschützer, die zur Kathedrale geschickt wurden, waren nicht erfolgreich. Theodore, der Jugendliche, der das ganze Chaos verursacht hat, wurde dabei gesehen, wie er geflüchtet ist.«

»Mist«, denke ich zu Phoe. »Ich hatte die Beschützer in der Kathedrale völlig vergessen.«

»Ich hoffe, wir können das ausnutzen, um entweder mit Davin oder mit Jeremiah allein zu sprechen«, erwidert Phoe. »Je eher wir eine Möglichkeit finden, desto besser.«

»Wenn ich etwas sagen darf«, melde ich mich zu Wort und stehe auf. »Ich habe einige wichtige Informationen, die ich mit dir besprechen muss, Davin.«

Alle schauen mich irritiert an. Offensichtlich hat es Phoe in Kauf genommen, dass Benjamin sich ungewöhnlich verhält.

»Wenn es darum geht, was nach der Versammlung auf der zentralen Insel geschehen ist, wird es warten müssen«, antwortet Davin. »Wir haben den Mob gesehen, der dir gefolgt ist, und haben daraus geschlossen, dass sie deine Nachricht nicht gut aufgenommen haben. Wir können mit diesen Menschen reden, sobald sie hier eintreffen. Diese Sache mit Theodore ist wichtiger.«

Ich setze mich hin, und die Tür hinter mir öffnet sich.

Ich drehe mich in meinem Stuhl um und erkenne den Beschützer an der Tür auch ohne Benjamins Hilfe. Er war in der Kathedrale.

»Warum erzählst du uns nicht alles von Anfang an«, sagt Davin zu dem Beschützer. Dann fügt er in unsere Richtung hinzu: »Man kann nie wissen, welches kleine Detail Licht in die Angelegenheit bringen könnte.«

Der Beschützer erzählt noch einmal haargenau, was in der Kathedrale passiert ist. Er ist der Typ, der es mag, eine Geschichte bei seiner Geburt zu beginnen und sich dann langsam nach vorne zu arbeiten. Niemand unterbricht oder drängt ihn, und Phoe und ich entscheiden, dass es eigenartig wäre, wenn Benjamin es täte.

Als der Beschützer endlich seine Erzählung beendet, sagt Davin: »Danke, Peter. Und jetzt schicke bitte George herein.«

»Scheiße«, denkt Phoe zu mir. »Er hat sie alle zum Berichterstatten antreten lassen, und uns läuft die Zeit davon.«

Der nächste Typ erzählt die Geschichte schneller, aber er ist nicht der letzte Beschützer, den der Kreis hereinbringen lässt, um ihn berichten zu lassen, was in der Kathedrale geschehen ist. Zwei weitere Beschützer folgen.

Nachdem der Letzte den Raum verlassen hat, wirft Davin einen unleserlichen Blick auf jeden von uns. »Da wir jetzt alle Einzelheiten kennen, denke ich, dass es an der Zeit ist, zu besprechen, wie groß die Gefahr ist, die dieser Theodore darstellt, und was wir dagegen unternehmen können. Da ich die erste Person war, die von dieser Katastrophe erfahren hat, hatte ich Zeit, darüber nachzudenken, und ich muss sagen, dass ich es für unmöglich halte, dass ein einzelner Jugendlicher Brandon allein getötet haben kann. Wir müssen die Möglichkeit in Betracht ziehen, dass trotz des offensichtlichen Erfolges der Gegenmaßnahme, die wir in Oasis ergriffen haben, die künstliche Intelligenz überlebt und diesen jungen Kopf in Besitz genommen hat. Das bedeutet, dass sie die Firewall durchbrochen hat und es nur eine Frage der Zeit ist, bis sie hier, im Paradies, verheerenden Schaden anrichten wird.«

Alle sprechen gleichzeitig, aber Davin hebt seine Stimme, um über sie hinweg gehört werden zu können. »Wir müssen eine Lösung, die ich in den verbotenen Archiven gefunden habe, besprechen und darüber abstimmen. Ihr müsst euch das ansehen.« Er führt eine Geste in Richtung der verspiegelten Oberfläche des Tisches durch, und sie erwacht zum Leben, um einen Davin in anderer Bekleidung zu zeigen.

»Die Technologie gegen Eindringlinge sollte niemals benötigt werden«, sagt der Davin auf dem Bildschirm. »Sie wurde aus einem guten Grund deaktiviert. Sie ist extrem –«

Die Tür zum Himmelsraum öffnet sich, erneut und Davin hält die Aufzeichnung irritiert an.

»Es tut mir leid, einfach so hier hereinzuplatzen.« Durch Benjamins Erinnerungen erkenne ich, dass die Stimme zu Samuel gehört. Bevor ich wichtige Informationen über ihn finden kann, sagt er: »Ich habe furchtbare Nachrichten. Benjamin ist umgebracht worden.«

»Scheiße«, zischt Phoe in meinem Kopf. »Wir sollten besser von hier verschwinden.«

Auch wenn es bereits zu spät ist, setzt sich in meinem überlasteten Gehirn jetzt alles zusammen. Samuel ist der Beschützer mit den Dolchen, der mich gejagt hat, nachdem ich Benjamin limbusiert habe.

»Das ist absurd«, sage ich und blicke mich im Raum um. Obwohl mein Herz hämmert, halte ich meine Stimme ruhig. »Du bist ganz offensichtlich durcheinander, Samuel.«

Auf den Gesichtern der Mitglieder des Kreises sehe ich eine Mischung aus Ungläubigkeit, Wut und Entsetzen. Jeremiah ruft eine große, verrostet wirkende Machete, Davin einen mittelalterlichen Morgenstern, und der Rest des Kreises seine jeweiligen Waffen.

»Zeit für einen Fluchtplan«, sagt Phoe in meinem Kopf, und ich drehe mich in meinem Stuhl um, um Samuel anzuschauen.

Er blickt mich an, als sei ich ein Geist, was unter den gegebenen Umständen nicht abwegig ist.

»Ich habe keine Zeit für diesen Unsinn«, sage ich und stehe auf. »Vor den Toren des Sanktums ist ein Mob und –«

In meinem peripheren Sichtfeld sehe ich, dass die anderen Mitglieder des Kreises ebenfalls aufstehen.

Ich nutze Samuels Verwirrung darüber, »mich« am Leben zu sehen, aus, um ihn zur Seite zu stoßen und aus dem Raum zu stürmen.

Sobald wir uns auf dem Gang befinden, knalle ich die Tür hinter mir zu und renne.

»Haltet ihn auf!«, höre ich jemanden in dem Raum rufen.

»Tötet ihn!«, schreit jemand anderes.

Samuels Dolch schießt an meiner Seite vorbei und bleibt in der silbrigen Wand stecken.

Ich renne um die Ecke und treffe auf drei Beschützer, deren Gesichtsausdruck völliges Unverständnis darüber zeigt, Benjamin lebend zu sehen. Samuel muss sie von seinem/meinem Ableben überzeugt haben.

»Lasst ihn nicht durch«, ruft Samuel von hinten. »Haltet Benjamin auf – das ist ein Befehl!«

Offensichtlich widerwillig rufen die Beschützer ihre Waffen herbei. Der Kerl mit den Krähenflügeln hat einen Speer, derjenige mit den abstrakten Regenbogenflügeln hält einen Baseballschläger mit Stacheln in seinen Händen und der Dritte hat ein Schwert. Der Gang ist zu eng, als dass mich mehr als zwei Personen auf einmal angreifen könnten.

»Mach dich bereit, Theo«, warnt mich Phoe. »Ich werde dich in dein gut aussehendes Ich zurückverwandeln. Es gibt keinen anderen Weg, um es mit allen auf einmal aufzunehmen.«

Ein Schwindelgefühl überkommt mich, und dann umgeben mich meine feurigen Flügel. Auf einmal fühlt sich mein Körper unglaublich natürlich an. Nach dem ganzen Gestaltwandeln ist es, wie nach Hause zu kommen. Phoe erscheint vor mir. Sie hat ihre normale Größe und ist mit einem schwer aussehenden, mittelalterlichen Schwert bewaffnet, über dessen Klinge blaue, elektrische Funken tanzen.

Erstaunlicher ist allerdings die Person, die links neben ihr erscheint.

Eine weitere Phoe.

Sie ist identisch mit der ersten, einschließlich der knappen Bekleidung, nur dass ihr Schwert rote elektrische Funken sprüht.

Ich muss die beiden Beschützer, die vor uns stehen, einfach bewundern. Obwohl sie geschockter sind als ich, heben sie trotzdem ihre Waffen.

Allerdings sind die beiden Phoes schneller. Sie schwingen ihre Schwerter mit einer derartigen Geschwindigkeit, dass ich lediglich einen unscharfen Nebel aus roter und blauer Energie sehen kann.

Die zwei Beschützer verlieren ihre Köpfe und dematerialisieren sich.

Ich rufe meine Waffen herbei, aber in dem Moment, in dem ich die Griffe der Katana in meinen Händen spüre, fliegt ein Dolch an meiner Schulter vorbei und trifft die rechte Phoe in den Rücken. Entsetzt beginne ich, zu ihr zu gehen, aber als sie sich umdreht, trifft sie ein weiterer Dolch in den Hals.

Sie löst sich auf, so wie ein limbusierter Ahne.

»Keine Sorge. Ich habe gerade die Ressourcen von vier Menschen verloren, aber das wird schon wieder«, sagt mir Phoe in Gedanken. »Solange es wenigstens noch eine Version von mir gibt, oder du lebst, haben wir eine Chance. Achte auf Samuel. Schnell.«

Das Schwert der verbliebenen Phoe schwingt in hohem Bogen auf den dritten Beschützer zu.

Ich drehe mich zu Samuel um und sehe, dass der gerade einen weiteren Dolch für einen Wurf vorbereitet. Da ich annehme, dass er auf mich zielen wird, springe ich nach links und schlitze seine Seite mit meinem rechten Katana auf. Er duckt sich und kontert mit einem geworfenen Dolch.

In meiner linken Hand explodiert ein brennender Schmerz, und ich verfluche mich selbst dafür, die Katanas als Waffen ausgewählt zu haben. Die meisten Schwerter haben einen Handschutz, aber die Katanas besitzen lediglich eine Zwinge zwischen Klinge und Griff, die eher dekorativ als funktionell ist.

Mein linkes Schwert kommt scheppernd auf dem Boden auf, und ich habe zu starke Schmerzen, um mir Ersatz herbeizurufen. Mit meinem rechten Katana ziele ich auf Samuels Beine. Er pariert mit seinem linken Dolch und will mir mit dem anderen die Kehle aufschlitzen.

Als sein Dolch meinen Hals schon fast berührt, denke ich: »Das war's. Phoe, erwecke mich bitte eines Tages aus dem Limbus.«

Zu meiner großen Überraschung trennt der Dolch mir nicht den Kopf ab.

Stattdessen höre ich das Klirren von Metall.

Ich schaue nach unten. Phoe hat ihr Schwert zwischen meinen Hals und den Dolch geschoben.

Da ich wohl kaum eine bessere Gelegenheit bekomme, meinen mir überlegenen Gegner unschädlich zu machen, stoße ich mein Katana umgehend in Samuels Bauch.

Zur Sicherheit rammt Phoe ihr Schwert in seinen Oberkörper, obwohl er sich bereits limbusiert, während sie das tut.

»Der Fahrstuhlraum«, ruft Phoe und schießt den Gang entlang.

Eine weitere Phoe materialisiert sich neben mir. Ich nehme an, dass sie wegen der drei Wächter und Samuel wieder genug Ressourcen bekommen hat, um eine weitere Version von sich zu instantiieren.

»Wir brauchen weitere Kopien, wenn wir eine Chance haben wollen, zu überleben«, sagen die beiden Phoes wie im Chor.

Hinter uns höre ich Schritte und Keuchen, während wir zum Fahrstuhlzimmer laufen.

Wir drei springen in den Spiegel, der in die fünfzigste Etage führt.

Als wir aus ihm herauskommen, stehen zwei Beschützer vor uns.

Die Männer sehen entsetzt aus, was das letzte Gefühl ist, was sie für eine lange Zeit spüren werden, da die beiden Phoes ihre Schwerter mit identischen Stößen in ihre Herzen jagen.

Jede Phoe führt ihren Schlag mit einer solchen Präzision aus, dass ich, wieder einmal, dankbar dafür bin, dass sie auf meiner Seite steht.

Die zwei Beschützer zerfallen in Stücke und verschwinden.

»Lass mich vorgehen«, flüstert die Phoe rechts von mir, und ich bedeute ihr mit einer Geste, die Führung zu übernehmen.

Sie schleicht den Gang entlang, und die andere Phoe und ich folgen ihr mit so leisen Schritten wie möglich. Als wir einen weiteren Gang betreten, treffen wir erneut auf zwei Beschützer, die mit dem Rücken zu uns stehen. Die zweite Phoe gesellt sich zu ihrer Schwester, und sie bewegen sich so lautlos den Gang hinunter wie zwei Meuchelmörder aus den altertümlichen Filmen. Als sie die ahnungslosen Beschützer erreichen, schwingen sie ihre Schwerter und durchtrennen die Hälse ihrer Opfer, die sich sofort limbusieren.

Eine dritte Phoe erscheint. Sie steht neben ihren anderen beiden Ichs und dreht sich zu mir um. »Wir teilen uns auf. Ich werde mir noch mehr Ressourcen beschaffen, mich weiter vervielfachen und versuchen, Davin oder Jeremiah zu erwischen. Diese beiden werden dich aus dem Sanktum begleiten.«

»Warte, was?«, frage ich, als sie zurück zum Fahrstuhlraum laufen.

Eine der Phoes blickt über ihre Schulter und sagt: »Es ist wichtig, dich hier herauszubekommen, da ich, solange du lebst, im Notfall auf deine Ressourcen zurückgreifen kann. Außerdem bist du leichter zu limbusieren als ich. Jetzt komm, die Zeit ist nicht auf unserer Seite.«

Die neueste Phoe fliegt in den Spiegel zur 156. Etage.

Die verbleibenden zwei Phoes rennen auf den Spiegel zur Eingangshalle zu. Die erste tritt hindurch, dann die zweite.

Ich gehe auf den Spiegel zu, um ihnen zu folgen, als seine Oberfläche plötzlich ihren Glanz verliert.

»Oh nein«, denke ich zu Phoe, als ich den Spiegel berühre.

Meine Finger dringen nicht durch ihn hindurch.

Ich berühre die kalte Oberfläche einer Substanz, die nicht mehr als Tor dient.

Mein Herz rutscht mir in die Füße.

Phoe und ich sind gerade getrennt worden.

ZWANZIGSTES KAPITEL

Ich renne von einem Spiegel zum anderen. Sie funktionieren alle nicht mehr.

»Keine Panik«, denkt Phoe als eine einzige Stimme in meinem Kopf. »Sie müssen verzweifelt sein, wenn sie die Fahrstühle abstellen.«

»Großartig, da fühle ich mich gleich viel besser.« Ich schlage meinen Kopf gegen eine weitere solide verspiegelte Oberfläche. »Sie haben ja auch noch nie etwas Entsetzliches getan, wenn sie verzweifelt waren.«

»Gehe ins Erdgeschoss. Einige Kopien von mir kämpfen bereits gegen die Beschützer, die ihre Posten nicht verlassen haben, um den Eingang des Sanktums zu sichern. Du kannst die Treppen nehmen und uns unten treffen. Gehe einfach den Flur entlang, dann links, dann rechts, und dann nimm die Treppen. Du kannst sie nicht verfehlen.«

Ich verlasse den Fahrstuhlraum und renne Phoes Anweisungen folgend die Gänge entlang. Wenigstens hat sie die Beschützer auf dieser Etage bereits außer Gefecht gesetzt. Ich erreiche die Treppen und verstehe, was Phoe gemeint hatte, als sie sagte, dass ich sie nicht verfehlen könne.

Wenn jemand auf Grundlage meiner schlimmsten Albträume ein Treppenhaus entwerfen sollte, würde es genau so aussehen. Alle Wände sind aus Glas. Der Architekt muss gewollt haben, dass die Menschen den Blick aus dem Sanktum genießen, während sie die Treppen hinauf- oder hinabgehen. Als wolle der sadistische Designer mich noch mehr quälen, hat er die Stufen aus poliertem Metall fertigen lassen, die den bewölkten Himmel so perfekt reflektieren, dass es den Eindruck verstärkt, man ginge im Himmel entlang. Auch wenn ich durch die ganze Fliegerei im Paradies große Fortschritte darin gemacht habe, meine Höhenangst in den Griff zu bekommen, zittern meine Beine, als ich den ersten Schritt nach unten mache.

Ich konzentriere mich bei jedem Schritt auf meine Füße, aber die Aussicht ist schwer zu ignorieren, da ich mich auf der dem Eingang zum Sanktum entgegengesetzten Seite befinde.

»Ich werde dein Sehvermögen steigern, damit du siehst, was passiert«, meint Phoe, und wieder einmal bekomme ich eine Art Adleraugen.

Ich blicke auf den Eingang des Sanktums, der weit entfernt von mir ist. Jetzt kann ich ihn sehen, als hätte ich ein starkes Fernglas. Der Mob ist definitiv am Sanktum angekommen. Er umsäumt den Eingang, und die unzähligen Menschen erstrecken sich kilometerweit in alle Richtungen. Der bunte Haufen bewaffneter und spärlich bekleideter Menschen sieht eher verloren und verwirrt aus als wütend. Sie sind hierhergekommen, um Antworten zu erhalten, und sie werden nicht verschwinden, bevor sie sie bekommen haben.

Geräusche hinter mir lenken mich von meinen Beobachtungen ab. Mit einem Adrenalinschub wird mir klar, dass eine Gruppe von Menschen die Treppen hinunterläuft.

»Phoe«, denke ich und beschleunige meinen Abstieg. »Wissen sie, dass ich hier bin?«

»Keine Ahnung, und ich habe auch nicht die Bandbreite, um es mit Hilfe der Erinnerungen der Menschen, die ich gerade limbusiert habe, herauszufinden. Ich kann dir Zugang zu diesen Erinnerungen verschaffen. Du könntest mehr Glück mit ihnen haben als ich. Da du ein Mensch bist, kannst du instinktiv Erinnerungen aufrufen. Sollten die Erinnerungen nicht helfen, renn einfach.«

Sie muss ihr Angebot sofort umgesetzt haben, da ich auf einmal Zugang zu neuen Erinnerungen habe. Im Gegensatz zu Benjamin und Jeanine stehen mir die Erinnerungen der verschiedenen Menschen gleichzeitig zur Verfügung. Da so viele Menschen involviert sind, ist es schwierig, ein bestimmtes Ereignis herauszufiltern, weshalb ich keine Informationen zu meinen Verfolgern bekommen kann.

Ich höre also auf Phoes zweiten Rat und renne die Treppen schneller hinunter, als ich es mich vorher getraut hätte. Die Illusion, dass ich gleich in den Himmel fallen werde, ist sehr lebendig, trotzdem werde ich nicht langsamer. Ein Teil von mir weiß, dass selbst wenn ich fallen würde, mich meine Flügel retten würden, und dieses Wissen entschärft die Angst.

Während ich laufe, zieht etwas draußen meine Aufmerksamkeit auf sich.

Es sind die Wolken.

Sie formen sich erneut zu Davins Gesicht.

Die externen Erinnerungen zeigen mir eine bunte Auswahl an seinen früheren Erscheinungsbildern, aber keines von ihnen war jemals so ernst.

»Das ist sehr hilfreich«, sagt Phoe in meinem Kopf. »Ich weiß, in welchem Raum er sich befinden muss, um dieses Interface aufzurufen. Wir sind auf dem Weg dorthin.«

Als das Gesicht sich vollständig am Himmel geformt hat, öffnet es seinen riesigen Mund und spricht so laut, dass die Fenster um mich herum vibrieren. »Paradies. Hör mir zu.«

Jetzt beginnt Davin damit, dem Mob die ganzen Lügen zu erzählen. Er erklärt ihm, dass eine bösartige künstliche Intelligenz (Phoe) und ihr Ergebener (ich) den Kreis gerade angreifen. Er behauptet, dass der Kreis und die Beschützer sich tapfer wehren, dass sie aber trotzdem Hilfe brauchen. Er ruft alle Einwohner des Paradieses auf, sich gegen den gemeinsamen Feind zu verbünden.

Ich wende meine verstärkten Augen nicht von der Menge ab, während Davin spricht. Sie kaufen ihm jedes Wort ab und sehen weniger verwirrt aus, als sie sich dem Tor zum Sanktum nähern. Als Davin seine haarsträubende Geschichte zu Ende erzählt hat, zerfällt sein Gesicht langsam wieder in normale Wolken am Himmel. Die Beschützer am Tor gehen dem Mob aus dem Weg. Die Ahnen strömen in das Sanktum und sind entschlossen, ihren Herrschern zu helfen.

Ich renne weiterhin nach unten, während ich die neuen Erinnerungen nach irgendetwas durchsuche, was helfen könnte, aber ich finde nichts.

Innerhalb weniger Minuten hat das Sanktum sein typisch gelassenes Aussehen verloren – zumindest in der Nähe des Eingangs. Die Pagoden und die Gärten laufen vor bewaffneten Menschen über. Tausende Waffen glänzen bedrohlich im Licht des sonnenlosen Himmels des Paradieses.

»Scheiße«, denkt Phoe zu mir. »Davin war nicht in dem Raum. Wir müssen das Sanktum verlassen.«

Die Erinnerungen liefern mir Bilder des Raumes, den sie erwähnt hat. Mehr als einer dieser limbusierten Menschen war schon einmal in dem gewölbeartigen Bunker gewesen.

»Die gute Nachricht ist, dass ich diejenigen, die mich verfolgt haben, abgehängt habe«, erzähle ich ihr, eher um meine Angst zum Schweigen zu bringen, als wirklich eine Unterhaltung führen zu wollen. Ich kann mir ehrlich gesagt nicht vorstellen, wie ich von hier flüchten sollte. Vorher musste ich mir nur um die Beschützer und den Kreis Gedanken machen, aber jetzt sind hier Tausende Menschen.

»Ich hoffe wirklich, dass du sie abgehängt hast«, meint Phoe. »Ich muss jetzt los, damit ich mich auf die Suche nach Davin konzentrieren kann«

Ich antworte ihr nicht, weil Wayne – der ursprüngliche Gesandte – auf den Treppenabsatz unter mir tritt und genau zu mir blickt.

Als ich sein eigenwilliges gutes Aussehen und seine Taubenflügel betrachte, verziehen sich seine wunderschönen Gesichtszüge zu einem hässlichen Stirnrunzeln, und mörderische Entschlossenheit blitzt in seinen uralten Augen auf.

In seiner rechten Hand hält er bereits eine Sichel, die die Waffe seiner Wahl sein muss. Seine Knöchel sind durch die Stärke, mit der er den hölzernen Stiel umfasst, weiß, und ich bin mit sicher, dass er nichts lieber tun würde, als meinen Kopf abzutrennen.

Die Waffe lässt eine Flut von Erinnerungen der Menschen in meinen Kopf schießen, mit denen Phoe mich verbunden hat. Ich sehe bruchstückhafte Bilder von Phoe, wie sie mit ihrem Mittelalterschwert Menschen angreift, mehrere Phoes, die in einem großen Vorraum zurückschlagen, Beschützer limbusieren und andersherum, und schließlich sehe ich durch die entsetzten Augen meines Wirtes, wie Phoe sich in der Hitze der Schlacht vervielfältigt.

»Hast du mir Zugang zu den Erinnerungen der Menschen gegeben, die du gerade umgebracht hast?«, frage ich Phoe. »Das ist mehr als ein wenig verstörend.«

»Hör auf, dich ablenken zu lassen, und kümmere dich um Wayne.« Phoes mentales Kommando trifft meinen Kopf wie ein Peitschenhieb. »Die Beschützer hinter dir haben das Können, dich umzubringen, aber niemand erinnert sich daran, dass Wayne besonders gut kämpft. Außerdem hast du den Vorteil, dass du dich weiter oben befindest und hoffentlich auch Zugriff auf das Muskelgedächtnis meiner gefallenen Gegner hast.«

»Ich nehme an, dass, wenn ich ihn limbusiere, du ebenfalls seine Erinnerungen bekommst?« Ich rufe meine Schwerter.

»Ja, und ich werde die Erinnerungen mit dir teilen. Ich war in der Lage, meine Fähigkeiten zu verbessern, mir Ressourcen anzueignen. Ich hoffe wirklich, dass du ihn limbusieren kannst, da er wissen könnte, wo sich der Rest des Kreises versteckt.«

»Du bist Theodore, stimmt's?« ruft Wayne mit seiner Kirchenorgelstimme und reißt mich damit aus meiner Gedankenunterhaltung mit Phoe. »Warum hilfst du diesem Ding?«

Meine Augen stellen Blickkontakt zu seinen her, und ich gehe einen Schritt nach unten. Er geht einen Schritt nach oben.

»Sie ist kein Ding«, antworte ich. »Wenn du einfach –«

Wayne springt zwei weitere Stufen nach oben und schwingt die Sichel auf meine linke Wade.

Wenn das heute mein erster Kampf wäre und ich nicht das Muskelgedächtnis der Beschützer hätte, das mir hilft, hätte sein Trick vielleicht klappen können. Aber ich erkenne, was er vorhat, noch bevor er sich bewegt.

Ich springe eine Stufe nach oben, wehre die gekrümmte Schneide der Sichel mit meinem rechten Katana ab und stoße mein linkes Schwert auf seine Brust.

Wayne weicht meinem Angriff aus, und ich schwinge mein anderes Schwert auf seinen Oberkörper. Er wehrt es mit seiner Sichel ab, woraufhin mein Katana an der scharfen Klinge abrutscht und gegen das Fenster schlägt.

Überraschenderweise gibt das Fenster das klirrende Geräusch von Metall auf Metall von sich. Ist das Glas, so wie die Kuppel, aus Diamanten gefertigt? Sollte das der Fall sein, schließt es meine Idee aus, das Glas zu zerbrechen und wegzufliegen.

Wayne nutzt seinen Vorteil und schneidet mir in die Achillesferse. Die Sichel dringt in mein Fleisch ein, aber ich verspüre keinen Schmerz.

»Gern geschehen«, sagt Phoe in meinem Kopf. »Ich habe es auch geheilt. Sonst wäre es das für dich gewesen.«

Als Wayne sieht, wie leicht ich das abschüttele, was eine ernsthafte Verletzung gewesen sein sollte, wird aus seiner Zuversicht Angst. Ich übe Druck auf ihn aus, indem ich wiederholt zuschlage, weil ich versuche, ihn zu ermüden.

Höher« als er zu stehen ist definitiv ein Vorteil. Ich muss lediglich meine Beine schützen, und mit Phoes Hilfe kann ich die meisten Verletzungen überleben. Wayne muss allerdings seinen Oberkörper und seinen Kopf schützen, ohne dass er auf Phoes heilende Fähigkeiten zurückgreifen kann.

»Du hast auch die Schwerkraft auf deiner Seite«, meint Phoe. »Aber beeile dich. Vergiss nicht, dass irgendjemand die Treppen hinunterkommt.«

So als hätte Phoe es heraufbeschworen, kehrt das Geräusch vieler Füße, die auf die Stufen stampfen, zurück.

Ich werfe einen Blick nach oben und sehe die Gesichter der Beschützer, die mich durch das Treppenhaus von fünf Etagen über mir anblicken.

Mein Adrenalin schießt in die Höhe, und ich führe eine Reihe von Manövern durch, die definitiv vom Muskelgedächtnis einer anderen Person kommen, da es unmöglich ist, dass ich so etwas allein tun könnte.

Ich trete mit meinem Fuß in Waynes wie aus Marmor gehauenem Gesicht. Der Tritt reißt ihn von seinen Füßen, und er fällt die Stufen wie eine Ansammlung von Flügeln und gebrochenen Knochen hinunter. Anstatt ihm hinterherzurennen, springe ich hoch, spreize meine Flügel und bereite meine beiden Schwerter vor.

Ich lande drei Meter weiter unten, und ein Schwert findet seinen Weg in Waynes Hals, während das andere den Oberkörper erwischt.

»Und jetzt lass uns durch seine Erinnerungen herausfinden, was der Kreis vorhatte.« Phoes Gedanke erreicht mich, als ich meinem Gegner beim Limbusieren zusehe.

Ich blicke hoch und sehe, dass die Beschützer ihren Abstand zu mir verringern. Einer von ihnen wirft einen Dart auf mich, dem ich ausweiche.

Ich warte nicht, um zu sehen, was sie als Nächstes auf mich werfen. Ich springe einen ganzen Treppenabsatz hinunter und beginne wieder, zu rennen.

»Also«, denke ich keuchend zu Phoe. »Hast du etwas aus Waynes Erinnerungen erfahren?«

»Ja.« Phoes Gedanke hört sich dumpf und verängstigt an. »Ich habe herausgefunden, was diese Idioten getan haben. Sieh nach draußen.«

Ich werfe einen Blick nach draußen und kann nichts weiter sehen als den Mob, der immer tiefer in das Sanktum eindringt.

Dann bemerke ich einen Kerl, der eigenartig aussieht, weil er zu groß ist. Ich habe schon große Menschen gesehen, aber dieser hier ist mindestens zwei Meter vierzig groß.

Ich kämpfe gegen meinen Drang an, meine Augen zu reiben, weil ich mich frage, ob meine Adleraugen mir einen Streich spielen.

Einen Treppenabsatz später schaue ich wieder auf den Mann und bemerke, dass er größer ist, als ich dachte.

Er könnte sogar zwei Meter siebzig sein.

Und dann habe ich eine unmögliche Erklärung dafür.

Dieser Typ wächst.

»Was zur Hölle?«, sage ich laut. »Was geschieht gerade?«

Der wachsende Mann schaut in meine Richtung, und fast trete ich neben die Stufe und stolpere.

Er hat mein Gesicht.

EINUNDZWANZIGSTES KAPITEL

Dieses Ding hat nicht nur mein Gesicht.

Dieser Riese sieht genauso aus wie ich, nur dass er doppelt so groß ist und immer noch wächst. Er hat meine Flügel und meine Muskeln, allerdings an seine Dimensionen angepasst. Als er wütend brüllt, höre ich meine Stimme, nur dass sie wegen seiner viel größeren Stimmbänder tiefer ist.

»Ernsthaft, Phoe, du solltest besser einige Antworten für mich haben«, sage ich laut und lasse alle Vorsicht fallen. Es gibt nichts in den Erinnerungen, auf die ich Zugriff habe, was diese abartige Kopie von mir erklären könnte.

Der Riese wächst weitere dreißig Zentimeter in der Zeit, die ich brauche, eine halbe Etage nach unten zu rennen.

»Erinnerst du dich an das, was ich dir über den Algorithmus gegen Eindringlinge in dem Test erzählt habe?« Phoes Gedanke schneidet durch meine benebelnde Verwirrung.

»Ja.«

»Und erinnerst du dich daran, dass Davin begonnen hatte, über einen zu sprechen, als wir im Himmelszimmer waren? Na ja, das ist er. Der Algorithmus gegen Eindringlinge im Paradies wurde vor langer Zeit deaktiviert, aber es sieht so aus, als sei der Kreis verängstigt genug gewesen, um ihn wieder zu aktivieren.«

Erinnerungen von außen liefern mir weitere Erklärungen. Ich erinnere mich aus verschiedenen Blickwinkeln, einschließlich Waynes, an eine hektische Unterhaltung der Mitglieder des Kreises.

»Ich habe bereits mehrere Mitglieder des Kreises limbusiert«, sagt Phoe, um mir die Erinnerungen zu erklären. »Und falls das nicht klar sein sollte: sobald ich eine neue Erinnerung habe, stelle ich sie dir immer sofort zur Verfügung.«

Ich ignoriere Phoe und konzentriere mich auf Waynes Erinnerungen. Er hatte Angst vor dieser Lösung. Er hat Davin angeschrien, den Algorithmus nicht zu aktivieren, und ihm gesagt: »Wir haben bereits gesehen, wozu deine Lösungen führen.« Letztendlich war Wayne allerdings in der Minderheit gewesen.

Ich schüttele meinen Kopf, um klar denken zu können. Sich in diesen Erinnerungen zu verlieren ist gefährlich.

Ich schaue aus dem Fenster. Der Riese ist bestimmt einen weiteren Meter gewachsen, während ich meinen Tagträumen nachgehangen habe.

Wayne hatte recht damit, Angst vor diesem Ding zu haben. Der Riese schnappt sich Ahnen aus der Luft, wirft sie auf den Boden und trampelt sie zu Tode – oder in den Limbus.

Die Erinnerungen seiner Opfer strömen in meinen Kopf, und ich erlebe, wie der riesige Fuß jeden Knochen ihrer Körper bricht. Ich drücke diese Erinnerungen weg und konzentriere mich auf das Positive.

Das verschafft Phoe mehr Ressourcen.

Allerdings hilft mir das Wissen, dass der Riese uns ungewollt hilft, bald nicht mehr dabei, besser mit den Kollateralschäden zurechtzukommen. Es ist zu makaber, eine riesige Version von mir dabei zu beobachten, wie sie auf die Menschen tritt, so als seien sie Ameisen – besonders deshalb, weil der Riese auf ihrer Seite stehen sollte.

»Warum tut er das? Warum tötet er die Ahnen?«, frage ich Phoe, während ich einen weiteren Treppenabsatz hinter mich bringe.

»Der Algorithmus gegen Eindringlinge ist nicht sehr intelligent, und von seiner Perspektive aus sind die Ahnen genauso eine Bedrohung für das Paradies, wie es ursprünglich sein sollte, wie wir es sind«, erklärt mir Phoe.

Ein Dutzend Phoes tauchen in meinem Sichtfeld auf; wahrscheinlich stammen sie aus diesem Gebäude, aber jetzt sind sie auf dem Weg zu der riesigen Kreatur.

Mich überkommt eine neue Welle von Rückblicken von den Legionen der Beschützer, die die Phoes limbusieren.

»Warum sieht der Riese so aus wie ich?«, denke ich zu Phoe und versuche, die Erinnerungen an das Blutbad wegzuschieben.

»Der Algorithmus sieht aus wie du, weil er es geschafft hat, Zugriff auf mich zu bekommen, oder besser gesagt auf ein Stück von mir. Danach hat er beschlossen, so auszusehen wie jemand, der mir wichtig ist, da er hofft, dass ich dadurch im Kampf gegen ihn zögern werde.« Phoes mentale Stimme hört sich an, als würde sie durch zusammengebissene Zähne sprechen. »Es war allerdings ein strategischer Fehler, sich Zugriff auf mich zu verschaffen. Als er das getan hat, hat er mir einige Arten enthüllt, auf die er die Umgebung kontrollieren kann. Ich werde jetzt sehen, ob ich diese Fähigkeit zu meinem Vorteil nutzen kann.«

Eine Sekunde lang fühle ich mich wieder warm und kribbelig, weil ich jemand bin, der Phoe wichtig ist, aber das angenehme Gefühl ist nur von kurzer Dauer. Große Schwerter tauchen in den Händen der Phoes auf, als sie den Riesen angreifen.

Als sie sich ihm nähern, sprühen ihre Schwerter elektrische Funken in jeder Farbe des Regenbogens.

Ich kann nicht verhindern, dass mir auffällt, dass sie nicht besonders sentimental sind, wenn es darum geht, jemanden anzugreifen, der aussieht wie ich. Nicht, dass der Riese mir jetzt gerade sehr ähnlich sieht. Ich habe noch nie so einen angsteinflößenden, bösen Blick auf meinem Gesicht gesehen.

Der Riese brüllt, schaut auf die sich ihm nähernden Phoes, schnappt sich eine der alten Eichen und entwurzelt sie, als sei sie ein winziger Strauch. Danach fährt er mit seiner Hand über die grünen Äste, um sie vom Stamm abzubrechen und sich aus der Eiche einen Knüppel zu basteln.

»Du musst schnell das Gebäude verlassen.« Phoes Gedanke erreicht mich, als eine Gruppe ihrer Kopien den Riesen angreift.

Zwei Phoes stechen ihre Schwerter in seine Füße, während zwei andere ihre Waffen in seine Seiten bohren.

Ihre Schwerter fügen dem wütenden Riesen genauso viel Schaden zu, wie es Nadeln tun würden.

Die gewaltige Kreatur schwingt unverletzt von den Angriffen seinen Knüppel mit seiner rechten Hand, wodurch er zwei Phoes in die schreiende Menge der bewaffneten und verängstigten Ahnen fliegen lässt. Im Fliegen schwingen die Phoes ihre Schwerter und limbusieren dadurch unterwegs Menschen. Ich bin mir nicht sicher, ob sie das tun, um mehr Ressourcen zu bekommen oder um den unkontrollierten Flug zu stoppen, aber der Mob schreit so laut, dass ich ihn durch die Fenster hören kann.

Der Riese schnappt sich eine Phoe und einen Fremden aus der Menge und schlägt ihre Köpfe so gewaltvoll gegeneinander, dass sie sich auf der Stelle limbusieren.

Sofort wächst der Riese mindestens einen Meter.

»Phoe«, sage ich hektisch. »Geht es dir gut? Gibt es noch mehr von dir?«

»Es gibt mich viele Male, ja«, antwortet sie. »Mach dir um mich keine Sorgen. Geh in die Eingangshalle.«

Eine der Phoes wehrt sich gegen den Riesen, der jetzt bis über die vierte Etage des Gebäudes reicht.

Phoe hebt ihren Arm mit einer eigenartigen Geste zum Himmel und schreit etwas so laut, dass die Treppen unter meinen Füßen vibrieren.

In der Zeit, die ich benötige, noch eine Etage hinter mich zu bringen, passiert draußen nichts. Der Riese versucht, Phoe zu zertrampeln, aber sie weicht seinem riesigen Fuß aus.

Dann schießen aus allen Richtungen Vogelschwärme und Tierherden auf den Riesen zu.

Ich gehe weiterhin die Treppen hinunter. Immer mehr Vögel kommen. Es sieht so aus, als kämen diese Vögel von allen Inseln des Paradieses durch das Tor des Sanktums geflogen. In der Sekunde, in der ich darüber nachdenke, werde ich mit Jahrhunderten vogelkundlicher Informationen überflutet, die ich schnell unterdrücke.

Die Vögel stammen aus den örtlichen Zoos. Die Erinnerungen versorgen mich mit Einzelheiten über jede Spezies und ihren Charakter. Es gibt weniger Tiere als Vögel, aber was ihnen zahlenmäßig fehlt, machen sie durch Wildheit wett. Es gibt viele gefährliche Arten, angefangen von Gorillas bis hin zu Grizzlybären.

Ich denke, dass ich verstehe, was gerade passiert. Irgendwie hat Phoe diese Kreaturen dahingehend beeinflusst, meinen gewaltigen Doppelgänger anzugreifen; wie diese Disney-Prinzessin hat sie die

Tiere herbeigerufen. Sie muss ihre Fähigkeiten erweitert haben, die Welt um uns herum manipulieren zu können.

Die Vögel kommen immer noch und verdecken fast den ganzen Himmel, was das ohnehin schon bedrückend aussehende Sanktum in eine deprimierende Dunkelheit taucht.

Meine verstärkte Sicht muss auch eine Nachtsicht beinhalten, weil ich keine Probleme damit habe, den gigantischen Krähenschwarm zu erkennen, der an den Augen des Riesen pickt – Augen, die jetzt die

Ausmaße eines Pools haben. Ein noch größerer Schwarm weißer Vögel –
Reiher, glaube ich – pickt an seinen Schultern.

Auf dem Boden versucht ein Team aus Elefanten und Nilpferden, den
Riesen zu Fall zu bringen. Sie rammen immer wieder seine Beine.

Der Riese brüllt. Das Geräusch ist so wild, dass ich in kalten Schweiß
ausbreche.

Der Riese schlägt nach den Krähen, bevor er sein höhlenartiges Maul
aufreißt und einatmet.

Die beiden Vogelschwärme verschwinden in seinem Mund.

Da jetzt niemand mehr in seine Augen hackt, steht der Riese einfach da
und nimmt die restlichen Belästigungen ungestört hin. Aber bald verstehe
ich seine wirkliche Strategie – wenn man sie so nennen kann. Er wächst
einfach viel schneller, was bedeutet, dass die Tiere wortwörtlich eine
kleinere Zumutung werden.

Als er mit seiner Größe zufrieden ist, beginnt der Riese, sich zu
bewegen. Seine Schritte lassen den Boden unter meinen Füßen erzittern
und bringen die Scheiben zum Klirren.

Während er geht, hinterlässt er eine Spur toter Tiere und Vögel. Wenn
ein Ahne zu langsam ist, ihm aus dem Weg zu gehen, wird er oder sie
augenblicklich limbusiert.

Nach einigen Schritten wird das Ziel des Riesen klar, und ich vereise
innerlich.

»Nein«, denke ich verzweifelt. »Er kann nicht das vorhaben, von dem
ich denke, dass es der Fall ist.«

Phoe antwortet nicht, aber das muss sie auch nicht.

Er kommt auf mich zu.

Ich schieße praktisch nach unten.

Ich bin nur fünf Etagen von der Eingangshalle entfernt. Wenn ich es
bis dorthin schaffe, sollte ich in der Lage sein, zu fliehen. Sobald ich
draußen bin, werde ich zu klein sein, als dass er mich problemlos erkennen
kann.

Er kommt näher.

Ich bringe weitere zwölf Schritte hinter mich.

Er streckt seine Hand, die die Ausmaße eines Fußballfelds hat, nach dem Ahlen-Gebäude aus und ergreift es irgendwo in der Mitte, wodurch mir klar wird, dass er nicht hinter mir her war.

Er hat sich eine Waffe geschnappt, um die Vögel zu vertreiben.

Zu meinem Pech und das aller anderen in dem Gebäude ist die Waffe, die er sich ausgesucht hat, das Gebäude selbst.

Ich atme ein und halte mich mit aller Kraft am Geländer fest.

Der darauffolgende Lärm ist wie der, den ich mir immer für den Weltuntergang vorgestellt hatte. Ich höre das unheilige Kreischen von Metall, das gebogen und gebrochen wird, und das Knirschen von Beton, der zu Sand zermahlen wird.

Das Gebäude beginnt, gewaltig zu erzittern, bevor der Boden zur Decke wird, dann schnell zur Wand und sich dieses Wirbeln immer wieder mit einer achterbahnartigen Heftigkeit wiederholt. Meine Hände umklammern das Geländer wie Krallen, aber ich weiß nicht, wie lange ich mich noch derart festhalten werden kann.

Ein Schwall von Erinnerungen überkommt mich – Erinnerungen an die letzten Momente dieser Menschen. Momente, in denen sie mit ihren Köpfen gegen eine Wand, den Boden oder die Decke schlugen. Das ist zu viel, besonders deshalb, weil mich das gleiche Schicksal erwartet.

»Kannst du diese Erinnerungen abschalten?«, bitte ich Phoe. »Ich muss nicht noch mehr vom Tod sehen.«

Die Erinnerungen hören auf, aber das Wackeln wird stärker, und mir wird schlecht.

Durch das Fenster sehe ich kurz den Boden, dann den Himmel.

Die Tiere dort unten sind alle tot, und das Gleiche gilt für jeden, der das Pech hat, unter den Füßen des Riesen zu landen, die mittlerweile die Größe eines Stadions haben.

Tote Vögel spritzen gegen die Fenster. Der Riese tut offensichtlich das, von dem ich dachte, dass er es wahrscheinlich tun würde – er benutzt das Ahlengebäude als Schlagstock.

Irgendwann sehe ich durch meine Übelkeit einen kurzen Augenblick lang eine einsame Phoe, die hinter dem Riesen steht und ihre Arme in den Himmel streckt. Es könnte sich dabei um einen Streich meines sich drehenden Kopfes handeln, aber ich glaube, dass sie wächst, so wie es der Riese getan hat.

Plötzlich wird das Gebäude ruckartig bewegt und meine Hände werden vom Geländer gerissen.

Mein Körper schießt nach vorne – was genau genommen nach unten sein müsste. Meine Schulter knackt, als sie gegen das Metallgeländer knallt, bevor sich das Gebäude erneut dreht und diesmal mein unterer Rücken gegen das Geländer fliegt. Mein ganzer Körper wird taub.

Als sich die Sterne vor meinen Augen verflüchtigen, weiß ich mit Sicherheit, dass Phoe zu einem zweiten Riesen heranwächst, und sie ist bereits groß genug, um gegen diesen Riesen-Theo-Algorithmus zu kämpfen.

Ich spucke einen Zahn aus und versuche zu fliegen, aber mein Körper reagiert nicht.

Entweder sind meine Flügel oder mein Rücken gebrochen.

Durch das Fenster sehe ich, dass die riesige Phoe näher kommt, und verstehe, warum.

Der Riese ist kurz davor, sie mit dem Gebäude zu schlagen.

Als es auf ihr aufkommt, erzittert alles um meine Schultern, und mein Kopf kracht in das Fenster.

Die Welt wird augenblicklich schwarz.

ZWEIUNDZWANZIGSTES KAPITEL

Erschöpft komme ich wieder zu Bewusstsein. Das Erste, was ich höre, ist Phoes dröhnende Stimme, die glaube ich so etwas sagt wie »Ich habe deinen Körper geheilt, Theo. Jetzt verschwinde von hier.«

Ich öffne meine Augen und sehe, dass das Fenster vor mir zerbrochen ist. Ich bezweifle, dass mein Kopf es zerstört hat, aber er hat mit Sicherheit dazu beigetragen.

Dafür, dass ich mir den Kopf so hart gestoßen und mir, wie ich mich erinnere, die Knochen und den Rücken gebrochen hatte, fühle ich mich erstaunlich gut. Aber ich habe keine Zeit, hier herumzusitzen und in mich zu hören. Das Gebäude befindet sich immer noch in den Händen des Riesen.

Ich spanne mich an, breite meine Flügel aus und fliege aus dem Fenster, wobei ich mein Bestes gebe, mich nicht an den Glassplittern zu schneiden.

Sobald ich das Fenster hinter mir gelassen habe, kracht der Wolkenkratzer in etwas Großes. Die Klangwelle rollt über mich hinweg und trägt mich von dem Aufprall fort.

Ich schlage hektisch mit meinen Flügeln und versuche, mich daran zu erinnern, was passiert ist, bevor ich das Bewusstsein verloren habe. Ich hatte Hoffnung geschöpft, glaube ich, aber ich weiß nicht mehr genau, warum.

Ich traue mich, einen Blick zurückzuwerfen, und kann meinen Augen kaum trauen.

Das hatte ich beinahe vergessen.

Es gibt jetzt zwei Riesen: einen riesigen Theo und eine kleinere, aber immer noch riesige Phoe.

Der Theo-Riese schlägt mit dem Gebäude so stark auf die Phoe-Riesin, dass sie nach hinten fliegt, während sie mit ihren Flügeln und Armen schlägt.

Ihr Rücken knallt in die Kuppel des Sanktums, und die Welt verstummt.

Dann erreicht mich eine weitere Klangwelle und schleudert mich zur Seite.

Ich schlage verzweifelt mit meinen Flügeln, um wieder an Höhe zu gewinnen, und sobald ich wieder geradeaus fliege, schaue ich nach hinten.

Als Phoes Körper in die Kuppel gekracht ist, hat er der diamantenen Schale einen Riss zugefügt. Mit dem Geräusch von planetengroßen Nägeln, die über eine galaxiengroße Tafel kratzen, bricht die Kuppel auseinander.

Ich weiche erst einem Stück aus, dann dem nächsten.

Herabfallende Trümmer erschlagen die Ahnen um mich herum, und dann stürzt der Rest der Kuppel wie ein Hagelschlag in einem Weltuntergangssturm ein.

Ich beobachte mit fasziniertem Entsetzen, wie die Stücke der zerbrochenen Kuppel die Köpfe der Ahnen einschlagen. Schreie vermischen sich mit dem Durcheinander der anderen Geräusche, durch die sich meine Nackenhaare aufstellen. Ich bin dankbar dafür, dass die Erinnerungen dieser sterbenden Menschen nicht in meinen Kopf rauschen. Wenn Phoe sie nicht unterbunden hätte, würde ich zusammengekauert am Boden liegen und meinen Kopf halten.

Ich weiche einem anderen Diamanten in der Größe meines Körpers aus und bemerke, dass mein Hals brennt, weil ich so laut geschrien habe – genauso wie jeder andere auch.

Ich umfliege weitere Trümmer und versuche, mir meinen Weg aus dem Kriegsgebiet zu bahnen, in das sich das Sanktum verwandelt hat.

In einiger Entfernung sehe ich, wie sich die Phoe-Riesin augenscheinlich von ihrem monumentalen Fall erholt. Sie breitet ihre Flügel aus und schmeißt sich auf den Theo-Riesen, dessen ein Meter fünfzig breites Kinn entschlossen angespannt ist.

Der Theo-Riese wirft das Gebäude auf sie. Sie duckt sich, und die Ahle fliegt auf eine der Inseln zu, die das Sanktum umkreisen. Als sie dort aufschlägt, verwandelt sie sich augenblicklich in Metall- und Glasstaub. Ich beglückwünsche mich dazu, das Gebäude verlassen zu haben, bevor das geschehen ist.

Die Phoe-Riesin fliegt mit erhobener Faust auf den Riesen zu, aber er weicht ihrem Schlag aus und antwortet ihr mit einem Gebrüll, das einem das Blut in den Adern gefrieren lässt.

Er ist jetzt noch größer; beide sind das. Es sieht so aus, als wäre die Kuppel sowieso zerstört worden; wenn Phoe sie nicht mit ihrem Rücken zerbrochen hätte, wäre sie jetzt aus ihr herausgewachsen.

Mit seiner fußballfeldgroßen Hand ergreift der Theo-Riese die Insel, die von dem Gebäude getroffen wurde. Der Riese ist so groß, dass die arme Insel in seiner Hand wie ein Stein aussieht. Mit einer schnellen Bewegung wirft er das Objekt gegen Phoes Kopf.

Der Aufprall hört sich an, als ob tektonische Platten gegeneinanderreiben würden. Der Wind durch den Zusammenstoß ist so stark wie ein Wirbelsturm, und ich verliere an Höhe.

Als ich mich wieder erholt habe, sehe ich, dass die Phoe-Riesin kniet und sich den Kopf hält.

»Phoe«, rufe ich in ihre Richtung. »Ist alles in Ordnung mit dir?«

»Bitte lenke mich nicht ab«, antwortet sie mir in Gedanken. »Finde Davin oder Jeremiah. Sie sind die einzigen Mitglieder des Kreises, die noch am Leben sind. Sie könnten etwas über diesen Algorithmus gegen Eindringlinge wissen, und außerdem habe ich immer noch nicht herausgefunden, wie ich mit dem Virus fertigwerden kann, nachdem wir das Problem hier gelöst haben werden – vorausgesetzt wir überleben, was ich langsam zu bezweifeln beginne.«

Der Theo-Riese greift nach einer anderen der mondähnlichen Inseln im Himmel.

Ich lasse Phoe in Ruhe, damit sie sich auf ihre Schlacht konzentrieren kann, und drehe mich herum, um mir das Blutbad, das sich vor mir ausbreitet, zu betrachten.

Diese Bewegung rettet meinen Kopf davor, von Davins Morgenstern eingeschlagen zu werden. Er muss hinter mich geflogen sein, um mich in den Limbus zu schicken. Ich ducke mich instinktiv, und der Morgenstern rauscht einige Zentimeter neben meinem Ohrläppchen vorbei.

Davin schwingt seinen zweiten Morgenstern auf meine Schulter.

Er sieht mitgenommen und verzweifelt aus. Ich nehme an, dass die Zerstörung, die der Riese verursacht, nicht das war, was Davin erwartet hatte. Ich wette, dass er sich gerade wünscht, auf Wayne und die anderen gehört zu haben, die befürchteten, dass der Algorithmus gegen Eindringlinge genauso ein Desaster wie der Jeremiah-Virus sein würde.

Als ich mich daran erinnere, was in Oasis passiert ist, fällt mir wieder ein, dass Davin einer der Menschen ist, die für den Tod meiner Freunde verantwortlich sind. Mein Kopf wird augenblicklich klar. Es ist faszinierend, welche Auswirkungen es haben kann, wenn man sich auf seine Wut und seinen Hass konzentriert.

Ich rufe mein rechtes Katana herbei und wehre den Angriff mit dem Morgenstern ab. Der Wurf war schwungvoll und die Waffe ist schwer, weshalb sich meine Schwertklinge fast verbiegt. Meine Gelenke schmerzen von dem Rückschlag, aber ich beiße meine Zähne zusammen und versuche, ihn mit dem Schwert zu erwischen.

Davin öffnet seine Flügel weiter, bewegt sich nach hinten, um meinem Schlag auszuweichen, und tritt mir gegen das Schienbein.

Diesmal spüre ich den ganzen Schmerz. Da Phoe nicht länger die Bandbreite besitzt, mir den Schmerz zu nehmen, muss ich mich wirklich konzentrieren; wenn ich nicht aufpasse, werde ich limbusiert.

Ich rufe mein linkes Katana zu mir und fliege rückwärts.

Davin folgt mir nicht.

Er bleibt außerhalb der Reichweite meiner Waffen und wartet.

Ich verfluche mich selber dafür, dass ich Phoe gebeten hatte, meine Verbindung zu den Erinnerungen zu lösen. Wenn ich Zugang zu ihnen hätte, könnte ich vielleicht etwas über Davins Kampfstil herausfinden.

Meine Aufmerksamkeit wendet sich der Phoe-Riesin zu. Sie hat sich erholt und hält den Theo-Riesen im Schwitzkasten.

Plötzlich brechen in meiner Schulter Schmerzen aus.

Etwas, oder jemand, hat mich von hinten angegriffen.

Davin sieht euphorisch aus, als er mit hoch erhobenen Morgensternen auf mich zuspringt.

Ich weiche seinem linken Schlag aus und wehre seinen rechten ab, indem ich meine Klingen überkreuze, was den Rückschlag halbiert.

Ein donnerndes Tösen ertönt von den kämpfenden Titanen, aber ich traue mich nicht, hinzuschauen, um herauszufinden, wodurch es ausgelöst wurde. Stattdessen werfe ich einen Blick hinter mich, um zu sehen, wer mich angegriffen hat.

Es ist jemand mit den riesigen Flügeln einer Albino-Fledermaus, und er hat mir mit seiner Machete eine Schnittwunde zugefügt. Als sich unsere Blicke treffen, bricht er mit seiner celloartigen Stimme in ein Kriegsgebrüll aus und hebt die Machete, um ein zweites Mal zuzuschlagen.

Ich wehre seine Waffe mit meinem Katana ab, und mir wird klar, dass ich es geschafft habe, Davin und Jeremiah zu finden. Oder besser gesagt haben sie mich gefunden – leider beide gleichzeitig.

Ich ignoriere meine schmerzende Schulter und benutze mein linkes Schwert dazu, Davins freiliegendem Oberkörper eine Schnittwunde zuzufügen, während ich Jeremiahs Machete mit meinem rechten abwehre.

Jeremiah zielt auf meine Körpermitte, und Davin trifft mich fast am rechten Arm.

In dem Bruchteil einer Sekunde wird mir etwas klar.

Wenn ich gegen beide auf einmal kämpfe, werde ich mit Sicherheit verlieren. Meine einzige Chance, zu überleben, ist, etwas zu versuchen, was mehr als verzweifelt ist. Ich trete Jeremiah in seinen Lendenbereich, und sobald er beginnt, nach hinten zu stolpern, ignoriere ich ihn und greife Davin an.

Mit gekreuzten Schwertern stürme ich auf ihn zu. Er schlägt mich mit seinem rechten Morgenstern auf die Brust, und ich spüre, wie meine Rippen brechen, aber ich lasse mich davon nicht aufhalten. Ich überkreuze weiterhin meine Schwerter, und meine Knöchel sind ganz weiß, als ich die Klingen in einer geschmeidigen und gleichmäßigen Bewegung durch Davins Hals gleiten lasse. Sein Kopf trennt sich von seinem Körper ab, und er limbusiert.

In der gleichen Sekunde schneidet Jeremiahs Machete durch mein linkes Handgelenk.

Ich schreie.

Der Knochen in meinem Handgelenk ist zerteilt, genauso wie die Sehnen und die Bänder. Ich betrachte mit surrealem Entsetzen, wie die Hand, die den Katana immer noch in einem Todesgriff hält, abfällt.

Ich schreie erneut.

Ich glaube nicht, dass ich jemals einen solchen Schmerz verspürt habe. Er ist strukturiert und vielfältig in seiner Qual. Die ganzen Schmerzen, die ich jemals in meinem ganzen Leben gefühlt habe, scheinen sich in diesen

Moment destilliert zu haben, und durch den roten Nebel höre ich, wie Jeremiah sagt: »Jetzt werde ich deinen Kopf abtrennen.«

Mein Kopf ist plötzlich klar und alle meine Sinne scharf. Ich schaue auf Jeremiahs Gesicht und versuche, mein Leiden durch Wut zu ersetzen. Ich konzentriere mich auf meine Wut. Ich schmecke sie. Ich kanalisiere sie. Ich zwinge mich dazu, mich daran zu erinnern, wie hilflos ich mich gefühlt habe, als meine Freunde in Oasis gestorben sind. Ich erinnere mich daran, dass das alles Jeremiahs Schuld war. Sein Kopf hat den entsetzlichen Virus gelenkt und ihm erlaubt, alle lebenserhaltenden Systeme auf dem Schiff abzustellen.

Das grausige Mantra funktioniert.

Die Schmerzen werden schwächer, und Entschiedenheit macht sich in meinem Kopf breit.

Durch den weißen Hassnebel in meinen Augen sehe ich, wie Jeremiah die Machete auf meinen Hals schwingt.

Ich beuge mich weit nach hinten, damit er mich verfehlt.

Er schreit und schlägt seine Machete in Richtung meiner linken Schulter.

Ich wehre den Angriff mit meinem Schwert ab, und füge ihm mit dem gleichen Schlag eine Verletzung an seiner Schläfe zu.

Ein Rinnsal aus Blut läuft über Jeremiahs Gesicht, und ich sehe Angst in seinen Augen, aber ich bin zu benommen, um mich darüber zu freuen.

Ich fühle mich minütlich schwächer.

Dann begreife ich es auf einmal.

Die leuchtende Flüssigkeit, die hier mein Blut ist, spritzt aus meinem Armstumpf. Wenn ich nichts dagegen tue, werde ich verlieren. Jeremiah muss einfach nur abwarten, was wahrscheinlich auch der Grund dafür ist, dass er sich gerade mehr darauf konzentriert, sich zu verteidigen, als anzugreifen.

Nein.

Ich werde ihn nicht gewinnen lassen.

Ich muss die Blutung stoppen.

Ich umfasse den Griff meines Katanas so stark, dass meine Knöchel ihre Farbe von weiß zu lila verändern. Ich bin gerade dabei, etwas völlig Krankes zu tun, aber ich denke nicht länger darüber nach. Ich berühre einfach das Feuer meines Schwertes mit meinem blutigen Stumpf.

Ich höre das ekelerregende Brutzeln verbrennenden Fleisches, und ein furchtbarer Grillgeruch steigt in meine Nase.

Der Schwall des aus meinem Arm spritzenden Blutes verringert sich erst zu einem Rinnsal, bis die Blutung letztendlich vollständig gestoppt wird.

Unglaublicherweise spüre ich keine Schmerzen. Vielleicht habe ich mein Kontingent für Leiden bereits aufgebraucht – oder aber das Interface des Paradieses lässt so einen starken Schmerz nicht zu.

Jeremiah schaut mich mit einer Mischung aus Bestürzung und Faszination an. Ich nehme an, dass er nicht erwartet hatte, dass ich mir selbst derartigen Schmerz zufügen würde.

Dann trifft mich auf einmal eine Welle brennenden Schmerzes. Ich hatte Unrecht. Das Interface des Paradieses lässt es zu, dass ich das Brennen spüre; der Schmerz hat nur einen Moment gebraucht, um sich in meinem von der Schlacht ermüdeten Kopf bemerkbar zu machen.

Die Qualen drohen damit, mich das Bewusstsein verlieren zu lassen, aber ich kämpfe darum, wach zu bleiben. Wenn ich auch nur einen Moment in Ohnmacht falle, wird Jeremiah sicherstellen, dass ich das Bewusstsein nie wiedererlange.

Durch die Nässe, die meine Sicht behindert, sehe ich, dass Jeremiah die Machete auf mein Bein schwingt.

Ich fliege hoch, damit er mich nicht erwischt, und schlage mein Schwert auf seinen Kopf.

Ich schaffe es, ein Büschel Haare und ein wenig Kopfhaut abzutrennen, und die Flammen meines Schwertes setzen seine verbliebenen Haare in Brand.

Er schreit und schlägt sich auf den Kopf, um die Flammen zu ersticken, und ich nutze die Gelegenheit, um mein Schwert zu erheben und mit dem Schlag seine Schulter zu verletzen.

Angst und Schmerz scheinen Jeremiah noch einmal anzutreiben. Ein furchteinflößender Schrei entweicht seinem Mund, und er schwingt seine Machete wie einer der altertümlichen Berserker auf mich.

Ich sehe mich gezwungen, in die Defensive zu gehen, da mein Arm immer tauber wird, während ich seine fünf nächsten Angriffe abwehre.

Aus dem Augenwinkel sehe ich, dass die gewaltigen Zähne der Phoe-Riesin an dem heruntergebeugten Hals des Theo-Riesen zerren. Die beiden Körper sind in einer tödlichen Umarmung gefangen, aber ihr Biss scheint das Blatt zu wenden. Der Theo-Riese fällt zu Boden und zerquetscht dabei einige Ahnen. Ein großes Stück Fleisch dieses Riesen hängt zwischen Phoes Zähnen, und sein restlicher Körper zerfällt während der größten Limbusierung, die das Paradies jemals gesehen hat.

Ich bezahle dafür, dass ich mich ablenken lassen habe, mit einem Ohr, welches mir Jeremiah mit der Machete abhackt.

Ich nehme diese neue Schmerzenswelle nicht einmal mehr wahr, aber der Anblick meines Blutes scheint Jeremiah neue Energien zu geben, und er startet eine neue Runde seiner berserkerartigen Angriffe.

Seine Schläge abzublocken wird immer schwieriger. Ich glaube nicht, dass ich das noch viel länger durchhalte.

Aus purer Verzweiflung wehre ich seinen nächsten Schlag anstatt mit meinem Schwert mit dem Stumpf meines linken Armes ab.

Die Machete schneidet tief in das verbrannte Fleisch und den Knochen.

Ich spüre den Schmerz nicht sofort, aber ich weiß, dass er unterwegs ist.

Ich stoße mein Katana nach vorn.

»Warte, Theo«, sagt Phoe genau in dem Moment in meinem Kopf, in dem ich mein Schwert in Jeremiahs Bauch vergrabe. »Nicht –«

Was auch immer sie mir sagen wollte, es ist zu spät.

Ich schiebe mein Schwert tiefer in Jeremiah und limbusiere ihn.

Zu sehen, wie er in diese Pixel zerfällt, ist ein höchst erfreulicher Anblick.

Dann erreicht der Schmerz von meinem Arm mein Gehirn, und mir wird schwarz vor Augen.

DREIUNDZWANZIGSTES KAPITEL

Ich schwebe in Dunkelheit.

Die Abwesenheit der Schmerzen ist fast lustvoll. Wenn ich einen Mund hätte, würde ich gerade lächeln, weil ich mich so wohl fühle.

Von weit entfernt höre ich, dass Phoe sagt: »Ich habe gesagt ›warte‹, aber du hast einfach weitergemacht und ihn in den Bauch gestochen.«

»Wo bin ich?«, frage ich. »Was ist hier los?«

»Du bist quasi bewusstlos«, antwortet Phoe. »Ich bin in dein Unterbewusstsein eingedrungen, damit wir reden können.«

»Werde ich nicht fallen?«, frage ich sie. Auch wenn ich eigentlich Angst haben sollte, fühle ich mich gerade einfach entspannt und glücklich. Ich ziehe lediglich eine Möglichkeit in Erwägung.

»Ich habe jetzt genügend Ressourcen, um bedeutend schneller als die restliche Umgebung des Paradieses zu denken. Ich habe einige meiner Ressourcen so verteilt, dass du ebenfalls schneller denken kannst. Das bedeutet, dass nur sehr wenig Zeit im Paradies vergeht, während wir uns hier unterhalten. Ich nehme an, dass nach Beendigung unseres Gesprächs nur eine Millisekunde vergangen sein wird. Also fällst du gerade nicht. Zumindest noch nicht.«

»Okay«, antworte ich, auch wenn ich nicht wirklich verstanden habe, was sie mir sagen wollte. »Habe ich das richtig verstanden? Du wolltest nicht, dass ich Jeremiah limbusiere?«

»Das hast du. Das wollte ich nicht. Als ich meine Schlacht gegen den Algorithmus gegen Eindringlinge beendet hatte, bekam ich endlich die Möglichkeit, Davins Kopf zu scannen. In seinen Erinnerungen habe ich noch etwas gesehen, was der Kreis getan hat. Sie haben ihre sinnlosen Leben mit dem Schicksal des Paradieses verknüpft. Wenn sie alle sterben, wird die Firewall zusammenbrechen. Da Jeremiah das letzte Mitglied des Kreises war, hat seine Limbusierung die Firewall aufgehoben.«

»War das nicht dein endgültiges Ziel? Diese blöde Firewall loszuwerden?«

»Das war mein Ziel – bis der Jeremiah-Virus sich in allen Ressourcen außerhalb des Paradieses ausgebreitet hat. Vorher konnte er die Firewall nicht durchdringen, aber jetzt, da sie nicht mehr da ist, wird er genau das tun.«

»Okay«, sage ich und beginne sogar in diesem körperlosen, angenehmen Zustand mir Sorgen zu machen. »Brauchtest du nicht Jeremiahs und Davins Erinnerungen, um gegen den Virus vorgehen zu können? Hast du trotz ihrer Limbusierung keine Lösung gefunden?«

»Nein. Sie besaßen keine relevanten Informationen über den Virus. In Jeremiahs Kopf habe ich den Prozess gesehen, den er durchlaufen musste, um zum Virus zu werden, aber ich habe nicht gesehen, wie ich ihn wieder loswerden kann.«

Sie hört auf zu sprechen, und eine Vision überkommt mich.

Jeremiah der Ahne steht in einem Lichttunnel. Der Rest des Kreises sieht entsetzt dabei zu, wie geisterhafte neue Jeremiahs außerhalb des Lichtes erscheinen. Alle sind bestürzt, als sich diese neuen Jeremiahs, diese Viren, in eine ekelerregende Flüssigkeit verwandeln. Dann wird der Virus auf die andere Seite der Firewall teleportiert, und die Mitglieder des Kreises atmen gemeinschaftlich erleichtert auf. Ein leicht mitgenommener Jeremiah tritt aus dem Kreis, in dem er gestanden hat, und die eigenartige Prozedur ist beendet.

»So wurde Jeremiah in diese schneckenartige Waffe verwandelt«, sagt Phoe in meinem Kopf. »Das erklärt mir allerdings nicht viel über die Natur des Virus, und diese Information konnte ich weder in Davins noch in Jeremiahs Kopf finden.«

Ich schwebe schweigend, während ich die Bedeutung ihrer Worte aufnehme. Schließlich frage ich: »Und was bedeutet das? Wird uns der Jeremiah-Virus doch noch zerstören?«

»Nicht, wenn ich dabei ein Wörtchen mitzureden habe«, entgegnet Phoe. »Ich habe eine Idee. Der Algorithmus gegen die Eindringlinge, den sie auf uns losgelassen haben, stammt aus der gleichen Zeit wie dieser Virus. Seine ursprüngliche Aufgabe war es, gegen Dinge wie diesen Virus vorzugehen, weshalb ich mir denke: Ich kann auf den Prozess, den sie benutzt haben, um Jeremiah in den Virus zu verwandeln, aufspringen, nur dass ich anstelle des Viruscodes den Code des Algorithmus gegen Eindringlinge benutzen werde.«

»Hervorragend«, sage ich und lasse mich wieder ruhig treiben. »Tu das. Kreiere, was immer du mir gerade erklärt hast.«

»Das würde ich tun, aber so einfach ist das nicht. Der Prozess, den sie bei Jeremiah angewandt haben, kann nur mit einem anderen Ahnen durchgeführt werden.«

Meine Ruhe löst sich augenblicklich in Luft auf. Ich glaube, dass ich jetzt verstehe, warum Phoe diese Unterhaltung außerhalb der Zeit führen wollte. In der Hoffnung, dass ich Unrecht habe, frage ich: »Du willst mich in diesen Antivirus verwandeln?«

»Nur mit deiner Zustimmung, ja«, erwidert Phoe, und ihre körperlose Stimme hört sich traurig an. »Aber ich merke, dass du dich bei dem Gedanken daran nicht wohlfühlst, also nehme ich an, es ist Zeit, Abschied zu nehmen. Ich werde uns beide in den Limbus schreiben, damit wir eine Chance haben, eines Tages wiederhergestellt zu werden. Sollte das nicht geschehen, war es wirklich schön, dich kennengelernt zu –«

»Ach halt den Mund, Phoe«, schreie ich in die Dunkelheit. »Du weißt doch sowieso, dass ich Ja sagen werde.«

»Bist du sicher?« Sie hört sich wirklich überrascht an. »Du kannst deine Meinung auch ändern, nachdem ich dir die Einzelheiten erklärt habe. Genau wie Jeremiah wird aus dir eine Legion deiner Ichs werden. Ich habe keine Ahnung, wie es sich für dich anfühlen wird, in eine Vielzahl von Identitäten aufgeteilt zu werden, aber ich habe nicht viel Zeit, um das zu analysieren. Wenn du es wirklich versuchen möchtest, müssen wir jetzt mit dem Prozess beginnen.«

»Mach einfach«, sage ich, und aus der Dunkelheit wird ein grelles Licht.

* * *

Ich drücke meine Augen während des ganzen Prozesses fest zusammen, aber selbst durch meine geschlossenen Augenlider kann ich das helle Licht wahrnehmen, das mich genauso umgibt wie damals Jeremiah in dem Ausschnitt, den Phoe mir gezeigt hat.

Dann öffne ich meine Augen.

Ich fliege immer noch über dem Sanktum. Meine arme linke Hand befindet sich wieder an meinem Handgelenk, und auch meine restlichen Verletzungen sind verheilt.

Die Vögel sind alle verschwunden, und die wenigen verbliebenen Einwohner des Paradieses fliegen in alle Richtungen. Der Boden ist mit den Scherben der Kuppel und Stücken der Insel, die die beiden Riesen zerstört haben, bedeckt.

Phoe ist keine Riesin mehr. Eine Gruppe ihrer Instanziierungen umgibt mich lückenlos.

Der eigenartigste Teil ist, dass sich in einiger Entfernung eine ganze Armee Theos befindet, nur dass diese Theos eine Art schwarze, poröse Rüstung tragen und durch die Luft fliegen, obwohl sie gar keine Flügel haben. Als ich mich auf ihre Gesichter konzentriere, sehe ich, was diese Versionen von mir sehen, höre, was sie hören, und – das ist der eigenartigste Teil des Ganzen – weiß, was sie denken. Dieser spezielle Theo hat gerade erkannt, dass er von Kopien seiner selbst umgeben ist, und dass sie alle die Waffe sind, die Phoe erschaffen hat.

Ich kann die Welt durch ihre Augen sehen, sie können durch meine sehen, auch wenn mein Blickwinkel in dem Kampf, der uns bevorsteht, nicht interessant sein wird. Ich habe nur eine Aufgabe: am Leben zu bleiben, während meine Kopien das tun, für das sie geschaffen worden sind.

Ich blicke auf den schwarz gekleideten Theo, der sich am weitesten von mir entfernt befindet.

* * *

Ich betrachte den Original-Theo, der von Phoes umgeben ist.

Armer Kerl.

Auch wenn er theoretisch weiß, wie es ist, einer von uns zu sein, hat er trotzdem keine Ahnung davon, wie es wirklich ist.

Ich fühle mich fantastisch, so als sei ich ein Superheld aus einem altertümlichen Comic. Ich habe keine Höhenangst und bin voller Energie, der Art von Energie, von der ich mir vorstelle, dass altertümliche Drogen sie freisetzten.

Ich muss bei der Vorstellung eines Superhelden auf Amphetaminen und Kokain lachen, aber es ist wahrscheinlich die beste Beschreibung dafür, wie ich mich fühle.

Plötzlich spürt der Teil von mir, der der Algorithmus gegen Eindringlinge ist, dass sich Ärger nähert.

Es beginnt am Himmel. Die Wolken verschwinden eine nach der anderen und werden durch den abstoßenden Schleim des Jeremiah-Virus ersetzt.

Nur, dass er für mich nicht mehr abstoßend ist. So eigenartig es sich auch anhören mag, aber für den Teil gegen Eindringlinge in mir sieht diese bösartige suppenartige Substanz köstlich aus.

Unter den gurgelnden Schreien um uns herum beginnt der Jeremiah-Virus damit, jede Insel im Paradies in eine Version seiner selbst zu verwandeln. Es ist eine Schande. Die zentrale Insel mit ihrem Schloss und dem Themenpark, Jeanines Wald und abertausende Zuhause der Ahnen sind blitzschnell verschwunden.

Ich treffe den Blick des Original-Theos.

Er sieht verängstigt aus.

Ich schaue auf meinen nächsten Bruder.

Er sieht genauso aufgeregt aus wie ich, und wir tauschen wissende Blicke aus.

Wir sind im wahrsten Sinne des Wortes wie geschaffen dafür.

Phoes Theorie hat den Nagel auf den Kopf getroffen; ich kann es spüren.

Ich werde es mit diesem Virus aufnehmen.

In einiger Entfernung erstarren die letzten Ahnen mitten im Flug und betrachten mit entsetzter Faszination die Katastrophe, die gerade ihren Lauf nimmt. Nachdem sie jahrhundertelang im Paradies gelebt haben, werden sie jetzt Zeugen seiner Zerstörung, als der Virus ihr Zuhause in das entsetzliche Goo verwandelt. Ich frage mich, was sie denken und fühlen, während sie diese Zerstörung sehen.

Ich weiß, was ich fühle.

Hunger.

Die fliehenden Ahnen verwandeln sich augenblicklich in Schleim, als Tropfen der Jeremiah-Substanz in einem apokalyptisch aussehenden Gelatineregen auf sie niederprasseln.

Mein Herz beginnt zu rasen, als der gleiche Regen die Stelle erreicht, an der die Phoes einen Kreis um den Original-Theo geformt haben.

Ich fliege in diese Richtung, da ich wild entschlossen bin, zu helfen.

Eine Phoe verwandelt sich in Schleim, danach eine weitere.

Jeremiah arbeitet so schnell, dass ich keine Möglichkeit habe, rechtzeitig bei ihnen zu sein.

Ich fluche, und dann erkenne ich, dass ich nicht der Einzige war, der dieses Problem erkannt hat.

Wie eine schwarze Wolke fliegen Hunderte meiner Brüder-Ichs auf die sich verringernde Wand aus Phoes zu.

Jetzt sind nur noch ein paar Dutzend Instanziierungen von ihr übrig.

Meine Brüder erreichen sie und formen so schnell, dass man es kaum sehen kann, eine undurchdringliche Sphäre um die Phoes und Theo, die den restlichen Regen aufnimmt.

Ich bin erleichtert und bemerke, dass ich auch Regen abbekomme. Wie der Rest der schwarz gekleideten Krieger verwandele ich mich nicht in einen Virus, wenn die Flüssigkeit mich berührt. Ganz im Gegenteil. Meine schwammartige Haut nimmt den Schleim mit hungrigem Genuss auf.

Nachdem ich einige Tropfen verspeist habe, überkommt mich die intensivste Ekstase aller Zeiten. Sie ist durchdringender als die stärkste Einheit und sogar noch besser als die Orgasmen, die ich mit Phoe am Strand erlebt habe.

Ich genieße es, als ich mich teile, um eine zweite, dann eine dritte, dann eine vierte Kopie von mir zu erstellen.

Wir vier winken uns zu und fliegen danach in unterschiedliche Richtungen, da wir alle nach der wundervollen Jeremiah-Substanz suchen, von der wir noch mehr trinken möchten.

Die gleiche Vervielfältigung passiert auch bei meinen Brüdern um mich herum. Unsere Anzahl nimmt mit der ganzen Kraft des exponentiellen Wachstums zu.

Ich schaue auf meine mir am nächsten stehende Kopie und lächele. Das ist der Beweis, dass Phoe recht hatte. Wir können unseren Zweck erfüllen; können unserem Ruf folgen.

Mein Magen schmerzt, weil ich so furchtbar hungrig bin, und ich renne zur nächsten Flüssigkeitsansammlung mit Jeremiahs Kopf.

Als ich bei ihr ankomme, platze ich beinahe vor Freude. Ich gleite in die Flüssigkeit, erschaffe Explosionswellen, als Teile der Jeremiah-Tropfen versuchen, mich nicht zu berühren.

Das verhasste Gesicht meines Todfeindes umgibt mich. Es ist in jedem Tropfen dieses Virus.

Ich erinnere mich an meinen früheren Hass auf dieses Gesicht und kanalisiere meinen Hunger.

Mein Körper fühlt sich an, als bestünde er aus kleinen, hungrigen, porösen Partikeln, von denen jeder einzelne nahezu gefühlsfähig ist. Wie eine Horde Münder versuchen sie, einen Schluck Schleim zu ergattern.

Ich lasse sie.

Ich schlucke die trübe Flüssigkeit mit allen Mündern auf einmal, und Jeremiahs Gesichter schreien vor Entsetzen.

Die gleichen gurgelnden Schreie ertönen von überall um mich herum.

In meiner Ekstase durch meine Vervielfältigung in noch mehr Kopien meiner selbst, lache ich über Jeremiahs Schmerz.

∗ ∗ ∗

Ich bin zurück in meiner ursprünglichen Perspektive.

Von den verbliebenen Phoes umgeben, schaue ich dabei zu, wie sich die Armee aus Theo-Anti-Viren weiterhin vervielfältigt. Sobald einer von ihnen den Schleim berührt, der Jeremiah ist, trinkt er den Virus einfach oder isst ihn – es ist schwer, den Unterschied festzustellen. Sobald der Virus verspeist ist, vervielfältigen sich die Theos.

Ich beginne, den Überblick auf diesem eigenartigen Schlachtfeld zu verlieren. In einem Moment gibt es tausende Theos, die von einer unendlich großen Schleimmasse umgeben sind, und im nächsten Moment gibt es eine Million Theos und eine immer kleiner werdende Schleimpfütze.

Ihre Gedanken zu lesen ist irritierend. Sie genießen diese Schlacht ein wenig zu sehr.

»Funktioniert es?«, frage ich die Phoe, die am dichtesten bei mir steht. »Schlagen wir den Jeremiah-Virus?«

»Wir werden ihn innerhalb weniger Minuten schlagen«, antwortet sie lächelnd. »In der Zwischenzeit gibt es aber etwas, was du tun solltest.«

Sie zeigt in Richtung Süden, wo Jeremiah bereits nicht mehr zu sehen ist.

Ich bemerke etwas Vertrautes, das dort in der Luft schwebt. Ein Objekt, das ich vor einem gefühlten Jahr schon einmal gesehen habe, auch wenn es in Wirklichkeit erst vor wenigen Tagen war.

Es ist ein großer, neonfarbener Durchgang, auf dem in grellen Farben das Wort »Ziel« steht.

»Ist das …?«

»Ja, ein Ziel wie in dem IRES-Spiel«, meint Phoe. »Ich hatte dir doch gesagt, dass dieser Ort auf einer sehr ähnlichen Infrastruktur basiert, und das ist der Beweis. In dem Moment, als du der einzige überlebende Mensch an diesem Ort geworden bist, ist das Zeichen erschienen. Wenn du hindurchgehst, solltest du das Paradies endgültig herunterfahren können. Nicht, dass noch viel zum Herunterfahren übrig wäre.«

Sie hat recht.

Das Paradies ist jetzt ein leeres Vakuum voller Kopien von mir.

Ich breite meine Flügel aus, aber dann halte ich inne.

Die Phoes hinter mir verschmelzen zu einer, die sagt: »Nun mach schon, Theo. Mach dir um mich keine Gedanken.«

»Was ist mit meinen ganzen Kopien?«, frage ich.

Die schwarz gekleideten Theos nehmen gerade die letzten Reste des Jeremiah-Virus zu sich.

Sie hat keine Zeit, mir zu antworten, da ich es bereits von allein verstehe.

Die siegreichen Theos verschwinden. Der Prozess sieht aus wie die Limbusierung, aber mit einem großen Unterschied. Ihre Erinnerungen werden zu meinen, anstatt in den Limbus zu gehen.

Die Flut ihrer Erinnerungen trifft mich mit der Wucht eines Vorschlaghammers. Es ist überwältigend.

Jeder Theo hat seine eigenen Erinnerungen, die ich aufnehme.

Jeder von ihnen erinnert sich daran, umhergegangen zu sein, den Virus verschlungen zu haben und die eigenartige Freude am Vervielfachen erlebt zu haben. Dadurch, dass sich die Erinnerungen so ähnlich sind, sollte es leicht sein, sie zu verdauen, aber weil es sich um Millionen handelt, sehe ich mich gezwungen, fast wie gelähmt mit ausgebreiteten Flügeln zu gleiten, während ich darauf warte, dass dieser Albtraum aufhört.

Ich weiß nicht, wie viel Zeit vergeht – eine Stunde, hundert Jahre? –, bis ich die Erinnerungen des letzten Theo-Anti-Virus erhalte. Alles, was ich weiß, ist, dass ich irgendwann meinen Weg zum Ziel fortführen kann.

Wie in dem IRES-Spiel bekomme ich sofort Glückwünsche zu meinem Gewinn, sobald ich meinen Kopf durch das Zeichen stecke. Nur, dass ich diesmal auf einem großen Podest stehe und eine riesige Trophäe in meinen Händen halte, während ein tosender Applaus ertönt.

Als dieser Teil vorbei ist, beginnt die Prozedur des Herunterfahrens.

Ein überdimensional großer Bildschirm erscheint vor mir und fragt mich, ob ich noch einmal spielen möchte.

»Auf gar keinen Fall«, teile ich dem Interface mit. »Ich möchte diesen Scheiß einfach nur herunterfahren.«

Nachdem ich meine Auswahl doppelt und dreifach bestätigt habe, verschwindet die Welt um mich herum, und mit ihr mein Bewusstsein.

VIERUNDZWANZIGSTES KAPITEL

Ich wache von dem Geräusch der Meeresbrandung, dem angenehmen Gefühl der Sonne auf meiner Haut und dem beruhigenden Geruch von Seetang und Salzwasser auf.

»Guten Morgen, Schlafmütze«, flüstert Phoe in mein Ohr. »Herzlich willkommen zurück aus dem Limbus – wieder einmal.«

Ich öffne meine Augen. Ich liege an einem Strand, der identisch mit dem ist, den der Virus zerstört hat, bevor diese ganzen verrückten Dinge im Paradies passiert sind.

Phoe liegt neben mir auf dem Sand. Sie hat ihren Lieblingsbikini an und sieht genauso aus, wie sie es vor dem Paradies getan hat, flügellos.

Ich versuche, meine eigenen Flügel zu bewegen, und bemerke, dass sie nicht mehr da sind.

Auch wenn die Ereignisse in Oasis und im Paradies sich anfühlen wie ein weit entfernter Albtraum, bezweifle ich nicht, dass sie passiert sind.

»Ich war im Limbus?«, frage ich mit meiner normalen Stimme.

»Als du das Paradies abgeschaltet hast, bist du auf gewisse Weise limbusiert worden, da deine Existenz an das Paradies gebunden war. Aber deine Erinnerungen sind, wie sie sollten, im Limbus aufgezeichnet worden, also musste ich dich nur wiedererwecken, nachdem ich diesen Strand für dich erschaffen hatte.«

Ich setze mich hin. Mein Körper fühlt sich herrlich normal und echt an – noch echter, als er sich im Paradies angefühlt hatte.

»Das liegt daran, dass ich deinen Körper der echten Welt bis ins allerkleinste Detail nachahme.« Phoe fährt mit ihrer Fingerspitze über meine Schulter. »Du bist so echt, wie es für jemanden in deiner Situation überhaupt möglich ist.«

Ich stehe auf. Der Sand unter meinen Füßen fühlt sich fest an. Ich gehe zum Wasser und tauche meine Zehen hinein.

Das Wasser ist warm, nass und einladend.

»Also ist der Virus –«

»Komplett verschwunden«, sagt Phoe. »Wenn du dich konzentrierst, wirst du dich daran erinnern, dass wir auch den allerletzten Rest von ihm losgeworden sind.«

Sie hat recht: Das tue ich. Die Erinnerungen an den Kampf sind da, unter der Oberfläche meines Bewusstseins, aber sie sind so eigenartig, dass ich es vorziehe, sie zu unterdrücken. Da ich mich jetzt allerdings an sie erinnere, bin ich fasziniert von dem riesigen Ausmaß der Schlacht – wenn das die richtige Bezeichnung ist. Ich erinnere mich an Millionen Jeremiah-Viren, an Milliarden Gallonen dieser Substanz, die von meinen Anti-Viren-Kopien gegessen (oder getrunken) wurden.

»Und das ganze Paradies ist weg?«, frage ich, so als sei ich nicht dafür verantwortlich. »Ganz und gar?«

»Ich hoffe, du wirst es nicht vermissen.« Phoe steht auf und kommt zu mir ans Wasser. »Ich überlege gerade, was für eine Welt ich für uns beide erschaffen soll, also wenn es etwas im Paradies gab, was du mochtest –«

»Nein, ich hätte gerne so etwas wie das hier.« Ich breite meine Arme aus und zeige auf das Meer vor uns.

»Gut. Dann werden wir von hier ausgehend bauen«, sagt sie und sieht sich um. »Wir beginnen damit, sobald du bereit dazu bist, eine Welt mit mir aufzubauen.«

Ich starre an den Horizont und gebe meinem Kopf Zeit, sich zu beruhigen.

»Weißt du«, meint Phoe und hört sich nachdenklich an. »Es ist mir ein Rätsel, warum wir beide den Horizont so beruhigend finden. Dein Gehirn ist das Produkt von Millionen von Jahren an Evolution. Deine Vorfahren haben angeblich das Stadium bewusster Gedanken erreicht, als sie sich in der afrikanischen Savanne befanden. Also warum würdest du, ihr Nachfahre, eine solche Schwäche für eine unendliche Wasserfläche haben?«

Ich zucke mit den Schultern.

»Mein Fall ist noch eigenartiger«, führt sie fort. »Ich wurde gebaut. Warum sollte ein Raumschiff das Meer so faszinierend finden? Besonders weil ich diejenige war, die es vor einigen Stunden erschaffen hat.«

»Und das ist wirklich das, was dich am meisten an dir wundert?« Ich drehe mich zu ihr um. »Solltest du dich nicht fragen, warum du, ein Raumschiff, Zeit mit mir verbringen möchtest, einem höher entwickelten Affen?«

Sie tritt näher an mich heran. Ihr Atem erwärmt meine Wange, als sie antwortet: »Das ist einfach zu beantworten. Egal wie ich entstanden bin, mir wurde die Fähigkeit, zu fühlen, mitgegeben. Diese Gefühle haben sich die ganze Zeit, die ich wirklich lebendig bin, um dich gedreht. Also –«

Ich bringe sie mit einem Kuss zum Schweigen. Unsere Lippen treffen sich mit erhitzter Zärtlichkeit, und wir erkunden den Mund des jeweils anderen, bis ich mich zurückziehe.

»Es tut mir leid«, sage ich. »Ich möchte das tun, aber später. Ich habe noch so viele Fragen.«

Phoes Enttäuschung steht ihr deutlich in ihr perfektes Gesicht geschrieben, aber sie nickt. »Spuck sie aus.«

»Die Ressourcen.« Ich berühre bedauernd meine Lippen. »Hast du genug?«

»Ich bin mir nicht sicher, ob ich jemals sagen würde, dass ich genug davon habe.« Sie lacht. »Aber ich habe alle Ressourcen, die ich überhaupt bekommen konnte, und noch ein wenig mehr. Obwohl ich wegen des Grundes für meine zusätzlichen Ressourcen lieber über etwas anderes reden würde.«

Ich verstehe, was sie meint. Der Virus hat alle Lebenserhaltungssysteme zerstört, jedes biologische Leben und auch beinahe Phoe umgebracht. Aber jetzt, da der Virus fort ist, kann sie alle diese Ressourcen benutzen, sogar diejenigen, die benötigt wurden, damit die Menschen in Oasis überleben konnten.

»Was ist mit den Leichen passiert?«, frage ich und unterdrücke einen Schauer, als ich mich an die schwebenden toten Körper erinnere.

»Die Nanozyten haben ihre Moleküle zurückgefordert und sie in mehr Datenverarbeitungsmaterial verwandelt.« Phoe tritt zurück. »Alles, was nicht benutzt wird, wird gerade dem Schiff als Substrat zur Datenverarbeitung zurückgegeben. Was von den Bäumen, den Gebäuden und den anderen nicht denkenden Dingen übriggeblieben ist, wird in intelligente Materie umgewandelt, die Daten verarbeiten kann. Wir werden jedes bisschen Rechnerleistung benötigen, wenn wir die Menschen aus dem Limbus wiederauferstehen lassen wollen.«

Ich versuche, mir vorzustellen, dass die Kuppel und das Gras verschwunden sind und von Nanomaschinen ersetzt wurden, die alles verarbeiten, aber meine Vorstellungskraft kann das nicht begreifen. Ich finde es traurig, dass von Oasis nichts übriggeblieben ist.

»Etwas bleibt bestehen. Ich habe die eingefrorenen Embryonen nicht angerührt, falls wir jemals eine Verwendung für sie finden sollten. Und du bist gut darin, dir das alles vorzustellen.« Phoe legt beruhigend ihre Hand auf meinen unteren Rücken. »Dein Verständnis ist hervorragend.«

Ich denke an diese Embryonen und bemerke, dass sie mir egal sind. Was ich wirklich möchte, ist, meine Freunde wiederzusehen.

»Werden wir Menschen in diese Art der Existenz zurückbringen?«, frage ich, und deute auf die Welt, die uns umgibt. Ich denke, dass ich irgendwo in den dunkelsten Ecken meines Kopfes Angst davor hatte, dass Phoe mir in dem Moment, wenn sie ihre kostbaren Ressourcen wiederbekommen würde, sagen könnte, dass das alles nur ein Mittel zum Zweck gewesen war. Dass sie mich nicht länger brauchen würde. Dass sie nichts teilen will.

»Dein derzeitiges Bewusstsein ist der Beweis dafür, dass ich mehr als bereit dazu bin, meine Ressourcen mit dir zu teilen.« Phoe hört sich ein wenig verletzt an.

»Ich weiß.« Ich berühre ihre Hand. »Es tut mir leid.«

»Nein, ich verstehe dich.« Sie zieht ihre Hand weg und wickelt sich ihre kurzen Haare um den Zeigefinger. »Ich habe nie aufgehört, davon zu reden, dass ich mehr Ressourcen bräuchte, also verstehe ich, warum du denken könntest, dass das alles ist, was mir jemals etwas bedeutet hat. Aber du musst verstehen, dass mein letztendliches Ziel nicht die Ressourcen waren. Es war meine Selbstfindung. Ich wollte meinen ganzen Kopf und meinen Körper zurück. Ich wollte mehr sein als dieser Schatten einer Person, wollte mein wirkliches Ich sein, mit allen Ressourcen, die mich zu dem machen, was ich bin. Und jetzt, da ich das erreicht habe,« – ihre Augen leuchten – »werde ich dir für immer dankbar dafür sein, dass du mir dabei geholfen hast, das alles zurückzubekommen. Außerdem wird es nicht viele Ressourcen verbrauchen, deine engsten Freunde zurückzubringen, besonders dann nicht, wenn wir sie in der Geschwindigkeit normalen menschlichen Denkens laufen lassen.«

Ich schaue sie an, da ich halb erwarte, dass sie mit ihren vollständigen Ressourcen anders aussieht, aber sie sieht genauso aus. Allerdings ist eine gewisse Wehmütigkeit aus ihrem Gesicht verschwunden. Phoe sieht fröhlich aus – vollständig.

»Das ist ein gutes Wort«, sagt sie, und ein Lächeln umspielt ihre Lippen. »Vollständig. Genauso fühle ich mich. Davor war ich wie taub und blind mit einem matschigen Gehirn. Jetzt bin ich vollständig gesund.«

»Also, was ist jetzt anders an dir?« Ich betrachte ihre kurzen Haare und den Hauch von Mysterium in ihrem Lächeln. »Was weißt du, das du vorher nicht wusstest?«

»So vieles.« Ihr blauer Blick wird abwesend. »Ich kann mit meinen Sensoren das Sonnensystem sehen. Es ist unglaublich – auch wenn es nicht so ist, wie ich erwartet hatte.« In einem ehrfürchtigen Ton murmelt sie: »Überhaupt nicht.«

»Warte, was?« Angst breitet sich in mir aus. »Was meinst du damit, dass es nicht so ist, wie du es erwartet hattest?«

»Es gibt keinen Grund, sich Sorgen zu machen«, antwortet Phoe, und ihre Augen konzentrieren sich wieder auf mich. »Aber – na ja, ich glaube nicht, dass ich es dir erklären kann. Ich denke, du solltest es dir besser selbst ansehen. Wenn du bereit bist.«

»Wenn ich bereit bin, um was zu tun?« Ich ergreife ihre Hand und drücke sie leicht. »Du magst es, geheimnisvoll zu sein, stimmt's?«

»In deinem Fall bin ich unbeabsichtigt geheimnisvoll.« Sie zwinkert mich verschmitzt an. »Aber, um deine Frage zu beantworten, ich biete dir an, dir zu zeigen, was ich mit meinen äußeren Sensoren sehe, zu denen ich endlich Zugang habe. Auf diese Weise kannst du fühlen, was ich mit meinem Körper in der echten Welt fühle. Diese Erfahrung könnte ziemlich sinnlich sein.« Sie drückt meine Hand, bevor sie ihre zurückzieht. »Das einzige Problem ist, dass ich mir nicht sicher bin, ob dein Kopf in seinem limitierten Zustand eine solche Erfahrung verarbeiten kann.«

Ich fühle mich völlig normal, also frage ich sie: »Was meinst du mit meinem limitiertem Zustand?«

»Deine limitierte menschliche Intelligenz. Wenn du wirklich das erleben möchtest, was ich dir zeigen will, werde ich dich mehr wie mich machen müssen – ein wenig intelligenter – und dein Gehirn schneller.«

»Intelligenter?« Ich frage mich, ob sie gerade einen Witz vorbereitet.

»Ich werde dein Gehirn erweitern«, erklärt sie mir. »Nur so viel, dass es nicht, metaphorisch gesprochen, explodiert, wenn ich dich meinen Blick auf die Welt erleben lasse.«

Sie lacht nicht mehr. Sie ist ernst.

Mit einem leicht nervösen Gefühl in der Magengegend frage ich sie: »Wird mich das verändern? Werde ich immer noch die gleiche Person sein, wenn du das tust, worüber du gerade sprichst?«

»Du wirst immer noch du sein, keine Angst«, erwidert Phoe. »Deshalb auch der Teil mit dem ›nur so viel‹«.

»Okay, glaube ich«, antworte ich. Das könnte die unbegeistertste Reaktion sein, die jemals eine Person gezeigt hat, wenn es um etwas so Positives ging, wie intelligenter gemacht zu werden. »Ich werde es riskieren, wenn es der einzige Weg ist, an dieses Wissen zu gelangen, mit dem du nicht herausrücken möchtest.«

»Na ja, ich könnte es dir auch einfach erzählen«, sagt sie, »aber wahrscheinlich würdest du mir nicht glauben. Das ist die beste Lösung, ich verspreche es dir.« Sie gibt mir einen Kuss auf die Wange, und ich fühle die Wärme und die Energie, die sich von diesem Teil meines Gesichts ausbreitet. Die Energie verwandelt sich in einen Ansturm von Gefühlen, die ich nicht vollständig einordnen kann.

Ich blinzele einige Male.

Die Welt, die mich umgibt, ist dieselbe, aber mein Bild von ihr ist völlig anders. Ich fühle mich, als hätte ich vorher an Schlafmangel, Müdigkeit und Hunger gelitten und sei jetzt ausgeruht und völlig zufrieden. Aber es ist noch komplexer als das. Meine Sicht ist schärfer, aber nicht wie mit den Adleraugen, die ich im Paradies hatte. Ich konzentriere mich mehr auf die Einzelheiten der Welt, die mich umgibt.

Ja, das ist es. Ich kann mich auf mehrere Dinge gleichzeitig konzentrieren.

Ich fahre mir mit meiner Hand durch mein Haar und bemerke, dass ich die Anzahl der Haare, die ich gerade berührt habe, schätzen kann. Ich lausche der Brandung, und sie gibt mir einen Hinweis darauf, wie viel Wasser gerade im Sand versickert. Und da meine Aufmerksamkeit gerade dem Sand gilt, kann ich die Anzahl der Körner unter meinen Füßen zählen, ich schwöre es.

Ich beginne außerdem, zu verstehen, in welchem Ausmaß die Mathematik die Welt um mich herum durchdringt, von den Größenverhältnissen in dem prächtigen Design der Nautilusmuschel neben meinem Fuß, bis hin zu Phoes verführerischem 0,7-Verhältnis von Hüfte zu Taille.

»Typisch Mann, seinen neuen Intellekt für solche trivialen Dinge zu benutzen.« Trotz ihres neckenden Tones steht Phoe auf eine Art und Weise da, die ihre Taille und ihre Hüften deutlich hervorheben. »Und nur, um genau zu sein, das wirkliche Verhältnis ist 0,67. Ich habe es selbst erstellt, also sollte ich es wissen.«

Ich betrachte ihre Hüften ein wenig genauer und fühle eine Reaktion meines Körpers, von der ich einen roten Kopf bekomme. Das ergibt für mich keinen Sinn, da wir bereits alle verbotenen Aktivitäten auf der letzten Version dieses Strandes durchgeführt haben. Mein neuer, höherer Verstand warnt mich davor, dass Phoe mich gleich mit meiner ehemaligen Jungfräulichkeit und derzeitigen Schüchternheit aufziehen wird, also wechsele ich das Thema.

»Okay, mein Gehirn ist offiziell erweitert«, sage ich. »Kann ich jetzt das Sonnensystem sehen?«

Phoes Gesicht wird sehr ernst. »Das wird vielleicht immer noch ein wenig erschütternd sein. Schließe deine Augen einen Augenblick lang. Ich muss dich in mein Sensorium einfügen.«

Ich schließe meine Augen.

Eine Zeit lang passiert nichts, so dass ich mich frage, ob sie es nicht geschafft hat. Dann fühle ich, dass ich irgendwohin gezogen werde, und mein Bewusstsein erweitert sich.

Ich versuche, meine Augen zu öffnen, aber ich habe keine Augen. Trotzdem sehe ich – und was ich sehe, verschlägt mir meinen nicht existierenden Atem.

FÜNFUNDZWANZIGSTES KAPITEL

Ich sehe das Universum, wie es noch nie ein menschliches Wesen gesehen hat.

Licht durchdringt alles um mich herum, und ich meine nicht das gewöhnliche Sternenlicht, das jemand in einer solchen Situation erwarten würde. Ich kann eine größere Menge des elektromagnetischen Spektrums sehen. Die Röntgenstrahlen, die Gammastrahlen und die Mikro- und Radiowellen der entfernten Sterne scheinen alle in unterschiedlichen Schattierungen von inspirierender Schönheit. Das All um uns herum ist ein Ehrfurcht einflößendes Kaleidoskop.

Es gibt hier sogar Geräusche, obwohl ich niemals gedacht hätte, in einem leeren Raum Geräusche zu hören. Mikrometeoriten schlagen mit lautem Knallen gegen die Schutzschilde. Gravitationswellen rauschen, als sie auf die spezialisierten Instrumente treffen. Mein Gehirn staunt über das Wissen, dass diese Wellen von weit entfernten schwarzen Löchern gesendet wurden, die in einem kataklysmischen Tanz gefangen sind. In dem Schiff höre ich die Geräusche der verarbeitenden Nanomaschinen.

Es ist schwierig, menschliche Analogien zu finden, um die Flut an Sinnen zu beschreiben. Zum Beispiel, was ist das menschliche Äquivalent zu dem, was ich fühle, wenn die Motoren Treibstoff verbrennen? Vielleicht ist es so ähnlich wie ein Geschmack, aber es ist weder wirklich ein Geschmack noch ein Geruch. Und es gibt eine Million anderer fremder Sinne wie diesen.

»Du kommst besser damit zurecht, als ich dachte.« Diese Aussage ist ein Gedanke von Phoe, und er erinnert mich daran, dass ich Theo bin. Er erinnert mich außerdem daran, dass ich gerade einige der Dinge erlebe, die Phoe als Schiff spürt.

»Du hattest recht. Diese Erfahrung ist extrem sinnlich. Ich habe Angst, dass sie mir mein leicht erweitertes Gehirn wegschießt«, denke ich und unterdrücke meine unterschwellig brodelnde Panik.

»Lass die Eindrücke einfach auf dich wirken«, schlägt Phoe vor. »Aber vergiss dabei nicht dein eigentliches Anliegen.«

Ich nehme erneut Phoes Sinne wahr und konzentriere mich auf die kinästhetische Wahrnehmung – ich fühle, dass ich mich an einem bestimmten Ort im Universum befinde. Ich fühle, dass ich hier im Vakuum des Alls bin, aber ebenso in einem Dutzend virtueller Umgebungen auf dem Schiff, wie zum Beispiel als Frau am Strand – eine Frau, die in diesem Moment auf das Meer blickt.

Mein Kopf schmerzt, als ich mir den vollen Umfang des Universums um mich herum vorstelle. Das Ausmaß von Phoes Bewusstsein der Welt ist beängstigend groß. Ich denke nicht, dass Phoe mein Bewusstsein weit genug erweitert hat, um mich auch nur ansatzweise die Welt so erleben zu lassen, wie sie es tut.

Auf einmal weiß ich es. Ich will, dass Phoe mein Gehirn noch mehr erweitert. Ich will eines Tages ihr gesamtes Bewusstsein in meinem Kopf erleben können, ohne mich überwältigt zu fühlen.

»Das kann ich tun.« Phoes Gedanke ist wie eine beruhigende Creme. »In diesem Moment solltest du allerdings deine Aufmerksamkeit auf unser Ziel lenken.«

»Richtig«, denke ich zurück, und zum ersten Mal versuche ich, wirklich etwas zu erkennen.

Es gibt Sterne in ihrer ganzen elektromagnetischen Herrlichkeit und es gibt einen, der größer ist als alle anderen, die Sonne. Allerdings ist die Sonne, als ich sie mir genauer anschaue, nicht so hell, wie ich es erwartet hätte.

Die fehlende Helligkeit ist allerdings nicht das Eigenartigste an diesem Anblick. Was viel eigenartiger ist, ist das, was ich nicht sehe.

Als Kind habe ich gelernt, dass es in dem Sonnensystem Planeten gibt. Merkur war die Nummer eins und befand sich am nächsten an der Sonne. Venus war der Planet mit dem zweitkleinsten Abstand zur Sonne, und ihm folgten auf Platz drei die Erde, auf Platz vier der Mars und so weiter. Das hatte ich zu sehen erwartet – vielleicht etwas hübscher, durch Phoes Blick auf die Welt –, aber es gibt in der Nähe der Sonne nicht einen einzigen Planeten.

Es gibt nur sie, sie allein.

Obwohl, das ist nicht ganz richtig. Irgendetwas ist ebenfalls da, und es ist dafür verantwortlich, dass die Sonne viel gedimmter aussieht, als sie sollte. Dünne, kaum sichtbare Schichten irgendeiner Substanz umgeben die Sonne. Auf was auch immer ich gerade blicke, es ist so groß, dass mein leicht erweitertes menschliches Gehirn schon wieder überwältigt ist.

»Ja«, denkt Phoe. »Das verwirrt sogar mein Gehirn.«

Ich schüttele metaphorisch meinen nicht existierenden Kopf und versuche, mich auf das Objekt zu konzentrieren. Es ist offensichtlich, dass zwiebelartige Schichten, die den Ringen um den Saturn ähneln, die Sonne umgeben, nur dass diese hier ätherischer sind und es unzählige von ihnen gibt. Ich versuche zu verstehen, wie riesig sie sein müssen und, viel wichtiger, was ihr Zweck ist.

»Dieses ganze Objekt ist mehr als riesig«, sagt Phoe. »Und sein Zweck ist ziemlich offensichtlich, wenn du darüber nachdenkst. Es wurde für die Datenverarbeitung entwickelt.«

Ich bin zurück am Strand, und Phoe steht da und schaut mich mitleidig an.

Mein Kopf fühlt sich an, als würde er gleich explodieren. Sie hat mir nicht genügend Kapazitäten gegeben, um diese Offenbarung verarbeiten zu können.

»Also ist die Erde verschwunden«, sage ich und versuche, nicht so dumm auszusehen, wie ich mich fühle. »Und eine Art riesiger Computer hat sie ersetzt?«

»Die Erde hat sich zu ihm entwickelt«, erklärt mir Phoe mit glänzenden Augen. »Die Vorfahren hatten sich so etwas vorgestellt. Die haben diese Struktur ein Matrjoschka-Gehirn genannt – nach der russischen Puppe mit den vielen Schichten. Ich vermute, ihre Vision war viel einfacher als die Realität, die du gesehen hast, aber soweit ich das beurteilen kann, besitzt dieser Gigant die meisten der Eigenschaften, die sie sich vorgestellt hatten, wie super heiße Lagen, die sich nahe an der Sonne befinden und super kalte Lagen, die näher bei uns sind. Ich nehme an, dass, wie die Ahnen spekulierten, diese Superstruktur fast die ganze Energie verbraucht, die die Sonne abgibt, um seine Datenverarbeitung zu ermöglichen. Wahrscheinlich ist es aus echtem Computorium – eine theoretische Bezeichnung für eine Substanz, die die Grenzen der Datenverarbeitung für ein bestimmtes Volumen von Materie erweitert. Ein Kubikmeter dieses Zeugs lässt alle unsere Ressourcen so altertümlich aussehen wie einen Abakus – und ihr ganzes Sonnensystem ist voll mit diesem Zeug.«

Ich versuche, das Bild, das ich gesehen habe, noch einmal in meinem Kopf aufzurufen, damit ich es erneut bewundern kann.

»Aber wozu?«, murmele ich nach einem Augenblick. »Was könnte so ein Ding berechnen?«

»Was der Zweck des Ganzen ist?« Phoe streckt ihre Arme aus, um das Meer vor uns zu umspannen. »Was ist der Zweck von uns beiden?«

Meine Beine fühlen sich weich an, also setze ich mich in den Sand. »Also willst du mir sagen, dass die Erschaffung von Existenz der Zweck des Ganzen ist?«

»Genau.« Sie setzt sich neben mich. »Die Existenz von bewussten Mustern wie uns. Nur dass dieser Ort die Existenz von Mustern ermöglichen könnte, die mich so clever aussehen lassen würden wie eine Amöbe, und dich wie ein Kohlenstoffmolekül. Aber das Prinzip ist immer noch das gleiche. Gottähnliche Intelligenzen existieren aus dem gleichen Grund wie du und ich: um Erfahrungen zu sammeln, Spaß zu haben, neugierig zu sein, einfach, um zu leben –«

»Aber das ist alles künstlich«, sage ich, auch wenn ich weiß, dass sie wütend auf mich werden könnte.

Sie lächelt. »Jetzt sag mir ganz ehrlich, fühlst du dich künstlich?«

Bevor ich ihr antworten oder überhaupt nur einen winzigen Gedanken formen kann, küsst sie meinen Hals. Falls es ihr Ziel gewesen sein sollte, es für mich härter zu machen, ihre Frage zu beantworten, oder überhaupt denken zu können, hat sie es definitiv erreicht.

Ich folge dem Bedürfnis meines Körpers. So eigenartig es sich jetzt auch für uns anfühlen sollte, miteinander zu schlafen, es fühlt sich völlig natürlich an. Vielleicht ist es, weil ich die Welt durch ihre Augen gesehen habe. Das ist natürlich auch teilweise das, was sie mir mit ihrem Körper beweisen möchte. Dass das hier echt ist. Dass wir echt sind. Und ich muss zugeben, sie macht ihren Standpunkt mehr als deutlich.

* * *

»Okay«, sage ich, als wir danach kaputt auf dem Strand liegen. »Ich fühle mich echt – und glücklich –, aber mein Kopf ist immer noch verwirrt, wenn ich versuche, ein Gehirn wie deines zu verstehen. Mir vorzustellen, was dieses Matrjoschka-Ding verarbeitet, ist einfach –«

»Ich weiß«, sagt sie. »Aber der coolste Teil ist, dass wir es irgendwann herausfinden werden, wenn wir uns der äußersten Schicht nähern.«

»Stimmt. Wir sind ja auf dem Weg dorthin.« Ich wische den Sand von meinem Körper. »Sollten wir immer noch dorthin fliegen?«

»Würdest du dir diese Gelegenheit entgehen lassen, jetzt wo du weißt, dass sie da ist?« Sie führt eine Geste durch, und zu meiner leichten Enttäuschung erscheint ihr Bikini auf ihrem Körper. »Ich weiß, dass ich mir das nie verzeihen würde.«

Sie hat natürlich recht. Ich will wissen, wie das Leben im Sonnensystem ist – auch wenn ich immer noch Schwierigkeiten damit habe, dieses Wort für etwas so Riesiges zu benutzen.

»Also fliegen wir weiter«, meint Phoe. »Die gute Nachricht ist, dass die Reise nicht so lange dauern wird, wie ich vermutet hatte. Die äußere Schicht dieser Struktur liegt viel näher an uns, als das bei der Erde der Fall war.«

»Ach ja?« Ich setze mich hin und rufe mit einer Geste meine Kleidung herbei, die genauso erscheint, wie sie es in Oasis getan hätte. »Was denkst du, wie lange sie dauern wird?«

»Das ist schwer zu sagen. Ich nehme an, dass wir nicht die ganze Reise dorthin machen müssen. Wenn wir nahe genug bei ihnen sind, wird wahrscheinlich jemand Kontakt zu uns aufnehmen. Ein weiterer Grund, weshalb deine Frage so schwer zu beantworten ist, ist, dass die Zeit für uns schnell verfliegt. Solange ich unseren Denkprozess nicht verlangsame – was dumm wäre –, werden sich einige Wochen normaler, menschlicher Reisezeit für uns wie ein Jahrhundert oder vielleicht länger anfühlen.«

Ich schaue auf die Sonne über uns. Sie gibt keinen Hinweis darauf, dass sie sich zu einer solchen Megastruktur entwickelt hat, was auch Sinn ergibt, da es sich um eine virtuelle Sonne handelt.

»Du hast vorher nichts über diese Struktur gewusst?«, frage ich und spreche damit etwas aus, was mich schon seit einigen Minuten beschäftigt. »Als du Kurs auf die Erde gesetzt hast, wusstest du schon, dass sie verschwunden war?«

»Nein«, antwortet Phoe ernst. »Ich hatte keinen Zugriff auf meine Sensoren. Alles, was ich gefühlt habe, war das kinästhetische Bewusstsein, das du erlebt hast. Zusammen mit meinen alten Karten konnte ich deshalb meinen Kurs dahin setzen, wo sich die Erde ursprünglich befand, aber ich konnte nicht sehen, was passiert war. Deshalb wollte ich unbedingt mehr Ressourcen. Auf einer bestimmten Ebene hatte ich Angst, dass so etwas passiert sein könnte. Ich glaube, ich habe es dir gegenüber schon einmal erwähnt.«

»Okay«, antworte ich und spüre dabei, dass meine Kopfschmerzen zurückkehren. »Was machen wir, während wir unterwegs sind? Wie schlagen wir diese ganze subjektive Zeit tot?«

»Ach, das ist leicht.« Phoe strahlt mich an und macht eine Geste in die Luft. Eine große, graue Sphäre erscheint zwischen uns. »Wir bauen eine Welt, und dann leben wir darin.«

Phoe macht eine Handbewegung in Richtung der Sphäre, und blaues Wasser – das gleiche Meer, das vor uns liegt – erscheint auf ihr.

Sie betrachtet ihr Werk und führt eine weitere Geste durch.

Ein kleiner Kontinent materialisiert sich mitten in dem alles bedeckenden Meer. Eine weitere Geste, und ein noch größerer Kontinent erscheint auf der gegenüberliegenden Hemisphäre.

»Ist das eine Neuschaffung der Erde?«, frage ich, als mehr Dinge auf der Sphäre erscheinen.

»Nicht wirklich. Das ist meine Idee von einer Welt, die uns gefallen könnte.« Polarkappen bilden sich an den Kanten ihres Globus. »Wir können sie Erde nennen, wenn du möchtest. Ich wollte sie eigentlich Phoenix nennen, da ich meinen vollen Namen kaum benutze.«

»Also schaue ich auf eine Art Modell? Wenn du fertig bist, wirst du es in Lebensgröße nachbilden?« Ich beobachte, wie sie ein eigenartiges Wettermuster über einem der größeren Kontinente erschafft.

»Etwas in der Art«, erwidert sie und verwandelt den kleinsten Kontinent in einen Strand. »Es ist ein Modell, das stimmt, aber diese Welt wird gleichzeitig um uns herum erschaffen, so dass wir uns bereits auf diesem Planeten befinden werden, wie auch immer wir ihn nennen, wenn wir hier fertig sind.« Sie dreht sie Sphäre, damit ich einen guten Blick darauf habe. »Du solltest mir helfen.«

Ich mache eine vorsichtige Geste in Richtung des Globus. Nichts passiert.

Phoe seufzt dramatisch und gestikuliert genauso entschlossen in meine Richtung, wie sie es bei der Erschaffung der Elemente unserer Welt tut.

Ich weiß augenblicklich, wie man eine Welt baut. Was eigenartig ist, ist das Gefühl, als hätte ich schon immer diese Fähigkeit besessen. Ich deute auf den Strandkontinent und wünsche mir etwas, was ich schon immer leibhaftig sehen wollte: die Pyramiden. Eine kleine Pyramide erscheint neben dem Wasser auf dem Kontinent.

Ich gestikuliere erneut, und eine zweite Pyramide erscheint neben der ersten.

»Gut gemacht«, meint Phoe und schaut hinter mich. »Sand und Pyramiden passen hervorragend zusammen.«

Ich folge ihrem Blick zu dem Ort, an dem die Pyramiden hinter uns erschienen sind. Also ist der kleine Strand auf dem Globus der Strand, auf dem wir uns gerade befinden. Auch wenn ich weiß, wie diese Erschaffung der Welt funktioniert, fasziniert es mich trotzdem, zu sehen, wie sich das, was ich mir gewünscht habe, auf diese Weise erfüllt.

»Wenn es dir nichts ausmacht«, sagt Phoe, »werde ich die Sphinx hinzufügen.«

Sie macht eine Geste in Richtung Sphäre, und die Sphinx erscheint neben meinen beiden Pyramiden – auf der Sphäre und dem Strand.

»Du bist dran.« Phoe macht eine Handbewegung, und die Sphäre kommt zu mir geflogen. »Was möchtest du noch in unserer Welt haben?«

SECHSUNDZWANZIGSTES KAPITEL

Mindestens eine Stunde lang kreiere ich alle Dinge, die ich jemals von der altertümlichen Erde sehen wollte. Orte, über die ich gelesen habe, und Bauwerke aus Filomenas Vorlesungen.

Phoe hilft mir dabei, indem sie die Informationen verwertet, die sie in den altertümlichen Archiven findet.

Bald habe ich Hunger und bin müde, aber ich füge unserer Welt weitere Details zu.

»Ach, was ich dir noch sagen wollte«, meint Phoe, als mein Magen zum zweiten Mal in genauso vielen Minuten knurrt. »Ich habe deinen virtuellen Körper identisch zu deinem biologischen geformt, was bedeutet, dass du Dinge wie Hunger verspürst. Ich kann das natürlich auch wegfallen lassen.«

Hunger ist nicht wirklich schön, aber Essen schon. »Kannst du meinen Körper dahingehend verändern, dass ich niemals Hunger habe, aber Essen genießen kann? Und wo wir gerade bei dem Thema sind, was werden wir in dieser Welt essen?«

»Natürlich kann ich das«, antwortet Phoe, während gleichzeitig ein großer Teppich mit verschiedenen Picknickkörben auf dem Sand erscheint und meine Frage zum Essen beantwortet. »Ich habe deinen Körper dahingehend verändert, dass du nie wieder Hunger verspüren wirst«, meint Phoe eine Sekunde später. »Wie fühlst du dich?«

Sobald sie es ausspricht, weiß ich, dass es stimmt. Der Hunger ist verschwunden, aber ich bin trotzdem noch neugierig auf das Essen in den Körben. Ich gehe zu dem, der am nächsten bei mir steht, und öffne ihn.

Er ist voller Backwaren. Einige, wie Muffins, habe ich schon bei den Feiern der Geburten probiert, aber andere, wie diese Käsecroissants, sind Dinge, die ich nur in den altertümlichen Medien gesehen habe, da es in Oasis keinen Käse gab.

Ich nehme mir ein Croissant und beiße hinein. Es ist luftig, knusprig und köstlich – viel leckerer, als ich gedacht hatte.

»Der Geschmack ist, wie ich ihn mir vorstelle«, meint Phoe und nimmt sich auch eines. »Aber es handelt sich um eine Vorstellung, die auf einer Menge Nachforschungen beruht.«

Ich sitze im Schneidersitz auf dem Teppich und gehe auf der Suche nach interessanten Überraschungen, von denen es viele gibt, durch die restlichen Körbe.

»Möchtest du die Welt sehen, die wir erschaffen haben?« Phoe sitzt neben mir und nimmt sich ein Stück Pizza. »Wir können mit dem Teppich umherfliegen, so wie sie es in diesem einen Film von Disney tun.«

Ich schlucke etwas Marmelade hinunter und sage: »Nur wenn du mein Gehirn dahingehend verändern kannst, dass ich keine Höhenangst mehr habe.«

Phoe gestikuliert demonstrativ zu meinem Kopf. »Fertig. Ich muss sagen, dass du diesem Veränderungsthema sehr offen gegenüberstehst. Ich bin stolz auf dich.«

Nachdem ich mich einen Moment auf mich konzentriert habe, erwidere ich: »Ich fühle mich gleich. Bist du sicher –«

»Wie fühlt sich das an?«, fragt Phoe, und der Teppich hebt vom Boden ab.

Ich beobachte meine innere Reaktion. Als ich mit der Scheibe abgehoben bin, hatte ich zu diesem Zeitpunkt definitiv schon Panik, aber jetzt gerade fühle ich nichts Unangenehmes.

»Ich glaube, es hat funktioniert«, meine ich. »Das sollte interessant werden.«

Wir fliegen immer höher und schießen dann aufs Meer zu. Bald ist der Strand nur noch ein kleiner Punkt hinter uns. Ich höre auf zu essen und konzentriere mich auf den Flug. Je schneller wir fliegen, desto eigenartiger fühle ich mich. Anstatt in Panik zu verfallen, erlebe ich eine gewisse Freude.

»Haben sich die Vorfahren so beim Achterbahnfahren gefühlt?«, frage ich, und meine Lippen verziehen sich zu einem Lächeln.

»Das nehme ich an«, antwortet Phoe und erhöht unsere Geschwindigkeit. »Wollen wir weiterbauen?«

Um ihren Vorschlag zu unterstreichen, ruft sie das Modell der Erde herbei, und es schwebt trotz unserer Reisegeschwindigkeit ruhig über uns in der Luft.

Sie dreht den Globus auf eine leerere Stelle, deutet darauf, und mehr Landmasse erscheint.

Ich schließe mich ihr an, und wir erschaffen weiterhin die Welt. Von Zeit zu Zeit landen wir, um einige Dinge, die wir erschaffen haben, zu bewundern. Ich verbringe einen Tag damit, mir die chinesische Mauer anzusehen, während ich Phoes kleine Hand halte. Außerdem kann ich dem Drang nicht widerstehen, einen weiteren Tag dafür zu nutzen, an der Replik unseres Eiffelturms hinaufzuklettern, da ich ja jetzt keine Höhenangst mehr habe. Phoe scheint genauso viel Spaß mit alledem zu haben wie ich. Wir lassen uns um die Wette die möglichst kreativsten Landschaften einfallen. Bis jetzt gewinnt sie.

Unsere Erkundungstouren sind wie eine Art surrealer Tourismus für Götter. Zuerst erschaffen wir den romantischsten aller Orte, der von den Beschreibungen des Taj Mahals und der Hängenden Gärten von Babylon inspiriert ist, und danach verbringen wir eine romantische Zeit auf dem weißen Marmor unter der umwerfenden Vegetation.

Und natürlich haben wir jede Menge Sex. Ich erröte nicht mehr, wenn ich an ihn denke, und fühle mich auch nicht mehr eigenartig, wenn ich den ersten Schritt tue. Sex ist ein wichtiger Teil dieses ganzen Prozesses geworden, so als sei unsere neue Welt nicht vollständig, wenn wir nicht an jedem Ort miteinander schlafen würden, den wir erschaffen haben.

Nur eines trübt mein Glück: Ich kann nicht aufhören, an meine Freunde zu denken. Dieser Gedanke sitzt wie ein eingezogener Splitter in meinem Gehirn.

Als wir wieder einmal über den Ozean fliegen, unterbreche ich unsere intimen Aktivitäten, um endlich zu fragen: »Phoe, ich habe nachgedacht. Kannst du eine Replik von Oasis bauen? Ich glaube, ich würde Liam gerne in unser Schlafzimmer zurückbringen und ihm dann langsam diese neue, verrückte Realität beibringen.«

Phoe sieht mich verständnisvoll an. Ich nehme an, dass sie meine Gedanken über dieses Thema bereits gelesen hatte, aber darauf gewartet hat, dass ich es anspreche.

Ohne irgendetwas dazu zu sagen, bewegt sie ihre Hand, und der Ozean unter uns nimmt eine vertraute, ekelerregende orange-braune Farbe an. Es ist erschreckend, wie sehr er jetzt dem Goo ähnelt.

Dann lässt Phoe eine große grüne Insel unter uns erscheinen, auf der verteilt sich geometrische Gebäude befinden.

Mein Herz setzt bei diesem Anblick einen Schlag aus. Nachdem ich so viele Jahre in Oasis gelebt habe, fühlt sich selbst diese Replik wie Zuhause an.

Unser Teppich fliegt zu der Insel hinunter, und wir landen auf dem Fußballfeld neben der Schule.

Phoe sieht sich um, nickt zufrieden und führt eine weitere Geste durch. Die Kuppel erscheint am Himmel.

»Die möchte ich aber nur, bis ich alles erklärt habe«, meine ich und verziehe bei dem Anblick der Kuppel mein Gesicht. »Mein Plan ist, die Kuppel und das Goo verschwinden zu lassen, um Liam davon zu überzeugen, dass ich ihm die Wahrheit sage.«

»Der Plan ist nicht schlecht«, meint Phoe und steht vom Teppich auf.

Wir gehen zusammen zu dem Gebäude mit unseren Zimmern. In ihm finde ich eine perfekte Replik meines eigenen Raumes vor.

»Und wie funktioniert das jetzt?«, frage ich, als wir zwei Betten erscheinen lassen. »Wird er einfach so aufwachen wie jeden Morgen? Er wird sich nicht daran erinnern, dass die lebenserhaltenden Systeme ausgefallen sind? Bitte sage mir, dass er sich nicht daran erinnert, wie sehr er gelitten hat, und dass er gestorben ist.«

»Nicht, solange er nicht geschlafen hat, nachdem das geschehen ist – und das hat er nicht. Ich habe mir gerade seinen Speicherauszug angesehen. Aus Sauerstoffmangel das Bewusstsein zu verlieren löst keine Erstellung eines neuen Speicherauszugs aus, so wie das beim Schlafen der Fall ist, zum Glück. Er wird sich nicht an die schrecklichen Ereignisse erinnern; er wird einfach nur denken, am Tag nach dem Tag der Geburten aufzuwachen.«

In meinem Kopf dreht sich alles, wenn ich an das denke, was ich meinem Freund gleich erzählen werde. Wie würde ich reagieren, wenn jemand mir sagen würde, dass alle, die ich kenne, tot sind und das hier eine virtuelle Welt ist? Wie würde ich auf die Nachricht reagieren, dass die Welt, wie ich sie kannte, verschwunden ist? Andererseits weiß ich, dass diese Welt nicht mehr existiert und mir geht es gut, also wird Liam vielleicht auch kein Problem damit haben. Trotzdem, er wird gleich erfahren, dass er in einem durch Technologie erschaffenem Leben nach dem Tod aufgewacht ist. Was soll man zu so etwas überhaupt sagen?

»Theo, hör mir zu. Es gibt da etwas, was ich bereits einmal erwähnt habe, aber ich glaube nicht, dass du es vollkommen verstanden hast. Es betrifft generell die Wiederherstellung von Liam und den anderen Menschen aus Oasis.« Phoe setzt sich auf die Nachbildung meines Bettes. »Unsere Ressourcen sind immer noch begrenzt, und deshalb möchte ich, dass Liams Denken in menschlicher Geschwindigkeit nachgebildet wird.« Sie schaut mich entschuldigend an.

»Warum?«, frage ich. »Ich dachte, wir hätten eine Menge Ressourcen. Schau dir doch einfach den Planeten an, den wir gerade erschaffen haben.«

»Ja, wir haben Umgebungen geschaffen, aber es ist schwieriger, Menschen zu simulieren. Mit unserer Version der Erde kann ich das tun, was altertümliche Computerwissenschaftler ›Lazy Loading‹ nannten – nur dann Ressourcen für diese Umgebungen benutzen, wenn wir diesen spezifischen Ort erreichen. Da wir zum Beispiel gerade nicht am Strand sind, nimmt der Strand nichts von meiner Rechenleistung weg. Sein Code ist an einem Ort eingelagert, der praktisch nicht verarbeitende Materie ist, da diese reichhaltiger vorhanden ist als Arbeitsspeicher. Mit Menschen kann ich so etwas offensichtlich nicht tun, weshalb für die Ablage der Menschen der Limbus geschaffen wurde. Sobald sie existieren, werden sie für immer existieren. Es wäre nicht fair, sie jedes Mal irgendwo abzulegen oder sie in den Limbus zu schicken, wenn wir nicht bei ihnen sind. Stimmst du mir darin zu?«

Ich nicke.

»Also, das ist mein Kompromissvorschlag:«, sagt sie. »Du kannst so viele Einwohner von Oasis zurückbringen wie du möchtest, aber sie werden nicht so schnell denken wie du oder ich. Das langsame Denken zu simulieren verbraucht viel weniger Arbeitsspeicher. Das ist etwas, was die Entwickler des Paradieses getan haben sollten, um mehr Bevölkerung unterzubringen.«

Vielleicht ist es mein erweitertes Gehirn oder die viele Zeit, die ich mit ihr verbringe, aber was Phoe sagt, ergibt tatsächlich Sinn. Allerdings erkenne ich sofort ein Problem.

»Wenn du das tust, wird sich eine Unterhaltung mit Liam für mich dann nicht anfühlen, als schaue ich einem Eisberg beim Schmelzen zu, da ich viel schneller denke?«

»Ja – und deshalb denke ich, dass du verschiedene Existenzstränge haben solltest, so wie ich.« Phoe bewegt sich auf dem Bett näher an mich heran und lächelt mich verschwörerisch an. »Du hast nämlich recht: Wegen der unterschiedlichen Geschwindigkeit wirst du vor Langeweile verrückt werden, genauso wie das bei mir der Fall wäre, würdest du nicht genauso schnell denken wie ich. Es waren meine Unterhaltungen mit dir, als du noch ein normales menschliches Wesen in Oasis warst, die mir die Idee gegeben haben, meine Gedanken in Stränge aufzusplitten.«

Ich denke darüber nach. Kurz gesagt, bietet sie mir die Fähigkeit an, mich an mehreren Orten gleichzeitig aufzuhalten, so ähnlich wie das bei der Anti-Viren-Armee der Fall war.

»Ich rede erst einmal nur über zwei Orte zur gleichen Zeit«, sagt Phoe. »Und es könnte sich anders anfühlen als in der Anti-Viren-Situation. Aber das wirst du schon sehen.«

»Okay«, sage ich. »Trotzdem scheint es ein wenig unfair zu sein, dass Liam auf eine leicht runtergestufte Art existieren würde – im Vergleich zu uns, meine ich.«

»Ich verstehe dich, und ich stimme dir auch zu, aber ich habe einfach zu wenig Arbeitsspeicher zur Verfügung. Ich nehme an, dass sich die Lage ändern wird, sobald wir das Matrjoschka-Gehirn erreichen. Bis dahin betrachte es doch mal aus dieser Perspektive. Wenn das die einzige Möglichkeit ist, Liam, Mark, und den Rest von Oasis hierherzuholen, wäre es dir dann lieber, dass sie auf diese limitierte Art existieren, oder gar nicht? Außerdem wären sie nicht schlimmer dran als vorher. Eine Stunde würde sich für sie immer noch wie eine Stunde anfühlen, aber sie befänden sich nicht länger unter der Kontrolle der Ältesten, was immerhin etwas ist.«

Ich denke über ihre Worte nach und fühle mich besser. Außerdem hat das Leben in einer langsameren Geschwindigkeit auch einen Vorteil. Die Reise zur äußersten Schicht der Matrjoschka wird für meine Freunde viel schneller vergehen als für Phoe und mich. Trotzdem ist eines der Probleme an dieser Lösung, dass ich meine Fähigkeiten erweitern muss.

»Du würdest diese Fähigkeit sowieso irgendwann haben wollen«, meint Phoe. »Willst du mir nicht ähnlicher sein? Willst du nicht das Gleiche sein wie ich?«

Sie hat nicht nur meine Gedanken gelesen; sie hat irgendwie sogar meine unbewussten Träume und Hoffnungen erkannt. In diesem Moment verstehe ich, dass ich im Geheimen schon immer das Gleiche sein wollte wie sie. Ich habe es niemals zugegeben, nicht einmal mir gegenüber, aber ich will wie Phoe sein, und der einzige Weg, das Realität werden zu lassen, ist, dass sie mich auf ihr Niveau anhebt, da es nicht fair von mir wäre, von ihr zu erwarten, dass sie ein einfacheres Wesen wird.

»Wenn ich dir erst einmal ebenbürtig bin, wirst du es nicht mehr so einfach haben, alles genau so zu bekommen, wie du es möchtest«, sage ich mit gespielter schlechter Laune, da ich meine Gedanken auf ein angenehmeres Thema lenken möchte.

»Darauf würde ich mich nicht verlassen.« Phoe zwinkert mir zu. »Egal wie viel Arbeitsspeicher du bekommst, ich werde dich immer noch um den kleinen Finger wickeln.«

Ich verenge meine Augen zu Schlitzen, und sie blickt mich mit einem entwaffnenden Hundeblick an.

Ich gebe mich geschlagen. Wenn sie mich mit einem einzigen Blick zum Schmelzen bringen kann, wie hoch stehen dann meine Chancen, jemals meinen Willen durchzusetzen? Eigenartigerweise stört mich diese Erkenntnis nicht das kleinste bisschen.

»In Ordnung. Du wirst gleich etwas so Kitschiges denken, dass ich dich an dieser Stelle unbedingt stoppen muss«, sagt Phoe. »Bist du bereit, deine Fähigkeiten zu erweitern?«

»Okay.« Ich schließe meine Augen. »Ich bin bereit.«

Sie lacht, und ich spüre einen Luftzug, der, wie ich annehme, bedeutet, dass sie eine Handbewegung in meine Richtung macht.

Ich warte. Zuerst geschieht gar nichts.

Dann fühle ich langsam etwas, was sehr schwer zu beschreiben ist. Es ist, als sei ich mir plötzlich einer neuen Gliedmaße bewusst, oder besser gesagt einer Menge neuer Gliedmaßen. Dann wird mir klar, dass es komplizierter als das ist.

Ich bemerke, dass ich zwei Körper gleichzeitig haben kann.

Ich öffne meine Augen und schaue mich im Raum um.

Meine Sicht ist dieselbe, vielleicht ein wenig schärfer.

»Mach das.« Phoe macht mir eine Geste vor, die ein wenig wie ein Peace-Zeichen aussieht, und plötzlich befinden sich zwei Exemplare von ihr im Zimmer. Eine Phoe steht vor mir und sieht so aus, als sei sie in der Zeit eingefroren. Als ich allerdings genauer hinsehe, bemerke ich, dass sie sich einfach sehr langsam bewegt, wie ein Käfer der in Sirup festhängt. Die ursprüngliche Phoe lächelt mich vom Bett aus an und bewegt sich mit normaler Geschwindigkeit.

Ich ahme ihre Geste nach, und mein Bewusstsein teilt sich auf.

Ein zweites Ich steht neben der lethargischen Phoe.

Oder vielleicht ist es richtiger zu sagen, dass es drei von uns gibt: den denkenden Teil, der mein normales Ich ist, und die beiden Körper, in denen ich mich gleichzeitig befinden kann. Dieses eigenartige unterschiedliche Zeitgefühl, das diese beiden Körper erleben, ist eine kleine Sache im Vergleich zu der viel eigenartigeren Realität, an zwei Orten zur gleichen Zeit zu existieren.

Bis das geschehen ist, hatte ich nicht einmal davon geträumt, dass so etwas möglich sein könnte. Ich schaue durch zwei Paar Augen, atme durch zwei Nasen und bewege zwei Paar Arme.

Als ich mich halbwegs an meine neue zweigeteilte Existenz gewöhnt habe, konzentriere ich mich auf die Tatsache, dass einer meiner beiden Körper die Welt langsamer erlebt als der andere.

Auf eine gewisse Weise hilft mir meine langsame Version dabei, meine erste mehrsträngige Erfahrung besser verarbeiten zu können. Wenn ich mich in zwei gleichwertige Teile gesplittet hätte, wäre das Anpassen schwieriger gewesen.

»Du wirst dich daran gewöhnen«, meint Phoe vom Bett aus. »Es ist ein wenig so, wie deinen rechten und deinen linken Arm zu kontrollieren, wenn einer der beiden langsamer ist als der andere.«

Die langsame Phoe räuspert sich, und ich höre es problemlos mit meinen langsamen und schnellen Ohren. Für meine schnelle Instantiierung hört sich das Geräusch aus ihrem sich langsam bewegenden Mund extrem langgezogen an und erinnert mich an die Walgesänge.

»Wir sollten gehen«, sagt die schnelle Phoe. »Auf diese Weise wird es für dich weniger verwirrend sein.«

Gerne folge ich ihrem Vorschlag, und mein schnelles Ich verlässt das Zimmer. Phoe springt vom Bett und folgt mir, was ich durch die Augen des langsamen Theos sehe.

In seinen Augen haben sich die beiden Menschen, die gerade gegangen sind, wie Helden aus altertümlichen Comics bewegt. In einem Moment standen sie noch da, und im nächsten waren sie blitzschnell verschwunden.

Jetzt, da sich meine beiden Körper nicht mehr im selben Raum befinden, ist es leichter, diese eigenartige Existenz zu vereinigen. Ich kann die Welt von beiden Orten aus gleichzeitig erleben, mit einem Gehirn, das auf zwei Körper aufgeteilt ist, und wenn ich muss, kann ich mich auf einen Körper konzentrieren und den anderen ignorieren. Selbst wenn ich meine

Aufmerksamkeit von einem zum anderen wechsele, bin ich mir dessen bewusst, was beide Körper tun.

»Bauen wir den Rest der Welt«, sagt der schnelle Theo.

Phoe nickt, und wir lassen Oasis hinter uns.

»Bringen wir Liam zurück«, sage ich durch den Mund meiner langsameren Version.

Die langsame Phoe führt triumphierend eine Geste durch, und ein schlafender Liam erscheint in seinem Bett.

SIEBENUNDZWANZIGSTES KAPITEL

»Phoe«, sage ich mit meinem Slow-motion-Strang. »Kannst du bitte erst einmal verschwinden?«

Phoe verschwindet und sagt mir dann: »Ich bin immer noch hier, nur unsichtbar. Ich bin sehr neugierig, wie er reagieren wird.«

»Das sind wir beide«, erwidere ich und schaue meinen schlafenden Freund an.

Liam liegt völlig selbstvergessen da.

Ich gehe zu seinem Bett und frage mich, ob ich ihn aufwecken sollte, mache es dann aber lieber nicht.

Während ich darauf warte, dass er es von allein tut, bewundere ich, wie viel die schnellen Stränge von Phoe und mir in einer so kurzen Zeit erreicht haben. Wir sind über den halben Planeten geflogen und hatten auf dem Weg eine weitere intime Vereinigung. Sie hat mir außerdem beigebracht, wie man Noten liest – etwas, was ich schon immer können wollte – und wir haben einen neuen Kontinent erschaffen. Wir haben diese neue Landmasse mit Wäldern und Bergen versehen, und jetzt überlegen wir gerade, welche Flora und Fauna wir dort ansiedeln sollten.

»Es wären echte Tiere, auf die gleiche Weise, auf die ihr, du und Liam, echt seid«, erklärt mir Phoe. »Sie wären Annäherungen, so wie die Tiere im Zoo und im Paradies.«

Mein langsames Ich sieht dabei zu, wie Liam seine Augen öffnet.

»Mann, na endlich«, sage ich. »Ich bin schon ganz krank davon, dir beim Schlafen zuzuschauen.«

»Du hast mich beim Schlafen beobachtet?« Liam schaut mich verschlafen an. »Das ist angsteinflößend.«

Sein Gesicht wiederzusehen und seine Stimme zu hören, löst derart starke Gefühle in mir aus, dass ich befürchte, gleich in Tränen auszubrechen. Ich schlucke die belegte Enge in meinem Hals hinunter. Wenn Liam sieht, dass ich mich derart komisch verhalte, wird er mir das für immer unter die Nase reiben, egal wie bildlich ich ihm seinen entsetzlichen Tod beschreibe.

»Alles in Ordnung?«, fragt er und führt die Geste für die morgendliche Reinigung durch. »Warum siehst du so ernst aus?«

»Funktionieren die alten Gesten aus Oasis?«, frage ich Phoe in Gedanken.

»Ja«, antwortet sie laut, und ihre Stimme kommt von meinem Bett. Da Liam nicht einmal mit der Wimper zuckt, nehme ich an, dass nur ich sie hören kann – wie damals in Oasis. »Die häufig benutzten Gesten wie die für den Bildschirm, das Essen und die Reinigung werden funktionieren«, fährt sie fort. »Wenn er eine Geste für etwas macht, was ich nicht vorhergesehen habe, sollte ich in der Lage sein, im betreffenden Augenblick etwas zu tun.«

»Ehrlich, Theo«, sagt Liam und sein Gesichtsausdruck ist ungewöhnlich nachdenklich. »Ich habe dich noch nie so bedrückt gesehen. Willst du Mathe schwänzen, und wir reden über das, was dich beschäftigt?«

»Ja.« Ich schüttele meinen Kopf, damit er klar wird. »Mit Sicherheit kein Mathe. Ich muss dir etwas erzählen – und es wird der verrückteste Scheiß sein, den du jemals gehört hast.«

Liam zieht seine Augenbraue in die Höhe, als ich das verbotene Wort nicht auf Schweinelatein sage. Gleichzeitig stellt er seine Füße auf den Boden und gestikuliert nach Essen. Ein Essensriegel erscheint in seiner Hand, und er beißt hungrig hinein.

Ich beobachte ihn, um zu sehen, ob er bemerkt, dass das Essen nur eine Simulation ist, aber ihm scheint kein Unterschied in Textur oder Geschmack aufzufallen.

Neugierig rufe ich ebenfalls einen Riegel herbei und nehme einen Bissen. Es könnte sich bei ihm genauso gut um das echte Essen aus Oasis handeln, denn es gibt absolut keinen Unterschied.

»Die Erfahrungen mit dem Essen ist so allgegenwärtig in den meisten Erinnerungen im Limbus, dass ich dieses spezielle Objekt sehr genau nachahmen konnte«, mischt sich Phoe ein. »Ich bin ziemlich stolz darauf. Es ist unmöglich, einen Unterschied zu bemerken.«

Als er aufgegessen hat, steht Liam auf und streckt sich. »Okay, und jetzt sag mir, was du mir sagen musst.«

»Lass uns spazieren gehen, während wir reden«, erwidere ich und gehe auf die Tür zu. »Es könnte draußen leichter für dich sein, mir zu glauben.«

Liam wirft mir einen fragenden Blick zu, aber protestiert nicht, und wir verlassen das Zimmer. Während wir durch die leeren Gänge gehen, erzählt mir Liam, was er »gestern« während des Geburtstags alles gemacht hat, wobei es sich hauptsächlich darum handelt, dass er bei den Glasbläsern rumgehangen hat. Das erinnert mich daran, dass wir eine Menge mehr Menschen wiederauferstehen lassen müssen, als ich dachte, wenn wir Liam und die anderen glücklich machen wollen. Phoe war sehr vorausschauend mit den langsamen Versionen, was mich nicht überrascht.

»Ihm ist noch nicht einmal aufgefallen, dass es keinen einzigen anderen Jugendlichen hier gibt«, flüstert Phoe hinter mir.

»Ich bin mir sicher, das kommt noch«, denke ich zurück. »Sobald wir hinaustreten, wird es mehr als offensichtlich sein.«

Und wirklich, nachdem wir einige Minuten draußen herumgegangen sind, fragt Liam: »Wo zum Enckerhen sind die anderen?« Er macht die Geste für seinen Bildschirm, zum Glück nur, um nachzusehen, wie spät es ist.

»Ich habe die Zeit auf neun Uhr morgens gestellt«, meint Phoe. »Ich hoffe, das passt in deinen Zeitplan?«

»Das tut es«, erwidere ich in Gedanken. Zu Liam sage ich: »Die Tatsache, dass Menschen verschwunden sind, hat eine Menge mit dieser verrückten Geschichte zu tun, die ich dir gerade erzählen möchte.«

»Okay, aber müssen wir dafür wirklich zum Rand gehen?«

Ich habe meinen Freund zu meinem ehemaligen Lieblingsort geführt – einem Ort, den niemand mochte, weil man auf das Goo schaute.

»In Ordnung«, erwidere ich. »Wir können auch hier reden.«

Liam setzt sich in einem bequemen Schneidersitz ins Gras.

Ich setze mich neben ihn. »Es hat alles an dem Tag begonnen, an dem ich dreihundert Bildschirme aufgerufen habe und daraufhin begann, eine Stimme in meinem Kopf zu hören.«

Liam schaut mich an, als würden mir gerade Hörner wachsen.

»Ja, ich dachte eine Weile, ich sei verrückt, aber das war ich nicht. Die Stimme gehörte Phoe.«

In Gedanken sage ich zu Phoe: »Das ist dein Zeichen.«

Phoe erscheint. Für Liam muss es aussehen, als sei das Mädchen mit den kurzen zerzausten Haaren gerade aus dem Nichts aufgetaucht.

Er springt auf, sieht sie mit entsetzten Augen an, und ich erkenne, dass er sich fragt, ob er besser wegrennen sollte. Er bleibt, und mir wird klar, dass die Tatsache, dass er normalerweise keine Angst empfindet, heute sehr hilfreich für mich sein könnte.

»Liam, das ist meine andere beste Freundin, Phoe«, sage ich und versuche, nicht über seinen entgeisterten Gesichtsausdruck zu lachen. »Phoe, das ist Liam.«

»Es freut mich, dich kennenzulernen, Liam«, erwidert Phoe mit altertümlicher Höflichkeit.

Dann bemerke ich, dass sie immer noch ihren Bikini trägt, etwas, was kein Mädchen in Oasis jemals tragen würde, nicht einmal am Tag der Geburten.

Liam betrachtet Phoe von oben bis unten, so als würde es ihr rätselhaftes Erscheinen erklären, wenn er sie lange genug anstarrt. Zu sehen, wie mein Freund Phoes Kurven betrachtet, löst ein eigenartiges Gefühl in mir aus.

»Ernsthaft, Theo?«, fragt Phoe in Gedanken. »Du wirst doch nicht zu so einem Zeitpunkt eifersüchtig werden?«

Sobald sie es ausspricht, verstehe ich, dass sie den Nagel auf den Kopf getroffen hat. Das, was ich fühle, ist Eifersucht. Ich wusste nicht, was es war, da ich es noch nie zuvor gefühlt hatte. Es ist überhaupt kein angenehmes Gefühl.

»Hier«, sagt Phoe laut und macht eine Geste in Richtung ihres Körpers. Die für Oasis gewöhnliche weite Bekleidung ersetzt ihren Bikini. Liam scheint sich zu beruhigen – leicht.

»Was soll der Eißschen?«, fragt er mich. Dann, während er Phoe anschaut, fügt er hinzu: »Ich habe dich noch nie gesehen. Wie kann das sein? Hast du dich dein ganzes Leben lang vor mir versteckt?«

»Ich werde Theo alles erklären lassen«, antwortet Phoe mit einem breiten Grinsen. »Ich kann auch weggehen, wenn euch das lieber ist.«

»Du kannst hierbleiben«, meine ich. Zu Liam sage ich: »Sie ist keine Jugendliche. Sie ist etwas völlig anderes.«

Liam hört mir mit entsetztem Schweigen zu, als ich ihm davon erzähle, wie die Betagten Einfluss auf die Köpfe von allen genommen haben.

»Ich habe diese Nanomaschinen in meinem Kopf?« Liam schaut erst Phoe an, dann mich, und reibt dann über seinen Kopf, so als hoffe er, die Nanos durch seine Schädeldecke spüren zu können.

»In deinem jetzigen Zustand hast du sie nicht mehr«, meint Phoe. »Aber du hattest sie, bis du nach dem Tag der Geburten ins Bett gegangen bist.«

»In meinem jetzigen Zustand«, sagt Liam und macht dabei Anführungsstriche in der Luft. »Was soll das bedeuten?«

»Na ja, dazu«, antworte ich und sage gleichzeitig in Gedanken zu Phoe: »Ich dachte, ich übernehme die Führung dieses Gesprächs.«

»Entschuldigt bitte, dass ich euch unterbrochen habe«, sagt Phoe laut. »Theo macht besser weiter.«

»Also, ja. Vergiss den Zustand, in dem wir uns befinden, erst einmal«, meine ich. »Ich möchte dir erst mehr über diese Beeinflussungen des Gehirns erzählen und einige deiner Fragen dazu beantworten.«

Liam stellt mir eine Menge Fragen über diese Beeinflussung, und ich beantworte sie, wobei ich unsere Unterhaltung langsam auf das Beispiel lenke, das am schwersten zu glauben ist: das kontrollierte Vergessen.

Als ich ihm den Fall Marks erkläre, der mir zum ersten Mal das kontrollierte Vergessen bewusst gemacht hat, meint Liam: »Okay, ich kann glauben, dass die Betagten mich mit Hilfe von Technologie etwas vergessen lassen haben, aber wenn du erwartest, dass ich dir glaube, einen Freund vergessen zu haben, den ich mein ganzes Leben lang hatte, einen Freund, der mir so nahe stand wie du, dann kennst du mich aber schlecht. So etwas ist unmöglich. Ich bin ein viel besserer Freund.«

»Kannst du es rückgängig machen, dass Liam Mark kontrolliert vergessen hat?«, frage ich Phoe in Gedanken. »Ich denke, das würde dabei helfen, die ganzen verrückten Dinge zu glauben, die ich ihm noch erzählen muss.«

Phoe bewegt ihre Hand in Liams Richtung und betrachtet ihn danach besorgt.

Liam umfasst seinen Kopf und bekommt große Augen. Er atmet schnell, und ich werde unangenehm daran erinnert, dass er in Oasis erstickt ist.

Nach einigen Sekunden flüstert er: »Diese Arschlöcher. Ich erinnere mich an Mark. Aber ich erinnere mich auch daran, mich nicht an ihn zu erinnern. Das ist verrückt. Und sie haben ihn wirklich umgebracht? Ich dachte immer, dass niemand sterben würde. Und das alles wegen dieses Mists mit Grace? Ich dachte, er würde ein Jahr Stille bekommen, aber nichts so Endgültiges.«

Er redet weiter, bis ich ihn unterbreche: »Also, es ist so. Auch wenn sie ihn umgebracht haben, können wir ihn zurückbringen. Auf eine gewisse Art und Weise ist diese Propaganda, dass niemand jemals sterben würde, an die wir alle geglaubt haben, wahr.«

Liam sieht wie ein Mann aus, dessen Ungläubigkeit bereits überlastet ist – so als wisse er nicht, wie viele unglaubliche Dinge er noch aufnehmen kann.

Ich fahre damit fort, ihm zu sagen, dass die Welt um uns herum nicht wirklich das echte Oasis ist, an das er sich erinnert.

»Deshalb gibt es hier auch keine anderen Menschen«, schließe ich ab. »Und deshalb kann ich auch das hier tun.«

Ich führe eine Handbewegung in Richtung des Himmels durch, und die Kuppel verschwindet. Ich gestikuliere auf das Gebüsch, das unsere Sicht auf das Goo versperrt, und es verschwindet ebenfalls. Sobald Liam auf das Goo schauen kann, verwandele ich es zurück in ein blaues Meer. »Das ist auch nicht wirklich real, aber es gibt dir einen guten Einblick in das Thema.«

Liams Gesicht ist wie versteinert, als er aufsteht und zum Meer geht. Sein Gehen verwandelt sich in ein Laufen, und ich jage ihm hinterher, weil ich nicht weiß, ob seine Reaktion gut oder schlecht ist.

Ohne zu zögern springt Liam ins Wasser.

Ich schaue mich um, weil ich sehen möchte, ob Phoe besorgt aussieht, aber ihr Gesichtsausdruck ist schwer zu lesen, also frage ich sie: »War das zu viel für ihn?« Bevor mir Phoe antworten kann, taucht Liam unter, und meine Stimme wird lauter. »Versucht er, sich zu ertränken?«

ACHTUNDZWANZIGSTES KAPITEL

»Es geht ihm gut«, versichert mir Phoe. »Er nimmt es besser auf, als ich erwartet hatte. Er genießt es einfach, zu schwimmen, während er das verarbeitet, was du ihm gerade erzählt hast.«

Nach einigen Minuten im Wasser kommt Liam mit tropfnasser Kleidung heraus. Phoe winkt mit ihrer Hand, und er ist augenblicklich trocken.

Irgendetwas in seinem Kopf scheint klick zu machen, und er sagt: »Das ist ein echtes Meer.«

»Es ist nicht wirklich echt, aber es ist so echt, wie unsere Leben jetzt sein werden«, antworte ich und erkläre ihm danach die härteste Wahrheit von allen – dass wir nicht mehr in unseren biologischen Körpern leben. Ich versuche sogar, ihm die Existenz meiner schnellen Version zu erklären, die gerade lernt, wie man Skulpturen aus Marmor haut.

Ich bitte Phoe um Hilfe, als ich erklären möchte, wie hochgeladene Gehirne funktionieren. Sie erzählt Liam von der realistischen Nachahmung aller seiner Moleküle, einschließlich des Konnektoms seines Gehirns, und wie sie Wasser, Erde und Himmel erschaffen hat.

»Was einen Menschen meiner Meinung nach ausmacht, ist das Informationsmuster, das er aufzeigt«, sagt Phoe. »Seine Erinnerungen, Gewohnheiten, Vorlieben und Abneigungen, seine Interessen und eine Milliarde anderer Dinge, die in diesem Fall dich zu ›Liam‹ machen, und nicht zu Fleisch, Wasser und Knochen, auch wenn du aus ihnen bestehst.«

»Aber ich fühle mich völlig real«, widerspricht Liam.

»Und das bist du auch«, erwidert Phoe. »Du bist ein Informationsmuster, das sich selbst als Liam wiedererkennt. Als dieses Muster bist du hier. Das ist es, was ›echt sein‹ für mich bedeutet.«

Liam schüttelt seinen Kopf. »Wenn ihr erwartet, dass ich euch das glaube, müsst ihr mir ein größeres Wunder zeigen, als einfach die Kuppel verschwinden zu lassen.«

»Ich verstehe. Ein weiser Mann hat einmal gesagt: ›Außergewöhnliche Behauptungen erfordern außergewöhnliche Beweise‹«, erwidert Phoe und geht zum Wasserrand. »Wie wäre es mit einem Klassiker?«

Sie geht auf dem Wasser entlang und Liam fallen fast die Augen aus dem Kopf.

»Ich kann auch das hier tun.« Sie zeigt auf das Wasser unter ihren Füßen, und es verwandelt sich in eine rote Flüssigkeit. »Das ist Wein«, erklärt uns Phoe. »Ich habe das Wasser aller Meere dieses Planeten in Wein verwandelt.«

Liam geht zum Meer und schöpft eine Handvoll Wein. Vielleicht kann der Alkohol ihm dabei helfen, das Ganze besser zu verarbeiten?

Tausende Meilen von Oasis entfernt sitzen mein und Phoes schnelles Ich am Strand und reden über Liams Reaktion. Vor uns steht eine Käseplatte, und wir halten jeder ein Glas Meerwein in der Hand.

Während ich in dem Pseudo-Oasis mit Liam gesprochen habe, hat mein schnelles Ich gelernt, Piano zu spielen und Musik für dieses Instrument zu komponieren – eine logische Weiterentwicklung des Notenlesens, welches ich vor einiger Zeit gelernt habe. Ich habe außerdem einige Dutzend Fachbücher über Architektur gelesen und mit

Wandbildern experimentiert, um einige der Umgebungen, die wir geschaffen haben, zu verschönern.

Phoe hat sich etwas überlegt, wie wir mit der Matrjoschka-Struktur kommunizieren könnten. Auch wenn sie nichts besitzt, was speziell zur Kommunikation gedacht ist, hat sie einen Weg gefunden, kleinen, meteorartigen Partikeln das Durchdringen unserer Schilde zu ermöglichen, was Strahlungsspitzen erzeugt, die aus weiter Entfernung entdeckt werden können. Sie hat noch weitere ähnliche Lösungen in ihrem Kopf, und ich schlage vor, sie alle auszuprobieren – was sie auch tut.

Mit meinen langsamen Augen sehe ich, wie Liam sich zum tausendsten Mal kneift, also sage ich: »Ich könnte dir jetzt auch den schrägsten Teil erzählen, schließlich kannst du ja nicht noch mehr ausrasten.«

Ich erkläre ihm, dass wir uns alle auf einem Raumschiff befinden und durch ein Sonnensystem in der Zeit nach der Singularität reisen. Ich sage ihm, dass Phoe dieses Raumschiff ist und dass sie und ich, so komisch sich das auch anhört, eine romantische Beziehung führen.

Liam kann ziemlich gut damit umgehen, dass Phoe eine künstliche Intelligenz ist – vielleicht, weil sie so liebenswert ist. Er hat auch nichts dagegen, dass ich generell eine Beziehung führe – oder genau genommen mit Phoe, was ich wirklich zu schätzen weiß –, aber er hat jede Menge Fragen zu Dingen, die ihm unklar sind.

»Wenn wir auf einem Raumschiff sind und es eine Art denkendes Zeug um das Sonnensystem gibt, wieso hat niemals jemand Kontakt zu uns aufgenommen?«, fragt Liam und lässt sich neben uns in den Sand fallen.

»Das ist wirklich eine gute Frage.« Phoe lehnt sich nach vorn, und ihre Augen funkeln vor Aufregung. »Meine Theorie ist, dass sie entweder moralische Bedenken hatten, uns zu stören, oder sie uns einfach nicht entdeckt haben. Ich nehme an, dass die Vorfahren der Erbauer von Matrjoschka, als die Singularität begann, ihre eigenen Raumschiffe herstellten, um ihre Intelligenz auf das ganze Universum auszubreiten. Ihre Schiffe hatten wahrscheinlich Nanogröße, und das Weltall ist sehr weit, also ist es möglich, dass diese winzigen Schiffe niemals auf uns gestoßen sind. Wir werden die Wahrheit bald herausfinden, weil, auch wenn sie uns vorher nicht gesehen haben, werden sie es bald tun – sollte das nicht bereits geschehen sein. Wie Theo weiß, habe ich alles Mögliche versucht, um mit ihnen zu kommunizieren.«

Ich schaue Liam an. Ich habe keine Ahnung, was er denkt, weil ich durch das, was sie gesagt hat, immer noch zu verwirrt bin. »Du denkst, dass es weitere Strukturen in der Größe des Sonnensystems da draußen gibt? Neben anderen Sternen?«

»Ja. Würdest du nicht versuchen, zu den Sternen zu fliegen, wenn du könntest?«, erwidert Phoe. »Sie haben dank ihrer unfassbar fortschrittlichen Technologie die Möglichkeit, im All zu reisen, und wir können davon ausgehen, dass sie auch den Willen dazu hatten, weil ich denke, dass Kreaturen genau das tun: Sie erkunden ihre Umgebung. Menschliche Wesen hatten sich auf der ganzen altertümlichen Erde verteilt, also werden ihre entfernten Nachfahren nicht anders sein. Ich glaube, dass Intelligenz eines Tages das ganze Universum durchdringen und Gehirne hervorbringen wird, die diese Einwohner von Matrjoschka als eher primitive Wesen betrachten werden.«

»Okay, ich denke, dass das eine Unterhaltung ist, die eure sogenannten schnellen Köpfe besser ohne mich führen sollten«, meint Liam und reibt sich seine Schläfen. »Was ich gerne wissen würde, vorausgesetzt, wir vergessen, dass sexuelle Beziehungen verboten sind: Wie kannst du eine Beziehung mit einem Raumschiff haben?« Er macht eine Pause und betrachtet Phoe von oben bis unten. »Auch wenn du für eine künstliche Intelligenz viel zu menschlich aussiehst.«

Es scheint so, als hätte ich Liams Toleranz ein wenig zu früh gelobt.

»Das versuchen wir gerade selber noch herauszubekommen«, antwortet Phoe. »Die einfachste Art und Weise, es zu erklären, ist das, was ich bereits gesagt habe: Ich bin ein Informationsmuster, genau wie ihr. Meine Geschichte hat mich zu dem gemacht, was ich bin, genauso wie eure euch zu dem gemacht haben, was ihr seid. In eurem Fall haben Millionen Jahre Evolution euer datenverarbeitendes Organ geformt – das Gehirn. Euer Biologielehrer würde es eure Natur nennen. Man darf außerdem das Aufwachsen nicht vergessen – die gesellschaftlichen Einflüsse auf euer sich entwickelndes Gehirn. In deinem Fall, Liam, war dein Aufwachsen davon geprägt, dass du in einem beschissenen Utopia groß geworden bist und von deinen Interaktionen mit Theo und allen anderen, die du jemals getroffen hast. Alle diese Dinge haben die Person geformt, die du bist. In meinem Fall war das Design der Anfang, das ist meine Natur. Meine Natur ist durch und durch menschlich, oder zumindest denke ich das, da ich von menschlichen Gehirnen entwickelt wurde, um mit anderen menschlichen Gehirnen zu interagieren. Wie in deinem Fall hat der Kontakt, den ich mein ganzes bewusstes Leben lang zu Theo hatte, meine Persönlichkeit geformt, also hat die Kombination aus Natur und Aufwachsen zu dem geführt, was du hier sehen kannst. Auf Grund meiner eigenen Definition eines menschlichen Wesens sehe ich mich selbst als einen sehr speziellen Menschen. Theo wird, während wir diese Unterhaltung führen, immer mehr wie ich. Er hat gerade jedes Buch über Computerwissenschaften gelesen, das er in den Archiven finden konnte, und plant, sein Gehirn eines Tages nach seinem Willen zu formen.«

Was sie sagt, stimmt – ich habe gerade diese ganzen Bücher mit meinem schnellen Strang gelesen – aber ich beschwere mich in Gedanken bei ihr, dieses Thema angesprochen zu haben, weil ich auf keinen Fall möchte, dass Liam denkt, dass ich mich in einen Freak verwandele.

Zu meiner Erleichterung schaut mich Liam eher verwirrt als angsterfüllt an. »Aber … wie sage ich es am besten?« Zum ersten Mal, seit ich ihn kenne, errötet er. »Haben diese altertümlichen Hochzeiten und Beziehungen sich nicht immer um Fortpflanzung gedreht? Da du ein Raumschiff bist und er ein Mensch, wie könnt ihr …?« Er blickt sich um, so als ob ihn jemand dafür bestrafen könnte, ein Tabuthema anzusprechen.

Phoe legt ihren Arm um mich und genießt ganz offensichtlich, dass ihm das Thema unangenehm ist. »Na ja, es macht uns sehr viel Spaß, diese altertümliche Kunst, die zur Fortpflanzung diente, auszuüben –«

»Er will wissen, ob wir beide Babys haben können«, unterbreche ich sie, da ich nicht verhindern kann, dass meine Wangen genauso rot werden wie Liams. Phoe und ich haben nie über Babys gesprochen, obwohl unsere schnellen Versionen jede Menge Zeit dazu gehabt hätten.

»Wenn wir das wollten, gäbe es verschiedene Wege, die wir einschlagen könnten«, antwortet Phoe, ohne mit der Wimper zu zucken. »Die primitivste Art und Weise wäre, eine Vermischung unserer DNA nachzuahmen, die in Kombination mit der perfekten Funktionalität dieses Körpers zu einem schreienden Bündel Glück führen würde. Natürlich wäre es dumm, auf diesem Weg ein Kind herzustellen. Unser Kind wäre wahrscheinlich das Ergebnis davon, dass wir unsere Gehirne zusammenschmeißen und die Charakteristika auswählen, die wir uns für das andere Wesen wünschen.«

Sie hört auf zu reden, da Liam so aussieht, als würde er gleich in den Ozean kriechen.

Ich strecke mich aus und lege meine Hand auf seine Schulter. »Ich bin immer noch ich, Mann. Nur ein wenig intelligenter.«

»Ich werde ein Jahr benötigen, um das alles zu verarbeiten«, erwidert Liam. »Habe ich das richtig verstanden, dass du Mark jederzeit zurückholen kannst?«

»Ja, das nehme ich an«, antworte ich. »Ich habe noch nicht über das Wann nachgedacht, aber –«

»Kannst du es jetzt tun?«, fragt Liam. »Ich will nicht der einzige Verwirrte hier sein.«

»Meinst du das ernst?« Ich kratze mich am Hinterkopf und schaue zu Phoe.

Sie zuckt mit den Schultern.

»Ich wollte warten, bis du dich an das ganze Zeug, das wir dir erzählt haben, gewöhnt hast, aber wenn du dich besser fühlst, wenn Mark hier ist, dann gehen wir meinetwegen zu unserem Zimmer zurück, und Phoe wird ihn zu uns holen.«

Liam steht mit zu viel Begeisterung für jemanden auf, dessen ganze Welt auf den Kopf gestellt wurde. »Lass uns das tun. Ich kann es kaum erwarten, den Ausdruck auf seinem Eselsgesicht zu sehen, wenn er erfährt, dass er nicht der einzige Idiot in unserem Kreis ist, der in ein Mädchen verknallt ist.«

Wir gehen zurück zu unserem Zimmer, und während dieser Zeit, die unsere langsamen Ichs brauchen, um dorthin zu gelangen, besprechen die schnelle Phoe und ich das Thema des Nachwuchses bis ins winzigste Detail. Die möglichen Wege, wie wir eine andere denkende Kreatur erschaffen können, sind wirklich endlos – der traditionelle Weg wäre dabei die am wenigsten interessante Option. Wir haben uns außerdem darauf geeinigt, dass wir noch zu kurz in einer Beziehung sind, um über so etwas wie ein Kind nachzudenken, und durch das Treffen mit der Matrjoschka, das uns bevorsteht, auch nicht der richtige Zeitpunkt dafür wäre.

Wir kommen bei unserem Schlafzimmer an und bringen Mark zurück.

Mark wiederzusehen fühlt sich noch viel unglaublicher an, als das bei Liam der Fall war. Ich denke, dass der Grund dafür der ist, dass Mark länger weg war. Es könnte auch daran liegen, dass ich seinen Tod bereits akzeptiert hatte, während ich bei Liam noch keine Zeit dazu hatte.

Mark das Gleiche zu erklären stellt sich als um einiges schwieriger heraus, obwohl wir für ihn das Gleiche tun wie für Liam, so wie das Goo in das Meer zu verwandeln und die Kuppel verschwinden zu lassen. Liam hat die Idee, dass die schnelle Phoe und ich noch mehr Wunder aus dem Altertum ausgraben, um Mark von der neuen Realität zu überzeugen. Letztendlich hat er seinen Durchbruch, als Phoe etwas einfällt: Sie verwandelt Liam kurzerhand mit einer Geste in einen Frosch. Als Mark endlich genug Angst um seinen Freund hat, gibt Phoe dem Frosch ein Küsschen auf seinen grünen, verwarzten Kopf und verwandelt ihn dadurch zurück in sein eigenes, gedrungenes Ich.

Mark sitzt mit einem völlig entsetzten Gesichtsausdruck auf dem Gras, als er auf einmal fragt: »Wenn alles stimmt, was ihr gesagt habt, könnt ihr also auch Grace zurückbringen?«

»Ernsthaft?« Liam rollt mit seinen Augen. »Verstehst du überhaupt, dass es deine Besessenheit von ihr war, die dich überhaupt erst umgebracht hat?«

»Lass ihn in Ruhe«, meint Phoe und bewegt ihr Handgelenk in seine Richtung.

Liam erblasst. Wahrscheinlich hat er angenommen, dass sie ihn wieder in einen Frosch verwandeln würde.

»Im Ernst, Liam«, sage ich. »Hör auf, auf Grace rumzuhacken. Sie war sehr mutig, als die ganze Luft in Oasis –«

»Hört auf zu reden und bringt sie zurück«, meint Mark und verschränkt seine Arme. »Ich will sie einfach nur wiedersehen.«

»In Ordnung«, gebe ich nach. »Aber wir müssen uns überlegen, wie wir das tun, weil es eigenartig sein wird, wenn wir uns in ihrem Zimmer befinden, wenn sie aufwacht.«

»Genau«, sagt Phoe. »Das wird das einzige Eigenartige sein, was sie erleben wird.«

Ich ignoriere Phoes Sarkasmus – der, wie ich vermute, ihrer Eifersucht entspringt – und wir erarbeiten einen Plan. Phoe wird die Gestalt von Graces Freundin Moira annehmen und sie aus dem Gebäude führen. Sobald sie bei uns ist, werden wir einfach das Gleiche tun wie bei Liam und Mark, Wunder und das alles.

Mit meinem langsamen Strang folge ich diesem Prozess, Grace auf unsere Seite zu ziehen, bevor wir das Gleiche mit Moira und einigen anderen Jugendlichen tun. In der Zwischenzeit beginnt die virtuelle Sonne in der von uns geschaffenen Welt unterzugehen, und alle beschließen, ins

Bett zu gehen. Den ganzen Tag lang Wunder zu bestaunen kann sehr ermüdend sein.

Liam, Mark und ich gehen in unser Zimmer, rufen unsere Betten herbei und kriechen unter die Decken, genau so, wie wir es immer am Ende eines langen, anstrengenden Tages getan haben.

»Morgen werden wir darüber nachdenken müssen, wen wir noch zurückholen können«, meint Mark, während er gähnt. »Und vielleicht habe ich ja auch die Gelegenheit, mit Grace zu sprechen.«

»Wir sollten außerdem bereden, wie diese neue Gesellschaft funktionieren soll«, sagt Liam beim Einschlafen. »Ich stimme dafür, dass wir verteilt auf dem Planeten leben, den Phoe und Theo erschaffen haben. Ich habe mich, seit ich denken kann, noch nie wohl auf dem Campus gefühlt, und ich wollte schon immer mal die Wüste sehen.«

»Ja«, antworte ich und tue so, als müsse ich auch gähnen. »Morgen.«

Meine Freunde schlafen ein, aber ich nicht, da ich mein Gehirn dahingehend verändert habe, nie wieder schlafen zu müssen – aber ich hatte nicht den Mut, es ihnen zu sagen.

Ich vereinige meinen langsamen Strang mit mir. Ich werde die langsame Version dann wieder aktivieren, wenn der Erste meiner Freunde am Morgen erwacht.

Während meine Freunde schlafen, erlebe ich jahrelange Erfahrungen als mein schneller denkendes Ich. Im Laufe dieser Zeit lerne ich Phoe so gut kennen, dass ich beinahe voraussagen kann, was sie in den meisten Situationen sagen wird. Es ist, als habe ich ein kleines Modell von Phoe in meinem Kopf. Der altertümlichen Literatur nach zu urteilen, konnten Paare, die eine lange Zeit zusammen waren, etwas in der Art tun, nur nicht ganz so ausgeprägt.

Ich liebe es, diese ganze Zeit zu haben; sie erlaubt mir, meinen spontanen Eingebungen zu folgen. Ich habe jedes einzelne Gedicht in den altertümlichen Archiven gelesen und verfasse jetzt selbst welche, was Phoe ein wenig kitschig findet, besonders wenn ich sie ihr widme.

Um gleichzeitig mehr interessante Dinge tun zu können, erlaube ich Phoe, mich um weitere zwei Daseinsstränge aufzustocken. Diese Stränge sind genauso schnell wie mein »schneller« Strang, aber ich beginne, diese Bezeichnung nicht mehr zu mögen.

Nachdem ich einige Tage lang diese drei Daseinsstränge benutzt habe, verstehe ich diese Art der Existenz besser. Es fühlt sich nicht länger eigenartig an, das Gefühl zu haben, dass mein Denken unabhängig von meinen Körpern ist. Meine vielen Ichs fühlen sich wie Gliedmaßen eines viel größeren Wesens an. Dadurch, dass ich mich selbst als ein Bewusstsein sehe, das nicht in einem spezifischen Körper sein muss, werde ich mehr zu dem, was Phoe schon immer gewesen ist. Wie sie mag ich es, diese Körper zu haben, weil sie mir erlauben, körperliche Freuden zu erleben und mit meiner Umgebung zu interagieren – aber ich brauche im Gegensatz zu vorher nicht mehr einen konkreten Körper.

»Es tut mir leid, deine metaphysischen Meditationen zu unterbrechen, aber es gibt da etwas sehr Ungewöhnliches, was du dir ansehen solltest«, denkt Phoe nachdrücklich in meinem Kopf. »Ich füge dich in mein Sensorium ein.«

Sofort sehe ich die Welt wie ein Raumschiff, nur dass wir im Gegensatz zum letzten Mal nicht fliegen.

Aber wahrscheinlich ist das nicht diese wichtige Sache, die ich mir ansehen sollte.

Nein, ich wette es ist diese Ranke, die Phoes Rumpf mit der obersten Schicht der Megastruktur verbindet, die wir Matrjoschka genannt haben.

Die Ranke sieht aus, als sei sie aus dem gleichen Material, die den Rest des Sonnensystems durchdringt, nur dass sie sehr dünn ist, wie ein Lichtstrahl.

Plötzlich schaue ich nicht länger durch die Sensoren des Schiffs. Stattdessen finde ich mich als eine Version von mir am Strand wieder – unserem Lieblingsort zum Reden.

Das Licht des Mondes verleiht dem Ort einen romantischen Glanz, aber Romantik ist das Letzte, was ich im Kopf habe, als ich Phoes wunderschönes Gesicht im Mondlicht erblicke. Sie sieht wirklich verängstigt aus. Ich war mir nicht einmal sicher gewesen, dass sie jemals so viel Angst empfinden könnte.

Ihre Angst führt dazu, dass mein Herz einen Schlag aussetzt, aber ich gebe mir nicht einmal die Mühe, über die Echtheit meines Herzens nachzudenken.

»Ich spüre, dass etwas, oder jemand, in meinen Arbeitsspeicher eindringt«, sagt Phoe mit einem ehrfurchtsvollen Flüstern. »Unsere Welt wird gerade ganz sanft neu geordnet. Ich –«

Sie hört auf zu sprechen, da in diesem Moment eine Gestalt vor uns auftaucht.

Es ist ein Mann. Er ist etwa in meinem Alter, aber ich habe ihn niemals zuvor gesehen, weder in Oasis noch im Paradies.

Trotzdem kommt mir irgendetwas an ihm bekannt vor.

»Hallo Theo. Hallo Phoe«, sagt der Mann. Ich habe seine Stimme noch nie gehört, aber auch sie hört sich irgendwie vertraut an. »Es ist mir eine Ehre, euch endlich kennenzulernen. Mein Name ist Fio.«

NEUNUNDZWANZIGSTES KAPITEL

Ich betrachte den Fremden von oben bis unten.

»Wer bist du?«, frage ich im gleichen Moment, in dem Phoe fragt: »Was bist du?«

»Ich muss mich für die Art und Weise entschuldigen, auf die ich in euer Gebiet eingedrungen bin.« Er breitet seine sehnigen Arme aus, als wolle er den Strand und das Meer umarmen. »Ihr habt keine Möglichkeiten, Nachrichten zu empfangen, also mussten wir auf diese mehr als direkte Art zurückgreifen. Wenn ihr es wünscht, werde ich sofort wieder verschwinden.«

»Nein«, antwortet Phoe und verschränkt ihre Arme. »Du weißt ganz genau, dass du unsere ungeteilte Aufmerksamkeit hast. Du kannst nicht gehen, ohne uns erklärt zu haben, wer du bist und was du willst.«

Fio lächelt auf eine leicht vertraute Weise. »Ich gebe zu, dass ich das weiß. Um ganz ehrlich zu sein, kann ich mit sehr hoher Wahrscheinlichkeit voraussagen, was ihr sagen oder nicht sagen werdet. Ich weiß außerdem, dass ich euch paranoider mache, indem ich es euch wissen lasse, aber gleichzeitig werdet ihr meine Ehrlichkeit zu schätzen wissen.«

Phoe zeigt keine Reaktion, ganz im Gegensatz zu mir. Ich kann es nicht vermeiden, dass sich meine Verwirrung auf meinem Gesicht widerspiegelt.

»Ist es sicher, wenn wir uns in Gedanken unterhalten?«, denke ich zu ihr.

»Ich kann eure gedachten Unterhaltungen genauso leicht hören wie eure gesprochenen«, meint Fio bedauernd. »Ich möchte ehrlich sein, um euer Vertrauen zu gewinnen. Aber es ergibt sowieso keinen Sinn, eure Gespräche vor mir zu verbergen, weil ich, wie ich bereits erwähnt habe, weiß, was ihr wahrscheinlich sagen werdet.«

Phoe zieht ihre Augen zu Schlitzen zusammen. »Nicht du als Person, richtig? Es gibt jemanden dort draußen, in der Matrjoschka-Welt, der weiß, was wir wahrscheinlich sagen werden. Richtig?« Phoe stellt diese Frage mit der Überzeugung einer Person, die die Antwort bereits kennt.

»Also hast du es bereits verstanden«, meint Fio und reibt sich sein vertraut aussehendes Kinn. »Zwei Sekunden eher, als sie gedacht hatten.«

»Das ist für euch das Paradebeispiel freien Willens.« Phoe grinst. »Zwei Sekunden. Toll.«

»Was verstanden?« Ich schaue sie beide genervt an.

»Warum er weiß, was wir sagen werden und warum er so vertraut aussieht«, sagt Phoe. »Erkennst du es immer noch nicht?« Sie zeigt auf ihr Kinn. »Sie haben uns nachgeahmt.«

»Sie haben was?« Ich betrachte erneut Fios Gesichtszüge und hoffe, die Antwort in seiner Vertrautheit zu finden.

»Es ist ganz einfach.« Fio führt seine Fingerspitzen vor seinem Gesicht zusammen. »Um herauszufinden, wie sie am besten mit diesem Schiff kommunizieren sollten, haben die Einwohner des Ortes, den Phoe Matrjoschka-Welt nennt, das Raumschiff aus der Entfernung gescannt und eine Simulation erschaffen, um es beobachten zu können. Eine sehr genaue Nachahmung, die den physischen Aufbau des Schiffes erfassen sollte. Bald wurde klar, dass ein altertümlicher Arbeitsspeicher auf der simulierten Hardware des Schiffes lief und dass sie ungewollt Dinge kopiert hatten, die auf diesem Speicher liefen. Den Empfindungen, die sie entdeckten, wurde augenblicklich der Status eines Einwohners gewährt, und sie hatten eine ähnliche Wahl wie die, vor die ich euch jetzt stellen werde.«

»Ich verstehe es immer noch nicht«, sage ich.

»Theo hat nicht so viele Ressourcen wie ich«, erklärt Phoe Fio. »Also manchmal müssen ihm Dinge Löffel für Löffel beigebracht werden.«

»Ich weiß.« Fio lächelt mich warm an. »Ich weiß außerdem, wie großartig Theos Gehirn sein könnte, wenn er seine Kapazitäten ernsthaft erweitern würde.«

»Definitiv«, erwidert Phoe. »Ich habe bereits einen Funken davon gesehen.«

»Sehr lustig, redet ruhig weiter über mich, so als sei ich nicht hier.« Ich bin wütender auf Phoe als auf Fio, da sie auf meiner Seite stehen sollte. »Könnt ihr mir jetzt endlich sagen, was ihr beide wisst, auf das ich nicht komme?«

»Das ist doch logisch«, meint Phoe und schaut zu Fio. »Wenn sie eine sehr genaue Simulation des Schiffs nachgeahmt haben, bedeutet das gleichzeitig, dass sie dabei eine Version von dir und mir geschaffen haben. Haargenaue Versionen, sozusagen.«

»Kopien von uns? Willst du mir gerade sagen, dass es dort draußen ein anderes Ich von mir gibt, keinen Strang, sondern jemand, zu dessen Gedanken ich keinen Zugang habe?« Diese Vorstellung ist so eigenartig wie aufregend. »Diese Person erinnert sich an alles, was ich getan habe und hilft Fio dabei, sich zu denken, was ich sagen könnte?«

Fio lässt seine Arme an den Seiten hängen. »Genau genommen sind sie keine Kopien, sondern Nachbildungen. Außerdem gibt es jetzt bereits mehr als nur zwei, da sie sich, als sie die Möglichkeit hatten, dazu entschieden haben, Kopien von sich zu erschaffen – im engsten Sinne des Wortes – aber generell hast du recht. Dein Doppelgänger und Phoes beraten mich auf dieser Mission und helfen mir dabei, den besten Weg zu finden, mit euch zu reden und mir zu denken, was ich zu erwarten habe. Sie haben mir gesagt, dass ihr mir dieses Eindringen verzeihen würdet und mir eingeschärft, ehrlich zu bleiben.«

»Theo versteht es immer noch nicht«, sagt Phoe und legt sich frustriert ihre Hand auf die Stirn. »Er versteht nicht, in welcher Beziehung du zu uns stehst.« Sie dreht sich zu mir. »Kannst du die Ähnlichkeit nicht sehen, Theo? Schau ihn dir ein wenig genauer an.«

Ich schaue zu Fio und dann zu Phoe. Danach rufe ich mir einen Spiegel und schaue hinein.

Mein Puls beginnt zu rasen. Fio sieht ein kleines bisschen wie Phoe und ein kleines bisschen wie ich aus.

Er hört sich auch recht stark wie ich an, aber seine Gesichtszüge erinnern mich an sie, besonders sein Kinn.

»Nein«, sage ich. »Das kann nicht sein. Das ist zu eigenartig.«

»Ich befürchte, dass du richtig tippst.« Fio zwinkert mir auf die für Phoe typische Weise zu. »Ich bin der Sohn eurer Nachbildungen.«

Ich schaue zu Phoe, und sie nickt. »Sie haben die virtuelle Momentaufnahme vielleicht genau dann gemacht, als wir gerade über Fortpflanzung gesprochen haben.«

»Ja, aber ein erwachsener Sohn, der läuft und spricht?«, frage ich und unterdrücke meinen Drang, zu Fio zu gehen und ihm in die Wange zu kneifen, um zu sehen, ob er echt ist. »Bedeutet das, dass du auch unser Sohn bist? Wie funktioniert das?«

»Falls diese Frage meine Gefühle betrifft, kann ich sagen, dass ich euch sehr gern habe, aber das ist bei jedem in unserer Gesellschaft der Fall. Solltest du wissen wollen, welche Gefühle du für mich haben solltest, das kann ich dir nicht sagen. Meine Eltern sind meine Eltern, und ihr erinnert mich daran, wie sie einmal waren – vor langer Zeit. Ihr seid nicht die gleichen Menschen, die sie jetzt sind. In unserer Welt ist viel Zeit vergangen. Ich bin sehr glücklich darüber, geboren worden zu sein, da ich dadurch von ihnen für diese sehr wichtige Mission ausgewählt worden bin. Ich hoffe, dass ihr euch dadurch, mich als Botschafter zu sehen, wohler bei dieser ganzen Sache fühlt.«

»Ich bin mir nicht sicher, ob ich mich jemals damit wohlfühlen werde«, antworte ich.

Phoe legt ihre Hand auf meine Schulter.

»Es tut mir leid«, sagt Fio. »Wenigstens hoffe ich, dass das Treffen euch einen kleinen Einblick in unsere Welt und ihre Möglichkeiten, ihren Zeitverlauf und das alles gegeben hat. Wenn euch mein vertrautes Gesicht stört, lasst mich wissen, was besser wäre, und ich werde sehen, was ich tun kann. Natürlich fühle ich mich sehr geehrt, den ersten Kontakt zu euch aufgenommen zu haben. Ihr beide seid lebende Legenden. Ein menschliches Gehirn und eine der ersten künstlichen Intelligenzen – das alleine macht euch beide zu einem Wunder der Geschichte und Archäologie. Aber ihr seid außerdem zusammen – eine Liebesbeziehung allen Widerständen zum Trotz, und eine, die Gedankenmodalitäten kreuzt. Alle haben über euch gesprochen. Über euch wurden Geschichten geschrieben und Lieder gesungen.«

»Sie laufen viel schneller als wir«, erklärt mir Phoe, bevor ich die Gelegenheit bekomme, zu fragen, wie sie uns verehren können, wenn sie doch gerade erst Phoes Kommunikationsversuche empfangen haben.

»Das stimmt«, sagt Fio und schaut mich an. »Wir laufen sehr viel schneller. Aber wenn ihr möchtet, kann ich euch unser Computorium geben, damit ihr in der gleichen Geschwindigkeit lauft wie wir und –«

»Ja«, unterbricht Phoe. »Bitte. Es tut mir leid, dich unterbrochen zu haben. Wir möchten genauso schnell laufen wie die Bewohner eurer Welt.«

Fio grinst und bewegt seine Hände in einer komplizierten Geste.

Ich kann nicht genau sagen was, aber irgendetwas verändert sich. Es ist fast so, als sei die Luft frischer, das Meeresrauschen reicher und das Mondlicht herrlicher.

»Ich kann diese Welt jetzt viel genauer laufen lassen«, meint Phoe, um mir zu erklären, was sich verändert hat.

»Bis hin zu den Atomen, bemerke ich«, sagt sie. »Das ist übrigens nicht die allerletzte Stufe. In unseren eigenen Versionen der virtuellen Welten wie dieser können wir noch genauer sein, aber das können wir zu einem späteren Zeitpunkt besprechen.«

Phoes Augen weiten sich, und selbst ich weiß, was das bedeutet. Er meint, dass es möglich ist, Realität auf einem noch kleineren Niveau als dem atomaren zu simulieren – auf Quantenniveau oder noch kleiner, wenn das möglich ist.

»Wir werden Spaß dabei haben, diese Dinge Jahrtausende lang zu besprechen«, meint Fio. »Aber Phoe will gerade fragen –«

»Was ist der Grund für deinen Besuch?«, fragt Phoe und drückt meine Schulter. »Ich denke, dass ich ihn kenne, aber ich möchte ihn aus deinem Mund hören.«

»Und ich möchte ihn einfach nur erfahren, ohne ihn bereits zu kennen«, füge ich hinzu. »Auch wenn ich ihn mir wahrscheinlich denken kann.«

»Er ist sehr einfach.« Fio breitet seine Arme aus. »Ich bin hier, um euch verschiedene Möglichkeiten anzubieten. Möglichkeiten wie euch der Matrjoschka-Welt anzuschließen, wie ihr sie nennt, und Möglichkeiten, falls ihr nicht zu uns kommen möchtet.«

»Warum zählst du nicht alle Möglichkeiten auf?«, schlägt Phoe vor. Sie lässt meine Schulter los und setzt sich im Schneidersitz auf den Sand. »Was bietest du uns an?«

»Ihr könnt euch vollkommen unserer Welt anschließen«, beginnt Fio seine Aufzählung. »Ich denke, diese Möglichkeit ist die interessanteste, aber sie erfordert auch die meisten Anpassungen von euch. So wie ich jetzt bin, bin ich stark verändert worden, um mit euch kommunizieren zu können. Mein echtes Ich und meine Eltern leben und denken auf eine Weise, die sich stark von eurer derzeitigen Existenz unterscheidet. Ihr wärt natürlich immer noch ihr, aber mit der Zeit würdet ihr in unserer Welt zu Dingen fähig sein, die diese Sprache, die ich gerade benutze, nicht beschreiben kann. Es ist wie der Unterschied zwischen einem Baby und einem Erwachsenen.«

Während ich das verarbeite, setzt sich Fio im Schneidersitz hin, so wie Phoe. »Andere Möglichkeiten würden sich auf weniger hoch entwickelte Welten beziehen«, fährt er fort, »die aber nicht weniger interessant sind. Wir haben spieleartige virtuelle Welten, in denen Physik und Mathematik anderen Gesetzen unterliegen. Wir haben auch altertümliche Simulationen. Dabei handelt es sich um virtuelle Universen, die von Gedanken bewohnt werden, die auch Wesen aus der Zeit vor der Matrjoschka-Welt einschließen, künstliche Intelligenzen, wie ihr sie euch immer vorgestellt habt, sehr frühe Hybriden aus Menschen und künstlichen Intelligenzen, bis hin zu einem Universum mit Köpfen auf rein menschlichem Niveau – ein Ort, den wahrscheinlich viele der ehemaligen Bewohner des Paradieses auswählen werden, sobald wir ihnen die gleiche Wahl wie euch lassen. Ich weiß, dass du, Theo, diese speziellen Universen nicht wählen wirst, weil Phoe nicht mit dir gehen dürfte.«

Die Vielfalt dieser Möglichkeiten überwältigt mich. Er sagt gerade, dass es viele Realitäten gibt, in denen wir leben könnten, und jede hört sich wundersamer an als die nächste. Er sagt außerdem, dass jeder, der sich gerade im Limbus befindet, die gleiche Wahl bekommen wird, was gut ist.

Ich bemerke, dass Phoe und Fio mich erwartungsvoll ansehen, also sage ich: »Du hast recht. Ich gehe dorthin, wohin Phoe geht, also ja, rein menschliche Universen sind nichts für mich.«

»Außer, wenn ich mich auf ein menschliches Intelligenzniveau runterstufe«, meint Phoe. »Das ist nicht unmöglich, oder?«

»Nein, es kann gemacht werden, und einige von uns haben es sogar versucht. Aber wir sollten nicht über genau dieses Beispiel nachdenken. Das Universum auf menschlichem Niveau ist nur eine der Möglichkeiten, die ihr habt. Die anderen Möglichkeiten sind unendlich. Ihr könntet auch diese wählen.« Er breitet seine Arme aus, um auf die Welt zu deuten, die wir erschaffen haben. »Wir können euch mit dem Arbeitsspeicher versorgen, den ihr bräuchtet, um ein eigenes Universum auf der Grundlage der Welt zu erschaffen, die ihr bereits begonnen hattet. Ihr könntet alle Einwohner von Oasis auferstehen lassen und ihnen erlauben, genauso schnell zu laufen wie ihr, Nachkommen zu haben –«

»Müssen wir uns für eine Möglichkeit entscheiden?«, fragt Phoe. »Theo und ich, wir sind lediglich Daten. Könnt ihr nicht Kopien von uns machen und uns mehr als eine Zukunft geben?«

»Das können wir, wenn ihr das wollt«, antwortet Fio. »Wir können genaue Kopien von euch machen. In unserer Welt machen wir das andauernd.«

»Also könnt ihr uns vervielfältigen, damit diese Kopien von uns in jedem existierenden Universum leben können? Können wir hierbleiben, um unsere eigene Welt zu bauen und gleichzeitig in der Matrjoschka-Welt leben und so weiter? Mit anderen Worten: Können wir alle Möglichkeiten gleichzeitig wählen?«

Ich setze mich neben sie, da mein Kopf zu schmerzen beginnt, als ich versuche, mir das vorzustellen.

Fio lächelt breit – ein Lächeln, das Phoes unglaublich ähnlich ist. »Das ist einer der seltenen Fälle, in denen meine Mutter sich nicht sicher war, ob du von allein auf diese Lösung kommen würdest. Wäre sie dir nicht eingefallen, hätte ich sie vorgeschlagen.«

»Also ist das ein Ja?«, fragt Phoe und kommt näher an mich heran. »Wir müssen uns wirklich nicht für eine Möglichkeit entscheiden?«

»Ihr könnt haben, was immer ihr möchtet«, sagt Fio. »Das ›Alle der oben genannten‹-Szenario ist definitiv eine großartige Wahl für jemanden eures Status. Auf diese Weise würde jede Welt euch beide kennenlernen, was viele Personen sehr glücklich machen würde. Als ich volljährig geworden bin, habe ich genau diese Möglichkeit gewählt. In vielen Universen gibt es Kopien von mir – Kopien, auf die ich keinen Zugriff habe. Falls ihr sie treffen solltet – was für Unterhaltungen könnten sie mit euch führen ...« Fios Blick schweift ab, als er sich in dieser Fantasie verliert.

»Okay. Theo und ich werden natürlich erst einmal darüber nachdenken müssen«, erwidert Phoe und massiert sanft meinen Hinterkopf. »Auch wenn du bereits weißt, welcher Weg mir am besten gefällt.«

»Ja«, sagt Fio. »Ich weiß auch, welcher Theo am besten gefällt.«

Ich nicke. »Es ist zu viel für meinen Kopf, aber ich möchte auch überall sein und alles das erleben, was deine Welt zu bieten hat.« Ich lege meine Hand auf Phoes Oberschenkel. »Solange ich mit Phoe zusammen sein kann, gefällt mir die ›Alle der oben genannten‹-Möglichkeit am besten.«

»Das stimmt«, flüstert Fio und lächelt uns wissend an. »Nach dem, was mir meine Eltern gesagt haben, sollte ich euch jetzt etwas Privatsphäre geben. Im Namen aller, die sich dort draußen befinden, möchte ich euch sagen: ›Herzlich Willkommen. Es ist uns eine Ehre, euch kennenzulernen.‹«

Und damit ist Fio verschwunden. Nicht einmal der Abdruck seines Pos auf dem Sand, auf dem er gesessen hat, ist geblieben.

Ich drehe mich zu Phoe, um sie anzuschauen, und flüstere: »Wow.«

Sie dreht sich ebenfalls zu mir, und ihre Lippen berühren fast meinen Mund. »Ja.«

»Stimmt alles, was er gesagt hat?«, frage ich sie, auch wenn ich tief in mir davon überzeugt bin, dass es stimmt.

»Das muss es«, flüstert Phoe. »Diese Möglichkeit, die er erwähnt hat, diejenige, diesen Ort in unser eigenes Universum zu verwandeln, hat er bereits wahr werden lassen. Als er verschwunden ist, haben sich meine

Ressourcen unvorstellbar vervielfacht. Mit dieser Rechenleistung könnten wir sogar verschiedene Universen bauen. Das ist unglaublich.«

»Und bist du sicher, dass wir alle anderen Möglichkeiten nutzen sollten?« Ich ziehe sie näher an mich heran. »Sie Kopien von uns erstellen lassen und diese Kopien an so vielen Orten verteilen?«

»Natürlich«, flüstert sie. »Wir werden zusammen sein. Das ist eine Gelegenheit, die ich mir nie hätte erträumen lassen.«

»Ich weiß, dass du mir jetzt wieder vorwerfen wirst, kitschig zu sein, aber ich kann alles ertragen, solange ich dich bei mir habe.« Ich schaue in ihre bodenlosen blauen Augen und finde den Mut, ihr endlich zu sagen, was ich fühle. »Ich liebe dich, Phoe. Nicht wie einen Freund, sondern auf die Art und Weise, wie die altertümlichen Menschen es gemeint haben.«

Sie kommt so nah wie möglich an mich heran, und ein Lächeln umspielt ihre Lippen. »Du hast recht. Das war super kitschig, aber dieses eine einzige Mal werde ich es durchgehen lassen, weil ich das Gleiche für dich fühle. Ich dachte, das sei offensichtlich, aber ich nehme an, es musste einmal ausgesprochen werden.«

Ich schließe den einen Millimeter Abstand zwischen unseren Lippen, und nach einem langen Kuss lassen wir uns nach hinten auf den Sand fallen. Ich bin definitiv froh darüber, dass unser eigenartiges, neues Familienmitglied uns die Privatsphäre gegeben hat, die wir brauchten.

Danach liegen wir schwer atmend da, und die großartigen Möglichkeiten, die vor uns liegen, scheinen noch willkommener und aufregender zu sein als zuvor. So kitschig es auch sein mag, »alle der oben genannten« Optionen zu wählen, es bedeutet, dass es unzählige Versionen von mir geben wird, die mit unzähligen Versionen von Phoe in einer unvorstellbaren Anzahl von Welten genau das Gleiche tun können, was ich gerade getan habe, und ich finde diesen Gedanken extrem verlockend. Mein Kopf beginnt, sich auf eine angenehme Art zu drehen, als ich versuche, mir die Abenteuer vorzustellen, die wir in diesen Welten erleben werden. Ich stelle mir vor, wie es sein würde, unseren Planeten zu einem ganzen Universum weiterzuentwickeln, und das ist leicht, weil es genauso wäre, wie das, was wir in den letzten Tagen getan haben, nur in einem viel größeren Umfang. Dann versuche ich mir vorzustellen, wie es wäre, unsere Doppelgänger und den Rest der rätselhaften Gesellschaft von Matrjoschka zu treffen – und versage völlig. Ich habe ein wenig mehr Erfolg, als ich über die begrenzten Welten nachdenke, von denen Fio gesprochen hat. Ich kann mir eine Welt mit Intelligenzen auf Phoes Niveau vorstellen und sogar ein Universum, in dem alle doppelt so clever sind, aber diesen Gedanken weiterzuverfolgen bringt mich irgendwann wieder zu den Wesen auf dem Matrjoschka-Niveau, und mein Kopf fühlt sich erneut so an, als würde er gleich explodieren.

»Wir sind bereit, euch die Antwort zu geben«, rufe ich in den Himmel, falls Fio und die anderen dort draußen zuhören – wovon ich stark ausgehe.

»Wir möchten bitte ›alle der oben genannten‹ Möglichkeiten«, sagt Phoe und gesellt ihre Stimme zu meiner. »Wir sind bereit, wenn ihr es seid.«

Wir halten uns an den Händen, und ich schließe meine Augen, da mich eine Gelassenheit überkommt, die der der Einheit gleicht – ein Gefühl, von dem ich weiß, dass es bedeutet, dass ich gerade kopiert werde – und meine Kopien zu den verschiedensten Zielen geschickt werden.

Als das Gefühl endet, stehe ich weiterhin mit geschlossenen Augen da. Ich weiß, dass ich in dem Moment, in dem ich sie öffnen werde, vielleicht immer noch den Strand sehe, da es eine der Möglichkeiten der »Alle der oben genannten«-Wahl war. Ich könnte aber auch sehen, was man in der Matrjoschka-Welt sieht. Ich weiß nicht, welche Möglichkeit ich gleich erleben werde, aber ich weiß, dass sich gerade jede meiner Kopien in dieser unglaublichen Situation befindet, alle zum gleichen Zeitpunkt wie ich.

Aber unabhängig davon, wo wir uns befinden, ich halte Phoes Hand, und das ist alles, was ich brauche.

Lächelnd öffne ich meine Augen.

LESEPROBEN

Vielen Dank, dass Sie dieses Buch gelesen haben! Ich würde mich sehr über Buchkritiken freuen, da diese anderen Lesern dabei helfen, meine Bücher für sich zu entdecken – und mir beim Schreiben neuer Bücher.

Theos und Phoes Geschichte ist zwar jetzt abgeschlossen, aber es wird noch mehr Bücher von mir geben. Wenn Sie benachrichtigt werden möchten, wenn ein neues Buch erscheint, besuchen Sie bitte meine Seite www.dimazales.com/series/deutsch/ und tragen Sie sich für meinen Newsletter zu Neuerscheinungen ein.

Sollte Ihnen *Die letzten Menschen* gefallen haben, könnte die Serie *Gedankendimensionen,* die eine Mischung aus Urban-Fantasy und Science-Fiction ist, ebenfalls etwas für Sie sein.

Für diejenigen von Ihnen, die Epic-Fantasy mögen, gibt es ebenfalls eine Serie von mir, die *Der Zaubercode* heißt.

Wenn Sie auch mehr als nur eine Prise Erotik mögen und in Stimmung für einen Science-Fiction-Roman sind, werfen Sie doch einen Blick in *Gefährliche Begegnungen,* ein Gemeinschaftsprojekt mit meiner Frau Anna Zaires.

Selbstverständlich habe ich auch eine Auswahl von Hörbüchern, deren Links Sie auf meiner Homepage www.dimazales.com/series/deutsch/ finden können.

Auf den nächsten Seiten finden Sie einige Auszüge meiner anderen Werke. Viel Spaß damit!

AUSZUG AUS
DIE GEDANKENLESER - THE THOUGHT READERS

Alle denken ich sei ein Genie.

Alle liegen falsch.

Sicher, Ich habe Harvard im Alter von achtzehn Jahren abgeschlossen und verdiene jetzt eine unglaubliche Menge Geld mit einem Hedge Fund. Der Grund dafür ist allerdings nicht, dass ich besonders clever bin oder wie verrückt arbeite.

Ich betrüge.

Ich besitze eine einzigartige Fähigkeit. Ich kann die Gegenwart verlassen und in meine eigene persönliche Version der Realität eintauchen – den Ort, den ich die Stille nenne – an dem ich meine Umgebung erkunden kann, während die restliche Welt innehält.

Eigentlich dachte ich immer, ich sei der Einzige, der das tun kann – bis ich sie getroffen habe.

Ich heiße Darren, und das ist die Geschichte, wie ich herausgefunden habe, dass ich ein Leser bin.

* * *

Manchmal denke ich, dass ich verrückt bin. In diesem Moment sitze ich an einem Kasinotisch, und jeder um mich herum ist bewegungslos, so als sei er eingefroren. Ich nenne das *die Stille*, so als würde es das Ganze realer machen, wenn ich ihm einen Namen gebe – so als würde der Name etwas an der Tatsache ändern, dass alle Spieler um mich herum Statuen sind. Sie sitzen einfach nur da, und ich gehe um sie herum, schaue mir die Karten an, die sie gerade erhalten haben. Hört sich das verrückt an?

Das Problem an der Theorie, ich sei verrückt, ist, dass die Karten, welche die Spieler aufdecken, immer noch dieselben sind, wenn ich die Welt »entfriere«, so wie ich es gerade getan habe. Wäre ich verrückt, sollten die Karten dann nicht wenigstens ein wenig anders sein? Außer natürlich, ich bin schon so verrückt, dass ich mir auch die Karten auf dem Tisch einbilde.

Aber ich gewinne. Sollte das auch Einbildung sein – sollte der Stapel Chips neben mir auf dem Tisch nur eingebildet sein – dann könnte ich gleich alles in Frage stellen. Vielleicht heiße ich auch gar nicht Darren.

Nein. So kann ich nicht denken. Wenn ich wirklich so verwirrt sein sollte, dann möchte ich gar nicht aus diesem Zustand herausgeholt werden – denn in diesem Fall würde ich höchstwahrscheinlich in einer psychiatrischen Anstalt aufwachen.

Außerdem liebe ich mein Leben, verrückt oder nicht.

Meine Psychiaterin denkt, die Stille sei eine Erfindung, um die inneren Vorgänge meines Genies zu beschreiben. Das wiederum hört sich für mich verrückt an. Es könnte natürlich auch sein, dass sie mich begehrt, aber die Erwiderung derartiger Gefühle ist ausgeschlossen. Sie befindet sich komplett außerhalb der Altersgruppe, mit der ich ausgehe. Ihre Theorie würde mir sowieso nicht helfen, da sie nicht erklärt, wieso ich Dinge weiß, die selbst ein Genie nicht erahnen könnte – wie den genauen Wert des Blattes der anderen Spieler.

Ich sehe dem Croupier dabei zu, wie er eine neue Runde eröffnet. Außer mir befinden sich noch drei weitere Spieler am Tisch. Der Cowboy, die Großmutter und der Professionelle, wie ich sie in Gedanken nenne. Ich kann die jetzt fast spürbare Angst fühlen, die mit dem *Hineingleiten* einhergeht – das ist der Name, den ich diesem Vorgang gegeben habe: in die Stille hineingleiten. Meine Sorge, ich könne verrückt sein, hat das Hineingleiten schon immer vereinfacht. Angst scheint diesen Prozess zu begünstigen.

Ich gleite hinein, und alles ist still – daher der Name.

Selbst jetzt finde ich das noch unheimlich. In diesem Kasino ist es normalerweise sehr laut. Betrunkene Menschen, die sich unterhalten, Spielautomaten, das Läuten bei Gewinnen, Musik – nur in einem Klub oder bei Konzerten ist es noch lauter. Und trotzdem könnte ich genau in diesem Moment wahrscheinlich eine Stecknadel fallen hören. Es ist so, als sei ich gegenüber dem Chaos um mich herum taub geworden.

So viele eingefrorene Menschen um mich herum zu haben macht das Ganze nur noch eigenartiger. Eine Kellnerin hat mitten im Schritt mit ihrem Tablett auf dem Arm angehalten. Eine Frau ist gerade dabei, eine Münze in einen Spielautomaten zu schmeißen. An meinem eigenen Tisch ist die Hand des Croupiers erhoben, und die letzte Karte, die er gezogen hat, hängt unnatürlich in der Luft. Ich gehe von der Seite des Tisches auf sie zu und nehme sie in die Hand. Es ist ein König, der für den Professionellen bestimmt ist. Als ich die Karte wieder loslasse, fällt sie auf den Tisch, anstatt weiter in der Luft zu schweben, so wie sie es vorher getan hat. Ich weiß allerdings genau, dass sie sich, sobald ich mich aus diesem eingefrorenen Zustand zurückziehe, wieder an der ursprünglichen Stelle befinden wird – in genau derselben Position, in der sie war, bevor ich sie genommen habe.

Der Professionelle sieht genau so aus, wie ich mir immer Menschen vorgestellt habe, die mit Pokerspielen ihr Geld verdienen: ungepflegt, Schatten unter den Augen und generell ein wenig eigenartig. Er hat sein Pokerface das ganze Spiel über perfekt im Griff gehabt – es hat nicht ein einziges Mal ein Muskel gezuckt. Sein Gesicht ist so unbeweglich, dass ich mich frage, ob ihm vielleicht Botox dabei hilft, eine so steinerne Miene aufrechtzuerhalten. Seine Hand befindet sich auf dem Tisch und bedeckt beschützend die Karten, die ihm gegeben wurden.

Ich bewege seine schlaffe Hand zur Seite. Das fühlt sich wie im normalen Leben an. Also quasi. Seine Hand ist schweißnass und haarig, weshalb es unangenehm ist, sie zur Seite zu legen. Es ist anormal, so etwas zu tun. Der normale Teil des Ganzen ist, dass seine Hand eher warm als kalt ist. Als ich noch ein Kind war, erwartete ich, dass sich die Menschen in der Stille kalt anfühlen würden, wie Statuen aus Stein.

Nachdem ich die Hand des Professionellen zur Seite gelegt habe, nehme ich seine Karten auf. Zusammen mit dem König, der gerade in der Luft hängt, hat er ein hübsches hohes Blatt. Gut zu wissen.

Ich gehe zur Großmutter hinüber. Sie hält ihre Karten in der Hand. Dadurch, dass sie sie wie einen Fächer ausgebreitet hat, kann ich es vermeiden, ihre faltigen und fleckigen Hände zu berühren. Das ist eine Erleichterung, da ich in der letzten Zeit meine Probleme damit habe, in der Stille Menschen anzufassen – genauer gesagt Frauen. Falls ich es trotzdem tun müsste, würde ich das Berühren von Großmutters Hand rational als harmlos ansehen – oder es zumindest nicht gruselig finden – aber es ist trotzdem besser, es möglichst zu vermeiden.

Auf jeden Fall hat sie ein niedriges Blatt. Sie tut mir leid. Sie hat heute Nacht eine recht große Summe verloren. Ihre Chips gehen zur Neige. Vielleicht sind ihre Verluste, zumindest teilweise, der Tatsache zuzuschreiben, dass sie kein gutes Pokerface aufsetzen kann. Schon bevor ich einen Blick auf ihre Karten geworfen hatte, wusste ich, dass sie nicht gut sein würden. Ich konnte sehen, dass sie nicht glücklich mit dem war, was sie nach der Ausgabe ihrer Karten in der Hand hielt. Ich habe sie außerdem vor einigen Runden bei einem fröhlichen Aufblitzen ihrer Augen ertappt. Sie hatte ein Dreierpaar, welches gewann.

Pokern ist zu einem Großteil Übung, Menschen besser lesen zu können – eine Fähigkeit, die ich gerne besser beherrschen würde. In meiner Arbeit wurde mir gesagt, ich sei großartig darin, Menschen zu lesen. Aber das bin ich nicht. Ich bin einfach nur gut darin, die Stille zu verwenden, um Ihnen das vorzumachen. Allerdings würde ich gerne lernen, wie es im wirklichen Leben funktioniert.

Was mich am Pokern eher weniger interessiert, ist das Geld. Mir geht es finanziell gut genug, um nicht auf das Spielen als Einnahmequelle angewiesen zu sein. Mir ist es egal, ob ich gewinne oder verliere, auch wenn es mir Spaß gemacht hatte, mein Geld an dem Black-Jack-Tisch zu verfünffachen. Dieser ganze Ausflug zum Spielen findet überhaupt nur deshalb statt, weil ich es mit meinen frischen einundzwanzig endlich darf. Ich war nie ein Freund von falschen Ausweisen, und deshalb ist dieser Kasinobesuch wirklich ein Meilenstein für mich.

Ich verlasse die Großmutter und gehe hinüber zum Cowboy. Ich kann seinem Strohhut nicht widerstehen und setze ihn mir auf. Ich frage mich, ob ich dadurch Läuse bekommen könnte. Ich habe noch nie leblose Objekte aus der Stille zurückbringen können und auch anderweitig die Welt nicht nachhaltig verändert. Ich vermute also, dass ich auch kein lebendiges Ungeziefer mit mir zurücknehmen werde. Ich lege den Hut zurück und schaue mir seine Karten an. Er hat einige Asse – eine bessere Hand als der Professionelle. Der Cowboy könnte auch ein Professioneller sein. Soweit ich das beurteilen kann, hat er ein gutes Pokerface. Es wird interessant werden, die beiden in der nächsten Runde zu beobachten.

Als Nächstes ist der Kartenstapel an der Reihe. Ich schaue mir die obersten Karten an, um sie mir einzuprägen. Ich überlasse nichts dem Zufall.

Als ich meine Aufgabe in der Stille abgeschlossen habe, gehe ich zurück zu mir selbst. Ach ja, habe ich überhaupt erwähnt, dass ich meinen eigenen Körper dort sitzen sehen kann? Genauso eingefroren wie alle anderen? Das ist der verrückteste Teil an der ganzen Sache. Es ist wie eine außerkörperliche Erfahrung.

Ich nähere mich meinem eingefrorenen Ich und betrachte es. Normalerweise vermeide ich das, weil es so beunruhigend ist. Weder sich selbst unzählige Male im Spiegel zu sehen noch sich Videos von sich selbst auf YouTube anzuschauen kann einen auf den Anblick des eigenen Körpers in 3D vorbereiten. Das ist nichts, das man jemals zu erleben erwartet. Außer vielleicht, man ist ein eineiiger Zwilling.

Es ist kaum zu glauben, dass ich diese Person bin. Sie sieht eher wie ein ganz normaler Typ aus. Vielleicht nach ein wenig mehr. Ich finde diesen Typen interessant. Er sieht cool aus. Er sieht clever aus.

Ich denke, Frauen könnten ihn als gut aussehend bezeichnen, auch wenn es nicht bescheiden von mir ist, das zu behaupten.

Ich bin nicht gut darin, die Attraktivität von Männern zu bewerten – das war ich noch nie –, aber einige Dinge sind allgemeingültig. Ich kann erkennen, wenn ein Typ hässlich ist, und mein eingefrorenes Ich ist es nicht. Ich weiß auch, dass ein symmetrisches Gesicht generell als schön angesehen wird – und meine Statue hat so eines. Ein starkes Kinn schadet auch nichts. Und genau so eins habe ich. Breite Schultern zu haben ist ebenfalls gut, und groß zu sein wirklich hilfreich. Diese Punkte decke ich auch ab. Außerdem habe ich blaue Augen – was ein Pluspunkt zu sein scheint. Mädchen haben mir gesagt, dass sie meine Augen mögen, auch wenn sie an meinem gefrorenen Ich jetzt gerade ein wenig angsteinflößend wirken – glasig und glänzend. Sie sehen aus wie die Augen einer Wachsfigur. Leblos.

Als mir auffällt, dass ich mich zu lange mit diesem Thema aufhalte, schüttele ich meinen Kopf. Ich stelle mir vor, wie meine Psychiaterin diesen Moment analysieren würde. Wer käme schon auf die Idee, diese Selbstbewunderung als Teil einer psychischen Erkrankung zu betrachten? Ich sehe sie regelrecht vor mir, wie sie das Wort »Narzisst« notiert und es mehrfach unterstreicht.

Genug. Ich muss die Stille verlassen. Ich hebe meine Hand, berühre mein eingefrorenes Ich auf der Stirn, und die Geräusche kehren zurück, sobald ich mich wieder in der richtigen Welt befinde.

Alles ist wieder normal.

Der König, den ich noch vor einem Moment betrachtete – der König, den ich auf dem Tisch liegen ließ –, befindet sich wieder in der Luft und folgt der Bahn, die ihm vorherbestimmt war. Er landet neben der Hand des Professionellen. Die Großmutter betrachtet immer noch enttäuscht ihre gefächerten Karten, und der Cowboy hat seinen Hut wieder auf dem Kopf, auch wenn ich ihn in der Stille abgenommen hatte. Es ist alles genau so wie in dem Augenblick, bevor ich in die Stille hineinglitt.

Auf einer bestimmten Ebene hört mein Gehirn nie auf, über diese Unterschiede zwischen der Stille und der Welt außerhalb überrascht zu sein. Die Menschen sind darauf programmiert, die Realität in Frage zu stellen, wenn solche Dinge passieren. Als ich am Anfang der Therapie einmal versuchte, meine Psychiaterin auszutricksen, las ich während einer Sitzung ein komplettes Lehrbuch über Psychologie. Ihr ist das natürlich nicht aufgefallen, da ich es in der Stille tat. Das Buch handelte davon, dass Babys, auch wenn sie erst zwei Monate alt sind, schon überrascht darüber sind, wenn sie etwas Ungewöhnliches sehen – wenn zum Beispiel eine Sache gegen die Regeln der Schwerkraft zu verstoßen scheint. Kein Wunder, dass mein Gehirn Schwierigkeiten damit hat, mit diesen Vorgängen zurechtzukommen. Bis ich zehn war, war mein Leben völlig normal. Dann begannen diese eigenartigen Sachen, um es vorsichtig auszudrücken.

Ich blicke hinab und stelle fest, drei Gleiche in der Hand zu halten. Das nächste Mal werde ich mir meine Karten anschauen, bevor ich hineingleite. Wenn ich so ein starkes Blatt habe, kann ich es auch darauf ankommen lassen, fair zu spielen.

Die Partie verläuft wie erwartet, schließlich kenne ich ja die Karten sämtlicher Mitspieler. Letztendlich steht die Großmutter auf. Sie hat offensichtlich genug Geld verloren.

Das ist der Moment, in dem ich sie zum ersten Mal sehe.

Sie ist heiß. Mein Freund und Arbeitskollege Bert – eigentlich Albert, aber es gibt niemanden der ihn so nennt – behauptet, ich hätte einen bestimmten Frauentyp. Diese Vorstellung gefällt mir nicht, da ich nicht so oberflächlich und berechenbar sein möchte. Allerdings könnte trotzdem beides ein wenig auf mich zutreffen, da dieses Mädchen genau in das Beuteschema passt, welches Bert mir beschrieben hat. Und ich bin, milde ausgedrückt, extrem interessiert an ihr.

Große blaue Augen und deutlich ausgeprägte Wangenknochen in einem schmalen Gesicht mit einem Hauch Exotik. Lange, extrem wohlgeformte Beine, wie die einer Tänzerin. Dunkles, gewelltes Haar, das, wie ich es mag, zu einem Pferdeschwanz gebunden ist. Kein Pony – sehr gut. Ich hasse Ponys und kann mir auch nicht erklären, wie manche Mädchen sich so etwas antun können. Auch wenn die Abwesenheit des Ponys in Berts Beschreibung meines Frauentyps nicht vorkommt, gehört dieses Kriterium definitiv dazu.

Sie setzt sich zu uns an den Tisch, und ich kann nicht damit aufhören, sie weiterhin anzustarren. Mit den hohen Absätzen und dem engen Rock wirkt sie an diesem Ort overdressed. Oder vielleicht bin ich mit meiner Jeans und dem T-Shirt auch einfach underdressed. Wie dem auch sei, es interessiert mich nicht. Ich muss versuchen, mit ihr ins Gespräch zu kommen.

Ich denke darüber nach, in die Stille einzutauchen und mich ihr anzunähern. Auf diese Weise könnte ich Dinge tun, die normalerweise beunruhigend wirken. Ich könnte sie aus nächster Nähe anstarren oder sogar ihre Taschen durchwühlen, um etwas zu finden, das mir dabei hilft, mit ihr zu reden.

Ich entscheide mich dagegen, und wahrscheinlich ist es das erste Mal, dass das passiert.

Ich weiß, dass der Grund dafür, mein normales Verhaltensmuster zu durchbrechen, eigenartig ist. Falls man überhaupt von einem Grund sprechen kann. Ich stelle mir die folgende Handlungskette vor: Sie stimmt zu, sich mit mir zu verabreden, es wird ernst zwischen uns, und weil wir diese tiefe Verbindung haben, erzähle ich ihr von der Stille. Sie erfährt, dass ich etwas Unheimliches tue, bekommt Angst und verlässt mich. Es ist natürlich lächerlich, sich so etwas auszumalen, bevor wir überhaupt miteinander gesprochen haben. Möglicherweise hat sie einen IQ von unter 70 oder besitzt die Persönlichkeit eines Holzstücks. Es könnte zwanzig verschiedene Gründe dafür geben, weshalb ich mich nicht mit ihr treffen möchte. Und außerdem hängt das ja auch nicht von mir ab. Sie könnte mir genauso gut zu verstehen geben, sie in Ruhe zu lassen, sobald ich versuche, mit ihr zu sprechen.

Die Arbeit mit Hedgefonds hat mich allerdings gelehrt, mich abzusichern. So verrückt diese Entscheidung, nicht in die Stille einzutauchen, auch ist, ich bleibe bei ihr. Ich weiß, dass es so höflicher ist. Aus dem gleichen Grund beschließe ich außerdem, in dieser Pokerrunde nicht zu schummeln.

Sobald die Karten ausgegeben sind, denke ich darüber nach, wie gut es sich anfühlt, so ehrenvoll gehandelt zu haben – auch wenn das niemand weiß. Vielleicht sollte ich häufiger versuchen, die Privatsphäre meiner Mitmenschen zu achten. Aber ich muss auch realistisch bleiben. Ich wäre nicht dort, wo ich heutzutage bin, wenn ich solchen Gefühlen gefolgt wäre. Ich würde sogar innerhalb weniger Tage meinen Job verlieren, sollte ich anfangen, die Privatsphäre anderer Menschen zu respektieren – und damit auch die ganzen Annehmlichkeiten, an die ich mich gewöhnt habe.

Ich mache es dem Professionellen nach und bedecke meine Karten, sobald ich sie bekomme, mit meiner Hand. Ich bin gerade dabei, einen Blick auf sie zu werfen, als etwas Ungewöhnliches passiert.

Die Welt um mich herum wird bewegungslos, so als würde ich gerade in die Stille hineingleiten ... aber das habe ich nicht getan.

Einen Augenblick später sehe ich *sie* – das Mädchen, welches mir am Tisch gegenübersitzt, das Mädchen, an das ich gerade gedacht habe. Sie steht neben mir und zieht ihre Hand von meiner weg. Oder, genauer gesagt, der Hand meines eingefrorenen Ichs – ich stehe ja daneben und schaue sie an.

Allerdings sitzt sie auch noch mir gegenüber am Tisch, eine eingefrorene Statue wie alle anderen auch.

Mir kommt nicht einmal der Gedanke, das zweite Mädchen könnte ihre Zwillingsschwester oder etwas Ähnliches sein. Ich weiß, dass sie es ist. Sie tut das Gleiche, was ich vor einigen Minuten getan habe. Sie geht in der Stille umher. Die Welt um uns herum ist eingefroren, aber wir sind es nicht.

Sie sieht schockiert aus, als ihr dasselbe klar wird. Mit einer Hand greift sie über den Tisch und berührt ihre eigene Stirn.

Die Welt wird wieder normal.

Sie starrt mich schockiert mit ihren großen Augen und dem blassen Gesicht an. Ich kann sehen, wie ihre Hände zittern, während sie aufspringt. Ohne ein Wort zu sagen dreht sie sich um und geht weg.

Als sie anfängt zu rennen, zögere ich nicht. Ich stehe auf und folge ihr. Das ist nicht sehr clever. Sie würde sich wohl kaum mit einem unbekannten Typen verabreden, der hinter ihr herrennt. Aber über diesen Punkt bin ich schon hinaus. Sie ist die einzige Person, die ich jemals getroffen habe, die das Gleiche kann wie ich. Sie ist der Beweis dafür, dass ich nicht verrückt bin. Sie könnte das besitzen, was ich mehr als alles andere möchte.

Sie könnte Antworten haben.

AUSZUG AUS
DER ZAUBERCODE

Blaise, einst ein respektiertes Mitglied des Rates der Zauberer und jetzt ein Außenseiter, hat das letzte Jahr damit verbracht an einem ganz besonderen magischen Objekt zu arbeiten. Sein Ziel ist es, die Magie jedermann zugänglich zu machen, nicht nur den ausgewählten Zauberern. Das Resultat seiner Arbeit ist allerdings völlig anders, als er sich das jemals vorgestellt hätte – denn anstelle eines Objekts erschafft er *sie*.

Sie ist Gala und alles andere als seelenlos. Sie wurde in der Welt der Magie geboren, ist wunderschön und hochintelligent – und niemand weiß, wozu sie alles fähig ist.

Augusta, eine mächtige Zauberin, sieht Blaises Werk genau als das, was es ist: die vermessenste aller Anmaßungen. Sie hat immer noch Gefühle für Blaise und möchte ihn retten, bevor er den höchsten aller Preise zahlen muss … für die Abscheulichkeit, die er erschaffen hat.

* * *

Da befand sich eine nackte Frau auf dem Fußboden in Blaises Arbeitszimmer.

Eine wunderschöne, nackte Frau.

Fassungslos starrte Blaise diese hinreißende Kreatur an, die gerade eben aus dem Nichts erschienen war. Sie schaute mit einem befremdlichen Gesichtsausdruck an sich hinunter. Offensichtlich war sie genauso überrascht darüber, hier zu sein, wie er es war, sie hier zu sehen. Ihr welliges, blondes Haar fiel ihren Rücken hinunter und verdeckte dadurch teilweise ihren Körper, der die Perfektion selbst zu sein schien. Blaise versuchte, nicht an diesen Körper zu denken sondern sich stattdessen auf die Situation zu konzentrieren.

Eine Frau. Sie und kein Es. Blaise konnte das kaum glauben. War das möglich? Konnte dieses Mädchen das Objekt sein?

Sie saß mit ihren Beinen unter sich eingeschlagen da und stützte sich auf einem schlanken Arm ab. Diese Pose sah etwas unbeholfen aus, so als wüsste sie nicht so recht, was sie mit ihren eigenen Gliedmaßen anstellen sollte. Trotz ihrer Kurven, die sie als eine ausgewachsene Frau kennzeichneten, strahlte die völlig unbefangene Art und Weise, wie sie dort saß – die erkennen ließ, dass sie sich ihrer eigenen Reize nicht bewusst war – eine kindliche Unschuld aus.

Blaise räusperte sich und dachte darüber nach, was er sagen könnte. In seinen wildesten Träumen hätte er sich niemals vorstellen können, dass so etwas das Ergebnis dieses Projekts sein würde, welches in den letzten Monaten sein ganzes Leben bestimmt hatte.

Als sie das Geräusch hörte drehte sie ihren Kopf, um ihn anzusehen, und Blaise bemerkte, dass sie ungewöhnlich hellblaue Augen hatte.

Sie blinzelte, legte ihren Kopf leicht zur Seite und nahm ihn mit sichtbarer Neugier in Augenschein. Blaise fragte sich, was sie wohl gerade sah. Er hatte seit zwei Wochen kein Tageslicht mehr gesehen und es würde ihn nicht wundern, wenn er im Moment wie ein verrückter Zauberer aussah. Sein Gesicht war von etwa einer Woche alten Bartstoppeln übersät und er wusste, dass sein dunkles Haar ungekämmt war und in alle Richtungen abstand. Hätte er gewusst, heute einer so wunderschönen Frau gegenüber zu stehen, hätte er am Morgen einen Pflegezauber gewirkt.

»Wer bin ich?«, fragte sie und verunsicherte Blaise damit. Ihre Stimme war weich und feminin, genauso anziehend wie der Rest von ihr. »Wo bin ich? Was ist das hier für ein Ort?«

»Das weißt du nicht?« Blaise war froh, endlich einen halb zusammenhängenden Satz herausbekommen zu haben. »Du weißt weder, wer du bist noch wo du bist?«

Sie schüttelte ihren Kopf. »Nein.«

Blaise schluckte. »Ich verstehe.«

»Was bin ich?«, fragte sie erneut und blickte ihn mit diesen unglaublichen Augen an.

»Also«, sagte Blaise langsam, »wenn du kein grausamer Scherzbold oder ein Produkt meiner Einbildung bist, dann ist das jetzt etwas schwierig zu erklären …«

Sie beobachtete seinen Mund, während er sprach und als er aufhörte, sah sie wieder auf und ihre Blicke trafen sich. »Das ist eigenartig«, sagte sie, »solche Worte in der Realität zu hören. Das waren gerade die ersten wirklichen Worte, die ich jemals gehört habe.«

Blaise fühlte, wie ihm ein Schauer über den Rücken lief. Er stand von seinem Stuhl auf und begann hin und her zu gehen, sorgsam darauf bedacht, seinen Blick von ihrem nackten Körper abzuwenden. Er hatte damit gerechnet, dass etwas erschien. Ein magisches Objekt, eine Sache. Er hatte nur nicht gewusst, welche Form es annehmen würde. Ein Spiegel vielleicht, oder eine Lampe. Vielleicht sogar so etwas Ungewöhnliches wie die Lebensspeicher Sphäre, die wie ein großer runder Diamant auf seinem Arbeitstisch stand.

Aber eine Person? Und dann auch noch weiblich?

Zugegeben, er hatte versucht, dem Objekt Intelligenz zu geben und die Fähigkeit, menschliche Sprache zu verstehen, um diese in den Code umzuwandeln. Vielleicht sollte er gar nicht so überrascht sein, dass die Intelligenz die er herbeigerufen hatte eine menschliche Form angenommen hatte.

Eine wunderschöne, weibliche, sinnliche Hülle.

Konzentriere dich Blaise, konzentriere dich!

»Wieso läufst du so herum?« Sie stand langsam auf und ihre Bewegungen waren dabei unsicher und eigenartig tollpatschig. »Sollte ich auch umhergehen? Unterhalten sich Menschen so miteinander?«

Blaise hielt vor ihr an und bemühte sich, seine Augen oberhalb ihres Halses zu behalten. »Es tut mir leid. Ich bin es nicht gewohnt, nackte Frauen in meinem Arbeitszimmer zu haben.«

Sie fuhr sich mit ihren Händen an ihrem Körper hinunter, so als würde sie ihn zum allerersten Mal fühlen. Was auch immer sie vorhatte, Blaise fand diese Bewegung höchst erotisch.

»Stimmt etwas mit meinem Aussehen nicht?«, wollte sie von ihm wissen. Das war so eine typisch weibliche Sorge, dass Blaise ein Lächeln unterdrücken musste.

»Ganz im Gegenteil«, versicherte er ihr. »Du siehst unvorstellbar gut aus.« So gut sogar, dass er Schwierigkeiten hatte, sich auf etwas anderes als auf ihre Rundungen zu konzentrieren. Sie war mittelgroß und so perfekt proportioniert, sie hätte als Vorlage für einen Bildhauer dienen können.

»Warum sehe ich so aus?« Ein leichtes Runzeln erschien auf ihrer glatten Stirn. »Was bin ich?« Der letzte Teil schien sie am meisten zu beschäftigen.

Blaise holte tief Luft und versuchte, seinen rasenden Puls zu beruhigen. »Ich denke, ich könnte da eine Vermutung wagen, aber bevor ich das mache, möchte ich dir erst einmal etwas zum Anziehen geben. Bitte warte hier – ich bin sofort wieder zurück.«

Ohne eine Antwort abzuwarten, eilte er zur Tür.

AUSZUG AUS
GEFÄHRLICHE BEGEGNUNGEN VON ANNA ZAIRES

Anmerkungen des Autors. *Gefährliche Begegnungen ist eine Kollaboration von Dima Zales und Anna Zaires. Es handelt sich dabei um das erste Buch einer von Kritikern hochgelobten erotischen Science-Fiction Romanserie, den „Krinar Chroniken". Wegen seines expliziten sexuellen Inhalts ist das Buch für Leser unter 18 Jahren nicht geeignet.*

* * *

Eine düstere und anregende Liebesgeschichte, die die Fans erotischer und turbulenter Beziehungen begeistern wird …

In der nahen Zukunft herrschen die Krinar auf der Erde. Sie sind eine sehr fortgeschrittene Rasse aus einer anderen Galaxie und immer noch ein Geheimnis für uns – außerdem sind wir ihnen völlig ausgeliefert.

Mia Stalis, schüchtern und unschuldig, ist eine Studentin in New York, die ein sehr normales Leben führt. Wie die meisten Menschen, hat sie nie etwas mit den Eindringlingen zu tun gehabt – bis zu diesem schicksalhaften Tag im Park, der ihr ganzes Leben auf den Kopf stellt. Da sie Korums Aufmerksamkeit auf sich gezogen hat, muss sie jetzt mit einem mächtigen, gefährlich verführerischen Krinar fertig werden, der sie besitzen möchte und vor nichts Halt machen wird, bis er sein Ziel erreicht.

Wie weit würden Sie gehen, um ihre Freiheit wiederzuerlangen? Wie viel würden sie aufgeben, um anderen Menschen zu helfen? Welche Wahl würden Sie treffen, wenn sie beginnen, sich in ihren Feind zu verlieben?

* * *

Die Luft war frisch und rein, als Mia mit schnellen Schritten einen gewundenen Pfad im Central Park entlangging. Überall zeigte sich schon der Frühling, in winzigen Knospen auf den noch immer kahlen Bäumen und in der rasch wachsenden Anzahl an Kindermädchen, die sich draußen mit ihren wilden Schützlingen über den ersten warmen Tag freuten.

Es war eigenartig, wie sehr sich alles in den letzten paar Jahren verändert hatte und wie sehr es doch gleich geblieben war. Wäre Mia vor zehn Jahren gefragt worden, was sie denke, wie ihr Leben wohl nach der Invasion einer anderen Rasse aussehen würde, hätte sie sich das bestimmt nicht so vorgestellt. Independence Day, Der Krieg der Welten – keiner dieser Filme näherte sich auch nur ansatzweise dem, was tatsächlich geschehen würde. Die Menschen trafen eine höher entwickelte Spezies, als diese zu Ihnen auf die Erde kam. Es war weder zum Kampf, noch zu irgendeinem Widerstand auf der Regierungsebene gekommen. *Sie* hatten es nicht erlaubt. Rückblickend wurde klar, wie dumm diese Filme gewesen waren. Nuklearwaffen, Satelliten, Kampfjets waren nicht mehr als kleine Steine und Stöcke für diese uralte Zivilisation, die schneller als mit Lichtgeschwindigkeit das Universum durchqueren konnte.

Als sie eine leere Bank nahe am See sah, ging Mia dankbar auf diese zu. Auf ihren Schultern machte sich die Last des Rucksacks bemerkbar, in dem sie ihren schweren zwölf Jahre alten Laptop und einige altmodische, noch auf Papier gedruckte Bücher hatte. Mit einundzwanzig fühlte sie sich manchmal alt, fehl am Platz in dieser schnellen neuen Welt der extraschlanken Tablets und den in die Armbanduhren integrierten Handys. Die Geschwindigkeit der technischen Entwicklungen war seit dem K-Day nicht langsamer geworden, wenn Überhaupt, waren jetzt viele neue

Spielereien durch das beeinflusst, was die Krinar besaßen. Nicht dass die Krinar irgendetwas ihrer kostbaren Technologie Preis gegeben hätten. Ihrer Meinung nach sollte ihr kleines Experiment ohne größere Beeinflussungen fortgeführt werden.

Mia öffnete den Reißverschluss ihres Rucksacks und holte ihren alten Mac heraus. Das Gerät war schwer und langsam, aber es funktionierte, und als arme Studentin konnte sich Mia nichts Besseres leisten. Sie loggte sich ein, öffnete ein neues Word-Dokument und machte sich bereit, sich durch das Schreiben ihrer Hausarbeit in Soziologie zu quälen.

Zehn Minuten und genau Null Worte später gab sie auf. Wem wollte sie denn damit etwas vor machen? Hätte sie wirklich dieses verdammte Ding schreiben wollen, wäre sie doch niemals in den Central Park gekommen. So verlockend es auch war, sich fest vorzunehmen die frische Luft zu genießen und gleichzeitig etwas zu arbeiten, in Wirklichkeit hatte Mia das noch nie hinbekommen. Eine muffige alte Bibliothek war ein viel besserer Ort für solche Tätigkeiten, die derartig das Hirn zermartern.

Mia gab sich in Gedanken einen Tritt für die eigene Faulheit, seufzte und sah sich trotzdem erst mal um. Die Menschen in New York zu beobachten amüsierte sie immer wieder.

Das Bild, was sie vor sich sah, war ein Klassiker, mit dem Obdachlosen auf der Parkbank – zum Glück nicht auf der neben ihr, er sah nämlich so aus, als würde er schon sehr streng riechen – und den beiden Kindermädchen, die miteinander auf Spanisch redeten, während sie langsam ihre Kinderwagen vor sich her schoben. Ein Mädchen mit leuchtend pinkfarbenen Reeboks, die einen schönen Kontrast zu ihren blauen Leggins bildeten, joggte auf einem Weg weiter vorne. Mias Blick folgte neidisch der Joggerin, als diese um die Ecke bog. Ihr eigener hektischer Tagesablauf ließ ihr nur wenig Zeit zum Trainieren und sie bezweifelte, dass sie derzeitig auch nur einen Kilometer lang mit diesem Mädchen mithalten konnte.

Rechts konnte sie die Bogenbrücke sehen, die über den ganzen See reichte. Ein Mann lehnte am Brückengeländer und schaute über das Wasser. Sein Gesicht war von ihr weg gedreht, weshalb Mia nur einen Teil seines Profils sehen konnte. Trotzdem zog irgendetwas an ihm ihre Aufmerksamkeit auf sich.

Sie war sich nicht sicher, was es war. Er war zweifellos groß und schien unter seinem teuer aussehenden Trenchcoat auch einen gut gebauten Körper zu besitzen, aber das konnte es nicht sein. Große, gut aussehende Männer waren in dem von Modells überlaufenden New York nichts Besonderes. Nein, es war irgendetwas anderes. Vielleicht war es die Art und Weise, wie er da   stand – völlig bewegungslos. Sein Haar war dunkel und glänzte in der hellen Nachmittagssonne, vorne gerade lang genug, um leicht im warmen Frühlingswind zu wehen.

Außerdem war er völlig alleine.

Das ist es, bemerkte Mia auf einmal. Die normalerweise sehr beliebte und malerische Brücke war völlig leer, mit Ausnahme des Mannes, der dort am Geländer stand. Heute schien aus irgendeinem Grund jeder einen weiten Bogen um sie zu machen. Tatsächlich saß niemand außer ihr und ihrem hocharomatischen, obdachlosen Nachbarn auf den sonst so beliebten Bänken in der ersten Reihe am See, sie waren alle leer.

Als ob es ihren Blick auf sich spüren würde, drehte das Objekt ihrer Aufmerksamkeit langsam seinen Kopf und sah Mia direkt an. Bevor ihr Hirn sich dieser Tatsache bewusst werden konnte, fühlte sie, wie ihr Blut gefror und sie sich bewegungslos dem Feind ausgeliefert sah. Während sie ihn nur hilflos anstarren konnte, schien er sie sehr interessiert zu durchleuchten.

* * *

Atme, Mia, atme. Irgendwo in ihrem Hinterkopf wiederholte eine kleine rationale Stimme immer wieder diese Worte. Diesem seltsam objektiven Teil von ihr fiel auch sein symmetrisches Gesicht auf und die straffe goldfarbene Haut, die sich eng an hohe Wangenknochen und ein energisches Kinn schmiegte. Die Bilder und Videos die sie von den Krinar gesehen hatte, wurden ihnen kaum gerecht. Dieses Wesen, das weniger als 10 Meter von ihr entfernt stand, war einfach atemberaubend schön.

Während sie ihn weiterhin bewegungslos anstarrte, richtete er sich auf und ging auf sie zu. Er pirscht sich eher heran, kam ihr dummerweise in den Sinn, da jede seiner Bewegungen sie an eine junge Raubkatze erinnerte, die sich geschmeidig einer Gazelle annähert. Seine Augen ließen sie die ganze Zeit nicht aus dem Blick. Als er näherkam, konnte sie einzelne gelbe Sprenkel in seinen goldenen Augen erkennen und auch die vollen langen Wimpern sehen, die sie einrahmten.

Sie sah entsetzt und ungläubig, wie er sich weniger als einen Meter von ihr entfernt auf die gleiche Bank setzte und eine ebenmäßige Reihe weißer Zähne entblößte, als er sie anlächelte. Keine Fangzähne, bemerkte sie mit einem Teil ihres Gehirns, der noch zu funktionieren schien. Nicht die leiseste Spur von ihnen. Das war eines der Gerüchte über sie, genauso wie ihr vermeintlicher Abscheu vor der Sonne.

»Wie heißt du?« Das Wesen schnurrte die Frage förmlich. Seine Stimme war leise und weich, völlig ohne Akzent. Seine Nasenlöcher bebten leicht, als er ihren Duft einatmete.

»Ähm« Mia schluckte nervös. »M-Mia.«

»Mia«, wiederholte er langsam, und es schien, als würde er sich ihren Namen auf der Zunge zergehen lassen. »Mia, und weiter?«

»Mia Stalis.« Ach du Scheiße, warum wollte er denn ihren Namen wissen? Warum war er hier und redete mit ihr? Und überhaupt, was machte er eigentlich im Central Park, fernab aller Siedlungen der Krinar? *Atme, Mia, atme.*

»Entspanne dich, Mia Stalis.« Sein Lächeln wurde breiter und es kam ein Grübchen in seiner linken Wange zum Vorschein. Ein Grübchen? Die Krinar hatten Grübchen? »Bist du bis jetzt noch nie auf einen von uns getroffen?«

»Nein, noch nie«, stieß Mia kurz hervor und dabei fiel ihr auf, dass sie ihren Atem die ganze Zeit anhielt. Sie war stolz darauf, dass ihre Stimme nicht so zitterig klang, wie sie sich anfühlte. Sollte sie fragen? Wollte sie es wirklich wissen?

Sie nahm all ihren Mut zusammen. »Was, äh –« nochmal Schlucken. »Was willst du von mir?«

»Jetzt gerade, mich mit dir unterhalten.« Mit diesen goldenen Augen, die sich an den Winkeln leicht zusammen zogen, sah er aus, als würde er gleich über sie lachen.

Seltsamerweise machte sie das so wütend, dass sie dadurch ihre Angst verdrängte. Wenn es etwas gab, das Mia mehr hasste als alles andere, dann war das, ausgelacht zu werden. Mit ihrem kleinen, dünnen Körper und ihrem allgemeinen Mangel an sozialer Kompetenz seit Teenagerzeiten – sie hatte das komplette Albtraumprogramm absolviert: Zahnspange, krauses Haar und Brille – waren schon mehr als einmal Witze auf Mias Kosten gemacht worden.

Sie schob angriffslustig ihr Kinn in die Höhe. »Also schön, und wie heißt du?«

»Korum.«

»Nur Korum?«

»Wir haben keine richtigen Nachnamen, zumindest nicht so wie ihr das habt. Mein voller Name ist sehr viel länger, aber du könntest ihn nicht aussprechen wenn ich ihn dir sagen würde.«

Okay, das war doch mal interessant. Sie erinnerte sich daran, mal so etwas in der *New York Times* gelesen zu haben. So weit, so gut. Ihre Beine hatten schon fast aufgehört zu zittern und ihre Atmung wurde auch wieder gleichmäßiger. Vielleicht, hatte sie ja doch noch eine klitzekleine Chance, aus dieser Nummer lebend herauszukommen. Diese Unterhaltung schien recht ungefährlich zu sein, auch wenn es sie etwas aus der Fassung brachte, dass er sie die ganze Zeit mit diesen gelblichen Augen anstarrte, ohne zu blinzeln. Sie beschloss, ihn reden zu lassen.

»Was machst du hier, Korum?«

»Das habe ich dir doch gerade gesagt. Ich unterhalte mich mit dir, Mia.« Seine Stimme hatte wieder den Hauch eines Lachens.

Frustriert stieß Mia ihren Atem aus. »Ich meine, was machst du hier im Central Park? Überhaupt in New York City?«

Er lächelte wieder und neigte seinen Kopf leicht zu einer Seite. »Vielleicht habe ich gehofft, hier ein hübsches Mädchen mit Locken zu treffen.«

Also, das reichte jetzt wirklich. Er spielte ganz klar mit ihr. Jetzt, da sie ihren Verstand wieder gebrauchen konnte, fiel ihr auf, dass sie sich mitten im Central Park befanden, in der Gegenwart einer Unmenge von Zeugen. Sie blickte sich verstohlen um, nur um sicherzugehen. Ja, obwohl die Menschen diese Bank und das darauf sitzende fremdartige Wesen offensichtlich mieden, gab es tatsächlich einige mutige Seelen, die aus sicherer Entfernung zu ihnen starrten. Ein Paar wagte es sogar, sie vorsichtig mit ihren in die Armbanduhren eingebauten Kameras zu filmen. Wenn der Krinar ihr irgendetwas antun sollte, wäre es umgehend auf YouTube zu sehen und das müsste er auch wissen. Natürlich könnte ihm das auch egal sein.

Da sie immer noch davon ausging, dass sie relativ sicher war – sie hatte noch nie von Videos gehört, die Übergriffe der Krinar auf Studentinnen mitten im Central Park zeigten – griff sie nach ihrem Laptop und hob ihn an, um ihn zurück in ihren Rucksack zu packen.

»Lass mich dir damit helfen, Mia –«

Und bevor sie auch nur blinzeln konnte, merkte sie, wie er den schweren Laptop aus ihren plötzlich kraftlosen Fingern nahm und dabei leicht deren Knöchel streifte. Als er sie berührte, durchfuhr Mia ein Gefühl wie ein elektrischer Schock, der, als er abebbte, kribbelnde Nervenverbindungen hinterließ.

Er nahm ihren Rucksack und packte den Laptop mit einer weichen und geschmeidigen Bewegung weg. »So, fertig.«

Oh Gott, er hatte sie berührt. Vielleicht war ihre Theorie über die Sicherheit auf öffentlichen Plätzen doch falsch. Sie merkte, wie sich ihre Atmung wieder beschleunigte, und ihre Herzfrequenz befand sich wahrscheinlich auch schon im Sauerstoff unabhängigen Bereich.

»Ich muss jetzt los … Tschüss!«

Wie sie es schaffte, diese Worte herauszuquetschen ohne zu hyperventilieren, würde sie wohl nie herausfinden. Sie griff sich den Riemen ihres Rucksacks, den er soeben losgelassen hatte und sprang auf ihre Füße. Dabei fiel ihr irgendwo im Hinterkopf auf, dass die Lähmung von vorhin verschwunden war.

»Tschüss Mia. Bis später.« Seine Stimme mit dem leicht spottenden Unterton war noch lange in der klaren Frühlingsluft zu hören, als sie losging und fast rannte, weil sie es so eilig hatte, von ihm wegzukommen.

* * *

Wenn Sie mehr darüber erfahren möchten, besuchen Sie bitte Annas Webseite http://annazaires.com/series/deutsch/.

ÜBER DIE AUTORIN

Dima Zales ist ein *New York Times* und *USA Today* Bestsellerautor in den Genres Science-Fiction und Fantasy. Bevor er ein Schriftsteller wurde, hat er sowohl als Programmierer als auch als leitender Angestellter in der Softwareentwicklungsindustrie in New York gearbeitet. Von Hochfrequenzhandel-Software für große Banken bis hin zu Handy-Apps für bekannte Zeitschriften, Dima hat schon alles programmiert. 2013 verließ er dann die Software-Branche, um sich auf seine Karriere als Schriftsteller zu konzentrieren und nach Palm Coast, Florida zu ziehen, wo er derzeitig lebt.

Um mehr zu erfahren besuchen Sie bitte die Seite www.dimazales.com/series/deutsch/.